상처 입은 용들의 노래

老子 詩話

상처 입은 용들의 노래 — 노자시화

2009년 5월 25일 초판 1쇄 찍음
2009년 6월 5일 초판 1쇄 펴냄

지은이 | 장석주

펴낸이 | 정종주
편집장 | 소은주
편  집 | 이영호
마케팅 | 김창덕

펴낸곳 | 도서출판 뿌리와이파리
등록번호 | 제10-2201호(2001년 8월 21일)
주소 | 서울시 마포구 서교동 451-48 2층
전화 | 02)324-2142~3
전송 | 02)324-2150
전자우편 | puripari@hanmail.net

디자인 | 끄레 어소시에이츠 · 플랫
필름 | 경운프린테크
종이 | 화인페이퍼
인쇄 | 영신사
제본 | 우진제책
라미네이팅 | 금성산업

값 25,000원
ISBN 978-89-90024-93-0 (03810)

• 이 도서의 국립중앙도서관 출판시도서목록(CIP)은 e-CIP 홈페이지(http://www.nl.go.kr/cip.php)에서
  이용하실 수 있습니다(CIP제어번호: CIP 2009001462).

상처 입은 용들의 노래

老子詩話

장석주 지음

뿌리와
이파리

# 차례

서예는 문자의 파종이다. 종이라는 텅 빈 대지에 씨를 뿌리는 것이다. 붓은 갈아엎는 쟁기고, 씨 뿌리는 기계다. 붓이 지나간 자리마다 문자의 싹들이 돋는다. 문자들이 붓 끝으로 하염없이 흘러나온다. 붓의 내출혈이다. 이때 흩뿌려지는 것은 차라리 문자의 종족들이며, 문자의 영혼들이다.

붓이 심는 문자는 뜻을 실어 나를 뿐 아니라 그 자체로 심미적 발현체다. 한 인문학자는 이 동양의 오래된 예술을 두고 "문자의 안무이며 의식의 표의문자적 발레다."<sup>정화열</sup> 라고 쓴다.

# 한국 현대시 100년

한국 현대시 100년이라고 한다. 최남선의 「해에게서 소년에게」라는 신체시가 『소년』에 발표된 1908년을 그 기점으로 한 것이다. "처얼썩 처얼썩 척 쏴아아"라는 의성어를 내세워 육지의 단단함에 부딪치며 깨어지는 파도의 역동성으로 구시대의 질서와 유습을 깨고 나가려는 새 시대의 기운을 드러낸 시다. 이 기운은 안에서 밖으로 밀고 나가야 하는데, 이 시는 거꾸로 밖에서 안으로 밀려드는 것으로 묘사한다. 생동하는 기운을 만들어내야 할 나라의 내부 역량이 쇠진하여 안이 텅 비어 있는 까닭이다.

시인은 예지력으로 구한말 민족이 당면한 총체적 에너지의 고갈이라는 현실을 꿰뚫어보고 헐벗은 '소년'을 불러내 그의 어깨에 희망을 의탁한다. 소년이 감당해야 할 민족의 운명은 "끝없는 장애와 의구심을 앞에 한 깜깜한 어둠 속의 외로운 행로"<sup>이청준</sup>였다. 최남선은 개항 이후 열강들에 앙버티는 동아시아의 한 소국에서 바로 조폭들 틈바귀에 긴 '소년'의 운명을 설핏 보았다. '소년'의 운명은 양자역학의 진공상태 속에 놓인 빅뱅을 눈앞에 둔 검은 물질 바로 그것이다. '소년'은 한 치 앞도 내다볼 수 없는 불안 속에 서 있다. 최남선은 그 '소년'에게 장벽을 향해 온몸을 부딪쳐나가는 바다의 기세를 실었던 것이다. '소년'은 꺼져가는 숨결이요, 어둠을 뚫고 동터오는 새벽이요, 높고 가파른 언덕을 넘어야 할 어린 나귀요, 상처받고 물속에 엎드려 있는 용龍이다.

2008년은 한국 현대시 100년에 대한 기념으로 넘치는 해였다. 한 신문에 '한국인의 애송시'라는 이름으로 주요 명시들이 소개되고, 나중에 책으로 묶여 출간되기도 했다. 『어느 가슴엔들 시가 꽃피지 않으랴』전2권, 김소월 등 지음, 정끝별·문태준 엮음, 민음사가 바로 그 책이다. 여기 한국 현대시 100년에 대한 감회와 더불어 그 책을 읽고 느낀 점을 써서 한 잡지에 기고했던 글을 옮겨놓는다.

백년의 압축이다. 그 백년 장엄하다. 청맹과니로 살아온 장삼이사의 눈을 밝히고 귀를 열어주는 100년 동안의 시심詩心이 하나의 압축파일로 우리에게 도착한다. 육당 최남선의 「해에게서 소년에게」로부터 발원한 현대시 100년의 역사가 굽이굽이 돌아온 흔적들, 그 안에서 명멸했던 시인들의 삶과 상상세계, 그이들이 모국어로 가 닿고자 했던 생명-우주의 비밀들이 여기에 집약되어 있다. 무진장無盡藏한 콘텐츠가 뿜어내는 섬광들이 번쩍인다. "해야, 고운 해야. 해야 솟아라. 꿈이 아니래도 너를 만나면, 꽃도 새도 짐승도 한자리에 앉아, 워어이 워어이 모두 불러 한자리 앉아, 앳되고 고운 날을 누려 보리라."[박두진, 「해」]라고 속에서 치미는 그 뜨거움과 벅참을 어쩔 수 없이 밖으로 밀어내며 노래할 때 화자[話者]의 리듬은 청자[聽者]인 우리 내면으로 직격하며 들어온다. 슬픔과 어둠과 절망에서 솟구친 이 리듬은 우리 안에 들어오며 기쁨과 빛과 희망으로 전환한다. "앳되고 고운 날"의 누림이 필경 불러올 "생생지락[生生之樂]"과 "시시지락[詩詩之樂]"을 꿈꾸는 일은 욕심이 아니다. 욕심이 아니므로 죄가 되지 않는다.

시가 무엇이냐? 시는 삶의 볼품없음과 꾀죄죄함에서 벗어나보려는 우아한 문화적 몸짓일까? 그 언어적 스침과 고임은 삶의 덧없음에 대한 보상행위일까? 시가 먹고사는 일에서 화급을 다투는 것이 아님은 분명하다. 굶주린 자가 한 끼의 끼니를 구하기 위해 하지 않으면 안 되는, 육즙을 짜내고 뼈가 휘는 노동에 견준다면 시 쓰기는 한가로운 생산에 지나지 않으며, 질병으로 신음하는 자의 아픔에 견준다면 시는 저 혼자 뀌는 물방귀에서 크게 벗어나지 않을 터다. 어쨌든 "삶 자체에 견주면, 시라는 것은 하찮은 물건"[고종석]이다. 이 하찮은 물건이, 그토록 시름과 주림에 겨워 헐떡이는 우리에게 따뜻한 위안과 구원의 손길을 내밀리라고는 기대를 갖지 않았다. 그랬으니 이것이 기어코 시름을 덜고 쓰러진 우리를 일으켜 세울 줄은 아무도 몰랐다.

"풀이 눕는다 / 바람보다도 더 빨리 눕는다 / 바람보다도 더 빨리 울고 / 바람보다 먼저 일어난다".[김수영, 「풀」] 지천으로 널린 풀에서 생명의 역동성을 끌어낼 줄 아는 이가 바로 시인이다. 천하를 이롭게 하는 공익을 더하고 세우는 일에 아무 보탬이 되지 않고 그저 빈둥거리기만 하는 백수로 여겼던 자들이 저 흔하디흔한 풀에서 바람과 희롱하며 울고 웃는 생명의 역동을 찾아낸 것이다. 놀랍지 않은가. "느리지만 처음 있던 곳으로 되돌리는 이 불굴의 힘을 풀은 갖고 있다. 풀은 이변을 꿈꾸지 않는다. 제 몸이 무너지면 그 무너진 자리에서 스스로 제 몸을 일으켜 세운다."<sup>문태준</sup>

시인은 익숙한 것들의 기억과 인상을 새롭게 만든다. 같은 체험을 하고도 다른 체험으로 드러내는 게 시인이다. 그리하여 "이 다른 체험 속에서 우리는 사물의 은폐된 후경(後景), 그 숨겨진 진실"<sup>문광훈</sup>을 보는 것이다. 이성부가 봄을 두고 "기다리지 않아도 오고 / 기다림마저 잃었을 때에도 너는 온다."라고 쓸 때, 혹은 김광규가 이젠 늙어갈 일만 남은 중년 사내들의 허전한 심중을 "치솟는 물가를 걱정하며 / 즐겁게 세상을 개탄하고 / 익숙하게 목소리를 낮추어 / 떠도는 이야기를 주고받았다"고 노래할 때, 이 익숙한 것들은 돌연 낯설어진다. 익숙한 것의 낯섦 앞에서 소스라치게 놀라다가 그것이 우리가 놓쳐버린 것임을 깨닫고 안심한다. 시인들은 우리가 너무나 익숙해서 놓쳐버린 것, 흘려버린 것들을 끌어다가 갱신해서 다시 보여준다. 다시 보여줄 때 그 익숙한 것들은 숨은 진실을 드러내고 그 진실은 우리 안에서 삶을 갱신하고 조형하는 동력이 된다.

정지용의 「향수」에서 매 연마다 후렴구로 되풀이되는 "그곳이 차마 꿈엔들 잊힐 리야."라는 구절은 송곳이 되어 여린 마음의 한쪽을 후빈다. 그것은 20세기 한국인들이 고향을 잃고 이곳저곳을 떠돌며 살아야 했던 저간의 곡절들을 환기시키고, "넓은 벌 동쪽 끝으로 / 옛이 야기 지줄대는 실개천이 휘돌아 나가고, / 얼룩빼기 황소가 / 해설피 금빛 게으른 울음을 우는 곳"으로 돌아가기를 희구하게 만든다. 우리 는 함부로 쏘아올린 화살이었다. 만주의 너른 땅으로, 블라디보스토크 의 동토로, 중앙아시아의 무연고 허허벌판으로, 일본의 탄광촌으로, 저 멀리 하와이의 사탕수수밭으로. 그건 내 탓도 네 탓도 아니었다. 우 리 의지가 거부할 수 없는 거대한 힘이 우리를 저 바깥으로 떠밀었던 것이다. 너무 멀리 갔기에 원심력에 실려 본디 있던 곳으로 돌아오지 못하고 눈을 감은 사람이 부지기수다. '향수'는 고향을 잃은 자가 앓 는 마음의 질병이다. 치유할 길이 없는 이 불치의 병은 20세기 한국인 들이 집단으로 앓은 국민병이다. 아주 소수의 사람만이 "검은 귀밑머 리 날리는 어린 누이"와 "사철 발 벗은 아내"가 있는 고향으로 귀환하 는 기획에 성공했다. 그런 비극의 보편화가 있었기에 「향수」가 낱낱으 로 되새기는, 내가 없는 고향의 아늑한 풍물들은 더 애절하게 가슴에 와 닿는다.

100명의 시인들이 지난 100년간의 시에서 100편을 골라내고, 정끝별과 문태준 두 시인이 그 시들에 일일이 해설을 붙였다. 이 시들 과 함께 살았다는 것은 우리가 누린 불행 속의 지복至福이다. 이 시들을 읽으며 마음의 눌리고 맺힌 데를 펴고 풀었고, 주눅에서 벗어났다. 누 구도 같은 강물에 두 번 발을 담글 수는 없지만 시에서는 얼마든지 가 능하다. 언제라도 마음만 먹는다면 "해 질 녘 울음이 타는 가을강"에 두 번 세 번 거푸 발을 담글 수 있다. "마음도 한자리 못 앉아 있는 마음일 때, / 친구의 서러운 사랑 이야기를 / 가을 햇볕으로나 동무 삼아 따라가면, / 어느새 등성이에 이르러 눈물 나고나. // 제삿날 큰집에 모이는 불빛도 불빛이지만, / 해 질 녘 울음이 타는 가을강을 보겄네. // 저것 봐, 저것 봐. / 네보담도 내보담도 / 그 기쁜 첫사랑 산골 물소리가 사라지고 / 그다음 사랑 끝에 생긴 울음까지 녹아나고, / 이제는 미칠 일 하나로 바다에 다 와 가는, / 소리 죽은 가을강을 처음 보겄네."<sup>박재삼,「울음이 타는 가을강」</sup> 이 시편을 읽으며 세월의 더께에 눌려 희미해진 첫사랑의 설렘과 기쁨이 늦가을 해 질 녘 붉은 햇빛을 안고 흐르는 강물에 고양되어 다시 타오르는 경험은 나만 했던 것일까. 아닐 것이다. 이 시들과 함께 했기 때문에 우리가 통과해온 그 비바람치는 나날의 고된 삶이 아무 뜻이 없는 게 아님을 증명할 수 있었다. 이장욱이 "한 잔의 소주를 마시고 내리는 눈 속을 걸어 / 가장 어이없는 겨울에 당도하고 싶어."라고 쓸 때, 어이없는 겨울은 그 어이없음으로 유일무이하게 눈부신 겨울로 바뀌고, 최승자가 "내가 살아 있다는 것, / 그것은 영원한 루머에 지나지 않는다."라고 노래할 때, 농담에 지나지 않을 이 삶을 수식하는 곰팡이, 오줌 자국, 죽은 시체와 동위<sup>同位</sup>에 놓일 정도로 뜻 없는 그것의 하찮음 때문에 돌연 삶은 의미의 지평으로 솟는다.

김소월에서 이장욱까지 100명의 시인을 호명해서 한자리에 모았다. 이런 선집이 없었던 것은 아니지만 이 선집이 기왕의 것들을 제치고 나설 수 있는 것은 정끝별·문태준의 신실한 시 읽기와 권신아·잠신의 빼어난 그림이 만나 일으킨 예술 장르 간의 화학작용 때문이다. 시와 그림은 본디 한 쌍으로 나왔다고 믿을 만큼 상호연관의 빛을 비추며 서로 조응한다. 한 가지 아쉬운 점은 들어갈 시인과 들어가지 말 았어야 할 시인들이 서로의 자리를 바꾼 경우가 더러 있었다는 점이 다. 짜게 걸러내도 오장환, 김구용, 김관식, 구자운, 박정만, 김남주, 이 제하, 이승훈, 채호기, 이수명, 유홍준, 권혁웅, 김행숙 등은 마땅히 들 어가야 할 시인들이다.[1]

최남선 이래 20세기 한국시의 하늘에는 별들이 명멸했다. 별들이 저 마다 빛의 세기가 다르듯 우리 모국어의 하늘에 떠서 빛나는 별들도 저마다 그 광도光度가 다르다. 한국 현대시가 펼쳐놓은 상상력의 스펙 트럼은 아주 넓다. 그 스펙트럼 속에서 나-너-한-님-슬픔-어둠-자 연-이향-도시-육체-연애-자아-역사-혁명-가족-생활-청 춘……따위의 주제어들은 두드러진다.

　　한국 현대시를 투박하게 다섯 개의 길로 나눌 수 있을 것이다. 첫 째, 정념의 길: 김소월-백석-김영랑-이용악-윤동주-박목월-노천 명-조병화-김남조-김현승-박성룡-유안진-신달자-강은교-정호 승-곽재구-김사인-허수경-최정례-김용택-안도현-김경미-박형 준-나희덕. 둘째, 자유의 길: 이육사-유치환-임화-김광섭-박두진- 김수영-박인환-신동엽-고은-신경림-조태일-정희성-이시영-김 지하-고정희-김정환-하종오-박노해-백무산. 셋째, 인식의 길: 이 상-김춘수-송욱-김종삼-전봉건-허만하-정현종-이승훈-박의상-

1) 장석주, 『뉴스메이커』 2008년 7월 1일자, 781호.

오규원-노향림-이하석-최승호-이성복-황지우-최승자-김혜순-
김정란-송재학-고진하-박찬일-최종천-이수명-김행숙-이장욱-
황병승-이근화-김경주. 넷째, 탐미의 길: 서정주-정지용-박재삼-
박용래-김관식-천상병-이형기-허영자-김영태-이근배-이수익-
서정춘-김형영-박정만-조정권-임영조-나태주-송수권-문인수-
장옥관-오태환-전동균-장석남-문태준. 다섯째, 존재의 길: 한용
운-조지훈-김종길-황동규-마종기-이유경-정진규-김종해-최하
림-오탁번-천양희-문정희-김광규-김명인-김승희-신현정-고형렬-
김영승-김신용-이문재-황인숙-김중식-송찬호-채호기-고재종-김
기택-이승하-기형도-김태형-정끝별-권혁웅-유홍준.

　각각의 길들이 언제나 다른 길과 변별성을 갖는 것은 아니다. 길
들은 겹치는데, 심지어는 세 개, 혹은 네 개의 길이 하나로 몸을 포갠
다. 정념의 길이 탐미의 길과 겹쳐지고, 인식의 길은 존재의 길과 자주
겹쳐진다. 자유의 길과 정념의 길이 겹치고, 존재의 길이 탐미의 길과
겹쳐진다고 해서 이상할 것도 없다. 자유의 길로 분류된 시인의 상상
세계 속에 탐미 본능이 작동한다고 해서 놀라지 않는 것은 시인들의
상상력이 늘 불확정적인 방향으로 움직이고 어느 한쪽으로 편재하지
않는 까닭이다. 그럼에도 한 시인의 시를 통시적으로 꿰어 볼 때 그 피
의 기질과 본능으로 인해 편재성은 불가피하게 드러난다.

한국 현대시의 가장 큰 정서적 자원은 한, 어둠, 슬픔이다. 삶의 보람
이자 기쁨인 '님'들은 항상 '나'를 떠나 달아난다. "나 보기가 역겨워

/ 가실 때에는 / 죽어도 아니 눈물 흘리우리다". <sub>김소월, 「진달래꽃」, 1922</sub> '님' 의
간절한 바람과 의지를 배반하고 떠난 님의 부재는 홀로 남은 '님' 의
있음을 덧없는 것으로 규정하는 실존의 조건이다. 미처 떠나보낼 준비
도 하지 못했는데, 항상 님들은 먼저 떠난다. '님' 의 슬픔과 고통 따위
는 떠나려는 님의 의지에 제동을 걸지 못한다. 떠나는 님은 '님' 에 대
한 사랑과 배려가 없는 이기적 욕망의 존재다. 님이 떠나면 '님' 는 깜
깜한 어둠 속에 혼자 남고, 님 앞에서 애써 참았던 눈물을 흘린다. 김
소월 이래로 한국시에는 님의 떠남을 피동적으로 감당하는 서정적 주
체들의 눈물로 넘쳐난다. 그 눈물은 이루지 못한 욕망으로 움푹 팬 곳
을 넘쳐 굽이굽이 흘러간다.

　해 질 녘 햇빛을 받으며 흐르는 강을 "울음이 타는" 것으로 본 시
인의 심미 감각은 수일하다. 그 강은 자아 밖에 있는 것이지만 자아와
교호 작용을 하며 자아화된 외부 풍경이다. 울음이 타는 강은 그걸 바
라보는 자의 내면을 되비춘다. 실제로 강은 울지 않는다. 우는 것은 오
래 눌리고 찢겨 설움이 쌓인 우리 마음이다. 울음이 타는 강은 슬픔을
가진 화자의 슬픔을 대신하고 있는 것이다. "제삿날 큰집에 모이는 불
빛도 불빛이지만, / 해 질 녘 울음이 타는 가을강을 보겠네". <sub>박재삼, 「울음이 타
는 가을강」, 1959</sub> 친구의 서러운 사랑 이야기, 가을 햇볕, 제삿날 큰집 불빛,
해 질 녘 타오르는 듯 지는 해의 빛을 안고 드러난 강물……. 이런 것
들은 들뜬 마음 안에서 하나로 엉겨 맺히고 쌓인 설움을 자극한다.
'나' 의 설움이 마침내 공연한 울음으로 터져 나올 때 강은 '나' 의 자
아로 거듭난다. 마음 안에서 자아와 햇빛, 강 따위의 자연세계가 하나

로 녹아들어 혼융한 가운데 '나'는 한껏 고양되는 것이다. 이때 울음은 맺힌 것을 푸는 해원解寃과 쌓인 찌꺼기들을 밖으로 흘려보내는 정화淨化로서의 울음이다.


님은 갔습니다. 아아 사랑하는 나의 님은 갔습니다.

푸른 산빛을 깨치고 단풍나무 숲을 향하여 난 작은 길을 걸어서, 차마 떨치고 갔습니다.

황금의 꽃같이 굳고 빛나던 옛 맹세는 차디찬 티끌이 되어서, 한숨의 미풍에 날아갔습니다.

날카로운 첫키스의 추억은 나의 운명의 지침을 돌려놓고, 뒷걸음쳐서 사라졌습니다.

나는 향기로운 님의 말소리에 귀먹고, 꽃다운 님의 얼굴에 눈멀었습니다.

사랑도 사람의 일이라, 만날 때에 미리 떠날 것을 염려하고 경계하지 아니한 것은 아니지만, 이별은 뜻밖의 일이 되고 놀란 가슴은 새로운 슬픔에 터집니다.

그러나 이별을 쓸데없는 눈물의 원천을 만들고 마는 것은 스스로 사랑을 깨치는 것인 줄 아는 까닭에, 걷잡을 수 없는 슬픔의 힘을 옮겨서 새 희망의 정수박이에 들어부었습니다.

우리는 만날 때에 떠날 것을 염려하는 것과 같이, 떠날 때에 다시 만날 것을 믿습니다.

아아 님은 갔지마는 나는 님을 보내지 아니하였습니다.

제 곡조를 못 이기는 사랑의 노래는 님의 침묵을 휩싸고 돕니다.
— 한용운, 「님의 침묵」[1925]

한용운의 님은 '나'를 버리고 냉정하게 떠날 뿐만 아니라 침묵하는 존재다. 이것은 버림이다. 버림은 주체와 객체의 관계가 힘의 균형을 잃은 상태, 한쪽의 힘이 다른 쪽을 압도적으로 누르는 지배와 피지배의 관계를 또렷이 나타낸다. 님은 늘 먼저 '나'를 버리고 떠난다. '나'는 그 떠남을 피동적으로 받는다. 떠난 뒤의 상황을 감당하고 뒤치다꺼리를 해야 하는 것도 '나'의 몫이다. 이 뒤틀린 관계 속에서 폭력과 희생의 윤리학이 만들어진다. "당신이 나를 두고 멀리 가신 뒤로는 나는 기쁨이라고는 달도 없는 가을 하늘에 외기러기의 발자취만치도 없읍니다."[한용운, 「쾌락」] 욕망의 대체물인 님이 떠난 뒤에 무슨 보람과 기쁨이 남겠는가. 기쁨은 외기러기의 발자취만큼도 없다.

　　님은 '나'를 감싸는 외부다. 님은 외부이기 때문에 비非자기다. 외부가 있을 때 비로소 내부가 성립된다. 마찬가지로 님은 '나'라는 주체를 완성시키는 객체, 기초적 환경이다. 님이 없다면 '나'는 외부를 갖지 못한 내부에 머문다. 외부가 없다면 내부도 있을 수 없듯, 님(외부)이 없다면 '나'(내부)도 없다. 님이 없는 '나'는 없음, 공허 그 자체다. 존재성이 발현되지 않는 질료, 무의미로서의 덩어리에 지나지 않는다. 그래서 김소월과 한용운의 시는 '나'를 떠난 님의 뒤에서 부르는 노래들이며, 상처받고 신음하는 용들의 노래다.

애비는 종이었다. 밤이 깊어도 오지 않았다.

파뿌리같이 늙은 할머니와 대추꽃이 한 주 서 있을 뿐이었다.

어매는 달을 두고 풋살구가 꼭 하나만 먹고 싶다 하였으나…… 흙으

로 바람벽한 호롱불 밑에

손톱이 까만 에미의 아들.

갑오년甲午年이라든가 바다에 나가서는 돌아오지 않는다 하는 외할아버

지의 숱 많은 머리털과

그 크다란 눈이 나는 닮았다 한다.

스물 세 해 동안 나를 키운 건 팔할八割이 바람이다.

세상은 가도가도 부끄럽기만 하더라.

어떤 이는 내 눈에서 죄인을 읽고 가고

어떤 이는 내 입에서 천치를 읽고 가나

나는 아무것도 뉘우치진 않을란다.


찬란히 틔어오는 어느 아침에도

이마 우에 얹힌 시詩의 이슬에는

몇 방울의 피가 언제나 섞여 있어


볕이거나 그늘이거나 혓바닥 늘어뜨린

병든 수캐마냥 헐떡어리며 나는 왔다.

— 서정주, 「자화상」1937

서정주의 「자화상」에서 시적 화자는 최남선의 '소년'이 청년으로 성장한 뒤의 모습을 보여준다. "애비는 종이었다. 밤이 깊어도 오지 않았다." 첫 구절에 암시되어 있듯이 원초의 어둠은 아직도 우리의 운명을 두텁게 감싸고 짓누른다. 외할아버지는 먼 바다로 나가 실종되어 부재 상태고, 할머니는 파뿌리처럼 늙었다. 아비는 남의 집에 매인 종이고, 어미는 풋살구 하나가 먹고 싶지만 제 힘으로는 그 작은 소망조차 실현할 수 없는 헐벗은 존재다. '나'는 가족들의 보살핌이나 돌봄을 받을 형편이 아니다. '나'는 함부로 방치되어 제멋대로 자라난 "손톱이 까만 에미의 아들"이다. 따뜻한 양육과 인생의 바른 지침들을 받을 수 없는 '나'를 키운 것은 "팔할이 바람"이다. 계통도 없고 질서도 없는 바람에게서 훈육되는 것은 천민의 영혼이다. 바람은 세속의 전언을 실어 나르지만 그것은 지조도 없고 윤리적 지향도 없이 물리적인 역학관계 속에서만 움직인다. 팔 할의 바람으로 예측할 수 없는 저주받은 영혼이 되었다는, 제 신분과 처지에 대한 이런 환멸스러운 확인은 필경 자기모멸과 자기부정을 낳는다. "볕이거나 그늘이거나 혓바닥 늘어뜨린 / 병든 수캐마냥 헐떡어리며 나는 왔다."라는 구절이 그것이다. 시인이 확인한 우리 안의 그림자, 억압된 자아는 죄인, 천치, 수캐다. 이것들은 자기실현의 존재와는 거리가 먼 일그러진 자아상이다.

죽는 날까지 하늘을 우러러
한 점 부끄럼이 없기를,
잎새에 이는 바람에도

나는 괴로워했다.
별을 노래하는 마음으로
모든 죽어 가는 것을 사랑해야지
그리고 나한테 주어진 길을
걸어가야겠다.

오늘밤에도 별이 바람에 스치운다.
— 윤동주, 「서시」[1941]

투명한 양심을 가진 사람은 제 형편과 운명을 바로 본다. 윤동주는 드물게 고요하고 깨끗한 청년의 영혼을 가진 시인이었다. 파란 녹이 슨 구리 거울 속에서 그가 본 것은 욕된 얼굴이었다.[참회록] 그는 제 욕된 얼굴에서 부끄러움을 찾아냈다. 그래서 "죽는 날까지 하늘을 우러러 / 한 점 부끄럼이 없기를, / 잎새에 이는 바람에도 / 나는 괴로워했다."[서시] 수난을 담담하게 받아들인 자에게 내면의 괴로움은 곧 존재의 원형질이다. 서정주와는 달리 윤동주에게 바람은 자기반성의 유력한 근거다. 시인은 살랑이며 불어가는 바람에 흔들리는 잎새에서 윤리적 실재를 투시해낸다. 윤동주에게 괴로움은 깨끗한 양심이 이끄는 삶, 인격의 고결성을 지향하는 모색의 과정에서 불가피하게 드러나는 까닭이다. 윤동주 시의 주조음인 부끄러움은 내면형 인간의 소극적인 자기부정이다. 이 경우 자기부정은 대긍정에 이르기 위해 거치는 필연의 과정이다.

서정주나 윤동주가 시대의 어둠을 인지한 것은 닮았지만, 그 어둠에 대응하는 생의 형식에서는 차이를 보인다. "어둠 속에 곱게 풍화 작용하는 / 백골을 들여다보며 / 눈물 짓는 것이 내가 우는 것이냐 / 백골이 우는 것이냐 / 아름다운 혼魂이 우는 것이냐"「또 다른 고향」에서 볼 수 있듯이 윤동주가 내면으로 눈길을 돌려 "곱게 풍화하는 백골"을 바라봤다면, 서정주는 "울음에 젖은 얼굴을 온전한 어둠 속에 숨기어 가지고 (중략) / 알라스카로 가라, 아니 아라비아로 가라, 아니 아메리카로 가라, 아니 아프리카로 가라, 아니 침몰하라, 침몰하라, 침몰하라!"「바다」고 극렬하게 외부를 지향하고, 외부로 뻗치는 힘이 장애를 만나면 속수무책으로 자멸의 길을 선택한다. 자기성찰과 내면 지향으로 일관하는 윤동주와, 제 안의 모순을 밖에서 해결하려는 외부 지향을 하는 서정주는 상상력의 원소는 같되 기질과 세계관은 다름을 드러내면서 저마다 한국 현대시의 별자리에서 광도가 다른 별들로 반짝인다.

최남선에게 나타났던 계통발생의 기억이 박두진의 「해」1946에서 다시 나타난다. 박두진은 "해야 솟아라. 해야 솟아라. 말갛게 씻은 얼굴 고운 해야 솟아라. 산 넘어 산 넘어서 어둠을 살라먹고, 산 넘어서 밤새도록 어둠을 살라먹고, 이글이글 앳된 얼굴 고운 해야 솟아라."라고 노래한다. 최남선의 시대에서 반세기가 지났음에도 현실은 여전히 깜깜한 어둠 속에 있고, 그 안에서 우리의 삶은 어둠의 수형자受刑者 처지에서 크게 벗어난 것이 아니었다. 우리가 헤쳐 나가야 할 어둠의 항로는 그렇게도 길고 지루했다. 어둠의 비극적 운명에 처한 삶이 힘들면 힘들수록 밝은 세상에 대한 열망은 "해야 솟아라. 해야 솟아라."라고 거듭되는 외침으로 드러날 수밖에 없었다. 해를 부르는 이 외침은 **빼앗**기고 짓눌린 자의 절망과 고통에서 솟아나는 목소리다.

박두진의 거칠 것 없이 뻗어 나오는 남성적 율격의 소리는 이육사의 「광야」[1937]의 소리와 겹쳐진다. "다시 천고$^{千古}$의 뒤에 / 백마 타고 오는 초인$^{超人}$이 있어 / 이 광야에서 목놓아 부르게 하리라".「광야」 이육사는 천고의 뒤에 올 초인을 기다린다. 초인은 저 먼 데서 오는 것이 아니라 우리 안에서 길러지는 존재다. 초인은 '나'를 뿌리치고 떠났던 그 님일까. 초인은 천고의 뒤에나 당도할, 아주 늦게 오는 손님이다. 광야에서 기다리지 않는다면 초인은 오지 않는다. 소월과 만해의 님이 오래된 미래라면, 이육사의 초인은 먼 미래의 님이다. 님이 떠나간 길과 초인이 돌아오는 길은 한길이다.


풀이 눕는다
비를 몰아오는 동풍에 나부껴
풀은 눕고
드디어 울었다
날이 흐려서 더 울다가
다시 누웠다


풀이 눕는다
바람보다도 더 빨리 눕는다
바람보다도 더 빨리 울고

바람보다 먼저 일어난다

날이 흐리고 풀이 눕는다
발목까지
발밑까지 눕는다
바람보다 늦게 누워도
바람보다 먼저 일어나고
바람보다 늦게 울어도
바람보다 먼저 웃는다
날이 흐리고 풀뿌리가 눕는다
— 김수영, 「풀」<sup>1968</sup>

김수영의 「풀」에 와서 내면을 짓누르는 한을 넘어서서 타자성을 동렬에 놓고 사유하는 주체를 발견한다. 풀은 여전히 작은 주체다. "모래야 나는 얼마큼 적으냐 / 바람아 먼지야 풀아 나는 얼마큼 적으냐"<sup>「어느날 고궁을 나오면서」</sup>라는 시구에서 모래·바람·먼지·풀은 쩨쩨하고 소소한 자아의 표상물로 호명되지만 풀은 큰 것의 위세에 눌려 부림을 받는 존재가 아니다. 풀은 "비를 몰아오는 동풍"에 영향을 받되, 그것에 눌리지 않는다. 오히려 풀은 "바람보다도 더 빨리 눕고 / 바람보다도 더 빨리 울고 / 바람보다 먼저 일어난다". 풀은 바람의 역학을 피동으로 받는 것이 아니라 "바람보다도 더 빨리" 주체적으로 눕고, 울고, 일어난다. 풀이 획득한 능동성은 자신감의 산물이다. 셋째 연을 보라. 풀은 "늦

24

게 누워도 / (중략) 먼저 일어나고 / (중략) 늦게 울어도 / (중략) 먼저 웃는다". 바람과 풀은 지배와 피지배의 관계가 아니라 서로 생명의 약동을 확인하고 유희하는 호혜·평등의 관계다. 풀은 바람이 오기 전에 먼저 눕고, 바람이 지나가기 전에 먼저 일어선다. 바람이 왔다가 돌아가기 전에 울음을 웃음으로 바꾼다.

　　김수영에게 와서 한과 슬픔은 더 이상 소모의 감정이 아니다. 시인은 슬픔도 힘이 된다는 사실을 깨닫는다. 그런 맥락에서 "결의하는 비애 / 변혁하는 비애"<sup>김수영, 「비」</sup>를 읽어야 한다. 한국 현대시를 추동하는 DNA는 김수영에 이르러 한과 슬픔에서 힘과 생성에 대한 의지로 바뀐다. 김수영의 모더니티는 외래에서 이식된 것이 아니라 내부에서 자생한 모더니티다. 한국 현대시의 큰 흐름을 바꾼다는 점에서 김수영은 중요한 시인이다.


내가 그의 이름을 불러주기 전에는
그는 다만
하나의 몸짓에 지나지 않았다.


내가 그의 이름을 불러주었을 때
그는 나에게로 와서
꽃이 되었다.


내가 그의 이름을 불러준 것처럼

나의 이 빛깔과 향기에 알맞은

누가 나의 이름을 불러다오.

그에게로 가서 나도

그의 꽃이 되고 싶다.


우리들은 모두

무엇이 되고 싶다.

너는 나에게 나는 너에게

잊혀지지 않는 하나의 눈짓이 되고 싶다.

— 김춘수, 「꽃」<sup>1952</sup>


산다는 것은 타자와 연루된다는 것이다. 삶은 '나'의 타자화가 전제되어야만 가능한 일이다. 타자와 연루되지 않은 인간, 타자의 시선에 매개되지 않은 인간이란 아직 태어나지 않은 존재다. 태어나지 않은 존재란 신체가 없는, 혹은 아직 인격의 개별성이 실현되지 않은 잠재적 실존이다. 타자는 '있음'이라는 익명의 개별성에 머물고 있는 '나'를 주체의 표상활동을 하는 '나'로 거듭 태어나게 한다. 김춘수는 이런 인식론적 깨달음을 "내가 그의 이름을 불러주기 전에는 / 그는 다만 / 하나의 몸짓에 지나지 않았다"라고 쓴다. 이렇듯 타자는 '나'의 '나-됨'을 보증하는 존재다. '나'의 '나-됨'은 자동적으로 주어지는 것이 아니다. '나'는 '나'의 존재함을 위협하는 외부(타자)와의 투쟁이라는 역사 속에서 '나'의 개별성을 보존하고 살아가려는 의지를 통해서 확인되는 것이다. '나'의 존재를 실현하는 욕구를 통해 타자가 곧 그 존재 실현의 물적 기반이라는 사실이 드러난다. 타자는 언제나 우연성을 동반하고 나타난다. 타자의 출현은 '나'를 감싸고 있는 실존의 베일을 걷고, '나'의 현존을 하나의 의미로 태어나게 한다. 타자는 '나'를 바라보면서 '나'를 객체화하고 '나'를 향유한다. 모든 삶은 세계를 채우고 있는 것들에 대한 '나'의 향유다.


징이 울린다 막이 내렸다
오동나무에 전등이 매어 달린 가설 무대
구경꾼이 돌아가고 난 텅 빈 운동장
우리는 분이 얼룩진 얼굴로
학교 앞 소줏집에 몰려 술을 마신다
답답하고 고달프게 사는 것이 원통하다
꽹과리를 앞장세워 장거리로 나서면
따라붙어 악을 쓰는 건 쪼무래기들뿐
처녀애들은 기름집 담벽에 붙어 서서
철없이 킬킬대는구나
보름달은 밝아 어떤 녀석은
꺽정이처럼 울부짖고 또 어떤 녀석은
서림이처럼 해해대지만 이까짓
산구석에 처박혀 발버둥친들 무엇하랴
비료값도 안 나오는 농사 따위야

아예 여편네에게나 맡겨 두고

쇠전을 거쳐 도수장 앞에 와 돌 때

우리는 점점 신명이 난다

한 다리를 들고 날라리를 불거나

고갯짓을 하고 어깨를 흔들거나.

― 신경림, 「농무」[1971]

해방을 맞고 빼앗긴 주권을 찾아왔지만 한번 눌린 삶의 형편은 좀처럼 나아지지 않았다. 가난은 살림을 옥죄고 삶은 더욱 궁상스러워졌다. 지체가 높고 쌓은 재물이 많은 사람이야 떵떵거리며 살았지만 배운 것과 가진 것이 없는 민중들은 "답답하고 고달프게 사는 것이 원통"하고, 그 맺힌 걸 풀 길이 없었다. 꽹과리를 앞장세워 장거리를 돌고 날라리를 불며 신명을 돋워보지만 뻥 뚫린 가슴 한구석의 허전함을 채울 도리는 없다. 고작 할 수 있는 것이라고는 못난 얼굴끼리 모여 술추렴을 하거나 비료 값도 안 나오는 농사를 두고 푸념이나 할 따름이다. "산서리 맵차거든 풀 속에 얼굴 묻고 / 물여울 모질거든 바위 뒤에 붙으라네".[신경림, 「목계장터」] 산서리가 맵찰 땐 얼굴 묻을 풀이 있고, 물여울 모질 땐 그 뒤에 몸을 피할 바위가 있다. 하지만 맵고 모진 삶은 피해 숨을 곳은 없다. 「농무」[1971]는 농경사회에서 산업사회로 옮겨가는 시대에 희생자로 전락한 소규모 자작 농업에 종사하는 농민들의 상실감과 울분을 담은 시다. 시인은 농사가 더는 아무 희망이나 보람이 없는 시대의 답답함과 울분들을 사실적 언어로 토로한다. 이 시는 아무리 악을 쓰고 농사일에 달라붙어도 나날의 살림이 줄고 사는 게 팍팍해지는 사정에서 비롯된 억울함과 답답함을 세상에 일러바친다. 이 일러바침의 사연 안쪽에는, 적게 일하는 자들이 떵떵거리며 살고 뼈가 휘도록 많이 일하는 사람이 고달프게 사는 세상은 잘못되었고, 잘못된 세상은 바로 고쳐져야 한다는 옹골진 속생각이 들어 있다.

숨죽여 흐느끼며
네 이름을 남 몰래 쓴다.
타는 목마름으로
타는 목마름으로
민주주의여 만세
— 김지하, 「타는 목마름으로」[1975] 일부

전근대에서 근대로, 농촌에서 도시로, 독재에서 민주로, 성장에서 분배로, 억압에서 자유로 달려온 우리의 100년이다. 아비는 종이었고,[서정주] 님은 막무가내로 떠나갔다.[김소월·한용운] 모란이 뚝뚝 진 뒤 봄을 여읜 설움에 잠겨 "삼백예순날 하냥 섭섭해" 울며 새 봄을 기다렸다.[김영랑] 아내도 떠나보내고, 아내와 살던 집도 잃고, 부모와 동생들과도 떨어져서 낯선 거리를 헤맸다. 그러다가 어느 집 헛간을 얻어들어 "내 슬픔과 어리석음에 눌리어 죽을 수밖에 없는 것"을 느끼면서도, "드물다는 굳고 정한 갈매나무"를 혼자 그려보는 것이다.[백석] 그 드문 갈매나무를 바라고 그려보는 마음과 "별을 노래하는 마음"[윤동주]은 한마음이다. 가진 걸 빼앗기고 살던 곳에서 내쫓기고, 눌리고 찢긴 마음엔 맺힌 한과 쌓인 설움이 그득했지만, 우리는 초식동물같이 견디고 참을 줄만 아는 족속이었다. 우리가 한 건 겨우 "물속의 제 그림자를 들여다보고 / (중략) / 슬픈 모가지를 하고 먼 데 산을 쳐다" 보았을 뿐이다.<sup>노천명, 「사슴」, 1938</sup> 우리가 걸어온 100년의 길은 어두운 길이었고, 비바람 몰아치는 불순한 날씨로 얼룩진 세월이었다. 상실의 세월, 헤맴의 세월, 유형의 세월이었다. 상실과 가난과 근심들을 고요히 참고 견디며 깊은 어둠 속에서 한 발 한 발 떼며 앞으로 걸어온 세월이었다. 우리가 100년 동안 노래한 시는 전환과 격동의 시대를 건너오며 "타는 목마름으로"<sup>김지하</sup> 부른 노래다.

한국 현대시는 100년을 맞고 새로운 100년의 들머리에 서 있다. 달려온 시간이 100년이었다면 앞으로 나아갈 시간도 100년이다. 우리가 고향을 떠나 고향을 잊은 세월이 100년이라면, 버린 헌신짝처럼 떠난 뒤 까마득히 잊은 고향으로 온전히 돌아가는 데 걸릴 세월도 100년일 터다. 그래서 시인은 노래한다. "대꽃이 피는 마을까지 / 백년이 걸린다"<sup>서정춘, 「죽편 1」</sup>라고. 우리 앞의 100년이 백화제방의 시절이었다면 미래의 100년도 백화제방의 시절일 터다. 꽃은 한 가지에서 피어나도 제각각이다. "과거와 미래에 통하는 꽃"들은 "공허의 말단에서 마음껏 찬란하게 피어오른다".<sup>김수영, 「꽃2」</sup> 시는 혀끝에서 맴도는 언어들 속에 있다. 개화되지 않은 꽃봉오리들! 그것들은 이미 있는 시와 앞으로 와야 할 시들 사이에서 개화를 기다린다. 무수한 시들이 언어와 사유 사이에서, 자연과 존재 사이에서, 죽은 시인과 태어나는 시인 사이에서 떠돈다.

# 시, "미의 기적"

동곽자가 장자에게 묻기를, "도가 어디에 있습니까?" 하자, 장자는 "없는 곳이 없소."라고 했다. "어디에 있는지 꼭 집어서 얘기해 주시오." "청개구리나 개미에게도 있소." 했다. "어찌 그리 하등한 것들에만 있소?" "기장이나 피에게도 있소." "어찌 더 하등한 것으로 내려가오?" "기왓장이나 벽돌에도 있소." "어째서 더욱 하등한 것으로 내려가오?" "똥이나 오줌에도 있소." 이윽고 동곽자는 아무 말이 없었다.

말없는 동곽자에게 장자는 이렇게 일렀다. "당신의 물음은 도의 본질에 미치지를 못했소. 예컨대 시장 관리인이 시장 감독자에게 돼지의 살찐 여부를 알아보게 했을 때 조사하는 부분이 꼬리나 다리같이 하잘것없는 부분을 조사할수록 다른 부분이 살쪘는지 아닌지를 더 잘 알 수 있소. 당신은 도가 어디에 있는가를 한정하려고 했는데, 이는 잘못된 것이오. 지극한 도는 어디에나 있는 것이오. 위대한 도를 말하는 말도 그와 같아, 주·편·함<sup>周·徧·咸</sup>의 세 글자가 그 이름은 다르지만 그 실제의 뜻은 같은 것으로, 어느 것이나 도가 두루 존재한다는 뜻을 지녔다는 점에서는 하나요." 『장자』,「지북유知比遊」

시는 말의 꾸밈이 아니요, 말의 부림이자 말 그 자체다. 말은 만물과 그 징조를 드러내고, 시인은 그 징조에 감응하여 노래한다. 사람은 말을 쓰는 자이자 말의 운명에 제 운명을 겹친다. 직설하면 말은 곧 사람이며 삶은 말의 안에서 이루어진다. 아울러 사람은 말의 안에서만 살 수는 없으며 말과 더불어 살 수 있을 뿐이다. 사람은 보고 듣고 느낀 것을 말에 실어 소통하며, 천하를 부리고, 우주만물의 운명을 내다본다. 사람이 말과 더불어 흥하고 쇠하듯 말 역시 사람이 겪는 변전의 운명을 내재화한다.

시인은 "나는 쓴다, 고로 나는 존재한다."라는 명제를 몸으로 산다. 실용주의 가치관이 득세하는 문명세계에서 쓰는 것만으로 존재를 지탱하려는 자들은 무용한 열정에 들린 것처럼 보일지도 모른다. 그러나 시인들은 빗방울에서 움직이는 우주를 보고, 모래알에서 궤도를 이탈한 별의 현존을 보며, 꽃봉오리를 흔들고 지나는 한 줄기 바람에서 탐미의 몸짓을 본다. 시집이 안 팔리고 시가 헐값 취급을 당하는 이 세태의 천박함에 맞서 시인은 시로써 내면의 소리를 붙잡고, 세속이 품은 신성神聖을 직시하며, 언어로 우주를 건설하려고 한다. 시인은 무통문명無痛文明의 시대에 사람들이 떨쳐내는 고통을 제 몸에 품고 진주를 키우는 희귀한 영성의 존재다. 시인들이 있기에 권태와 허무와 절망마저 뜻과 생기를 얻고, 우연의 응축들로 이루어진 모든 삶들이 빛난다.

시는 심미본능에 바탕을 둔 언어예술이지만 아름다움 그 자체가 시의 목적은 아니다. 시는 일체의 아름다움을 넘어서는 곳에 존재한다. 뜻의 곡진함, 말법의 새로움, 생동하는 기운이 한데 어우러질 때 시는 제 빛을 낸다. 감히 시가 생계를 견인하는 일보다 갈급하며 숭고한 사업이라고 단언하지는 못한다. 하지만 심미감각을 세련되게 하며 세상을 보는 다른 눈과 다정한 인격을 키워주는 데 제격임을 부인하기는 어렵다. 때때로 사람은 먹고사는 것과 결부된 합목적성을 넘어서서 숭고함의 본질 속에서 삶을 들여다보고자 하는 욕망을 품는다. 시는 그 숭고한 욕망의 구체적 현존이다. 그래서 시를 아는 것은 전부를 아는 것, 곧 우주를 아는 것이다.

시는 경험을 청취하되 경험을 넘어간다. 시는 오래된 기억이기보다는 반기억<sup>反記憶</sup>, 혹은 기억의 대속<sup>代贖</sup>이다. 시는 역사에 곁살이를 하지만 제 존재가 나온 뿌리인 역사를 부정한다. 역사의 언어가 화석의 언어라면 시의 언어는 생물의 언어인 까닭이다. 시는 의미의 정언적 요청이 아니라 의미를 갖고 노는 놀이다. 시는 역사에 투항할 때가 아니라 역사와 맞서며 긴장관계를 이룰 때 빛난다. 시를 빚는 욕망과 기억들은 역사가 내장한 도덕과 계시의 규범에서만이 아니라 쾌락과 즐거움에 따라서도 움직인다. 시는 환원불가능한 것을 화석화시키는 대신에 생물로 끌어안고 그것과 연애한다.

시는 언어 이전에 있다. 시가 언어의 질료성을 제 실존태로 삼는 게 사실이라면 정서 그 자체는 시가 아니다. 정서에 언어가 입혀지는 순간 불가피하게 시인의 개성과 기질을 드러낸다. 시는 언어를 쓰되 언어를 넘어선다. 비유적으로 말하자면 언어는 강을 건너는 나룻배다. 강을 건넌 자는 나룻배를 버린다. 시는 언어가 아니라 이미지, 리듬, 비전을 추구한다. 일본의 전통 시가인 하이쿠俳句는 언어를 쓰되 언어의 텅 빈 상태를 겨냥한다. 하이쿠는 의미로 분해할 수 없는 한 점의 이미지, 한 점의 정서를 향하여 나아간다.

넓은 들이여, 내려앉을 마음 없이 우는 종다리
— 마쓰오 바쇼松尾芭蕉, 1644~1694

모든 하이쿠는 직관이 작동하는 찰나를 포착한다. 말로 표현할 수 없는 순간을 말로 붙잡으려 한다는 점에서 하이쿠는 모순을 내재한 담론 양식이다. 하이쿠는 외마디 언어다. 따라서 응축되거나 통제되지 않는다. 하이쿠는 언어의 과잉과 의미의 첨가를 지양하는 데서 제 존재태를 구한다. 하이쿠가 언어를 절제해서 기표를 극소로 압축한다 해도 기의의 두꺼움이 비례해서 얇아지는 것은 아니다. 하이쿠는 극소의 언어를 지향하며 궁극적으로 의미에 대한 태만을 양식화할 뿐이다. 하이쿠의 궁극은 무언어일 것이다. "하이쿠가 할 일은 완벽하게 읽을 수 있는 담론으로부터 의미를 면제하는 것이다."라는 롤랑 바르트의 언술도 같은 맥락으로 읽힌다. 바르트는 하이쿠 문학의 본질을 다음과 같이 말한다. "하이쿠는 장식용 고리처럼 자신의 몸을 감아버리기 때문에, 그것이 추적한 것처럼 보이는 기호의 흔적은 모두 지워진다. 획득된 것은 아무것도 없으며, 단어의 보석은 그냥 주조되었을 뿐이다. 의

미의 파도도, 의미의 흐름도 아니다." [2]

다시 바쇼의 시로 돌아가자. 태고의 시절에 양과 맑은 기운은 하늘이 되고 음과 탁한 기운은 땅이 되었다. 그 뒤로 하늘은 지극히 높아졌고, 땅은 지극히 깊어졌다. 이 시의 배경인 봄날 들판은 태고의 우주를 감각하게 한다. 하늘은 높고 땅은 깊은데, 그 둘이 이룬 세계는 유구하고 장엄하다. 날갯짓하며 나아가는 한 마리 작은 종달새로 말미암아 이 천지간을 채우고 있는 정과 고요에 균열이 생긴다. 종달새의 거침없음은 무심과 무위無爲의 경지를 체현한다. 그러나 종달새로 말미암은 동학動學은 오히려 천지간의 고요 속으로 빨려 들어간다. 천지간이 본질의 세계라면 종달새는 현상의 세계다. 무릇 현상들은 본질의 바탕

2) 롤랑 바르트, 『기호의 제국』, 김주환·한은경 옮김, 민음사, 1997. 바르트는 하이쿠를 알고 그 매력에 흠뻑 빠졌다. 일체의 기의를 증발시키고 기표만 남기는 하이쿠를 좋아해서 『기호의 제국』에서 꽤 길게 분석하고 있다. 하이쿠는 최소한도의 언어를 지향한다. 하이쿠는 5·7·5 음절의 구성을 가진 17자의 일본 운문이다. 그것은 말의 단순한 축소형 포착이 아니라 차라리 "딱 맞는 형식을 단번에 발견해낸 간결한 사건"이다. 하이쿠는 묘사도 의미의 지시도 없다. 서구의 고전적 글쓰기와는 전혀 다르다. 그것은 텅 빈 무엇이다. 롤랑 바르트는 "사진을 찍을 때의 섬광이지만 카메라에 필름 넣는 것을 잊어버린 상태"라고 말한다. 그것은 쓰이기 위해서 쓰일 뿐 애서 의미를 포획하려는 일체의 노력을 무화시킨다. 그런 까닭에 하이쿠는 "가장 기이한 의미의 유예상태"에 머문다. 롤랑 바르트는 하이쿠에서 선禪의 정신을 보았다. 선은 의미에 고착하는 것이 아니라 그것의 판단정지 상태에 이르는 것을 목적으로 삼는다. 그래서 선은 의미에서 도망간다. 선은 의도적이고 극단적으로 의미를 방기하는 행위다. 역설적으로 의미를 버림으로써 의미를 취한다. 하이쿠 역시 마찬가지다. 하이쿠는 하염없이 의미에서 도망간다. 하이쿠는 의미의 포착이 아니라 즉각적인 의미의 면제 행위다. 하이쿠는 그저 "상징의 텅 비어 있음 그 자체"를 겨냥한다. 마치 거울과 같이. 그래서 "하이쿠는 주체도 신도 없는 형이상학을 통해 진술된 것으로, 불교의 무나 선의 깨달음에 상응한다." 선의 깨달음은 궁극적으로 무언어의 상태다. 해탈이 바로 그것이다. 하이쿠는 언어의 간결성이나 함축이 문제가 되는 게 아니다. 언어는 그 근본에서 불완전한 의미작용이다. 하이쿠가 보여주는 언어의 간결성과 함축은 의미작용을 하는 언어를 버리려는 몸짓의 표상이다. 하이쿠는 언어를 최소한도로 쓰면서 내부적으로는 그 언어를 지우는 운문 형식이다. 하이쿠는 어떤 심층의 의도도 겨냥하지 않는다. 아예 심층이 없다. 기의를 배제한 기표만의 놀이가 곧 하이쿠다. 그래서 하이쿠에서는 표면이 곧 심층이다. 하이쿠는 즉각적인 것이므로 이차적 사고는 당연히 폐기될 수밖에 없다.

위에서만 그 모습을 드러낸다.


해 지고 나서
하나 둘 들어서는 집
선술집
처마끝 등불에 끼는 밤물컷들
— 고은, 「선술집」3)


급한 물에 떠내려가다가
닿은 곳에서
싹 틔우는 땅버들씨앗


이렇게 시작해보거라
— 고은, 「순간의 꽃」


고은의 어떤 시들은 기표의 두께를 줄이고 기의를 한없이 유예시키며
이차적 사고를 거절한다는 점에서 하이쿠와 그 본질에서 통한다. 이런
친연성은 하이쿠가 선禪의 세계와 닿아 있고, 고은이 본디 선승禪僧 출신
이라는 점 때문인지도 모른다. 「선술집」은 일체의 의미를 배제하는 시
다. 오로지 한 점의 이미지만 있을 뿐이다. 즉물로 드러난 특권적 순간

---

3) 고은 시선, 『어느 바람』, 백낙청 외 엮음, 창작과비평사, 2002.

만이 있는 이 시가 이차적 연상을 불러오지 않는 것은 아니나 그것에 상징적 의미를 부여하는 행위는 보람 없는 일이다. 시인의 의도를 비켜나는 일이기도 하거니와 쓸데없는 주석에 지나지 않기 때문이다. 하지만 「순간의 꽃」이 아우르는 기표의 두께는 얇지만 기의를 적극적으로 목적한다는 점에서 「선술집」과는 다르다. 「선술집」이 무의미의 지형학을 이루고 있다면, 「순간의 꽃」은 의미와 도덕의 지형학에 적극적으로 포섭된다.

안개 걷힌 봄 산이 비단처럼 밝은데,
진기한 새들은 서로 화답하며 온갖 소리로 운다.
산집에는 요즘은 찾는 손님이 없으니,
푸른 풀이 뜰 안에 마음껏 났다.


석양의 아름다운 빛 시내와 산을 흔들고,
바람은 자고 구름은 한가한데 새는 스스로 돌아온다.
홀로 앉은 그윽한 회포를 누구와 이야기하리?
바위 언덕은 고요하고 물은 졸졸 흐른다.
— 퇴계 이황[1501~1571], 「춘조春朝, 하모夏暮」, 『문집 권4文集卷四』


퇴계는 시를 잘 썼으나 시인으로 자처하지는 않았다. 퇴계는 "시가 사람을 그르치게 하는 것이 아니라 사람이 스스로 그릇되기도 한다."[『문집 권3』]고 썼다. 시의 효용성을 일정 부분 인정하는 말이다. 퇴계는 많이 짓는 것은 거기에 빠져 잘못된 길로 나아갈 수 있으므로 피해야 한다고 일렀다. '많이 짓는 것을 피하라.'는 퇴계의 시에 대한 염결성은 다음과 같은 말에서도 잘 나타난다. "화답시 열 수를 공은 기어이 받아내려 하지 마라. 긴 문장으로 이어진 작품도 또한 한 줌의 티끌에 불과한 것을."『문집 권5』 퇴계는 옛것을 많이 읽고 연구하여 우아한 것과 속된 것, 제대로 된 것과 잘못된 것의 분별을 갖추고, 아울러 본 것이 많고 식견이 높고 수양을 쌓아 정신이 맑으며, 향기롭고 윤택함이 차는 것을 좋은 시를 쓰는 조건으로 들었다.[4]

퇴계는 2,000여 수의 시를 남겼는데, 하이쿠와는 달리 기표를 극단적으로 축약하지는 않았다. 퇴계의 시들은 기표와 기의가 적절하게 조화와 균형을 이루고 있다. 시로 돌아가자. 안개가 걷힌 뒤 봄 산은 비단 같은 고운 자태를 홀연 드러낸다. 봄 산은 선정禪定에 든 듯 고요한데, 여기에 진기한 새떼들이 몰려와 지저귄다. 새소리는 고요한 세계를 뒤흔드는 동학을 보여주지만, 이 봄날 아침은 정과 동이 어느 한쪽으로 치우침 없이 절대적 균형을 이루고 있다. 찾는 사람의 발길이 오래 끊긴 듯한 산집의 뜰에는 푸른 풀이 가득하다. 우연히 이곳을 지나가는 나그네는 이 고요를 놓치지 않는다. 정작 나그네가 본 것은 외물의 풍경에 깃든 고요가 아니라 바로 제 마음에 오롯하게 들어와 있는 고요다. 그 마음의 고요가 곧 천지의 거울이요, 만물의 거울이다.『장자』「천도天道」 나그네는 제 안의 거울에 비친 세계를 물끄러미 보았을 따름이

---

4) 이에 대한 논의는 왕생王甦, 『퇴계시학退溪詩學』(이장우 옮김, 퇴계학연구원, 1981)을 참조하였다.

다. 이어지는 구절에도 정과 동의 균형은 어느 한쪽으로 기울지 않고 그대로다. 석양의 빛은 시내와 산을 흔든다. 그저 무덤덤하게 제자리를 지키고 있던 시내와 산이 석양의 빛을 받자 마치 잠에서 깨어난 듯 기지개를 켜며 제 존재를 드러낸다. 바위 언덕은 고요하지만, 그 아래 계곡으로는 물이 소리를 내며 흘러간다. 고요를 흔들어 깨우는 동적인 물소리로 말미암아 고요가 또렷하게 나타난다.

바쇼나 퇴계가 보여주듯 시는 언어도 아니요, 그것을 다루는 기교도 아니다. 그것들을 버리고 나아가는 데에 시가 있다. 노자는 『도덕경』의 첫 장에서 말과 문자가 도를 한정지을 수 없고 그것에 의지해서는 도에 닿을 수 없음을 단호하게 천명한다. "말로 드러내는 도는 영원한 도가 아니요, 이름을 지어 부르는 이름은 영원한 이름이 아니다. 없음은 천지의 처음이고, 있음은 만물의 어미 됨이다. 그러므로 없음에서 도의 실재를 살펴야 하며, 아울러 있음에서 도가 작용함을 살펴야 한다. 이 둘은 하나의 근원에서 나온 것으로 이름만 다를 뿐이다. 그 둘은 다 같이 유현幽玄하다. 그 깊음이 헤아릴 수 없을 만큼 깊어 온갖 도리와 변화를 아우르는 근본이 되는 것이다."<sup>노자, 『도덕경』 제1장</sup> 말은 만물에 앞서지 못한다. 따라서 천지의 시작이며, 만물의 어머니라 일컫는 도를 말이 앞설 수는 없다. 말은 분별하고 규정하는 인식의 도구일 뿐이다. 만물의 있음 뒤에 말이 생겨난다. 그 만물의 처음은 텅 빔이며, 어떤 이름으로도 부를 수 없는 무극無極이자 태허太虛다. 노자는 그것을 도라 부른다. "도는 텅 비어 있으되 차 있지 않음을 쓰는 듯하다. 깊고 깊은 것이 만물의 기원인 것 같다. 그 날카로운 것을 꺾어 보려 하

39

면 그 빛이 서로 어우러지는 것 같고 그 얼크러진 것을 자세히 풀어 헤치면 그것은 먼지와도 같다. 맑고 맑아 혹 있는 것도 같은데 나는 누구의 아들인지 알지 못한다. 다만 상제보다 더 먼저인 것만 알 따름이다."노자, 『도덕경』 제4장 노자는 도를 우주만물을 있게 한 태초의 그 무엇이라고 말한다. 그것은 텅 빔으로 존재한다. 말은 그 텅 빔을 채울 수도 없고 그것을 바로 부를 수도 없다. 말 위에 도를 세울 수 없기 때문에 노자는 "말로 드러내는 도는 영원한 도가 아니요, 이름을 지어 부르는 이름은 영원한 이름이 아니다."라고 한 것이다.

시는 언어를 쓰되 궁극에서는 그 언어를 줄여야 한다. 시가 항상 최소의 언어로 최대의 의미를 끌어내려는 것, 언어와 언어 사이의 여백과 침묵에 의미를 부여하는 것, 압축파일을 지향하는 게 그 증거다. 시는 언어의 금욕주의를 실천함으로써 세상의 모든 수다를 추문으로 만든다. 시는 언어를 방법적 도구로 쓰되 언어에서 자유로워야 한다는 영원한 모순명제를 산다. 시의 본래면목이 진술이 아니라 울음이며 노래이고, 다가오는 것들에 대한 계시로 어두운 하늘에서 우는 천둥이며 번개인 까닭이다.

경서經書들은 변화무쌍한 물물의 세계 속에 작용하는 항구불변의 이치를 추구한다. 만물을 아우르며 그것에 작용하는 영원하며 지극한 도리를 찾고 그 도리를 기둥 삼아 인간사의 기강을 세운다. 그러나 시는 만물에 작용하는 변화무쌍에 조응하여 말을 변통하고 활용하며 변화무쌍과 더불어 노는 것이다. 하찮은 벌레의 울음소리, 대숲에 이는 바람, 진눈깨비 내리치는 들판, 우뚝 솟은 산과 굽이쳐 흐르는 강, 해와 달의 빛, 봄의 생동하는 기운과 가을의 쇠퇴하는 기운, 사계절의 순환, 만물의 나고 죽음…… 등등이 그 변화무쌍 속에서 유전流轉한다.

멈추고 흐르지 않는 것은 죽음이라면 흐르며 나아가는 것이 삶이다. 멈춘 것은 굳고 강해지는데 이는 죽음의 현상이고, 흐르는 것은 부드럽고 유연한데 이는 산 것의 불가피한 기질이요 바탕이다. 노자는 "사람이 태어남에는 부드럽고 약하나 그 죽음에는 뻣뻣하고 강하다. 풀과 나무도 태어남에는 부드럽고 연하나 그 죽음에는 말라비틀어진다. 그러므로 뻣뻣하고 강한 것은 죽음의 무리요, 부드럽고 약한 것은 삶의 무리다. 이 때문에 군대가 강하면 이기지 못하고 나무도 강하면 꺾이니, 강하고 커다란 것은 밑에 처하고, 부드럽고 약한 것은 위에 처한다."노자, 『도덕경』 제76장고 했다. 그래서 부드럽고 약한 것이 늘 굳세고 딱딱한 것을 이긴다. 노자가 본바 사람은 그 삶과 죽음의 사이에서 움직이는 존재다. 그렇다고 시가 만물에 작용하는 이치에서 크게 벗어나는 것은 아니다.

옛 경서에서 "시는 생각을 말한 것이고 노래는 말을 길게 읊은 것이다."『상서尚書』, 「순전舜典」라고 하였다. 이는 경전에 보이는 시에 대한 첫 언급이다. 또 『한서漢書』에서는 "그 말을 읊은 것을 시라 하고, 그 소리를 읊은 것을 노래라 한다."「예문지藝文志」고 하였다. 시와 노래는 한 몸이었는데, 훗날 둘로 나뉜 것이다. 『예기禮記』에서 "시는 그 생각을 말한 것이고, 노래는 그 소리를 읊은 것이며, 춤은 그 모습을 움직인 것이다. 이 셋은 마음에 근본을 두고 있으며 그러한 뒤에 즐거움이 뒤따른다."라고 하였다.「악기樂記」 이렇듯 시란 생각이 움직여서 나오는 것이다. 마음에 담은 것은 생각으로 여물고, 생각은 말에 의지해 외시(外示)되는 것인데, 그게 운(韻)을 갖추면 시로서 성립한다. 『예기』의 주에서는 "시는 이어받은 것을 말한 것이다."라 하였고, 유협(劉勰)[5]은 "시란 지(持)다. 사람의 성정을 지니고 있다는 것이다. 『시경』300편을 한마디로 개괄하면 결국 내용에 사악함이 없는 순수성으로 귀결된다. 이에 시를 지(持)라고 풀이한 것은 논리에 맞는다."『문심조룡文心雕龍』,「명시明詩」라고 하였다.

경서가 사람이 따르고 본받아야 할 이치와 도덕을 세운다면 시는 감정에 바탕을 두고 만물과 조응하여 심정을 화창하게 하는 기율을 따른다. 경서가 심지를 바르고 굳세게 세운다면, 시는 누리고 즐기는 것으로 사람의 마음을 부드럽게 하는 것이다. 경서와 시의 바탕은 크게 다르지 않으니, 그 근본 바탕은 사람이고, 사람을 비로소 사람이게 하는 마음이며 마음에서 지은 말이다. 백거이(白居易)는 「여원구서與元九書」에서, "육경(六經)에 대해서 말하면 시가 으뜸이다. 왜 그런가? 성인은 사람의 마음을 감화시켜 천하를 평화롭게 하는데, 사람의 마음을 감화시키는 것으로는 감정보다 나은 것이 없고 말보다 먼저인 것이 없으며 소리보다 절실한 것이 없고 내용보다 깊은 것이 없는 까닭이다. 시란 감정에 뿌리를 두고 말에서 싹틔우고 소리에서 꽃피우고 내용에서 열매를 맺는다."라고 하였다. 백거이는 당나라 대종(代宗) 대력(大曆) 7년[722] 정월 20일에 정주(鄭州) 신정현(新鄭縣)에서 계당(季唐)의 차남으로 태어난 사람이다. 백거이의 자는 낙천(樂天)이고, 만년에는 호를 취음선생(醉吟先生) 또는 향산거사

---

5) 465?~520, 중국의 위진남북조 시기에 활동한 문예이론가다. 중국 고전에 대한 해박한 지식을 바탕으로 『문심조룡』이라는 문예이론서를 펴냈다.

香山居士라 하였는데, 이름으로 삼은 거이居易는 『중용中庸』의 "군자는 편안한 위치에 서서 천명을 기다린다."는 말에서 취하고, 자로 삼은 낙천樂天은 『역경易經』「계사繫辭」편에 나오는 "천명을 즐기고 알기 때문에 근심하지 않는다."는 말에서 취했다. 1,300년 전 사람 백거이는 감정과 내용이 시의 안쪽에 숨은 본질이고 말과 소리는 시의 바깥으로 드러나는 외형이라고 말한다.

경서의 큰 줄거리는 도덕이고, 그 효용성은 도덕을 통한 인성의 교화에 둔다. 교화가 늘 경서의 전유물만은 아니다. 시 역시 교화에서 비롯되었다는 언급은 옛 서책들에 자주 나오는 내용이다. 『예기』에는, "공자께서 말씀하시기를, '그 나라에 들어가면 교화의 정도를 알 수 있다. 사람됨을 부드럽고 너그럽게 하는 것이 시의 교화이다.'"「경해經解」라고 하였다. 『예기』의 또 다른 대목에서는, "봄과 가을에는 예악을 가르치고, 겨울과 여름에는 시서를 가르친다."「왕제王制」는 구절을 볼 수가 있다. 장학성章學誠은 『문사통의文史通義』에서, "후세의 학문은 육례에 근원을 두고 있으나 대부분은 시교에서 나왔다."라고 하였다. 옛날에는 시가 예와 도덕의 근간으로 여겨졌던 모양이다. 시는 시면서 시교詩敎였던 것이다!

유협은 시가 마땅히 따르거나 피해야 할 여덟 가지의 풍격을 논하는데, 첫째 전아典雅, 둘째 원오遠奧, 셋째 정약精約, 넷째 현부顯附, 다섯째 번욕繁縟, 여섯째 장려壯麗, 일곱째 신기新奇, 여덟째 경미輕靡가 그것이다. 앞서 언급한 여섯 가지는 문장의 격식으로 모범 삼아야 할 것이고, 뒤에 나오는 두 가지는 삼가고 멀리해야 할 것이다. 첫째는 경서에 이르는 가르침에 충실한 것이요, 둘째는 깊고 간곡한 가르침을 새기는 것이요, 셋째는 대충대충 함이 없이 세밀하게 따지고 살피는 것이요, 넷째는 표현의 기율이 바르고 분명하며 이치에 들어맞는 것이요, 다섯째는 두루 해박하여 비유와 수사가 거침없는 것이요, 여섯째는 그 논지가 고매하고 기획이 웅대해서 아름답고 특출한 문채를 이루는 것이요, 일곱째는 옛것을 멀리해서 새롭고 기이한 것만 따르는 풍조요, 여덟째는 들뜬 표현과 알맹이가 없이 세속의 유행에 치우치는 것을 말한다.

시는 낭랑한 말이며, 만물의 형상과 마주하여 마음에 일어나는 그림이다. 좋은 시는 소리를 잡되 그림을 내치지 않고, 그림을 잡되 소리를 배제하지 않는다. 좋은 시는 소리와 그림을 함께 붙잡아 그것으로 문채文采의 지극함을 만든다. 시는 문채와 성운聲韻이 조화롭게 어울릴 때 비로소 위대해질 수 있다.

유협에 따르자면 이상적인 문장은 '풍風'과 '골骨'과 '문채'가 두루 어우러져야 한다. '풍'은 작가의 사상과 감정, 기질적인 것에 바탕을 둔다. 구체적인 표현을 가리키는 것으로 글에 기운생동을 불어넣는 힘이다. 따라서 풍에 따라 글은 부드럽거나 강건해진다. 골은 몸을 지탱하게 하는 뼈대로 표현의 짜임새와 체계를 바로 세우는 것을 뜻한다. 풍과 골이 살아 있어야 글에 생기가 있고 수사가 빛이 난다. 그것이 없으면 글은 김빠진 탄산음료와 같이 밍밍해진다. 풍격이 조화롭게 어우러진 뒤에 거기에 문채가 더해져야 밍밍함에서 벗어날 수 있다. 표현하고자 하는 뜻은 정확해야 하고, 그 체계가 바로 서야 하며, 거기에 수사의 화려함이 더해져야 한다. '채'는 수사적 아름다움을 뜻한다. 문학의 즐거움은 이 채에서 비롯되는 바가 크다. 채의 실질은 사물에 감응하는 느낌의 총체다. 그 느낌의 총체를 유협은 '정情'이라고 했고, 그게 채의 내적 본질이라고 일렀다. 그 정이 외시적 형식으로 나타나는 것이 채다. 그 둘은 손바닥의 안과 바깥 같아서 분리되지 않는다. 유협은 다음과 같이 말한다. "화려한 꿩이 갖가지 색들의 깃털을 두루 갖추고 있으나 백보밖에 날지 못하는 것은 살은 쪘으나 힘이 부족하기 때문이다. 매가 아름다운 깃털을 갖추지는 못했으나 하늘 높이 날아오르는 것은 골력이 강건하고 그 기운이 맹렬하기 때문이다. 문장의 재능과 역량도 이와 유사하다. 만일 풍과 골은 있으나 문채가 없다면 문학의 영역에 야생조류들만 있는 것과 같을 것이고, 문채는 있으나 풍과 골이 없다면 문학의 숲에서 도망 다니는 꿩과 같을 것이다. 오직 빛나는 문채를 갖추고 있으면서도 높이 날아오를 수 있어야 문장에서 봉황과 같은 존재가 될 수 있다."『문심조룡』, 「풍골風骨」

우리 문학의 숲에는 여러 야생조류들이 있는데, 그중에는 깃털이 화려한 꿩도 있고, 성정이 거칠고 메마른 매도 있었다. 꿩은 깃털이 화려하나 잘 날지 못해 우스꽝스럽고, 매는 깃털이 볼품없고 흉해 마음에 흡족하지 않았다. 높이 날며 깃털이 아름답다는 봉황은 어딘가에 있다는데 찾아보기 어렵다.

오늘의 한국시단은 가히 백화가 한꺼번에 꽃을 피우고 향기를 공중에 퍼뜨리는 만화방창의 시절이다. 기화요초가 만개하고 향기는 공중에 진동하나 아끼고 즐기는 사람은 적다. 시인은 많지만 시집은 팔리지 않는다. 오늘의 시인들은 물에 비친 제 그림자만을 무력하게 바라본다. "슬픈 꽃이여, 홀로 자라며 마음 설레게 하는 상대라곤 / 오직 물속에 무력하게 보이는 제 그림자뿐."스테판 말라르메, 『시집』, 황현산 옮김, 문학과지성사, 2005 무력해서 제 그림자만을 보는 것이 아니라 제 그림자만을 바라보기 때문에 무력해지는 것이다. 오늘의 시인들은 제 그림자를 보고 저 혼자 감탄하고 저 혼자 설렌다. 그 까닭은 무엇인가? 사람들의 미에 대한 기호가 편벽되어 있기 때문일까? 시의 풍격과 문채가 오늘의 지친 마음을 어루만지고 화창하게 하는 데 부적절하기 때문일까? 아니면 시인들이 표현의 신기성만 좇다가 절실함과 심오함을 잃고 문학의 풍기를 쇠미하게 만든 탓일까?

사람들이 시를 가까이하지 않으려는 것은 시절이 변했기 때문이다. 성정은 거칠어지고, 당장에 실용이 안 되는 것은 멀리한다. 그뿐만 아니라 아무도 문학을 정신의 정화精華로 여기지 않는다. 옛사람은 "문학은 나라를 경영하는 것과 같은 큰일이며 불후의 사업이다."라고 했지만, 오늘에 이르러서는 이 말이 공감은커녕 비웃음을 살 만한 것이 되고 말았다. 그렇게 된 까닭은 오늘의 시인들의 심령과 재기가 옛사람의 그것을 능히 따라가지 못하는 일면도 있다. "문예의 규율은 끊임없이 움직이면서 그 성과를 날로 새롭게 한다. 변화를 추구하기 때문에 오래도록 지속되고 전통을 지속함으로써 결핍을 면하게 된다. 시기를 맞이하면 반드시 과감해야 하고 기회를 탔을 때는 겁내지 않아야 한다. 당대를 바라보아 특이한 표현들을 창작해내고 이전 것을 참조하여 문예활동의 법칙을 정한다."유협, 『문심조룡』, 「통변通變」 모름지기 새것으로 제 이름을 내려는 자들은 옛것에 통달하여 그것을 잇고, 그 바탕 위에서 새것을 지어내야 한다. 오늘의 시인들이 쓰는 표현과 수사법은 신기하고 복잡해졌으나 자주 핵심적 본질을 놓치고 그 기세는 허약하다. 옛것에 대한 공부가 덜된 탓이다. 우주만물에 미치는 신령한 이치를 궁구하는 시인들은 적고 헛된 명성을 좇는 시인들은 많다. 오늘의 문학을 어지럽히는 혼탁한 사조는 문학을 쇠락하게 만들고, 그 책임은 시인들에게 있다. 그러니 문학의 숲에서 봉황은 찾아볼 수 없고 살찐 꿩과 굶주려 미친 매들만 득실거린다 해도 남 탓할 일이 아니다. 오늘의 시인들은 대선배이신 백거이의 말을 새겨야 한다. "문장은 시대에 부합하게 짓고, 시가는 시사에 부합하게 지어야 한다."백거이, 「여원구서」

눈여겨보면 좋은 시인들이 아주 없지는 않다. 그들이 피를 찍어쓰는 시집은 노닐 만한 꽃밭이다. 시인들은 고독하고 삶은 피폐하지만 그들이 짓는 시의 '집'들은 무릉도원 속에 있는 "자수정의 정원들"스테판 말라르메이다. 시의 집들은 피안이고 동굴이다. 인류 발생의 모태와 닮은 그것은 "신비와 두려움 어린 어떤 입구"다. 우리가 꿈꾸는 은신처, 고요한 휴식과 휴식의 꿈이 양육되는 곳이다.가스통 바슐라르, 『대지 그리고 휴식의 몽상』 시의 집들 속에서는 길을 잃어도 좋다. 우울한 기분을 화창하게 하는 까닭이다. 다시 한번 유협의 언술을 빌려오자. "작가의 창작활동이 순조롭게 진행되면 작품의 뜻과 감정의 여운이 살아 움직이는 듯하고 어휘의 기세가 함께 모여들어 이상적인 작품의 풍격을 연출하게 된다. 그리고 이러한 작품을 독자가 눈으로 보면 비단에 수가 놓여 있는 듯하고, 귀로 들으면 관현악을 듣는 듯하며, 이를 음미하면 풍부한 아름다움이 느껴지고, 이를 감상하노라면 꽃의 향기가 나는 듯하다."「문심조룡」,「총술總術」

　우리는 여러 오솔길들을 거쳐 꽃밭에 이른다. 우리가 그 꽃밭에 이르러 눈앞에 펼쳐진 꽃들의 아름다움에 취해 "꽃이여!"라고 말하는 순간 그 꽃들은 무슨 환각인 듯 눈앞에서 사라진다. 눈앞에서 사라진 것들이 마음속에서 "그윽하게, 솟아오른다."고 말한 것은 말라르메다. "내가 '꽃!'이라고 말하면, 내 목소리에 따라 여하한 윤곽도 남김없이 사라지는 망각의 밖에서, 모든 꽃다발에 부재하는 꽃송이가, 알려진 꽃송이들과는 다른 어떤 것으로, 음악적으로, 관념 그 자체가 되어 그윽하게, 솟아오른다."스테판 말라르메, 「시집」 우리가 사물의 이름을 불러 호명할 때 그것의 물질성으로 외시된 현존은 사라지고 순수한 현존만이 남는다. 사람들은 순수 현존을 음악이나 관념에서 느낀다. 음악은 알 수 있고 느낄 수는 있으나 만질 수는 없다. 물질 현존이 사라지고 순수 현존만이 그윽하게 솟아오를 때 비로소 "시라는 이름을 가진 미의 기적이 일어난다."앞의 책 꽃밭에서 물질로 현신한 꽃들은 사라지고 모든 꽃다발에 없는 꽃송이들만 휘황하게 피어 있다. 그 꽃송이들은 꽃으로서가 아니라 볼 수도 없고 만질 수도 없는 음악으로 그윽하게 솟아오르는 것이다.

　「노자시화老子詩話」는 그 "미의 기적"으로 가는 한 장의 지도다. 내가 맡은 바는 시집들을 두루 구해서 읽은 뒤 그 지도를 그려내는 일이다. 그 꽃밭 속에서 향기에 취해 유락遊樂의 날들을 누리는 것은 오로지 당신들의 몫이다. 다음의 목록6)에 열거된 시집들을 곁에 끼고 즐겨서 여러 번 읽었으나 이 시집들을 먼저 손에 잡은 것은 우연일 따름이다. 내 지도를 그리는 데 필요한 도움이 된다면 이것들에 한정해서 구하지 만은 않겠다.

6) 1. 유홍준, 『나는, 웃는다』, 창비, 2006.

2. 김경주, 『나는 이 세상에 없는 계절이다』, 랜덤하우스중앙, 2006.

3. 장인수, 『유리창』, 문학세계사, 2006.

4. 황병승, 『여장남자 시코쿠』, 랜덤하우스중앙, 2005.

5. 조말선, 『둥근 발작』, 창비, 2006.

6. 김사인, 『가만히 좋아하는』, 창비, 2006.

7. 신현정, 『자전거 도둑』, 애지, 2005.

8. 이근화, 『칸트의 동물원』, 민음사, 2006.

9. 이장욱, 『정오의 희망곡』, 창비, 2006.

10. 김이듬, 『별모양의 얼룩』, 천년의시작, 2005. .

11. 주용일, 『꽃과 함께 식사』, 고요아침, 2006.

12. 박해람, 『낡은 침대의 배후가 되어가는 사내』, 랜덤하우스중앙, 2006.

13. 진수미, 『달의 코르크 마개가 열릴 때까지』, 문학동네, 2005.

14. 복효근, 『목련꽃 브라자』, 천년의시작, 2005.

15. 김근, 『뱀소년의 외출』, 문학동네, 2005.

16. 장석원, 『아나키스트』, 문학과지성사, 2005.

17. 김영래, 『두 별 사이에서 노래함』, 세계사, 2006.

18. 손택수, 『목련전차』, 창비, 2006.

19. 윤성학, 『당랑권 전성시대』, 창비, 2006.

20. 문태준, 『가재미』, 문학과지성사, 2006.

21. 김행숙, 『사춘기』, 문학과지성사, 2003.

22. 황인숙, 『자명한 산책』, 문학과지성사, 2003.

23. 이성복, 『아, 입이 없는 것들』, 문학과지성사, 2003.

# 변신 이야기

선사 조주<sup>趙州</sup>와 제자 문원<sup>文遠</sup>이 방 안에서 나누는 문답이다.

조주: 나는 개새끼다.

문원: 저는 개새끼 똥구멍입니다.

조주: 나는 개새끼 똥구멍의 똥이다.

문원: 저는 개새끼 똥구멍의 똥 속에 있는 벌레입니다.

스승 조주가 말문이 막혔다. 그래서 제자에게 다음과 같이 물었다.

조주: 너는 그 안에서 지금 무얼 하고 있느냐?

문원: 피서하고 있는 중이지요.


## 1. 장자의 나비-되기

시인들은 변신의 천재들이다. 그들은 풀이 되고, 수련이 되고, 종달새가 되고, 박쥐가 되고, 늑대가 된다. 우리 시문학의 공간에 무수한 동물들이 우글거린다. 그 동물들은 뱀, 승냥이, 너구리, 호랑이, 개, 닭, 고양이, 쥐, 낙타, 거북, 사자, 오리, 독수리, 여우, 고래, 곰…… 등으로 끝이 없다. 시인은 말들의 혼례를 주재하고, 그 혼례는 이미지의 무염수태無染受胎로 이어진다. 이미지는 시인의 피와 욕망을 먹고 자란다. 이미지는 그것-되기다. 생성, 혹은 변용들. 흔히 호접지몽胡蝶之夢으로 널리 알려져 있는 장자의 변신은 그 좋은 사례다. "예전에 나는 나비가 된 꿈을 꾼 적이 있다. 그때 나는 기꺼이 날아다니는 나비였다. 아주 즐거울 뿐이었다. 그리고 내가 장주莊周임을 지각하지 못하였다. 갑자기 꿈에서 깬 순간 분명히 나는 장주가 되었다. 대체, 장주가 나비로 변하여 날아다니는 꿈을 꾼 것일까. 아니면 나비가 장주가 된 꿈을 꾸는 것일까. 장주와 나비는 별개의 것이건만 그 구별이 애매함은 무엇 때문일까. 이것은 사물이 변화하기 때문이다."『장자』, 「제물론」

장자가 말하는 도의 세계는 만물제동萬物齊同의 세계다. 꿈은 현실이고 현실은 꿈이다. 둘 사이의 분별과 경계가 없다. 장주가 곧 나비요, 나비가 곧 장주다. 무릇 대소, 미추, 선악, 시비를 분간하는 일은 뜻없다. 장자는 꿈속에서 술을 마시며 웃던 사람이 아침에는 슬픈 일이 생겨 통곡하고, 또 꿈속에서 통곡하던 사람이 아침에는 사냥을 하면서 웃는다고 말한다. 이 모든 일이 꿈속에서 일어나는 것이지만 "꿈을 꾸는 동안에는 그것이 꿈임을 알지 못하여" 울고 웃는 것이다. 우리의 어리석음은 그것이 꿈속에서 일어나는 일임을 모르고 "꿈속에서 꿈의 길흉을 점치"는 데 있다. 허망해라, 깨어서야 그것이 꿈이었음을 비로소 안다.

마라, 네 눈 속에 내가 뜬다
내 다리를 묶어다오
내 부리가 네 눈 마구 파먹어도
난 그러고 싶지 않아, 마라
안간힘으로 벌려다오
갑각류의 연한 내장을 찢는
맹금류의 내 부리를
내 몸 전체가 독이라면,
내 몸 전체가 전갈류의 독주머니라면
넌 믿겠니, 나를 믿지 마라
— 이성복, 「내 몸 전체가 독이라면」[7]

'나'는 부리를 가진 맹금류로 변신한다. 부리는 맹금류의 신체 안에서 쇠-무기로 특화된 부분이다. 부리는 말랑말랑한 것들을 찍거나 찢는 데 쓴다. 그 맹금류가 구체적으로 무엇인지는 드러나지 않는다. "마라"라고 불리는 타자의 "눈"에 비치는 그 무엇이다. 이 부리는 '너'의 눈을 파먹고, "갑각류의 연한 내장을 찢는"다. 상대의 약한 부분을 공격해서 파먹거나 찢는 것은 힘의 권능을 가진 맹수들의 본성이다. 그것은

---

7) 이성복 시집, 『아, 입이 없는 것들』, 문학과지성사, 2003.

본성이므로 어쩔 수 없다. 그래서 타자에게 '내 다리를 묶어다오'라고 청유하는 것일까. 시의 화자에게는 이름이 없고 화자가 호명하는 대상은 "마라"라는 이름을 갖는다. 이름을 부르기 전에는 현존의 어떤 징후도 없던 존재가 돌연 '나'의 앞에 나타난다. "이름은 주체를 그의 현존 안에, '어디'와 '언제'에 위치시킨다. 그러나 그 자체는 공허하다. 이름은 지시하는 대상의 실체를 담지하지 않으며 다만 덮어씌운 무엇이다."[8] 화자가 애타게 부르는 "마라"는 없다. '나'는 왜 없는 존재를 이름까지 지어 부르는 것일까. 타자만이 '나'의 살아 있음을 입증할 수 있기 때문이다. 사물화·추상화되어 있는 '나'에게 구체적 현존을 돌려주는 것은 언제나 '너'밖에 없다. 살아 있음은 '나' 혼자서는 불가능하며 '너'의 인증이 있어야만 비로소 가능하다.

살아 있음을 받쳐주는 것은 힘/욕망이다. 그 힘은 철학자의 말을 빌리면 '나'에게서 '너'에게로 뻗는 권력의지다. "살아 있는 모든 것은 자신의 힘을 발휘하고 싶어한다. 생명 자체는 권력의지다."[니체] 맹수-되기는 맹수 흉내내기가 아니다. 권력의지 앞에서 '너'는 항상 상처받을 가능성으로 존재한다. 무슨 일이 벌어지는가. '나'의 부리는 '너'의 눈을 파먹고 연한 내장을 찢는다. '나'는 '너'를 먹음으로써 권력의지가 살아 있음의 한 본질임을 드러낸다. 그 권력의지를 통해 '나'는 더 완벽한 맹금류로 변신한다. 그것은 '변용태들의 순환'이자 "하나의 교류"다. 그것이 궁극적으로 지향하는 바는 "저항할 수 없는

---

8) 최정은, 『동물·괴물지·엠블럼 — 중세의 지식과 상징』, 휴머니스트, 2005.

탈영토화"다. 들뢰즈/가타리는 다음과 같이 말한다. "동물-되기. 그것은 닮음(=유사성)을 겪는 것으로는 만족하지 않는다. 닮음은 동물-되기에서는 오히려 장애물이나 정지가 될 뿐이다. — 분자-되기. 이것은 쥐들의 번식, 즉 무리와 더불어 존재하며, 가족, 직업, 혼인 같은 거대한 그램분자적 역량들을 잠식해 들어간다. — 불길한 선택. 무리 속에 '애완동물'이 있기 때문에. 또한 이 애완동물과의 일종의 결연 계약. 일종의 끔찍한 협정. — 전쟁 기계가 범죄 기계처럼 자기 파괴에까지 이를 수 있는 배치물의 설립. —비인격적인 변용태들(=정서들)의 순환, 즉 하나의 교류. 이것은 주관적인 느낌들 같은 기표작용하는 기획들을 뒤흔들어 전복시키고 인간의 것이 아닌 성을 구성해낸다. — 저항할 수 없는 탈영토화. 그것은 오이디푸스, 혼인, 또는 직업과 관련된 재영토화 시도들을 사전에 무효로 만든다."[9]

새의 눈으로 바라보면
물은 빛의 구멍,
파열하는 슬픔의 파편들.
눈부셔라, 눈부셔라
— 채호기, 「물 2」[10]


"새의 눈"으로 대상을 본다는 것은 새-되기를 뜻한다. 이 눈은 올바른

---

9) 질 들뢰즈/펠릭스 가타리, 『천 개의 고원』, 김재인 옮김, 새물결, 2001.
10) 채호기 시집, 『수련』, 문학과지성사, 2002.

진리의 눈<sup>正法眼</sup>이다. 이 눈은 보이는 것도 보고 보이지 않는 것도 본다. 눈은 만물을 비춰보는 마음의 거울이 다. "새의 눈"은 대상의 세계를 되 비쳐낸다는 점에서 거울이다. 신체 에서 눈만큼 마음을 보여주는 것이 있

을까? 우리는 눈을 통해 상대방의 마음을 본다. "마음의 거울에 묻은 때를 깨끗이 닦아

세상의 티끌이 이것을 어둡게 하는 일이 없을 수 있겠는가."<sup>노자, 『도덕경』 제10</sup> <sup>장</sup> 장자도 성인의 마음을 거울이라고 말한다. "물도 고요하면 오히려 맑 거늘 하물며 정신, 성인의 마음의 고요함이야 말할 필요가 있겠는가! 그야말로 천지의 거울이요 만물의 거울이다."<sup>『장자』, 「천도」</sup> 거울은 빛의 세 계를 고스란히 반사한다. 그래서 "새의 눈"에 비친 물은 그냥 빛나는 것이 아니라 "빛의 구멍"이다. 빛이 쏟아져 나오는 구멍! 물 위에서 슬 픔의 파편들은 빛난다. 거울에 비친 대상의 세계는 빛의 천지다. 그래 서 "눈부셔라, 눈부셔라"라는 외침이 솟아난다.

장주는 꿈속에서 나비가 되어 날아다녔다. 꿈에서 깨어나자 다시 장주로 돌아왔다. 장주가 나비로 변하여 날아다니는 꿈을 꾼 것인지, 아니면 나비가 장주가 된 꿈을 꾸는 것인지 알 수가 없었다. 나비-되 기, 혹은 새-되기는 하나다. 이것은 모방이나 동일화가 아니라 실제적 이다. 동물-되기는 "생성 그 자체, 생성의 블록"이기 때문이다. 바로 그런 까닭에 들뢰즈/가타리는 "인간이 변해서 되는 동물이 실재하지

않더라도 실제적이다."라고 말한다. "되기(=생성)는 결코 상호 간의 대응이 아니다. 그렇다고 해서 유사성도, 모방도, 더욱이 동일화도 아니다. 계열에 대한 구조주의의 모든 비판은 피할 수 없는 것 같다. 그러나 생성한다는 것은 계열을 따라 진보하는 것도 아니고 퇴행하는 것도 아니다. 그리고 특히 되기는 상상 속에서 일어나는 것이 아니다. (중략) 동물-되기라는 것은 동물을 흉내내거나 모방하는 것이 아니라 하더라도 인간이 '실제로' 동물이 될 수는 없으며 동물 또한 '실제로' 다른 무엇이 될 수 없다는 것 또한 분명하기 때문이다. 이 되기는 자기 자신 외에는 아무것도 생산하지 않는다. 무엇인가를 모방하든지 아니면 그저 그대로 있든지 중에서 어느 한쪽을 선택하라는 것은 잘못된 양자택일이다. 실제적인 것은 생성 그 자체, 생성의 블록이지 '생성하는 자$^{celui\ qui}$ $^{devient}$' 가 이행해 가는, 고정된 것으로 상정된 몇 개의 항이 아니다. 되기는 되어진 동물에 해당하는 항이 없더라도 동물-되기로 규정될 수 있고 또 그렇게 규정되어야 한다. 인간의 동물-되기는 인간이 변해서 되는 동물이 실재하지 않더라도 실제적이다."[11]


## 2. 김종해의 풀-되기

이것에서 저것으로 넘어가려면 '문턱'을 넘어야 한다. 김수영은 「풀」

---

11) 질 들뢰즈/펠릭스 가타리, 앞의 책.

에서 몸/물질, 의식/무의식을 가로지르는 운동과 속도를 보여준다. 김수영의 '풀'은 그 이후 제출된 모든 '풀'의 계통발생 첫머리에 자리한다. 풀은 누웠다가 일어난다. 풀은 울다가 웃는다. 풀은 그냥 존재함이 아니라 '문턱'을 넘기 위해 누웠다가 일어나는 자기갱신의 동학動學을 보여준다. 그것은 타자의 독촉이나 명령에 의한 응답이 아니라는 점에서 자발적이다.

풀이 눕는다
비를 몰아오는 동풍에 나부껴
풀은 눕고
드디어 울었다
날이 흐려서 더 울다가
다시 누웠다
풀이 눕는다
바람보다도 더 빨리 눕는다
바람보다도 더 빨리 울고
바람보다 먼저 일어난다

날이 흐리고 풀이 눕는다
발목까지
발밑까지 눕는다
바람보다 늦게 누워도

바람보다 먼저 일어나고

바람보다 늦게 울어도

바람보다 먼저 웃는다

날이 흐리고 풀뿌리가 눕는다

— 김수영,「풀」


풀은 빨리 눕고 빨리 울고, 늦게 누워도 먼저 일어나는 속도를 보여준
다. 이 시를 이해하는 데 빨리, 늦게, 먼저 등과 같은 시간의 경과를 보
여주는 부사어의 반복적인 쓰임을 놓쳐서는 안 된다. 풀은 바람의 동
력을 즐겁게 쓴다. 풀은 차라리 바람과 함께 논다<sup>遊戲</sup>. 풀은 거기 있을
뿐만 아니라 바람의 리듬을 타고 저편으로 나아가는 생명의 율동을 보
여준다. 바람과 더불어 놀며 그 운동과 속도를 타고 자기갱신의 몸짓
을 되풀이하는 것이다. 이 풀은 이미 바람이 있기 전의 그 풀이 아니
다. 이 풀은 바람의 결에 따라 눕고 울었던, 과거에 포획된 풀이 아니
다. 이 풀은 늦게 누워도 먼저 일어나고 늦게 울어도 먼저 웃는 풀이
다. 가장 낮은 곳(발목/풀뿌리)에서 울다가 불어오는 동풍을 끌어들여
풀-동풍으로 저를 일으켜 세운다. 그리하여 풀은 더 빨리 울고 더 먼
저 일어난다. 풀은 풀-동풍으로 거듭나는 운동과 속도로 '문턱'을 넘
어선다. 이 풀은 아무 데나 지천으로 널린 흔하고 흔한 풀에서 단 하나
의 풀로 호명된다. 김수영의「풀」은 있음에서 되어짐으로 나아감, 그
생명의 율동에 대한 찬가다.

사람들이 하는 일을 하지 않으려고

풀이 되어 엎드렸다

풀이 되니까

하늘은 하늘대로

바람은 바람대로

햇살은 햇살대로

내 몸 속으로 들어와 풀이 되었다

나는 어젯밤 또 풀을 낳았다

— 김종해, 「풀」12)

김수영의 풀이 자발적 속도와 운동으로 있음에서 되어짐으로 나아가
는 풀이라면, 김종해의 풀은 "사람들이 하는 일"을 하지 않기 위해 자
발적 의지로 풀-되기, 혹은 풀-낳기의 섭리에 포섭된다. "사람들이
하는 일"이 구체적으로 무엇인지 나와 있지 않다. 그 "일"은 사람 일반
의 보편적 노동, 생계 꾸리기, 즉 생의 다양한 기획들을 포괄한다. 노
동의 가장 오래된 형태는 경작이다. 시의 화자는 그 "일"에서 도망가
고자 한다. 그 도망의 정착지가 풀-되기다. 풀은 씨를 뿌리거나 거두
지 않는다. 다시 말하면 경작하지 않는다. '스스로 그러함'自然에 머문
다. 시의 화자는 "사람들이 하는 일"을 하지 않고도 제 현존을 유지하
는 풀의 처지가 부러웠나 보다. 하지 않음을 위해 선택한 일이 풀-되

12) 김종해 시집, 『풀』, 문학세계사, 2001.

기다. 풀이 되어 "엎드렸다"는 표현에 주목하자. 풀은 지향적 의식의 끝에서 만나는 현존이다. 풀은 "사람들이 하는 일"에 대한 반성된 층위의 삶에 대한 기호다. 하늘과 바람은 풀−주체의 몸속으로 틈입하고 풀로 변용된다. 혹은 풀의 에너지로 질료적 변신을 꾀한다. 시의 화자는 풀이 되어 풀을 낳는다.

풀이 몸을 풀고 있다
바람 속으로 자궁을 비워가는
저 하찮은 것의 뿌리털 끝에
지구라는 혹성이 달려 있다
사람들이 지상을 잠시 빌어 쓰는 것보다
더 오랜 시간을
풀은 흙을 품고 있다
바람 속에서
풀이 몸을 풀고 있다
― 김종해, 「풀·2」

"풀"은 탈속의 경지에 든다. 세속에서 멀어지자 하늘과 바람도 내 안으로 들어온다. 탈속의 경지는 하늘과 바람과 더불어 노니는 삶이다. 풀은 무욕한 존재, 욕망의 지층에서 탈영토화한 주체의 표상이다. 풀은 사람의 세계에서 "무위를 행하고 일 없음을 일삼는<sub>爲無爲, 事無事" 노자, 『도덕경』 제</sub> 63장 태도와 조응한다. 바람이 불어오면 눕고 바람이 지나가면 일어나는 풀은 일 없음을 일삼는 존재다. 풀은 '아무것도 인위적으로 하지 않고 스스로 그러함 속에 존재하기'無爲自然의 체현자다. "도는 늘 하는 일이 없지만 하지 못하는 것도 없다. 제후나 왕이 만약 도를 지킬 수 있다면 만물이 저절로 교화될 것이다. 교화되었으나 욕심을 부리고자 한다면 나는 이름 없는 통나무로 욕심을 진정시킬 수 있을 것이다. 이름 없는 통나무라면 그들 또한 욕심내지 않을 것이니 욕심내지 않음으로써 고요해지면 천하는 저절로 바르게 될 것이다."노자, 『도덕경』 제37장

풀이 되고자 하는 마음은 피동 상태에 머물고자 하는 마음이 아니다. 풀은 선禪의 시간 속으로 성큼 들어와 있다. 선의 시간 속으로 들어온 풀은 초우주적 존재로 태어난다. 이 풀은 노자가 말한바 "이것도 너무 현묘하고 저것도 너무 현묘하다."는 경지에 이른다. 이것도 현묘하고 저것도 현묘한 선적禪的 시간 속에서는 현상계의 크고 작음, 있고 없음의 경계는 이미 뜻이 없다. 작은 것은 크고 큰 것은 작은 것이다. 보라, "저 하찮은 것은 뿌리털 끝"에 무엇이 달려 있는가를. 풀의 뿌리털은 "지구라는 혹성"을 매달고 있다.

풀은 쉽게 자라고 빨리 말라죽는다. 그래서 덧없다. 덧없음을 아는 자는 욕심을 버리고 제 마음을 무위자연에 둔다. 일을 억지로 꾸며서 하지 않고 만물이 스스로 그러하도록 기다린다. 바람 속에서 몸을 푸는 그런 존재다. 시인은 풀에서 극심한 것, 사치한 것, 지나치게 큰 것을 모두 버릴 줄 아는 성인의 마음을 본다. 만물이 하나로 돌아가는 세상에서 풀은 잠자는 여래, 옛 연못에서 솟는 차가운 샘古潭寒泉이다. "장차 천하를 가질 욕심으로 일을 억지로 꾸미면 그것을 이루지 못한다는

것을 나는 안다. 천하라는 신령스런 그릇은 억지로 꾸며지지 않는다. 억지로 꾸며서 하려는 자는 그 일에 실패하고, 억지로 잡으려는 자는 그것을 잃는다. 무릇 세상 만물은 어떤 것은 먼저 가고, 어떤 것은 뒤따라가며, 어떤 것은 숨을 천천히 쏟아내고, 어떤 것은 숨을 급하게 쏟아내며, 어떤 것은 강하고, 어떤 것은 약하며, 어떤 것은 싣고, 어떤 것은 떨어뜨린다. 그러므로 성인은 극심한 것도 버리고, 사치한 것도 버리고, 지나치게 큰 것도 버린다." 노자, 『도덕경』 제29장


## 3. 유홍준의 종달새-되기

우리는 동물에 대해 잘 알지 못한다. 동물은 시원始原 세계에서 건너온 존재들이다. 동물들은 이성의 저편에서 음울하게 울부짖거나 날카로운 눈빛을 하고 어두운 숲 속에서 서성거린다. 사람도 더는 어찌할 수 없는 실존의 막다른 지점에 이르러서 찰나적으로 제 안에 숨은 포악한 수성獸性을 내보인다. 그런 맥락에서 상징계의 동물들은 인간의 내면과 본능 속에 내재된 불가사의한 힘, 고통 속에서 만나는 세계의 진실, 증오와 광기로 심하게 일그러진 우리들의 자아를 가리킨다. 『산해경』에 나오는 기괴한 상상동물들, 주나 옹과 같은 인면조人面鳥들, 우민·환두 등과 같은 우인羽人들, 그리고 숱한 비조飛鳥·비어飛魚·비수飛獸들은 인간 무의식 깊은 바닥에 웅크리고 있는 그림자들이다.

　새는 우리 시에 가장 흔하게 출몰하는 동물 중 하나다. 멀리는

"울어라 울어라, 새여. 자고 일어 울어라, 새여. / 널라와 시름한 나도 자고 일어 우니노라."라고 노래한 「청산별곡」에서 "초롱에 불빛 지친 밤하늘 / 굽이 굽이 은하ᄉ물 목이 젖은 새 / 차마 아니 솟는 가락 눈이 감겨서 / 제 피에 취한 새가 귀촉도 운다."라는 서정주의 「귀촉도」나 박남수의 「새」 연작 시편에 이르기까지 우리 시공간에는 수없이 많은 새들이 날고 있다. 아마도 유홍준이 그린 "종달새"는 그 새들 중에서도 가장 이색적인 새일 것이다.

벙어리가 어린 딸에게
종달새를 먹인다

어린 딸이 마루 끝에 앉아
종달새를 먹는다

조잘조잘 먹는다
까딱까딱 먹는다

벙어리의 어린 딸이 살구나무 위에 올라앉아
지저귀고 있다 조잘거리고 있다

벙어리가 다시 어린 딸에게 종달새를 먹인다
어린 딸이 마루 끝에 걸터앉아 다시 종달새를 먹는다

보리밭 위로 날아가는
어린 딸을
밀짚모자 쓴 벙어리가 고개 한껏 쳐들어 바라보고 있다
— 유홍준, 「오월」[13]


유홍준의 「오월」은 얼핏 난해해 보이나 사실은 단순한 시다. 그 단순
함 속에 세계의 불가해한 찰나의 아름다움을 보여주는 시다. 시인은
오월의 하늘에 종달새를 날게 하고, 그 종달새를 다시 어린 딸로 변신
시키는 마술을 보여준다.

아비는 말을 못 하는 벙어리다. 아비는 벙어리라는 장애의 운명
에 갇혀 있다. 그 아비가 마루 끝에 앉아 제 어린 딸에게 종달새를 먹
인다. 종달새는 봄의 전령이다. 하늘 높이 떠올라 봄을 노래하는 새다.
아비는 무슨 까닭인지 그 종달새를 잡아 제 어린 딸에게 먹이고 있다.
아비가 시킨 대로 어린 딸은 종달새를 먹고 종달새가 된다. 이제 어린
딸은 마루 끝이 아니라 살구나무 가지에 올라앉아 지저귄다. 어린 딸
은 살구나무 가지를 떠나 보리밭 위를 날아간다. 벙어리는 들을 수 없
기 때문에 종달새가 되어 지저귀는 딸의 노래를 들을 수가 없다. 그래
서 보리밭 위를 날아가는 종달새-어린 딸을 "밀짚모자 쓴 벙어리가
고개 한껏 쳐들어 바라"볼 뿐이다.

이 시의 문면이 지시하는 대로 벙어리가 제 딸에게 종달새를 잡

---

13) 유홍준 시집, 『나는, 웃는다』, 창비, 2006.

아 먹이는 일을 실제 사건으로 보기는 힘들다. 이것은 은유다. 벙어리는 소리의 임계점 너머의 삶을 산다. 어느덧 벙어리는 노자가 말한바 "도가도 비상도, 명가명 비상명道可道, 非常道, 名可名, 非常名"의 세계 속에 들어와 있다. 오월의 보리밭 위를 날아가는 종달새와 볕바른 마루 끝에 나와 앉아 쫑알거리는 어린 딸은 하나다. "이 둘은 하나의 근원에서 나온 것으로 이름만 다를 뿐이다. 그 둘은 다 같이 유현幽玄하다."

종달새-되기란 무엇인가. 단지 종달새 흉내를 내며 지저귀는 것이 아니다. 종달새의 가벼움과 동학으로 신체와 에너지의 분포를 변용시키는 것이다. 어린아이는 종달새와 같이 하늘을 날고 하늘에서 지저권다. "동물-되기란 무엇보다도 우선 되려고 하는 동물, 즉 개나 뱀, 곰 같은 동물의 신체적 감응을 만들어낼 수 있는 속도와 힘을 나의 신체에 부여하는 것이며, 그런 속도와 힘을 만들어낼 수 있는 강밀도(내공!)의 분포─기氣의 집중과 분산이라고 하면 훨씬 쉽게 다가오겠죠─를 만들어내는 것"[14]이다. 종달새-되기는 종달새를 흉내내기가 아니라 제 신체적 힘과 에너지의 분포를 바꾸고 새로운 강밀도를 만들어내어 종달새로 사는 것이다. 동물의 감응으로 다시 태어난 종달새-아이는 종달새와 같이 날고, 종달새와 같은 소리로 지저귄다. 종달새-아이는 마루 끝에서 살구나무 가지로, 다시 보리밭 위를 거쳐 하늘에 뜬다. 여러 단계를 거쳐 하늘로 상승하는 동학을 보여주는 종달새는 하늘이 키우는 어린아이다. 니체에 따르자면 어린아이는 가장 높은 단계의 존

14) 이진경, 『노마디즘 2』, 휴머니스트, 2002.

재다. "어린아이는 천진난만이요, 망각이며, 새로운 시작, 놀이, 스스로의 힘으로 굴러가는 수레바퀴이고, 최초의 운동이자 신성한 긍정이다."니체 어린아이는 놀라운 도약의 결과다. 최초의 운동이자 신성한 긍정의 정신은 정신의 변신 단계에서 가장 높은 단계다. 낙타에서 사자로 나아가고, 사자에서 어린아이로 나아가는 것이다. 니체의 차라투스트라는 이렇게 말한다. "나는 지금 너희들에게 처음 낙타가 되고, 낙타에서 사자, 마침내 사자에서 어린아이가 되는 정신의 변신 이야기를 하려고 한다." 낙타는 짐에 얽매이고, 사자는 맹수의 권력에 얽매인다. 얽매이지 않는 것은 오직 어린아이뿐이다. 어린아이만 천국에 들어간다. 왜냐하면 어린아이는 그 자체로 천국이기 때문이다. 어린아이만이 구애되지 않고 자유롭기 때문에 무위자연의 경지에서 즐거이 노닌다. "구애되지 않은 모습으로 속세 밖을 유유히 돌아다니며, 무위자연의 경지를 한가로이 즐긴다."『장자』, 「대종사」

# 붕새는 어디로 날아가나

## 1. 몇천 리나 되는 날개를 가진 새

"북해에 한 물고기가 있는데 이름을 곤이라 한다. 곤은 그 크기가 몇천 리인지 알 수 없다. 이것이 변하여 새가 되는데 그 이름을 붕이라 한 다. 붕의 등 넓이도 몇천 리인지 알 수 없다. 한번 노하여 날면 그 날개 가 하늘에 구름을 드리운 것 같았다. 이 새는 바다가 움직이면 남명으 로 옮겨 간다. 남명이란 천지다. 제해는 뜻이 괴이한 사람이다. 제해의 말에 의하면, '대붕이 남명으로 날아갈 때는 물결이 삼천리이며 폭풍 을 타고 구만리 상공에 올라 여섯 달이 되어야 쉰다.' 안개와 먼지는 생물이 생기를 서로 불어주는 것이다. 천지가 푸른 것은 바로 생기의 색이며, 그것은 원대하고 끝이 없는 지극한 것이다. 대붕이 내려다보 는 것은 역시 아마 안개, 먼지 등 생기였던 것이다. 또한 물이 깊지 않 으면 큰 배를 띄울 힘이 없다. 마당 웅덩이에 술잔의 물을 부으면 겨자

씨로 배를 만들어야 한다. 술잔을 띄우면 붙어버릴 것이니 물은 얕고 배는 크기 때문이다. 마찬가지로 대기가 쌓여 두껍지 않으면 대붕도 큰 날개를 띄울 힘이 없다. 그러므로 구만리의 바람이 발아래에 있어야만 장차 남쪽으로 날아갈 수 있다."『장자』,「소요유逍遙遊」

『장자』의 첫머리를 읽을 때마다 나는 전율과 함께 아득한 현기증을 느낀다. 이 우화는 작은 것에서 큰 것을 읽어내는 우주 아날로지를 보여준다. 차라리 자유분방한 상상력의 크기를 우주에서 구한 시다. 본디 우주라는 술어는 『시자尸子』에 처음 나온다. "사방과 상하를 우宇라 칭하고, 고금왕래를 주宙라고 한다." 우의 끝은 무극無極하고, 주의 끝은 무궁無窮하다. 장자는 "밖으로는 우주를 볼 수 없고, 안으로는 태초를 알지 못한다."고 말한 바 있다. 우주는 너무 광대해서 사람의 천문관측 능력으로 그 전체를 다 볼 수 없고, 그 크기를 추측과 가정에 의존해 가늠해볼 수밖에 없다. 우주는 은하·별·성단·성운으로 이루어져 있다. 이보다 더 작은 태양계가 있고 수백만 개의 별 주위를 공전하는 행성·위성·혜성·유성체들로 이루어진 계가 있다. 이 우주는 태고의 어둠에 감싸여 있는 가늠할 길 없는 넓이를 가진 공허의 바다다. 그 바다에 작은 은하계가 섬들로 흩어져 있다. 천문학자들은 은하의 지름이 대략 10만 광년 정도라고 말한다. 은하수 너머로는 수십억 개에 이르는 또 다른 은하들의 거대 집합체가 있는데, 그 은하와 은하 사이의 거리는 상상할 수도 없을 만큼 멀다.

장자는 이 광대한 우주의 바다 위로 붕이라는 상상의 새를 날게 한다. 이 붕새가 날갯짓을 할 때마다 우주의 바다에는 해일이 인다. 이 광대한 상상의 크기는 곧 내적 초월성에의 의지와 상관이 있다. 장자가 「소요유」에서 말하고자 하는 바도 세속을 넘어선 내적 자유의 절대성, 그 자유분방한 경지를 사는 데서 오는 기쁨이다. 품은 뜻이 숭고하고 큰 사람이 구할 것은 바로 아무것에도 구속받지 않고 사는 자의 자유로움이다. 붕새는 몇천 리나 되는 날개를 펼쳐 그 시공의 포박을 넘어선 절대 경지의 우주로 날아간다.

천년<sup>千年</sup> 맺힌 시름을
출렁이는 물살도 없이
고운 강물이 흐르듯
학<sup>鶴</sup>이 날은다.

천년<sup>千年</sup>을 보던 눈이
천년<sup>千年</sup>을 파다거리던 날개가
또 한번 천애<sup>天涯</sup>에 맞부딪노나.

산<sup>山</sup>덩어리 같어야 할 분노<sup>憤怒</sup>가
초목<sup>草木</sup>도 울려야 할 서름이
저리도 조용히 흐르는구나.

보라, 옥빛, 꼭두서니.

보라, 옥빛, 꼭두서니,

누이의 수繡틀을 보듯

세상은 보자.


누이의 어깨 너머

누이의 수繡틀 속의 꽃밭을 보듯

세상은 보자.


울음은 해일海溢

아니면 크나큰 제사祭祀와 같이


춤이야 어느 땐들 골라 못 추랴.

멍멍히 잦은 목을 제 쭉지에 묻을 바에야

춤이야 어는 술참 땐들 골라 못 추랴.

긴 머리 잦은 머리 일렁이는 구름 속을

저, 울음으로도 춤으로도 참음으로도 다하지 못한 것이

어루만지듯 어루만지듯

저승 곁을 날은다.

― 서정주, 「학鶴」15)


15) 서정주, 『서정주 ― 한국현대시문학대계 16』, 지식산업사, 1981.

천년을 보던 눈과 천년을 파닥거리는 날개로 나는 '학'은 장자의 붕새에 견줄 만한 새다. '학'은 태초에 하늘과 땅이 처음 나타났을 때의 그 시공을 흐르듯 난다. 그 학을 띄운 동력은 "천년 맺힌 시름"이다. 여기서 "천년"이란 단순히 긴 세월이 아니라 영원함이다. 그 동력이 천년 동안이나 맺힌 깊은 시름이니 학은 "긴 머리 잦은 머리 일렁이는 구름 속을" 천년 동안이나 지치지 않고 난다. '학'은 그 내면에 산 덩어리 같은 "분노"와 초목을 울릴 "서름"을 가졌지만 물살도 없이 흐르는 강물처럼 고요하게 난다. '학'은 깊은 시름과 큰 슬픔을 지니고 "저승 곁을" 나는 것이다.

시인은 그 '학'이 어느 땐가 춤출 때가 올 것이란 기대를 새겨 넣는다. '학'의 "울음은 해일"이라고 했으니, 그 '학'이 아우르는 세계는 광대무변한 세계다. 이 광대무변한 세계를 시인은 돌연 "보라, 옥빛, 꼭두서니"의 색색으로 수놓은 "누이의 수틀" 속으로 축소한다. 아니 "누이의 수틀 속의 꽃밭을 보듯" 이 세상을 바라보자고 청유한다. 미당의 초기 시에 나타났던 뱀, 웅계, 부엉이와 같이 몸에 갇혀 그 몸-됨을 괴로워하던 원초의 생명들과 견줄 때 이 '학'은 초월성과 고고함이 두드러진다. '학'은 몸-욕망을 버림으로써 이전투구의 현실을 "누이의 수틀 속의 꽃밭(으로) 보"는 화해와 달관의 경지로 나아간다. 장자의 붕새나 미당의 '학'은 삶과 죽음, 이승과 저승의 경계를 넘어 현실 저 너머의 세상으로 나아가는 해탈의 존재들이다.

고향집 장독대에

이제는 다 채울 일 사라져버린 서 말가웃 장독 하나가 있다
흘러내린 바지춤을 스윽 끌어올리듯 무심코 난초 잎을 그려넣은
장독 앞에서 팔만개의 족적을 본다
반죽을 다지고 또 다졌을 팔만개의
발자국소리를 듣는다

누가 한 덩어리 흙 위에
저만한 발자국을 남겨
제 발자국을 똘똘 뭉쳐 독을 짓는단 말인가

천도가 넘은 가마 속에서
발갛게 달아올랐을
발자국이여
뒤꿈치여

단 한번이라도
저 독 속에 들어갔다 나왔다면 나는
대시인이 됐을지도 몰라

간장이 익어 나오는 걸 봐
부정<sup>不正</sup>이라고 못 익히겠어 천벌이라고 못 익히겠어

72

콧물 훔치듯 난초 잎을 올려 친

팔만대장,족경이여

— 유홍준, 「팔만대장족경」[16]


왜 해탈이 필요하겠는가. 몸-됨으로 산다는 것은 고해를 떠도는 것이
다. 고향집 장독대의 "서 말가웃 장독"에서 "팔만대장,족경"을 보는 시
인의 눈은 범속한 것 속에 무심코 깃든 해탈의 흔적을 찾아낸다. 흙 반
죽덩어리가 장독으로, 장독이 다시 족경으로 변신하는 이 연금술을 가
능케 하는 것이 시인의 상상력이다. 시인은 한 덩이의 흙 반죽이 장독
으로 거듭나기까지 "팔만개의 족적"을 보고, "반죽을 다지고 또 다졌
을 팔만개의 / 발자국소리를 듣는다". 어디 그뿐이랴. 그 발자국과 뒤
꿈치들은 "천도가 넘는 가마" 속에서 고열을 너끈히 견뎌낸다. 그 장
독에서 새까만 간장도 익혀 나오니, 부정도, 천벌도 그 안에서는 못 익
힐 게 없다. 장독은 그냥 장독이 아니라 그 몸에 새긴 팔만 개의 발자
국 경서經書를 두르고 있는 족경이다. 그 족경에 무심하게 그려 넣은 난
초는 천년이 흘러도 시들지 않을 난초다. 그 난초가 내면에 영원성을
갖고 우주적 호흡을 한다는 것을 암시한다. 그 난초는 한 번 날갯짓 할
때마다 우주의 바다에 해일이 이는 붕새나, 천년 맺힌 시름이 있은 뒤
에야 비로소 저승 곁 하늘을 유유히 나는 학과 어깨를 나란히 견줄 수
있는 기호다.


16) 유홍준 시집, 『나는, 웃는다』, 창비, 2006.

붕새와 '학'이 날고, 천년이 지나도록 청초할 난초들이 있는 이 우주의 기원은 무엇인가? 이 우주의 궁극적인 운명은 무엇인가? 장자는 「천지편天地篇」에서 "태초에 없음만이 있고 있음도 없었으며 이름도 없었다."고 말한다. 태초의 시공을 가득 채운 것은 그 무의 고요와 공허다. 시작始은 시작 없음無始에서, 그 무시는 다시 무무시無無始에서 나온다. 있음有은 없음無에서, 그 무는 다시 무무無無에서, 무무는 무무무無無無에서 나온다. 그 태초의 없음에서 나온 것이 도道다. 태초의 없음에 선행하는 것은 아무것도 없다. 그 있음이 시작되는 시원이 바로 도다. "천하만물은 있음에서 생겨나고, 있음은 없음에서 나온다."노자, 『도덕경』 제40장

도는 하나, 즉 일자一者다. "하늘은 하나를 얻어서 맑고, 땅은 하나를 얻어서 편안하고, 신은 하나를 얻어서 영험하고, 골짜기는 하나를 얻어서 가득 차고, 만물은 하나를 얻어서 생겨나고, 제후와 제왕은 하나를 얻어서 천하의 수령이 된다."노자, 『도덕경』 제39장 노자에 따르면 하나, 즉 일자는 물物의 궁극이다. 무릇 물은 모양·형상·소리·빛깔을 지닌다. 궁극의 실재인 일자에서 다자多者로 분화하면서 물의 세상이 생겨난다. 이 일자에서 하늘과 땅, 만물이 시작되었으니 이 일자를 물의 세상을 이루는 생성 주체라고 말할 수 있는데, 바로 이것이 말로 표현할 수도 없고 이름을 붙일 수도 없는 도의 자기복제라고 할 수 있다. 도는 변함없으나 도에서 나온 물은 끊임없이 변화하며 유전한다. "도는 하나를 낳고, 하나는 둘을 낳고, 둘은 셋을 낳고, 셋은 만물을 낳는다. 만물은 음을 등에 지고 양을 품으면서 충기로써 조화를 이룬다."노자, 『도덕경』 제42장 도는 끝과 시작이 없으나 형체와 이름을 갖는 물에는 시작과 죽음

이 따른다. 하늘과 땅조차 그것이 본디 나온 태초의 무로 되돌아간다. 분별과 인식의 근본을 일자에서 다자로 분화한 순서에 따르는 것은 당연하다. 그러므로 "사람은 땅을 본받고, 땅은 하늘을 본받고 하늘은 도를 본받으며, 도는 자연을 본받는다."노자, 「도덕경」 제25장

  보름을 사는 매미가 천년을 하루처럼 사는 붕새의 뜻과 근본을 헤아리기는 불가능한 일이다. 개미는 독수리의 일을 알지 못하고, 맨드라미는 수령 오백 년을 넘긴 동구 밖 느티나무의 처음과 끝을 알지 못한다. 한나절 피었다 스러지는 버섯이 그믐과 초승을 알지 못하고, 여름 한철 짧게 살다 가는 쓰르라미가 봄과 가을을 모르는 것은 당연하다. "매미와 멧비둘기가 붕을 비웃으면서 말했다. '우리는 온 힘을 다해 날아도 느릅나무나 박달나무가 있는 곳조차 이르지 못하고 땅바닥에 떨어지고 마는데, 어째서 붕은 구만리나 올라가서 남쪽으로 가려 하는가?' 가까운 들판으로 나가는 자는 세 끼만 먹고 돌아와도 배는 여전하지만, 백 리를 가는 자는 전날 밤부터 곡식을 찧고, 천 리를 가는 자는 석 달 동안의 양식을 준비해야 하는 법이니, 이 두 마리 벌레가 또한 무엇을 알겠는가? 짧은 지혜는 큰 지혜에 미치지 못하고, 단명하는 자는 장수하는 자에 못 미친다. 그러니 어찌 이를 알겠는가? 아침나절에만 사는 버섯은 그믐과 초승을 알지 못하고, 쓰르라미는 봄과 가을을 알지 못하는 것은 이들의 수명이 짧은 까닭이다. 초나라 남쪽에 명령이라는 것이 사는데, 오백 년을 봄으로 살고 오백 년을 가을로 살았다. 또 태곳적에 큰 참죽나무가 있었는데 팔천 년을 봄으로 삼고, 팔천 년을 가을로 삼고 살았다 한다. 이들이 바로 수명이 긴 생물

들이다. 그런데 팽조는 지금 오래 산 인물로 소문이 자자해서, 많은 사람들이 그만큼 오래 살려고 발버둥친다. 이 어찌 슬프지 아니한가?"<sup>「장</sup>
자」,「소요유」

## 2. 김경주의 경우: 어머니는 아직도 꽃무늬 팬티를 입는다

그럼에도 시인은 순간에서 영원을 보고, 모래 한 알에서 우주를 보는 자다. 선험이 있는 까닭이다. 선험은 직관의 산물이다. 직관이란 논리의 매개 없이 사물로, 혹은 감각들에 찍힌 각인으로 직진하는 것이다. 직관은 판단의 정지, 인식작용의 그침에서 나온다. 선험이란 인지감각을 환하게 하는 빛이요, 혼돈을 꿰뚫는 맑고 명료한 울림이다. 말로 다 말할 수 없음에도 그냥 아는 것, 복잡한 것에서 단순성의 진리를 끌어내는 능력이다. 한 젊은 시인은 선험을 다음과 같이 말한다.

하나의 돌
물속에서 건져올린 하나의 돌
돌 하나에 입혀진 무늬는
물의 환상이 다녀간 시간이다
하나의 돌이 물속에서 건져올려지기 위해선
그보다 더 많은 시간이 필요하기도 하지만

하나의 꽃

꽃은 나무의 환영이다

나무가 그 환영을 보기 위해선

꽃이 자신의 환영인 나무를 문득 알아볼 때까지이다

서로의 환영을 바라보며 둘은 예감으로 말라간다

— 김경주, 「봉인된 선험」[17]


김경주의 시들은 내가 가장 최근에 읽은 놀라운 개성이다. 그의 시는 관습적 이해를 전복하는 힘과 사물을 새로운 이미지로 조형해내는 능력을 보여준다. 김경주 시 중에서 내가 특별히 좋아하는 것은 다섯 편으로 이루어진 「우주로 날아가는 방」 연작시다. "인간의 수많은 움막을 싣고 지구는 우주 속에 둥둥 날고 있다"[우주로 날아가는 방 1] "아버지 사람은 자신이 살아온 만큼 사라져가는 거예요"[우주로 날아가는 방 2] "구름은 몸 안에서 눈 녹는 소리를 듣고 있다", "자신이라는 시차時差를 견디는 일이란다 꿈이란"[우주로 날아가는 방 3] 등의 심상한 시구를 읽을 때조차 이 시인이 벼리지 않음에도 절로 벼려진 재능, 갈고닦지 않아도 빛이 나는 원석原石이라는 느낌을 받는다.

물속의 돌은 물속에서 견딘 만큼의 무늬를 갖는다. 그 무늬는 "물의 환상이 다녀간 시간"이다. 무늬가 보여주는 것은 시간의 흔적, 활동운화活動運化하던 기氣가 문득 멈춘 자취다. 이 무늬가 두 번째 연에서 꽃

17) 김경주 시집, 『나는 이 세상에 없는 계절이다』, 랜덤하우스중앙, 2006.

으로 피어난다. 이때 꽃은 실재가 아니라 환영이다. 헛그림자라는 뜻이다. 나무가 그 환영을 보는 것은 "꽃이 자신의 환영인 나무를 문득 알아볼 때까지"라고 말한다. 일견 말장난 같다. 실재와 환영은 서로 마주보고 있는 짝패다. 실재 없이 환영 없고, 환영 없이 실재 없다. 어느 순간 꽃과 나무는 둘 다 제 실재성을 잃은 채 환영으로서만 마주 본다. 선험은 시공에 구애됨 없이 그것을 가로지른다.

고향에 내려와
빨래를 널어보고서야 알았네.
어머니가 아직도 꽃무늬 팬티를 입는다는
사실을.
눈 내리는 시장 리어카에서
어린 나를 옆에 세워두고
열심히 고르시던 가족의 팬티들,
펑퍼짐한 엉덩이처럼 풀린 하늘로
확성기 소리 쩡쩡하게 날아가네. 그 속에서 하늘하늘
한 팬티 한 장 어머니
볼에 문질러보네. 안감이 붉어지도록
손끝으로 비벼보시던 꽃무늬가
어머니를 아직껏 여자로 살게 하는 무늬였음을
오늘은 그 적멸이 내 볼에 어리네.
어머니 몸소 세월로 증명했듯

삶은, 팬티를 다시 입고 시작하는 순간순간이었네.

사람들이 아무리 만지작거려도

팬티들은 싱싱했네.

웬만해선 팬티 속 이 꽃들은 시들지

않았네.

빨랫줄에 하나씩 열리는 팬티들로

뜬 눈송이 몇 점 다가와 물드네.

쪼글쪼글한 꽃 속에서 꽃물이 뚝뚝

떨어지네.

눈덩이만한 나프탈렌과 함께

서랍 속에서 일생을 수줍어하곤 했을

어머니의 오래된 팬티 한 장

푸르스름한 살 냄새 속으로

그 드물고 정하다는 햇볕이 포근히

엉겨 붙나니.

— 김경주, 「어머니는 아직도 꽃무늬 팬티를 입는다」


김경주가 펼치는 무늬의 시학은 빨랫줄에 널어놓은 어머니의 팬티에
까지 뻗쳐간다. 새로운 사실의 발견은 늘 시적 인식의 기초가 된다.
"고향에 내려와 / 빨래를 널어보고서야 알았네. / 어머니가 아직도 꽃
무늬 팬티를 입는다는 / 사실을." 어머니가 꽃무늬 팬티를 입는다는
건 취향의 문제다. 어머니는 꽃무늬가 없는 팬티를 입을 수도 있다. 그

런데 어머니는 아직도 꽃무늬 팬티를 입는다. 이 시구가 어머니가 지닌 속옷 취향의 속됨을 지적하기 위함은 아닐 것이다. 어머니는 세속에 살면서도 세속을 초탈한 존재다. 그러므로 이 시구는 그 싸구려 속옷을 입는 취향에 숨은 뜻이 가족이라는 대의를 위한 어머니의 오랜 자기희생임을 다시금 알았다는 걸 말한다.

꽃무늬 팬티의 꽃들은 시들지 않는다. 그 꽃은 실재가 아니라 꽃의 이미지, 환영, 즉 무늬인 까닭이다. 그것은 "안감이 붉어지도록 / 손끝으로 비벼보시던 꽃무늬가 / 어머니를 아직껏 여자로 살게 하는 무늬"다. 이 시구에서 모성의 자기희생을 기린다는 관습적인 제일주제는 돌연 모성의 안쪽이 여성성에 잇대어 있음을 노래하는 낯선 어조로 탈바꿈한다. 어머니는 모성의 존재만이 아니라 "여자로" 살았던 것이다. 어머니가 여자라는 사실은 새삼스러울 것도 없는 일인데도 시의 화자는 놀라움 속에서 그 사실을 받아들인다. 그 인식의 촉매가 된 것이 어머니가 입는 꽃무늬 팬티다.

꽃무늬 팬티는 은폐적 층위에서 꽃/어머니/여성이라는 기의를 거느린 하나의 기표다. 빨랫줄에 넌 꽃무늬 팬티에 공중을 부유하는 눈송이 몇 점이 달라붙는다. 꽃무늬에 달라붙은 눈송이 때문에 "꽃 속에서 꽃물이 뚝뚝" 떨어진다. 붉은색일 게 분명한 꽃물은 무의식의 층위에서 월경의 피를 연상하게 한다. 어머니/꽃이 실은 여성/꽃이라는 인식을 넓게 펼치며 그것을 단단하게 고정한다. 이어지는 "서랍 속에서 일생을 수줍어하"던 건 물론 서랍 속에 잘 개켜진 채 간수된 속옷이다. 이 시구는 자기희생과 "드물고 정한" 내성의 삶을 살아온 어머니라는 주제를 다시 한번 변주한다. 이 시는 속되고 천한 꽃무늬 팬티가 숭고한 자기희생의 어머니/꽃(관습적 이해)으로, 다시 낯설고 새로운 여성/꽃(비관습적 이해)으로 피어나는 순간을 기린다.


## 3. 조지훈의 경우: 꽃이 지기로소니

조지훈은 「창窓」이라는 시에서 "이른 아침 / 떨리는 꽃잎과 얘기하여라"고 이른다. 떨리는 꽃잎은 막 피어나는 꽃잎이다. 이 진동은 곧 우주가 제 존재를 체현體現하는 순간, 그 개문도업開門都業할 때의 떨림이다. 꽃의 개화는 곧 우주로의 문 열림이다. 시인은 "우주宇宙는 한 송이 꽃"「코스모스」이라고도 썼다. '꽃'의 피고 짐에서 우주에 충만한 근원 현상을 읽어내는 시인의 상상력은 꽃의 피고 짐에서 "방금운화方今運化"[18]하는 찰나를 보는 것이다. 무릇 하찮은 꽃 한 송이가 피어나는 것에도 우주적 인연이 깃들어야 가능한 일이다.

꽃이 지기로소니
바람을 탓하랴.

---

18) 최한기, 『기학氣學』, 손병욱 역주, 통나무, 2004. 이 '방금운화'는 현재의 기가 펼쳐지고 거둬지는 현상과 법칙을 뜻하는 것이다. 무릇 생명을 가진 모든 존재는 이것을 뿌리와 바탕 삼아 살아가는 것이다. 그런 맥락에서 이것이 "과거와 미래의 표준"이 된다고 말한다.

주렴 밖에 성긴 별이

하나 둘 스러지고


귀촉도 울음 뒤에

머언 산이 다가서다.

초ㅅ불을 꺼야 하리

꽃이 지는데


꽃 지는 그림자

뜰에 어리어


하이얀 미닫이가

우련 붉어라.


묻혀서 사는 이의

고운 마음을

아는 이 있을까

저어하노니


꽃이 지는 아침은

울고 싶어라.

— 조지훈, 「낙화落花」[19]

바람이 부니 꽃이 진다. 그런 정황에서 꽃이 지는 탓을 바람에 돌리려는 게 사람의 심정이다. 그러나 시인은 꽃의 낙화를 바람의 탓으로 돌릴 수는 없다고 노래한다. 꽃과 바람은 인과론적 관계로 묶여 있지 않다. 꽃이 지는 건 쇠락의 기운이 그 시각에 맞추어진 것일 뿐이다. 바람이 불든 말든 꽃은 지고, 꽃이 진 뒤에는 열매들이 맺힌다. 꽃 지는 아침이 있는 건 그전에 "꽃망울 속에 새로운 우주宇宙가 열리는 파동波動!"조지훈, 「화체개현花體開現」이 있었기 때문이다. 꽃 피는 아침이 있다면 꽃 지는 아침도 있는 것이다. 꽃망울을 열게 하는 힘은 우주에 꽉 차 있는 파동이다. 파동은 다름 아닌 기氣다. 꽃이 지는 것도 꽃이 피는 것도 우주 속에서 활동운화하는 기가 작용한 탓이다. 조선시대의 선비 혜강 최한기는 1857년에 『기학氣學』을 탈고하는데, 그 책의 서문에서 이렇게 적었다. "무릇 기의 성性은 본래가 활동운화하는 물건이다. 그것이 우주 안에 가득 차서 터럭 끝만큼의 빈틈도 없는 것이다. 이러한 기가 모든 천체를 운행하게 하여서 만물을 창조하는 무궁함을 드러내지만 그 맑고 투명한 형질을 보지 못하는 자는 공허하다고 하고, 오직 그 생성의 변함없는 법칙을 깨달은 자만이 도道라 하고 성性이라 한다."[20]

시인은 꽃잎이 지는 어느 아침, 바람결에 꽃잎을 떨어뜨리는 꽃, 스러지는 성긴 별들, 귀촉도 울음소리, 다가서는 먼 산, 흰 미닫이문에 어리는 지는 꽃의 그림자 속에서 우주의 움직임을 느낀다. 천체를 운행하도록 기가 만물에 작용해서 일으키는 무궁함을 문득 인지한 것이

19) 조지훈, 『조지훈 ─ 한국현대시문학대계 19』, 지식산업사, 1982.
20) 최한기, 앞의 책.

다. 찰나의 느낌 속으로 삼천대천세계의 진리가 들어와 마치 등불을 켠 듯 환해진다. 시인은 우연히 꽃이 지는 것을 보며 홀연 빛 가운데 선 듯 우주의 섭리를 느끼고 깨달은 것이다. 묻혀서 홀로 사는 이의 고요한 마음이 울고 싶어진 것은 그 느낌, 그 움직임을 감지한 뒤 일어난 벅찬 감응 탓이다.


## 4. 서정주의 경우: '꽃이 피기로소니'

살다 보면 문득 깨달음이 오는 계기적 순간들과 만난다. 보통 사람들은 그냥 지나치지만 시인들은 민감하게 반응한다. 그 찰나들에는 창의와 발상이 빛을 튕기며 솟구친다. 이것을 시적 영감이라고 말하는 것이리라. 그 찰나는 육상원융六相圓融의 순간이요, 중중무진重重無盡의 순간이다. 깨달음은 순간에서 영원을 보고, 일법一法에서 제법諸法을 보고, 일행에서 만행을 보게 한다. "하나 안에 많음이요, 많음 안에 하나이다."의 경지가 바로 그것이다. "한 티끌 속에 시방을 머금고, 일체의 티끌 속도 또한 이와 같다."법성게고 한 경지! 조지훈이 꽃 지는 어느 봄날 아침에 우연하게 그 찰나와 만났다면, 서정주는 천지간이 꽃으로 뒤덮인 어느 봄날 환한 낮에 홀연 그 경지에 든다.

꽃밭은 그 향기만으로 볼진대 한강수나 낙동강 상류와도 같은 융융隆隆한 흐름이다. 그러나 그 낱낱의 얼골들로 볼진대 우리 조카딸년들이

나 그 조카딸년들의 친구들의 웃음판과도 같은 굉장히 질거운 웃음판
이다.

세상에 이렇게도 타고난 기쁨을 찬란히 터뜨리는 몸뚱아리들이 또 어
디 있는가. 더구나 서양에서 건너온 배나무의 어떤 것들은 머리나 가
슴패기뿐만이 아니라 배와 허리와 다리 발꿈치에까지도 이쁜 꽃숭어
리들을 달았다. 멧새, 참새, 때까치, 꾀꼬리새끼들이 조석<sup>朝夕</sup>으로 이 많
은 기쁨을 대신 읊조리고, 십수만<sup>數十萬</sup> 마리의 꿀벌들이 왼종일 북 치고
소구 치고 맞이굿 울리는 소리를 허고, 그래도 모자라는 놈은 더러 그
속에 묻혀 자기도 하는 것은 참으로 당연<sup>當然</sup>한 일이다.

우리가 이것들을 사랑하려면 어떻게 했으면 좋겠는가. 묻혀서 누어 있
는 못물과 같이 저 아래 저것들을 비춰고 누어서, 때로 가냘푸게도 떨
어져 내리는 저 어린것들의 꽃잎사귀들을 우리 몸 우에 받아라도 볼
것인가. 아니면 머언 산<sup>山</sup>들과 나란히 마조 서서, 이것들의 아침의 유
두분면<sup>油頭粉面</sup>과, 한낮의 춤과, 황혼<sup>黃昏</sup>의 어둠 속에 이것들이 찾아들어
돌아오는 ── 아스라한 침잠<sup>沈潜</sup>이나 지킬 것인가.

하여간 이 하나도 서러울 것이 없는 것들 옆에서, 또 이것들을 서러워
하는 미물<sup>微物</sup> 하나도 없는 곳에서, 우리는 서뿔리 우리 어린것들에게
서름 같은 걸 가르치지 말 일이다. 저것들을 축복<sup>祝福</sup>하는 때까치의 어
느 것, 비비새의 어느 것, 벌 나비의 어느 것, 또는 저것들의 꽃봉오리
와 꽃숭어리의 어느 것에 대체 우리가 항용 나즉이 서로 주고받는 슬
픔이란 것이 깃들이어 있단 말인가.

이것들의 초밤에의 완전귀소<sup>完全歸巢</sup>가 끝난 뒤, 어둠이 우리와 우리 어

린것들과 산<sup>山</sup>과 냇물을 까마득히 덮을 때가 되거든, 우리는 차라리 우
리 어린것들에게 제일 가까운 곳의 별을 가리켜 보일 일이요, 제일 오
랜 종<sup>鐘</sup>소리를 들릴 일이다.

— 서정주, 「상리과원<sup>上里果園</sup>」

막 피어나는 꽃들이 토해내는 향기와 그 위에서 잉잉거리는 "십수만
마리의 꿀벌들"로 꽃밭은 찬란하다. 그 꽃의 찬란함에서 시인은 "조카
딸년들이나 그 조카딸년들의 친구들의 웃음판"을 본다. 이게 태극이
고, 음양의 조화다. 태극은 우주 전체를 뜻한다. 풀은 풀 한 포기의 태
극을 갖고, 모래는 모래 한 알의 태극을 가졌으며, 물고기는 물고기 한
마리의 태극을 갖고, 새는 새 한 마리의 태극을 가졌다. 하늘의 해와 달
과 별도 마찬가지다. 우주만물은 저마다 저의 태극을 가졌다. "태극이
변해서 음양, 사상, 8괘, 64괘로 변한 것이니 곧 태극의 밖에 따로 64
괘가 있는 것이 아니고 또 64괘의 밖에 따로 태극이 있는 것이 아니다.
태극이 곧 64괘고 64괘가 곧 태극이다. 또 64괘의 밖에 따로 천지만
물이 있는 것이 아니고 천지만물의 밖에 따로 64괘가 있는 것도 아니
다. 64괘가 천지만물이고 천지만물이 태극이며 태극이 곧 64괘다."[21]

꽃밭 가득한 꽃을 어느덧 조카딸년들과 그 친구들의 웃음판으로,
다시 "세상에 이렇게도 타고난 기쁨을 찬란히 터뜨리는 몸뚱아리들"
로 바꿔놓는다. 그것은 "융륭<sup>隆隆</sup>한 흐름"으로 오고, 웃고 있는 "낱낱의

21) 남동원, 『주역해의 1』 개정판, 나남출판, 2005.

얼골들"로 온다. 꽃밭 너머 배나무들도 흰 꽃을 활짝 터뜨린 채 서 있다. 배나무들은 "머리나 가슴패기뿐만이 아니라 배와 허리와 다리 발꿈치에까지도 이뿐 꽃숭어리들"을 매달고 서 있다. 천지가 온통 꽃들에 파묻힌다. 천지가 향으로 색으로 오는 꽃들의 만개 속에 감싸인 봄날 그것에 화답하듯 십수만 마리의 벌들은 "북 치고 소구 치고" 맞이굿에 한창이고, "멧새, 참새, 때까치, 꾀꼬리새끼들"도 아침저녁으로 몰려와 이 꽃 잔치의 신명과 기쁨을 노래한다. 자기복제 능력을 가진 생령들의 축제다. 꽃과 벌과 새들이 보여주는 건 생명우주의 합창이다. 생명우주가 연주하는 기쁨의 교향곡이다. 모든 것이 지금 존재하는, 영원이 찰나로 현신하는 오메가 순간이다. 눈에 보이지 않는 저 슈퍼생명체가 물리적 우주로 육화해서 땅으로 강림하는 순간의 사건이다.

　물질과 에너지가 태극으로 합일하는 우주적 질서를 목격한 시인은 가슴 뻐근하게 몰려오는 찰나적 법열, 벅찬 감흥을 감당할 길이 없다. 그래서 "우리가 이것들을 사랑하려면 어떻게 했으면 좋겠는가."라고 묻는다. 누구에게 묻는가? 자기 자신에게, 땅에게, 하늘에게. 꽃들이 만개한 자리 바로 그 아래에 물이 꽉 찬 연못이 있다. 수면에는 만개한 꽃들이 비친다. 그 물 위로 성급한 꽃잎들이 떨어진다. 시인은 어느덧 그 연못으로 변신하여 그 꽃들을 비추고 어린 꽃잎들을 받기도 한다. "못물과 같이 저 아래 저것들을 비취고 누어서, 때로 가냘푸게도 떨어져 내리는 저 어린것들의 꽃잎사귀들을 우리 몸 우에 받아라도 볼 것인가." 우주는 "열린 계"다. 이 "열린 계"에서 물물物物의 에너지는 서로 건너가고 건너온다. 물론 이것은 생물학적 진화도 아니요, 이 종種

에서 저 종으로 건너가는 질료적 전환은 더더구나 아니다. 다만 봄날 천지에 가득 찬 신이 거기 파동함수로 존재함을 느껴보겠다는 생각의 표현이다.

봄날 천지를 가득 채운 꽃들도 "한낮의 춤과, 황혼의 어둠"을 거쳐 "어둠이 우리와 우리 어린것들과 산과 냇물을 까마득히 덮을 때" 돌연 사라진다. 빛과 어둠, 낮과 밤, 생명과 죽음은 태극 안에서 맞물려 있다. 꽃이 피는 때가 있으면 꽃이 지는 때가 있다. 저 태고의 공허 속에서 빅뱅으로 출현한 우주도 수명을 다하면 대수축으로 흔적 없이 사라질 때가 온다. 꽃이 지기로서니 어린 것들에게 섣불리 꽃이 지는 슬픔을 가르칠 게 아니다. 시인은 꽃이 피고 지는 우주의 섭리를 가르쳐야 한다고 말한다. 우리는 우리의 새끼들에게 재화를 생산하고 유통시켜 더 큰 재화를 만드는 법을 가르칠 것이 아니라, 그보다 먼저 "제일 가까운 곳의 별"을 보고, "제일 오랜 종소리"를 듣는 일을 가르쳐야 한다.

# 돼지머리는 왜 키득키득 웃는가

## 1. "환해진다"는 것

마음은 저 스스로 환해질 수 있으나 물物은 저 스스로 환해질 수 없다. 마음과 물이 하나 되면 물은 마음의 빛으로 환해질 수 있다. 잘 닦인 마음은 등불과 같아서 만물을 환하게 비춘다. 마음의 빛이 꺼지면 물의 세계는 어둠에 묻힌다. 그런 까닭에 장자는 "천지는 나와 함께 살고 만물은 나와 더불어 한 몸이 된다."「장자」, 「제물론」고 했다. 물의 세계는 유형하고 그 유형함 때문에 생겨난 찰나에 이미 소멸의 소실점으로 달려간다. 모든 물은 닳아지고 삭고 깨지고 무너지며 제 존재를 소멸로 밀어간다. 몸 역시 유형함을 취한 까닭에 물을 쓰는 것은 부득이한 바가 있다. 사람은 몸된 자로서 이 닳아지고 사라지는 물을 써서 제 몸을 부양한다. "만물은 생겨남이 있으나 그 뿌리를 본 사람은 없다. 출현함은 있으나 그 출입문을 본 사람은 없다."「장자」, 「칙양」

물의 세계는 이것/저것, 옳음/옳지 않음, 작음/큼, 아름다움/추함, 있음/없음, 삶/죽음, 차오름/이지러짐과 같이 대립적 분별 속에서 현현한다. 본디는 이것도 저것도 없고, 옳음과 옳지 않음도 없고, 작음과 큼도 없고, 아름다움과 추함도 없고, 있음과 없음도 없고, 삶과 죽음도 없고, 차오름과 이지러짐도 없다. 이 모든 분별은 사람의 마음이 지어낸 것들이다. 이것이 있으니 저것이 있고, 옳음이 있으니 옳지 않음이 있고, 작음이 있으니 큼이 있고, 아름다움이 있으니 추함이 있고, 있음이 있으니 없음이 있고, 삶이 있으니 죽음이 있고, 차오름이 있으니 이지러짐이 있는 것뿐이다. 사람의 마음은 천변만화하는 물의 흐름을 눈으로 좇아 분별을 짓고 시비를 그치지 않는다. 오로지 성인만이 그 고리를 끊고 제 마음을 분별없음에 두니 시비도 없다. 장자는 말하기를 "무릇 모양·형상·소리·빛깔을 지닌 것은 모두 물物이다."『장자』, 「달생」라고 했다.


누군가 말했다.
'머리칼에 먹칠을 해도
사흘 후면 흰 터럭 다시 정수리를 뒤덮는 나이에
여직 책들을 들뜨게 하는가.
거북해하는 사전 들치며?
이젠 가진 걸 하나씩 놓아주고
마음 가까이 두고 산 것부터 놓아주고
저 우주 뒤편으로 갈 채비를 해야 할 땐데.'

90

밤중에 깨어 생각에 잠긴다.

'얼마 전부터 나는 미래를 향해 책을 읽지 않았다.

미래는 현재보다도 더 빨리 비워지고 헐거워진다.

날리는 꽃잎들의 헐거움,

어떻게 세상을 외우고 가겠는가?

나는 익힌 것을 낯설게 하려고 책을 읽는다.

몇 번이고 되물어 관계들이 헐거워지면

손 털고 우주 뒤편으로 갈 것이다.'


우주 뒤편은

어린 날 숨곤 하던 장독대일 것이다.

노란 꽃다지 땅바닥을 기어

숨은 곳까지 따라오던 공간일 것이다.

노곤한 봄날 술래잡기하다가

따라오지 말라고 꽃다지에 손짓하며 졸다

문득 깨어 대체 예가 어디지? 두리번거릴 때

금칠金漆로 빛나는 세상에 아이들이 모이는

그런 시간일 것이다.

— 황동규, 「손 털기 전」[22]


22) 황동규 시집, 『꽃의 고요』, 문학과지성사, 2006.

문체의 심급에서 황동규는 가장 세련된 문체를 구사하는 독보적인 시인이다. 그는 "환해진다"라는 특유의 표현을 편애하는데, 그 표현은 황동규가 처음 쓰고 이후 여러 젊은 시인들의 시구 속에서도 드물지 않게 발견되는바, 황동규에게 원저작권이 있다.

　대상에 따라 마음이 달라지고, 그에 따라 분별심과 번잡함이 일어나는 상태를 불교에서는 반연攀緣이라고 한다. "환하다"라는 것은 마음이 그 반연에서 홀연히 벗어나 기쁨에 이르는 순간의 황홀을 드러낸다. 대상과 '나'의 하나됨, 그 혼용 속에서 '나'와 대상이 경계를 넘어 하나가 되는 법열감이다. '나-너', 혹은 '나-그것'은 어느 순간 그 법열감 속에서 처지와 분별을 모두 잊는 물아양망物我兩忘의 경지에 이른다. 선승들이 말하는 오도悟道의 순간이다. 시인은 그 물아양망의 경지에 이를 때 마음이 "환해진다"고 쓴다.

　「손 털기 전」은 "저 우주 뒤편으로 갈 채비를 해야 할 때", 즉 노년의 어떤 깨달음들을 담담하게 적는다. "손을 털다"는 존재함을 그친다, 라는 뜻의 환유다. 염색을 해도 머리칼이 사흘 후면 금세 흰머리가 돋아 정수리를 덮는 나이가 되면 죽음을 사유하고 그걸 기꺼움으로 받아들여야 한다. 시인은 마음에게 그 준비를 시키는 모양이다. 이 시는 시인이 제 마음에게 모양·형상·소리·빛깔의 세계 너머에 있는 세계와 친해지고 익숙해지는 법을 가르치는 과정을 털어놓는다. 헐거워지기, 비우기, 놓아주기가 그것이다. 그리고 낯이 익은 세상의 것들을 마음에서 낯설게 하기다. 새것과 낯을 익히기 위해 옛것과의 정을 떼서 낯설게 바라보려고 한다. 그 순서는 "마음 가까이 두고 산 것부터"다.

시의 화자는 "관계들이 헐거워지면" 손을 털고 우주 뒤편으로 돌아가겠다고 다짐한다. 이 표현은 집착의 정도가 엷어짐이라는 뜻으로 읽힌다. "가진 걸 하나씩 놓아주고" 헐거워진 존재로 돌아갈 우주 뒤편은 모양·형상·소리·빛깔이 없는 세계다. "헐거워지다"라는 표현이 세 번이나 나온다. "헐거워져야" 할 관계는 사람·사물 등과 같은 물의 세계와의 관계일 터다. 황동규가 즐겨 쓰는 "환해진다"와 "헐거워진다"는 문장은 뜻의 맥락에서 겹쳐진다. "날리는 꽃잎들의 헐거움"은 시인이 배우고 따라야 할 바다. 우주 뒤편이란 별들로 가득 찬 저 하늘 뒤쪽에 있는 검은 물질로 가득 찬 진공의 우주 공간을 가리키는 말이겠으나 여기서는 존재하는 것의 영시<sup>零時</sup>에 가깝다. 영시, 존재 이전의 시간. 나고 죽는 윤회의 고리 안에 있는 것들은 흙, 물, 불, 공기와 같은 우주의 원소로 낱낱이 분해되어 영시로 돌아간다. 그 영시의 대척적인 자리가 "금칠로 빛나는 세상"의 시간이다. 어린 시절 졸다 문득 깨어 바라본 그 봄날 햇빛으로 뒤덮인 세상에서 어린아이들이 웃고 뛰노는 시간은 얼마나 환하던가! 저 캄캄한 우주 뒤편은 그 환한 세상과 통하는 입구다.

"문득 깨어 대체 예가 어디지?" 하며 두리번거리던 이 세계는 보고 만지는 세계인가, 혹은 환몽의 세계인가? 분별 짓는 마음을 그치면, 삶과 죽음, 꿈과 생시는 둘이 아니다. 무심이 되면 삶 속에 죽음이 있고 죽음 속에 삶이 있다는 걸 깨달을 수 있다. 꿈속에 생시가 비치고, 생시 속에 꿈이 있다. 장자의 호접지몽이 말하는 진실이다. 장자는 꿈속에서 나비가 되어 날아다니고 나비는 현실 속에서 장자가 된다.

현실은 꿈을 물고 꿈은 현실을 문다. 이 둘은 본디 하나며 하나라는 무궁 속에서 회통한다.


## 2. 돼지머리는 왜 웃고 있는가

노자는 "그런 까닭에 성인은 마음에 따라 움직이지, 눈에 보이는 것에 따라 움직이지 않는다. 덕분에 눈에 보이는 것을 버리고 마음을 취하는 것이다."노자, 「도덕경」 제12장라고 했다. 우주 뒤편으로 돌아간다는 것은 바로 "눈에 보이는 것", 즉 물의 세계를 등진다는 것이다. 물의 세계에 처하여 굳이 이것과 저것을 분별하고 구별을 짓는 게 바로 마음이다. 몸속에 깃들어 사는 이 마음에서 나오는 분별과 구별을 그치면 "하나의 무궁"에 든다. 그때 비로소 마음은 "본연의 밝음"에 드는 것이다. 마음이 본연의 밝음에 들면 삶과 죽음, 꿈과 생시의 분별은 사라진다. 장자는 말한다. "모든 사물에는 저것 아닌 것도 없으며, 이것 아닌 것도 없다. 저편에서 보면 보이지 않지만 자기가 보면 안다. 그러므로 '저것은 또 이것에서 나오고, 이것도 또한 저것에서 나온다'는 말이 있으니, 이는 곧 저것과 이것은 서로 잇달아 생긴다는 뜻이다. 그러나 잇달아 생기자 잇달아 죽고, 잇달아 죽자 잇달아 생기며, 가능이 있으면 불가능이 있고, 불가능이 있으면 가능이 있으며, 옳음을 좇아 그름이 따르고 그름을 좇아 옳음이 따르는 것이다. 그러므로 성인은 이런 고리의 안을 떠나 순수한 하늘의 조명에 비추어본다. 이것이 곧 저것이요,

저것이 곧 이것이다. 저것은 저것대로 하나의 시비가 되며, 이것은 이 것대로 또 하나의 시비가 된다. 그러면 저것과 이것은 과연 있는 것인 가? 저것과 이것은 과연 없는 것인가? 저것과 이것을 갈라 세울 수 없 는 그곳을 도의 지도리라 일컫나니, 지도리라야만 비로소 그 고리의 한복판에서 무궁에 응하는 것이다. 옳은 것도 하나의 무궁이요, 그른 것도 또한 하나의 무궁이기 때문에 본연의 밝음에 비춰보는 것만 같지 못하다고 하는 것이다."『장자』, 「제물론」 기왕에 나왔으니 죽음을 다루는 다 른 시 한 편을 더 읽어보자. 장인수의 「돼지머리」라는 시다.

동네 어른이 돌아가셨다
가마솥이 마당에서 끓고
돼지를 잡아 삶았는데
이놈 삶은 돼지는 키득키득 웃고 있다
아버지는 돼지의 웃음을 다치지 않게 썰고 있다
소주 한 잔 벌컥 들이켜며 웃음 한 조각을 먹는다
캬! 죽을 때는 요런 표정으로 죽을 수 있을까
접시마다 귀도 웃고 코도 웃고 눈도 웃고 있다
동네분들과 문상객들이
껄껄껄 돼지 웃음을 먹고 있다.
— 장인수, 「돼지머리」[23]


23) 장인수 시집, 『유리창』, 문학세계사, 2006.

유쾌한 풍자가 번쩍하고 광채를 드러내는 시다. 시인이 은유의 칼을 한 번 휘두르는데, 그 칼에 베인 의미들이 우수수 떨어진다. 초상집 음식상에 올린 돼지머리는 단번에 죽음으로 인한 음습하고 우울한 자리를 웃음의 자리로 바꿔놓는다. 돼지머리는 죽은 자를 떠나보내는 산 자들이 만든 의례의 자리에 음식으로 틈입한다. 이것은 죽은 자의 세계와 산 자의 세계를 잇는 기호적 내포로 웃음을 일으키는 효과를 불러온다. 죽은 자는 죽은 자고, 그 죽음에 상관되어 모인 문상객들은 "접시마다 귀도 웃고 코도 웃고 눈도 웃고" 있는 이 돼지머리 한 점씩을 입으로 삼키는 상가喪家의 한때를 보여준다. 이때 돼지머리는 죽음을 희화화하는 존재론적 조건의 외시다. 슬픈 정황을 희극적 정황으로 바꿔 웃음을 이끌어내는 기호는 도처에 있다.

시인은 문상객들이 상가에 모여 소주 한 잔을 들이켜고 안주 삼아 돼지 고깃점을 입에 집어넣는 상가의 한때라는 그 무덤덤한 풍경 아래에 짜릿한 통찰을 은폐한다. "웃고" 있는 이 돼지머리가 실은 죽은 돼지에게서 분리해낸 것, 따라서 돼지머리의 웃음은 상황에 엇박자로 반응하는 아주 생뚱맞은 표정이다. 삶은 돼지의 웃음은 달관도 내적 초월의 표상도 아니다. 이것은 가짜 꽃, 가짜 웃음이다. "키득키득"이라는 웃음의 의태어는 돼지의 것이 아니라 실은 그걸 바라보는 시적 자아가 지어낸 것이다. 외시된 그 표면은 현상이다. 시인은 비극을 희극으로 전화轉化시키는 그 현상만을 툭 던져주고 시치미를 뚝 뗀다. 정작 하고 싶은 말은 그 표면 아래에 숨어 있다. 죽은 자의 곁에서 술과 음식을 나누는 문상객들이야말로 별수 없이 죽음에 코 꿰인 자들이라는 시적 전언은 언표화 이전으로 돌린 통찰이다.

사람이나 돼지는 물物의 세계에서 윤회한다. 현상계 속에서 사람과 돼지는 홀연히 나타나 어떤 상에 잠시 의탁했다가 다시 떠난다. 음식상에 올린 웃는 돼지머리나 그것을 먹는 사람은 시시각각으로 변하며 왔다가 가는 것이니, 이것과 저것을 분별하는 것은 뜻이 없다. 분별에 얽매이는 것은 어리석은 사람뿐이다.


## 3. 내가 나비 꿈을 꾼 것인가,
   나비가 꿈속에서 내가 된 것인가

장자가 어느 날 꿈을 꾸는데, 자기가 꽃과 꽃 사이를 훨훨 날아다니는 나비가 되는 꿈이었다. 그러나 문득 깨어보니 자기는 분명 나비가 아니라 장주였다. 그 순간 장자는 대체 제가 꿈속에서 나비가 된 것인지, 아니면 저는 원래 나비였는데 그 나비인 자기가 꿈속에서 장자가 된 것인지 분별할 수가 없었다.『장자』,「제물론」

꿈은 그것에서 벗어나 있을 때, 즉 깨어 있을 때에만 그것을 비로소 알 수 있다. 꿈속에서 나비가 되어 훨훨 날아다녔다는 사실은 그 꿈에서 깨어났을 때만 그것을 인지하고 말로 풀어낼 수 있다. 보고 만지고 느끼는 이 물物의 세계가 실은 죽음이 꾸는 환몽이라고 가정해보자. 우리가 죽어보아야만 비로소 이 사실을 알 수 있을 것이다. 그러나 사람은 다만 살아 있을 때만 사유가 가능하다.

가령 영화 〈매트릭스〉는 호접지몽을 22세기의 상황으로 대체해서 재해석한다. 슬라보예 지젝은 호접지몽의 현대적 버전인 〈매트릭스〉를 "철학자들의 로르샤흐 테스트"라고 말한다. 그만큼 이 영화는 다양한 철학적 사유를 담고 있다. "〈매트릭스〉는 인간이 평생을 두뇌 자극이 야기하는 환상 속에서 살고 있을지도 모른다고 가정한다. 매트릭스 안에 갇힌 인간은 수동적이며 움직이지 못하는 존재이다. 잠을 자는 듯한 이들의 마비 상태는 영원히 지속된다. 모피어스의 표현에 의하면 매트릭스는 컴퓨터가 만든 꿈의 나라이다. 이곳에 갇혀 있는 개인들은 자신이 풍요롭고 안락한 삶을 향유하고 있다고 믿는다. 그들의 감각 기관은 매트릭스에 접속되어 있기 때문에 맛 냄새 감촉 시각 그리고 청각은 '존재하는 것은 지각되는 것$^{esse\ est\ percipi}$' 이라는 가정 아래 조작된다."[24] 보는 것, 만질 수 있는 것, 느낄 수 있는 것은 다 실재하는 것인가? 우리가 실제로 '매트릭스'에 살고 있다면 이 모든 것은 실재가 아니다. 〈매트릭스〉의 모피어스라는 인물은 "진짜가 뭐지? 진짜를 어떻게 정의 내리지? 촉각 후각 미각 시각 뭐 이런 걸 말하는 거라면, 진짜라는 건 그저 너의 뇌가 해석하는 전자 신호일 뿐이야."라고 말한다. '매트릭스'는 사람의 감각기관을 기만하는 환몽의 세계다. 컴퓨터가 합성해낸 이 꿈의 세계에서 먹는 스테이크는 가짜다. 이 인공 낙원에서 먹는 스테이크는 가짜이기 때문에 완벽하다. 진짜 스테이크는 그만큼 맛이 없다. '매트릭스'에서 먹는 스테이크는 실재가 아니라

---

24) 슬라보예 지젝 외, 『매트릭스로 철학하기』, 이운경 옮김, 한문화, 2003.

뇌에 스테이크라고 믿도록 주어지는 전자 신호일 뿐이다. '매트릭스' 는 공<sup>空</sup>의 세계다. 여기서는 어떤 것도 실체가 아니다. 사람의 감각기 관이 실체라고 착각하도록 조종당하고 있을 뿐이다. 여기서는 어떤 숟 가락도 진짜가 아니다. '매트릭스' 안의 현실이 실체가 아니라는 걸 한 인물은 이렇게 말한다. "숟가락을 구부리려고 하지 마세요. 그것은 불가능해요. 대신 진실을 깨달으려고 노력하세요. 숟가락은 없어요. 그러면 구부러지는 것은 숟가락이 아니라 오직 나 자신이라는 걸 알게 될 거예요." 이미 우리는 반쯤 '매트릭스' 안에 들어와 있다. 우리는 무수한 가상현실에 둘러싸여 살아간다.


해운대 백사장 여기저기에
얼굴들이
박혀 있다 지뢰처럼 매설되어 있다


머리통만 내놓고 온몸이 모래로 묻힌 사람들……


두어 삽 모래 끌어다 얼굴만 묻어버리면
주검—
영락없이 주검이겠다


검은 썬글라스를 끼고 모래 속에 누워
고요히 명상에 잠긴—

(오, 주검의 저 평온한 얼굴들!)


올 여름에도

해운대 백사장엔 인산인해,

벌거벗은 비키니 상주들과 문상객들이 어울려

웃고 떠들고 마신다 주검 곁에서

무더기 무더기 평토제 지낸 음식과 술을 나누고 수박을 쪼갠다


어이쿠 이놈의 염천지옥 ―

잘못 걸어가다간

덜커덩,

주검의 얼굴을 밟겠다

땅 밖으로 불거져나온 주검의 얼굴을 밟고 기절초풍하겠다

― 유홍준, 「모래 속의 얼굴」


유홍준은 여름 피서객들로 바글거리는 해운대 백사장의 풍경을 주검들이 널린 염천지옥으로 뒤집어놓는다. 머리통만 내놓고 몸통을 모래 속에 묻고 찜질 삼매경에 빠진 사람들은 '주검들'이다. 백사장은 순식간에 주검들이 나뒹구는 공동묘지, 혹은 유골안치소로 뒤바뀐다. 물론 이것은 현실 왜곡이다. 현실을 다르게 보기, 혹은 관습적 인식의 비틀기다. 사람들은 모래찜질을 즐기고 있다. 그러나 시인은 그들을 주검이라고 바라본다. 어느 것이 진실인가?

외부 세계를 있는 그대로 보고 느끼는 생생한 감각 경험만을 진실로 믿으며 물신화하는 이에게 시인의 다르게 보기는 지각의 왜곡으로 받아들여질 것이다. 저들은 다만 모래찜질을 하고 있을 뿐이다. 그렇게 보면 지각의 외연은 감각되는 것의 영역으로 축소된다. 지각의 외연이 닫힐 때 정작 우리 눈은 숨은 진실을 보지 못하도록 가려진다. 보는 것만이 실재가 아니다. 장자가 꿈속에서 나비가 된 것인가, 아니면 원래 나비였는데 꿈속에서 장자가 된 것인가? 오감의 확실성만이 실재의 척도라고 한다면 "인간의 감각 기관을 체계적으로 기만하는 세계"인 '매트릭스'에서는 가짜와 진짜는 뒤바뀐다. '매트릭스'에서는 항상 가짜 스테이크가 진짜 스테이크보다 오감을 더 만족시킨다.

시인들은 보는 것을 의심한다. 저것은 시각적 기만이 아닐까? 저것은 실재를 가리고 있는 환영이 아닐까? 백사장에서 모래찜질하는 사람들의 머리통은 "땅 밖으로 불거져나온 주검"들이다. "검은 썬글라스를 끼고 모래 속에 누워 / 고요히 명상에 잠"긴 주검들! 이 공동묘지는 반쯤 벌거벗은 상주들과 문상객들로 인산인해를 이룬다. 상주들과 문상객들은 웃고 떠들며 "음식과 술을 나누고 수박을 쪼갠다". 산 자들의 풍경을 주검의 풍경으로 뒤집어보기는 기이한 느낌을 준다.


## 4. 그림자들의 세계

산 것과 죽은 것들 사이에 그림자들이 어슬렁거린다. 그림자는 '나'의 현존 속에서 흘러나와 발밑에 엎드린다. 그림자는 '나'와 닮았지만 '나'는 아니다. 그림자는 '내'가 아니지만 '나'와 늘 함께 붙어 다닌다. 실재가 아닌 그림자는 S가 아니라 S1, S2, S3……이다. 그것은 촉각의 물질성도, 이름도 갖지 못한 채 여기저기 떠돈다. 그림자는 S에서 흘러나와서 S의 고유성과 독자성을 짓뭉갠다. "모든 그림자는 그 주인의 본성을 잃어버리고 도살된 고기처럼 땅바닥에 널브러져 있다. 그림자의 익명성은 그림자 주인의 고유명사성을 철저히 짓뭉개버린다."[25] 익명의 그림자들은 '나'의 안에 흘러들어와 사는 타자의 현존이다.


아무도 소유권을 주장하지 않는
금빛 넘치는 금빛 낙엽들
햇살 속에서 그 거죽이
살랑거리며 말라가는
금빛 낙엽들을 거침없이
즈려도 밟고 차며 걷는다


만약 숲 속이라면
독충이나 웅덩이라도 숨어 있지 않을까 조심할 텐데

25) 서동욱, 『차이와 타자』, 문학과지성사, 2000.

여기는 내게 자명한 세계
낙엽 더미 아래는 단단한, 보도블록

보도블록과 나 사이에서
자명하고도 자명할 뿐인 금빛 낙엽들

나는 자명함을
퍽! 퍽! 걷어차며 걷는다

내 발바닥 아래
누군가가 발바닥을
맞대고 걷는 듯하다.
— 황인숙, 「자명한 산책」[26]


시인은 보도블록 위에 잔뜩 쌓인 금빛 낙엽들을 밟으며 걷는 어느 날
의 경험을 들려준다. 세계는 자명하고, 시의 화자는 그 자명성이 시들
하고 권태롭다. 어떤 이면이나 비밀도, 위험이나 불확실함도 갖지 못
한 세계는 오로지 자명하고, 시의 화자는 그 뻔뻔스러운 자명함에 권
태를 느껴 보도블록 위에 쌓인 금빛 낙엽이나 "퍽! 퍽! 걷어차며 걷는
다". 자명성이 불러일으킨 권태만을 노래했다면 이 시는 아주 심심한

26) 황인숙 시집, 『자명한 산책』, 문학과지성사, 2003.

시가 되고 말았을 것이다. 시인은 아주 은밀한 반전을 준비한다. "내 발바닥 아래 / 누군가가 발바닥을 / 맞대고 걷는 듯하다." 시인은 제 발바닥에 발바닥을 맞댄 존재 저편에 있는 또 다른 존재를 감지한다. 내 발바닥에 제 발바닥을 맞대고 걷는 자는 누구인가?

융이라면 그를 그림자라고 했을 것이다. 그림자는 인식과 분별이 자라는 과정에서 자연스럽게 발생한다. 선악과에서 과일을 따는 순간 자아와 그림자의 분리가 일어난다. 문명화 과정에서 일어나는 이 분리는 대단히 임의적이고 개인적인 사건이다. 심리학자인 로버트 A. 존슨은 이렇게 말한다. "페르소나persona는 우리가 되고 싶어 하는 모습인 동시에 우리가 세상에 드러내고 싶어 하는 모습이다. 페르소나는 심리적인 옷이라고 말할 수 있다. 자신이 입고 있는 옷이 바로 자신이 드러내고 싶은 이미지를 대변하듯, 페르소나는 진짜 자신과 주어진 환경 사이에서 중재자 역할을 한다. 자아ego는 진짜 본연의 자기가 아니라 의식적으로 생각하는 자신이자, 자기가 누구라고 인식하고 있는 자신이다. 이에 반해 그림자는 우리 자신의 일부분이지만 우리가 보려 하지 않거나 이해하는 데 실패한 부분이다."[27]

그림자는 존재에 부속된 헛것, 즉 비존재다. "그림자의 그림자가 그림자에게 말했다. '아까는 그대가 거닐더니 지금은 멈추었고, 아까는 그대가 앉았더니, 지금은 일어섰구나. 그대는 왜 그리 지조가 없는가?' 그림자가 말하였다. '아마 나는 의지하는 바가 있어서 그런 성실

---

27) 로버트 존슨, 『당신의 그림자가 울고 있다』, 고혜경 옮김, 에코의서재, 2007.

다. 내가 의지하는 그 무엇은 또한 그것이 의지하는 그 무엇이 있어서 그런 것 같다. 내가 의지하는 것은 뱀의 비늘이나 매미의 날개라고나 할까? 그러니 내가 거닐고 그치는 줄을 어찌 알겠으며, 또 앉았다 일어서는 줄을 어찌 알겠는가?' ”『장자』, 「제물론」 그림자는 저 스스로 존재하지 못한다. 그림자는 실재에 의지해서만 비로소 존재하는 것들의 총체다. '매트릭스'는 실재가 부정되는 그림자들의 세계다. 그림자들의 세계에서는 실재/환몽의 역상이 일어난다. 그림자들은 현실에서는 이름도 가지 못한 채 비실재로 겨우 있지만 '매트릭스'에서는 활개를 친다. 마치 장자가 나비 꿈을 꾸는 것이 아니라 나비가 꿈속에서 장자의 꿈을 꾸는 형국이다.

팔을 집어넣고 가슴을 집어넣고 다리를 집어넣고 흉터를 집어넣고
나는 사라진다

종교를 집어넣고 체온을 집어넣고 혈액을 집어넣고 흉기를 집어넣고
나는 사라진다

꿈틀꿈틀이 남는다
울퉁불퉁이 남는다

눈알을 가져와서 원피스에 붙인다
눈을 뜬 원피스가 걸어다닌다

원피스는 날마다 불어나길 원한다

원피스는 날마다 바람맞길 원한다

나는 꿈틀거리는 곡선으로 사라진다


버릇을 집어넣고 습관을 집어넣고 불화를 집어넣으며

원피스는 불어난다


사람들이 두리번거리며 나를 찾는다

나는 두리번거리며 나를 찾는다


펄럭펄럭 원피스가 달려간다

두리번두리번 나를 찾아 달려간다

— 조말선, 「거대한 원피스」[28)]


'나'의 팔과 가슴과 다리와 흉터를 삼켜버리는 이 "거대한 원피스"는 무엇인가. 실재를 품지 않은 부재의 기표, 즉 그림자다. 실재를 삼키는 블랙홀이다. '나'는 이 블랙홀로 사라진다. '나'의 종교도 체온도 혈액도 흉기도 사라진다. 남은 것은? 꿈틀꿈틀과 울퉁불퉁이다. 꿈틀꿈틀은 채 의미가 되지 못하는 반복동작만 할 뿐인 원생동물原生動物의 몸짓이다. 울퉁불퉁에는 주름이 없다. 물질이 갖는 주름들, "사유의 누런

---

28) 조말선 시집, 『둥근 발작』, 창비, 2006.

주름들", 상황의 주름들, 사건의 주름들[29]이 없다. 그림자는 오로지 꿈틀꿈틀과 울퉁불퉁으로만 있다. 그것은 팽창하거나 수축하는 운동만 하는 피주체로서만 존재한다. 사람들은 그림자들의 세계에 삼켜진 '나'를 찾아 두리번거린다. '나'도 그림자들의 세계 속으로 사라진 '나'를 찾아 두리번거린다. 그림자는 실재의 몸통에서 흘러나온 얼룩이며, 이 얼룩은 몸피가 차츰 불어나 마침내는 "거대한 원피스"가 되는 것이다.

그들이 온다. 그들이 다가온다. 거리를 가득 메우고 조금씩 천천히 다가온다.

모르는 얼굴들이다.
나는 모른다.

그들이 온다. 이리로 향해 온다. 손에 하나씩 상자를 들고 상자들을 들고 말없이 똑바로 걸어온다.

모르는 상자들이다.
나는 모른다.

---

29) 질 들뢰즈, 『주름, 라이프니츠와 바로크』, 이찬웅 옮김, 문학과지성사, 2004.

무국적자, 불법 체류자, 방화범, 무단 침입자, 금치산자, 탈옥자, 좀비,

나는 모르지만 나를 알고 있는 얼굴들이다. 나는 피하지만 나를 피하지 않는 얼굴들이다. 나는 뚜껑을 열었지만 다시 닫힌 상자들이다.

그들이 온다. 한꺼번에 온다. 손에 똑같은 상자를 들고 상자들을 들고 말없이 가까이 다가온다.

나는 그들이 지나가기를 기다린다.
나는 기다린다. 나를
그들이 에워싸기를 기다린다.
— 이수명, 「스무 개의 상자를 들고 오는 스무 명의 사람들」[30]

나를 나라고 인식하는 것은 누구인가? 바로 나라고 말할 수 있는 의식의 주체다. 나는 물질로 이루어진 세계와 대면하고 타자와 관계를 맺는 유일무이한 물질 존재다. 그렇다면 진짜로 나는 하나일까? 아니다. 나라고 부르는 페르소나 안에 무수한 $나_1$, $나_2$, $나_3$, $나_4$, $나_5$……, 다시 말해 '$나_n$'들이 있다. 하나의 나, 본연의 자기로 통합되지 못한 다른 $나_n$들은 억압된다. 자아에 통합되지 못한 채 내면의 어둠 속에 흩어져 있는 그림자들이다. 내 안에서 자아의 지휘를 받지 않는 심리의

---

30) 이수명 시집, 『고양이 비디오를 보는 고양이』, 문학과지성사, 2004.

어두운 측면들이 그림자의 존재태다. 그림자들은 나의 자아가 채 되지 못한 자아, 나의 내부 안에 있는 외부, 그러니까 내 안에서 타자라는 존재론적 지위를 얻은 심리의 어두운 부분들을 말한다. 그것은 독립된 생명-인격체라고 할 수는 없지만 그렇다고 죽은 것도 아니다. 그 그림자들은 에너지를 갖고 있고, 의식의 통제를 받지 않은 채 떠돈다. 그림자들은 내 안에 숨어 있는 "모르는 얼굴들", 도플갱어<sup>doppelganger</sup>, 메두사, 파우스트가 아니라 그 이면에 숨어 사는 메피스토펠레스다. 그들은 자아에 통합되지 못한 채 음습한 어둠 속을 배회하는 "무국적자, 불법 체류자, 방화범, 무단 침입자, 금치산자, 탈옥자, 좀비"들이다. 실체가 없는 그림자는 죄의식이나 수치심 같은 것에 숨어서 나를 지배하고 조종한다.

자아가 무의식의 힘으로 그림자들을 억누르는 것은 그것을 사악하고 미개하고 수치스러운 것으로 판단했기 때문이다. 어떤 계기에서 그림자들은 자아보다 더 큰 힘을 갖는다. 인격의 전일성을 유지할 수 없는 상태에 빠질 때 통제할 수 없는 이 끔찍한 메두사가 존재 바깥으로 뛰쳐나온다. 이 메두사는 통제할 수 없는 분노로, 밑바닥이 없는 나락으로 이끄는 우울증으로, 난폭한 자기파괴로 제 존재를 나타낸다.

그렇다면 이 그림자들은 백해무익한 존재자, 혹은 내 안에 숨은 악마일까? 아니다. "이 그림자는 전일성을 위해서 반드시 필요한 부분이다."[31] 내적 에너지가 고갈되어 위기에 빠진 파우스트는 메피스토

---

31) 로버트 존슨, 앞의 책.

를 만나 생명력을 수혈받음으로써 살아난다. 거꾸로 메피스토는 파우스트를 만남으로써 인격의 전일성을 얻고 구원받는다. 자아와 그림자의 관계는 파우스트와 메피스토펠레스와의 관계와 같다. 제 안에 있는 그림자를 방기해서는 안 된다. 그림자는 우리 안에 감춰진 또 다른 에너지와 가능성의 원천이며, 생명력의 토대다. 때때로 자아와 그림자는 충돌하지만 두려워할 필요는 없다. 그 충돌은 보이지 않는 상처들에 대한 자기치유를 하고 본래의 전일성을 되찾아가는 과정에서 일어나는 일이기 때문이다. 자아가 방치했던 그림자의 힘을 갖다 쓸 수만 있다면 내적 능력과 의식은 깜짝 놀랄 정도로 진일보한다.

가령 프랜시스 베이컨의 그림을 보자. 「그림 1」[32)]에서 사람의 형태 밑에 펼쳐져 있는 짙은 얼룩은, 한편으로 주인의 발밑에 엎드려 있는 개이면서, 다른 한편으로 그 사람의 몸으로부터 빠져나오는 그림자이기도 하다. 즉 동물(개)은 인간의 형태(그림자)를 통해 나타나며, 이와 동시에 인간의 형태로부터는, 그 형태의 배후에 자리잡은 보다 근원적인 비가시적인 심층으로서 동물(그림자)이 빠져나오고 있는 중이다. 결국 그림자는 개이기도 하며 동시에 인간이기도 하고, 이 둘 다가 아니기도 하다. 이와 같이 인간에게도, 그리고 개에게도 '양의적 ambigument'으로 걸쳐져 있는 그림자놀이를 통해서 이 그림은 인간과 동물을 구분할 수 없는 영역을 드러내주고 있다. 「그림 2」[33)]에서도 '그림자는 우리가 감추어두었던 어떤 동물처럼 몸으로부터 빠져나온다'

---

32) 프랜시스 베이컨, 〈개와 함께 있는 조르주 다이어에 대한 두 연구〉.
33) 프랜시스 베이컨, 〈삼면화〉.

프랜시스 베이컨, 〈개와 함께 있는 조르주 다이어에 대한 두 연구〉.

프랜시스 베이컨, 〈삼면화〉.

<sup>FB. 19</sup>. 박쥐의 모습을 닮은 그것은 인간의 신체가 흘리고 있는 인간의 그림자이면서도 더 이상 인간의 형태를 반영하지 않는다. 오히려 그림자는 인간 형태라는 '껍데기' 배후에 이제껏 숨겨져 있던 동물인지 인간인지 결정할 수 없는 그런 영역을 가시화해준다."<sup>34)</sup> 그림자는 우리 안에 감춰두었던 개다. "비가시적 심층"에 숨어 있던 개가 슬그머니 밖으로 기어 나온다. 때로 그것은 거대하게 불어나는 원피스다. 내 속에 숨어 있다가 슬그머니 밖으로 기어 나와 차츰차츰 자라나서 마침내는 '나'를 집어삼킨다. 그림자, 그림자, 그림자 떼. 꿈틀꿈틀과 울퉁불퉁으로만 살아가는 그림자 떼. 우리는 저마다 그림자다. 그림자에게는 신체가 없다. 영혼이라는 주름을 가진 신체! 차라리 그림자는 영혼이 없는 신체의 신체다. 그렇지 않은가? 우리는 제 속에 숨기고 있던 그림자를 무심히 흘리며 살아가는 것이다. 우리 삶이 그림자놀이가 아니었던가?

---

34) 서동욱, 앞의 책.

# 고양이들의 계보학

장자와 혜자가 냇물의 징검다리 위에서 놀았다. 장자가 말했다. "피라미가 한가롭게 헤엄치는 걸 보니 물고기가 즐거운 모양이오." 혜자가말했다. "당신은 물고기가 아닌데 어찌 물고기의 즐거움을 안단 말이오?" 장자가 말했다. "그대는 내가 아닌데 어찌 내 마음이 모른다는 것을 아는가?" 혜자가 말했다. "그렇소. 나는 당신이 아니니까 당신을모르오. 마찬가지로 당신은 물고기가 아니니까 정말 당신도 물고기의즐거움을 모른다고 해야 논리상 옳지 않겠소?" 장자가 말했다. "질문의 처음으로 돌아갑시다. 그대가 처음 나에게 물고기의 즐거움을 아느냐고 말한 것은 이미 그대는 내가 그것을 알고 있다는 걸 알고서 나에게 반문한 것이오. 나는 물 위에서 그것을 알았소." 『장자』, 「추수秋水」

## 1. 동물이란 무엇일까?

동물들은 두 발로 걷거나 네 발로 어기적거리고, 날개를 푸드덕댄다. 무엇보다도 사람이 아닌 어떤 것인 이 동물들은 너무 우둔하거나 혐오스럽거나 사납다. 이렇듯 동물은 생태학적 불완전성 때문에 추방당한 우생학적으로 인류의 열등한 형제들이다. 동물들은 항상 저 너머 어둠 속에서 무서운 눈빛을 번뜩이며 서성거린다. 이 알 수 없는 존재들은 사람을 위협하는 잠재적 위험군이다. 사람들이 그들을 경원하는 까닭은 그들이 위험하기 때문이다. 개, 고양이, 앵무새, 소, 돼지, 닭, 말, 염소와 같이 야생을 탈색시킨 동물들만 사람과 함께 살 수 있다.

동물이 무엇인가를 규정하는 것은 항상 사람이다. 동물은 인간적 요소의 결핍, 혹은 부정적 양태의 과잉이다. 살모사나 전갈, 악어를 보라! 동물은 사람에게서 찾아볼 수 없는 이성, 영성, 도덕, 정신성의 결핍태다. 이 정화되지 못한 인류들은 우글거리거나 꿈틀거린다. 이들은 흉측하고 사납다. 이들은 무차별적인 공격성의 과잉 때문에 늘 사람에게 위협적이다.

동물에게는 '얼굴'이 없다. 동물의 두부頭部는 존재의 표상적 기호로는 불충분한 퇴화된 얼굴이다. 통일적 인격체의 기호인 호모 사피엔스의 얼굴과 퇴화된 얼굴 사이에는 건너뛸 수 없는 문턱이 가로놓여 있다. 퇴화된 얼굴이란 인격의 기호가 아니라 즉자적 덩어리에 지나지 않는다. 동물에게는 자신을 이 세계와 분리시켜 인식할 수 있는 능력이 없다. 그들은 객체 일반의 세계 속에 직접성 혹은 내재성으로 녹아 있을 뿐이고, 이성과 의지에 따라 선택하고 행동하는 것이 아니라 본능과 반사작용으로 움직인다. 동물에게는 입이 없고 그 대신에 부리나 주둥이가 있다. 동물에게는 손과 발 대신에 발굽, 발톱, 송곳니, 지느러미, 날개와 같은 유사기관이 있다.

우리 내면에 숨은 자를 동물로 호명하는 관습은 낯선 것이 아니다. 지구상에서 가장 많은 사람들이 읽는 경전에서도 최후의 심판 때 사람들은 착한 양과 어리석고 고집 센 염소로 분류하는 일이 있을 것이라고 말한다. 그 예언에 따르면 목자의 인도에 따른 양들은 구원받지만 그 인도를 따르지 않고 제 갈 길을 간 염소들은 내침을 받는다. "도덕은 동물원이다."니체, 『권력에의 의지』 목자들은 모두 이 동물원의 조련사들이다. 우리는 최후의 심판 때 도덕이라는 동물원에서 조련사의 명령과 지시를 잘 따른 양인지, 조련사의 계율들을 거절하고 제 안에서 번쩍이는 번개와 섬광에 따르는 염소인지를 밝혀야 할 것이다.

사람들은 불편한 타자들에게 동물의 은유를 입혀 그들을 대상화한다. 그 대상화는 여성, 흑인, 유대인, 저항하는 민중, 이민족들에 대한 차별을 정당화하는 근거를 만든다. 그들은 개들이고 닭장의 닭들이며, 앵무새거나 뱀이고, 죽은 동물의 주검에 달라붙는 하이에나들이고 늑대 무리다. 몇 년 전 주한미군의 한 고위층 인사가 한국민을 '들쥐떼'에 비유해 큰 소동이 일었다. 동물 은유는 때때로 정치적 불평등에 기반을 둔 구별짓기 전략의 산물이다. 이 주한미군 수장의 부적절한 화법이 구설에 오르고 소동을 일으킨 것은 이 동물 은유가 구별짓기 전략에 의한 상징 폭력이라는 사실을 잘 보여주는 예다. 사람을 동물로 호명하는 행위는 식민지 지배자들, 혹은 인종차별주의자들에게서 쉽게 발견할 수 있는데, 지배자들의 피지배자들에 대한 지배 권력을 은연중 드러낸다.

어떤 사람이나 인종을 쥐, 개, 두더지, 돼지, 원숭이, 까마귀, 독수리, 뱀, 올빼미, 두꺼비, 개구리, 족제비, 너구리, 상어로 호명하는 순간, 호명된 대상들은 더 이상 사람이 아니라 미개한 대상으로 전락한다. 사람에게 동물의 은유를 입히는 것은 질서와 고결한 품성 따위는 찾아볼 수 없는 존재들로 낙인찍는 행위다. 낙인찍기는 이들이 추방되어야 할 악이며, 미천한 형제들이라고 선전하는 것이다. 이들은 사람이 아니라 동물이 되는 것이며, 고통도 느낄 줄 모르는 존재로 둔갑되는 것이다. 타자를 동물 은유로 덧씌우는 자들은 그 은유 속에 폭력을 은폐한다. 이를테면 파시즘과 전제정치가 용인된 세계 곳곳에서 벌어지는 고문, 감금, 강간, 신체절단, 장기적출, 인신매매, 시체유기, 홀로코스트와 같은 반인류적 범죄들을 숨기고 정당화한다.

평범한 사람들을 야수와 같은 동물의 전형성을 가진 우생학적인 변이체로 교묘하게 변질시키는 동물정치학의 수사학은 세균학과 결합하면서 동물들을 박테리아, 바이러스, 에이즈균으로 바꾼다. 유대인은 나치에 의하자면 독일의 순수 혈통을 감염시킬 수 있는 박테리아고 미생물에 지나지 않는다.

## 2. 우리 시의 원형극장에는 어떤 동물들이 있을까?

우리 시의 이미지 원형극장에는 셀 수도 없는 다양한 종들의 동물이 출연한다. 서정주의 초기 시에는 능구렝이, 꽃뱀, 부엉이, 웅계, 초록제비, 암노루, 홰냥노루, 거북, 검은암소, 두견새, 소쩍새, 학과 같은 동물들이 지천으로 널려 있고, 백석의 시에는 소, 말, 닭, 개, 토끼, 오리, 망아지, 당나귀, 까치, 배암, 구렁이, 붕어, 농다리, 도적괭이, 여우, 승냥이, 노루, 사슴, 쪽제비 같은 동물들이 사람과 더불어 산다. 황지우의 시에도 새, 박쥐, 투구게, 낙타, 거북들이 돌아다닌다. 김기택의 시에는 개와 호랑이, 황인숙의 시에는 공중으로 도약하는 새와 팔짝거리는 고양이가 매우 인상적이다.

　　우리 시에서 흔하게 찾을 수 있는 동물은 조류, 양서류, 파충류, 포유류, 어류, 갑각류들이며, 신화에 나타나는 용이나 봉황, 일각수 같은 동물도 있다. 『장자』에 따르면 봉황은 오동나무가 아니면 앉지를 않고, 대나무 열매가 아니면 먹지 않고, 단 샘물이 아니면 마시지 않는다. 용은 각고의 시련을 견딘 끝에 허물을 벗고 하늘로 오르는데, 동양에서는 천둥을 울리고 비를 내리게 하는 것이 이 용의 권능이라고 믿는다. 가뭄이 심할 때는 기우제를 지내 토라진 용을 달래 비를 뿌리도록 하기도 한다. 그런가 하면 이무기는 깊고 어두운 늪에 웅크린 채 하늘로 오르지 못한 불운을 씹는다. 용이나 봉황과 같은 상서롭고 고귀한 존재를 표상하는 상상동물이 있고, 또 한편으로 땅을 기는 뱀이나 배고픔에 허덕이는 비렁뱅이 개와 같이 비천한 동물도 있다.

이근화의 『칸트의 동물원』에는 박쥐와 개, 고등어가 나오고, 그보다 훨씬 더 많은 게 고양이와 비둘기다. 또 다른 젊은 시인인 김근의 『뱀소년의 외출』에는 뱀들이 우글거린다. 이 동물들은 무의식의 층위에 웅크리고 있다가 어떤 계기가 주어지면 튀어나온다. 그것들이 무의식의 층위에 웅크리고 있다는 것은 이성적으로 쉽게 해명되지 않는 우리 안의 어떤 불가해성과 관련이 있다는 뜻이다. 동물들은 모호하고 불투명하며 어둠에 감싸여 있는 우리 안의 신비, 혹은 수수께끼다. 아리스토텔레스는 『니코마코스 윤리학』에서 동물은 악도 덕도 갖고 있지 않다고 말한다. 동물들은 언제나 악이나 도덕과는 무관하게 자신의 속屬과 종種 안에서 연속성을 이어간다. 그의 불가해함 속으로 이성을 빨아들이고, 그의 카오스로 도덕을 삼켜버린다. 그것은 자아도, 이성도, 도덕도 없이 떠도는 그 무엇, 통일체가 아니라 파편으로 있는 그 무엇, 기껏해야 "대체물, 유사물, 희미한 윤곽"이며, 그것은 "차이에서, 즉 굴절 그 자체, 인간의 직선 궤적의 이탈을 통해서만 드러나게 할 수 있는 에피쿠로스의 클리나멘clinamen의 방향에서 탄생"한다.35)

---

35) 아르멜 르 브라 쇼파르, 『철학자들의 동물원』, 문신원 옮김, 동문선, 2004. 사람과 동물은 닮았으면서도 다르다. 사람과 동물은 서로 비슷한 기질을 공유하지만, 그 정도가 다양하고 계통발생의 경로가 본질적으로 다르다. 쇼파르는 아리스토텔레스를 인용하며 다음과 같이 설명한다. "아리스토텔레스가 말하는 것처럼 동물들은 '인간에 비하면 난쟁이들'이다. 어설픈 윤곽에 지나지 않으니까. 따라서 동물들은 어설픈 윤곽과 완벽한 존재 사이에서, 일반적으로 경멸의 뜻을 나타내는 모든 차이와 함께 동물들에게 인간의 형체를 주어, 인간에게서 빌려 온 특징들을 통해서만 묘사될 수 있다. 인간과의 유사성은 신체적 특징들과 성격들 사이의 닮은 유희로 가중된다. 아리스토텔레스는 다음과 같이 설명한다. '인간의 경우에 보다 분화된 방식으로 표현되는 영혼 상태는 사실 대부분의 동물들에게도 존재한다. 유순함이나 사나움, 부드러움이나 거침, 용기나 비겁함, 두려움이나 확신, 대담함이나 간악함, 그리고 지적인 측면에서의 어떤 명민함, 이런 것들은 대다수의 동물들에게서도 볼 수 있는 인간과의 닮은 점들이다.'"

## 3. 김근: 뱀-소년의 탄생

동물들은 자아와 이성과 도덕의 방벽 저 너머에서 우울한 눈빛을 하고 우리를 바라본다. 그 우울한 동물의 눈에 우리 모습이 적나라하게 비친다. 뜻밖에도 동물은 우리가 제대로 볼 수 없는 우리 안을 비춰주는 거울이다. 오, 놀라워라! 우리 안에 숨은 동물이라는 거울로 우리는 미분화된 어둠 속에서 쪼개지고 새로운 그 무엇으로 태어나기 위해 원생동물같이 꿈틀대는 초자아의 불가해한 움직임을 본다.

삼천 걸음 만에 바다에 닿았어 해는 내 한 걸음 한 걸음 역한 그림자 매달아주며 내 등허리 혹처럼 붙어서 왔지 온통 흐물흐물한 소리들이 점령하고 있는 바닷가 그 끝과 처음도 알 수 없이 미세한 소리들에 들씌워져 나무들은 허옇게 마른 가지에서 이파리들을 피워내고 사람들이 제 숨과 함께 벗어놓고 간 가죽들만 해변 여기저기 널려 있었어 모든 길짐승들은 사라져 없고 어디서 검은빛 커다란 날개를 단 새들이 날아와 사람의 가죽을 쪼아대고
나는 내가 태어날 바다를 찾아서 왔는데 바다에 닿자마자 해는 내 살을 뜯어먹기 시작했어 해에게 뜯긴 갈비뼈 사이로 밑도 끝도 없이 말이 흘러나오고 모음이 없거나 자음이 거꾸러진 말들은 어떤 빛깔의 소리도 입지 못하고 모래로 부서져 내렸어 하얬어 말의 뼛가루들 일곱 밤 일곱 날이 일곱 번 지날 동안 나는 해에게 살을 뜯기고 부서진 말이 수북이 쌓여 사막처럼 번져갔지 내가 왜 태어나려는 것인지 바람에 귀

를 문질러보았는데 바람은 내 머릿속으로 쳐들어와 수많은 낭떠러지를 만들고만 가버려

징그러운 혓바닥으로 바다는 내가 쏟아놓은 말의 뼛가루를 허물고 이윽고 내 앙상한 알몸을 삼켜 잡수었어 정충의 부패한 찌꺼기들로 가득한 바다의 침침한 심연으로부터 한 마리씩 푸른 시반을 찍고 태어나지 못한 아이들의 퉁퉁 불은 몸뚱이들이 떠올랐어 나는 혼신을 다해 허우적거렸지 그때 바다는 수천 갈래 느물거리는 촉수를 뻗어 내 겨드랑이며 사타구니를 훑어댔는데

(헤헤헤 그러니까 나는 물고기 한 마리 입에 처넣지 못했군 평생 겨우 불가사리 시체나 몇 마리 주워다 탑을 쌓았을 뿐이군 그래 아무래도 이 바닷님은 좀 많이 끈적끈적한데 질질질 나를 흘려놓은 것은 무엇일까)

내 살을 뜯어먹고 퉁퉁 부은 해가 두꺼운 구름 뒤로 숨자 모든 것들의 그림자들이 제 본래 몸을 패대기치고 달아났어 바다는 조금씩 흉폭해지기 시작했지 내 몸을 뒤집고 메치고 빨아들였다가 바다가 다시 내뱉고 나는 나고 나는 또 내가 아닌데 가슴속에는 내가 가두었던 말들이 죄 씻겨지고 바다는 내 온 구멍을 열고 들어오는데 구멍으로 썰물지고 밀물지고 무슨 노래처럼 들락날락하는 바다에 휩쓸려 나는 말라붙은 성기를 잡아뜯기만 하고

제일 먼저 내 팔 하나가 떨어져나갔더랬지 떨어진 팔을 붙잡으려다가 다리 하날 놓치고 다리에 마음 주다가 내 머리통도 몸과 그만 떨어져버렸어 사지육신이 모두 떨어져 흩어지자 그제야 바다는 잠잠했지 어디선지 껍질이 뒤집힌 해파리들이 몰려와 떨어진 육신 사이를 흘러다

넣어 그때 내 머리통에 달린 눈깔이 어디를 보고 있었을까 그때 내 몸
통 바깥으로 튀어나온 심장은 또 몇 분의 몇 박자로 불끈거리고 있었
을까

(흐흐 내 새끼가 날 낳아줄 거라고 말이지? 하, 그렇군 아직 나는 사산
되어버린 것이 아니란 말이지? 헤헤헤 근데 그 새끼놈이 나를 어떻게
낳아줄 거라구? 무덤도 없이 뗏장도 없이)

바다와 피 한 방울 안 섞였는데도 나는 바다에 섞이고 흐린 시간의 부
유물들은 내 해골 사이를 떠다니더란 말이지 차츰 바다의 배아지는 텅
비어가고 여태 붙어 있는 내 해골의 치아 사이로 웃음이 풀어져나오고
실실실 뜻도 없이 풀어져나온 웃음이 바다의 텅 빈 배아지를 채우더란
말이지 나는 내가 나인지 묻는 것도 잊고 말이지 내 눈깔도 이윽고 꺼
지고 심장도 마지막으로 한 번 꿀렁거리더니 이내 멈추고 말이지 슬슬
껄끄러운 빛무리들이 몰려오고 결코 썩지 않는 내 영혼은 조금씩 부풀
어오르고 흐흐 지겹게 나는, 또, 태어나는, 것이더란, 말이지
— 김근, 「오래된 자궁」[36]


김근의 시는 일종의 판타지다. 삼백예순 날 부릅뜬 눈알들이 달린 빗
방울이 떨어지고[어제], 늙은 어미는 곰삭은 몇백 년의 시간들이 걸쭉하
게 흘러넘치는 항아리들에 눈꺼풀이 없고 구멍만 남은 코를 벌름거리
거나 입술도 없이 이만 달각거리고, 머리칼만 수십 발 자란 아기들을

36) 김근 시집, 『뱀소년의 외출』, 문학동네, 2005.

키운다.「혜혜 혜혜혜혜.」「오래된 자궁」이라는 작품 역시 기괴하게 일그러진 판타지인데, 그 판타지 속에서 뱀-소년이라는 잡종이 탄생하는 순간을 묘사한다. 잡종이 탄생하는 자리는 바다다. 거기에는 알 수 없는 소리들로 가득 차 있고, 사람들이 "제 숨과 함께 벗어놓고 간 가죽들만 해변의 여기저기에 널려" 있다. 그 바다에는 사람의 가죽을 쪼아대는 검은빛 커다란 새, 사람의 살을 뜯어먹는 해, 사람의 머릿속으로 쳐들어와 낭떠러지를 만드는 바람들이 있고, "푸른 시반을 찍고 태어나지 못한 아이들의 퉁퉁 불은 몸뚱이들"이 떠다닌다. '나'는 그 바다에서 태어나기 위해 안간힘 쓰고 있다. 그 오래된 바다에서 '나'는 머리통과 몸이 분리되고 사지육신이 떨어지는 경험을 한다(이것은 태아의 사지를 절단하고 분리해서 자궁에서 적출하는 끔찍한 임신중절에 대한 암유로 읽힌다). 파괴와 해체의 불길한 기운으로 가득 찬 바다에서 "바다와 피 한 방울 안 섞였는데도 나는 바다에 섞이고", 그 흐린 시간들을 떠다니다가 "지겹게, 나는, 또, 태어나는 것"이다. 김근의 오래된 바다에서 태어나는 '나'는 뱀-소년이라는 잡종이다.


## 4. 이장희: "푸른 봄의 생기"에 감싸인 고양이

내 마음을 끌어당기는 동물은 뱀과 고양이다. 뱀은 차가운 몸과 치명적인 독을 지녔고, 고양이는 먹잇감을 포획할 때 움직임이 날렵하고 경쟁자와 먹잇감을 다툴 때는 포악하다. 뱀은 파충류 유린목에 속하는 척추동물이고, 고양이는 길들인 식육목 고양잇과에 속한다. 두 동물은 종種이 다르지만 닮은 점이 많다. 우리 시에서 뱀의 기원은 서정주의 「화사花蛇」고, 고양이의 기원은 이장희의 「봄은 고양이로다」이다. 민간에서 고양이는 상반된 두 개의 이미지를 갖는다. 악물/영물이 그것이다. 야행성인 고양이는 밤에만 떠도는 귀신을 쫓는 벽사辟邪 기능을 가진 영물이라고 알려졌다. 고양이를 죽이거나 학대하면 나중에 반드시 앙갚음한다고 해서 멀리하는 사람도 없지 않다.

고양이와 뱀은 동양의 상상체계에서는 업業의 동물이다. 한 탁발승이 충주 근방을 지나는데, 한 여인이 남편과 딸아이가 한날한시에 죽었으니 천도해달라고 간청한다. 한 방 안에 남편, 딸, 고양이, 뱀이 같이 죽어 있었다. 딸이 뱀에 물려 허리와 배가 항아리같이 부어 즉사했는데, 고양이가 뱀을 잡아 몸통을 먹고 대가리를 남기니, 대가리만 남은 뱀이 딸을 문 것이다. 아비가 고양이를 죽이려 하니 고양이는 시렁 위로 올라가 몸을 숨겼다. 아비가 고양이를 위협하니 고양이는 아래로 뛰어내리며 아비의 목덜미를 물고, 아비가 칼로 고양이를 쳐 죽인 것이다. 탁발승은 "이들 넷은 삼생의 악연으로 얽혀 있어. 삼생의 악연을 풀어주지 않는다면 반드시 다음 생에서도 악연이 되풀이될 것이야."라고 했다. 탁발승은 아비와 딸의 시체를 수습해 불에 태워 재를 만들고, 고양이와 뱀은 거두어 한 무덤에 묻었다. 사람들은 그 무덤을 일러 묘사총猫蛇塚이라고 불렀다. 조선시대에 나온 『필원잡기筆苑雜記』에 나오는 설화다.

124

꽃가루와 같이 부드러운 고양이의 털에
고운 봄의 향기가 어리우도다.

금방울과 같이 호동그란 고양이의 눈에
미친 봄의 불길이 흐르도다.
고요히 다물은 고양이의 입술에
포근한 봄 졸음이 떠돌아라.

날카롭게 쭉 뻗은 고양이의 수염에
푸른 봄의 생기가 뛰놀아라.
— 이장희, 「봄은 고양이로다」

봄을 고양이에 빗대어 감각적으로 표현한 시다. 꽃가루, 향기, 불길,
졸음, 생기들은 무심하고 천진난만한 고양이의 몸체에 들러붙어 물화
物化한다. 고양이는 무의식의 층위에서 봄과 여성과 감각적 동위를 이
룬다. 길들여진 애완동물이면서도 그 본성의 깊은 곳까지 완전하게 야
성이 사라지지는 않은 이 동물은 저 깊은 곳에 여전히 맹수의 본성과
자립적인 기질 때문에 사람의 뜻에 전적으로 순응하지 않는다. 고양이
가 사람에 개의치 않고 제 본성과 욕망에만 몰입하는 경향은 개와 견
주면 한결 뚜렷해진다. 개는 제 감정을 솔직하게 드러내고, 제가 받은
사랑과 관심에 대해 온몸으로 그 기쁨을 표현한다. 인간친화적인 개들
이 제 주인에게 갖은 아양을 다 떨며 사랑을 갈구하는 것은 일반적이

125

다. 반면에 고양이는 온순하지 않을 뿐만 아니라 사람에게서 받는 사랑 따위에도 매우 초연하다. 고양이의 냉담한 기질 때문에 고양이를 교활하고 사악한 동물이라고 판단할 수도 있다.

이장희의 고양이는 향기와 불길의 아우라를 가진 부드럽고 따스한 관능 이미지 그 자체다. 고양이는 봄의 졸음과 생기를 동시에 불러온다. 봄의 부드러움과 열락의 기쁨이 고양이라는 형상과 만남으로써, 봄이 불러일으킨 백일몽은 현실적 구체로 나타난다. 고양이의 털, 눈, 입술, 수염은 각각 고운 봄의 향기, 미친 봄의 불길, 포근한 봄 졸음, 푸른 봄의 생기를 환기하는 감각소感覺素다.


## 5. 황인숙: 솟구치는 명랑한 고양이

이장희의 고양이가 출현한 지 반세기가 지나는 동안 한국시의 공간에 독자적 개성을 가진 고양이는 나타나지 않았다. 1980년대에 비로소 아주 발랄하고 호기심이 많은 고양이가 나타나는데, 황인숙의 고양이가 바로 그것이다. 그 뒤를 이어 이수명과 이근화, 박연준의 상상세계 속에 있는 고양이들이 한꺼번에 튀어나와 한국시에는 무수한 고양이들이 눈빛을 번득이며 야옹야옹 울어댄다.

이 다음에 나는 고양이로 태어나리라.
윤기 잘잘 흐르는 까망 얼룩 고양이로

태어나리라.

사뿐사뿐 뛸 때면 커다란 까치 같고

공처럼 둥글릴 줄도 아는

작은 고양이로 태어나리라.

나는 툇마루에서 졸지 않으리라.

사기그릇의 우유도 핥지 않으리라.

가시덤불 속을 누벼누벼

너른 들판으로 나가리라.

거기서 들쥐와 뛰어놀리라.

배가 고프면 살금살금

참새떼를 덮치리라.

그들은 놀라 후다닥 달아나겠지.

아하하하

폴짝폴짝 뒤따르리라.

꼬마 참새는 잡지 않으리라.

할딱거리는 고놈을 앞발로 툭 건드려

놀래주기만 하리라.

그리고 곧장 내달아

제일 큰 참새를 잡으리라.

이윽고 해는 기울어

바람은 스산해지겠지.

들쥐도 참새도 가버리고

어두운 벌판에 홀로 남겠지.

나는 돌아가지 않으리라.

어둠을 훑으며 낟가리를 찾으리라.

그 속은 아늑하고 짚단 냄새 훈훈하겠지.

훌쩍 뛰어올라 깊이 웅크리리라.

내 잠자리는 달빛을 받아

은은히 빛나겠지.

혹은 거센 바람과 함께 찬 비가

빈 벌판을 쏘다닐지도 모르지.

그래도 난 털끝 하나 적시지 않을걸.

나는 꿈을 꾸리라.

놓친 참새를 좇아

밝은 들판을 내닫는 꿈을.

― 황인숙, 「나는 고양이로 태어나리라」[37]


황인숙은 새와 붉은 지네, 고양이와 함께 우리 앞에 나타났다. 그의 상
상공간에는 무수한 새들이 난다. 첫 시집 제목을 보라! 『새는 하늘을
자유롭게 풀어놓고』다. 하늘이 제 품 안에 새들을 자유롭게 날도록 하
는 것이 아니라 새들이 하늘을 자유롭게 풀어놓는다. 그 새들은 생명
됨의 탄성彈性으로 하늘에 솟구친다. 새들은 "팅! 팅! 팅!" 팅긴 공처럼

37) 황인숙 시집, 『새는 하늘을 자유롭게 풀어놓고』, 문학과지성사, 1988.

하늘로 솟구친다. 반면에 붉은 지네는 그 여자의 늑골 아래 잔뜩 웅크려 있다. 공중으로 솟아오르는 새가 생의 명랑성을 과시하는 이미지를 구현한다면, 늑골 아래 숨어 있는 붉은 지네는 세상과 담을 쌓고 사는 자폐적 자아의 표상이다. 새/붉은 지네는 제 한 몸 안에 있는 존재의 동적/정적 양태를 드러낸다. 새가 나아가 얻어야 할 당위적 삶의 표상이라면 붉은 지네는 지금-여기의 존재론적 삶의 표상이다. 고양이는 하늘의 존재인 새와 땅의 존재인 붉은 지네를 혼합한 이미지다. "윤기 잘잘 흐르는 까망 얼룩 고양이"는 공중을 휘젓는 새의 명랑성과 자유로움을 간직하면서 붉은 지네와 마찬가지로 지상을 제 거처이자 활동 무대로 삼는다. 툇마루에서 조는 즐거움도, 사기그릇의 우유를 핥는 쾌락도 다 거부한 이 작은 고양이가 꿈꾸는 것은 오로지 넓고 밝은 들판을 내닫는 것이다.

황인숙의 고양이는 그간 고양이에게 덧씌워졌던 교활하고 사납고 음란하다는 부정적 이미지를 벗어버린, 밝고 경쾌하며 천진하고 평화스런 고양이다. 너른 들판을 천방지축으로 뛰노는 명랑한 고양이는 참새에 더 가깝다. 진짜 고양이의 생태가 아니라 상상 속의 고양이 생태를 그린 까닭이다. 이 고양이는 들쥐나 참새와도 기꺼이 친구가 됨으로써 작은 짐승들의 천적이라는 이미지를 벗어던진다. 이 "밝은 들판의 고양이"는 아늑하고 훈훈한 짚단 속을 잠자리 삼으며 들판을 이리저리 떠도는 방랑자다. 고양이는 "가시덤불 속을 누벼누벼 / 너른 들판으로 나가리라"로 노래함으로써 너른 세계에 대한 동경을 드러낸다. 들판의 어둠도, 거센 바람도, 찬비도 고양이의 꿈을 꺾지는 못한다. 고양이는 찬비가 내린다 해도 "털끝 하나 적시지 않을" 자신감으로 충만해 있다.


## 6. 이근화: 온통 "꼬리뿐인 고양이"

사람은 고양이가 아닌데 고양이를 알 수 있는가? 우리는 장자와 같이 말할 수 있을 것이다. "그대는 내가 아닌데 어째 내 마음이 모른다는 것을 아는가?" 이근화의 고양이 시편들을 읽는 것은 시인의 무의식의 드라마를 따라가는 것이다. 시인은 고양이를 자아의 표상으로 쓰는 다른 시인들의 용법을 따르지 않는다. 이근화의 고양이들은 시적 자아의 저 너머, 즉 무의식의 세계와 그 불가사의를 드러낸다. 고양이와 '나'는 "길의 이쪽과 저쪽"에서 거리를 두고 각자의 삶을 살아갈 뿐이다.


우편함에서 걸어 나오는 나쁜 소식처럼
어지럽고 어려운 고양이
독자성을 버리지 못하고 걸어가는 저 낡은 포즈

고양이는 뜻없이 멈춰 서고
고양이는 뒤돌아본다
나는 시궁쥐의 공포 속으로
고양이의 발톱 밑으로

고양이는 부드러운 발길질을 멈추지 않고

계단의 높이
난간의 높이
담장의 높이
높이를 잃은 고양이들과
나의 데드마스크

어떤 자세로도 고양이는 추락하지 않는다
붉은 꽃잎 같은 고양이

길의 이쪽과 저쪽에서
고양이와 내가 살아가는 교묘한 방식

고양이는 나의 눈 속으로 제 발을 담그고
나는 나의 눈에 고양이를 묻는다
— 이근화, 「멍든 자국」[38]

'나'는 거리의 이쪽에서 저쪽에 있는 고양이의 살아가는 교묘한 방식
을 관찰한다. 시인의 비약에 따르자면 고양이는 나쁜 소식이고, 낡은

---

38) 이근화 시집, 『칸트의 동물원』, 민음사, 2006.

포즈다. "고양이는 뜻없이 멈춰 서고 / 고양이는 뒤돌아본다". 우리가 알 수 있는 것은 고양이가 멈춰 서고 뒤돌아본다는 사실이다. 뜻을 가질 수 없는 이 움직임. 시적 자아는 고양이를 바라보면서 "고양이와 내가 살아가는 교묘한 방식"에 대해 생각한다. '나'는 고양이가 아니고, 고양이는 '나'로 환원하지 못한다. '나'와 고양이 사이에 종의 차이를 뛰어넘는 어떤 소통, 혹은 "비인격적 변용태들의 순환"들뢰즈/가타리이 가능하다 할지라도 '나'와 고양이를 가르는 종의 문턱은 사라지지 않는다. 움직이는 고양이에게 '나'의 실존 감각을 투사해볼 따름이다. 고양이의 비상한 도약력과 함께 유연한 낙하법은 매혹적이다. "붉은 꽃잎"은 높은 곳에서 낮은 곳으로 낙하하는 고양이를 은유한다. 어떤 경우에도 "고양이는 (볼품없이) 추락하지 않는다". 계단, 난간, 담장의 공통점은 높이를 가졌다는 것이며, 고양이들이 뛰어내리기 좋은 장소라는 점이다. 그것들이 없다면 멋지게 낙하하는 고양이의 모습도 볼 수 없다. 자, 이제 좀더 분명해지지 않는가? '나'와 고양이는 닮은 점이 없다. 내적 상동성도 없다. 따라서 '나'와 고양이는 다른 계열의 존재함수를 가진 차이들의 공존을 보여준다. 다른 계열의 존재함수를 가진 '나'와 고양이는 차이로 인해 이것과 저것으로 분별된다. 그러나 이것이 있으므로 저것이 있고, 저것이 있으므로 이것이 있다는 게 장자의 생각이다.

고양이는 뜻없이 멈추고 고양이는 뒤돌아본다 이 밤에 얼마나 배가 고플까 얼마나 길어질 수 있을까

고양이는 더럽고 고양이의 얼룩은 번지고 이 마을과 저 동네를 거쳐
고양이는 두 개의 다른 얼굴을 내민다

믿을 수 있어? 마시멜로는 지구 일곱 바퀴 반을 돌아도 끊어지지 않는
다는 거야 이 밤에 얼마나 고독할까 고양이는

그렇다고 고양이가 시간에 대한 어떤 태도를 가지는 건 아니지 슈퍼맨
이 댐을 막기 위해 안경을 벗었을 때 나는 그의 코스튬이 부러웠을 뿐

고양이는 한없이 길어지고 고양이는 어떤 태도를 감추고 있네 단숨에
뛰어넘을 수 없는 거리를 가졌지

슈퍼맨은 어지럽고 고양이는 감쪽같이 사라졌어 내 머리 위에서 돌아
가는 저 어두운 별, 별.

떨어지는 하나의 별을 봤을 때 내가 기도했다고 생각해? 짧고 순간적
인 꼬리가 힘겹지 않아? 그 꼬리가 담장 하나쯤을 무너뜨릴 때
— 이근화, 「이중 모션」

「본 적 있는 영화」라는 시를 보면 시인은 고양이를 기른 경험이 있는
듯하다. "물론 남은 우유를 위해 고양이를 키우는 건 아니지만 / 저기
아침 창가의 이다, 햇살과 먼지 속에 아무렇게나 찢어진 고양이". '이

다'는 그 고양이의 이름이다. '이다'는 창가에도 앉고, 장롱 위로 올라가기도 하고, 지붕 위에 올라가기를 좋아한다. 시적 자아의 기억 속에서 움직이는 고양이는 동일자다. 「멍든 자국」에 나오는 "고양이는 뜻없이 멈추고 고양이는 뒤돌아본다"라는 시구가 「이중 모션」에서 반복된다. 그 반복은 동일자라는 단서다. 그러나 고양이는 이곳저곳을 떠돌며 마치 다른 고양이와 같은 모습으로 나타난다. 그것은 "고양이(가) 두 개의 다른 얼굴"을 내미는 것과 같다. 고양이는 무의식적 신호다.

그 고양이는 짧아졌다가 길어졌다가 한다. "고양이는 한없이 길어"진다. 이 시구는 다른 시에서 의문형으로 다시 한번 되풀이된다. "난간 위의 고양이가 얼마나 길어질 수 있을까요".「나나」이 시구가 말하는 것은 고양이는 한없이 길어지지만, '나'는 길어지지 않는다는 것이다. 길어지는 것은 고양이의 꼬리다. 빛을 받아 고양이 뒤에 길게 늘어지는 꼬리의 그림자를 말하는 게 아닐까? 꼬리는 동물의 징표다. '나'는 없지만 고양이는 꼬리를 가졌다. 꼬리는 고양이의 불가사의다. "뒤돌아보면 꼬리뿐인 / 고양이"「칸트의 동물원」라는 시구가 이 예단을 뒷받침한다. 고양이가 길어진다는 것은 무슨 뜻일까? "꼬리를 밟지 않기에는 / 꼬리는 너무 길고 가늘고 아름답다"「칸트의 동물원」라는 시구로 유추하자면 그것은 긍정적인 어떤 양태의 상징이다. "짧고 순간적인 꼬리가 힘겹지 않아?"라는 시구를 보라. 길고 가는 것은 아름답지만, 짧고 순간적인 것은 힘겨운 것이다. 삶이 "전쟁 포로의, 무기 징역 죄수의 / 모가지"「철의 장막」같이 힘든 것은 시적 자아에 꼬리가 없기 때문일까?

# 거울과 유리창

## 1. 물이여! 물이여!

공자께서 강가에 서서 말씀하셨다. "가는 것이 이와 같구나! 밤낮을 그치지 아니하는구나!" 공자, 「논어」

물은 흐름에 그침이 없다. 가는 것은 지나가고 오는 것은 이어져서 밤낮에 걸쳐 쉴 틈이 없는 게 흐르는 물이다. 우주 안에 깃든 생명들도 물과 같다. 가는 것은 지나가지만 오는 것은 이어져서 그침이 없는 물의 흐름은 인위人爲가 아니라 그 본성에 따른 무위無爲함이다. 물은 저 스스로 그러함으로 흐를 따름이다. 공자는 물에서 가고 오는 연결고리로 엮인 생명체의 본성을 보았다. 가는 것은 지나가고 오는 것은 이어져 흐르면서 동시에 시간의 변화를 아우른다. 이 흐름 속에서 만물은 천변만화한다. 유전流轉하는 시간 속에서 우리는 주어진 생명의 시간을 다 쓰고 간다. 가는 것으로 끝나지 않는다. 죽음조차 삶의 맥락에 포함된 한 부분이다.

　　죽음은 "싹튼 양파"<sup>조말선</sup>요, "뿌리 난 감자"<sup>박연준</sup>다. 들뢰즈/가타리의 어법을 빌리자면 양파나 감자의 몸통에서 돋은 싹이나 뿌리는 죽음의 지층에서 탈주선을 타고 새로운 개체의 생명으로 탈영토화하는 것이리라. 싹튼 양파는 독백한다. "나는 고독해졌다 나는 팽창했다 귓속에서 입이 찢어졌다 백년은 늙은 내 입 속에서 푸르른 말들이 나를 겨냥했다"<sup>조말선, 「싹튼 양파들」</sup> 팽창은 개체에 작용하는 물적 전환의 징후로서 유동성이 증가하는 양태다. 들뢰즈/가타리는 팽창을 리좀의 한 양태로이해했다. "리좀은 변이, 팽창, 정복, 포획, 꺾꽂이를 통해 나아간다." <sup>39)</sup> 팽창은 싹을 밀어올리는 힘이고, 싹은 팽창에 의해서 죽음의 지층에서 탈영토화한다. 싹은 양파라는 정주성定住性을 뚫고 나아가는 도주선이다. 양파와 싹의 관계는 침몰하는 배와 탈출하는 쥐와 같다. 그 도주선을 타고 나아가는 곳에 새로운 "생성(=되기)"이 있다. 양파는 삶과죽음의 경계에서 질료의 흐름을 바꾸며, 양파와는 다른 그 무엇의 몸을 얻는다. 그것은 이미 양파가 아니다. 양파의 푸른 싹은 위계나 조직도 없고, 일사불란하게 지휘하는 단 하나의 장군이나 조직화하는 기억도 갖지 않는다. "오로지 상태들(의) 순환"으로 세계와 소통한다. 양파는 제 낡은 몸, 그 뿌리-토대를 새로운 싹의 자양분으로 넘겨준다. 양파는 팽창과 파열, 변이를 통해 리좀을 형성하고 다양체로 외부와 접

---

39) 들뢰즈/가타리, 『천 개의 고원』, 김재인 옮김, 새물결, 2001.

속-연결된다.

뿔이 난 감자 역시 마찬가지다. "도대체 얼마나 화가 났으면 / 몸 곳곳에서 뿔이 뻗어 나왔을까?"[박연준, 「싹이 난 감자」] 감자의 몸통에서 돋아난 뿔은 푸른 싹의 은유다. 몸 곳곳에 뻗어 나온 뿔은 감자가 다양체라는 걸 말해준다. 이 다양체는 몸 곳곳에 뿔을 뻗어 외부와 연결-접속한다. 박연준의 뿔 난 감자는 들뢰즈/가타리가 말하는 리좀의 사유를 체현한다. "리좀은 '하나'로도 '여럿'으로도 환원하지 않는다. 리좀은 둘이 되는 '하나'도 아니며 심지어는 곧바로 셋, 넷, 다섯 등이 되는 '하나'도 아니다. 리좀은 '하나'로부터 파생되어 나오는 여럿도 아니고 '하나'가 더해지는 여럿(n+1)도 아니다. 리좀은 단위들로 이루어져 있지 않고, 차원들 또는 차라리 움직이는 방향들로 이루어져 있다. 리좀은 시작도 끝도 갖지 않고 언제나 중간을 가지며, 중간을 통해 자라고 넘쳐난다."[40] 뿔은 초식동물의 표상이다. 뿔 난 감자는 죽음의 권능에 침식당한 제 운명에 항거하는 성난 동물이다. 죽음은 무위함에 처하는 것이지만, 무위함이 곧 죽음은 아니다. 감자는 무위함에 처해서도 그 안에서 일어나는 생명의 새로운 흐름을 막을 수는 없다. 양파나 감자의 예에서 알 수 있는 것은 무위함이 그냥 죽음이 아니라 삶을 일으키는 배아[胚芽]를 품은 죽음임을 일러준다. 아울러 죽음은 "모세가 바위를 치듯!"[보들레르] 현존의 중심을 치고 그 흐름을 바꾼다. 죽음 뒤에야 싹이든 뿔이든 돋아나는 것이다. 이것이 대지의 준칙이며, 하늘과 땅

---

40) 들뢰즈/가타리, 앞의 책.

에 미치는 도의 규범이다.

노자는 말한다. "도는 항상 무위하지만 그에 의하여 이루어지지 않은 것은 아무것도 없다."노자, 『도덕경』 제37장 한 개체의 소멸은 대하의 영원한 흐름에 녹아드는 한 방울의 물이다. 항상 뒤에 오는 것이 앞에 가는 것을 이으니 원천에서 흐르는 물은 그침이 없다. 천지만물은 그 영원한 흐름 속에서 저절로 그러함에 처한다. 노자는 이를 일컬어 "도가 만물을 낳고, 덕이 이들을 길러서 이들을 자라게 하고, 키워서 열매 맺게 하고, 익게 하며, 기르고 보호한다."노자, 『도덕경』 제51장고 했다. 밤낮없이 흐르는 물이 그러하듯 마땅히 자연의 운행에 스스로를 맡겨 살아감, 이것이 무위의 도를 따름이다.

공자나 노자, 장자는 다 물의 철학자들이었다. 그들은 물을 관조하며 거기서 지혜를 얻어 화두를 풀어갔다. 자공子貢은 동쪽으로 흘러가는 강물을 바라보고 서 있는 공자에게 물었다. "선생님, 큰 강물을 항상 바라보고 서 있는데, 그 까닭이 무엇입니까?" 이에 공자가 대답했다. "물은 모든 곳으로 퍼져 나가고 모든 것에 생명을 주면서 아무것도 하지 않는데, 이는 덕德의 베풂과 같다. 물은 아래로 흐르면서 꾸불꾸불 돌지만 항상 같은 원리를 따르는데, 이는 의義의 원리다. 물은 솟아올라 결코 마르지 않고 흐르는데, 이는 도道와 같다. 수로가 있어 물을 인도하는 곳에서 듣는 물소리는 부딪쳐 나오는 울음소리 같고, 백길이나 되는 계곡을 두려움 없이 나아가는 모습은 마치 용勇과 같다. 수평을 자로 쓸 때의 물은 마치 법法과 같다. 물이 넘쳐서 덮개가 필요 없을 때 물은 마치 정正과 같다. (중략) 이것이 군자가 큰 강물을 바라볼 때 항상 관조하는 이유이다."『순자』 서자徐子가 맹자에게 물었다. "공자가 자주 물을 찬미하며 물이여! 물이여! 하였는데, 그는 물에서 무슨 원리를 취했습니까?" 이에 맹자가 대답했다. "원천에서 흐르는 물은 앞으로 솟아올라 밤낮으로 흐른다. 그 흐름은 빈 곳을 채우고 다 채운 뒤에 앞으로 나아가 바다로 흘러간다. 근원이 있는 것은 모두 이와 같으니, 공자가 취한 원리도 마찬가지이다."

물가에 버드나무 한 그루
제 마음에 붓을 드리우고 있는지
휘어 늘어진 제 몸으로
바람이 불 때마다 획획 낙서를 써 갈기고 있다
어찌 보면 온통 머리를 풀어헤치고
헹굼필법의 머리카락 붓 같다
발 담그고 머리 감는 갠지스 강의
순례객 같기도 하고.


낙서로도 몇 마리의 물고기를
허탕치게 하는 재주도 부럽고
낙서하기 위해
몇십 년을 허공으로 오른 다음에야 그 줄기를
늘어뜨릴 줄 아는 것도 사실 부럽다

쓰자마자 지워지는

저만 아는 낙서 경전經典

지우고 또 지우는 마음이

점점 더 깊어지며 흐를 뿐이지만

물 묻은 제 마음이 물 묻은 제 문장을 읽는

제가 저를 속이는 독경讀經


지구의 모든 문장이 저와 같지 않을까

생각해보면 참 대책 없다.

― 박해람, 「버들잎 경전」[41]


수맥이 혈관이라면 지하에 흐르는 물은 땅의 피다. 피가 흐르는 길은 곧 활동운화하는 기氣의 길이기도 하다. 산다는 것은 흐르는 것이고, 지하에 숨어 흐르는 물길은 곧 우리가 가야 할 길의 은유다. 흐르지 않고 멈춘 것은 뻣뻣하게 경직하며, 경직하는 것은 죽음이다. 살아 있는 것들은 멈추지 않고 움직인다. 삶의 길을 찾는 것은 수맥을 찾는 것과 마찬가지다. 살길을 찾은 사람은 "수맥 탐지자"박해람, 「수맥 탐지자」라고 할 수 있다. "소리가 나는 물은 / 부딪히는 일이 많다는 뜻이지요"라는 범상한 구절도 삶에 빗대어 보면 비상한 깨달음이 없지 않다. 물은 흐르다가 장애물을 만나면 부딪혀 소리를 내고 깨진다.

41) 박해람 시집, 『낡은 침대의 배후가 되어가는 사내』, 랜덤하우스중앙, 2006.

물가에 서 있는 버드나무는 "휘어 늘어진 제 몸으로" 허공에 "헹굼필법"으로 제 생의 문장을 적어간다. 바람에 여린 가지들이 흔들리는 늙은 버드나무는 춤추는 "마왕의 딸들"[42]이다. 버드나무는 제 몸의 붓, 혹은 마음의 붓을 휘둘러 제 경전을 쓰는 것인데, 얼핏 보면 낙서처럼 보인다. 낙서는 필법에 구애됨 없이 붓이 자유로이 노닌 흔적이다. 이 헹굼필법은 법을 넘어선 법 없음의 경지에서 제멋대로 경전을 휘갈기는데, 그것은 "저만 아는 경전"이다. 이것은 정주민들이 쓰는 역사가 아니다. 버드나무가 쓰는 것은 "쓰자마자 지워"진다. 이 버들잎 경전은 쓰면서 곧바로 지워진다는 점에서 반反기억이다. 들뢰즈/가타리는 이렇게 말한다. "사람들은 언제나 정주민의 관점에서, 국가라는 단일 장치의 이름으로, 아니면 적어도 있을 법한 국가 장치의 이름으로 역사를 썼다."[43] 이 춤추는 마왕의 딸은 화석화하는 역사가 아니라 그것에 맞서는 반기억의 경전을 쓴다. 버드나무는 씨를 뿌리지도 않고 감자를 심지도 않는다. 다만 "지우고 또 지우는 마음이 / 점점 더 깊어지며 흐를 뿐"이다.

강물의 흐름 속에 제 마음의 붓을 담그고 헹굼필법으로 지워지는 경전을 쓰는 버드나무는 붙박이 나무가 아니라 물과 함께 흘러가는 나무다. 이 버드나무는 뿌리-나무가 아니라 흐르는 강으로서 사유한다. 이 버드나무는 그 자체로 리좀이 되는 "부처의 나무"<sup>들뢰즈/가타리</sup>다. 죽음

---

42) 괴테는 『마왕』에서 이렇게 노래한다. "―아버지, 아버지, 저기 어둠 속에 / 마왕의 딸들이 춤추는 모습이 보이지 않으세요? / ―아들아, 아들아, 잘 살펴보렴. / 잿빛 그림자들은 늙은 버드나무들이란다."
43) 들뢰즈/가타리, 앞의 책.

의 지층에서 나아가는 도주선은 역사가 아니라 시작하지도 않고 끝나지도 않는 흐름 속에 있다. 강물은 무엇보다도 흐름의 상징이다. 모든 사물을 계급으로 서열화하는 전제군주의 일사불란한 일자(一者)적 중심을 해체하고 흐름의 속도를 취하는 강물에서 노자나 공자와 같은 동양 철학자들은 무위의 도를 본다.


## 2. 산은 산이요 물은 물이다

선사는 말한다. "산은 산이요 물은 물이다." 산을 산으로, 물을 물로 받아들이는 것이 직관이다. 직관은 반(反)기억이다. 산은 산 아닌 그 무엇도 아니고 물은 물 아닌 그 무엇도 아니다. 이것이 참됨이다. 우주만물의 참됨은 다른 말로써 설명될 수 있는 것이 아니다. 그러므로 도구적 이성에 따르는 일체의 논리 행위는 낭비다. 낭비는 유위함의 소산이다. 그것을 깨부수고 나아감으로써 무위에 닿는다. 무위는 일체의 낭비를 배제한다는 점에서 금욕적이다. 선사는 말한다. "산은 더 이상 산이 아니요 물은 더 이상 물이 아니다." 감성의 단순성과 동어반복이 만든 의미의 뒤집기다. 이 뒤집기는 해석이라는 지적 행위에서 나온다. 산은 산이 아니고 물은 물이 아니다. 그것들은 그 무엇이며 동시에 그 무엇에 대한 표상이다. 선사는 다시 말한다. "다시 산은 산이요 물은 물이다." 생각의 생각을 끊은 뒤 직관은 본디의 있음으로 돌아온다. 그 본디의 있음은 갓난아이와 같은 것이다.

니체는 정신이 진화하는 세 단계를 말한다. 정신은 낙타에서 사자로, 사자에서 다시 갓난아이로 나아간다. 갓난아이는 의미 없는 의미로, 주체를 억압하는 일체의 도그마와 이성이 없는 존재다. 갓난아이는 가득 참이 없다. 차라리 텅 빈 존재다. 굳이 무위함을 꾀하지 않아도 무위함에 가 닿는 존재다. 순진함 그 자체, 유희 그 자체, 운동 그 자체, 긍정 그 자체다. 그래서 정신의 위계에서 가장 높은 자리에 선다. 갓난아이는 약하고 부드럽다. 노자는 "천하에서 가장 부드러운 것이 천하에서 가장 단단한 것을 뚫고 들어간다."노자, 『도덕경』 제43장고 한다. 굳세고 강한 것은 주검이다. 죽음의 무리다. 약하고 부드러운 것은 갓난아이다. 삶의 무리다. 모든 삶은 죽음을 이긴다. 영원한 도는 갓난아이와 같다. 갓난아기는 독사와 맹수를 두려워하지 않는다. "(갓난아이와 같이) 섭생에 뛰어난 사람은 육지에서 코뿔소나 호랑이를 만나지 않고, 전쟁터에서도 무기의 상해를 받지 않는다. 코뿔소가 그 뿔을 들이댈 곳이 없고, 호랑이가 그 발톱을 내밀 곳이 없고, 병기가 그 칼날을 내리칠 곳이 없다. 대저 어찌 이럴 수 있는가? 죽음의 땅이 없는 까닭이다."노자, 『도덕경』 제50장

직관의 빛만이 삼라만상의 있음을 있음 그대로 보게 한다. 생각을 끊은 뒤에야 사물에의 직격이 가능해진다. 주체 앞에 선 이것은 본디의 있음을 견고하게 세운다. 직관은 이성과 논리라는 우회로를 폐지한 뒤에 오는 순진무구함을 취한다. 의미를 애써 취하지 않음으로써 순수 본질에 가 닿는다. 이렇듯 동양 불교의 선禪은 의미의 비우기를 통해서만 진리에의 정향을 드러낸다. 선은 의미의 금욕에 대한 실천이다. 선은 깊이를 넘보지 않으며, 차라리 깊이를 갖지 않은 표면이다.

"산은 산이요 물은 물이다"는 깊이를 갖지 않은 표면이다. 아니, 표면이 아니라 텅 빈 무無다. 시와 선은 깨달음을 추구한다는 점에서 한 어머니에게서 나왔다고 말할 수 있다. 한 어머니의 두 아들은 의미를 추구하지 않고 그것을 비우려고 한다. 시의 정신과 선의 정신은 무無와 공空을 지향한다.

이른 아침 한떼의 참새들이 날아와서는

이 가지에서 저 가지로 옮겨 날고

마당을 종종걸음치기도 하고

재잘재잘 하고 한 것이 방금 전이다

아 언제 날아들 갔나

눈 씻고 봐도 한 마리 없다

그저 참새들이 앉았다 날아간 이 가지 저 가지가 반짝이고

울타리가 반짝이고 쥐똥나무가 반짝이고 마당이 반짝이고

아 내가 언제부터 이런 극명(寂明)을 즐기고 있었나.

— 신현정, 「극명(寂明)」[44]


「극명」은 의미의 정지를 추구한다. 그래서 선의 세계와 통한다. 아침 한때의 극명은 무와 공의 세계. 참새 떼가 날아와 이 가지에서 저 가지로 옮겨 날고, 마당에서 종종걸음치기도 한다. 방금 전까지 재잘재잘 시끄럽던 그 참새 떼는 금세 날아간다. 다시 고요하다. 참새 떼가 앉았다 날아간 나뭇가지들은 반짝인다. 울타리도, 쥐똥나무도, 마당도 반짝인다. 마당에 소리는 없고 빛은 넘친다. 돌연 마당은 극명의 세계로 변해버린다. 극명의 세계는 무와 공의 세계다. 언표적 행위를 하는 2차적 사고의 폐기를 통해서 도달하는 무언어의 세계다. 이걸 뭐라고 설명할 수 있나? 도(道)라고 할 수도 없고 이름 붙여 부를 수도 없다. "산은 산이요 물은 물이다"의 절대 경지다. 무와 공의 세계에서는 의미의 추론과 이성의 논리는 통하지 않는다. 생각을 끊은 뒤 나오는 직관만이 작동한다. 이게 바로 노자가 말한 바 있는 "묘의 문"이 아닐까. 신현

---

44) 신현정 시집, 『자전거 도둑』, 애지, 2005. 신현정의 『자전거 도둑』은 머리가 나쁜 시인이 쓴 훌륭한 시집이다. 이렇게 말하면 시인이 화를 낼까? 아마 화를 내지 않을 것이다. 너무나 정곡을 찔렀으니까! 머리도 나쁜 시인이 "극명을 즐기고" 있다는 게 부러우면서도 이해가 가지 않고, 신경질이 난다. 대학을 나오고, 몇십 년 동안 그 어렵다는 시를 써온 시인을 어떻게 머리가 나쁘다고 단정할 수 있는가? 바로 그게 머리가 나쁘다는 증거다. 대학을 나오긴 했지만 별 출세를 못 하고 그저 소주병이나 열심히 비워서 쓰러뜨리며 아무도 알아주지 않는 시를 쓰는 그를 머리가 좋다고 말할 수는 없다. 그는 시를 쓰다가 한 십여 년 동안 시를 그만둔 적이 있다. 그러다가 다시 시 쓰는 동네를 기웃거리며 슬금슬금 시를 발표한다. 그게 또 머리가 나쁘다는 증거다. 한번 그만뒀으면 그만이지 뭘 또 시를 쓰는가? 시를 쓰면 황금 덩어리가 주어지는가, 명예가 주어지는가, 출세를 하는가? 시를 쓰는 건 이 황금만능주의 세상에서 똥 되는 일이다. 이 시대에는 남자가 시를 쓴다고 하면 장가가기도 힘들다. 누가 시 쓴다는 작자에게 딸을 주겠는가?

정의 "극명의 세계"는 직관 지식이 가 닿은 세계의 표면을 드러낸다.

『자전거 도둑』은 한국문학사를 통틀어서는 아니더라도, 적어도 2005년 한 해 동안 나온 시집 중에서 가장 읽을 만한 시집 중 하나다. 시인이 못났으니 그 좋은 시집 내놓고도 별달리 주목을 못 받았다. 그런 시인이 불쌍하고 자랑스럽다. 시집 맨 앞에 실린 「경계」·「하나님 놀다 가세요」·「오리 한 줄」·「자전거 도둑」·「나는 염소 간 데를 모르네」·「극명」 등을 차례로 읽으며, 뒤통수를 망치로 한 대 맞은 듯 멍했다. 시집을 덮고 한 5분쯤 눈을 감고 가만히 앉아 있는데, 눈에서 눈물이 주르륵 흘러나온다. 이게 웬 망령인가, 싶어 얼른 눈물을 닦고 다시 시집을 읽었다. 하늘에서 혼자 심심해하는 하나님을 염소 떼가 풀 뜯고 노는 초원으로 불러 내려 "누가 염소인지 하나님인지 그 누구도 눈치채지 못할 거예요"라고 하든가, "놀다 가세요 뿔도 서로 부딪치세요." 하는 구절에서 나도 모르게 눈물이 났다. 트집을 잡고 시비를 붙여 보려고 눈을 부릅뜨고 시집을 펼쳐 읽는데, 「일진」·「역광」·「소금쟁이」·「세한도」·「소금창고지기」·「바다에 관한 백서」·「매미 울음」·「산수」·「파문」과 같은 작품들이 연이어 망막을 거세게 때린다. 매미가 "얼마나 지독한 사랑의 맹세인지는 몰라도" "금강석을 찢듯이 운다"고 할 때 무릎을 친다. 소금창고지기가 되어 "긴 장화를 허리까지 입고 삽을 어깨에 걸치고" 새벽부터 안개 속을 헤치고 소금창고에 나가 "무엇보다 하얗게 살찐 소금을 가마니째 부려보는 거야"라고 할 때 절로 웃음이 나온다. 좋은 시의 특징은 고요하고 강렬하고 천진난만하고 투명하다는 것이다. 신현정의 시들이 그렇다. 신현정의 인생은 어땠는지 모르지만, 이번 생에서 『자전거 도둑』이라는 명음<sup>名吟</sup> 시집 한 권을 건졌으니 아주 나쁘다고는 할 수 없겠다.

오늘따라 나팔꽃이 줄 지어 핀 마당 수돗가에

수건을 걸치고 나와

이 닦고 목 안 저 속까지 양치질을 하고서

늘 하던 대로 물 한 대야 받아놓고

세수를 했던 것인데

그만 모가지를 올려 씻다가 하늘 저 켠까지 보고 말았다

이때 담장을 튕겨져 나온 보랏빛 나팔꽃 한 개가

내 눈을 가렸기 망정이지

하늘 저 켠을 공연스레 다 볼 뻔하였다.
— 신현정, 「일진<sup>日辰</sup>」

김수영 분위기가 없지 않지만, 그 능청스러움이 김수영과 다르지 않은 가? 시 속에 담긴 전경全景 자체가 하나의 지각으로 변하고 있지 않은 가? '하늘'과 '나' 사이의 조화와 균형이 아름답지 않은가? 나팔꽃 한 개가 가리고 있는 그만큼이라도 덜 본 데를 남겨둔 데 대한 시적 화자 의 안도가 우주 속의 숨은 조화를 은연중 노출시켜버린다. 타성의 완 고함에 빠져 있는 사람은 죽었다 깨어나도 못쓸 시다. 아하, X같다! 욕 이 절로 나온다. 이 욕은 그 누구를 향한 것도 아닌, 바로 머리도 나쁘 고 시도 못 쓰는 나 스스로에 대한 자학이 만들어낸 것이다. 아하, 신 현정은 내가 감히 넘볼 수 없는 경지에서 노닐고 있는 게 아닌가!

나, 해태상의 머리 위로 뛰어올라

나는 모든 것의 경계에 섰노라 하고

외쳐보려고 한다

해태의 눈을 하고

이빨을 꽝꽝꽝 내보이며

뿔을 나부끼며

경계가 여기 있노라

연신 절을 하려고 한다
어서 오십시오

안녕히 가십시오.
— 신현정, 「경계」


신현정은 의미를 애써 지어내려고 하지 않는다. 김종삼과 천상병이 천
진난만한 어린애가 되어 가장 좋은 시를 쓸 때가 그렇다. 의미를 버린
다고 하면서도 의미의 강박증에 매여 있는 김춘수나 이승훈과는 뚜렷
하게 변별된다. 이게 바로 무의미의 경지다! 이류 예술가들은 사물이
나 대상을 재현하거나 모방한다. 초일류 예술가들은 곧장 득도로 넘어
간다. 스토아학파에 속하는 철학자 알프레드 드 비니는 "침묵만이 위
대하다. 나머지 것들은 다 약자다."라고 했는데, 사람을 침묵에 들게
하는 시는 위대하다. 이 시는 사람을 침묵하게 한다. 현실과 비현실의
경계에서, 정상과 광기의 경계에서, 어른과 어린애의 경계에서 "해태
의 머리 위"로 뛰어올라 "해태의 눈"을 하고, 오가는 사람에게 "연신
절을 하"며 인사나 하겠다는데, 여기에 대고 뭐라고 하겠는가? 시적
화자를 "해태의 머리 위"로 뛰어오르게 한 것은 무얼까? 시인은 생략
하고 있다. 그것을 추측하는 것도, 예단하는 것도 부질없어 보인다. 이
미 추측과 예단을 넘어서서 "해태의 머리 위"로 뛰어올라가 있으니!

## 3. 거울, 극명 세계의 문

물은 흐름일 뿐만 아니라 거울이다. 옛 중국
의 상 왕조시대에 물이 담긴 그릇을 종교
의식을 행할 때 거울로 썼다. 이런 그릇
을 감鑑이라고 했는데, 본디 이 글자는
한 사람이 물이 담긴 그릇에 머리를 숙여
비친 모습을 굽어보는 형상이다. 물−거울이
먼저 쓰이고 그 뒤로 청동 거울鏡이 나왔는데, 상

거울 도상:
중국 당나라 청동 거울의 뒷면

왕조 출토물에 이것이 간혹 나온다. 그러나 청동
거울이 일반적으로 쓰인 것은 춘추 시기기원전 722~481로 본다. 거울은 자
기를 비춰보는 사물이다. 거울을 통해서 우리는 자기를 본다. 자기를
본다는 것은 자기를 돌아본다는 것이다. 노자는 말한다. "어두운 거울
玄鑑을 닦아 맑게 하여 흠 하나 없이 할 수 있는가?"노자,『도덕경』제10장 장자는
이렇게 말한다. "물은 고요할 때 사람의 수염과 눈썹을 분명하게 비춘
다. 이렇게 수평이 된 때는 목수의 수평자와 상응한다. 그래서 위대한
장인은 물의 수평에서 표준을 취한다. 만약 물이 고요하여 맑아진다면
정신은 얼마나 더 맑아지겠는가. 성인의 맑은 마음은 하늘과 땅의 거
울鑑이고 만물의 거울鏡이다."『장자』,「천도」

미소년 나르시스는 호수에서 물에 비친 제 아름다운 모습에 반하
여 결국은 물에 빠져 죽었다. 자기애에 깊이 빠지는 것은 비극을 낳는
다. 우물−거울에 제 얼굴을 비춰본 나르시스트가 우리 시인 중에도

있다.

　　윤동주는 「자화상自畵像」에서 "산모퉁이를 돌아 논가 외딴 우물을 홀로 찾아가선 / 가만히 들여다봅니다."라고 노래한다. 거울에 제 모습을 비춰보는 행위는 나르시스와 같지만 그 결과는 다르다. 나스시스는 제 아름다움에 도취해 죽음에 이르지만, 청년 시인은 제 용모의 아름다움에 취하기는커녕 제 얼굴에서 허물과 욕됨을 보고 "어쩐지 그 사나이가 미워져 돌아"간다. 이 도저한 자기성찰의 끝에 부끄러움을 느끼고 참회록을 적기에 이른다.


파란 녹이 낀 구리거울 속에

내 얼골이 남아 있는 것은

어느 왕조王朝의 욕된 유물이기에

이다지도 욕될까


나는 나의 참회의 글을 한줄에 줄이자

— 만이십사년일개월滿二十四年一個月을

무슨 기쁨을 바라 살아왔든가


내일이나 모레나 그 어느 즐거운 날에

나는 또 한줄의 참회록을 써야 한다

—그때 그 젊은 나이에

왜 그런 부끄런 고백告白을 했든가

밤이면 밤마다 나의 거울을
손바닥으로 발바닥으로 닦어보자

그러면 어느 운석 밑으로 홀로 걸어가는
슬픈 사람의 뒷모양이
거울 속에 나타나온다.
— 윤동주, 「참회록懺悔錄」[45)]

내면의 도덕에 충실한 삶을 살고자 했던 젊은 시인에게 거울은 자아 성찰의 표상이다. "파란 녹이 낀 구리거울"에 비치는 것은 흐릿한 얼굴이다. 거울이 녹으로 흐려진 탓이지만 시인은 거기서 제 삶의 반성적 계기를 찾아낸다. 제 얼굴에 욕됨을 남긴 것은 난세를 살아야 하는 자에게 불가피한 바가 있지만, 양심에 예민한 청년시인은 그 불가피함 뒤에 숨어 제 욕됨을 정당화하지 않는다. 오히려 "밤이면 밤마다 나의 거울을 / 손바닥으로 발바닥으로 닦어보자"고 조용한 결의를 다진다. 일제 강점기를 살아야 했던 윤동주에게 거울은 자기를 비춰보고 제 양심의 허물과 욕됨을 닦아내는 계기적 도구다.

　　여기 또 다른 거울이 있다. 거울은 언제나 거울 이상이다. 거울 앞에서 서서 "거울속에는소리가없소"라고 중얼거리는 사내가 있다.

---

45) 윤동주, 『이육사李陸史 윤동주尹東柱 — 한국현대시문학대계 8』, 지식산업사, 1980.

거울속에는소리가없소
저렇게까지조용한세상은참없을것이오


거울속에도내게귀가있소
내말을못알아듣는딱한귀가두개나있소


거울속의나는왼손잡이오
내악수(握手)를받을줄모르는—악수(握手)를모르는왼손잡이오


거울때문에나는거울속의나를만져보지를못하는구료마는
거울아니었던들내가어찌거울속의나를만나보기만이라도했겠소


나는지금(至今)거울을안가졌소마는거울속에는늘거울속의내가있소
잘은모르지만외로된사업(事業)에골몰할께요


거울속의나는참나와는반대(反對)요마는
또꽤닮았소
나는거울속의나를근심하고진찰(診察)할수없으니퍽섭섭하오
— 이상, 「거울」[46]


46) 이상, 『이상 — 한국현대시문학대계 9』, 지식산업사, 1982.

이상에게 '거울'은 자기분열을 드러내는 공간이다. 거울 밖의 '나'와 거울 속의 '나'는 닮아 있지만 하나에 이르지 못한다. 거울 밖의 '나'는 거울 속의 '나'와 단절되어 있다. 분열 속에서 비극은 깊어진다. 거울은 주름을 만들지 않는다. 따라서 주름에 의한 내포와 외연도 없다. 거울은 오로지 평면의 외연들을 확장한다. 많은 주름을 갖는 뇌와 일체의 주름을 배제하는 거울은 상극의 이미지다. 주름은 접힘의 산물이다. 거울은 접힘을 용납하지 않는다. 거울은 내부 없는 외부의 펼침이다. 당연히 주름을 배제한다. 평면을 지향하는 관성의 일관성 때문에 거울은 평면의 동학動學에서 제 정체성을 찾는다.

거울은 세계의 측면이거나 전부, 사랑스러운 자기 자신을 비춰보지 않고는 한 걸음도 내디딜 수 없는 자의 마음, 존재의 왼쪽, 유한에서 무한으로 넘어가는 문턱, 감각의 현재, 자랑스러운 오만, 실재와 헛것의 경계면이다. "거울속의나는왼손잡이오내악수를받을줄모르는―악수를모르는왼손잡이오".이상 오른쪽은 실상, 왼쪽은 가상이다. 기독교 문화권에서 왼쪽은 불길함, 어둠, 서출, 달이다. 어린양은 오른쪽, 염소들은 왼쪽으로 분류된다. 부부를 합장할 때 부좌라 하여 남편의 왼쪽에 부인을 안치한다.

"댄디는 거울 앞에서 살고, 거울 앞에서 잠이 든다."발터 벤야민 거울은 유행과 취향이 번식하는 장소다. 거울은 얼굴이다. "(거울) 얼굴은 직설법이 아니라 명령법으로, 한 존재가 우리와 접촉하는 방식이다. 그것을 통해 얼굴은 모든 범주를 벗어나 있다."레비나스 얼굴은 그것을 비춰내는 거울을 취하며 거울―얼굴이 된다. 얼굴은 자아가 세계와 접촉하는 방식을 결정하며, "다른 어떤 것으로 환원할 수 없는" 동일성의 기호로 세계를 향하여 나아간다. "얼굴을 통해서 존재는 더 이상 그것의 형식에 갇혀 있지 않고 우리 자신 앞에 나타난다. 얼굴은 열려 있고 깊이를 얻으며 이 열려 있음을 통해 개인적으로 자신을 보여준다. 얼굴은 존재가 그것의 동일성 속에서 스스로를 나타내는 다른 어떤 것으로 환원할 수 없는 방식이다."<sup>레비나스</sup>

거울은 본질은 아니나 본질이 나타나는 틈, 멜랑콜리로 가득 찬 눈부심, "푸른 서리의 다이아몬드, 하늘의 고요"<sup>파블로 네루다</sup>다. 거울은 눈<sup>雪</sup>과 봄<sup>春</sup>이 한데 어울려 있는 차가운 키스, 우리 뒤에 있는 식물들과 행성들의 세계다. 거울은 내가 당신을 사랑하지 않는 이유들, 거울은 재가 된 심장에서 돋아나는 초록의 싹들, 거울은 총명함이 낳은 어리석은 자식들이다. 거울은 또 다른 날들이 올 것이란 암시, 발톱이 없는 토파즈다. 사람들은 저마다 거울을 향한 거울이다!

## 4. 유리창, 거울의 이복형제

유리창은 유사-거울이다. 거울과 유리창은 닮았으되 그 속성과 양태가 다르다. 상을 비춰낸다는 점에서 닮았지만 빛을 투과시키고 저 너머의 상을 보게 한다는 점에서는 다르다. 유리창은 거울의 이복형제다. 유리창은 제 바깥에 있는 대상을 취하되 대상을 영원히 자기 것으로 만들 수 없다. 사람의 마음도 그렇지 않은가? 마음은 대상을 욕망하되 욕망한 것을 영원히 제 것으로 만들 수 없다. 유리창은 실재이되, 유리창이 아닌 그 무엇을 가리키는 메타포임을 넌지시 암시한다. 유리창은 외물外物을 좇아 움직이는데, 이것은 외물에 따라 움직이는 마음과 조응한다. 사람의 눈과 귀와 입은 감각기관으로 외물의 세계를 이루는 것들, 즉 대상을 취해 만족을 얻는다. 그러나 이 감각기관들은 눈에 보이지 않는 마음의 지시와 조정을 받는다. 눈이 보고자 하는 것이 아니요, 귀가 듣고자 하는 것이 아니요, 입이 음미하고자 하는 것이 아니다. 그 욕망을 내는 것은 하나의 근원인데, 바로 마음이다. 장자는 이렇게 말한다. "이제 나는 그대에게 사람의 성정에 대하여 말하겠다. 눈은 빛깔을 보고자 하고, 귀는 소리를 듣고자 하며, 입은 맛을 음미하고자 하고, 심지는 만족을 추구한다."『장자』, 「도척盜跖」 오늘날 많은 사람들은 몸 바쳐 돈과 물질을 취하고자 한다. 그들은 공동체가 따라야 할 공공선보다는 천박한 실용주의에 바탕을 둔 시장 가치에 따라 작동하는 욕망 기계들이다. 일찍이 장자는 "소인들은 몸을 바쳐 이익을 따른다."고 말했다. 또 어떤 이들은 부귀와 장수, 공명에 따라 움직인다.

유리에 차고 슬픈 것이 어린거린다.
열없이 붙어서서 입김을 흐리우니
길들은 양 언 날개를 파다거린다.
지우고 보고 지우고 보아도
새까만 밤이 밀려나가도 밀려와 부딪치고,
물먹은 별이, 반짝, 보석처럼 백힌다.

밤에 홀로 유리를 닦는 것은

외로운 황홀한 심사이어니,

고은 폐혈관이 찢어진 채로

아아, 늬는 산ㅅ새처럼 날러갔구나!

― 정지용, 「유리창 1」


정지용의 유리창은 지독한 상실감에서 비롯된 "외로운 황홀한 심사"
를 더불어 달래보는 벗이다. '나'와 유리창은 나我/비아非我의 관계다.
둘 사이에는 아무런 연기緣起가 없다. 연기가 끊어짐에서 빚어진 낙담
과 실의가 유리창에 "열없이 붙어서 입김을 흐리"는 행위를 낳는다.
그 행위에는 아무 뜻도 없다. '나'는 뜻이 맺히지 않는 자각 없는 행위
에 열중한다. 유리창에는 "새까만 밤이 밀려나가도 밀려와 부딪치고,"
아울러 "물먹은 별이, 반짝, 보석처럼 백힌다." 비아에 정위定位한 유리
창은 현상의 아름다움을 반영하지만 제가 반영하는 영상에 무심하다.
유리창은 저의 아름다움을 모르고 '나'의 슬픔이 무엇인지도 모른다.
그저 무심할 따름이다. 그 무심함이 시의 화자 내면의 슬픔을 날카롭
게 벼린다. "아아, 늬는 산ㅅ새처럼 날러갔구나!"라는 마지막 구절은
슬픔과 자각 없는 행위의 원인이었던 그 연기의 끊어짐에 대해 탄식을
담고 있다.


학교는 유리창이 참 많은 건물

종종 뒷산의 산새들이

학교 유리창에 부딪쳐 죽는다

유리창에 숨어 사는 뒷산 때문이라고도 하고

발효한 산열매를 쪼아먹고 음주비행을 했기 때문이라고도 하지만

새가 되고 싶은 유리창의 음모라는 풍문이 설득력이 있다

유리창에는 새의 충격이 스며 있다

유리창은 종종 깊은 울음을 운다

비가 올 때는 열 길 스무 길 눈물의 계곡이 생긴다

유리창에 부딪쳐 죽은 새는 다시 살아나

유리창을 마음대로 통과하며 살아간다고 한다

산맥과 달님도 마음대로 뚫으며 날아다닌다고 한다

— 장인수, 「유리창」[47]


「유리창」은 유리창의 생태를 탐사한다. 본디 유리창은 투명하게 세계
를 비춰내는 것으로 티 없이 맑고 순수한 감각의 세계를 표상한다. 유
리창은 실체는 있되 아무것도 아닌 사물이다. 유리창은 물物, 실재이
며, 동시에 안과 밖을 나누는 경계의 존재다. 그것은 있으며 없다. 새
들이 유리창에 부딪혀 죽는 것은 "유리창에 숨어 사는 뒷산" 때문이라
고 하는데, 이때 뒷산은 실체가 아니라 유리창이 차용한 헛것, 유령이
다. 새들은 이 헛것에 홀려 유리창에 날아들다가 사고를 치는 것이다.
대상의 세계를 정관하는 유리창은 종종 "깊은 울음"을 울고, 비가 올

47) 장인수 시집, 『유리창』, 문학세계사, 2006.

때는 "눈물의 계곡"을 만들기도 한다. 죽은 새는 "다시 살아나고", 살아난 뒤엔 유리창을 제 마음대로 통과하며 날아다닌다. 시인은 유리창에서 유리창만이 아니라 다른 은유를 보도록 우리를 이끈다.

　김수영에게 유리창은 "세상과 배를 대고" 있는 사물이다. 유리창은 "투명透明의 대명사代名詞"다. 유리창은 밝고 투명한 몸체를 갖고 있고, 언제부터인가, 세상과 배를 맞대고 있다. 김수영은 한 산문에서 "나는 형편없는 저능아이고 내 시는 모두가 쇼우이고 거짓이다."라고 썼다. 자신을 "형편없는 저능아"로, 제 시를 "모두가 쇼우이고 거짓"이라고 말하는 것은 자기 부정의 한 극단이다. "모래야 나는 얼마큼 적으냐 / 바람아 먼지야 풀아 나는 얼마큼 적으냐 / 정말 얼마큼 적으냐……"「어느날 고궁을 나오면서」라는 외침도 붙잡혀 간 동료 문인이나 핍박받는 언론 자유, 혹은 군대파병과 같은 큰 문제들에 대해 비판 의견을 당당하게 내놓지 못하고, 갈비에 고기는 적고 기름덩이만 많다고 화를 낸다거나, 소액의 야경비를 받으러 두 번씩 세 번씩 찾아오는 야경꾼들에게 화를 내는 저의 쩨쩨함과 옹졸함에 대한 자기폭로와 자기비판을 담는다. 이미 이룬 것에 대한 시인의 부정과 의심과 회의가 얼마나 깊은지를 단적으로 보여준다. 김수영의 시들은 이 자기부정의 극단에서 피어난다. 그는 자기를 부정하고 생활을 부정하고 자기가 쓴 시를 부정하였다. 이렇듯 김수영의 시들은 거침없이 아래로 아래로 밀어버리는 부정의 역학을 보여준다.

　시인은 한순간의 나타懶惰와 안정도 인정하지 않는다. 시인이 미워한 것은 몽매와 정지, 움직임이 없는 것, 일상에의 안주, 쇄신 없이 되풀이하는 것 따위다. "산정"이나 "구름"과 같은 높은 것에의 찬미와 그리움을 숨기지 않았지만 그렇다고 추락과 하강을 두려워하거나 기피하지 않았다. 폭포는 추락과 하강이 무시로 일어나는 대표적인 장소지만 그것에서 "고매한 정신"을 보았다. 물은 흐르고 흐르다가 벼랑을 만나면 떨어지고, 달이 졌다가 다시 솟는 것은 자연의 법칙이다. 거기에서 시인은 자유의 이행을 위한 여정을 읽어낸다. 폭포는 위에서 아래로 추락하는 것이지만 자기쇄신을 위한 두려움 모르는 모험정신의 표상이다. "폭포는 곧은 절벽을 무서운 기색도 없이 떨어진다".「폭포」폭포의 물은 낮밤과 계절을 가리지 않고 쉼 없이 떨어진다. 시인은 그 하염없이 떨어지는 것에서 죽음의 질서를 뚫고 나아가는 노동과 투쟁을 보았다. 물이 수직으로 낙하하는 운동과 더불어 소리는 소리를 잇는다. 추락하는 물이 보여주는 움직임의 격렬함과 소리의 웅장함은 시인의 마음을 사로잡는다. 폭포가 내는 곧은 소리는 생명의 저류와 이행의 모험을 보여주는 까닭이다. "곧은 소리는 소리이다 / 곧은 소리는 곧은 / 소리를 부른다"라는 시구는 그치지 않는 움직임, 혹은 청각을 직격하는 물의 힘에 대한 찬탄이다.

역동적인 움직임「달나라의 장난」,「폭포」과 높이「구름의 파수병」,「푸른 하늘을」에 대한 찬탄은 김수영의 정치적·미학적 지향이 어디를 향하는지를 보여준다. 움직이는 것만이 살아 있음을 담보한다. 살아 있는 개체의 삶은 삶과 죽음 사이에 걸쳐져 있는 율동이다. 생명은 움직이며 움직임으로 변화를 구하고 변화를 통해 저를 실현한다. 먹이사냥과 자기복제의 생식도 움직임이 없다면 불가능한 일이다. 노자는 만물이 생겨나고 없어

160

지는 근본이 움직임에 있음을 꿰뚫어보았다. 움직임이 없다면 어떤 생성도 없다. 그래서 텅 빈 우주를 하나의 거대한 풀무로 보았다. 풀무란 쇠를 주조할 때 쓰는 것으로, 바람을 불어 불을 키우는 도구다. 노자는 우주가 천지의 생성작용을 위해 풀무와 같이 쉬지 않고 운동한다고 말한다. 무궁한 움직임이 우주만물을 만든다. "하늘과 땅 사이는 풀무와 같은 것이 아닌가. 천지 사이는 텅 비어 있으니 아무리 써도 다함이 없고, 움직일수록 더 많은 것들이 생겨나온다."<sup>노자, 『도덕경』 제5장</sup>

아울러 움직임만이 스스로의 조건과 한계를 넘어서게 한다. 움직이지 않는 것은 장애물이다. 그래서 "의자가 많아서 걸린다 테이블도 많으면 / 걸린다 테이블 밑에 가로질러 놓은 / 엮음대가 걸리고 테이블 위에 놓은 / 미제美製 자기磁器 스탠드가 울린다".<sup>「의자가 많아서 걸린다」</sup> 움직이지 않는 것은 나태며, 추락이고, 딱딱한 주검이다. 삶을 움직임의 복합체라고 이해한 시인답게 김수영은 사물의 속도에 민감하게 반응하였다. "기어오르는 파도가 / 제일 높은 사안沙岸에 / 닿으려고"<sup>「술과 어린 고양이」</sup> 하는 것조차 놓치지 않는다. 김수영은 생명의 자유로운 율동을 제약하는 온갖 정치적·사회적 조건들과 줄기차게 싸운다. 높이에 대한 이끌림은 역설적으로 삶의 낮은 자리에 있는 "술취한 바보의 가족家族과 운명運命"<sup>「술과 어린 고양이」</sup>을 더 잘 보게 하는 투시의 눈을 갖게 하였다. 모든 소시민들은 가족과 가정의 안녕과 평안을 우선적 가치로 추구하지만 김수영은 그것이 자아를 마비시키고 정신을 통속에 가두는 것임을 잘 알았다. 그렇게 사는 것은 "술취한 어린 고양이"나 할 짓이다. 시인은 술취한 어린 고양이가 "니야옹 니야옹 니야옹 니야옹" 하며 뜻 없는 울음소리를 내는 것이나 타락한 정신으로 사는 것은 다를 바가 없다는 사실을 깨닫는다.

항상 시의 불온성을 옹호하고, 자유와 혁명을 추구한 김수영은 하늘에 떠서 노래하는 노고지리의 자유조차도 거저 주어진 것임이 아님을 알았다. 알에서 부화한 노고지리는 제 생명을 위협하는 온갖 것들과의 투쟁에서 살아남았다. 세상의 가장 미약한 존재 조건을 이기고 살아남았기 때문에 하늘을 날고, 하늘에서 노래할 수 있는 것이다. 모든 자유에는 그 자유를 얻은 대가로 바친 피가 묻어 있다. 바로 그 피가, 핏속에 밴 윤리성이 노고지리를 하늘로 떠오르게 한 동력이다. 시인은 그 피 냄새를 맡아보았기 때문에, 자유를 위해서 비상해본 사람만이 노고지리가 무엇을 보고 노래하는지를 알 수 있다고 했다. "어째서 자유에는 / 피의 냄새가 섞여 있는가를 / 혁명은 / 왜 고독한 것인가를". 「푸른 하늘을」

만약에 나라는 사람을 유심히 들여다본다고 하자
그러면 나는 내가 시와는 반역된 생활을 하고 있다는 것을 알 것이다

먼 산정에 서 있는 마음으로 나의 자식과 나의 아내와
그 주위에 놓인 잡스러운 물건들을 본다

그리고
나는 이미 정하여진 물체만을 보기로 결심하고 있는데

162

만약에 또 어느 나의 친구가 와서 나의 꿈을 깨워주고
나의 그릇됨을 꾸짖어주어도 좋다


함부로 흘리는 피가 싫어서
이다지 낡아빠진 생활을 하는 것은 아니리라
먼지 낀 잡초 위에
잠자는 구름이여
고생도 마음대로 할 수 없는 세상에서는
철늦은 거미같이 존재 없이 살기도 어려운 일


방 두 칸과 마루 한 칸과 말쑥한 부엌과 애처로운 처를 거느리고
외양만이라도 남과 같이 살아간다는 것이 이다지도 쑥스러울 수가 있
을까


시를 배반하고 사는 마음이여
자기의 나체를 더듬어보고 살펴볼 수 없는 시인처럼 비참한 사람이 또
어디 있을까
거리에 나와서 집을 보고 집에 앉아서 거리를 그리던 어리석음도 이제
는 모두 사라졌나 보다
날아간 제비와 같이
날아간 제비와 같이 자국도 꿈도 없이
어디로인지 알 수 없으나

## 어디로이든 가야 할 반역의 정신

나는 지금 산정에 있다 —
시를 반역한 죄로
이 메마른 산정에서 오랫동안 꿈도 없이 바라보아야 할 구름
그리고 그 구름의 파수병인 나.
— 김수영, 「구름의 파수병」

가족과 가정이라는 세속의 지평에 붙박여 사는 정신과 "날아간 제비"
는 대비를 이룬다. 앞의 것이 움직임의 동학을 배제한 채 고착되는 속
인의 삶이라면, 뒤의 것은 초월의 동학을 보여준다. 동학이 없는 삶은
시를 배반하고 시에 반역하는 삶이다. 움직임의 속도감 속에 양심과
이념을 수렴하려고 했던 시인은 가정과 산정 사이에서 끊임없이 진자
운동을 해야만 했다. 그의 도저한 양심과 윤리성은 움직임 속에서 더
욱 준열해지고 빛을 낸다.

　　세속의 삶은 자식과 아내와 잡스러운 물건들이라는 기반 위에 세
워진다. 그 세속의 삶을 떠받치고 있는 것은 "방 두 칸과 마루 한 칸과
말쑥한 부엌과 애처로운 처"와 같은 소시민의 안정적인 물질적 기반
이다. 그러나 그것은 뒤집어야 할 것이기에 "낡아빠진 생활"이다. 정
신의 쇄신이 없는 낡은 생활은 수치와 모멸, 굴욕과 더러움을 낳는다.
그 낡아빠진 생활은 "고생도 마음대로 할 수 없는" 편안한 기반 위에
놓여 있다. 김수영은 야생의 정신을 타고났다. 시인은 길들여진 닭이

아니라 길들여지지 않아 들에 사는 꿩이다. 꿩은 비와 이슬을 맞고 궁하더라도 길들여져 조롱에 갇히기보다는 구속을 받음 없이 자연에 사는 것을 양생의 방법으로 삼는다. "꿩은 비와 이슬을 맞으며 열 걸음에 한 번 쪼고 백 걸음에 한 모금 마시더라도 조롱에 갇혀 길러지는 것을 원치 않는다. 먹고살기야 풍성하겠지만 그것을 좋아하지 않는다."「장자」, 「양생주養生主」 '나'는 그 생활의 안정과 편함에 어느덧 탐닉하는 자신에 대해 쑥스러워하고 부끄러워한다. 그게 "시와는 반역된 생활"이며, "시를 배반하고 사는 마음"인 탓이다. 그런 자기성찰이 "거리에 나와서 집을 보고 집에 앉아서 거리를 그리던 어리석음"을 바로 보게 한다. '나'의 희원은, '나'의 정신이 추구하는 바는 '날아간 제비와 같이 자국도 꿈도 없이" 날아가는 날렵한 정신, 반역의 정신이다. 높이 솟아오르는 것은 정신의 고양에 대한 시적 은유다. "산정"은 세속의 삶에 주저앉은 정신의 자리, 속인들의 평면적 일상을 반역하는 자리다. 산은 평지돌출이다. 그 솟아오름은 "육체의 융기隆起"와 동일시된다.「평야」 몸이 솟구쳐 오른다면 내면도 더불어 솟구쳐 오르지 않겠는가! 그곳은 비록 "메마른 산정"일지라도 구름과 가까운 구름의 파수병이 서 있어야 마땅할 자리다.


너는 언제부터 세상과 배를 대고 서기 시작했느냐
너와 나 사이에 세상이 있었는지
세상과 나 사이에 네가 있었는지
너무 밝아서 나는 웃음이 나온다

그러나 결코 너를 격하고 있는 세상에게 웃는 것은 아니리

너를 보고

너의 곁에 애처로울만치 바싹 다가서서

내가 웃는 것은 세상을 향하여서가 아니라

너를 보고 짓는 짓궂은 웃음인줄 알어라


음탕할만치 잘 보이는 유리창

그러나 나는 너를 통하여 아무것도

보지 않고 있는지도 모른다

두려운 세상과같이 배를 대고 있는

너의 대담성―

그래서 나는 구태여 너에게로 더 한걸음 바싹 다가서서

그리움도 잊어버리고 웃는 것이다


부끄러움도 모르고

밝은 빛만으로 너는 살아왔고

또 너는 살 것인데

투명透明의 대명사代名詞같은 너의 몸을

지금 나는 은폐물隱蔽物같이 생각하고

기대고 앉아서

안도安堵의 탄식歎息을 짓는다

유리창이여

너는 언제부터 세상과 배를 대고 서기 시작했느냐

— 김수영, 「너는 언제부터 세상과 배를 대고 서기 시작했느냐」


유리창은 "사이"의 존재다. 중심이 아니라 주변이다. 시의 화자는 유리창이 "너무 밝아서" 유리창 곁에 바짝 다가서서 "짓궂은 웃음"을 웃는다. 왜? "부끄러움"도 모르고, "밝은 빛"만으로 살아온 그것을 향한 연민 때문이다. 다들 옷을 입고 있는데, 저 혼자 벗고 있는 존재가 바로 유리창이다. 유리창은 그게 창피한 줄도 모른다. 웃음은 거기에서 비롯된다. 웃음은 어떤 사물이나 정황의 엉뚱함, 일탈의 순간이 불러일으킨 심리적 부조화, 혹은 불일치에서 심리적 평형을 찾으려는 본능의 몸짓이다. 웃음은 부조리한 세상과의 부조화, 불일치에서 비롯된 병리학적 강박증을 가로질러 간다.

유리창은 세상과 '나' 사이에 있는 그 무엇이다. 그것은 불경스러우면서 불경스러움이 무엇인지 모르고, 음탕스러우면서도 음탕이 무엇인지를 모른다. 세상과 배를 대고 있으면서도, 세상의 속성이나 양태와 무관하다. 세상과 달리 지나치게 밝은 모습으로 거기 있는 유리창은 세상과 대조되면서 웃음을 짓게 한다. 유쾌한 웃음이 아니다. 씁쓸한 웃음, 자조와 비애가 섞인 웃음이다. 그래서 시인은 유리를 가까이 쳐다보면서 "투명의 대명사같은 너(유리창)의 몸"이라고 말한다. 유리의 밝음과 투명함은 적당함을 넘어서서 지나치다. 김수영은 밝고 투명한 그것에서 순간적으로 세상과 타협하지 못하는 시詩와 제 자아를 본다. 그 웃음은 결국 제 자신을 향한 쓰디쓴 웃음이다. 그것은 세상의 어둠과 불투명성에 대조되면서 역설적으로 "음탕할만치 잘 보이는" 무엇이다. 유리창은 제 투명함으로 세상의 음탕함을 환히 비치고 있으면서도 그 음탕을 도무지 모른다! 세상과 배를 맞대고 있으면서 더러움이라고는 한 점도 없는 순진무구한 웃음을 짓는다. 그런 점에서 유리창은 대담하면서도, 한편으로 철없어 보인다.

유리창이 알레고리라는 것은 명확하다. 무엇에 대한? 바로 시다. 그러므로 "너는 언제부터 세상과 배를 대고 서기 시작했느냐"는 물음은 유리창이 아니라 시를 향한 물음이며, 시가 중요한 무엇이나 되듯 그것을 한사코 붙들고 있는 시인 자신을 향한 물음이다.

# 곡신, 검고 위대한 암컷

## 1. 조철과 견독

남백자규가 여왜 선인에게 물었다. "당신은 나이가 많은데 얼굴이 어린아이 같으니 어쩐 일이오?" 여왜가 대답했다. "나는 도를 알기 때문이오." 자규는 물었다. "도를 배울 수 있소?" 여왜가 답했다. "오! 어찌 가능하지 않겠소. 다만 당신은 그럴 만한 사람이 아니오. 복량의는 성인의 재능은 있으나 성인의 도가 없었소. 나는 성인의 도는 있으나 성인의 재능은 없었소. 내가 그를 가르치려 한 것은 성인이 될 기미가 있었기 때문이오. 꼭 그렇지는 않지만 성인의 도를 성인 될 재목에게 전하는 것은 쉬운 일이오. 나는 그에게 오직 스스로를 지키라고 가르쳐준 것뿐인데 사흘이 지나자 천하를 버릴 수 있었소. 이미 천하를 버린 이후에 나는 또 스스로를 지키도록 했더니 이레가 지나자 외물을 잊어버릴 수 있었소. 이미 외물을 잊어버렸으므로 나는 더욱 지키도록 했더니 아흐레가 지나자 이제는 삶을 잊어버렸소. 삶을 놓아버리자 그 후로는 눈부시게 통달해 갔소. 통달한 이후로는 능히 자주독립할 수 있었고, 자주독립하니까 능히 고금이 없어졌고, 고금이 없어지니까 능히 죽음도 삶도 없는 경지에 도달했소."『장자』,「대종사」

『장자』의 「대종사」 편에 조철朝徹이라는 어휘가 나온다. 이 어휘는 용맹정진으로 도를 닦는 사람이 어느 날 갑자기 한 소식을 듣고 환하게 깨달음을 얻는 것을 뜻한다. 견독見獨이라는 말도 비슷하다. 홀연히 절대의 도를 보는 것을 뜻한다. 둘 다 탈속脫俗해서 진경에 들어 인의仁義나 명리, 도덕에 매임 없는 자유로운 마음이 사통팔달하게 되는 경지를 가리킨다. 인의나 도덕은 스스로 그러함에 맡기지 못하는 장삼이사張三李四가 따라야 할 최소주의의 규범이다. 윤리적 준칙들은 사람을 사람답게 만드는 바가 있으나 또한 그것에 매이게 되는 법이다. 매이면 갑갑하니 반드시 그것에서 벗어나고자 하는 욕망이 나타난다. 인의나 도덕은 천지만물을 움직이게 하는 자연의 법이 아니다. 즉 도가 아니라 인위의 법이다. 인위를 배제하는 게 무위자연이다. 인위의 법은 강이 아니라 나룻배다. 누구나 강을 건넌 뒤에는 나룻배를 버린다. 목적을 이룬 뒤에는 수단이란 무용지물이 되는 까닭이다. 조철은 나룻배가 아니라 강-되기다. 강-되기는 무위자연에 드는 것이다. 조철이나 견독에 이르게 되면 그 법 밖에서도 구애됨 없이 자유롭다. 조철이나 견독에 이른 사람은 이미 사사로움에서 벗어나 그 궁리가 담백하고 기氣는 고요하다. 그것이 무위無爲함이다. 바람을 타고 구만리 상공으로 솟구쳐 날아가는 대붕<sup>大鵬</sup>이 그러하다. 대붕은 이미 천지만물의 본성과 통하여 구만리를 솟아올라 무궁<sup>無窮</sup>에서 노닌다. "새는 산 속을 날며 / 그 날개가 산에 닿지 않는다".<sup>이성선, 「새」</sup> 이성선의 "날개가 산에 닿지 않는 새"는 대붕을 암시한 것이 아닐까? 대붕은 대자유에 이른 자아의 표상이다. 누가 대붕이 되는가?


## 2. 정념, 그 속절없음

대부분의 사람들은 '통속'에 주저앉아 한 생을 살다 간다. 자, 여기 김 사인 시인이 제시하는 '통속'의 한 극단이 있다. 이 '통속'에서 조철이나 견독을 찾아볼 수 있겠는가?


부뚜막에 쪼그려 수제비 뜨는 나어린 그 처자
발그라니 언 손에 얹혀
나 인생 탕진해버리고 말겠네
오갈 데 없는 그 처자
혼자 잉잉 울 뿐 도망도 못 가지
그 처자 볕에 그을려 행색 초라하지만
가슴과 허벅지는 소젖보다 희리
그 몸에 엎으러져 개개 풀린 늦잠을 자고
더부룩한 수염발로 눈곱을 떼며

날만 새면 나 주막 골방 노름판으로 쫓아가겠네

남은 잔이나 기웃거리다

중늙은 주모에게 실없는 농도 붙여보다가

취하면 뒷전에 고꾸라져 또 하루를 보내고

나 갈라네, 아무도 안 듣는 인사 허공에 던지고

허청허청 별빛 지고 돌아오겠네

그렇게 한두 십년 놓아 보내고

맥없이 그 처자 몸에 아이나 서넛 슬어놓겠네

슬어놓고 나 무능하겠네

젊은 그 여자

혼자 잉잉거릴 뿐 갈 곳도 없지

아이들은 오소리 새끼처럼 천하게 자라고

굴속처럼 어두운 토방에 팔 괴고 누워

나 부연 들창 틈서리 푸설거리는 마른 눈이나 내다보겠네

쓴 담배나 뻑뻑 빨면서 또 한세월 보내겠네

그 여자 허리 굵어지고 울음조차 잦아들고

눈에는 파랗게 불이 올 때쯤

나 덜컥 몹쓸 병 들어 시렁 밑에 자리 보겠네

말리는 술도 숨겨놓고 질기게 마시겠네

몇해고 애를 먹어 여자 머리 반쯤 셀 때

마침내 나 먼저 숨을 놓으면

그 여자 이제는 울지도 웃지도 못하리

172

나 피우던 쓴 담배 따라 피우며

못 마시던 술도 배우리 욕도 배우리

이만하면 제법 속절없는 사랑 하나 안 되겠는가?

말이 되는지는 모르겠으나

— 김사인, 「부뚜막에 쪼그려 수제비 뜨는 나어린 처녀의 외간 남자가 되어」[48]

이 지독한 퇴폐와 불운이라니! "부뚜막에 쪼그려 수제비 뜨는 나어린 처녀"와 병들어 굴속처럼 어두운 방에 누워버린 "외간 남자"라니! 노름판과 술집 따위를 전전하다가는 끝내 몹쓸 병까지 얻어 누워버린 이 한 생의 불운과 퇴폐야말로 통속의 정수다. 병든 이녁의 수발은 고스란히 어린 처자의 몫이 되고, 결국 이녁이 숨을 놓아버린 뒤 갖은 고생 끝에 "눈에는 파랗게 불이 들어온" 나어린 처자는 "쓴 담배 따라 피우며 / 못 마시던 술도 배우리 욕도 배우리"와 같이 구차하고 신산스런 삶을 되풀이한다. 차라리 그 신산스런 세속의 삶 안에서 편안해지고 달관에 이르는 것이다.

이 통속의 삶 어디에도 인의나 도덕은 찾아볼 수 없다. 이 퇴폐와 불운으로 얼룩진 삶은 의미를 놓아버린 자기방기自己放棄의 최소주의를 지향한다. 이것은 거꾸로 법없는 삶이요, 인의가 깃들지 않은 자연의 삶이다. 주자朱子의 어법을 빌리자면 이理가 없는 상태다. 주자는 "이理가

48) 김사인 시집, 『가만히 좋아하는』, 창비, 2006.

능히 그러함能然, 반드시 그러함必然 마땅히 그러함當然, 저절로 그러함自然의 뜻을 겸하고 있다."주자, 『주자대전』고 말한다. 법과 도덕은 인간적 가치다. '나'는 왜 삶의 최소주의를 지향하는지, 아울러 왜 인간적 가치에 대해서 냉혹할 정도로 무관심한지, 그 물리적 인과에 대해 시인은 아무 말도 하지 않는다. 그게 자연의 삶, 본디 타고난 바 생명의 본성인가?

불운과 퇴폐에 내팽개쳐진 운명은 생명이 더 나은 상태를 향한 내재적 과정이라는 우주 목적론을 위반한다. 다윈주의 생물학자인 리처드 도킨스는 "자연계에서 극대화되는 생명의 진정한 효용함수는 DNA의 생존"이라고 말한다. 자연선택의 효용함수는 이기적 유전자의 복제와 생존이라는 뜻이다. 부뚜막에 쪼그려 수제비를 뜨는 나어린 처자와 병든 지아비는 DNA의 생존을 위해 최선을 다하는가? 어쨌든 노름판과 술집이나 전전하며 세월을 죽이는 지아비는 "맥없이 그 처자 몸에 아이나 서넛 슬어" 놓겠다고 언명한다. 아이를 낳되 그 아이들로 인해 희망이 생기는 것은 아니다. 이 최소주의의 삶에는 여전히 어떤 목적이나 설계가 없다. 제 삶을 방기해버린 자의 맹목과 차디찬 무관심만이 있을 뿐이다. 이 최소주의에는 자유의지에 따라 움직이는 어떤 물리적 인과도 보이지 않는다. 그렇기 때문에 불가해하다. 이 운명은 자유의지와 상관이 없다. 이 무목적성을 도킨스는 "눈먼 시계공의 메커니즘"으로 설명한다. "유전자에 저장된 정보의 차별화된 생존과 존속이 바로 모든 생명체의 신체와 확장된 표현형과 유전적으로 예정된 행동이 포함된, 과거, 현재, 미래를 결정한다는 것이 바로 그가 말한 소위 눈먼 시계공blind-watchmaker 메커니즘이다."[49] 제임스 N. 가드너는 이것을 "생물체가 DNA에 담긴 정보를 근거로, 번식력을 가진 성체로 발전하는 복잡한 생화학적 교향악에서 나타나는 다양한 규모의 변이를 통해서 생존에 필요한 장점을 획득하는 과정"이라고 말한다.[50] 이미 모든 것이 결정된 세계에서는 옳고 그름도 따로 존재하지 않는다. 도킨스의 논리를 더 따라가 보자.

우주가 전자電子와 이기적 유전자만으로 구성되어 있다면, 아무 의미도 없는 비극이…… 아무 의미도 없는 행운과 마찬가지로 우리를 기다리게 된다. 그런 우주는 어떤 종류의 목적도 보여주지 않을 것이다. 아무런 목적도 없는 물리적 힘과 유전적 복제의 세계에서는 상처를 입는 사람도 있고, 행운을 얻는 사람도 있으며, 그 속에서 어떤 리듬이나 이유는 물론이고 정의도 찾을 수 없을 것이다. 우리가 관찰하고 있는 우주는 근본적으로 아무런 설계도 없고, 목적도 없고, 악도 없고, 선도 없이 다만 맹목적이고 냉혹한 무관심만이 존재하는 세계에서 기대할 수 있는 바로 그런 특성을 가진다.[51]

도킨스에 따르자면 나어린 처자의 비극에는 아무 이유나 목적이 없다. 처자에게는 애초부터 제 운명을 선택할 수 있는 주체의 능동은 없다. 오로지 우주적 우연의 결과인 운명을 피동으로 따를 뿐이다. 이 시는

49) 제임스 N. 가드너, 『생명우주』, 이덕환 옮김, 까치, 2006.
50) 제임스 N. 가드너, 앞의 책.
51) Richard Dawkins, River Out of Eden(New York: Basic Books, 1995). 여기서는 제임스 N. 가드너, 앞의 책에서 재인용.

'나'의 직접 경험의 진술이 아니라 가설이다. 시구들은 처음부터 끝까지 말겠네, 돌아오겠네, 슬어놓겠네, 무능하겠네, 내다보겠네, 못하리, 배우리…… 등 가정법 종결어미들을 거느리고 있다. 이 정황이 살아보지 못한 삶에 대한 하나의 가설이라는 점에서 이 시는 거울에 비친 삶, 즉 비현실이며 꿈이다. 이것이 꿈이며 비현실이기 때문에 바로 이것이 삶이요 현실이라는 역설이 일어난다. 꿈이 생시요, 생시가 꿈이다. 꿈은 진짜가 아니라고? 장자는 이렇게 말했다. "몸 태어남은 꿈이요, 죽음은 깨어남이거니!"『장자』「대종사」 꿈이 생시요, 생시가 꿈인 세계에서는 사랑도 삶도 모두 속절없다.


태풍 오면

철없는 어린 갈보처럼

마음은 펄럭이리

살 속으로 바람 가득 들고

먼 데 하늘 돛폭같이 부풀 때

늙은 노새의 나

끝내 화진 가리

굼실거리며 덮쳐오는

수만 코끼리떼 기다리리 말향고래떼 기다리리

쏟아지는 몸엣버캐 거친 숨소리

화진, 온몸 열어 새 사내 맞는

화진, 그 유정한 이름 복판에 서서

늙은 나 불덩이처럼 달아오르겠네 한번
초라한 갈기 곤두세우고 부르르 떨겠네
기어이 나도 저 바다 하리
— 김사인, 「화진花津 52)」


속절없음은 「화진」에서 다시 한번 펼쳐진다. "화진"은 지명이면서 동
시에 과거의 시간이다. 이 바닷가 포구에 태풍이 들이닥친다. 아니,
'나'는 화진에 태풍이 오는 때를 마음으로 그린다. 화진이 과거라면
태풍은 내 마음의 현재다. 그러니까 이 시는 '현재 속에 과거를 직조
하기'라는 형식을 취한다. "수만 코끼리떼, 말향고래떼"는 포구를 향
해 사납게 달려드는 거대한 파도에 대한 은유다. 화진은 여성이 되어
이 거대한 파도를 몰고 오는 태풍을 "온몸 열어 새 사내"로 맞는다.
"늙은 노새"와 같이 기력이 쇠진한 '나'는 돌연 저 성난 바다가 되어
화진을 덮친다. "화진, 그 유정한 이름 복판에 서서" '나'는 "불덩이처
럼 달아오르"고 마침내 "초라한 갈기를 곤두세우고 부르르" 떤다. 이
순간 화진을 덮친 태풍은 돌연 정염의 태풍으로 변환한다. 어린 갈보,
늙은 노새, 굼실거리며 덮쳐오는 파도, 화진 등이 늙은 '나'의 정염
속에서 하나의 불덩이로 달아오르는 것이다.
    이 성적 절정은 상상 속의 일이다. '나'는 이미 늙어 이런 생의
절정은 난망한 일이 되어버린 탓이다. '나'는 옛 화진에서 한 여성을

52) 김사인, 앞의 시집.

만났는지도 모른다. 그 인연은 이어지지 못하고 하룻밤 인연으로 끝난다. 늙어버린 '나'는 화진을 다시 찾아 그 옛 기억을 떠올리며 가슴을 두근댄다. 태풍은 또다시 화진을 덮치겠지만 흘러가버린 '나'의 시간은 되돌릴 수 없다. 되돌릴 수 없다면 그 모든 게 속절없는 짓이다.

"자사, 자여, 자려, 자래 네 사람이 서로 말했다. '누가 무위를 머리로 삼아 삶을 등골로 삼고, 죽음을 꼬리로 생각할까? 누가 생사존망이 한 몸인 것을 알까? 나는 그런 자와 벗이 되고 싶다.' 네 사람은 서로를 보며 웃었다. 서로 거슬리지 않는 마음이 되어 드디어 벗이 되었다."『장자』,「대종사」 무위를 머리 삼고 삶을 등골 삼고 죽음을 꼬리에 달고 사는 게 사람이다. 생사존망이 한 몸에 있는데, 사람들은 그것을 모른다. 정염은 속절없는 짓이다. 사람은 정염의 태풍 속에 있을 때 제가 정염 속에 있다는 걸 모른다. 정염에서 놓여난 뒤에 비로소 제가 정염 속에 있었음을 아는 것이다. 장자는 이렇게 말한다. "잠들어 있을 때는 잠들어 있음을 모른다. …… 깨고 나서야 제가 잠들었음을 안다."『장자』,「제물론」

## 3. 구멍들

삶은 정염의 소여所與에 지나지 않는다. 들뢰즈/가타리는 사람을 "욕망하는 기계들"『앙띠 오이디푸스』이라고 부른다. 욕망/정념은 하나의 흐름인데, 사람은 기계와 같이 그 흐름을 내보내고 절단한다. 우리는 저마다 자신의 기계들로 살며, 흐름과 절단이라는 내재적 운동을 한다. 이를테면 유방은 젖을 생산하는 기계요, 입은 유방과 연결된 기계다. 젖은 유방에서 입으로 흐르는데, 젖에서 입을 떼면 흐름은 절단된다. 욕망/정념은 흐름이면서 파동이다. 생명은 저마다 우주며, 정염은 그 우주를 변화시키는 동력이다. 정염은 꽃망울(새로운 우주)을 열게 만드는 파동이다. 조지훈은 "꽃망울 속에 새로운 우주宇宙가 열리는 파동波動!"조지훈, 「화체개현」이라고 노래한다. 사람은 저마다 진동들, 떨림들, 파동들의 총체다. 존재는 제 내부에 막대한 양의 운동을 가진 주체다. 정염은 그 본질에서 우리 유전자에 새겨진 대로 외부를 향하여 생존과 존속에의 운동을 분출한다. 때로는 생명의 효용함수 속에서 정염은 태풍이 되기도 한다.

저 꽃들은 회음부로 앉아서
스치는 잿빛 새의 그림자에도
어두워진다

살아가는 징역의 슬픔으로
가득한 것들

나는 꽃나무 앞으로 조용히 걸어나간다
소금밭을 종종걸음 치는 갈매기 발이
이렇게 따가울 것이다

아, 입이 없는 것들

— 이성복, 「아, 입이 없는 것들」[53]


회음부로 앉아 있는 저 꽃들은 무엇인가. 이 회음부는 숨은 구멍으로서 있어야 할 꽃의 입 없음을 비극으로 만든다. 꽃은 정염의 흔적들이다. 입은 없고 회음부만을 가진 꽃은 붙박이로 주저앉아 있고, 그 꽃나무 위로 "잿빛 새"가 스쳐간다. 꽃나무와 새의 스침에서 정염의 파동은 번쩍, 하고 일어난다. 우연한 스침이 없다면 파동도 없었을 것이다. 아, 새가 아니라 새의 그림자다. 그림자는 감각적 실재가 아니라 집단무의식의 원형이다. 그것은 부정적인 측면을 암시한다. 꽃나무는 새와 짝사랑에라도 빠졌던 것일까. 새의 동성動性이 꽃나무에게는 나쁜 영향을 미쳤다는 암시다. 새는 머물지 않고 그림자로서 꽃나무를 스쳐간다. 꽃나무에게 씻을 수 없는 아픔을 남긴다. 그리하여 꽃나무는 "살아가는 징역의 슬픔" 그 자체가 되어버린다.

　　3연에서 '나'는 꽃나무 앞을 조용히 걸어간다. 새가 '나'로 바뀐 것이다. 새와 '나'는 동성動性의 존재라는 점에서 겹친다. '나' 역시 꽃나무에게 머물지 않고 그 앞을 스쳐 지나간다. "소금밭을 종종걸음 치는 갈매기 발"[54]은 따가울 것인데, 그게 꽃나무 앞을 걸어가는 '나'의

53) 이성복 시집, 『아, 입이 없는 것들』, 문학과지성사, 2003.
54) 이 구절은 서정주의 「영산홍暎山紅」에 나오는 "소금밭이 쓰려서 / 우는 갈매기"라는 구절의 창조적 변주다. 서정주의 소금에 발이 쓰려는 우는 갈매기가 사람살이의 신산함과 고단함의 겨움을 감춤 없이 드러낸다면, 이성복은 그것을 암시만 할 뿐 겉으로 드러내지는 않는다.

아픔인지, 아니면 스치는 것들을 지켜보는 꽃나무의 마음인지 모호하다. 어쩌면 그 둘을 다 말하는 것인지도 모른다. 꽃은 "입이 없는 것들"에 속한다. 입이 없으니 소금밭을 종종걸음 치는 발이 아프다고 해서 그 아픔을 말할 수가 없다. '나'는 입이 없는 꽃나무의 아픔을 선취하는데, 꽃나무의 슬픔과 아픔은 어느새 '나'의 입이 없는 마음의 안쪽에 들어와 앉는다. "살아가는 징역의 슬픔"이 꽃만의 것이 아닌 이유는 이미 그것이 '나'의 마음에 들어와 있기 때문이다.

　장자는 사람을 칠규七竅, 즉 일곱 개의 구멍을 가진 존재라고 말한다. "남해의 신을 숙이라 하고, 북해의 신을 홀이라 하고, 중앙의 신을 혼돈混沌이라고 한다. 숙과 홀은 때로 서로 함께 혼돈이 있는 땅에서 만났는데, 그때마다 혼돈은 매우 잘 대접을 해주었다. 이렇게 은혜를 입은 숙과 홀은 혼돈의 은덕에 보답할 것을 다음과 같이 의논하였다. '사람에게는 모두 일곱 개의 구멍이 있어 이것으로써 보고 듣고 먹고 숨쉬는데 이 혼돈만은 이것이 없다. 우리가 한번 그 구멍을 뚫어 주세.'라고. 그래서 그들은 하루에 한 구멍씩, 눈 코 입 귀 일곱 개의 구멍을 뚫어나갔다. 7일이 걸려 다 뚫자 그만 혼돈이 죽어버렸다."『장자』,「응제왕應帝王」 일곱 개의 구멍은 눈·코·입·귀에 있다. 성기, 항문도 일곱 개의 구멍에 속한다. 구멍들은 존재의 혈穴이고 문門이다. 구멍이 있으므로 사람은 몸된 자로서 외부와 소통하며 살 수 있다. 구멍은 살아 있는 몸의 근원 조건이다. "오, 육체가 없었으면 없었을 구멍"!이성복,「육체가 없었으면, 없었을」 몸이 없었다면 우리는 유령이다. 사람은 몸됨으로 일곱 개의 구멍을 가졌고, 일곱 개의 구멍으로 말미암아 우리는 유령이 아니라 사람이다.

늙수구레한 매화나무 한 그루

배꼽 같은 꽃 피어 나무가 환하다

늙고 고집 센 임부의 해산 같다

나무의 자궁은 늙어 쭈그렁한데

깊은 곳에서 골물이 나와 꽃이 나와

꽃에서 갓난 아가 살갗 냄새가 난다

젖이 불은 매화나무가 넋을 놓고 앉아 있다

— 문태준, 「매화나무의 해산解産」[55]

자궁은 구멍이다. 매화나무의 꽃이 나오는 자리는 영장류 암컷의 자궁과 상사기관일 터다. 이 구멍에서 꽃눈이 나오고 꽃 진 뒤 열매가 맺는다. 꽃은 왜 피는가? 사람이 아이를 낳는 것과 다르지 않다. 이 오래된 암컷 매화나무는 "늙고 고집 센 임부"다. 매화꽃은 매화나무가 낳는 갓난아이다. 매화나무가 꽃을 피우는 것은 임부의 해산과 마찬가지로 개체 발생의 사건이다. 꽃을 피우는 것은 우연의 복음이 아니다. 만약 태양계가 복합적 생명체가 출현하고 서식이 가능한 공간에 위치해 있지 않다면, 그리고 달이 지구의 회전축을 안정화시켜 계절 변화를 안정적으로 이끌지 않았다면 사람도 꽃도 없었을 것이다. 어미의 자궁에서 갓난아이가 나오고 늙은 매화나무의 꽃눈에서 배꼽 같은 꽃이 피어나는 일도 없었을 것이다. 늙은 매화나무에 꽃이 핀 것은 우주 시계가

55) 문태준 시집, 『가재미』, 문학과지성사, 2006.

음과 양이 조화를 이루도록 맞춰져 있었기 때문에 필연으로 일어난 사
건이다. 매화나무는 오래되어 그 자궁은 "늙어 쭈그렁"하다. 자궁이
늙어 쭈그렁해진 매화나무는 해산한 뒤 젖이 불었다.


## 4. 곡신, 검은 암컷, 위대한 암컷

한때 그녀는 명소였다

살아 있는 침묵
하늘을 낳고 별을 낳고 금을 낳는
신화였으므로
범람하는 강이며 넘치지 않는 바다
빛 없이도 당당한 다산성이었으므로
바람의 발원지
바람을 재우는 골짜기
제왕도 들어오면 죽어야 나가는
무자비한 아름다움이었으므로
요람이며 무덤
영혼의 불구를 치유하는 성소
꺼지지 않는 지옥 불이었으므로
만물을 삼키고 뱉어 내는 소용돌이의 블랙홀

# 곡신穀神, 위대한 암컷이여

여전히 그녀는 명소다
수많은 자의 탐험이 있었으나
영원히 밝혀지지 않을
은밀한 문
― 강기원, 「위대한 암컷」[56)]

강기원의 "곡신"은 여성의 생식기관을 지칭한다. 노자의 『도덕경』에서 빌려온 것이다. "곡신은 죽지 않으니 이것을 일컬어 검은 암컷이라 한다. 검은 암컷의 문을 하늘과 땅의 뿌리라 한다. 이어지고 또 이어져 영원히 존재하니 아무리 써도 마르지 않는다."노자, 『도덕경』 제6장 "검은 암컷"은 여성의 음부다. 일반적으로 하늘·태양·산·구릉을 남성 상징으로, 땅·달·시내·계곡은 여성 상징으로 이해한다. "프로이트도 '산골짜기는 언제나 여성의 상징'이라고 말하였다. 그러므로 산골짜기 가운데 텅 빈 곳은 암컷의 그릇, 자궁, 어머니의 배와 같으며, 또한 민속 신화에서 말하는 '땅 어머니의 암컷the Vagina of Mother Earth'이다."[57)] 골짜기는 움푹 팬 곳으로 물이 모여 흐르는 곳이다. 고대 농경국가에서 물은 곧 곡식의 성장에 꼭 필요한 요소다. 수량이 풍부한 골짜기는 만물의 신생과 번창을 불러온다. 노자를 풀이하는 철학자들은 "곡谷"이 텅 빈

---

56) 강기원 시집, 『바다로 가득 찬 책』, 민음사, 2006
57) 소병, 『노자와 성性』, 노승현 옮김, 문학동네, 2000.

것, 곧 여성의 자궁을 형용한 것이라고 말한다. 노자는 골짜기를 여성 음부로, 하늘과 땅을 낳는 대지-어머니의 자궁으로 은유한다. 따라서 곡신, 즉 이 검은 암컷은 근원에 대한 은유다. 어머니의 자궁이 생식과 생육의 근원이며 시원始原인 것과 마찬가지로 도는 존재의 시원이다. 도는 천지만물을 내고 기르는 위대한 어머니다.

시인은 곡신을 "만물을 삼키고 뱉어 내는 소용돌이의 블랙홀"이라고 명명하고, 자궁을 다산성의 자리, 바람의 발원지, 요람이며 무덤, 영혼의 불구를 치유하는 성소, 지옥불, 은밀한 문 따위의 다양한 은유로 불러낸다. 이 시는 "위대한 암컷"의 "만물을 삼키고 뱉어 내는 소용돌이의 블랙홀"이 가진 잉태와 다산의 가능성, 즉 자궁의 생명창조력에 바치는 예찬이다. 천지 만물은 블랙홀, 이 어두운 구멍에서 나온다. 구멍은 만물을 낳고 기르는 원천이다.


네가 한 권의 책이라면 이러할 것이네
첫 장을 넘기자마자 출렁, 범람하는 물
너를 쓰다듬을 때마다 나는 자꾸 깎이네
점점 넓어지는 틈 속으로
무심히 드나드는 너의 체온에
나는 녹았다 얼기를 되풀이하네
모래펄에 멈춰 서서 해연을 향해 보내는 나의 음파는
대륙붕을 벗어나지 못하고
수취인 불명의 편지처럼 매번 되돌아올 뿐이네

네가 베푸는 부력은 뜨는 것이 아니라

물밑을 향해 가는 힘

자주 피워 올리는 몽롱함 앞에서 나는 늘 눈이 머네

붉은 산호珊瑚들의 심장 곁을 지나

물풀의 부드러운 융털 돌기 만나면

나비고기인 듯 잠시 잠에도 취해보고

구름의 날개 가진 습새처럼

너의 진동에 나를 맡겨도 보네

운이 좋은 날,

네 가장 깊고 부드러운 저장고, 청니青泥에 닿으면

해골들의 헤벌어진 입이 나를 맞기도 하네만

썩을수록 빛나는 유골 앞에서도

멈추지 않는 너의 너울거림

그 멀미의 진앙지를 찾아 그리하여

페이지를 펼치고 펼치는 것이네, 그러나

너라는 마지막 장을 덮을 즈음

나는 보네, 보지 못하네

네, 혹은 내 혼돈의 해저 언덕을 방황하는

홑겹의 환어幻漁 지느러미

— 강기원, 「바다로 가득 찬 책」[58]

58) 강기원, 앞의 시집.

물들은 골짜기를 거쳐 낮은 곳으로 내려간다. 골짜기에서 흘러온 물줄기들이 모여 시내를 이루고, 시내들은 강을 이룬다. 강들은 바다를 향하는데, 바다에서는 땅 위에서 발원한 온갖 물길들이 다 합쳐진다. 강과 바다가 왕이 되는 까닭은 골짜기의 아래에 처하여 그 모든 물을 받아들이기 때문이다. 노자는 이렇게 말한다. "강과 바다가 수많은 골짜기를 거느리는 왕이 되는 까닭은 그가 능히 수많은 골짜기의 아래가 되기 때문이다. 성인이 백성의 앞에 있는 것은 몸을 뒤로 물리기 때문이다. 그가 백성의 위에 있는 것은 그들에게 말을 낮추기 때문이다. 그가 백성 위에 있지만 백성은 부담스러워하지 않는다. 그가 백성 앞에 있지만 백성은 해롭다고 생각하지 않는다. 천하가 즐겁게 떠받들며 싫다하지 않는다. 그가 다투지 않음으로 다스리기 때문이다. 그러므로 천하가 능히 그와 더불어 다툴 수가 없다."노자, 『도덕경』제66장 물은 음陰의 기운을 갖고 움직인다. 비를 품은 구름에서 단비가 내리는 것은 남녀의 즐거운 교합을 상징한다. 비는 하늘(남성)과 땅(여성)의 결합이다. 음양이 조화를 이루고 교합해야만 만물은 싹을 틔우고 자란다. 하늘과 땅이 결합해서 만든 비가 내려야 땅의 씨앗들에 싹이 트고, 곡식들이 창성하게 자란다. "구름이 움직이면 비가 세상에 두루 내리어 만물에 갖가지 형체를 부여한다."『역경』,「전·단사」 골짜기와 시내와 강을 거치는 물들의 지상 여행은 바다에 닿아서 끝난다.

「바다로 가득 찬 책」에서 여성의 몸은 물로 가득 찬 한 권의 책이라는 은유를 불러온다. 어머니-대지와 조응하는 어머니-바다다. "바다로 가득 찬 책"은 "검은 암컷"을 변주한 이미지다. 물은 음이고, 여성이며, 생명과 번식의 원천이다. 이 여성 속에서 죽은 남성 원리는 부활한다. 생령들로 가득 찬 어머니-바다는 "붉은 산호들의 심장", "물풀의 부드러운 용털 돌기", "구름의 날개 가진 습새"를 거느리며 생명들을 키운다. 너울거림이란 생령들이 뿜어내는 활동운화하는 기의 움직임이다. 어머니-바다에서는 이 너울거림이 멈추지 않는다. 산다는 것은 이 생령들의 너울거림 위에서 종과 개체로서 살며 멀미를 느끼는 것이다. 멀미의 진앙지는 어머니-바다의 "가장 깊고 부드러운 저장고"일 것이다. 나는 너에게, 너는 나에게 무엇인가가 되기 위해 음파를 보낸다. 바다는 물들로 가득 찰 뿐만 아니라 음파들로 가득 차 있다. 우리들 하나하나는 어머니-바다라는 생명 우주에서 "방황하는 홑겹의 환어 지느러미"에 지나지 않는다.

# 사춘기와 오후 세 시

## 1. 다정하고 난폭한 풍경들: "기쁜 마음으로 당신을 태울 거야." 59)

무심히, 김행숙의 『이별의 능력』을 읽다가, 불에 덴 듯 놀라 시집을 떨어뜨렸다. 이 시집은 모호함의 매력을 느끼게 해준 놀라운 시집이다. 『이별의 능력』은 쾌활한 침울함, 나쁜 음식과 나쁜 꿈들로 얼룩진 이 세계를 향한 블랙 유머, 현실의 뻔뻔한 자명성들을 뒤집는 반전 효과들, 낮고 다정한 상상력에서 솟구쳐 나오는 난폭한 역설들로 가득 차 있다. 『이별의 능력』에서 세계는 다정하면서도 잔인하고 낯설다. 녹아내리는 발, 한없이 아래로 자라나는 송곳니, 태어나지 않는 동생들, 꿈 속에서도 먼지 속에서도 자라나는 팔, 백년 동안이나 부는 바람, 점점 더 많은 시체들이 꽂히는 하늘, 고양이군이 되고 싶은 소년, 혀 위로 떨어지는 비행기……들로 이루어진 세계에서 삶과 죽음, 실재와 환

59) 김행숙 시집, 『이별의 능력』, 「이별의 능력」, 문학과지성사, 2007.

상, 헛것과 물물物物, 빛과 그림자들은 상호 삼투하고, 상호 복제되면서 호환한다. 우리는 "불가사의에 흡수되는 시간, / 거대한 고양이"라는 이름을 가진 이 세계를 지나가는 자들이다.「고양이군의 25시」 김행숙은 첫 시집인 『사춘기』에서 매우 빠르게 진화하는 중인데, 『이별의 능력』은 그 진화의 눈부신 발자취를 보여준다.

이곳에서 발이 녹는다
무릎이 없어지고, 나는 이곳에서 영원히 일어나고 싶지 않다

괜찮아요, 작은 목소리는 더 작은 목소리가 되어
우리는 함께 희미해진다

고마워요, 그 둥근 입술과 함께
작별인사를 위해 무늬를 만들었던 몇 가지의 손짓과
안녕, 하고 말하는 순간부터 투명해지는 한쪽 귀와

수평선처럼 누워 있는 세계에서
검은 돌고래가 솟구쳐오를 때

무릎이 반짝일 때
우리는 양팔을 벌리고 한없이 다가간다
— 김행숙, 「다정함의 세계」(60)

김행숙은 독자를 "다정함의 세계"로 초대한다. '나'는 "이곳"에 있지만 어쩐 일인지 "이곳"에서는 발이 녹고 무릎이 없어진다. "이곳"이라는 장소성이 세계에 대한 무한 긍정과 그것을 향유하는 신체를 뒷받침한다. "장소는 아무래도 좋은 '어딘가$^{quelque\ part}$'가 아니라 하나의 기반$^{base}$, 하나의 조건이다."[61] 장소는 신체가 있는 곳이 아니라 신체 그 자체다. 왜냐하면 "신체는 미리 주어진 공간에 위치하지 않는다. 신체는 익명적 존재 속에서 위치화의 사실 자체로부터 출현$^{irruption}$"하는 까닭이다.[62] '나'는 "이곳에서 영원히 일어나고 싶지 않"을 만큼 오래 머물고 싶다. "이곳"은 다정한 세계이기 때문이다. 타자에 대한 전적인 긍정과 신뢰가 있는 곳에서는 개별자와 개별자 사이의 경계와 차이는 지워지면서 "희미해진다". "이곳"에서 괜찮아요, 고마워요, 안녕이라는 말들은 따뜻하게 향유된다. 나와 너 사이, 나와 사물 사이에서 그 향유의 신체적 수혜자인 둥근 입술, 손, 한쪽 귀는 밑도 끝도 없는 다정다감으로 물든다. 다정함은 진리가 아니라 느낌이며, 이것은 앎으로 지각되는 것이 아니라 해석 이전에 감각되는 것이다.

이 원초의 느낌이 영혼 안쪽에 그득해질 때 우리 안의 사나운 동물들은 잠잠해지고 세계의 낯섦과 잔혹함은 엷어진다. 우리 안에는 얼마나 많은 동물들이 우글거리고 있는가. 니체라면 "지하실에 있는 사나운 들개들과 똬리를 튼 채 서로 갈등하고 있는 사나운 뱀들"이 자아

60) 김행숙, 앞의 시집.
61) 에마뉘엘 레비나스, 『존재에서 존재자로』, 서동욱 옮김, 민음사, 2003.
62) 에마뉘엘 레비나스, 앞의 책.

의 영역에서 물러났다고 썼을 것이다. '나'의 안쪽 세계에 웅크린 사나운 들개들과 뱀들이 잠들자 자아와 세계는 다정함의 가능성 안에서 따뜻하게 화해한다. "수평선처럼 누워 있는 세계"의 고요함은 자아와 화해한 세계의 모습이다. 수평선 위로 솟구쳐오르는 검은 돌고래는 억압에서 자유로, 삶의 메마름에서 다정함의 가능성으로 탈주하는 몸짓을 보여준다. 이 다정함의 세계 속에서 인류는, 너와 나는, 경계를 지우고, 차이를 지우고, 서로를 향하여 양팔을 벌리고 한없이 다가간다.


나는 기체의 형상을 하는 것들.

나는 2분간 담배연기. 3분간 수증기. 당신의 폐로 흘러가는 산소.

기쁜 마음으로 당신을 태울 거야.

당신의 머리에서 연기가 피어오르는데, 알고 있었니?

당신이 혐오하는 비계가 부드럽게 타고 있는데

내장이 연통이 되는데

피가 끓고

세상의 모든 새들이 모든 안개를 거느리고 이민을 떠나는데


나는 2시간 이상씩 노래를 부르고

3시간 이상씩 빨래를 하고

2시간 이상씩 낮잠을 자고

3시간 이상씩 명상을 하고, 헛것들을 보지. 매우 아름다워.

2시간 이상씩 당신을 사랑해.

당신 머리에서 폭발한 것들을 사랑해.

새들이 큰 소리로 우는 아이들을 물고 갔어. 하염없이 빨래를 하다가
알게 돼.

내 외투가 기체가 되었어.

호주머니에서 내가 꺼낸 건 구름. 당신의 지팡이.

그렇군. 하염없이 노래를 부르다가

하염없이 낮잠을 자다가


눈을 뜰 때가 있었어.

눈과 귀가 깨끗해지는데

이별의 능력이 최대치에 이르는데

털이 빠지는데, 나는 2분간 담배연기. 3분간 수증기. 2분간 냄새가 사
라지는데

나는 옷을 벗지. 저 멀리 흩어지는 옷에 대해

이웃들에 대해

손을 흔들지.

— 김행숙, 「이별의 능력」


태고의 있음은 은폐되어 있다. '나'의 현존은 소멸의 기미로 가득 차
있는 이 세계 위를 거품처럼 떠간다. 기체-되기, "나는 2분간 담배연
기. 3분간 수증기. 당신의 폐로 흘러가는 산소."들은 다 소멸의 기미들
이다. 담배연기, 수증기, 냄새들은 "사라지"려고 공중에 머문다. 소멸

되어 가는 것들과 존재 사이에서 '나'는 빨래를 하고, 낮잠을 자고, 명상을 하고, 당신을 사랑한다. '나'는 사라질 것이다. 당신도 마찬가지다. "당신의 머리에서 연기가 피어오르는데, 알고 있었니?"라고 묻는다. 내 소멸에의 직관은 날카롭게 당신을 꿰뚫는다. '나'는 본다. 멀쩡한 당신의 머리에서 연기가 피어오르는 것을. 당신이 혐오하던 그 '비계가 부드럽게 타고', 내장은 연통이 되고, 당신의 피는 끓는다. 현존의 순간들은 늘 사라짐의 여정 속에 있다. '나'와 당신만 그런 것이다. "세상의 모든 새들이 모든 안개를 거느리고 이민을 떠"난다. 또한 "새들이 큰 소리로 우는 아이들을 물고" 간다. 소멸의 징후들 속에 '나'의 현존은 "나는 2시간 이상씩 노래를 부르고 / 3시간 이상씩 빨래를 하고 / 2시간 이상씩 낮잠을 자고 / 3시간 이상씩 명상을" 하는 순간에만 나타난다. "눈과 귀가 깨끗해지는" 감각의 명증성 속에 "이별의 능력(은) 최대치"에 이르고, 소멸의 징후는 차츰 현실로 바뀐다. 소멸의 예감들 속에서 '나'는 먼저 사라지는 것들을 향해 손을 흔든다. 흩어지는 옷, (사라지는) 이웃들에게. 이 이별의 의식은 지각 속에서 주어졌던 대상 세계 전체를 향한다. 이 현존이 아름다운 것은 그것이 덧없는 행복, 곧 소멸되어 사라질 것들 위에 세워지기 때문이다.


2. 오후 세 시, "우린 천천히 조용해졌어요."[63]— 정오가 지나가다


『사춘기』를 읽은 것은 2003년 겨울이다. 그 시집을 대충 훑어본 뒤 나

중에 읽어보아야겠다고 생각하며 서가에 꽂아버렸다. 그리고 두어 달 뒤 다시 그 시집을 서가에서 꺼냈다. 다른 시집들에서 볼 수 없는 낯선 개성이 감지되긴 했지만 전체적으로 이야기하고자 하는 맥락이 잡히지 않았다. 모호함을 매우 씩씩하게, 모호한 방식으로 밀고 나간다는 생각이 들었다. 지나가는 것, 사라지는 것, 소멸하는 것들에 대한 예감 속에서 존재함의 뜻을 물어온 김행숙의 시적 자아들은 욕망하는 것을 향하여 솔직하게 나아가기보다는 그 앞에서 망설인다. 그 망설임은 소멸이 곧 존재의, 혹은 욕망함의 가능성을 무화시키는 일이기 때문이다.

나는 뱀을 빌려 고백하겠다. 나는 뱀의 성질이 아니라 뱀의 모양을 빌릴 수 있다.

뱀이 당신을 감아 오르고 있다. 느낌이 좋다. 뱀에 대해 말한다면 당신은 계단이다.

모양은 뱀이 계단이지만 뱀을 밟고 올라갈 생각을 할 사람은 없다. 도중에 스르르 사라지는 계단이므로

나는 잠시, 뱀을 빌렸다. 그리고 오후 세 시 이후부터 걸어 다녔다.
— 김행숙, 「사라진 계단」[64]

63) 김행숙 시집, 『사춘기』, 「친구들 — 사춘기 6」, 문학과지성사, 2003.
64) 김행숙, 앞의 시집.

다시 2007년 초가을 「사라진 계단」을 읽으며 나는 바짝 긴장한다. '나'는 "뱀을 빌려 고백하겠다"고 말한다. 왜 뱀을 빌려 고백해야만 할까? 그것은 분명치 않다. '나'는 누구에게 고백하는 것일까? 그것도 분명치 않다. 뱀이 감아 오르는 "당신"에게? 그럴 수도 있고, 그렇지 않을 수도 있다. "뱀에 대해 말한다면 당신은 계단이다"라는 구절이 모든 걸 암시한다. 다음 구절에서는 "뱀이 계단"이다. 왜 뱀은 '당신'의 몸으로 기어오르는가? 그것들은 왜 "도중에 스르르 사라지는 계단"인가?

뱀은 원형상징학에서 끊임없이 허물을 벗고 새로 태어나는 영원과 불멸의 상징이다. 제 꼬리를 물고 원형을 만드는 뱀 오우로보로스는 시작도 끝도 없이 순환하고 재생한다. 뱀은 움직이는 물질의 이미지다. 땅속의 구멍에서 나와 땅 위에서 먹이를 구하는 뱀은 땅속과 땅 위를 연결한다는 점에서 지하 세계의 신비한 지식과 메시지를 전달하는 전령이다. 지하 세계는 사람의 무의식에 해당한다. 뱀은 무의식의 미궁 속에 거주하는 어둠의 신이다. 아울러 뱀은 정신분석학에서 남성의 표상이다.

사라지는 것은 뱀-당신이고, 그 사라짐을 송별하는 것은 '나'다. 이 송별은 '나'의 내면에 침잠된 여성적 수동성을 드러낸다. 김행숙 시의 여성 화자들은 '나'를, '나'의 슬픔과 고통을 숨기기 위해 제 자의식 속으로 자꾸 숨는다. 이 자폐, 혹은 유폐의식은 "문은 안에서 잠근다."「문은 안에서 잠근다」라는 구절에서 잘 암시된다. 감히 아무도 "뱀을 밟고 올라갈 생각"을 하지 않는다. 그 계단을 오르는 사람은 없다. 애초에 그 계단은 없다. 그 계단은 상상의 계단일 뿐이다. '나'는 이 고백의 화자이면서 동시에 듣는 자다. '나'의 고백을 들어줄 '당신'은 떠났으므로 여기에 없다. 그러므로 '나'는 혼자 고백하고 제 고백을 듣는다. '당신'의 부재로 인해 '나'는 혼자 말하고 제 혼잣말을 듣는다. 이 상황은 실연으로 빚어진 상황이다. 저 무의식의 안쪽에서 뱀과 연관되는 '당신'은 아마도 남성일 것이다. '나'의 여성성 안에 이미 동일자의 환원불가능한 차이의 타자성으로, 갈증으로, 부재에서 일어난 그리움으로 '당신'은 들어와 있다. '나'를 버리고 떠난 '당신'은 경험의 현전 속에서 "사라진 계단"이다.

　　뱀-당신이 사라진 뒤 '나'는 "그리고 오후 세 시부터 걸어 다녔다."고 말한다. 왜 오후 세 시인가? 이 수수께끼를 풀기 위해 3이라는 숫자 상징이 갖는 의미를 읽을 필요가 있다. "숫자 4가 공간과 땅을 나타낸다면 3은 활동적인 힘과 공간의 위쪽으로의 연장, 즉 하늘을 상징한다."[65] 뱀-남성이 사라진 대지 위에서 '나'는 여성성의 수동성에서 나와 "뱀을 빌려" 남성의 활력으로 움직인다. "피타고라스의 정리에서 삼각형은 남성적이고 활동적인 것을 상징했으며, 반면에 사각형은 수동적인 여성다움을 상징했다."[66] 오후 세 시는 태양이 작열하는 절정의 시간인 정오가 지나긴 했지만, 아직 공중에 해가 떠 있는 시각이다. 사춘기의 우울한 동화의 세계에서 오후 세 시에는 희망과 절망이 교차한다. 희망은 "나는 지금 무엇에 대한 직전直前"「폭풍 속으로」으로 살아 있다

---

65) 조르주 나타프, 『상징·기호·표지』, 김정란 옮김, 열화당, 1987.
66) 조르주 나타프, 앞의 책.

는 것이고, 절망은 '나'를 지워버리고 말 어둠이 곧 당도하고야 말 것이라는 예감이다. 이렇듯 오후 세 시는 가능성과 소멸의 예감이 혼재되어 있는 그림자들의 시각이다. '나'는 씩씩하게 부재와 상실의 시각인 오후 세 시를 살아내고 있다.


그림자가 세 시를 덮었으니 나는 그 흐린 이불을 덮고
뒤척였으니 세 시에 들었고
그림자를 따르리 너희들도 그리하니 해가 지기까지
움직이지 않으면 영영 이불을 얻지 못하리 부동不動하고
엎드린 거지가 손을 높이 쳐드니 그는 헐벗고
동전 대신 햇빛이 딸랑, 떨어지고
그는 눈이 부시니 동정심 때문에 돌아본 너희들은
이불을 덮어도 잠들지 못하리 그림자가 세 시를 덮고
우리가 세 시에 들었으니 세 시를
네 시에 옮기고 다섯 시에 옮기고
그림자를 덮을 어둠이 오느니 어둠을 걷을 해가 오기까지
두껍게 덮이리 어둠이 깊다면
학교도 교회당도 종을 치지 않으리
— 김행숙, 「해시계」


"오후 세 시"는 「해시계」에 다시 나타난다. 「친구들」이라는 시에도 "3시에 바닷가에 있었고 모레에는 기차를 탈 거야."라는 시구가 보인다.

왜 오후 세 시일까? 오후 세 시는 정오를 지나 서서히 저녁으로, 정오의 빛이 사라지고 그림자들이 길어지는 시각이다. 정오의 뜻을 우리는 정오의 철학자인 니체에게 물을 수 있다. 니체는 "정오; 그림자가 가장 짧은 순간; 가장 길었던 오류의 끝; 인류의 정점; 차라투스트라의 등장."『우상의 황혼』이라고 쓴다. 니체적인 뜻에서 정오는 가장 작은 것에서 최상의 행복을 부를 수 있는 시각, 즉 "가장 작은 것, 가장 나지막한 것, 가장 가벼운 것, 도마뱀의 바스락거림, 숨결, 미풍, 한순간, 눈길 하나."『차라투스트라는 이렇게 말했다』, 「정오에」의 시각이다. 행복은 "쾌활하면서도 무시무시한 정오의 심연"에서 솟아난다. 그 행복 속에서 우리는 깃털처럼 가벼운 잠에 빠져들고 싶은 유혹을 느낀다. 니체에게 정오는 오전의 폭풍을 견뎌낸 자들에게 "이상한 휴식의 욕구"가 찾아드는 시각이다. 정오에 삶은 정점에 도달하는데, 그 정점에는 역설적으로 삶이 품은 죽음이라는 맹점이 빤히 눈을 뜬다. 심장도 정지하고, 그 눈만 살아 있다. 니체의 정오는 발터 벤야민이 말한 "메시아적 순간"과 통한다. 죽은 사물들이 빤히 살아 있는 우리를 바라본다. 놀라워라, 삶의 정점인 정오는 거꾸로 삶이 그 내부에 품고 있는 주검이 눈을 뜨는 시각인 것이다.[67]

---

67) 빛이 가장 환한 정오는 오히려 어둠의 극점에 대한 예감을 키운다. 도처에서 주검들이 빤히 눈을 뜨고 빛 속에 서 있는 우리를 바라본다. 정오는 곧 지나가버리고 만다. 삶은 우리에게서 정오를 빼앗고 눈이 먼 삶 속으로 밀어 넣는다. 니체는 이렇게 말한다. "정오에 ― 삶의 정오 무렵이면 활동적이고 폭풍이 잦은 삶의 아침을 부여받은 자의 영혼에는 수개월, 수년 동안 계속될 수 있을 듯한 이상한 휴식 욕구가 엄습하게 된다. 그의 주위는 고요해지고 들려오는 목소리들은 멀고, 또 더 멀어진다; 그리고 태양은 바로 위에서 그를 비춘다. 외딴 숲의 풀밭에서 그는 위대한 판Pan이 자고 있는 것을 발견한다; 자연의 모든 사물은 그와 함께 잠들었다. 얼굴에 영원이라는 표정을 나타내면서. ―그는 이렇게 생각하고 있는

그림자는 강건하고 생동하는 생의 대척적인 자리에 생겨나는 흔적이다. 그것은 죽음과 의미의 영도零度를 예시하는 불안의 전령이다. 아무도 그 그림자를 피할 수는 없다. "그림자를 덮을 어둠"은 곧 닥칠 것이다. 오후 세 시는 불안과 기대가 교차한다. 불안은 "움직이지 않으면 영영 이불을 얻지 못하"는 까닭에 생겨난다. 그런데 오후 세 시에는 아직 햇빛이 있다. 아직 무언가를 시도해볼 수 있는 기회와 가능성이 남아 있는 시각인 것이다. "부동하고 / 엎드린 거지가 손을 높이 쳐드니" 그 손 위로 햇빛이 딸랑, 하고 떨어진다. 정오는 하루 중에서 그림자가 가장 짧은 시각이다. 정오를 정점으로 그림자들은 점점 길어진다. 오후 세 시는 그림자들이 길어지는 대신에 살아갈 날들은 짧아진다. 창조하는 자, 수수께끼를 푸는 자들에게 오후 세 시는 "흐린 이불을 덮고 / 뒤척"이는 시각이다. 곧 황혼이 오고, 미네르바의 부엉이가 나타나 비로소 날기 시작하리라. 어둠이 깊어지면 "학교도 교회당도 종을 치지" 않는다. 신성神性의 빛이 사라진 뒤에는 세속의 어둠이 그 자리를 메운다. 오후 세 시는 김행숙의 삶과 정신이 가 닿은 현재, 그 위도緯度를 가리키는 상징적 시각이다.

듯하다. 그는 아무것도 원하지 않고 아무것도 걱정하지 않는다. 그의 심장은 정지해버리고 단지 그의 눈만 살아 있다. ─그것은 눈을 뜨고 있는 죽음이다. 거기에서 인간은 전에 본 적이 없는 많은 것을 본다. 그리고 그가 바라보고 있는 이상, 모든 것은 하나의 빛의 그물 속에 엮여져 그 속에 파묻혀버린다. 그는 그때 행복하게 느낀다. 그러나 그것은 무겁고 또 무거운 행복이다. ─그때 마침내 바람이 나무 속에서 일어난다. 정오가 지나가버린 것이다. 삶은 정오를 빼앗아가 버리고 눈이 멀어버린 삶 뒤에는 소원, 기만, 망각, 향유, 파괴, 무상과 같은 삶의 일생들이 몰려든다. 그렇게 저녁이 도래하고 그 저녁은 아침이 그러했던 것보다 더 폭풍이 잦으며 더 활동적이다. ─ 진정으로 활동적인 인간에게는 오래 지속되는 이러한 인식 상태가 대체로 기분 나쁘고 병적인 것처럼 여겨질 것이다. 그러나 불쾌하게 여겨지지는 않는다."(프리드리히 니체,『인간적인 너무나 인간적인 Ⅱ』, 김미기 옮김, 책세상, 2002)

구른 건 바퀴뿐이었을까? …… 내 차가 들이받은 나무는 허리를 꺾었다. 나뭇잎 나뭇잎이 자지러지게 웃는 소리를 나는 들은 것 같다. 아아아, 내가 처박힌 여기는 어딜까?

당신, 왜 그래? 헝클어진 당신이 묻는다. 나는 핸들에 머리를 박고 있다. 내가 어디로 가고 있었나요? 멈출 수가 없었어요. 나는 천천히 당신을 올려다본다.

— 김행숙, 「삼십세」 일부


「삼십세」의 시적 자아는 생의 좌표를 잃고 세상과 충돌하며 "내가 처박힌 여기는 어딜까?"라거나, "내가 어디로 가고 있었나요?"라고 묻는다. 삼십은 3의 열배수다. 삼십세는 신성의 빛이 은혜롭게 내리는 정오를 지나친 시각, 존재의 피로감이 쌓이는 오후 세 시와 완벽하게 조응한다. 피로는 어떤 강렬함으로 모든 수고하는 존재를 덮친다. "피로는 사회적 휴식(내 안에 있는 사회성이 잠시 휴식하는 것이며, 이는 중립의 일반적 테마임)에 대한 권리를 요구하는 개인적 육체의 소모적 요구임. 사실 피로는 어떤 강렬함이다. 그렇기 때문에 사회는 그것을 인정하지 않는다."[68]


소풍 가서 보여줄게

그냥 건들거려도 좋아

네가 좋아


68) 롤랑 바르트, 『중립』, 김웅권 옮김, 동문선, 2004.

상쾌하지

미친 듯이 창문들이 열려 있는 건물이야

계단이 공중에서 끊어지지

건물이 웃지

네가 좋아

포르르 새똥이 자주 떨어지지

자주 남자애들이 싸우러 오지

불을 피운 자국이 있지

2층이 없지

자의식이 없지

홀에 우리는 보자기를 깔고


음식 냄새를 풍길 거야

소풍 가서 보여줄게

건물이 웃었어


뒷문으로 나가볼래?

나랑 함께 없어져 볼래?

음악처럼

— 김행숙, 「미완성 교향악」


「미완성 교향악」에서 화자는 더욱 모호해진다. 어떤 장소에서 최소한

도 둘 이상의 화자들이 쏟아내는 말들을 불규칙하게 배열한 이 시는 미친 듯이 열려 있는 창문들, 공중에서 끊어진 계단들이 있는 건물을 배경으로 하고 있다. 이 건물은 완공되지 않은 채 방치되고 있는 건물인 모양이다. 이 건물에는 새똥이 자주 떨어지고, 남자애들이 자주 싸우러 오고, 불을 피운 자국이 있다. 이 건물에 사춘기의 남자애와 여자애가 둘이 놀러 온다. 남자애가 여자애에게, 혹은 여자애가 남자애에게 "네가 좋아."라고 말한다. 사랑에 빠진 남자애와 여자애는 건물의 "뒷문"을 통해 다른 세계로 가고자 한다. 그들이 가 닿고자 하는 세계는 "음악", 미완성 교향악과 같은 세계다.

음악은 그 본질에서 시간 예술이다. 음악은 시간이라는 흐름의 연속성 속에서만 구현될 수 있는 그 무엇이다. 베르그송에 따르면 시간의 좌표상에서 과거는 괴저壞疽다. 과거는 현재를 지속적으로 갉아먹고 삼킨다. 현재란 과거에 의해 미래가 갉아 먹히는 과정에 지나지 않는다. 과거는 현존의 시간 어딘가에 찍힌 이빨 자국이다. 베르그송은 이렇게 말한다. "진정한 지속은 사물들을 갉아먹고 거기에 자신의 이빨 자국을 남긴다."

남자애와 여자애는 그들이 있는 시공에서 둘만 남을 수 있는 시공으로 "없어질" 궁리를 한다. 남자애가 여자애에게, 혹은 여자애가 남자애에게 "나가볼래?", "나랑 함께 없어져 볼래?"라고 청유한다. 그들은 어디로 가고 싶은 걸까? "미완성 교향악"의 시간으로, 잃어버린 낙원으로. 그곳은 없는 장소, 영원히 가 닿을 수 없는 환幻의 장소다. 왜냐하면 잃어버리지 않은 장소란 결코 낙원이 될 수 없는 까닭이다.

## 3. 목소리들:
  "거울아, 거울아, 앞만 보면 세상은 화려강산이니?" [69]

「사라진 계단」을 읽은 뒤에 나는 다시 『사춘기』를 처음부터 천천히 읽으며 무질서하게 배열된 시들의 숨은 '구조' 를 파악하기 위해 집중한다. 『사춘기』는 세계의 낯섦과 모호성 앞에 선 자의 자의식을 보여준다. 그 세계 앞에서 어린 화자의 의식은 분열한다. 시의 화자는 일인이 아니라 일인에서 분열된 다수다. 다수의 목소리를 실어 나르기 때문에 그 말들의 울림은 다성적이다. 말, "심리적 체험들에 대한 표지들". 후설 『사춘기』는 사춘기에 도달한 서정적 주체의 목소리에 아이들/여자들/귀신들의 목소리가 세 겹으로 겹쳐서 울려나오는 이상한 시집이다. 그 서정적 주체는 한 사람이지만, 그 한 사람의 목소리 속에서 다른 여러 목소리들이 중첩된다. 확실히 김행숙 시에 나오는 서정적 주체의 목소리는 복수의 목소리다. "시적 목소리, '다른 목소리' 는 나의 목소리다. 인간의 존재는 이제 그가 되고 싶어 했던 타자를 포함한다. (중략) 영감이란 인간이 원하는 모든 것―다른 몸, 다른 존재― 을 이룰 수 있게 하기 위하여 인간을 자신에게서 꺼내는 이상한 목소리이다. 존재는 다름 아닌 존재의 욕망이기 때문에, 욕망의 목소리는 존재 자신의 목소리이다." [70]

    목소리라는 이 음성적 기호들은 '나' 라고 말할 수 있는 서정적

---

69) 김행숙, 앞의 시집, 「귀신 이야기 1」
70) 옥타비오 파스, 『활과 리라』, 김홍근·김은중 옮김, 솔, 1998.

주체에서 시작하지만, 이것은 너-청자<sup>聽者</sup>에게로 흘러가지 않고 다시 내게로 흘러간다. 이 목소리를 경청하는 것은 다름 아닌 '나'다. '나'의 목구멍에서 나온 목소리는 다시 '나'의 귓속으로 흘러간다. 김행숙 시의 서정적 주체들은 누구에게 들려주기 위한 것이 아니라 바로 자기에게 자기 얘기를 하는 셈이다. 이는 김행숙의 시가 지독한 주관성의 유희에 빠져 있음을 뜻한다.

목소리는 현전<sup>現前</sup>의 작렬이다. 목소리는 '나'라고 말할 수 있는, 그렇지만 한 번도 증명되지 않은 유령 같은 자아의 발화다. 「귀신 이야기」 연작들이 대표적인 예다. "너는 십 년 만에 비춰보는 내 거울이야. 난 그때 네가 꼭 죽을 줄만 알았는데, 그래서 유감없이 탈출했는데, 같이 죽기에는 피차 지겨웠으니깐, 이해해?"「귀신 이야기 1」라고 상고머리의 여자 귀신은 '나'에게 말을 건다. 이때 귀신의 목소리는 선<sup>先</sup>근원의 목소리다. 이 선근원 목소리 주인은 '나'의 과거와 현재가 공모해서 만든 부재 지주다. 귀신이란 주체가 아니라 "단숨에 어떤 일생<sup>一生</sup>이 한 줄로 정리"「귀신 이야기 2」된 상태다. 주체가 아니라 아직 질료에 불과한 상태라는 점에서 없는 주체는 "멋대로 흘러다니"고, "이상하게 빨리 흐르는 피를 가로"질러 "휩쓸리고 싶어지기도" 하는 그 무엇이다. 「귀신 이야기 2」

"아, 길을 놓쳤다고 느낄 때, 너는 뭐 했니? 하루에 두 번, 오장육부<sup>五臟六腑</sup>를 통과하는 협궤 열차를 놓치고 너는 엑스레이만 찍었니? 그냥 싸르르 지나가는 복통이었니? 나는 정말 없었니?"「귀신 이야기 1」 이 목소리는 현실의 공간에 파장을 만들지 않고 삶과 죽음이 혼용된 저 미지의 세계를 가로질러간다. 이 목소리는 조롱의 목소리가 아니고, 불만과 저주를 퍼붓는 목소리도 아니다. 오히려 밝고 가볍게 노래하는 이 목소리는 대지에서 솟아오른 발들이 공중으로 도약하는 춤을 부르는 목소리다.

김행숙의 시가 때때로 몽환적으로 느껴지는 것은 서정적 주체들을 살아 있는 것들과 죽은 것들의 동거, 그 지각의 도착<sup>倒錯</sup> 속에 고의적으로 방기하기 때문이다. 재에서 불로, 죽음에서 생명으로, 무거움에서 가벼움으로, 기어가는 짐승에서 공중의 새로 건너가기 위해서는 "먼저 자기 자신을 사랑해야 한다."고 말한 것은 니체다. "처음부터 '나는 법'을 배울 수는 없는 노릇이다. '나는 법'을 배우고자 하는 자는 먼저 서는 법, 걷는 법, 달리는 법, 기어오르는 법, 춤추는 법부터 배워야 한다."니체, 『차라투스트라는 이렇게 말했다』, 「중력의 영에 대하여」 죽음의 지층에서 탈주하려면 먼저 자신을 사랑하고, 가볍게 춤출 줄 알아야 한다. 김행숙의 시적 자아들은 마치 모호함이 인생의 목적이나 되는 것처럼 이미 "우리들은 사랑스럽고 드디어 모호해진다."『이별의 능력』, 「한 사람 3」라고 말한다.


그의 진동이 그에게 후광을 만든다. 그가 문둥이같이 뭉개질 때
배는 출렁이고 있었다. 내가 깔고 누운 파랑은 나를 통과한 그의 뒤편
일까? 그의 뒤편은 검은 강물이지만
세상의 반대편에서 멱 감는 여자들이 둥둥 떠오를 때
그가 문둥이같이 뭉개질 때 지워질 때
그의 진동이 그에게 후광을 만들 때
그의 뭉개진 코가 킁킁대며 누구니? 누구니? 묻고, 다시 물을 때

아으, 부풀어 오르는 한 그루 버드나무.

— 김행숙, 「달무리」

'그'는 누구일까? '그'는 문둥이와 같이 뭉개지고 지워진다. '나'를 통과하여 지나간 자, 무, 소멸하여 부재에 든 자, 더 이상 아무것도 아닌 자. '그'는 삶 너머, 병합된 허무의 세계에 몸을 감추는 자다. '그'의 뒤편으로는 검은 강물이 출렁인다. 검은 강물, 그 어두운 전조(前兆)는 탁하고 무겁다. 태양이 비치지 않는 어둠과 중력의 영이 지배하는 땅에 흐르는 강물. '그'는 분명 소멸과 연관되는 자다. '그'와 반대편의 세상에서는 "먹 감는 여자들이 둥둥 떠오"른다. '나'는 그 "먹 감는 여자들" 중 하나일까? '그'는 죽음의 지층에서 코를 킁킁대며 "누구니? 누구니?"라고 묻는다. 죽음의 지층에 포획된 '그'가 탈주선을 타기 위해서는 니체가 말한바 생성을 위한 "새로운 건강"이 필요하다. 재, 죽음, 검은 강물에서 새로운 탈주선 타기, 혹은 생성하기. 들뢰즈/가타리는 말한다. "모든 생성은 소수적이다." 지층에서 떨어져 나와 탈영토화하기, 다수를 규정하는 표준과 규범에서 벗어나기. 그것이 생성이다. 니체는 말한다. "종래의 어떤 건강보다도 더 강하고 빈틈없고 거칠고 대담하고 즐거운 건강."『즐거운 지식』이 필요하다고. 아, 마침내 무, 재, 죽음에서 하나의 탈주선이 솟아나온다. 바람에 나부끼는 한 그루 버드나무라는 녹색 불꽃의 현전, "아으, 부풀어 오르는 한 그루 버드나무."가 바로 그것이다. 죽음의 지층을 뚫고 나오는 버드나무는 녹색 불꽃, 생성의 활력, 거칠고 대담한 건강이다.

# 치워라, 그늘!

## 1. 시는 본디 "지옥에서 나온 물건"[71]

시와 선禪은 한 뿌리에서 나온다. 선이 내면을 비춘다면, 시는 속내를 내보인다.[72] 선은 의미를 겨냥하지 않고 차라리 의미에서 끊임없이 달아난다. 의미의 지배, 언어의 지배를 그치는 게 선이다. 의미란 2차적 사고의 결과물이기 때문이다. 깨달음이란 의미에 도달하는 것이 아니라 의미에서 자유로워지는 경지다. 문맹자인 육조六祖 혜능慧能이 선의 높은 경지에 닿을 수 있었던 것은 선이 2차적 사고의 폐기 위에 있는 그 무엇이기 때문이다.[73] 그래서 선의 언어들은 역설과 모순의 언어일 수밖에 없다. 사람은 앎보다는 거대한 알지 못함 속에 있는 존재다. 환원

---

71) 이 말은 15세기 일본의 선승이며, 그 자신이 뛰어난 시인이던 잇큐一休의 말이다. 잇큐는 「문학을 우롱하며」라는 시에서 사람이 말과 소의 어리석음을 타고나며, 시는 "지옥에서 나온 물건"에 지나지 않는다고 썼다.

72) 게리 스나이더, 『지구, 우주의 한 마을』, 이상화 옮김, 창비, 2005.

주의적 과학의 위험을 경고하는 웬델 베리는 이렇게 못박는다. "삶을 기계적이고 예측가능한 것으로, 또 알 수 있는 것으로 다루는 것은 결국 삶을 축소시키고 환원시키는 일이다."[74] 과학 맹신주의에서 비롯된, 생명과 그 현상을 잘 안다는 확신은 "삶을 우리의 이해 영역 안으로 축소시키는 행위"이며, 우리를 "변화와 구원의 영역 밖으로" 내모는 일이다.[75] 안다는 것의 유일한 도덕적 인증은 우리가 아무것도 모른다는 것, 즉 거대한 알지 못함 속에 있다는 사실에만 주어져야 마땅하다.

생명은 우리가 향유하는 것이지만, 우리 너머에 있다. 어떻게 해서, 왜 우리가 생명을 누리게 되었는지 우리는 알지 못한다. 생명에, 그리고 우리 자신에게 무슨 일이 일어날지 우리는 알지 못한다. 그것은 예측할 수 없다. 우리는 생명을 파괴할 수는 있지만 만들 수는 없다. 생명은 통제될 수 없다. 생명에 대한 통제는 환원주의와 함께 엄청난 파괴의 위험성을 내포한다.[76]

생명의 그 복합성에 대해서 우리가 아는 것은 무엇인가. 지구 위의 모

---

73) 스즈키 다이세쓰鈴木大拙는 선사상을 다음과 같이 말한다. "한마디로 선사상은 무지無知의 지요, 무념의 염이며, 무심의 심이다. 무의식의 의식이요, 무분별의 분별이며, 상비相非의 상즉相卽이다. 사사무애 事事無碍며 만법여여萬法如如다." 선의 언어는 문자와 문법 저 너머를 향한다. 그래서 선은 행하지 않는 행이며, 쓸데없는 쓸모이며, 구하지 않는 구함이다. 스즈키 다이세쓰, 『선의 진수』, 동봉 옮김, 고려원, 1987.

74) 웬델 베리, 『삶은 기적이다』, 박경미 옮김, 녹색평론사, 2006.

75) 웬델 베리, 앞의 책.

76) 웬델 베리, 앞의 책.

래알보다 더 많은 별들이 흩어져 있는 이 우주에 대해서 우리가 아는 것은 무엇인가. 우리가 아는 것은 티끌 정도의 분량도 되지 않는다. 시나 선은 우리가 알지 못함 속에 있다는 바탕 위에서 출발한다. 우리가 아는 것은 있는 그대로의 세계를 몸으로 겪는다는 것, 그리고 우주는, 이 세계는 알지 못함이라는 불변의 부동성 속에서 움직이지 않는다는 것이다. 일본의 선사 도겐道元은 이렇게 말한다. "자신을 전진시키며 삼라만상을 경험한다는 것은 망상이다. 삼라만상이 앞으로 나오면서 '스스로를' 경험하는 것이야말로 깨어나는 것이다."[77] 우리가 먼저 삼라만상을 겪고 아는 게 아니라 삼라만상이 우리에게 올 때 '스스로를' 겪고 알지 못함 속에서 깨어난다는 뜻이다. 선 수행에서는 삼라만상과 그 안에서 이루어지는 모든 생명 현상들에 대한 알지 못함을 알지 못함으로 알게 함으로써, 무지의 지로써 각성에 이르게 한다.

이를테면 다음과 같은 시를 보라. "말라빠진 어깨뼈가 지탱하는 병들고 무거운 개의 몸 / 악착같이 그림자가 따라붙는다".최금진, 「개」[78] '개'는 거리를 떠도는 비루먹은 개이면서도 동시에 비천한 생명 현상에 대한 은유다. 모든 생명의 현상에는 '그림자'가 악착같이 따라붙는다. 그다음에 이어지는 구절은 다음과 같다. "늙고 병든 검둥개 한 마리가 쓰러져 누우면 / 땅은 개의 육체를 빨아당길 것이다 / 바닥은 편평하고 엎드려 있기에 더없이 좋다". 시인은 제가 본 것에 아무 의미도 보태지 않고, 있는 그대로의 세계를 그려낸다. 늙고 병들어 거리를 떠돌

77) 게리 스나이더, 『야성의 삶』(이상화 옮김, 동쪽나라, 2000)에서 재인용.
78) 최금진 시집, 『새들의 역사』, 창비, 2007.

다 덧없는 죽음을 맞는 개의 운명은 지구 위의 모든 피조물에 내재된 보편의 운명임을 말한다. 아니, 말하는 것이 아니라 있는 그대로를 보여준다. 이상하다, 시들은 의미를 자꾸 보태려고 할 때 의미가 빈곤해지고, 의미를 자꾸 지워버리려고 할 때 의미가 풍성해진다.

이성에서 뻗쳐 나오는 계몽의 빛에 드러난 세계는 바늘 끝만큼이나 작다. 실재의 세계에 작용하는 과학지식과 그걸 잘 안다는 확신은 미신에 속한다. 저 거대한 알지 못함의 너머에서 신의 현존 가능성이 반딧불이만큼 작은 빛으로 반짝거린다. 누구도 거기에 무엇이 있는지 알지 못한다. 우리는 어디에서 왔는지, 죽음 뒤에 무엇이 우리를 기다리는지 알지 못한다. 우리가 무지를 두려워하는 것만큼이나 앎과 그 확신에 대해서 두려워해야 하는 까닭이 분명해진다. 시는 선이 그렇듯이 실재 세계의 앎에 대한 확신이 아니라 있는 그대로의 세계에 대한 알지 못함의 인식론을 그 바탕으로 삼는다.

머리카락에

은발銀髮 늘어가니

은의 무게만큼

나

고개를 숙이리.

— 허영자, 「은발」[79]

79) 허영자 시집, 『은의 무게만큼』, 마을, 2007.

일찍이 한 시인은 "낮잠을 자고 나서 들어보면 / 후란넬 저고리도 훨씬 무거워졌다"<sup>김수영, 「후란넬 저고리」 80)</sup>고 했다. 이 무게는 알 수 없는 상실감과 혼란에서 비롯된 무게다. 어느 순간 갑자기 세속의 통념과 유한성에 갇힌 '나'는 죽음의 예감에 사로잡힌다. 손에 쥔 일들이 시들해지고, 거꾸로 손에 든 플란넬 저고리는 한없이 무거워진다. 생은 그런 것이다. 플란넬 저고리의 무게에도 휘청, 하는 무게를 느낄 때가 있다. "꿈에 나는 / 거울을 본다 / 젊고 아리땁다!"<sup>황인숙, 「꿈들」 81)</sup> 어떤 참사를 겪어야만 정신적 외상을 입는 건 아니다. 꿈속 거울에서 젊고 아리따운 처자였던 '나'는 현실에서 더 이상 젊지 않다. 젊기는커녕 늙은 기색이 완연해서 추하고 비루하다. 그때 전체에서 떨어진 파편과 같이 메마름과 덧없음 속에서 늙어간다는 더는 부정할 수 없는 사실에 우울과 분노가 밀려온다.

낮잠과 꿈은 인생의 단골 은유들이 아닌가! 많은 낮잠과 꿈들의 세월이 지나 문득 늘어가는 은발의 무게를 느낀 시인은 "은의 무게만큼 / 나 / 고개를 숙이리"라고 노래한다. 보라, 노년은 앎의 오만으로 고개를 뻣뻣하게 쳐드는 것이 아니라 겸손하게 숙인다. 더 이루고 싶은 꿈들은 포기하고, 더 살고 싶은 끈덕진 욕망도 슬며시 놓아버린다. 현대 의료산업이 추악하고 더러운 것으로 규정하고 완강하게 거부해온 죽음을 인격화해서 삶의 신비로운 한 부분으로 너그럽게 받아들인다. 이제는 아는 것조차 망각 속에 묻고 은의 무게만큼 가벼워진 생의

80) 김수영 시집, 『거대한 뿌리』, 민음사, 1974.
81) 황인숙 시집, 『자명한 산책』, 문학과지성사, 2003.

깨달음으로 고개를 숙일 때 노년은 생명의 저 원숙한 경지를 슬쩍 드러낸다. 이 시가 감동적인 것은 문자의 전언 뒤편에 거느리고 있는 크나큰 침묵의 깊이 때문이다. 견고한 침묵과 고독의 깊이는 말 많음을 추문으로 만든다. 나비처럼 가볍게 이 세상에 그 형상을 드러낸 몇 마디의 말들은 얼마나 두꺼운 고적孤寂과 사유의 경색梗塞을 뚫고 여기에 와 있는가.

지식·관념, 그 의미작용의 피상성은 회색빛이다. 그러나 생명의 나무는 영원히 푸르다.괴테 시인의 상상력은 지식과 관념에서가 아니라 영원히 푸른 생명에 그 뿌리를 두고 있다. 우리의 살아 있음은 거대한 알지 못함의 영역에 기대고 있다. 바로 그렇기 때문에 삶은 기적이고, 알면 알수록 더 모호한 신비 속에 저를 숨긴다. 온전한 사람은 물질의 존재이며, 동시에 영과 정신의 존재다. 그러나 환원주의적 과학자들은 사람의 내면 기질인 영과 정신을 무시하고 물질 존재로 환원시키고, 거대한 불확정성 그 자체인 삶을 예측가능한 세계 속으로 축소시킨다. 시인들은 작은 것을 있는 그대로 보되 그 안에서 가능성을 크게 펼쳐 놓는다. 한 알의 모래에서 세계를 보고, 한 송이 들꽃에서 천국을 보는 게 시인이다. 5세기 전에 선사이자 시인인 잇큐는 시가 예측가능한 삶에서 나오지 않고 저 알 수 없음 속에 잠겨 있는, 있는 그대로의 세계의 캄캄한 지옥에서 나온 것임을 말한다.

## 2. 송승환: "십자가 아래 짐승의 신음소리 흘러나온다"[82]

시멘트, 나프탈렌, 드라이버, 스티로폼, 휘발유, 벽돌, 콘크리트 못, 엔진, 라이터, 나사, 압정, 클립, 백열전구, 드라이아이스, 펌프, 스피커, 클랙슨, 타이어, 지퍼, 컨테이너, 오프너, 캔, 렌즈, 헤드라이트, 벤치와 같이 우리 주변에 흔하게 흩어져 있는 문명의 도구들로 문명을 비판하는 데 회귀한 재능을 가진 한 젊은 시인은 우리 삶이 "(시멘트) 반죽(으로) 굳어"[시멘트]가고, "노인이 정오의 태양 속에 앉아" 있는 동안에 나프탈렌과 같이 공중으로 휘발된다고[나프탈렌] 음울한 목소리를 전한다.

십자가 아래 짐승의 신음소리 흘러나온다 오른쪽으로 돌아갈 때마다
살갗을 파고드는 고동치는 심장 탄력 있는 발 한없이 투명한 두 눈의
빛 피 묻은 컨베이어에 실려오는 모든 것들이 용광로를 거쳐 단단한
골격에 조여든다
— 송승환, 「드라이버」 일부

누군가 우리 등짝에 나사를 박고 드라이버로 조인다. '문명'이라는 새로운 신이다. 나사는 드라이버가 조일수록 살갗을 더 깊이 파고든다. 등에 나사를 박은 채 조임을 당하는 모든 산 것들의 입에서 "짐승의 신음소리"가 흘러나온다. 우리는 너무 일찍 '자연'이라는 어머니의 젖을

82) 송승환 시집, 『드라이아이스』, 문학동네, 2007.

뗀 게 아닐까? 우리는 "한 발자국 운신도 힘겨운 / 생과 생 사이에, 끼여"<sup>한이나,</sup>「해인사 민들레」83) 겨우 짐승의 신음소리나 흘려보내고 있지 않은가?

"자네에게 묻겠네. 사람이 습지에서 자면 허리가 아프고 반신불수가 되겠지. 그러나 미꾸라지도 그럴까? 사람이 나무 위에서 산다면 겁이 나서 떨어질 수밖에 없을 것일세. 그러나 원숭이도 그럴까? 이 셋 중에서 어느 쪽이 '정처正處'를 안다고 할 수 있겠는가? 사람은 고기를 먹고, 사슴은 풀을 뜯고, 지네는 뱀을 달게 먹고, 올빼미는 쥐를 좋다고 먹지. 이 넷 중에서 어느 쪽이 '정미正味'를 안다고 할 수 있겠는가? 원숭이는 비슷한 원숭이와 짝을 맺고, 순록은 사슴과 사귀고, 미꾸라지는 물고기와 함께 놀지. 모장이나 서시를 남자들이 모두 아름답다고 하지만, 물고기는 보자마자 물속 깊이 들어가 숨고, 새는 보자마자 높이 날아가 버리고, 사슴은 보자마자 급히 도망가 버린다네. 이 넷 중에서 어느 쪽이 '정색正色'을 안다고 할 수 있겠는가?"「장자」,「제물론」

습지에서 자본 일이 있는가? 이 나무에서 저 나무로 건너뛴 적이 있는가? 사슴과 풀을 뜯어 먹은 적이 있는가? 올빼미와 같이 산쥐를 잡아먹은 적이 있는가? 우리의 불행은 저 들에서 울부짖는 크고 야생적인 어머니 '자연'의 젖을 너무 일찍 떼고 이 메마른 세계에 유기되었기 때문이다. 우리는 늘 떠나온 곳을 그리워하며 돌아가고자 하지만 이미 그곳은 사라졌다. 물고기는 우리 그림자만 비쳐도 얼른 물속 깊이 숨고, 새는 높이 날며, 풀을 뜯던 사슴은 빠르게 도망간다. 우리가

83) 한이나 시집,『능엄경 밖으로 사흘 가출』, 문학세계사, 2007.

문명화되면서 자연의 생물들은 사람을 적대하게 되었다. 이 문명세계에서 야생의 울부짖음을 내는 시인들은 지도와 나침판을 버리고 끊임없이 저를 식물과 동물의 세계 속으로 끌고 간다. 동백과 황국이 피고, 늑대가 울부짖고 호랑이가 포효하는, 이 식물과 동물들이 어우러진 이 세계는 아주 오래된 신세계다.

게리 스나이더는 이렇게 말한다. "우리의 장소는 우리의 실체의 한 부분입니다. 하지만 하나의 '장소'라 할지라도 거기에는 일종의 유동성이 있습니다. 말하자면 장소는 시공을 지나간다는 것입니다. 존 핸슨 미첼의 말을 따르면 '의식儀式의 시간'이지요. 하나의 장소는 대초원이었다가 침엽수림이 되었다가 다음은 너도밤나무와 느릅나무숲이 될 것입니다. 절반은 강바닥이 될 것입니다. 얼음에 할퀴고 밀어제쳐질 것입니다. 그런 다음은 개척되고, 포장되고, 어떤 액체가 뿌려지고, 막아지고, 등급이 매겨지고, 건설될 것입니다. (중략) 지구 전체는 하나의 커다란 명판銘板으로서 현재와 과거의 소용돌이치는 힘들이 수없이 겹쳐진 자취를 담고 있습니다. 각 장소는 그 자신만의 장소이며 영원히 (궁극적으로) 야성적입니다."[84]

고속도로가 지나가는 이 장소는 한때 숲이고, 고층건물이 들어서 있는 이 장소는 한때 곡식이 자라는 들이었다. 그 이전에는 빙하가 쓸고 가고, 그 이전에는 대초원이고 침엽수림이고 호랑이들이 어슬렁거리던 원시림이고, 더 먼 세월 전에는 강이 흐르던 곳이었다. 불모지,

---

84) 게리 스나이더, 앞의 책.

사막, 숲, 도심 한가운데, 이 모든 장소들은 "과거와 현재들의 소용돌이치는 힘들"의 각축장이다. 우리는 생명과 죽음의 순환과정에서 다만 '지금-여기'의 시간을 잠시 임대해서 쓸 뿐이다. 우리는 '지금-여기'를 스쳐가는 시간 여행자들이다.

이 오래된 신세계에서 시인들이 찾아낸 것은 기어가는 것들이다. 뱀, 거북, 지렁이, 달팽이, 조개들. 달팽이와 조개들을 보자. 이것들은 아무리 작아도 저마다 야성을 갖고 있다. 야성은 사람에겐 이미 사라져 없는 것들이다. 김신용은 냇가의 돌 위를 기어가는 민달팽이를 보고, 문태준은 어물전에서 슬쩍 맨발을 내밀어보는 개조개를 보고, 주용일은 땡볕 아래 등에 껍질을 지고 메마른 생을 끄는 달팽이를 본다. 시인들은 이 미물의 너머로 펼쳐진 근저根柢의 광활함을 바라본다.


## 3. 김신용: "등에 짊어진 집도 없는 저것"

냇가의 돌 위를
민달팽이가 기어간다
등에 짊어진 집도 없는 저것
보호색을 띤, 갑각의 패각 한 채 없는 저것
타액 같은, 미끌미끌한 분비물로 전신을 감싸고
알몸으로 느릿느릿 기어간다
햇살의 새끼손가락만 닿아도 말라 바스라질 것 같은

부드럽고 연한 피부, 무방비로 열어놓고

산책이라도 즐기고 있는 것인지

냇가의 돌침대 위에서 오수午睡라도 즐기고 싶은 것인지

걸으면서도 잠든 것 같은 보폭으로 느릿느릿 걸어간다

꼭 술통 속을 빠져나온 디오게네스처럼

물과 구름의 운행運行 따라 걷는 운수납행처럼

등에 짊어진 집, 세상에게 던져주고

입어도 벗은 것 같은 납의衲衣 하나로 떠도는

그 우주율의 발걸음으로 느리게 느리게 걸어간다


그 모습이 안쓰러워, 아내가 냇물에 씻고 있는 배추 잎사귀 하나를 알

몸 위에 덮어주자

민달팽이는 잠시 멈칫거리다가, 귀찮은 듯 얼른 잎사귀 덮개를 빠져나

가버린다


치워라, 그늘!

— 김신용, 「도장골 시편 — 민달팽이」


김신용은 밑바닥 삶을 전전했다고 알려졌다. 시인이 쓴 『고백』이란 두
권짜리 자전소설을 읽은 적이 있다. 한 끼를 때우기 위해서 정관수술
을 하는 대목을 읽으며 놀란 기억이 생생하다. 어디까지가 직접적인
체험이고 어디까지가 허구인지 명확하지는 않다. 부랑자의 밑바닥 삶

에 대한 보고서와 같은 그 책은 매 페이지마다 굶주림, 날품팔이, 매혈, 윤간…… 등으로 참혹했다. 남대문 시장, 서울역 광장 일대, 사창가, 중랑천변 등의 바닥을 떠돌았던 그는 "한때 지게는 내 등에 접골된 뼈였다"라고 썼다. 지게를 지는 막노동꾼이거나 그보다 더 아래로 내려가 거지로 떠돌며 끼니를 잇던 그는 14세에 집을 나와 굶기와 노숙으로 얼룩진 부랑자로 버티며 한국의 장 주네라고 부를 만한 실팍한 체험의 두께를 만든다. 삶의 최소주의라는 악조건을 뚫고 마침내 시인으로 나오는데, 초기 시의 상당 부분은 빈민굴과 지옥의 소굴을 탁발승같이 맨발로 부랑했던 체험에서 그 자양분을 길어온다.

『도장골 시편』<sup>2007</sup>에서 도장골은 충주 인근의 작은 산골 마을이다. 이번 시집은 그 시골에서 만난 천지만물의 생명현상이 마음에 불러일으킨 놀라움을 담고 있다. 이 말은 부랑자로 떠돌던 시절의 어두운 과거 기억들이 희미해졌다는 뜻이다. 물론 "풀의 짐은 이슬!"이라는 생각에 이어지는, "등의 짐 / 무거울수록, 두 다리 힘줄 버팅겨 / 일어서는 풀잎, // 그 달빛 아래 / 빛나는 풀의 / 푸른 잔등"「도장골 시편─이슬」이라는 구절들은 아직도 과거의 쓰린 기억들에서 자유롭지 못한 흔적이다. "잎지고 나니, 등걸에 끈질기게 뻗어 오른 넝쿨의 궤적이 힘줄처럼 도드라져 보인다 / 무거운 짐 지고 비계<sup>飛階</sup>를 오르느라 힘겨웠겠다. 저 넝쿨"「넝쿨의 힘」에서 공사장에서 무거운 등짐을 지며 힘겨웠던 기억을, "뱀이 햇볕을 쪼기 위해 나와 있었다 / 아직 동면<sup>冬眠</sup>의 집을 구하지 못한 것 같은 어린 뱀이었다"「입동立冬」에서 집 없이 떠돌던 노숙자의 흔적을 엿보는 것은 비약이 아닐 것이다.

「도장골 시편―민달팽이」에서도 "등에 짊어진 집도 없는 저것", 민달팽이가 "타액 같은, 미끌미끌한 분비물로 전신을 감싸고 / 알몸으로 느릿느릿 기어"가는 것을 바라보며 저 노숙의 시절 천애고아로 떠돌던 나날들을 겹쳐 보았을지도 모른다. 민달팽이의 느린 걸음은 이 드센 경쟁사회에서 가장 취약한 자의 걸음이다. "하반신에 고무타이어를 댄 그림자가 느릿느릿 기어온다"「폭설」는 시구가 보여주는 하반신을 잃은 사람의 이동속도와 겹쳐진다. 이 느릿느릿한 속도로 이동할 수밖에 없는 자들의 노마디즘은 눈물겹다.

민달팽이는 주류의 흐름에서 이탈한 소수자다. 차별받는 모든 유대인, 흑인, 여성, 장애인, 자이니치, 동성애자, 이주노동자, 양심적 병역거부자가 바로 민달팽이들이다. 소수자란 다수자의 지배 척도에서 탈주한 자들이다. 주류에서 탈락한 소수자들은 다수자들의 척도에 의한 소외와 차별이 일상화된 세계에서 산다. 소수자들이 쓰는 역사는 차별과 추방과 떠돎과 학대와 죽음의 역사다. 소수자들은 어디에 있든지 간에 운명적으로 디아스포라[85]다. 다수의 척도에서 이탈한 순간 소수자들에게 디아스포라의 운명이 굴레처럼 덧씌워진다. 그들은 남성 세계 속의 여성이고, 게르만 인종 사이의 유대인이고, 백인 속의 흑인이고, 일본인 속의 재일 조선인이고, 정규직 속의 비정규직 노동자들이고, 이성애자 속의 동성애자이고, 병역 의무를 강제하는 사회 속에서의 양심적 병역거부자들이다. 소수자의 삶에 대한 쓰라린 기억을 갖

---

85) diaspora : 본디 팔레스타인을 떠나 세계 이곳저곳에 흩어져 사는 유대인 집단을 가리키는 말이었으나, 지금은 그 뜻이 넓어져서 흩어져 사는 모든 민족 집단, 혹은 그런 행위들을 다 포괄한다.

고 있는 시인은 아무런 자기 보호장치를 갖지 못한 채 추방당한 민달 팽이라는 디아스포라에 주목한다. 다수자는 어디에나 있기 때문에 다 수자는 '아무도 아닌 자$^{nobody}$' 다. 그래서 눈에 띄지 않지만 소수자는 어디서나 표나게 드러난다.

　민달팽이는 건조한 햇살에 "부드럽고 연한 피부"가 무방비로 노 출되는 순간 "말라 바스라질"지도 모른다. 생존의 압력으로 하루하루 를 전전긍긍하며 이어가던 저 먼 기억! 무의식에서 제 처지와 겹쳐져 민달팽이에게 향하던 연민은 곧 거둬진다. 도처에 생불生佛이다! 부처 가 따로 없다. 민달팽이가 부처고, 부처가 민달팽이다. 민달팽이의 느 릿느릿한 걸음은 온몸을 밀며 가는 자발적 고행의 길이 아닌가! 저 처 사를 무주택자라고 함부로 업신여길 일이 아니다. 묵언정진하는 수행 이 깊은 선사禪師다! 삶에 여유가 생기자 만물을 보는 눈에도 변화가 생 긴다. 극단적인 곤핍에서 벗어났다는 증표일 것이다. 민달팽이의 느릿 한 걸음에서 "꼭 술통 속을 빠져나온 디오게네스"의 갈지자걸음과, "물과 구름의 운행運行 따라 걷는" 탁발승의 자유로운 운수납행의 걸음 이 비로소 보인다. 더 나아가 민달팽이의 저 느릿한 발걸음은 장애에 서 비롯된 지체遲滯가 아니라 우주의 아기가 제 생명의 리듬에 따라 열 반을 향하여 나아가는 장엄한 "우주율의 발걸음"이다.

　민달팽이의 걸음은 느려 가도 간 것 같지 않고 지지부진遲遲不進인 듯 보인다. 그러나 느린 그 걸음은 의연하고 신성한 우주 생명의 걸음 이다. 과연 민달팽이의 가는 길이 당당하다. 민달팽이는 제 알몸을 덮 는 "배추 잎사귀 하나"를 떨쳐버리고, 제 갈 길을 가는 것이다. 보라,

노자가 무엇이라고 말하는지를. "밝은 길은 어두운 듯하고, 나아가는 길은 물러나는 듯하고, 평탄한 길은 울퉁불퉁한 듯하다. 가장 높은 덕은 골짜기 같고, 가장 흰빛은 검은빛 같고, 가장 큰 덕은 부족한 듯하고, 건실한 덕은 게으른 듯하다. 가장 참된 덕은 변질된 듯하고, 가장 큰 사각형에는 모서리가 없고, 가장 큰 그릇은 완성되지 않으며, 가장 큰 음에는 소리가 없다."<sub>노자, 『도덕경』 제41장</sub> 생멸조차 넘어서 가는 이 숭고한 수행의 길에 배추 잎사귀 하나로 드리우는 그늘 동정 따위가 웬 말이냐! 수행은 자발적으로 고난에 드는 것인데, 고난을 피하라니! "치워라, 그늘!" 이 서늘한 외침이 심인을 꽝, 하고 찍는다. 이 외침은 이미 참-나에 도달한 자만이 내지를 수 있는 도저한 자존과 자긍의 외침이다.


## 4. 주용일: "제 생을 미래 쪽으로 밀어부친다"

등에 물건 한 짐 지지 않고
사막 건넌 낙타가 없듯이
제 앞의 마른 생 건너기 위해서는
달팽이의 끈적이는 침샘 같은,
축축한 발바닥을 가지고 있어야 한다
저기, 땡볕 아래 껍질 등에 진
달팽이 한 마리 길 건넌다
저녁 향해 먼 길 간다

혀 빼물고 게 게 침 흘리며

풀잎 위에 맨땅 위에 젖은 물길 놓아

제 생을 미래 쪽으로 밀어부친다

헐떡이는 숨소리 아래로 곧 증발되고 말

달팽이의 생이 축축하게 만들어 진다

약간 기울은 어깨의 각도와 등의 넓이가

달팽이의 고통이나 슬픔의 무게를 만들고 있다

껍질을 길 건너에 부리기까지

달팽이의 보드라운 등에는 굳은살이 박힐 것이다

어느 한날,

껍질 무동 태우던 등은 사라지고

짐만 남아 비바람에 삭아갈 것이다

껍질도 사라지고 난 뒤에는

등 누르던 무게만 실하게 살아 빛날 것이다

— 주용일, 「달팽이의 등」[86]


주용일은 아직까지 일면식이 없는 시인이다. 당연히 그가 누구인지, 무엇을 하여 밥을 버는지 알지 못한다. 이태 전 한국문화예술위원회에서 문예진흥기금 심사를 할 때 그의 시를 처음 읽었다. 이름을 가린 탓에 누구의 시인지 알 수가 없었다. 시를 많이 내놓는 시인들은 이름을

86) 주용일 시집, 『꽃과 함께 식사』, 고요아침, 2006.

가렸어도 시가 눈에 익어 대충은 누구인지 짐작할 수가 있다. 그런데 이 시의 임자는 도무지 알 수가 없었다. 심사를 끝낸 뒤 궁금하여 예술위원회 직원에게 시 원고의 임자가 누군지를 확인했다. 과문한 탓이겠지만 생전 처음 듣는 낯선 이름이었다. 나중에 알음알음으로 이 시인이 1994년 『현대문학』을 통해 등단하고 대전에 살며 지역 문단에서 활동하고 있는 시인이란 걸 알았다.

낙타는 사막을 건넌다. 사막은 마른 땅이다. 마른 땅을 가는 것은 고행이다. 누구에게나 제 앞에 놓인 길은 "먼 길"이고, "마른 생"의 길이다. 저기, 미망의 우주 한복판에 내팽개쳐진 처사處士가 있다. 미망의 생이란 줄 없는 거문고 타기며, 한 손으로 손뼉 치는 소리 듣기다. 이 미망 속에서 동서가 따로 없으니, 남북을 가려 무엇하겠는가. 그럼에도 이 처사는 어디론가 끝없이 간다. 보라, "저기, 땡볕 아래 껍질 등에 진 / 달팽이 한 마리 길 건넌다". 달팽이는 "끈적이는 침샘" 같은 축축한 발바닥으로 멀고 마른 길을 적시며 간다. 산다는 것은 마른 땅을 낮은 포복으로 기어가는 것. 달팽이가 기어간 길을 본 적이 있는가? 그 길은 온몸의 진액으로 적신 길이다. 「달팽이의 등」은 달팽이가 가야 할 길의 고단함에 대해 말한다. 사바세계에서 오류誤謬 없는 삶은 없다. 삶은 오류를 견디는 것. 견디다 보면 그 흔적들이 남는다. 혀 빼물고 게게 흘리는 침, 헐떡이는 숨소리, 약간 기운 어깨의 각도와 등의 넓이, 등에 박인 굳은살……. 이 시행들은 오류의 흔적을 말해주는 언표들이다.

달팽이는 땅이나 물에 사는 복족류를 일컫는 통용어다. 복족강

유폐아강 병안목에 속하는 평지달팽이아재빗과, 달팽잇과, 평탑달팽 잇과의 종들은 패각이 있으나 민달팽잇과의 종들은 패각이 퇴화되어 없고 그 대신에 외투막이 몸 전체를 덮고 있다. 달팽이는 달팽잇과 동 물들, 또는 달팽잇과의 한 종만을 가리켜 쓰일 때가 있다. 이 광속光速의 시대에 희귀한 느림으로 명성을 얻은 이 초목의 평화주의자는 한때 인 생의 바닥까지 내려갔던 적이 있다. "생의 밑바닥 깔고 앉아 뭉그적거 려 본 뒤에야 / 바닥을 치는 일 무언지도 알게 된다".「바닥을 친다는 것에 대하여」 바닥이 어딘가? 버려지거나 버림받은 것들이 최종적으로 내려앉는 곳 이다. 바닥을 친다는 것은 바닥을 차고 솟구쳐 오르는 계기를 잡는 것 이다. 바닥을 치는 일이 무언지 알기 때문에 달팽이는 한사코 "제 생을 미래 쪽으로 밀어 부친다". 쉬지 않고 나아간다는 뜻이다.

이 시를 읽다 보니 장 루슬로의 시가 자연스럽게 떠오른다. "다친 달팽이를 보거든 / 섣불리 도우려고 나서지 말라. / 스스로 궁지에서 벗어날 것이다. / 성급한 도움이 그를 곤하게 하거나 / 마음을 다치게 할 수 있다. // 하늘의 여러 시렁 가운데서 / 제자리를 벗어난 별을 보 거든 / 별에게 충고하지 말고 참아라. / 별에겐 그만한 이유가 있을 거 라고 생각하라. // 더 빨리 흐르라고 / 강물의 등을 떠밀지 말라. / 강 물은 나름대로 최선을 다하고 있는 것이다."장 루슬로,「세월의 강물」 장 루슬로 의 시는 느림과 게으름이 유유자적悠悠自適과 창조성의 시간이며, 풍부한 잠재적 가능성을 깨우는 질적인 변화의 시간이라는 걸 깨우쳐준다.

사람들은 문명화되면서 숨 쉴 틈조차 없을 정도로 바빠졌지만, 자연과 사람은 함께 망하는 길로 들어선 것으로 보인다. 많은 하천이

더럽혀지고, 대기는 오염물질로 뒤덮여간다. 수없이 많은 생물 종이 이미 자취를 감추었다. 희망은 고갈되고, 내면의 두려움은 커진다. 사회경제적 가치에 매몰된 사람에게 게으름이란 한낱 비효율과 나태, 비루함의 상징이다. 대량생산과 대량소비로 작동되는 자본주의 시장경제에서 게으름은 근절되어야만 하는 무능이고 악이다. 그러나 패러다임을 바꾸면 느림과 게으름은 이면에 감춘 미덕과 가치들을 드러낸다. 너무 빠르게 가는 자들의 눈엔 저와 목표지점 사이의 최단거리만 들어온다. 직선의 시간이다. 직선의 시간을 사는 사람은 직선의 시간 바깥에 있는 풍경과 그 풍경이 일궈내는 삶을 놓치고 만다. 주변을 해찰하며 가는 자들의 시간은 둥근 곡선의 시간이다. 그의 눈엔 넓고 둥글게 풍경이 들어온다. 그때 게으름은 자기성찰의 시간으로 전환되고, 직관, 영감, 계시의 전제조건이 된다. 게으름을 무능과 악으로 낙인찍고 무가치한 것으로 멸시하는 것은 낡은 패러다임이다.

달팽이는 고달프다. 고달픔은 피와 살과 오욕칠정五慾七情을 가진 생명의 현상이다. 땡볕 아래 껍질을 등에 진 채 기어가는 저 은둔 군자의 생이 축축한 것도 그 고달픔 때문이다. 숨결 가진 것은 애련하다. "저녁 향해 먼 길" 가는 은둔 군자의 보드라운 등에 굳은살이 박인다. 「달팽이의 등」은 주용일의 같은 시집에 실린 「봄비」나 「얼음 대적광전」, 「무화과無花果」, 「둥근 엉덩이 들어낸 자리」같이 빼어난 시들에 비하자면 평범한 발상이다. 시인은 「봄비」에서 "밤새 누에 뽕잎 갉아먹는 소리, / 자다 깨어 간지러운 귀를 판다"고 썼다. 봄비 소리는 "점, 점, 점, 사나워지는 누에들의 / 뽕잎 갉아먹는 소리"로 다가온다. 세상을 거칠게 살아온 나를 두고 누가 욕을 하는지, 봄비 소리는 속귀의 달팽이관을 따라 점점 깊은 곳으로 몰려간다. 「얼음 대적광전」에서 제 피와 살을 버리고 투명한 얼음 속에 화석으로 박혀버린 물고기는 시인의 상상 속에서는 비로자나불로 입적한 양태다. 얼음장은 물고기의 대적광전大寂光殿인 셈이다.


## 5. 문정희: "나는 보석도 아무것도 아니예요"[87]

삶은 그냥 삶이 아니라 언제나 꿈-삶이다. 그래서 삶은 하나의 얼굴이 아니라 천 개의 얼굴이다. 천 개의 얼굴은 천 개의 심연이다. 천 개의 심연과 하나의 얼굴 사이에는 욕망이라는 이름의 강물이 흐른다. 우리의 발목은 그 강물에 젖는다. 우리는 하나의 얼굴로만 살 수 있다. 우리가 갖지 못한 구백구십 개의 얼굴은 결핍으로 남는다. 삶은 삶(있음)과 꿈(잘-있음) 사이에서 흔들리기, 한발 늦은 지각知覺, 엉거주춤한 선택, 회한이 많은 돌아봄, 어눌한 더듬기다. 이 더듬기는 꿈과 삶 사이에서, 살고 싶은 것과 살아내야 하는 것 사이에서의 머뭇거림에서 나온다.

곧바로 『장자』의 한 대목이 떠오른다. "꿈속에서 즐겁게 술을 마시던 사람이 아침에는 슬피 울고, 꿈속에서 슬피 울던 사람이 아침에는 신이 나서 사냥을 떠나네. 꿈속에서는 그것이 꿈인 줄 모르고 그 속

87) 문정희 시집, 『찔레』, 전예원, 1987.

에서 제가 꾼 꿈을 해몽하다가 깨고 나서야 그게 꿈인 줄 아네. 참된 깨어남이 있고 나서야 인생이 한바탕 꿈인 줄 아는 것이네."『장자』,「제물론」 우리는 삶만을 살지 않고, 더구나 삶 없는 꿈만도 살지 않는다. 꿈-삶은 우리 존재 안에 태극과 같이 자리한다. 꿈은 부재로서의 삶이며, 삶은 부재로서의 꿈이다. 하늘은 위에 있어 그 빛이 검고 땅은 아래 있어서 그 빛이 누르다. 하늘과 땅 사이는 넓고 커서 끝이 없으니, 세상은 넓고도 넓다. 해는 서쪽으로 기울고 달도 차면 점차 이지러지며, 머리 위의 별자리는 해, 달과 같이 하늘에 넓게 펼쳐져 있다. 우리는 그 안에서 꿈-삶을 산다. 롤랑 바르트는 우리가 사는 꿈-삶이 "불멸의 육체와 걱정하는 육체 사이에 일종의 더듬기"라고 말한다.

우리 몸은 태고의 잘-있음 위에 서 있는 현재다. 태고의 잘-있음은 먼 과거의 일이고, 현재는 이미 그것에서 멀다. 현재는 늘 불완전하며 결핍으로 차 있고, 그래서 배고픈 고양이처럼 안절부절못하고 그르렁거린다. 과거로서의 잘-있음은 이미 지나간 미래다. 현재의 지향점은 미래가 아니다. 오히려 시간의 순차적 질서를 거슬러 과거의 좋았던 때를 바라본다. 현재의 시간은 미래로 흐르는 것이 아니라 잃어버린 꿈들을 향하여 흐른다. 그 꿈이 그 무엇에 의해 으깨어져 버렸다면, 그래서 되살려낼 수 없다면 그것은 영원히 실현되지 않는 내재성으로 고착된다. 내재성, 하나의 내면구조로 굳어져 버린 상처. 밀봉된 자아. 시는 그 밀봉된 자아를 열고 그 내면의 소리를 듣는 것이다. 20년 저쪽의 세월에 서 있는 시집 한 권을 다 읽었다. 『찔레』, 그 시집에서 나는 울음을 수태受胎한 몸, 오로지 물로 된 몸 하나를 보았다. 시

집을 다 읽은 뒤 몸이 축축했다. 웬일인지, 문정희가 스무 해 전에 내
놓은 시집 『찔레』에는 울음이 가득하다. 이 시에 나오는 화자들은 마
치 곡비<sup>哭婢</sup>처럼 울어댄다. 그 울음이 질펀하다. "날 흔들지 마 / 나의
울음보".「시를 쓰며 1」 누가, 혹은 무엇이 시인을 흔들었나? 이미 울음보는
터졌고, 눈물은 도처에 흥건하다. '나'만 우는 게 아니다. '너'도 운
다. "네 작은 몸속 어디에 숨어 있는 / 이 많은 강물".「눈물」 『찔레』에는
서정적 화자들이 시도 때도 없이 울고 있다. 아, 시인의 밀봉된 자아
속에는 눈물이 지천이고, 눈물은 강물처럼 흐른다. 눈물이 차고 넘쳐
마치 세상은 우기<sup>雨期</sup>처럼 늘 축축하다. "당신의 눈에 맺힌 물기 / 세계
의 비가 되어 흘러내립니다."「우기」 눈물이 세계의 비가 되어 흘러내리는
그때 시인은 불현듯 고국을 떠난다.


내가 떠난 것은
새삼 무엇을 얻기 위해서가 아니었다.
사각형 속에 갇힌 추억, 잘 길들여진 날렵한 몸뚱이, 뿌우연 반공교육
따위……
그런 것들을 말갛게 헹구기 위해서였다.


툇마루에 걸어 놓은 사진틀 위에 닥지닥지 늘어붙은 파리똥처럼,
내 혀 위에 늘어붙은 날강도들을 없애기 위해
가슴 벅찬 처음의 그 순수한 이름자만 남기기 위해
투명한 하늘을 보기 위해

삐걱거리는 뼈를 이끌고

주저하며, 그러나 이를 깨물며

드라이크리닝이 세계에서 가장 발달했다는 그곳 지상의 밀키웨이로

떠나갔다.


가서 — 나는 그만 멈춰 서 버렸다.

내겐 헹굴 것이 없었다.

추억도 파리똥도 땟국물도 없었다.

나는 아무것도 아니었으므로,

먼지조차 아닌, 아아 그곳에서

나는 기타였으므로.

— 문정희, 「기타」


이방인은 스스로 소외의 길로 나선 자의 이름이다. 이방인은 '이방인의 눈'으로 사물을 본다. 타성과 관습에서 자유로운, 낯설게 바라보기가 이방인의 눈으로 보기다. 그래서 이방인은 관습의 눈으로 바라보는 것에 익숙한 정주민들을 불편하게 만든다. 이방인으로 밖에서 안-들여다보기야말로 꿈속에서 제가 꾼 꿈을 해몽하며 보내던 그 관습의 독재, 누추한 미몽의 삶에서 벗어나, 자기를 온전하게 사는 참된 깨어남의 삶이 아닌가! 안에 있으면 안이 안 보이는 법이다. 밖에 나가니 안보이는 것들이 환히 드러난다. '나'라고 생각했던 그 모든 것, 지각과 분별의 근거를 몽둥이로 다 깨버린 뒤에야 비로소 참된 '나'가 보이는

법이다. "추억도 파리똥도 뗏국물도" 참된 '나'가 아니다. '나'를 가리고 있던 껍데기들이었을 뿐인데, 왜 그것들에 휘둘렸을까, 하는 깨달음 뒤에 "내겐 헹굴 것이 없었다."라는 또 다른 때늦은 깨달음이 생겨난다. 헹굴 것이 많았다는 것은 착각이었다. 한국에서 미국으로 주거공간을 옮겼을 뿐인데, 이 공간의 낯섦은 관습의 독재에 포획되어 있던 미몽의 마술에서 풀려나오게 만든다. '나'는 "아무것도" 아닌 존재, "먼지조차 아닌", "기타"의 존재로서의 삶이었을 뿐임을 깨닫게 한다.

다시 한번, 『찔레』에는 온통 울음과 슬픔으로 가득하다. 이 울음들은 '안'에서 '바깥'으로 내쳐진 자, 파편으로 떨어져 나와 떠도는 자, 디아스포라의 울음이다. 떠나온 자, 추방당한 자는 상징적인 의미에서 "나는 갈고 심을 땅이 없으므로 추수秋收가 없습니다."한용운,「당신을 보았습니다」와 같은 처지다. 디아스포라의 비극은 떠나온 고향은 있는데, 돌아가도 갈고 심을 땅이 없고 혈육과 고토가 사라진 자가 감당하는 비극이다. 고향은 내가 이미 그 바깥으로 발을 내딛는 순간 이미 타자화된다. 떠나온 고향은 피에 젖은 손을 가진 독재자, 오월 광주, 이데올로기로 이미 '죽은 나라', 수난과 고난으로 얼룩진 땅이다. 그 척박한 땅에서 이루어지는 삶은 너 나 할 것 없이 비루한 삶이다. 울음은 서정적 주체의 주체할 수 없는 슬픔에서 나오는 것이기도 하지만 '나'를 감싸고 있는 바깥도 울음으로 가득 차 있다. "사방에서 우는 징소리"「어느 침묵」가 바로 그것이다. "이 세상에서 가장 슬픈 소리로 울고" 싶은 '새'는 다름 아닌 울음이 만든 새장에 갇혀 우는 '새'다. '나'의 안에 있는 울음을 불러낸 것은 "아침마다 나의 잠을 깨우던 / 그 슬픈 울음"

「새」이다. '바깥'에 나와 멀리서 보니 '안'에서는 안 보이던 그 실체가 또렷하게 보이고, 그에 대한 비판적 사유가 자라난다. 그에 대응할 수 있는 방법은 아무것도 없다. 오로지 씻김굿과 펑펑 우는 일밖에.

『찔레』의 울음들은 대개는, '안'은 타자화되고 그 타자화된 수난에 대해 피동의 처지에 놓일 수밖에 없는 고립된 개별자의 울음이다. "이 세상 가장 슬픈 소리로 울고 싶어요"「오월을 위한 처녀의 노래」라는 구절은 타인('안')의 고통에 대한 '나'('바깥')의 진정성이 담긴 응답이다. 이 구절의 시적 전언을 압축하면, '너'의 아픔에 함께하지 못해 미안해, '너'의 아픔 때문에 '나'도 슬퍼, 그래서 날마다 우는 거야, 이다. '안'의 수난을 나 몰라라 하고 도망친 것은 아니지만 '안'은 여전히 수난과 고난의 상황에서 벗어나지 못한다. 그래서 '나'의 떠나옴은 자의식에 죄의식과 상처를 남긴다. "앞이 안 보이는 당신을 버려두고 / 나는 점보비행기를 타고 떠나 왔어요"「우기」에서 볼 수 있듯 '너'를 방기하고 떠나왔다는 의식에서 벗어나지 못한다. 그로 인해 시적 화자의 내면 저 가장 아래쪽에 들러붙은 '통석痛惜의 염念'은 떨어지지 않는다. '낯선 거리를 아무리 걸어 봐도 / 응어리가 풀리지 않는다'「소포」수난의 기억들은 피 속에 녹아 있다. '바깥'으로 튕겨 나온 '나'는 내면에 풀리지 않는 응어리를 안고 있지만, 그 '안'에 대해 방관자, 주변인의 처지일 수밖에 없다. 그러므로 이 울음은 수난의 공동체에 함께하지 못하고 개별자로 떨어져 나온 자의 윤리적 한계성을 품는다. 그 윤리적 바탕을 밀고 나간 끝에 "돌아가면 전라도에 살리"「돌아가면」라는 내면의 목소리와 만난다. 타자화된 수난을 '나'의 것으로 끌어안을 수 있는 길은 그

'안'으로 다시 돌아가는 것이다. "뱃속부터 낯익은 우리 집으로 돌아갑시다 / 가서는 엉엉 / 서로 엉겨 붙어 한바탕 울고 나서"[귀향] 집으로 돌아가자고 하는 이 청유의 목소리는 '안'에서 '바깥'으로 밀려나온 삶을 다시 제자리로 돌리자는 목소리다. 탯자리가 있는 '안'으로 가자. 모천회귀하는 연어와 같이 '바깥'에서 '안'으로 향하는 이 귀향의 행로는 멀고 험하다. 귀향 욕망의 고갱이는 '안'을 향한 욕망이다. 그 '안'은 집-전라도-고향이다. 그 '안'으로 돌아갈 때 타자이며 외부일 수밖에 없던 수난의 공동체는 바로 '나'의 것으로 변한다.

만지지 말아요
이건 나의 슬픔이에요
오랫동안 숨죽여 울며
황금시간을 으깨 만든
이건 오직 나의 것이에요

시리도록 눈부신 광채
아무도 모르는
짐짓 별과도 같은
이 영롱한 슬픔 곁으로
그 누구도 다가서지 말아요

나는 이미 깊은 슬픔에 길들어

이제 그 없이는

그래요

나는 보석도 아무것도 아니예요

— 문정희, 「보석의 노래」


1980년대 한국 사회는 수난이 균질화된 자리였다. 한국을 떠나 미국
에 발을 딛는 순간부터 그는 정치적 자각이 있든 없든 정치적으로 소
수자에 속할 수밖에 없다. '바깥'으로 나온 자는 불가피하게 소수자로
떠돌며, 그의 언어는 방언이 된다. 물론 슬픔의 뿌리는 '안'이 될 수 없
는, 끝내 '바깥'으로만 떠돌아야 하는 자의 수고, 그 수고에서 비롯되
는 외로움과 불안과 불행에 가 닿을 것이다. 「보석의 노래」에서 슬픔
은 두 겹이다. 떠나온 땅과 수난에 처한 사람들, 죽은 자들에 대한 연
민에서 비롯된 슬픔이 그 하나요, 다른 하나는 디아스포라 소수자로
피차별적 신분으로 살아야 하는 '나'의 처지에서 비롯된 슬픔이다. 이
슬픔이 낳은 것은 노여움과 분노. 노여움과 분노가 타자의 위로를
거절하게 했을 것이다. "만지지 말아요 / 이건 나의 슬픔이에요". 그러
나 슬픔을 제 속에서 끝까지 밀고 나갔을 때, 그것은 그것 뒤에, 그것
아래, 그것 밖에 그것을 내놓는다.[88] 울음은 이미 슬픔을 극복한 징후
다. 언제나 슬픔은 자기 자신의 내부에서 만들어지는 힘으로 극복하는
것이다. 슬픔은 '나'의 안에서 "영롱"해지고, 마침내 "시리도록 눈부

---

88) 이 문장은 니체의 다음과 같은 문장에서 차용한 것이다. "허무주의를 자기 자신 속에서 그것의 끝까지
밀고 나갔을 때, 그것은 그것 뒤에, 그것 아래, 그것 밖에 그것을 내놓는다." (니체, 『권력에의 의지』)

신 광채"를 가진 보석으로 변한다.


꿈결처럼

초록이 흐르는 이 계절에

그리운 가슴 가만히 열어

한 그루

찔레로 서 있고 싶다


사랑하던 그 사람

조금만 더 다가서면

서로 꽃이 되었을 이름

오늘은

송이송이 흰 찔레꽃으로 피워 놓고


먼 여행에서 돌아와

이슬을 털 듯 추억을 털며

초록 속에 가득히 서 있고 싶다


그대 사랑하는 동안

내겐 우는 날이 많았었다


아픔이 출렁거려

늘 말을 잃어 갔다

오늘은 그 아픔조차
예쁘고 뾰족한 가시로
꽃 속에 매달고

슬퍼하지 말고
꿈결처럼
초록이 흐르는 이 계절에
무성한 사랑으로 서 있고 싶다
— 문정희,「찔레」

「찔레」에는 깊은 슬픔, 그 슬픔을 자아낸 기억이 맺혀 있다. 그 기억은
악행과 수난에 대한 기억이고, 거기서 분노와 노여움이 돋아난다. 수
난에 갇힌 실존, 그래서 찢기고 금 간 마음은 어떻게 치유되는가. 자기
구제와 치유는 다름 아닌 자기 안에서 응축된 힘으로 이루어진다. 「찔
레」는 자기구제와 치유의 노래다. '찔레'는 꽃과 '가시'를 함께 갖고
있다. '가시'는 슬픔의 몸에서 돋아난 저항의 징표다. 수난에 대응하
는 분노와 노여움이 가시를 돋게 했을 터다. 슬픔을 딛고 일어선 시의
화자는 가시와 함께 꽃을 피우고 선 '찔레'에 제 모습을 겹쳐본다. "오
늘은 그 아픔조차 / 예쁘고 뾰족한 가시로 / 꽃 속에 매달고"라는 구절
에서, 시의 화자는 아픔을 먹고 아픔 속에서 꽃과 가시를 함께 피워냈

다. "노스텔지어야말로 우리의 무기다."라고 한 것은 누구였을까.[89]

그대 사랑하는 동안
내겐 우는 날이 많았었다.

이럴 경우 울음은 짝 없이 저 혼자서는 아무것도 이룰 수 없는, 만져지지 않는 것을 만지려는, 혹은 붙잡을 수 없는 것을 붙잡으려는 안타까운 몸짓, 사랑이라고 하는 그것의 존재증명이다. "우는 날이 많았"던 것은 그대를 사랑하는 까닭이다. 사랑하지 않았더라면 울 일도 없었을 것이다. 네가 사랑하는 자의 심장을 핥아봐라, 슬픔의 짠맛이 날 것이다. 우는 일은 사랑으로 빚어지는 슬픔을 씻기 위한 씻김굿이다. "초록이 흐르는 이 계절에 / 무성한 사랑으로" 서기 위해 이 씻김굿이 필요했다. 아픔이 출렁거리던 날들, 그토록 많은 우는 날들도 다 가고, 이제 '찔레'는 무성한 사랑을 꽃피운다. 마침내 '찔레'는 잘-있음의 현실태요, 자기동일성을 회복한 온전한 삶의 표상이다.

<hr>

89) 이 말을 한 것은 장 주네다. 고향을 잃은 자의 슬픔은 때로 무기가 되는 법이다.

# 연꽃 만나고 가는 바람같이

연꽃은 진흙 뺄에서 피어난다. 저 물의 정령은 여름 아침 이슬을 머금고 청초함을 뽐낸다. 연꽃은 흠결 하나 없는 정결함과 범접하기 어려운 화사함으로 초연하다. 여름 아침 저 초연한 연꽃 앞에서 숙연해지는 까닭은 연꽃이 진흙 뺄에 뿌리를 내리고 있되 그것과 무관하게 물과 태양이 합작하여 빚은 기적이기 때문이다. 연꽃은 진흙 뺄 속에서 청정한 현존을 유지할 수 있는 자양분을 구하지만 진흙 뺄의 칙칙함과 불투명한 윤리성에 종속되지 않는다. 연꽃은 저 스스로의 원심력으로 너끈히 진흙 뺄의 무명과 어리석음, 그리고 타락과 오욕이라는 낮은 단계의 윤리적 자장磁場을 벗어나 고고하고 높은 빛의 세계로 나아간다. 연꽃은 여름 아침이 만드는 기적이다. 무엇이 진흙 뺄 속에서 저것을 수직으로 세워 물 위로 떠오르게 했을까. 고요한 물 위의 연꽃이 보여주는 저 찰나적 현존의 눈부심은 우리 내면을 피안에 대한 계시의 환한 빛으로 물들인다.

섭섭하게,

그러나

아주 섭섭지는 말고

좀 섭섭한 듯만 하게,


이별이게,

그러나

아주 영 이별은 말고

어디 내생에서라도

다시 만나기로 하는 이별이게,


연꽃

만나러 가는

바람 아니라

만나고 가는 바람같이……


엊그제

만나고 가는 바람 아니라

한두 철 전

만나고 가는 바람같이……

— 서정주, 「연꽃 만나고 가는 바람같이」

연꽃은 절이요, 만다라요, 부처요, 수행자다. 관음보살이 왼손에 든 연꽃은 중생이 본디 갖고 있는 불성을 뜻한다. 『아미타경』에서 연꽃은 극락정토를 은유한다. 서정주의 시는 인연과 윤회에 대해 말한다. 「연꽃 만나고 가는 바람같이」에서 바람은 "연꽃 만나러 가는 바람(이) 아니라 만나고 가는 바람"이다. "엊그제 만나고 가는 바람(이) 아니라 한두 철 전 만나고 가는 바람"이다. 현생의 세계는 금은金銀의 소리가 "지, 징, 지, 따, 찡" 하고 우는 세계다.「두 향나무 사이」 육신이란 제법諸法이 우연히 모여 이루어진다. 육신이나 바람은 다를 바 없다. 육신이 흩어지면 우연으로 육신을 이루었던 살과 피와 뼈는 물이 되고 흙이 되고 구름이 되고 바람이 된다. 연꽃을 만나고 가는 바람은 누군가 우연으로 이루었다가 흩어버린 육신이었을 것이다. 연꽃과 헤어진 바람은 그 이별이 영원한 이별이 아니라고 믿는다. 내세가 있는 까닭이다. 만남은 이별을 불러오고, 이별은 또한 새 만남을 기약한다. 현생과 후생은 전생과 현생이 인연의 끈으로 이어져 있듯 이어진다. 바람은 내세에서 연꽃을 다시 만날 것이다. 그러니 헤어지되 너무 섭섭해하지 말라고 당부한다. 이 시의 중심사유는 불교의 저 삼세인연관三世因緣觀에 바탕을 두고 있다.

　석가모니는 사람들을 물 위에 떠 있는 연꽃으로 보았다. 어떤 자는 진흙 뻘 속에 있고, 어떤 자는 진흙 뻘을 벗어나려 하고, 어떤 자는 간신히 물 위로 머리만 내밀고 있다. 열반피안涅槃彼岸으로 나아가려는 자는 진흙 뻘 같은, 생계를 세우고 애를 낳아 키우는 현실 바탕, 즉 세속의 오탁과 생사고해生死苦海를 딛고 나아가야 한다. 만해도 "불교가 출

세간의 도가 아닌 것은 아니나, 세간을 버리고 세간에 나는 것이 아니라 세간에 들어서 세간에 나는 것"이라고 말한 바 있다. 이미 내 안에 부처가 있고, 부처 안에 내가 있다. 물과 얼음의 관계다. 물이 얼면 얼음이 되고 얼음이 녹으면 물이다. 마찬가지로 중생이 깨달음을 얻으면 부처가 되는 것이요, 깨달음에 이르지 못하면 중생이다. 산을 내려오는 길은 곧 산을 오르는 길이다. 내려오는 길과 오르는 길이 한길이다. 내려옴이라는 관념을 버리면 내려옴과 올라감에는 차이가 없다. 내려옴이라는 관념에 집착하면 내려옴과 올라감의 분별에 갇히는 법이다. 분별에 갇히면 번뇌를 떨쳐낼 수가 없다. 선기禪家에서는 "선도 생각하지 말고 악도 생각하지 말라."고 가르친다. 삼가 선업을 지으려고 굳이 애쓰지 않는다면 악업에 들지도 않는다.

불교를 제도화된 종교로 받아들이든 그렇지 않든 간에 그것은 이미 우리 의식의 일부로 들어와 있다. 인생을 고苦라고 본다든가, 일체가 무無요, 공空이라는 인식, 그리고 물아일여物我一如의 인식은 우리에게 그다지 낯선 사유가 아니다. 말할 것도 없이 이것은 불교적 사유에 바탕을 두고 있다. 자연과 사물세계, 나날의 경험들을 의미 있는 상징으로 독해하고자 할 때 윤회·열반·인연론과 같은 불교에서 나온 준거들에 의지한다. 한국 불교 1,500년의 역사 동안에 불교는 이미 우리 안에 일상화, 내면화되어 있다. 우리가 의식하지 못할 정도로 불교의 교의들은 우리의 사유와 상상세계 속에 녹아 있다. 동아시아인의 사유체계에는 불교가 이미 종교가 아니라 유전자에 새겨진 고유의 형질과 마찬가지로 생득적이다.

어렸을 적 낮잠 자다 일어나 아침인 줄 알고 학교까지 갔다가 돌아올 때와
똑같은, 별나도 노란빛을 발하는 하오 5시의 여름 햇살이
아파트 단지 측면 벽을 조명照明할 때 단지 전체가 피안 같다
내가 언젠가 한번은 살았던 것 같은 생이 바로 앞에 있다


어디선가 웬 수탉이 울고, 여름 햇살에 떠밀리며 하교한 초등학생初等學生들이
문방구점 앞에서 방망이로 두더지들을 마구 패대고 있다
　　　　　― 황지우, 「아주 가까운 피안」


해 속의 검은 장수하늘소여
눈먼 것은 성스러운 병이다


활어관 밑바닥에 엎드려 있는 넙치,
짐자전거 지나가는 바깥을 본다, 보일까


어찌하겠는가, 깨달았을 때는
모든 것이 이미 늦었을 때
알지만 나갈 수 없는, 무궁無窮의 바깥:
저무는 하루, 문 안에서 검은 소가 운다
　　　　　― 황지우, 「바깥에 대한 반가사유」

242

황지우의 시에서 불교적 수사학을 찾기는 어렵지 않은 일이다. 그 수사학은 의도하지 않아도 나오는 아주 자연스러운 것이다. 그의 시가 보여주는 문자의 율동 속에 내면화된 불교는 이미 언어로 침착沈着되어 있다. 시인은 감각의 표피로 스쳐가는 세계의 한순간을 날카롭게 붙잡는다. 그때 벼려진 감각으로 촉지한 세계의 순간은 시적 오성悟性의 순간이다.

여름 햇살이 "아파트 단지 측면 벽을 조명할 때 단지 전체가 피안"으로 거듭난다. 그 피안의 저쪽에서 난데없이 수탉이 울고, 하교한 초등학생 한 떼가 "문방구점 앞에서 방망이로 두더지들을 마구 패대고" 있다. 하나의 풍경에서 피안과 현실이 찰나적 현상으로 동시 현전하는 것을 바라본다. 지금-여기 이승의 삶은 동시에 과거 속에 지나간 "언젠가 한 번은 살았던 것 같은 생"이다. 이 물물物物의 세계에서 감각의 존재로 살며 감촉하는 순간들은 처음이 아니다. 과거에도 있었고, 현재에도 있으며, 미래에도 되풀이되는 것이다.

다음 시를 보자. "활어관 밑바닥에 엎드려 있는 넙치"가 "짐자전거 지나가는 바깥을 본다". 수족관이 있고, 그 앞으로 짐자전거 한 대가 지나간다. 그다지 특별할 것도 없는 범상한 세계의 한순간이다. 그 범상한 풍경을 비범한 순간으로 바꾸는 것은 자유자재로 사물의 관계를 비약시켜버리는 시인의 상상력이다. 시인은 길거리와 면해 있는 횟집의 수족관 바닥에 엎드려 있는 넙치를 보고, 그 가시적 현상성을 넘어서 욕망과 인연 때문에 현세라는 수족관에 갇힌 '나'의 운명을 투명하게 응시한다. 활어관 밑바닥의 넙치는 다시 검은 소로 바뀐다. "저무는 하루, 문 안에서 검은 소가 운다". 검은 소는 현세의 매임 때문에 고달프고, 그 고달픔 때문에 운다. 안과 바깥의 경계는 뚜렷하다. 이승과 피안은 현재 속에 모호한 형태로 뒤섞여 있다. 생의 안쪽에서 바라보는 바깥은 "알지만 나갈 수 없는, 무궁의 바깥"이다. 불교적 사유에 기대는 사람이라면 바깥이 피안에 대한 은유라는 걸 읽어내는 일은 어렵지 않다.


폐가 앞에 서면, 문득 풀들이 묵언 수행을 하고 있다는 느낌이 들 때가 있다
떠올릴 말 있으면 풀꽃 한 송이 피워 내밀고 있다는 느낌이 들 때가 있다
사람 떠나 버려진 것들 데리고, 마치 부처의 고행상苦行像처럼
뼈만 앙상해질 때까지 견디고 있는 것 같은 풀들
인적 끊겨 길 잃은 것들, 그래도 못난이 부처들처럼
세월을 견디는 그것들을 껴안고, 가만히 제 집으로 데려가고 있다는 느낌이 들 때가 있다


흙벽 무너지고 덩쿨풀 우거진 폐가
사람살이 떠나 풍화에 몸 맡긴 집,
그 세월의 무게 못 견뎌 문짝 하나가 떨어져도, 제 팔 하나 뚝 떼어 던져주고
홀로 뒹구는 장독대의 빈 항아리, 마치 소신공양하듯 껴안고 등신불이 되는

풀들, 그렇게 풀들의 집으로 고요히 돌아가고 있는 폐가.

그 폐가 앞에 서면
마치 풀들이, 설산 고행을 하듯 모든 길 잃은 것들 데리고 귀향하는 것
같을 때 있다
풀의 집은 풀이듯 데려와, 제 살의 흰죽 떠먹이고 있는 것 같을 때가
있다
— 김신용, 「도장골 시편—폐가 앞에서」

위 시의 화자는 폐가 앞에 서 있다. 사람이 떠난 뒤 흙벽이 무너지고
풀들은 무성한 이 폐가 풍경을 두고 펼치는 사유는 불교적이다. 묵언
수행, 부처의 고행상, 못난이 부처들, 소신공양, 등신불, 설산 고
행……들이 다 불교와 유관하다. 풀들은 묵언 수행 중이다. 곡기마저
끊고 용맹정진하는 수행의 삼매가 얼마나 깊은지 풀들은 뼈만 앙상하
다. 이 수행자들은 "인적 끊겨 길 잃은 것들"을 자비심으로 품는다. 폐
가는 소신공양 중이다. 허기진 세월에게  문짝을 떼어주고, 흙을 구하
는 바닥에게는 흙벽을 헐어 내준다. 설산 고행 끝에 한 깨달음을 얻은
풀들은 "모든 길 잃은 것들"을 데리고 저 불법의 세계로 귀의하는 중
이다. 불법을 군이 구하지 않아도 불법은 이미 우리 안에 있다. 『화엄
경』의 「야마천궁보살설게품夜摩天宮菩薩說偈品」에는 "부처, 중생, 그리고 마
음, 이 셋은 아무런 차이가 없다."라는 구절이 나온다. 폐가를 덮은 풀
은 일체중생의 표상이면서 동시에 부처요, 부처를 닮고자 하는 '나'의

245

마음이다.

불교는 계율을 따르고 선정禪定을 닦는 승려의 것도 아니요, 산속에 들어앉은 절의 것도 아니다. 더더구나 불법을 말하는 많은 경과 교의 속에서 부처를 찾으려는 것은 어리석은 짓이다. 임제종의 선사들은 경전과 좌선 일체를 부정한다. 학인들이 진지한 물음에 선사들은 몽둥이 세례를 하거나, 경전은 밑 닦는 휴지에 지나지 않는다거나, 좌선해서 깨달음을 얻으려는 놈은 미친 녀석이다, 라는 말로 능멸하기 일쑤다. 이 능멸은 중생이 본디 부처인데, 굳이 먼 곳에서 부처를 찾는 어리석음에 대한 꾸짖음이다. 임제臨齊, ?~866 자신이 황벽黃蘗, ?~859을 만난 자리에서 서른 대의 몽둥이세례를 받고 홀연 깨달음을 얻는다. 『열반경』은 일체 중생에게 불성이 있고, 누구나 성불할 수 있다고 말한다. 폐가와 더불어 성불하는 저 무성한 풀들을 보라. 시인은 풀들도, 폐가도 불성을 갖고 있다고 보았으니 그 상상은 자연스럽다. 불성이란 무엇인가? 부처를 향해 이끌려 나아가는 마음이요, 촉매다. 『화엄경』에 따르자면 불성은 천지만물에 뻗쳐 있다. 남송의 소동파가 "산은 부처의 얼굴이고, 시내는 부처의 설법"이라고 한 발상도 자연스럽다. 산에 지천으로 피어 있는 풀 한 포기, 길가에 뒹구는 돌 하나에도 부처가 들어 있다.


계곡으로 물고기 잡으러 따라 나섰다가
깨진 얼음장 속에 꽁꽁 얼어 있는 물고기를 보았다
물이 서서히 얼어오자 막다른 길목에서
물고기는 제 피와 살 버리고

246

투명한 얼음 속에 화석처럼 박혔다

귀 기울여도 심장 뛰는 기척이 없다

조식調息을 하는지 숨소리도 들리지 않는다

사랑하면 사랑에 목숨 묻기도 하듯이

물 속에 살기 위해선

얼음이 되는 것을 두려워 말아야 한다

이글루 짓고 들어앉은 에스키모처럼

은빛 지느러미 접고 아가미 닫고

사방 얼음벽 둘러친 무문無門의 집에서

물고기는 다시올 봄을 아예 잊었다

얼음장이 그대로 고요한 대적광전이 되었다

— 주용일, 「얼음 대적광전」


주용일의 「얼음 대적광전」에서 계곡으로 물고기를 잡으러 간 시인은 "얼음장 속에 꽁꽁 얼어 있는 물고기"를 본다. 피와 살을 버리고 투명한 얼음장에 얼어붙은 물고기에서 부처를 본다. 참다운 수행자는 죽음을 두려워하지 않는다. 수행이 깊은 선사가 입적을 하듯 물고기 역시 계곡물이 꽝꽝 얼어붙은 어느 날 홀연 법계로 옮겨간 것이다. 물고기를 품은 얼음장은 대적광전大寂光殿이다. 대적광전은 화엄전, 혹은 비로전이라고도 한다. 대적광전은 비로자나불을 모신 절집이다. 시인의 상상세계에서 얼음장이 품은 물고기는 비로자나불이다. 마음의 분별을 끊으면, 밖에 흘려 물물의 형상에 대해 집착하거나 안에 흘려 공에 집착하는 현상에서 벗어날 수가 있다. 마음의 집착에서 벗어나면 일체중생의 현상에서 부처의 해탈을 볼 수가 있다.


무심천변에서 무릎 세우고 몇시간을 보냈다
무심 속에서 온통 물을 이루는
물방울 물보라 물거품들
수심을 들여다보다 무심코!
없을 무無에 대해 생각해본다
무욕과 무등無等과 무소유의 나날들
그동안 집착하던 것들로 목이 메었다
몸은 벌써 강물에 젖고
마음이 밀물처럼 빠져나간다
무슨 억하심정으로 일생이여.
속세에 갇혀 속수무책인가
나는 유한한 존재로서 세상에 혹하고 싶었다
불혹이든 물혹勿惑이든 달랑거리면서
무언無言이든 묵언이든 무슨 업이든 생生으로.
낚싯줄 몇, 길게 던진다. 파문의 생기生氣!
문득 살얼음 드는 생의 생각들
수초처럼 잠겨 없을 무無 없을 무無 흘러간다
생이 어떻게 무감동인가 무의미한가 무력한가
무색하여 나는 오늘

흰눈썹울새처럼 이동하고 싶다. 무단횡단하고 싶다

강—남—으—로, 강의 남쪽으로

강의 끝으로, 무한대로 무시무종으로 무조건으로.

가다 보면 공중에 붕(鵬) 뜬 나의 진공(眞空)!

무색계로 가네

이것이 혹 무릉도원인가 무량수전인가

아슬아슬하다. 춘천 하늘 저녁별이

춘·천·춘·천 깜빡거리고

무심천에 무심히 흐를 것들

뒤돌아보면 흐를 것은

저만치 흘러가 있다. 무심히.

— 천양희, 「무심천의 한때」


부처를 찾으면 내 안에 있는 부처가 달아난다. 부처를 찾지 않으면 부처는 내 안에 그대로 있다. 부처를 찾아 여기저기를 떠도는 것은 가까이에 있는 것을 먼 곳에서 찾는 고행이다. 천양희의 「무심천의 한때」는 불성의 근본은 무(無)요, 공(空)이라는 사유에 바탕을 두고 있는 시다. 『임제록(臨濟錄)』에 "일심도 없으면 곳곳마다 해탈한다."라는 구절이 있다. 집착하는 마음에서 벗어나면 마음의 속박에서 자유로워지니, 해탈이 일어나는 것이다. 미와 추, 생과 사, 성과 속, 피안과 차안, 더러움과 깨끗함의 분별은 불성의 세계에서는 뜻 없는 짓이다. 모든 형과 색을 가진 상은 허상이다. 분별하는 일에 몰두하는 것은 허상을 실상으로 받아들이는 소아의 어리석음 때문이다. 분별이 없는 곳에는 미추, 생사, 피차, 선악이 따로 없다. 하나다. 생사즉열반生死卽涅槃이다. 무심천에서 한때를 보내며 시인은 홀연 없을 무無를 사유한다. "그동안 집착하던 것들"을 마음에서 내려놓고, "마음이 밀물처럼 빠져나간" 뒤 무심에 드는 것이다. 집착이 있으면 그 마음은 몸을 속박한다. 그러나 마음을 놓아버리면 몸도 자유로워진다. 해탈은 무심에 드는 것이다. 무심에 들면 융통무애融通無碍의 경지가 저절로 따라온다. 무심천변에서 문득 무심에 들어 있는 자각이 일면서, 무심히 무無자로 시작하는 무욕, 무등, 무소유, 무언, 무감동, 무의미, 무력, 무색, 무한대, 무시무종, 무조건, 무색계, 무단횡단, 무량수전……으로 생각의 가지를 뻗는다. 일종의 무無자 놀이다. 한마디로 마음을 내려놓고 무의 진경에서 노니는 것이다. 마음에서 마음을 놓으니 마음은 진공眞空에 든다.

대매大梅가 마조馬祖 스님에게 물었다. "무엇이 부처입니까?" "네 마음이 바로 그것이다." "무엇이 법입니까?" "네 마음이 바로 그것이다." "달마 조사가 서쪽에서 온 뜻은 무엇입니까?" "네 마음이 바로 그것이다." "그렇다면 조사는 아무런 뜻이 없었단 말입니까?" "부족함이 전혀 없는 네 마음을 알기 바란다." 선禪의 화법은 말장난에 가깝다. 의미의 논리적 연쇄가 끊긴 곳에서 선의 화법이 비로소 성립하는 까닭이다. 선은 경험 사실의 인과관계를 따지지 않는다. 선에서 화법은 무지無知의 지知로, 혹은 무분별의 분별로 나아간다. 이를테면 "어떤 것이 조사께서 서쪽에서 오신 뜻입니까?"라는 물음에 "뜰 앞의 잣나무다."라고 대답한다. 문자의 소양이 전무한 육조 혜능이라면 무엇이라고 했을까. 아마도 이렇게 얘기하지 않았을까. "가거라. 여기에 똥을 싸지 말라."

　시도 마찬가지다. 좋은 시들은 문자의 막다른 곳까지 간다. 문자를 버리고 불립문자<sup>不立文字</sup>로 서려고 한다. 일본의 중세시인 바쇼<sup>芭蕉</sup>는 이렇게 썼다. "오랜 연못에 개구리 뛰어든다, 오! 저 물소리." 이것을 문자로 이해하는 것은 아무 뜻도 없다. 개구리가 연못 속으로 뛰어들고, 물은 첨벙, 하고 소리를 냈을 뿐이다. 사법계의 일이다. 그러나 바쇼는 개구리가 오래된 연못으로 뛰어드는 찰나 우주에서 일어나는 변화의 한순간을 직관한 것이다. 바쇼는 깊은 고요를 깨트리고 방금 물에 뛰어든 개구리와 자신이 둘이 아니라는 사실을 자각한다. 바쇼가 개구리고, 개구리가 바쇼다. 이와 같이 경계가 없이 존재들이 노니는 세계가 사사무애법계다. 분별을 지우면 나는 개구리고, 연꽃이며, 연못이다. 사사무애법계에서 노니는 그게 바로 시의 세계다.

# 당신의 그림자가 울고 있다[90]

## 1. 이성복: "제 그림자에 얼굴을 묻었다"

그 사흘 꽃들은 괴로움과 잠자고 제 그림자에 얼굴을 묻었다
— 이성복, 「꽃피는 시절 1」 일부

그림자는 마음의 어두운 반려伴侶, 우리 안의 대자對自다. 괴로울 때 우리
는 제 그림자에 얼굴을 묻고 운다. 우리가 울면 그림자의 슬픔이 그치
고, 그림자가 울면 자아를 잠식한 슬픔의 부피가 준다. 자기라고 하는
것 속에 자아와 그 그림자는 태극의 형상으로 서로를 품는다. "자아ego
는 진짜 본연의 자기가 아니라 의식적으로 생각하는 자신이자, 자기가
누구라고 인식하고 있는 자신이다. 이에 반해 그림자는 우리 자신의

---

90) 이 제목은 로버트 존슨의 책, 『당신의 그림자가 울고 있다』(고혜경 옮김, 에코의서재, 2007)에서 빌려
온 것이다.

일부분이지만 우리가 보려 하지 않거나 이해하는 데 실패한 부분이다."[91] 누구나 제 그림자와 함께 산다. 그림자는 내면의 수용소에 갇힌 수인囚人, 우리 자신의 일부이면서도 내면에서 적자嫡子로 받아들이지 못하는 서얼, 비천한 자아, 버림받은 고아, 가출한 탕자, 고토에서 뽑혀져 영원히 세계를 떠도는 디아스포라다. 내 안에 있는 것이면서 끝내 내가 될 수 없는 일부, 그게 그림자의 운명이다. 그림자는 외부에서 주어진 억압과 그에 반응하는 내 안의 원망을 먹고 자란다. 아버지의 폭력은 아들의 무의식에 그림자를 드리운다. 아들과 아버지는 둘이 아니다. 모든 아버지에게 아들은 타자화된 자아다. 본디 아버지와 아들은 하나에서 둘로 분리된 존재다.

그림자는 멀리 가지 못한다. 그림자는 항상 광원光源이 오는 방향의 반대편에 제자리를 만든다. 광원이 없는 어둠 속에서는 그림자가 제 존재를 드러낼 수가 없다. 그림자는 내 안에 있다. 그림자는 아무 형체 없이 잠재의식, 무의식, 초자아라고 부르는 것들 속에 숨어 있다. 밖에 드러난 그림자는 그림자의 그림자일 뿐이다. 사람은 제 그림자를 볼 수가 없다. 오직 자아를 외부통찰self-outsight하는 눈을 갖고 있을 때만 이 그림자를 볼 수가 있다. 제 그림자를 보기 위해서는 다른 사람의 눈으로 보아야 한다.

그림자 속에는

91) 로버트 존슨, 앞의 책.

나무가 잠들어 있고 풀잎이 잠들어 있고

토끼가 호랑이가 사람이 잠들어 있습니다

잠들었다 깨어났다 합니다

나무로 깨어나고 풀잎으로 깨어나고

토끼로 호랑이로 사람으로 깨어납니다

깨어나, 흔들리는 몸들

마음의 그림자들, 그러나 마음도

그림자입니다, 무채색입니다


뱀 껍질 매미 껍질 같은 껍데기

껍데기가 알맹이고 색깔의 본체입니다.

— 박종국, 「그림자」[92]


그림자는 아직 내가 살아보지 못한 가능성의 삶, 잠재태로 존재하는 자아다. 그림자 속에서 우리는 나무, 풀잎, 토끼, 호랑이, 사람이다. 우리는 무엇인가를 향해 가는 "흔들리는 몸들"이다. 이것과 저것 사이에서, 혹은 되어야 할 것과 되어짐 사이에서 흔들리는 몸의 그림자가 길게 늘어난다. 몸의 그림자는 "마음(에서 나온) 그림자들"이다. 아들의 꿈은 아버지가 살아보지 못한 그림자다. 그림자와 손잡고 그림자와 화해하라. 그림자들은 언제든지 "무서운 괴물"로 변할 수 있는 아이다. "그

---

92) 박종국 시집, 『허염없이 붉은 말』, 천년의시작, 2007.

림자는 우리의 의식으로 적절하게 통합되지 않은 부분이며 우리가 멸시하는 부분이다. 때로는 그림자가 자아와 같은 정도로 엄청난 에너지를 지닐 수도 있다. 그림자가 자아보다 더 많은 에너지를 집적할 경우에는 통제할 수 없는 분노로 작열하거나, 한동안 우리를 헤매게 하거나, 무분별하게 만든다. 때로는 우울증에 빠지게도 만들고, 그렇지 않으면 어떤 이유가 숨어 있을 듯한 사고로 연결되기도 한다. 자생력이 있는 그림자는 심리라는 집에서 무서운 괴물로 둔갑한다."[93]

## 2. 존재의 문턱에서: "쓸모없는 나무는 천년을 산다"

장자가 어느 산중을 지나가다 보니 큰 나무가 있는데, 가지와 잎이 무성해 있었다. 나무를 치는 사람은 그 곁에 서 있었지만, 그 나무를 베지 않았다. 장자가 그 까닭을 물었더니 쓸데가 없다고 대답했다. 장자는 "이 나무는 쓸데가 없기 때문에 천년을 마칠 수가 있었구나." 하였다. 장자는 산에서 내려와 어느 친구의 집에서 잤다. 그 친구는 매우 반가워하여, 머슴아이를 시켜 기러기를 잡아 삶아 오라 일렀다. 머슴아이는 주인에게 물었다. "한 놈은 잘 울 줄 알고 한 놈은 잘 울 줄을 모르는데, 어느 놈을 잡을까요?" "잘 울 줄 모르는 놈을 잡아라." 그다음 날, 제자들은 장자에게 물었다. "어제 산중의 그 나무는 쓸데가 없

93) 로버트 존슨, 앞의 책.

음으로써 천년을 마칠 수가 있었고, 이제 이 집주인의 기러기는 쓸데가 없음으로써 죽었으니, 선생님은 어느 쪽에 처하려 하십니까?" 장자는 웃으면서 대답했다. "나는 쓸데있는 것과 쓸데없는 것의 중간에나 처해 볼까? 그러나 쓸데있는 것과 쓸데없는 것의 중간은 그럴 듯하지만 도가 아니다. 그러므로 그것은 아직 화를 면하지 못하는 것이다. 대저 도덕에 몸을 두어 노니는 사람은 그렇지 않다. 그에게는 칭찬도 없고 비방도 없으며, 용이 되기도 하고 뱀이 되기도 하며, 때를 따라 변화하되 고집스럽게 하려고 하지 않는다. 한 번 오르락 한 번 내리락하여 조화로써 표준을 삼아, 만물의 근원에서 노닐며, 물物을 물되게 하되 물에 의하여 물되지 않는다면 어찌 그것에 얽매일 수 있겠는가?"「장자」, 「산목山木」

큰 나무는 쓸모가 없기에 베어지지 않은 채 천년을 살 수가 있었다. "곧은 나무는 먼저 벌목되고, 다디단 우물물은 먼저 말라버린다."라는 옛말이 떠오른다. 울 줄 모르는 기러기는 쓸모가 없기에 다가오는 죽음을 면치 못했다. 쓸데가 없어 천년을 산 나무와 쓸데가 없어 죽음을 당한 기러기 중에서 어느 쪽을 택하겠느냐고 제자가 물었을 때 장자는 이 둘 사이의 중간에 처하겠다고 말한다. 이 말은 장난기 많은 장자가 짐짓 지어낸 농담이다. 장자는 이 중간이 그럴 듯해 보이지만 도는 아니다, 라고 분명하게 말한다.

　　큰 나무와 기러기의 명과 운은 그 자체에 있지 않다. 그것들은 명과 운을 주관하는 권력 앞에 피동의 객체다. 나무는 쓸모가 없다고 천년을 살고, 기러기는 쓸모가 없다고 당장에 죽임을 당한다. 자르는 자 없는 자연의 상태 안에서 나무는 타고난 바 수명을 다하고 죽을 것이다. 모든 산 것들은 '내면의 생물학적 시계'를 갖고 있다. 식물들은 "형태발생의 '정보은행'으로부터 조상 식물의 리듬을 불러내"서 그만큼의 수명을 다하고 죽는다.[94] 식물의 현재를 결정하는 것은 제 유전자 속에 새겨진 계통발생의 기억이다. 나무들이 다른 나무들과 의사소통을 하며 저마다 영적인 삶을 산다는 사실을 사람들은 잘 모른다. 살구나무와 복숭아나무들은 향기 같은 화학적 신호나 전자기적 신호로 다른 나무들과 제 생각, 관념, 감정까지 주고받으며 산다. 나무들은 기억력이 뛰어나고 자기방어에도 능숙한 존재들이다. 나무들이 뿜어내는 피톤치드는 일종의 벌레퇴치 물질이다. 벌목꾼이 도끼로 제 몸통을 내리칠 때 나무는 고통 속에서 비명을 지른다. 이 나무의 비명은 전자기적 파장으로 숲 전체에 퍼져 나가고 나무들은 금세 무슨 일이 벌어지고 있는지를 알게 된다. 숲은 이 나무 살해자를 기억한다. 그래서 나무를 자르는 사람은 숲에 들어갈 때 조심을 해야 한다. 나무의 인지능력을 증명하려고 연구하는 과학자들은 이 사실에 동의한다. 아울러 영적 수련이 깊은 사람은 나무를 포함해서 모든 식물과 의사소통을 할 수 있고, 감정과 에너지를 교류할 수도 있다.

눈 쌓인 금장리 참대밭

---

94) 다그니 케르너·임레 케르너, 『장미의 부름』, 송지연 옮김, 정신세계사, 2002.

휘어져, 한껏

휘어져

마침내 세상 밖으로 탈주할 것 같은

이 팽팽한 떨림 속에


획,

새 한 마리 지나가자

순간, 있는 힘 다해

눈을 터는 댓잎들


제 몸을 때리며

시퍼렇게 멍든 제 몸을

제가 때리며

참회하듯 눈을 터는 댓잎들은


어찌 이리 맑은 빛을 내뿜는지

어찌 이리 곧은 생을 부르는지


속수무책, 나는

갈 곳 없는 죄인이다

— 전동균, 「댓잎들의 폭설」[95]

멍이 들도록 제 가지로 제 몸을 치며 참회하는 대나무라니! 왜 눈 쌓인 대숲에 가면 생각이 맑아지는지, 왜 곧은 정신에 대한 그윽한 지향이 생겨나는지를 알겠다. 푸른 댓잎들은 음이온을 쏟아내면서 동시에 전자기적 파장으로 곧은 정신에 대한 메시지를 전언하는 것이다. 폭설에 덮인 대숲이 주는 고결하고 숭고한 느낌은 대나무의 꼿꼿함과 늘 푸름을 유지하는 댓잎이 표상하는 절개와 지조의 한결됨과 연관이 있을 터다. 쌓인 눈의 무게를 이기지 못하고 휘었던 가지가 눈발 날려 가벼워진 뒤 본디의 위치로 돌아간다. 대나무는 여린 가지로 제 몸을 쳐서 시퍼렇게 멍이 든다. 이 참회의 몸짓 앞에서 시인은 "속수무책, 나는 / 갈 곳 없는 죄인"이라고 숙연해지는 것이다.

참 늙어 보인다
하늘 길을 가면서도 무슨 생각 그리 많았던지
함부로 곧게 뻗어 올린 가지 하나 없다
멈칫멈칫 구불구불
태양에 대한 치열한 사유에 온몸이 부르터
늙수그레하나 열매는 애초부터 단단하다
떫다
풋생각을 남에게 건네지 않으려는 마음 다짐
독하게, 꽃을, 땡감을, 떨구며

95) 전동균 시집, 『함허동천에서 서성이다』, 세계사, 2002.

지나는 바람에 허튼 말 내지 않고

아니다 싶은 가지는 툭 분질러 버린다

단호한 결단으로 가지를 다스려

영혼이 가벼운 새들마저 둥지를 틀지 못하고

앉아 깃을 쪼며 미련 떨치는 법을 배운다

보라

가을 머리에 인 밝은 열매들

늙은 몸뚱이로 어찌 그리 예쁜 열매를 매다는지

그뿐

눈바람으로 치면 다시 알몸으로

죽어버린 듯 묵묵부답 동안거에 드는

― 함민복, 「감나무」[96)

미국의 첨단기술 전문가인 조 산체스는 나무에 전극을 꽂고 컴퓨터에
연결해 나무의 소리를 듣는 사람으로 유명하다. 그는 정원의 살구나무
가 "빛을 향한 회상의 내면 속에서 외부의 발견을 이루어라."고 하는
소리를 듣는다.[97) 살구나무는 말을 하고 목련나무는 시를 쓴다. 감나
무가 "태양에 대한 치열한 사유"로 온몸이 구불구불하다 해서 이상할
게 없다. 감나무는 "풋생각을 남에게 건네지 않으려"고 마음을 굳게
먹고, 꽃과 땡감을 제 발 아래로 떨어뜨리고, 지나는 바람에게 "허튼

96) 함민복 시집, 『말랑말랑한 힘』, 문학세계사, 2005.
97) 다그니 케르너·임레 케르너, 앞의 책.

말 내지 않고", 약한 가지는 단호한 결단으로 툭 분질러버린다. 그리고 가지에 밝고 야무진 열매들만 매단다. 눈바람 치는 겨울이 오면 "죽어 버린 듯 묵묵부답 동안거"에 드는 것이다. 눈바람 치는 절기를 면벽 삼아 동안거에 드는 감나무의 결기를 그냥 지나치지 못한다.

폭음한 새벽처럼
속을 게워낸 육신들이 흔들린다
그토록 단단히 지켜온 것이
텅 빈 강령이었다니
부딪칠 때마다
관절음 온 숲에 떨어져 내리고
어깨 툭툭 치며
베어져도
날선 정신들 비로소 눈뜨다
뼈로만 자라는 직유直喩의 숲
― 박현수, 「대숲」[98]

대나무는 속이 비어 있고 마디가 있으며, 곧게 자라고 생장이 빠르다. 이 목본木本식물은 수직으로 곧게 뻗으며 늘 푸른 잎을 달고 있다. 옛 선비들은 대나무의 사철 변함없는 푸른빛에서 속기가 없는 고결한 정신

98) 박현수 시집, 『위험한 독서』, 천년의시작, 2006.

을 받들고, 구부러짐 없이 곧게 자라는 성질에서 절개를 기린다. 박현수도 대나무의 "날선 정신"을 기린다. 시인은 대숲을 군더더기 살집이 없이 "뼈로만 자라는 직유의 숲"이라고 노래한다.

태초에 우주는 하나였다. 모든 만물은 하나에서 나왔으되 만물로 분리되어 있다. 그래서 사람(자르는 자)과 나무(잘림을 당하는 것)로 나뉘고, 사람(죽이는 것)과 기러기(죽임을 당하는 것)로 나뉘었다. 이것은 본디 하나다. 장자가 제시한 살길은 때를 따라 변화하되 고집스럽게 하지 않음과 물(物)을 물되게 하되 물에 의해 물되지 않음에 머무르는 것이다. 형질이 고정되면 그 고정됨에 얽매이는 법이다. 장자는 그 무엇에도 얽매이지 않는 도를 말한다. 도에 든 자만이 만물의 근원에서 자유롭다. 장자가 선택한 길은 어느 쪽에도 얽매이지 않는 자유의 길이다.


## 3. 심재휘: "그늘은 큰 그늘 속으로 돌아갈 뿐"

심재휘의 상상력은 그늘 친화적이다. 그늘은 다가오는 밤의 전조며, 적멸의 예감이다. 그늘은 슬픈 밝음이다. 빛과 어둠의 중간 단계인 그것이 늘 슬픈 것만은 아니다. 그늘은 때로 예찬의 대상이다. 일본의 전통가옥이나 건축물들은 공간의 구조와 배치에 의해 실내로 들어오는 빛의 양을 조절한다. 그늘은 "진한 어둠을 쫓아내기에는 힘이 달리고, 도리어 어둠에 내쫓기면서, 명암이 구별되지 않는 혼미의 세계"를 드러낸다. 그 단아한 풍취와 어울려 실내 구석구석에 자연스럽게 비쳐드는 어스름한 빛에 의해 만들어지는 그늘은 예찬할 만한 미학으로 승화한다. 그늘은 "옥처럼 반투명의 흐린 표면이 속까지 햇빛을 빨아들여서 꿈꾸듯 발그스레함을 머금고 있는 느낌, 그 색조의 깊음, 복잡함"으로 특징짓는 양갱의 빛깔에 비견된다. 광선의 부드럽고 약한 기색으로 가라앉은 그늘의 빛을 띤 이것, 암흑이 달콤한 덩어리가 되어 입속에서 녹아든다. 일본 작가 다니자키 준이치로는 그늘의 열광적인 예찬자다.[99] 심재휘의 「적멸에 대하여」는 그늘을 직접적으로 노래하고 있지

---

99) 다니자키 준이치로, 『그늘에 대하여』, 고운기 옮김, 눌와, 2005. "만약 다다미방을 묵화에 비유한다면, 장지는 먹 색깔이 가장 열은 부분이고, 도코노마는 가장 진한 부분이다. 나는 풍류를 생각한 다다미방의 도코노마를 볼 때마다, 일본인이 그늘의 비밀을 이해하고, 빛과 그늘을 적절히 사용한 그 교묘함에 감탄한다. 왜인가. 거기에는 이것이다 싶은 특별한 장식이 있는 것이 아니다. 요컨대 오직 청초한 목재와 청초한 벽을 가지고 하나의 움푹 파인 공간을 막아, 거기로 들어온 광선이 움푹 파인 여기저기에 몽롱한 구석을 생겨나게 한다. 그럼에도 불구하고 우리들은 문지도리 뒤나 꽃병 주위나 선반 아래 등을 메우고 있는 어둠을 바라보고, 그것이 아무것도 아닌 그늘이라는 사실을 알면서도, 그곳의 공기만이 착 가라앉아 있는 듯한, 영겁불변의 고요함이 그 어둠을 차지하고 있는 듯한 감명을 받는다. 생각건대 서양인이 말하는 '동양의 신비'라는 것은 이처럼 어두움이 갖는 어쩐지 으스스한 고요함을 가리키리라. 우리들 역시 소년 시절에는 햇빛이 도달하지 않는 다실이나 서원의 도코노마 안을 바라보노라면, 말할 수 없는 두려움과 차가움을 느꼈던 것이다. 대체 그 신비의 열쇠는 어디에 있는 것일까? 의문을 풀자면, 필경 그것은 그늘의 마법이어서, 만약 구석구석에 만들어져 있는 그늘을 쫓아 없애 버리면, 홀연히 그 도코노마는 단지 공백으로 돌아갈 것이다. 우리 선조의 천재는, 허무의 공간을 임의로 차단하여 저절로 생기는 그늘의 세계에, 어떠한 벽화나 장식보다 뛰어난 그윽한 맛을 갖게 할 것이다. 이것은 간단한 기교처럼 보이지만 실은 그다지 쉽지 않다. 예를 들면 마루 옆쪽에 창을 내는 법, 문지도리의 깊이, 가로대의 높이 등, 하나하나마다 눈에 보이지 않는 고심이 들어 있는 것을 미루어 짐작하기란 어렵지 않지만, 안다 해도 나는, 서원 장지의 새하얀 희미하게 밝은 데서는, 이윽고 그 앞에 멈춰 서서, 시간이 지나는 것을 잊고 마는 것이다. 원래 서원이라고 하는 것은, 옛날에는 그 이름이 보여주듯이 거기서 책을 보기 위해 창을 마련했던 것이나, 어느새 도코노마의 들창이 된 것인데, 대부분의 경우 그것은 들창이라 하기보다도, 오히려 측면에서 비춰 오는 외광을 일단 장지의 종이로 여과하고, 적당하게 약화시키는 일을 하고 있다. 정말로 저 장지 뒤로 비추고 있는 역광의 밝음은, 뭔가 살풍경하다 할, 쓸쓸한 색깔을 띠고 있는 빛이리라. 차양을 빠져 나와 복도를 지나 양양하게 거기까지 다다른 정원의 햇빛은, 이미 사물을 비출 힘도 없어지고 혈기도 잃어버린 것처럼, 다만 장지의 종이 색깔을 새하얗게 두드러지게 하는 데 지나지 않는다. 나는 자주 저 장지 앞에 멈춰 서서, 밝지만 현란함을 조금도 느낄 수 없는 종이 면을 응시하는데, 큰 가람 건축의 다다미방 등에서는 정원과의 거리가 멀기 때문에 점점 광선이 약해져서, 춘

는 않지만, 그늘이 내리는 산 밑 풍경을 감각적으로 인화해낸다. 추위
로 인해 식어가는 몸, 언 땅을 밟는 발소리, 멀리 개 짖는 소리, 뽀얗게
밥 짓는 연기…… 들은 해그늘에 잠긴 겨울 풍경을 보여준다. 그늘이
만드는 것은 정오의 작열하는 빛이 표상하는 삶의 절정이 아니다. 정
오를 지나 쇠잔해지는 빛은 여기저기에 그늘을 만든다. 그늘은 안으로
깊어지며 제 안쪽을 비애에 감염된 마음으로 채운다. 그늘은 슬픔의
빛을 머금는다. 그래서 "이렇게 흐린 날인데 / 가야 할 길은 얼마나 남
았나"<sup>「정월」</sup>라는 물음은 걷잡을 수 없는 애조를 띤다. "가장 깊어서 가장
안쪽인 / 오지", 이 세상에 마지막으로 남아 있는 그 오지를 향하여 하
염없이 가는 마음을 물들이는 빛이 그늘의 빛이다.<sup>「마지막 오지」</sup> 이렇듯 심
재휘의 그늘에는 애조와 적멸의 비애가 깊게 어린다. 「적멸에 대하여」
에서 해그늘의 풍경이 마음을 쓸쓸하게 만드는 것은 이것이 적멸의 예
감을 품고 있는 탓이다.


그늘이 짙다
8월 해변에 파라솔을 펴면
정오의 그늘만큼 깊은 우물 하나
속없이 내게로 와 나는
그 마음에 곁방살이하듯

하추동 맑은 날도 흐린 날도, 아침이나 낮이나 밤이나, 거의 그 희미함에는 변함이 없다. 그리고 세로로
퍼진 장지 문살의 한 칸마다 생긴 구석이, 마치 먼지가 묻은 것처럼, 영구히 종이에 착 달라붙어 움직이
지 않을 것 같은 의심이 든다. 나는 그럴 때마다 그 꿈같은 밝음을 의아해하면서도 눈을 깜박거린다."

바닷가의 검은빛 안에 든다


한나절 높게 울렁거리던 파도가
슬픈 노래의 후렴처럼 잦아드는 때
더운 볕도 기울고 그늘막도 기울어
조금씩 길어지던 그늘은
어느덧 바닷물에 가 닿는다


물빛을 닮은 그늘은 넉넉하다
우물 안의 맑은 샘물처럼
그늘은 이제 바다에서 흘러나온다
바다 속의 넓은 고독으로부터
슬며시 빠져나온 손 하나가
내 발을 덮고 가슴을 덮는다 곧 있으면
제 빛의 영토로 돌아갈 찬 손 하나가


그러나 그늘은 큰 그늘 속으로 돌아갈 뿐
내 곁에서 사라지지 않으나
다만 내가 못 볼 뿐이니
밝았다 저무는 것은 내 안의 빛이었으니
넓고 넓은 바닷가에
내가 덮고 있는 그늘 하나

해질녘의 그늘 같은, 늘 그리운 사람

— 심재휘, 「그늘」[100]

8월 해변에 편 파라솔 아래 생긴 그늘에 대한 상념을 담은 시다. 그늘은 빛이 있은 뒤에야 비로소 존재한다. 그늘은 퇴화된 빛의 잔재다. 빛과 어둠의 중간에 머무는 그늘은 빛이 되지 못하고 이미 어둠에 잠식된 빛, 아직은 흐릿한 빛을 머금고 있어 채 어둠이 되지 못하는 어둠이다. 밝은 어둠, 검은빛인 그늘은 사람에게 쉼터, 휴식의 공간을 마련한다. 심재휘는 그늘 안에 있는 시의 화자를 "바닷가의 검은빛 안에 든다"라고 쓴다. "물빛을 닮은 그늘"의 영상은 우물 안의 맑은 샘물로, 바다 속의 넓은 고독에서 슬며시 빠져나온 손으로 옮겨간다. 시의 화자는 몸은 검은빛 안에 들고, 해가 기울며 점점 길어지다가 이윽고 바다에 닿는 그늘을 바라보고 있다. 그러니까 시의 화자는 그늘 아래서 꽤 오랜 시간을 보낸 셈이다. 그늘 속에서 여무는 것은 빛에 대한 사유다. 그늘은 주체의 바깥에 있는 것이지만 그것은 "밝았다 저무는 것은 내 안의 빛"과 상호 조응한다. 그늘은 시의 화자가 못 볼 뿐이지 사라지는 것은 아니다. 발을 덮고 가슴을 덮던 그늘은 뜻밖에도 "해질녘의 그늘 같은, 늘 그리운 사람"으로 이어진다. 그늘은 고독한 존재에게 위안이 되는 누군가의 사랑 같은 것이다. 그것이 쓸쓸한 것은 그 그늘은 이윽고 "큰 그늘 속으로 돌아갈" 것이란 예감 때문이다.

100) 심재휘 시집, 『그늘』, 랜덤하우스중앙, 2007.

## 4. 윤희상: "이제 그늘을 만들지 못하리라"

윤희상의 『소를 웃긴 꽃』은 아주 오래된 상처에서 피어난 꽃이다. 그 상처는 오월 광주의 기억과 연관이 있다. 오월 광주는 윤희상의 시적 자아에게 그림자를 만든다. 그 그림자는 "1980년 5월 이후로, / 나의 안에서 이십여 년 동안 암약해온 무력 집단."「광주 오월단光州 五月團」이다. 세월은 나와 너 사이로 흘러간다. "나와 너 사이에서 / 바람이 불고, 비가 내리거나, 눈이 내린다". 흘러간 세월 덕에 상처는 아물고, 슬픔은 엷어진다. 그 멀어진 거리로 대상을 관조하며 농담도 건넬 수 있는 여유가 생겨난다. "나와 너의 사이는 / 멀고도, 가깝다".「농담할 수 있는 거리」

피는 꽃이 소를 살짝 들어올린 거야
그래서,
소가 꽃 위에 잠깐 뜬 셈이지
— 윤희상, 「소를 웃긴 꽃」[101] 일부

소들이 풀을 뜯는 들판의 꽃들이 소를 들어올린다. "소가 꽃 위에 뜬"다. 꽃 위에 뜬 소들이 웃는다. 공중에 떠오른 소와 피는 꽃 사이는 나와 너 사이의 그 "멀고도, 가까운" 거리다. 그 사이는 관조와 해학이 빚어지는 마음의 공간이다. 세월이 흘러갔다고 다 잊히는 것은 아니

101) 윤희상 시집, 『소를 웃긴 꽃』, 문학동네, 2007.

다. 여전히 그림자는 남아 있다. "선배는 보이지 않고 / 선배의 긴 그림자가 남는다".「선배의 긴 그림자」

이제 그늘을 만들지 못하리라
수목원에서 쓰러진 나무를 보았다
잎이 모두 떨어지고 없었다
이름표를 달고 있었다
후박나무였다
아이들과 함께 이름을 불러보았다
대답하지 않았다
죽은 것이다
가까이 가서 들여다보았다
썩은 줄기 속에서
곤충을 키우고 있었다
— 윤희상,「죽은 나무」

나무는 땅에서 수직으로 솟아 하늘을 떠받치는 축이다. 여러 신화에 나오는 세계수世界樹, 혹은 우주목宇宙木이 바로 그것이다. "거대한 한 그루의 나무가 하늘까지 뻗어 있었다. 우주의 축인 그 나무는 삼세계를 가로지르고 있었는데, 뿌리는 지하 깊숙이 박혀 있었고 가지들은 천상에 닿아 있었다. 땅속에서 길어 올린 물은 수액이 되고, 태양은 잎과 꽃, 그리고 열매를 생겨나게 하였다. 이 나무를 통해 하늘에서 불이 내려오고, 나무는 구름들을 모아 엄청난 비를 내리게 하였다. 곧게 뻗은 나무는 천상과 지하의 심연 사이를 연결하고, 그로써 나무는 영원히 재생될 수 있었다."[102] 아울러 나무는 영혼을 가진 생명체로 다루어지고, 그런 맥락에서 나무는 자아의 표상이다. 나무는 봄이면 잎과 꽃을 피우고 열매를 맺는다. 가을에는 이미 조락이 시작되고 대지가 얼어붙는 겨울에는 긴 동면에 든다. 나무는 "존재와 부재의 속성"을 한 몸에 갖는다.[103] "죽은 나무"는 이름을 불러도 대답하지 않는다. 시인의 마음에는 아직도 부름에 응답하지 않는 "죽은 나무"들이 많이 서 있다. 땅에서 수액을 길어 올리지도 않고, 잎과 꽃을 피우지도, 열매를 맺지도 않는 이 "죽은 나무"들은 부재의 넋들이다. 이 무응답, 무의지는 시인에게 연민을 불러일으킨다. 그래서 시인은 죽은 나무를 "가까이 가서 들여다"본다. 죽은 나무는 제 안의 "썩은 줄기 속에서 / 곤충을 키우고" 있다.


나무가 무섭다

결코, 물러서지 않을 자세이다

번개가 쳐도

달아나지 않는다

죽어도 서서 죽는다

그대로 무너진다

102) 자크 브로스, 『나무의 신화』, 주향은 옮김, 이학사, 1998.
103) 자크 브로스, 앞의 책.

오는 곳이 가는 곳이다

태어나고, 자란 곳이 무덤이다

비겁하지 않다

아무 일도 없었다는 듯이

강물을 흘려보낸다

— 윤희상, 「강변에서 죽은 나무를 보았다」


왜 시인은 죽은 나무가 무섭다고 할까? 죽은 나무는 "태어나고, 자란 곳이 무덤이다". 나무는 죽을 때도 서서 죽고, 그 자리에서 무너진다. 윤희상의 시는 죽은 나무의 넋이 쓰는 현상학이다. 죽은 나무는 상처 받은 무의식이 불러낸 이미지다. 그것은 분명히 있지만 존재성을 부여 받지 못한다. 그것이 딛고 있는 곳이 공허이기 때문이다. 죽은 나무는 시인이 불러낸 제 안의 그림자다.


## 5. 김선우: "검은 등만 오롯하다"


김선우의 시에서 나와 너는 서로 애달파하고, 서로에게 다정하다. '나'와 "내 몸속에 잠든 이"는 사랑 안에서 하나로 합일한다. "쓰러진 것들이 쓰러진 것들을 위해" 우는 것은 사랑 때문이다. '나'는 당신을 위해 "빛으로 감옥"을 짜고, 내가 짠 은빛 감옥을 "당신 위에" 덮는다. 그뿐만 아니다. 떨어질 수 없기에 당신의 감옥에 내 "온몸의 감옥을 접

붙"인다. 두 존재가 접붙는 것은 하나가 되고자 하는 열망의 다른 표현
이다.「잠자리, 천수관음에게 손을 주다 우는」 자아 안의 대자인 그림자와의 합일은 세계
긍정의 상상력을 이끄는 동력이다. 그 동력이 밀고 나간 끝에 "내 몸속
에 들앉아 속속들이 나를 바라볼 / 너에게 기꺼이 나를 들키겠다"고 말
한다. 너의 "뼈로 달인 은하 물"을 후루룩 삼킨 뒤 나는 너와 한 몸으로
원융圓融을 이룬다. 너는 이미 내 속에서 "속속들이 나를 바라" 보는 것이
다. 나는 본다, "내가 사랑하는 너의, 몸속의 소"를.「사골국 끓이는 저녁」


아이 업은 사람이
등 뒤에 두 손을 포개 잡듯이
등 뒤에 두 날개를 포개 얹고
죽은 새


머리와 꽁지는 벌써 돌아갔는지
검은 등만 오롯하다


왜 등만 가장 나중까지 남았을까,
묻지 못한다


안 보이는 부리를 오물거리며
흙 속의 누군가에게
무언가 먹이고 있는 듯한

그때마다 작은 등이 움찔거리는 듯한

죽은 새의 등에
업혀 있는 것 아직 많다
— 김선우, 「등」[104]

죽은 새가 제 등 뒤에 포개 얹은 두 날개는 새의 그림자다. 우리는 그렇게 제 그림자를 등에 업고 산다. 가장 나중까지 남은 피사체의 뒷면, 죽은 새의 검은 등은 생명의 전일성이 회복할 수 없을 만큼 치명적으로 깨진 상태를 암시한다. 무의식 안에 방치된 그림자를 외시하는 이 검은 등은 위엄과 가치를 박탈당한 주검의 이미지로 견고하다. 죽은 새는 머리와 꽁지는 이미 다른 짐승에게 먹히고 "검은 등만 오롯하다". 존재의 빛은 꺼지고 그림자만 남는다. 이 검은 등은 공기의 본성을 잃은 채 고갈에 이른 새, 공중으로 솟구치는 삶을 더 이상 살 수 없는 새의 현실을 증언한다. 검은 등은 잘 있음의 고갈이다. 검은 등은 새에게서 떨어져 나와 저 홀로 이 세상을 떠돈다. "죽은 새의 등에 / 업혀 있는 것 아직 많다". 새의 등에 업혀 있는 것은 내 안에서 바깥으로 밀려나간 그림자들이다. 새는 죽어서도 이 그림자들을 업고 있다.

그대가 밀어 올린 꽃줄기 끝에서

---

104) 김선우 시집, 『내 몸속에 잠든 이 누구신가』, 문학과지성사, 2007.

그대가 피는 것인데
왜 내가 이다지도 떨리는지

그대가 피어 그대 몸속으로
꽃벌 한 마리 날아든 것인데
왜 내가 이다지도 아득한지
왜 내 몸이 이리도 뜨거운지

그대가 꽃 피는 것이
처음부터 내 일이었다는 듯이.
— 김선우, 「내 몸속에 잠든 이 누구신가」

광원이 드러내는 것은 존재의 밝은 측면들, 이를테면 영혼, 의식, 이성, 의지, 계획, 지혜, 사랑, 꿈들이다. 광원 뒤로 숨는 것은 존재의 어두운 측면들, 이를테면 위선, 거짓말, 광기, 억압, 악몽, 원한, 적의, 상처, 좌절된 꿈들이다. 자아가 존재의 앞면이라면 그림자는 뒷면이다. 내 안에 안고 있는 그림자가 승화될 때 그것은 숭고하고 신성한 빛을 얻는다. "내 몸속의 잠든 이"는 내 안의 것들을 밖으로 밀어내 꽃을 피운다. 사실 그 꽃은 내 것이 아니다. "그대가 밀어 올린 꽃줄기 끝에서 / 그대가 피는 것"이다. 그림자는 그 내면에 강한 에너지를 갖고 있다. 우리가 그 힘을 느낄 때 그림자는 우리 안에 갇힌 초인과 같은 존재다. 그럼에도 시의 화자는 기쁨이 충만해서 몸이 떨리고, 자꾸 뜨거워진다. 치유와 화해의 에너지가 그림자를 감싼다. 그러면 그림자는 제 안의 꽃대를 밀어올리고 그 끝에 꽃을 피운다. 생명의 꽃, 만다라의 꽃이다. 만다라는 자아와 그림자가 전일성을 이룰 때 나타나는 신성한 원이다.


## 6. 안시아: "내 굴레가 번식시키는 짙은 정적"

안시아는 자아에 번식하는 그림자에 예민하게 반응하는 시인이다. 시집 『수상한 꽃』에는 '그림자'라는 제목을 가진 시가 두 편이고, 그 밖에 여러 편들의 시에 그림자가 나타난다. "몸을 벗어난 그림자가 걸어나가는 걸 본다",「평범한 일상」 "유리잔이 창가에 / 긴 그림자를 엎지르고 있어요"「기억」라는 구절들이 그 예다. "거울은 비춘다 금 간 거울은 나의 균열된 틈이다"「관계」라는 구절에서 '거울'은 내 속에 살고 있는 또 다른 '나'가 출현하는 곳, 즉 그림자 자아의 거처다. 도플갱어란 거울에 비친 '나'를 뜻한다. 거울에 비친 '나'는 '나'와 똑같이 생겼지만 '나'는 아니다. "금 간 거울"은 거기에 비친 '나'를 여러 개로 쪼갠다. 그것은 자아의 분열에 대한 암시다. 그림자는 어느 사이엔가 "금 간 거울"에서 누수된 자아, 그리고 어두운 자아가 머무는 거처다. 시인은 도처에서 자라나는 그림자들을 열심히 탁본한다.

그림자 한 벌이 내가 가진 전부였다 불씨는 꺼져가고 모든 형체가 공

274

평해진다 사랑하는 이들의 저녁 식탁 같은 창가를 걸어두고 싶다 자유
는 이곳에서 서로를 가두고 있다 나를 살고 있는 내 이름은 노이, 모든
길이 지워진 이곳은 제멋대로 단조롭다 나는 오늘도 끝없는 설원 위
를, 내 그림자처럼 달려간다
— 안시아, 「폭설—내 이름은 노이」일부

안시아의 시는 그림자들의 노래를 들려준다. 그림자들의 노래는 천상
의 화음이 아니라 여럿으로 쪼개진 자아의 불협화음으로 이루어진 노
래다. 그림자는 탕진된 자아, 부조리한 실존을 집어삼키며 자라난다.
시인은 "그림자 한 벌이 내가 가진 전부였다"고 노래한다. 밤이 없는
낮이 무슨 의미가 있겠는가. 밤과 낮은 대립하지만 그 둘은 함께 있을
때 서로에게 의미가 된다. 마찬가지로 이 낯설고 모호하고 불확실한
검은 존재가 있기에 우리의 현존은 의미가 있는 것이다.


생각이 분분한 뒤통수를 가졌지 나의 바깥,
훤히 드러내고도 가득 찬 내부


입술은 노래에 갇히고
젖은 어깨는 얇은 비명으로 움츠리지


허구와 밀접한 텅 빈 무게
내 굴레가 번식시키는 짙은 정적

내가 오려낸 종이 인형 같은

존재는 입김처럼 가볍지
웃음과 눈물이 표정에서 만나고
척추를 감싸는 유연한 달빛
홀로된 분열과 마주치기도 하지

몸에 꼭 맞는 어둠만을 껴입지
― 안시아, 「그림자」[105]

시인은 뒤통수를 "나의 바깥"이라고 부른다. 몸의 뒤편, 이를테면 등과 뒤통수는 그림자의 친인척이다. 왜 아니겠는가! 자아의 일부이면서도 자아에서 떨어져 나와 바깥으로 튕겨져 나간 게 그림자 아닌가! 심리학에서 보자면 그림자는 "각자의 내면에서 수용되지 못하는 어두운 부분"로버트 존슨, 『당신의 그림자가 울고 있다』이다. 빛과 어둠의 대극에서 빛의 은총을 받는 자아와 어둠 속에 움츠린 자아가 있는데, 그림자는 후자의 자양분을 취하며 자라난다. 빛이 크고 강하면 그만큼 어둠도 크고 더 짙어진다. 그림자들은 안쪽에 있을 수 없는 "나의 바깥"이다. 바깥이 없는 한 안도 없고, 패배가 없으면 승리도 없다. 안과 바깥의 관계와 마찬가지로 빛과 어둠, 선과 악, 왼쪽과 오른쪽, 남자와 여자의 대극들

105) 안시아 시집, 『수상한 꽃』, 랜덤하우스, 2007.

은 상호 공존해야만 하는 것들이다. 대극관계에서 한쪽을 부정하면 다른 한쪽도 존재할 수 없다. 그림자는 "허구와 밀접한 텅 빈 무게 / 내 굴레가 번식시키는 검은 정적"이다. 자아는 그림자를 끌어안고 그것과 함께할 때 비로소 전일성에 도달한다. 어떤 사람들은 그림자를 부정하고 증오한다. 그림자를 유기하고 그림자와 무관한  삶을 꾸린다. 버림받은 그림자들은 내 안에서 운다. 하지만 그림자는 부정한다고 해서 사라지는 게 아니다. 그림자를 부정하면 그림자는 더 어두운 자아의 구석으로 숨어들며 그 안에서 스스로의 힘을 키우고 자라난다. 그림자를 누르는 힘이 임계점에 이를 때 자아의 어두운 구석에서 힘을 키우고 자라난 그림자는 틀림없이 반동의 힘으로 튕겨 나온다. 누르는 힘이 강하면 그 반동의 힘도 강해진다. 제 내면의 그림자를 천대하면 그 그림자는 복수를 한다. 낯선 개에게 발길질을 해대면 그 개에게 물리는 것과 같은 이치다.

입술은 노래에 갇히고
젖은 어깨는 얇은 비명으로 움츠리지

시인은 제 속에 있는 그림자의 비명에 귀를 기울인다. 입술에 갇혀 노래가 되지 못한 노래, 비명으로 움츠린 젖은 어깨는 그림자의 것이다. 그림자가 자아에게 고통이 되는 것은 그것이 분열의 결과물이기 때문이다. 그림자는 "홀로된 분열"이다. 그림자를 바로 보는 것은 전일적 삶을 사는 데 꼭 필요하다. "파우스트의 내면은 자신의 그림자인 메피스토를 받아들임으로써 채워진다. 자아와 그림자는 자웅동체의 생명체와 같이 한 존재 안에서 동거한다. 그림자는 "몸에 꼭 맞는 어둠만을 껴입"은 자아다. 좌우의 균형이 맞을 때 새는 제대로 날 수가 있다. 자아와 그 그림자가 균형을 이룰 때 인격은 원만함을 유지할 수 있다. 따라서 그림자는 보호하고 보살펴야 할 나의 분신이다.

뜨거운 한낮은 햇빛 가마터다
달궈진 태양이 먹빛으로 빚어지는 오후
뚜벅뚜벅 골목을 가고 있다
태양은 제 몸을 달궈 가장 어두운
그늘 하나씩 만들어주는 셈,
뜨거운 최후까지 검은빛을 반사한다
태양을 향한 담벼락이 굴곡진다
햇살에 담갔다 올린 나뭇잎이
유약을 입은 듯 반짝이고
담벼락을 스치는 발걸음은
골목을 회전시킨다
타는 듯한 오후가 지나면
둥근 저녁을 빚어놓을 것이다
서로의 경계를 지우며
직립이 교차하고 있다
— 안시아, 「그림자」

자아가 이성의 소리에 따른다면 그림자는 광기의 명령에 따른다. 생산과 효율성을 우선적 가치로 섬기는 사회는 그 뒤편에 권태와 외로움이라는 그림자를 키운다. 아울러 인류가 평화를 열망하고 사회 안전망을 구축할 때 그 뒤편에서는 전쟁, 분쟁, 유혈폭동, 테러, 학살, 고문들과 같은 폭력들이 숨을 죽인 채 기회를 엿본다. 빛이 강하면 그 뒤의 그림자도 짙어지는 법이다. 그림자를 구워내는 곳은 "뜨거운 한낮(의) 햇빛 가마터"다. 시인은 "태양은 제 몸을 달궈 가장 어두운 / 그늘 하나씩 만들어"준다고 노래한다. 그늘(그림자)을 만드는 것은 빛의 근원인 태양이다. 그림자는 태양의 배아胚芽, 검은 자아가 수태한 황금의 배아다.

타는 듯한 오후가 지나면
둥근 저녁을 빚어놓을 것이다

이것이 낳은 것은 "둥근 저녁"이다. 낮은 저물면서 깨지고 찢긴 것들이 아물어 만다라와 같이 "둥근" 때에 이른다. 둥근 것은 전일성에 대한 암시다. "둥근 저녁"은 치유와 정화로 둥글게 완성된 자아의 시간, 제 안에 품은 씨앗들이 자라서 개화하는 화엄華嚴의 순간이다.

# 바둑과 시

## 1. 바둑: 도<sup>道</sup>를 보다

바둑돌을 처음 만져본 게 열 살 무렵이니, 바둑을 벗 삼은 지도 어언 40여 년이다. 중학교에 진학한 뒤에 바둑에 빠져 학교 공부는 뒷전이고 식음을 잊은 적도 여러 번이다. 바둑을 늘 가까이했던 것은 아니다. 좋은 벗을 찾아 나누는 수담<sup>手談</sup>은 고즈넉한 행복 그 자체지만 폐단도 없지 않았기 때문이다. 그 폐단은 지나치게 몰입하게 만든다는 점이다. 바둑 두는 재미에 들려 사람으로서 해야 할 일을 다하지 못할 것이라는 우려 때문에 한동안 바둑을 멀리하고 살았다. 그러다가 출판사를 접은 뒤 돌연 한가로워져 다시 바둑을 찾았다. 마음에 미혹이 많을 때 바둑은 그 마음을 다스리는 좋은 수단이다.

　반상 전체의 형세를 읽고 부분적인 국면과 흐름을 예측해서 돌한 점을 놓는다. 전체가 부분을 제약한다는 점에서 바둑이나 인생은 하나다. 인생을 살다 보면 풀어야 할 많은 난제와 만나고, 수없는 선택의 기로에 서게 된다. 대인은 전체를 본 뒤에야 비로소 부분에 천착한다. 작은 것을 꿰뚫어본 뒤면 큰 것의 정체를 가늠해볼 수 있다. 낙엽이 쌓이고 뱀들이 자취를 감추면 가을이 깊은 것을 알 수 있고, 서리가 잦은 뒤에는 곧 천지의 물이 어는 겨울이 올 것임을 짐작할 수 있다. 아울러 나아갈 때가 있는가 하면 조용히 물러설 때가 있다. 공세를 취해야 할 때 수세를 취하고 수세를 취해야 할 때 공세를 취하면 낭패를 보는 건 자명한 이치다.

바둑은 그 기원이 4,000년을 훌쩍 넘는다. 바둑은 4,000년 이상 쌓이고 깊어진 동양의 철학과 지혜가 농축된 하나의 보고寶庫다. 어린 아이들에게 바둑을 가르치면 집중력을 키우고 나아가고 물러섬에 경솔함을 삼가고 신중함이 몸에 배게 만든다. 바둑은 나를 다스리고修身齊家 천하를 경영하는 법治國平天下을 배울 수 있는 훌륭한 교육수단이다. 바둑이 깊어지면 저 스스로 배움에 밝아진다. 조지 레너드라는 사람은 『교육과 황홀경』에서 "참된 교육은 황홀감과 해방감을 준다. 참된 배움의 순간이 기쁨의 순간이다."라고 했다. 배움은 자연스럽고 즐거운 모험이어야만 몰입할 수 있다. 강압과 반복은 배움을 지겹고 두려운 일이 되게 한다. 바둑은 틀에서 벗어나 창의적으로 생각하는 법, 감정을 다스리고 억제하는 법, 정신을 강하게 수련하는 법, 약할 때 생존하는 법, 위기에서 벗어나는 법, 자산을 관리하는 법, 경쟁자를 친구로 만드는 법 따위를 배울 수 있다. 허물을 벗지 못하는 뱀은 도태한다. 낡은 지식을 새로운 패러다임으로 대체하지 못하면 생성으로 나아갈

수 없다. 생성으로 나아가지 못하는 존재는 허물을 벗지 못하는 뱀과
같다.


누추한 집이나마
금<sup>琴</sup>도 있고 책도 있네.
타기도 하고 읊기도 하며
이내 즐거움 누린다오.
어찌 달리 좋아함이 없으리오마는
이렇게 조용히 사는 게 즐겁다오.
아침엔 정원에 물을 주고
저녁엔 초가집에 몸을 눕히오.


사람들이 보배로 여기는 것도
나에게는 외려 진귀하지 않다오.
같이 좋아하는 것 없다면
어찌 친할 수 있을꼬.
나는 좋은 친구를 구하다가
그리던 사람을 정말로 만났구려.
기뻐하는 마음 잘 맞았고
사는 집도 이웃이라오.
— 도연명, 「방참군에게 답하다」 일부

도연명<sup>陶淵明</sup>의 시에 나오듯 자족하며 사는 벗이 이웃에 있고, 그의 사람됨이 질박하고 순수하며, 뜻이 맞고 바둑 좋아하는 취미를 가졌다면 이는 크나큰 기쁨이요 지복이다. 몇 해 동안 바둑 두는 재미에 흠뻑 취해 살았다. 찬바람이 불고 가로수의 잎들이 우수수 떨어지니 가을이 온 줄 알고, 물이 얼고 눈보라가 치니 겨울이 온 걸 비로소 알았다. 세월 가는 걸 잊은 채 바둑에 몰입하여 울화를 삭이고 나락에서 뼈가 녹는 고통을 망각할 수가 있었다.

요동치는 마음을 고요하게 하는 데 바둑보다 더 좋은 것은 없다. 바둑은 수만 번의 대국을 하여도 같은 판이 없다. 반상은 역동과 균형의 사이에서 불확정성의 힘으로 활동운화하는 기가 요동치는 카오스요, 코스모스다. 카오스는 음양, 천지인, 사상<sup>四象</sup>, 팔괘<sup>八卦</sup>가 아직 미분화로 엉켜 있는 원초의 상태다. 카오스는 커다란 허<sup>虛</sup>고, 광대무변한 무<sup>無</sup>다. 이 무와 허는 천지인을 다 끌어안는다. 『천부경<sup>天符經</sup>』에서는 "사람 안에 천지가 하나로 통일되어 있다."고 말한다. 반상은 천지인을 아우르는 통합적 원리가 구현되는 공간이고, 변화, 역동, 순환하는 힘들이 소용돌이치는 우주다. 감히 단언하건대 천변만변<sup>千變萬變</sup>하는 바둑에서 나는 인생과 철학을 엿보고, 우주만물에 작용하는 도를 깨닫는다.

바둑판을 들여다본 적이 있는가? 바둑판은 가로세로 각각 19개의 줄로 이루어져 있다. 바둑판에는 9개의 화점이 있다. 우리의 옛 바둑판은 네 귀와 네 변에 16개의 점과 그 사이에 8개의 점, 중심의 천원<sup>天元</sup>점 1개를 합하여 모두 25개의 점으로 이루어져 있었다. 바둑판은 하나의 우주다. 바둑을 도<sup>道</sup>라고 하는데, 이는 바둑이 우주의 이치를 깨치는 한 수단이기 때문이다. "바둑은 작은 재주다. 그러나 오묘한 이치가 있다. 오묘한 이치가 있는 것에서 신묘한 경지에 통하려면, 비록 아무리 작은 것이라도 역시 어려운 법이다."라는 말은 춘주春州 김도수金道洙 1699~1742가 지은 『춘주유고春州遺稿』에 나오는 글이다. 춘주는 바둑을 이렇게 말한다. "요컨대 바둑이 삼대 시대에 생겼다는 말은 틀림없을 것이다. 그 법도는 하도河圖와 낙서洛書의 술수를 부연하고 천지를 본떠 곧고 바르게 펼쳐진다. 지극히 고요하면서도 지극히 동적으로 움직여, 더하는 생각이 깊고도 원대하고 온갖 변화가 끊임없이 일어나니, 이치가 깃들어 있는 도구이자 옛날 훌륭한 시대의 기품 있는 놀이다."

바둑의 기원에 대해서는 여러 설이 있다. 요堯 임금이 바둑을 만들어서 그 아들 단주를 가르쳐 그가 지혜로운지를 관찰했다는 기록이 있다. 바둑의 고전 중의 고전으로 일컫는 『현현기경玄玄棋經』에도 "옛날 요·순이 바둑을 만들어 그 아들들에게 가르쳤다."는 기록과, 중국의 『박물지博物志』나 『태평어람太平御覽』 등의 옛 문헌들을 보면 바둑이 처음 선보인 것은 대략 요·순대堯舜代, 기원전 2350~2250로 추정된다. 『논어』에 나오는 "바둑 두는 것은 아무 일도 하지 않는 것보다 어진 일이다."라는 문장을 미루어보건대 공자의 시대에도 바둑이 보급되어 있음을 알 수 있다. 우리나라에는 삼국시대에 바둑이 전해졌다고 한다. 『삼국사기三國史記』에 백제의 개로왕이 바둑을 즐긴 기록이 있고, 고구려의 바둑 명수인 승려 도림이 개로왕을 바둑으로 현혹하려고 위장 망명을 했다는 이야기가 전해진다. 조선시대에는 왕족과 양반들 사이에 바둑이 널리 성행했다.

위기십결圍棋十訣이란 바둑 둘 때 마음에 새겨야 할 10가지 교훈, 또는 바둑을 잘 두기 위한 10가지 비결이다. 8세기 중엽 당나라 현종玄宗 때 사람인 왕적신王積薪이 지은 것으로 알려져 왔다. 왕적신은 시인이자 당대의 고수로 황제와 바둑을 상대하는 벼슬을 했다. 그가 바둑 고수로 거듭나게 되는 일화 중에 이런 것이 있다. 고부가 함께 사는 어떤 집에 머물 때, 며느리와 시어머니가 각각 동·서쪽의 방에서 말로써 대국對局하는 것을 들었다. 이튿날 아침에 왕적신이 예를 갖추고 물으니 며느리가 바둑 둘 때 써먹을 수 있는 공수攻守, 살탈殺奪, 구응救應, 방거防拒의 비법을 가르쳐주며, "이를 가지면 세상에 대적할 자가 없을 것입니다."라고 하였다. 왕적신은 그때 큰 깨우침을 얻었다고 한다. 그들은 신선들이었을까? 1992년 여름 대만의 중국교육성 바둑편찬위원인 주명원朱銘源 씨가 "위기십결은 왕적신이 아니라 송나라 때 사람 유중보劉仲甫의 작품"이라는 새로운 학설을 제기함에 따라 현재 위기십결의 원작자가 누구냐 하는 문제는 다시 오리무중에 빠져 있다.

위기십결은 바둑을 두는 사람들에게는 금과옥조로 여겨진다. 첫째, 부득탐승不得貪勝: 바둑은 이기는 것을 목적으로 하나 너무 승부에 집착하면 오히려 그르치기 쉽다는 뜻이다. 둘째, 입계의완入界宜緩: 포석을 끝내고 중반으로 넘어갈 때 승패의 갈림길에서 너무 서두르지 말고 신중한 자세가 필요하다는 뜻이다. 셋째, 공피고아攻彼顧我: 섣부른 공격은 화를 자초할 뿐이니 나의 약한 곳부터 지켜둔 다음에 공격하라는 뜻이다. 넷째, 기자쟁선棄子爭先: 돌 몇 점을 사석으로 버리더라도 선수를 잡아야 한다는 뜻이다. 다섯째, 사소취대捨小就大: 작은 것은 버리고 큰 것을 취하라는 뜻이다. 큰 것과 작은 것을 정확하게 판단할 줄 아는 일의 중요성을 강조한 말이다. 여섯째, 봉위수기逢危須棄: 위험을 만나면 모름지기 버릴 줄 알아야 한다는 뜻이다. 생사가 불확실해 보이는 말은 일단 가볍게 처리하는 것이 요령이다. 일곱째, 신물경속愼勿輕速: 경솔하게 착점하지 말고 신중하게 두라는 뜻이다. 대국 자세가 올바를 때 좀더 깊고 정확한 수를 읽을 수 있다. 여덟째, 동수상응動須相應: 바둑판 위에 놓인 돌은 그 하나하나에 생명력이 있는 것처럼 서로 유기적인 관계를 형성한다. 그러므로 착점을 하기 전에 자기편 돌의 호응과 상대편의 움직임을 깊이 궁구해야 한다. 아홉 번째, 피강자보彼强自保: 상대방이 강하면 스스로를 먼저 보강해야 한다는 뜻이다. 열 번째, 세고취화勢孤取和: 적이 압도적으로 포진하고 있는 세력 속에서 고립되어 있을 때는 싸우지 말고 화친을 구해야 한다는 뜻이다. 위기십결은 바둑에만 쓸 수 있는 것은 아니다. 여기에 녹아 있는 동양의 오랜 지혜들은 처세와 경영 따위 인생에 두루 쓸모 있는 것들이다.


## 2. 성선경: "바둑을 두자, 아우여 돌싸움을 하자"


예로부터 바둑은 선비의 놀이 중의 하나요, 풍류의 도道고, 현묘한 우주의 원리를 깨우치는 교육의 장이다. 조선시대에 나온 조희룡趙熙龍의 『호산외기壺山外記』는 "고금의 놀이 중에서 가장 오래 전해온 것으로 바둑만 한 것이 없다. 그 개합開闔 · 조종操縱 · 진퇴進退 · 취사取捨 · 기정奇正 ·

허실虛實의 기술은 참으로 병법의 높은 책략과 같다."고 쓴다.

　현대에 들어와서도 바둑은 아동들에게나 성인에게 다양한 교육적 효과가 있다는 사실이 입증되었다. 그러나 현실에서 두루 공익적 효용론을 입증해낸다고 해서 바둑의 본질이 변하는 것은 아니다. 생산을 위한 노동이 아니라는 점에서 바둑의 본질은 한량들의 놀이다. 바둑이 한량들을 꾀는 것은 비억압적 쾌락을 주는 놀이이기 때문이다. 바둑은 근육을 쓰지 않는 운동, 목청 없이 부르는 노래, 삽입이 일어나지 않는 성교다. 바둑은 한 남자와 한 여자가 한 침대에서 동침하는 것과 같은 효과를 낳는다. 바둑과 성교의 공통점은 관계의 내밀함 속에서 모든 외부자와 세계를 배제하고 소외시킨다는 것이다. 바둑이 세계를 극단적으로 배제한다는 사실은 '신선놀음(바둑)에 도낏자루 썩는 줄 모른다'는 오래된 속담이 증거한다. 바둑은 음경陰莖과 질膣이 관여하지 않는 동침이며, 두 대국자가 내연관계 속에서 외부자들을 배제한 채 노동의 기회들을 끝없이 유예/지연시키며 비억압적 놀이의 쾌락을 추구한다는 점에서 긴 밀월여행이다. 대국자들이 구하려는 것은 마음의 평정과 조화, 무상의 기쁨이다.

　바둑은 돌들의 순차적 산포散布 행위다. 돌들은 뿌려지되 축적된 지식과 정보의 총합에서 길어낸 선형적 질서를 따른다. 그것을 정석이라고 하는데, 정석은 전사轉寫의 원리를 따르는 행위다. 정본이 수없이 많은 사본을 낳듯 정석은 반상에서 수없이 반복하고 순환한다. 후행자가 선행자의 지도를 보고 길을 찾아가는 것과 마찬가지다. 고수는 사본을 본 뒤 그것을 찢는다. 왜? 스스로 지도를 만들기 위해서다. 사본은 언제나 동일한 것으로 회귀한다는 점에서 창의성을 배제한다. 지도는 항상 다른 입구를 찾는다. 바둑은 많은 입구를 가진 쥐 굴이며, 리좀이다. "지도는 열려 있다. 지도는 모든 차원들 안에서 연결 접속될 수 있다. 지도는 분해될 수 있고, 뒤집을 수 있으며, 끝없이 변형될 수 있다. 지도는 찢을 수 있고, 뒤집을 수 있고, 온갖 몽타주를 허용하며, 개인이나 집단이나 사회 구성체에 의해 작성될 수 있다. 지도는 벽에 그릴 수도 있고, 예술 작품처럼 착상해낼 수도 있으며, 정치 행위나 명상처럼 구성해낼 수도 있다. 언제나 많은 입구를 가지고 있다는 점은 아마도 리좀의 가장 중요한 특징 중의 하나일 것이다."[106]

정석은 긴-기억이다. 정석을 뒤집고 해체하는 신-정석은 찰나에 출현하는 반反-기억이다. 고수들은 정석을 완전히 익힌 뒤에는 잊으라고 말한다. 정석에 갇히는 것을 우려한 까닭이다. 정석은 고정화된 사유체계라는 점에서 수목적樹木的 사유의 유형에 속한다. 긴-기억, 그 굳은 사유의 위계를 깨고 나가는 자만이 고수의 반열에 든다. 들뢰즈와 가타리는 반-기억의 길을 따르라고 권유한다. "기억이 아니라 망각, 발전을 향한 진보가 아니라 저개발, 정주성이 아니라 유목, 사본이 아니라 지도로."[107]


우리가 스스럼없이 우리라고 부를 때
바둑을 두자, 아우여 돌싸움을 하자

106) 들뢰즈/가타리, 『천 개의 고원』, 김재인 옮김, 새물결, 2001.
107) 들뢰즈/가타리, 앞의 책.

생나무 자라는 소리 쩡쩡한

남녘의 아랫도리 그 어디쯤에서

청동靑銅빛 말씀이 내리던

백두白頭의 천지天池 그곳까지

날줄과 씨줄의 모눈을 메우며

우리들의 날들이 오로지 나아가야 할

길닦음을 해 보자.

때로는 우리가 지켜야 할 약속과

산수문제처럼 부대껴야 할

어려운 숙제를 풀어가면서

내가 온 봄날의 잡꽃을 피우며

단발령, 추자령 숨가쁘게 치올라갈 때

너는 또 대둔산, 멸악滅惡을 넘어

잘 익은 가을의 단풍잎 물들이기로

그렇게 내려오라.

큰 강물이 양수리에서 만나듯

휘휘 휘둘러 강강수월래 같은

돌싸움을 붙여 보자, 고싸움을 해 보자.

세상의 비어 있는 자리를 서로 메우며

한 상 가득 고봉밥을 마주할 수 있다면

꼬이고 꼬여서 만두속 같은 세상도

또 한 판 훌륭한 그림그리기 아니냐.

흑이다 백이다 온 들에 모눈을 메우며

삼천리 화려강산 모자이크를 그려도

우리가 풀어야 할 숙취(宿醉) 같은 것

시원히 아침의 해장을 하지 않으면

언제 저 넉넉한 태평양 대서양

우리의 집 한번 만들어 보겠느냐.

우리가 우리라고 스스럼없이 부를 때

스스로 셈하여 볼 내일도 있는 것

큰 강물이 양수리에서 만나듯

휘휘 휘둘러 강강수월래 같은

돌싸움을 붙여 보자, 고싸움을 해 보자.

　　— 성선경, 「바둑론」[108]


바둑이 승부를 다투는 놀이지만 아울러 쟁투의 살벌함을 넘어서서 더불어 즐거움을 찾는 놀이다. 바둑은 전쟁 게임이지만, "바둑에는 전선이 없고, 대치나 후퇴도 없으며, 심지어 전투조차 없을 수 있다. 순수한 전략만 있다."[109] 처음 바둑을 고안한 이는 돌들이 포진하며 삶을 도모하는 반상의 세계에서 무릉도원을 보려 했던 것은 아닐까. 바둑은 생동의 기운을 머금은 돌들이 나아가고 물러서기를 되풀이하며, 상극과 혼돈의 에너지를 이화세계(理化世界)라는 질서 안으로 수렴하는 철학적

108) 성선경 시집, 『바둑론』, 문학의전당, 2004.
109) 들뢰즈/가타리, 앞의 책.

사유의 도정을 보여준다. "바둑을 두자,"라는 청유는 "세상의 비어 있는 자리를 서로 메우며 / 한 상 가득 고봉밥을 마주"하자는 것, 다시 말하면 무릉도원에서 함께 노닐자는 초대다. 아등바등 세속의 일에 치이는 것이 아니라 "큰 강물이 양수리에서 만나듯 / 휘휘 휘둘러 강강수월래" 하듯 하는 일이다.

시의 어조는 밝고 유장하다. 성선경은 "날줄과 씨줄의 모눈을 메우며 / 우리들의 날들이 오로지 나아가야 할 / 길닦음을 해 보자"고 청유한다. 바둑은 일종의 "길닦음"이다. 바둑에서 인격을 닦는 수행을 읽어내는 견해가 새로운 것은 아니다. 사람들은 바둑에서 지켜야 할 도리를 보고, 난제들을 해결하는 실마리를 찾는다. 그런 점에서 바둑은 도道고, 예禮다. 노자도 "흰 것을 알면서 검은 것을 유지하면 세상의 모범이 된다."<sub>노자, 『도덕경』 제28장</sub>고 했다. 바둑의 경지는 무궁이며 무극의 영역에 속하는 것이어서 그 깊이를 다 헤아리기란 불가능하다. 깊고 넓은 세계의 것이기 때문에 한 걸음씩 앞으로 나아가는 것이다.

바둑을 두다 보면 상대와의 싸움은 어느덧 '나'와의 싸움으로 변한다. 나의 욕망, 조급함, 이기려는 과잉의 의지를 이기지 못한다면 좋은 바둑을 두지 못한다. 좋은 바둑이란 "한 판 훌륭한 그림그리기"다. 잘 둔 바둑은 돌의 배치를 보면 돌들이 피어나는 꽃의 형국과 닮아 있고, 나쁜 바둑은 돌들이 큰 짐승의 위협에 몸을 웅크린 작은 짐승의 위축된 모양과 닮는다. 좋은 바둑은 돌의 배치를 통해 좋은 모양을 만든다. 이는 바둑의 원리와 깊이 상관되어 있다. "바둑에서는 개방된 공간에 자신을 배열하고, 공간을 장악하며, 어떤 점에서든 튀어 오를 가능성을 유지하는 것"이 중요하기 때문이다.[110] 바둑은 너무 크고 넓어서 "길이라 하면 항상 길이 아니요, 이름이라 하면 항상 이름이 아닌 도의 세계와 통한다."[노자, 『도덕경』 제1장] 도는 바닥이 없는 암흑이고, 만물을 낳고 기르는 어미다. 바둑은 바로 그 도를 본받아 만들어진 것이다. 그러므로 바둑은 돌과 돌의 겨루기를 넘어서서 인격을 갈고닦는 수단이 되는 것이다.

## 3. 박지웅: "반상 귀퉁이에 귀살이하다"

바둑판은 하나의 우주다. 가로 19줄과 세로 19줄이 교차하며 361개의 자리가 만들어지는데, 바둑을 둔다는 것은 361개의 자리 중에서 하나를 선택하는 것이다. 두 대국자가 흑돌과 백돌을 나눠 갖고 대국을 시작하면 선택과 배제는 바둑이 끝날 때까지 되풀이된다. 흑돌과 백돌은 음과 양, 낮과 밤, 남자와 여자를 표상한다. 바둑판은 혼돈 속의 하늘과 땅이다. 하늘은 위에 있어 그 빛이 검고 땅은 아래 있어서 그 빛이 누르다. 하늘과 땅 사이는 넓고 커서 끝이 없다. 이 안에서 흑돌과 백돌은 음과 양으로 공존한다. 흑돌과 백돌은 한 점의 돌로서 평등하다. 바둑알은 점과 점을 이으며 움직이지 않는다. 바둑알의 운행은 정해진 규약, 혹은 경로를 갖지 않는다. 바둑알은 시작도 없고 끝도 없이

---

110) 들뢰즈/가타리, 앞의 책.

아무 공간에나 투입되는데, 투입의 합목적성을 입증하지 못할 때, 다시 말해 영토화라는 목적을 달성하지 못할 때 돌들은 반상 바깥으로 퇴출된다. 무등의 공간에 무등의 돌들을 투입해서 공간을 영토화하거나 탈영토화하는 게임이 바둑이다.[111]

전쟁의 시뮬레이션을 수행한다는 점에서 바둑과 장기, 혹은 체스는 닮았지만, 장기에서 각각의 말들은 코드화되어 있는 반면에 바둑알은 탈코드화되어 있고 무규정적으로 전략을 수행한다. 장기와 바둑은 본질에서 다른 시공간과 규범을 갖는다. 들뢰즈와 가타리는 다음과 같이 말한다. "바둑은 작은 낱알 아니면 알약이라고 할까, 아무튼 단순한 산술 단위에 지나지 않으며, 익명 또는 집합적인 또는 3인칭적인 기능밖에 하지 못한다. '그것'은 오로지 이리저리 움직일 뿐이며, 그것이 한 명의 남자나 여자 또는 한 마리의 벼룩이나 코끼리라도 상관이 없다. 바둑알들은 주체화되어 있지 않은 기계적 배치물의 요소들로서 내적 특성 같은 것은 전혀 지니고 있지 않으며 오직 상황적 특성만을 갖고 있을 뿐이다. (중략) 바둑알은 오직 외부성의 환경만을, 즉 일종의 성운이나 성좌를 가진 외부적인 관계만을 구성하며, 이들 관계들에 따라 집을 짓거나 포위하고 깨어 버리는 등 투입 또는 배치의 기능을 수행한다. 바둑은 단 한 알로도 공시적으로 하나의 성좌 전체를 무효로 만

---

111) 들뢰즈/가타리는 그 점을 이렇게 설명한다. "외부를 공간 내의 하나의 영토로 만드는 것. 이 영토를 자기 것으로 만들기 위해 인접한 제2의 영토를 건설하는 것. 적을 탈영토화하기 위해 적의 영토를 내부에서 붕괴시키는 것. 자기 영토를 포기하고 다른 장소를 향해 스스로를 탈영토화하는 것······." (들뢰즈/가타리, 앞의 책)

들 수 있는 반면 장기의 말들은 그렇게 할 수 없다(또는 통시적으로만 그렇게 할 수 있다). 장기는 전쟁이기는 하나 제도화되고 규칙화되어 있는 전쟁으로서 전선과 후방 그리고 다양한 전투를 포함해 코드화되어 있다. 이에 반해 전선 없는 전쟁, 충돌도 후방도 없으며 심지어 극단적인 전투마저 없는 전쟁, 바로 이것이 바둑의 본질이다."[112] 바둑알은 다른 알과의 접속을 통해서만 기능을 부여받으며, 특정한 속성을 수행한다. 바둑알의 투입과 배치는 효율성의 원칙에 따르지만, 항상 그런 것은 아니다. 바둑알들 하나하나에 작용하는 제도화된 규범은 없다. 그것은 무규범적으로 공간에 투입되고 배치되며, 천원을 중심에 두고 영토의 생성이라는 목표로 움직인다.


빛이 고맙게 걸려 있는 반지하 창가

나는 반상에 빠져 있네. 허를 놓아 실을 깨고

경쾌하게 뛰어나가 한판 겨루는 대마전大馬戰도 흥미롭네

장고를 거듭한 일격은 진작부터 읽혀버려

혼자 두는 바둑에도 승패는 있기 마련이네

묘수가 악수를 낳는 생각의 행마는

어처구니없이 달아나다 막다른 길에 서기도 하네

죽은 돌을 꺼내자니 벽도 함께 계가計家에 빠져 있어

오늘은 한 수 청하니 벽이 바싹 다가앉네


112) 들뢰즈/가타리. 앞의 책.

포석 지나 중반에 드니 반상엔 먼지가 이네

불 지피고 눈 목(目)자로 뛰어나가는 저편 행마는 가볍고

대마 쫓다 돌아보니 길 끊긴 돌들이 허탕에 빠져 있네

도마뱀 꼬리처럼 끊고 달아난 자리마다 저려오는 침묵을 놓고

그제야 고개 들어 크게 한번 살펴보니

서로 꿰어지지 않는 일로 배회하던 날이 보이네

길을 열지 못하고 마음 중앙에 무겁게 몰려 있던 얼굴과

중심을 잃은 팽이처럼 여러 개로 흩어지던 청춘과

반상 귀퉁이에 귀살이한 고단한 집이 보이네

가리지 못하고 뱉은 말 함부로 저질러 혹이 된 일

잘못 놓은 돌이 담처럼 결려오듯, 이 한판에 죄 들었네

어렵게 구한 내 삶의 약도

돌을 놓고 밖으로 나오니

몸 뒤에 세상 내려놓고 높게 돌아앉은 벽

빛, 한줄기 고맙게 다녀갔네

— 박지웅, 「꽃놀이패에 걸리다」[113]


박지웅의 「꽃놀이패에 걸리다」는 전형적인 바둑 시다. 꽃놀이패는 말할 것도 없고 반상, 대마전, 장고, 묘수, 악수, 계가, 포석, 행마, 귀살이와 같은 용어들은 바둑에서 자주 쓰는 어휘들이다. 초반 포석은 초반

113) 박지웅 시집, 『너의 반은 꽃이다』, 문학동네, 2007.

인생의 은유로 적절하다. 초반 포석이 좋아야 한판의 바둑을 내 뜻대로 끌어나갈 수 있다. 초반 포석이 좋지 않으면 미생마들이 생겨 곤경을 치러야 한다. 이 시의 화자는 "꽃놀이패에 걸"려든 처지다. 현자는 미세한 기미를 보고 앞날의 길흉화복을 알아채고 버리고 비워 저를 낮춤으로써 재앙을 피하지만, 그 반대로 어리석은 자는 덮치는 재앙을 피하지 못한다. 꽃놀이패를 건 쪽은 희희낙락하지만 걸린 쪽은 크게 곤경에 빠진다. 타개가 쉽지 않을뿐더러 타개하는 과정에서 큰 손실을 입을 수밖에 없다.

더러는 "어처구니없이 달아나다 막다른 길에 서기도" 할 것이다. 대국을 하다 보면 물러나야 할 때가 있고, 나가서 싸워야 할 때가 있다. 그 분별이 없으면 기어코 위기에 직면한다. 보라, "눈 목자로 뛰어나가는 저편 행마는 가볍고 / 대마 쫓다 돌아보니 길 끊긴 돌들이 허탕에 빠져 있네". 욕심이 앞서 내 처지를 돌보지 않고 상대의 대마를 몰아붙이다 보니, 상대는 가벼운 행마로 위기 국면에서 벗어나 있고 그 뒤를 쫓던 내 돌들이 고립되어 어느덧 위태로운 곳에서 곤경에 빠졌다. 그 처신이 합당하지 못한 탓이다. 무릇 나가고 들어옴이 자유로워야 형통한 법이다. 이 시에서 화자의 마음은 닫힌 채 흩어지고, 잘못을 가림이 없이 드러내놓는다. 당연히 형통하지 못한다. 반상에 먼지가 일고, 길은 열리지 않는다. 허물이 많다. 그러므로 삶이 고단해진다. "반상 귀퉁이에 귀살이한 고단한 집이 보이네"라는 구절에 최소주의의 삶에 대한 사유가 잘 나타난다.

## 4. 박목월: "순리順理로 질 수도 있다"

대국자는 돌 하나를 반상 위에 놓을 때마다 그 돌이 반상 세력 판도에 미치는 역학과 합목적성을 따지고 묻는다. 돌은 저 혼자로서는 의미가 없다. 저 혼자 분리되어 있는 돌은 대개는 죽은 돌이다. 돌은 다른 돌과의 접속과 배치의 맥락 속에서만 비로소 생명과 의미를 부여받는다. 돌의 효율성을 물리-수학적으로 명료하게 해명하는 사람일수록 더 높은 고수 반열에 든다. 바둑은 흑과 백으로 나뉘어 겨루는 전투와 전투의 합이며, 모든 겨루기가 끝났을 때 계가로써 승부를 가르는 놀이다. 아울러 바둑은 돌의 접속과 배치에 대한 탐구이고, 반상은 가변과 유동의 장場이며, 힘들이 소용돌이치고 기세가 부딪치며 생사를 다투는 물질계/실재계에 대응하는 일종의 환상계다. 이 환상계는 땅에 없는 유토피아요, 아직 찾지 못한 무릉도원이다. 무릉도원은 장소적 개념이 아니라 바둑이 궁극에서 찾는 무위無爲의 경지를 가리킨다.

반상에서 관념의 모험과 전쟁의 시뮬레이션이 펼쳐지는데, 그 과정에서 타자-욕망의 거울에 나를 비춰보는 법이며, 외부를 통해서 내부를 보는 법이다. 대국자, 바둑판, 돌은 외부를 구성하는 기초적 조건이지만 외부 그 자체는 아니다. 반상 위에서 바둑의 규범 아래서 돌들이 수행하는 접속과 배치가 바로 외부다. 대국자는 반상 위의 돌을 통해 존재의 전체성을 개시開示한다. 모든 열린 가능성 속에서 한 점을 선택하는 과정을 끝없이 반복하며 한판의 그림을 그려나간다. 반상이라는 세계에서 돌들의 피투적 기투被投的 企投를 사유한다는 점에서 세계-외

부를 사유하는 법이고, 돌 하나하나가 타자의 욕망에 대한 내 욕망의
응답이라는 점에서 욕망의 정치학을 학습하는 효과를 얻는다.


그치를 만나

젖혀 이을 수도 있는 일을

한자욱 물러서서

호구를 쳤다.

따지고 보면

그것이 패착敗着.

각생各生하자는 것이 어수룩한 수작.

밀고 나가야 했다.

그리고도 기회는 있었다.

그치를 만나

건곤일척乾坤一擲,

'패' 라도 쓸 수 있었다.

하지만

삶은 투쟁이 아니다.

순리順理로 질 수도 있다.

이미 그르친 일을

귀를 살리자니

중앙中央이 흔들리고

돌을 쥔 손에 땀이 배는데

마음을 모아

조용히 한 점點.

천심天心에 두고

박영준 씨朴榮濬氏의 위로를 받으며

교문을 나왔다.

― 박목월, 「패착敗着」114)


박목월의 「패착」은 생을 한판의 바둑으로 은유한다. 마흔 해 동안이나 바둑을 두었다. 간혹 패착과 자충수를 두고 이마를 찧었다. 돌이 놓여야 할 자리는 딱 하나, 나아가고 물러설 자리는 어디인가. 그 최적의 자리를 찾느라 손이 허공에서 멎는다. 밀고 나가야 할 때 뒤로 한 걸음 물러선 착점이 패배의 빌미가 되어버린 '패착'이다. 싸우지 않고 물러선 것은 타협하자는 것인데, 상대가 받아들이지 않은 것이다. 결국 타협을 거부하고 덤벼드는 상대에게 패하고 말았으니, 각자의 생을 도모하자는 뜻은 나약한 자의 비굴한 요청이었던 것이다. 시의 화자는 "각생하자는 것이 어수룩한 수작."이라고 반성한다. 이 수작은 인격이 매끈하지 못한 어리석은 자의 짓거리다. 그것은 교묘한 것의 반대다. "졸拙한 것은 교묘한 것의 반대다. 임기응변의 교묘한 짓을 하는 자는 부끄러워하는 것이 없다. 부끄러움이 없는 것은 사람의 크나큰 근심이다. 남들은 이로움을 즐겨하여 구하려 나아가도, 나는 부끄러움을 알

114) 박목월 시집, 『박목월시 전집』, 민음사, 2003.

아 그 의로움을 지키는 것이 '졸'이다. 남들은 속임수를 즐겨 교묘한 짓을 하지만, 나는 부끄러움을 알아 그 참됨을 지키는 것 또한 '졸'이다. 졸이란 남들은 버려도 나는 취하는 것이다."권근權近,「졸재기拙齋記」115) 어리석은 자가 교묘한 자와의 수싸움에서 밀려 지고 말았다. '졸'에 처하는 사람들은 남들이 다 버리는 것을 저 혼자 취한다. 남들은 다 이기려 들지만 그는 지는 것의 의로움을 취한다. 이로움보다는 부끄러움을 먼저 취해서 교묘함에 나가는 것을 삼가는 게 '졸'이다. '졸'은 스스로 어리석음에 머묾으로써 참됨을 지키는 것이다. 「패착」의 화자는 임기응변도 모른 채 우직하게 대응해서 패배에 이르렀다. 임기응변의 교묘함을 모르는 '졸'한 제 인격을 부끄러움 속에서 돌아본다.

　뒤늦은 분발, 깨진 그릇의 파편과 같이 날카로운 묘수도 기울어 버린 국면에서는 빛을 잃는다. 손은 성급하고 자책은 깊다. 돌의 나아갈 길이 고단하다. 국면이 미세하지만 승부를 뒤집기에는 역부족이다. 이미 승부가 결정된 상태에서 종국을 맞는다. 전체적으로 쫓긴 한판이었지만 이길 기회가 없었던 것은 아니다. '패'를 써서 기운 국면을 뒤집을 수도 있었을 것이다. 그러나 몇 차례 있었던 기회를 놓치고 국면은 기울었다. 이제 피 마르는 싸움은 마무리되고 몇 수면 판은 종국이다. 최선을 다했으니 후회가 없는 화국和局이다. 상대의 승리는 부동이다. 다시 계가를 해봐도 부족한 한 집 반. 그 간격은 아주 작은 것이지만 좁혀지지 않는다. 남은 건 패배를 승복하는 일뿐이다. 이미 승부에

---

115) 권근,「졸재기」. 여기서는 정민,『죽비소리』(마음산책, 2005)에서 재인용.

대해 체념을 했지만 진다는 걸 받아들이는 일은 쉽지 않다.

귀를 살리자니
중앙中央이 흔들리고
돌을 쥔 손에 땀이 배는데
마음을 모아
조용히 한 점點.
천심天心에 두고

이쯤에서는 패배를 기정사실로 받아들이고 마음을 비운다. 공배를 메우는 손끝에 피로가 몰려온다. 패배를 받아들이는 마음이 곤혹스럽고 씁쓸하기 짝이 없지만 어쩔 수 없다. 인생이란 게 그런 것이 아닌가! "삶은 투쟁이 아니다. / 순리로 질 수도 있다." 왜 아쉬움이 없겠는가. 결국 패배를 직감하며 둔 한 점은 "천심天心"을 따라 예禮를 밝힌 착점이다. 한판의 바둑에서 삶에 대한 은유를 이끌어내는 원숙한 시선이 돋보인다. 이기고 지는 것을 순리로 받아들이는 일은 원만한 인격의 소산이다.


## 5. 박정만: "오, 완전한 이 패국敗局,"

천부의 서정시인 박정만1946~1988이 세상을 뜬 지 벌써 스무 해가 넘는다. '북명北冥'의 물고기 '곤'이 '붕'으로 변신하여 구만리 상공을 날아 '남명南冥'으로 날아간다. '북명'이 떠나온 근원이라면 '남명'은 돌아갈 근원이다.『장자』, 「소요유」 사람은 자궁에서 나와 무덤으로 돌아가는데, '북명'이 자궁이라면 '남명'은 무덤이다. 스무 해 전에 박정만은 "나는 사라진다 / 저 광활한 우주 속으로."「종시終詩」라는 '종시'를 남기고 세상을 떠났다. 박정만 시인에게 '남명'은 "저 광활한 우주"인 것이다.

기울어진 판도板圖 위에 돌을 놓는다.
돌을 하나 놓을 때마다
내 가슴에도 하나씩의 돌이 놓인다.

날이 저물고 비가 내린다.
인가의 불빛 멀리 사라지고
내가 기른 몇 포기 자줏빛 부처꽃도
끝없는 어둠 속에 돌처럼 진다.

판을 쓸고 다시금 돌을 놓는다.
돌을 놓아도 다시금 돌이 지고
망한 나라, 망한 형세는
그러나 끝끝내 회복하지 못한다.

적의에 찬 눈으로 판을 본다.

축머리를 두드리고
후환을 위하여 간단없이 진을 쳐도
한 목숨이 캄캄한 초<sup>秒</sup>에 몰린다.

사랑이여, 판이 나고
이제 잃어버린 시간은 나의 차지다.
꿈꾸는 시간의 백돌을 네게 맡기고
나는 내 모가지를 냉큼 너에게 주마.

오, 완전한 이 패국<sup>敗局</sup>,
드디어 내가 나를 구하지 못하고
무명<sup>無明</sup>의 어둠 속에 돌처럼 진다.
그러나 끝없는 싸움이 또 나를 붙든다.

친구여, 지고 새는 나날의 어둠 위에
새날을 알리는 동이 트거든
저 하늘의 풍운을 몰아 한 판 더 두세.
― 박정만, 「돌을 하나 놓을 때마다」[116]

금생의 삶은 이미 "기울어진 판도"였다. 시인은 무엇에 홀린 듯이 불

---

행의 주박 속으로 걸어 들어가 "끝없는 어둠 속에 돌처럼 진다."고 깊어진 시름과 암울한 예언을 읊조렸다. 시인은 불행의 한복판을 가로지르며 선험화함으로써 그것에서 자유로워진다. 들뢰즈와 가타리의 용어를 빌려 말하자면 판도에서 탈영토화하며, "기울어진 판도"를 영토화하는 것이다. 패배와 불행을 영토화하며 얻은 것은 쫓기는 삶, 그리고 접신接神의 경지에서 쓴 몇 편의 시다.

두 눈을 못 냈으니 대마는 쫓기는 것인데, 대마는 "지고 새는 나날의 어둠"을 등에 지고 삶을 도모하며 고단하게 나아간다. 설마 대마가 죽으랴, 방심한 사이에 대마의 퇴로는 끊겼다. 아무리 눈을 씻고 봐도 대마의 살길은 없었다. 아뿔싸, 돌이 끊기자 판세가 급전직하로 기운다. 초년 난관을 헤치고 나왔으나, 펼쳐진 것은 도처에 곤마들을 수습해야 하는 난맥이었다. 그래서 "판을 쓸고 다시금 돌을 놓"지만 고달픈 사정이 달라지지는 않았다. 누런 달이 뜨고 지는 세상에서 수고는 많았으나 붉은 열매를 거두지는 못했다. 끊기고 막힌 데서 시작했으니 뱃속의 길은 곤마의 길이다. "축머리를 두드리고 / 후환을 위하여 간단없이 진을 쳐도 / 한 목숨이 캄캄한 초秒에 몰린다." 살아보려고 애를 써보지만 여의치 않은 것이다. 불운은 겹쳐오고 행운은 따르지 않았다. 결국 평생을 곤마로 내몰리다가 종국을 맞는다. 시인은 직관으로 "내가 나를 구하지 못하고" 한 생을 놓아버릴 것임을 알았지만, 그래도 아주 희망을 놓지는 않는다. 어둠이 물러가고 새날이 밝으면, "저 하늘의 풍운을 몰아 한 판 더 두세."라고 청한 것이다. 「돌을 하나 놓을 때마다」는 삶을 그루터기에 앉아 들여다보는 바둑 한판에서 삶을 통찰하고 관조한다!

회돌이로 한목숨 건네었는데
무얼 더 바치라는 말이냐.
이젠 던질 것이라곤 사망<sup>死亡</sup>의 옷가지와
쓸쓸하고 고적한 가을볕 몇 개.
끝없는 꽃놀이패가 하나 남지만.
— 박정만, 「나의 바둑판」

곤경에 처해 섣불리 움직이는 건 하책<sup>下策</sup>이다. 멈춰 서서 삶을 구하며
심사숙고해야 한다. 큰 걸음으로 움직일 때일수록 몸가짐을 호랑이 꼬
리를 밟은 듯해야 한다. 곧 천둥이 울고 한차례 회오리바람이 몰아치
리라. 나아가면 부딪혀 흩어지고 머무르면 고립돼 세<sup>勢</sup>가 약해졌다. 회
돌이로 몰사를 하고 축에 걸려 숨통이 끊겼다. 선혈이 낭자한 판, 오,
거꾸로 선 핏물 위에 수정 무지개가 선다. '회돌이'를 당하면 돌이 무
더기로 죽어나간다. 당한 쪽은 치명상을 입지만, 상대는 승기를 잡는
다. 시인은 "회돌이로 한목숨 건네었는데 / 무얼 더 바치라는 말이냐"
고 묻는다. 이 물음은 처연하다. 더는 버릴 것도, 바칠 것도 남지 않은
그 철저한 고갈에 직면해서 오히려 담담해진다. 왜, 희망은 희망이 없
는 곳에서만 피어나지 않더냐. 남은 것은 "사망의 옷가지" 몇 벌, "쓸
쓸하고 고적한 가을볕 몇 개"뿐이다. 시인은 절체절명의 그 마지막 순
간에도 "꽃놀이패" 하나가 남았음을 깨닫는다. 꽃놀이패는 말 그대로

절망을 희망의 국면으로 단번에 바꿀 수 있는 기회다.


내가 오뚝이같이 일어났어.
물론 그대의 급수는 나보다 한 수 위이고
천자문千字文도 일찌기 떼었었지만
적당량의 소금빛도 가졌었지만


이제 이 한 수로 하늘 천天을 가져야겠어.
— 박정만, 「눈터지는 계가計家」


시인이 살아 있을 때 그와 더불어 몇 국의 바둑을 둔 적이 있다. 기력은 비슷한 편이어서 판이 제법 치열하게 짜이곤 했다. 이기고 지는 것은 항상 간발의 차이로 결정되었다. 마음 둘 데 없는 시인은 이미 명리와 재물의 헛됨을 뼛속 깊이 새기고 있는 터라, 종종 수담에서 치열해지는 모습은 낯설었다. 반상이 현실이라는 은유를 감당해야 한다면 반상 위에 놓인 돌들은 욕망의 외시다. 시인의 돌들은 저돌적으로 내가 만든 세력권에 뛰어들어 경계를 무너뜨리곤 했다. 그 무모함이 기세로 변하여 내 진영의 취약점을 파고들었다. 시인은 "오뚝이같이 일어"서는 사람이다. 인생의 고락苦樂 따위에서 멀리 벗어나 있으니 시인에게는 큰 허물이 없었다. 시인은 바둑이 끝난 뒤 패국敗局이 아쉬워 혼자 돌을 놓아가며 복기를 한다. 인생이라는 바둑을 복기해보니 어지럽던 국면이 일목요연하다.

"눈터지는 계가"란 극미한 차이를 말한다. 전문기사들이 반집의 차이로 승부가 달라질 때 "눈터지는 계가"라고 말한다. 시인이 "눈터지는 계가"로 피를 말린 바둑은 물론 삶에 대한 은유다. 이런 승부에서 반집을 졌을 때 그 후유증은 꽤 오래간다. 시인에게 삶은 빈틈없는 고수이고, 그래서 늘 버거운 상대였다. 시인도 "물론 그대의 급수는 나보다 한 수 위"라는 걸 인정한다. 한판의 바둑을 그르쳤다고 인생이 망가지는 것은 아니다. 시인은 쓰러지지 않고 자꾸 "오뚝이같이 일어났"다. 세상이 어지러우니 그 어지러움에 대응하여 미봉彌縫과 편법便法을 쓰지 않고 지는 일은 굴욕스럽지 않고 오히려 "적당량의 소금빛"을 제 안에 가진 사람의 늠름함이 여전했다. 시인은 세상과 지는 싸움을 하며 가슴에 퍼렇게 고인 한 줌의 허무주의를 청렴으로 알고 살았다. 하지만 패배가 남긴 상심은 없지 않은 듯 대국을 끝내고 돌아서는 시인의 어깨는 땅에서 작용하는 중력의 힘보다 더 밑으로 처지곤 했다. "눈터지는 계가"가 끝난 뒤 쓸어 담지 않은 흑백의 돌들이 반상 위에 어지럽다. 오늘은 먼 미래의 과거다. 거꾸로 스무 해 전의 과거는 더 먼 과거의 미래다. 더 먼 과거의 미래 속에서 시인이 뚜벅뚜벅 걸어온다. 저녁은 모둠발을 디디며 오고, 내 가슴에 아담한 고독이 쳐들어온다.

# 집을 즐거워하라

장자가 조릉의 울타리 가에서 노닐다가 이상한 까치 한 마리가 남쪽에서 날아오는 것을 보았다. 그 날개의 넓이는 일곱 자이고 눈 둘레는 한 치나 되었다. 그놈은 장자의 이마를 스쳐 밤나무 숲에 앉았다. "저놈은 어떤 새이기에 저렇게 넓은 날개를 가지고도 높이 날지 못하고, 저렇게 큰 눈을 갖고도 잘 보지 못하는가?" 이에 옷깃을 걷어 올리고 빠른 걸음으로 활을 잡아 새를 겨누었다. 그러다가 문득 한쪽을 보니, 매미 한 마리가 나뭇가지 그늘에 앉아 제 몸을 잊은 채 즐기고 있었다. 그 곁에는 사마귀 한 마리가 풀잎에 숨어, 그 매미를 잡으려고 정신이 쏠려 제 몸을 잊고, 저 까치는 또 그 기회를 타서 그 사마귀를 잡으려고 정신이 팔려 있었다. 장자는 이것을 보고 놀랍고 두려워, "아, 슬픈 일이다. 만물은 원래 서로를 해치고, 이해利害는 서로가 짝하는구나." 하고, 활을 던지고 도망치듯 달아났다. 밤 숲지기가 이를 보고 밤도둑이라 여겨 뒤를 쫓아왔다. 장자는 집에 돌아와 석 달 동안을 뜰앞에도 얼씬하지 않았다. 그 제자 인저가 다가와 물었다. "선생님은 무엇 때문에 요즘은 일절 뜰에도 나오지 않으십니까?" "나는 생을 기르는 공부를 한다 하면서 그만 내 몸을 잊어버렸던 것이다. 그것은 마치 흐린 물을 보느라고 못물을 잊은 것과 같은 것이다. 나는 또 저 선생님께 들으니 '그 풍속에 들어가거든 그 풍속을 따르라.' 하셨다. 그런데 이제 나는 조릉에서 노닐다가 내 몸을 잊었고, 저 까치는 내 이마를 스쳐 밤나무 숲에서 놀다가 그 정신을 잊었고, 밤 숲지기는 나를 밤도둑으로 몰아 욕을 했구나. 그래서 나는 뜰에도 나가지 않았던 것이다.『장자』,「산목」

장자는 숲 속을 거닐다가 까치를 보고 활을 쏘아 잡으려고 했다. 그러다가 매미를 보고, 그 매미를 노리는 사마귀를 보고, 까치가 날아든 것은 사마귀를 낚아채기 위한 것임을 알았다. 매미는 저를 노리는 사마귀를 보지 못하고, 사마귀는 저를 노리는 까치를 보지 못하고, 까치는 저를 노려 활을 들고 쫓아오는 장자를 보지 못했다. 그 순간 장자는 무엇이 저를 노려 벼르는 것일까, 하고 놀라 주위를 둘러보니, 과연 밤 숲지기가 쫓아오는 것을 보고 혼비백산하여 집으로 도망쳐온다. 장자가 몸을 보존하고 해<sup>害</sup>를 피해 도망친 곳은 다름 아닌 제 집이었다.

먼 곳을 떠돌다가 돌아왔을 때, 창문이 환하게 비치는 집의 불빛은 우리를 행복감에 젖게 한다. 그 떠돎이 곤핍했다면 귀소<sup>歸巢</sup>의 기쁨은 더욱 커져 눈가가 촉촉하게 젖을 것이다. 그 집은 안방, 건넌방, 사랑방, 마루, 툇마루, 부엌, 아궁이, 굴뚝, 마당, 뒤란, 헛간, 장독대, 우물, 닭장을 두루 갖춘 온전한 집이다. 저 아늑한 거소! "즐거운 곳에서는 날 오라 하여도 내 쉴 곳은 작은 집 내 집뿐이리"라는 노래가 실감나는 상황이리라. 그 불빛이 한 점 의혹도 없는 투명한 기쁨으로 빛나는 것은 그것이 조난과 표류에 마침표를 찍는 신호인 까닭이다. 부엌창으로 분주한 어머니의 그림자가 비치고, 환한 거실 창으로는 아버지와 형제들이 담소를 나누는 모습과 어린 누이들이 깔깔거리며 뛰어다니는 광경이 홀연히 나타난다. 그때 우리 심장은 더 빨리 뛰고 가슴은 벅찰 것이다.

라이너 마리아 릴케는 집, 즉 존재의 시원을 갖지 못한 자의 실존에 드리운 불안이라는 그림자와 고단한 운명을 우울한 목소리로 예고한다. "주여, 때가 왔습니다. 지난여름은 참으로 길었습니다. / 해시계위에 당신의 그림자를 얹으십시오. / 들에다 많은 바람을 놓으십시오. // 마지막 과실들을 익게 하시고, / 이틀만 더 남국의 햇볕을 주시어 / 그들을 완성시켜 마지막 단맛이 짙은 포도주 속에 스미게 하십시오. // 지금 집이 없는 사람은 이제 집을 짓지 않습니다. / 지금 고독한 사람은 이후로도 오래 고독하게 살아 / 잠자지 않고, 읽고, 그리고 긴 편지를 쓸 것입니다. / 바람에 불려 나뭇잎이 날릴 때, 불안스러이 / 이리저리 가로수 길을 헤맬 것입니다." 릴케는 「가을날」에서 집 없는 사람은 영원히 거리를 떠도는 운명에서 놓여날 수 없다고 음울한 어조로노래한다.

1920년대에 김소월은 집을 잃어버린 존재의 거처, 돌아가야 할시원으로 노래한다. 「집 생각」·「우리 집」·「옷과 밥과 자유」·「두 사람」 등의 시편에서 한결같이 시의 화자들은 집을 떠나 있는 상황이다.

자의에 의한 것이든, 어찌할 수 없는 더 큰 힘의 강제에 의한 것이든 그것은 외로운 심사와 슬픔, 집을 향한 그리움을 자아낸다. "꿈에도 생시에도 눈에 선한 우리 집",「우리 집」 "타관만리에 와 있노라고 / 산중만 바라보며 목메인다",「집 생각」 "집을 떠나 먼 저 곳에 / 외로이도 다니던 심사를!"「두 사람」 김소월 시 전체를 물들이고 있는 슬픔과 정처 없음의 심리는 바로 이 집 떠나 있음에서 비롯된다고 볼 수 있다.

1930년대의 백석에게 집-없음의 상황은 더욱 구체적이며 사실적인 세목으로 제시된다. 「고향故鄉」·「북방北方에서」·「흰 바람벽이 있어」·「남신의주 유동 박시봉방南新義州 柳洞 朴時逢方」 등이 대표적인 시다. "난 북관北關에 혼자 앓아누워서",「고향」 "아득한 넷날에 나는 떠났다 / 부여扶餘를 숙신肅愼을 발해渤海를 여진女眞을 요遼를 금金을 / 흥안령을 음산을 아무우르를 숭가리를 / 범과 사슴과 너구리를 배반하고 / 송어와 메기와 개구리를 속이고 나는 떠났다",「북방에서」 "이 흰 바람벽에 / 내 가난한 늙은 어머니가 있다 / 내 가난한 늙은 어머니가 / 이렇게 시퍼러둥둥하니 추운 날인데 차디찬 물에 손은 담그고 무이며 배추를 씻고 있다 / 또 내 사랑하는 사람이 있다 / 내 사랑하는 어여쁜 사람이 / 어늬 먼 앞대 조용한 개포가의 나지막한 집에서 / 그의 지아비와 마조 앉어 대구국을 끓여놓고 저녁을 먹는다 / 벌써 어린것도 생겨서 옆에 끼고 저녁을 먹는다",「흰 바람벽이 있어」 "어느 사이에 나는 아내도 없고, 또, / 아내와 같이 살던 집도 없어지고, / 그리고 살뜰한 부모며 동생들과도 멀리 떨어져서, / 그 어느 바람 세인 쓸쓸한 거리 끝에 헤매이었다."「남신의주 유동 박시봉방」 등의 시구들은 시의 화자가 집 없이 타지를 떠도는 삶의 고달픔을 노래한다.

311

「북방에서」를 보면 집은 '나'를 감싸 안는 태반과 같은 것이어서 그것을 빼앗긴 것은 "이기지 못할 슬픔과 시름"의 원인이 된다. '나'는 타관을 떠돌다가 문득 고향 집에 돌아와 보지만, 이미 조상들과 형제, 일가친척, 정다운 이웃, 그리운 것과 사랑하는 것, 우러르는 것, 나의 자랑이며 힘이었던 것들은 모두 사라지고 없다. 유리걸식하는 '나'의 처지는 "해는 늙고 달은 파리하고 바람은 미치고 보래구름만 혼자 넋없이 떠"도는 것과 다름없다. 넋 없이 떠도는 보랏빛 구름은 집과 고향을 잃고 떠도는 마음의 표상이다. 「흰 바람벽이 있어」는 타관의 낯선 집에 머물며 흰 바람벽을 보며 집 없는 제 처지를 쓸쓸하게 돌아보는 시다. 그러다 문득 노모와 아내, 새로 태어난 아이가 함께하는 정겨운 광경을 환몽처럼 그려보며 쓸쓸해진 심사를 담담하게 술회한다.

집은 실존의 중심공간이다. 우리가 산다는 것은 집에 실존의 중심을 두고 거처한다는 뜻이다. 집을 중심으로 한 사람의 생활세계가 꾸려짐으로써 세계와의 유대와 자기동일성이 형성되는 것이다. 백석의 「가즈랑집」·「외가집」 등은 집이 거주공간이면서 친족과의 살뜰한 관계와, 음식 섭취와 같은 감각적 경험이 이루어지는 기초공간임을 잘 말해준다. 집을 잃는다는 건 모든 것을 잃는다는 것이다. 집을 잃은 자는 길로 내몰리고 길에 선 자는 불가피하게 삶의 무정향성에 놓일 수밖에 없다. 그 고통은 실질적이다. 집-없음의 처지에서 비롯된 떠도는 삶은 고단하고 쓸쓸하며 감내하기 힘든 고통을 준다. '내 가슴이 꽉 메어 올 적이며, / 내 눈에 뜨거운 것이 핑 괴일 적이며, / 또 내 스스로 화끈 낯이 붉도록 부끄러울 적이며, / 나는 내 슬픔과 어리석음에 눌리어 죽을 수밖에 없는 것을 느끼는 것이었다." <sup>「남신의주 유동 박시봉방」</sup>를 보면, 그 고통은 "눌리어 죽을 수밖에" 없는 것과 같은 극심한 고통이다.

　　1920년대와 1930년대의 두 대표 시인들이 집-없음에서 빚어진 삶의 무정향성과 그 정서를 노래한다는 것은 주목할 만한 사실이다. 굳이 나라와 주권을 잃은 식민지 변방 소지식인들의 피폐한 정서의 표상으로 확대할 필요는 없다. 철학자들 중에 '집 없는 인간'이란 은유로 현대인이 처한 실존 상황을 표현한 이들도 있다. 집 없는 사람은 가족 없는 외톨이요, 이곳저곳을 떠도는 방랑자기 십상이다. 집-없음이란 실존 토대의 부재를 뜻하고, 이는 안식처와 피난처가 없는 매우 불안정한 상황이다. 산다는 것이 보편적으로 집에 산다는 것을 뜻한다면 사람은 바로 그의 집과 하나다. 집은 그 집에 거주하는 자의 육체이면서 영혼이다. 그러므로 집 없이는 삶도 없다. 집이 있기 때문에 비로소 삶이 있는 것이다.


무더운 자연<sup>自然</sup> 속에서

검은 손과 발에 마구 상처를 입고 와서

병든 사자<sup>獅子</sup>처럼

벌거벗고 지내는

나는 여름


석간<sup>夕刊</sup>에 폭풍경보<sup>暴風警報</sup>를 보고

배를 타고 가는 사람을

습관<sup>習慣</sup>에서가 아니라 염려하고

삼년 전<sup>三年前</sup>에 심은 버드나무의 악마<sup>惡魔</sup> 같은

그림자가 뿜는 아우성소리를 들으며


집과 문명<sup>文明</sup>을 새삼스럽게

즐거워하고 또 비판<sup>批判</sup>한다


하얗게 마른 마루틈 사이에서

들어오는 바람에서

느끼는 투지<sup>鬪志</sup>와 애정<sup>愛情</sup>은 젊다


자연<sup>自然</sup>을 보지 않고 자연<sup>自然</sup>을 사랑하라

목가<sup>牧歌</sup>가 여기 있다고 외쳐라

폭풍<sup>暴風</sup>의 목가<sup>牧歌</sup>가 여기 있다고 외쳐라


목사<sup>牧師</sup>여 정치가<sup>政治家</sup>여 상인<sup>商人</sup>이여 노동자<sup>勞動者</sup>여

실업자<sup>失業者</sup>여 방랑자<sup>放浪者</sup>여

그리고 나와 같은 집없는 걸인<sup>乞人</sup>이여

집이 여기 있다고 외쳐라


하얗게 마른 마루틈 사이에서

검은 바람이 들어온다고 외쳐라

너의 머리 위에

너의 몸을 반쯤 가려주는 길고

멋진 양철 채양이 있다고 외쳐라

― 김수영, 「가옥찬가家屋讚歌」117)


「가옥찬가」는 1959년도에 발표된 시다. "병든 사자처럼 / 벌거벗고"
지내는 여름 어느 날에 폭풍경보가 내려진다. 마루 틈으로 바람이 새
어들고, 버드나무는 그림자를 흔들며 아우성을 친다. 악마처럼 검은
그림자를 흔드는 그 버드나무가 3년 전에 심었다는 걸 봐서 이 집은
적어도 3년 이상 거주한 집이다. 폭풍 때문에 온 세상이 난리를 치르
는 그런 밤에 '나'는 신문을 읽으며 "배를 타고 가는 사람"의 안위를
걱정하고, 새삼 "집과 문명"이 보장하는 안전을 온몸으로 느끼며 안도
하고 즐거워한다. 마루의 작은 틈으로 파고드는 바람에서조차 젊음의
"투지와 애정"을 느낀다고 쓴다. 안전한 거소에 머물고 있다는 확신이
없다면 가질 수 없는 정서다. "자연을 보지 않고 자연을 사랑하라"라
거나, "폭풍의 목가가 여기 있다고 외쳐라"라는 시구는 집 가진 자의
보람과 기쁨이 한층 격앙되는 것을 보여준다. 폭풍을 피할 수 있는 집
을 가진 소시민의 뿌듯한 보람이 화자의 심정을 들뜨게 했을 것이다.
그 들뜬 심정은 "집이 여기 있다고 외쳐라", "멋진 양철 채양이 있다고
외쳐라"에서 정점에 다다른다. 그리 대단한 것도 아니다. 그저 '멋진

117) 김수영, 『김수영 ― 한국현대시문학대계 24』, 지식산업사, 1981.

양철 채양'을 달았을 뿐이다. 그런데도 '나'의 마음은 기쁨으로 차고 넘친다. 그야말로 '가옥'을 '예찬'하는 마음의 격앙으로 터져 나오는 이 외침은 뿌듯함을 넘어서서 환희로 넘쳐난다.

집은 눈과 비바람, 폭풍을 피할 수 있는 공간, 혹은 장소 이상이다. 실존주의 철학자들은 인간을 우연적으로 세상에 "내던져진 존재"라고 말한다. 그 내던져진 존재를 품어 안는 것이 집이다. 집은 존재의 요람이요, 보금자리며, 길 위를 떠도는 이들이 돌아가 쉬어야 할 궁극의 피난처이자 은신처다. 집은 모든 '바깥'의 위험과 덫을 피할 수 있는 '안'이자, 실존의 뜻을 세우고 의미를 일구는 곳이다. 내가 나고 자란 집, 어머니와 아버지, 형제가 있는 집이 우리 존재의 시원<sup>始原</sup>이다.


길이 있다면, 어디 두천쯤에나 가서
강원남도 울진군 북면의
버려진 너와집이나 얻어 들겠네 거기서
한 마장 다시 화전에 그슬린 말재를 넘어
눈 아래 골짜기에 들었다가 길을 잃겠네
저 비탈 바다 온통 단풍 불붙을 때
너와집 썩은 나무껍질에도 배어든 연기가 매워서
집이 없는 사람 거기서도 눈물 잣겠네


쪽문을 열면 더욱 쓸쓸해진 개옻 그늘과
문득 죽음과, 들풀처럼 버틸 남은 가을과

길이 있다면, 시간 비껴

길 찾아가는 사람들 아무도 기억 못하는 두천

그런 산길에 접어들어

함께 불붙는 몸으로 저 골짜기 가득

구름 연기 첩첩 채워 넣고서


사무친 세간의 슬픔 저버리지 못한

세월마저 허물어버린 뒤

주저앉을 듯 겨우겨우 서 있는 저기 너와집

토방 밖에는 황토 흙빛 강아지 한 마리 키우겠네

부뚜막에 쪼그려 수제비 뜨는 나 어린 처녀의

외간 남자가 되어

아주 잊었던 연모 머리 위에 별처럼 띄워놓고


그 물색으로 마음은 비포장도로처럼 덜컹거리겠네

강원남도 울진군 북면

매봉산 너머 원당 지나서 두천

따라오는 등 뒤의 오솔길도 아주 지우겠네

마침내 돌아서지 않겠네

— 김명인, 「너와집 한 채」[118]


118) 김명인 시선집, 『따뜻한 적막』, 문학과지성사, 2006.

「너와집 한 채」는 저 산골 오지에 있는 집의 한 원형이다. 시인이 상상으로 찾은 그 집은 아무도 찾지 않는 강원도 어느 산골짜기에 있는 너와집이다. 그 너와집은 누군가 살았던 집이다. "사무친 세간의 슬픔, 저버리지 못한"이라는 시구를 보면 세월이 모질었나 보다. 빈 너와집은 그걸 버티고 "주저앉을 듯 겨우겨우 서 있"다. 이 빈집은 개옻 그늘, 썩은 나무껍질에 배어든 매운 연기, 토방 밖에 뛰노는 황토 흙빛 강아지 한 마리, 부뚜막에 쪼그려 수제비 뜨는 나어린 처녀로 인해 돌연 산 것들이 내는 왁자함과 움직임의 활기로 가득 찬 아늑한 거소의 공간으로 바뀐다. 그 아늑함과 은밀함이 '나'로 하여금 그곳으로 들어오는 길을 지우고 수제비 뜨는 처녀의 외간 남자로 붙박여 살겠다는 결심을 자아내게 했을 것이다. 이 너와집은 세간붙이 없이 간소하게 사는 삶, 쌓아둔 재물 없이 원초의 삶을 일구기에 맞춤한 집이다. 세상의 명리에 휘둘리는 저 번잡한 문명의 삶을 등지고 어린 처녀의 외간 남자로 숨어 살 만한 집을 찾는 꿈은 곧 존재의 시원을 향한 꿈과 통한다.

어디 그런 꿈을 김명인 시인만 꾸었을까? 서정주는 이 시가 나오기 쉰 해 전쯤에 이미 「수대동시水帶洞詩」에서 이렇게 노래한 바 있다.


흰 무명옷 가라입고 난 마음

싸늘한 돌담에 기대어 서면

사뭇 숫스러워지는생각, 고구려高句麗에 사는듯

아스럼 눈감었든 내넋의 시골

별 생겨나듯 도라오는 사투리.


318

등잔불 벌서 키어 지는데……

오랫동안 나는 잘못 사렀구나.

샤알·보오드레—르처럼 설ㅅ고 괴로운 서울여자女子를

아조 아조 인제는 잊어버려,


선왕산仙旺山 그늘 수대동水帶洞 십사十四번지

장수강長水江 뻘밭에 소금 구어먹든

증조曾祖하라버짓적 흙으로 지은집

오매는 남보단 조개를 잘줍고

아버지는 등짐 서룬말 졌느니


여긔는 바로 십년十年전 옛날

초록 저고리 입었든 금녀金女, 꽃각시 비녀하야 웃든 삼월三月의

금녀, 나와 둘이 있든곳.

머잖어 봄은 다시 오리니

금녀 동생을 나는 얻으리

눈섭이 검은 금녀 동생,

얻어선 새로 수대동 살리.

— 서정주, 「수대동시」[119]

119) 서정주 시집, 『화사집花蛇集』, 문학동네, 2001.

「수대동시」는 1941년에 남만서고라는 출판사에서 나온 『화사집』에 들어 있다. 이 시는 적어도 1941년 이전에 쓰인 시다. 「수대동시」의 중심공간은 "선왕산그늘 수대동 십사번지"에 "증조하라버짓적 흙으로 지은집"이다. '나'는 어쩐 일인지 이 시골구석의 집으로 돌아온다. 그리고 "오랫동안 나는 잘못 살었구나."와 같은 반성 끝에 "샤알·보오드레―르처럼 설스고 괴로운 서울여자"를 완전히 잊겠다는 마음을 굳게 먹는다. 이 수대동 흙집은 남보다 부지런해서 조개를 잘 줍는 어머니와 등짐 서른 말을 거뜬히 지는 아버지와 함께 살았던 집이자, 어린 시절 이웃집 금녀와 놀았던 추억이 깃든 집이다. 금녀는 새색시가 되어 떠나고 없지만, '나'는 봄이 오면 순박한 시골처녀인 금녀 동생을 얻어 가족을 이루고 수대동 흙집에 살겠다는 다짐을 한다. 이 수대동 집은 '나'의 기억 속에서 흙의 소출에 기대 사는 건강한 삶의 터전이다. 어디서 살겠다는 장소와 거주공간의 선택은 곧 어떻게 살겠다는 의식으로 뒷받침되는 선택이다. 그 선택은 곧바로 현존의 테두리를 규정하는 요소이기도 하다. 말할 것도 없이 문명을 등진 소박하고 건강한 삶에 대한 동경이 잘 드러나 있는 시다. 그 동경의 중심에 있는 게 사람의 마음을 온통 "숫스러워지는생각"으로만 채우게 하는 시골의 흙집이다.

집은 잠자고 식사를 하고 아이를 키우는 곳이다. 아늑한 생활과 안식의 공간인 집은 노동을 멈추고 기력을 재충전하는 공간이요, 가족 공동체가 거주하는 신성불가침의 내밀한 공간이다. 서정주는 「무등無等을 바라보며」라는 시에서 "청산靑山이 그 무릎 아래 지란芝蘭을 기르듯 /

우리는 우리 새끼들을 기를 수밖엔 없다."고 노래한 바 있다. 집은 청산이요, 자식들은 그 무릎 아래 키우는 지란이다. 집을 가진 자만이 가족을 이루고 자식을 낳아 기를 수 있다. 시인은 "지어미는 지아비를 물끄러미 우러러보고 / 지아비는 지어미의 이마라도 짚어라."라고 했는데, 이렇듯 지아비와 지어미가 서로를 그윽한 눈빛으로 바라보는 곳도 집이다. 내밀한 경험과 기억의 공간이요, 인격을 키우고 다듬는 곳인 집은 탄생이나 죽음과 같이 중요한 실존의 사건을 경험하는 공간이라는 점에서 한 사람의 사적 역사가 만들어지는 곳이다. 집은 실존의 의미를 규정하는 근원 공간이다. 집을 투기의 수단으로 삼는 것은 탐욕스럽고 부도덕한 짓이다. 어떻게 타인의 '영혼'이며 '우주'를 담보로 사사로운 이익을 취할 수 있는가!

집을 만드는 데는 건축자재만이 아니라 거기에 몸담아 사는 이들의 기억과 추억, 그것을 키울 세월이 필요하다. 세월이 없다면 집도 없다. 프랑스 시인 루이 기욤은 "오랫동안 난 널 지었다, 오 집이여!"라고 노래한다. 집에 딸린 방들은 거기 사는 이들의 꿈과 행복을 배양하고 추억들을 만든다. 그래서 모든 집은 존재의 집이요, 기억의 집이다. 우리 조상은 집의 기본구조에서 우주의 원리를 읽어냈다. 전통가옥에서 지붕은 하늘, 기둥은 사람, 주춧돌은 땅이다. 집은 하나의 우주인 것이다. 그 집에는 사람과 더불어 수호신들이 깃들어 산다. 지붕과 부엌과 우물에는 그곳을 관장하는 각각 다른 신이 산다. 우리 선조들은 그 신들이 가족의 길흉화복에 개입한다고 믿었다.

다시 한번 집은 사람살이에 필수불가결한 요소다. 잘-존재함은 집과 더불어서 가능한 것이다. 따라서 집은 누구나 누려야 할 천부의 권리다. 집은 사랑하는 사람들과 더불어 사는 곳, 꿈을 키우고 추억을 만드는 곳, 삶을 누리고 향유하는 장소다. 집과 더불어 있을 때 사람은 비로소 사람이다.

# 헐벗은 아이의 노래

김명인 시의 중심축은 기억의 서사다. 저 기억의 들머리에 새겨진 것은 "고향-아버지의 목소리"다. 그 "고향-아버지의 목소리"는 아이에게 떠나라고 명령한다. 아이는 낙원에서 추방되어 헐벗은 아이, 버림받은 아이로 길 위를 떠돈다.

그렇다, 부두에 매여 늘 출렁거리던 빈 배들도
옷자락 풀어놓고 어서 떠나라고
해지고 바람 불면 더욱 적막한 눈발로 재촉하던
저 헝클어진 고향의 목소리를 헤아리기라도 했을 것인가?
그것이 썩어서 만들어준 거름 몇 짐으로
내 언제나 비틀거렸을 뿐, 쓰러지지 않고 비틀거렸을 뿐임을
흐려지는 차창 너머로 보여주는 후포
이제는 눈물겨운 풀꽃 몇 송이로 겹쳐 보이는

— 김명인, 「후포<sup>厚浦</sup>」<sup>120)</sup>

"저 헝클어진 고향의 목소리"는 아득한 시절의 목소리다. 시의 화자는 탯자리를 묻은 곳에서 붙박여 살지 못하고 쫓겨 떠나온 것에 원망과 서글픔을 갖는다. 집 나온 아이는 이후로 수많은 길 위에서 비틀거리지만 끝끝내 "쓰러지지 않고" 어엿한 사회인으로 성장한다. 시의 화자를 키운 것은 길이다. 많은 비평가들이 김명인의 시세계를 언급할 때 한결같이 길의 이미지를 주목하는데, 그만큼 김명인의 시에는 수많은 길들이 흩어져 있다. 그 길들의 끝은 어디로 연결되는 것일까? 수천 킬로미터 떨어진 먼 바다로 나가 성어가 된 연어가 모천으로 회귀하듯 시인은 저를 부르는 고향의 목소리를 듣는다. "고향의 목소리"는 연어의 "물 냄새"와 상호 조응한다. 연어에게 모천이 그렇듯 시인에겐 고향이 운명의 근원이다. "어느 하류에서도 연어들은 / 한 시절의 방랑을 기억하지 않을 것이다 / 다만 물 냄새로 끝없는 모천<sup>母川</sup>을 이루는 / 운명의 근원으로 이끌릴 뿐".「<sup>운명의 형식</sup>」 시인은 운명의 인력에 끌려 고향으로 향하는 무의식의 여로 위에 서 있다.

이 무의식의 여로를 이끄는 것은 기억이다. 시인의 기억 속에 고향은 지울 수 없는 낙인<sup>烙印</sup>으로 찍힌다. 기억이란 무엇인가? 기억이란 "육체적이면서 동시에 정신적인 면을 지닌 정신물리학적 현상"이다. 이 정신물리학적인 현상의 연쇄 속에서 우리는 누구이며, 어떤 존재인

120) 김명인 시선집, 『따뜻한 적막』, 문학과지성사, 2006. 이 글에서 특별히 표시하지 않고 인용된 시는 모두 이 시선집에서 인용한 것들이다.

지를 비로소 안다. 기억 때문에 아침에 밥 먹은 사실을 '알고' 아침밥을 반복해서 먹지 않을 수 있다. 기억이 없다면 우리는 아침밥을 먹고 먹고 또 먹는 어리석음에 빠질 것이다. 기억의 연쇄성 때문에 어제 갔던 학교를 어렵지 않게 다시 찾아가고, 길을 잃지 않고 회사를 찾아간다. 부모나 형제, 친구와 회사 동료를 알아보고, 그 알아봄으로 가족관계나 친구관계를 이어갈 수 있는 것도, 새로운 앎을 위한 공부를 하고 새로운 업무를 기획할 수 있는 것도 다 기억 때문이다. 기억이 없다면 우리는 더 이상 사람 구실을 다할 수 없게 된다. 기억은 자아 정체성과 의식적 통각, 영혼의 주의력 있는 활동을 가능하게 하는 불가결한 기반이다.

기억이란 뇌의 밀랍판 위에 찍힌 도장 흔적이다. 뉴런으로부터 자극을 취합한 신경절 세포들은 '인상'들을 저장하는데, 이런 일련의 과정이 기억으로 이어진다. 기억흔적은 한번 찍힌 사진과 마찬가지로 지워지지 않는다. '나'의 근원인 마음은 기억에 기반을 둔다. 그 기억의 대부분은 뇌에 기록되는데, 이 "진화의 왕좌에 놓인 보석"은 경험과 그것에서 비롯된 지각-의식을 기록하는 서판書版이다. 사람의 생각과 행동과 움직임을 지배하고 조정하는 것은 바로 이 "두개골 안에 가만히 머물러 있는 1,400그램의 신경 조직"이다. 우리는 한 줌의 뇌 속에 살고 있다고 말할 수 있다. 그것이 기억의 심연을 머금고 있기 때문이다.

이 기억흔적은 대상의 상과는 전혀 무관한 부호의 형태로 저장된다. 어떤 과학자는 사람의 마음을 "'모든 경험의 실루엣'들이 전시된

'고요한 갤러리'"라고 말한다. 서판의 용량에는 한계가 있으나 마음이라는 서판은 거의 무한대다. 마음이라는 기억의 금고, 온갖 경험의 서재, 우리는 이 소우주 속에 무한대의 기억을 저장하고 그것을 필요할 때마다 꺼내 '쓰는' 것이다. 산다는 것은 기억을 인출해서 '쓰는' 과정이다. 프로이트는 말한다. "인간의 정신 기관은 종이와 서판이 못 가진 바로 그 특성을 지닌다. 우리의 정신은 새로운 지각을 무제한으로 받아들일 뿐만 아니라 받아들인 것을 비록 고정불변은 아니더라도 영속적인 기억흔적으로 저장한다."[121]

김명인이 길을 중심 이미지로 삼은 것은 숙명적인 바가 있다. 고향에서 등 떠밀려 나온 자는 잃어버린 그것을 영속적인 기억흔적으로 간직한 채 길 위에 설 수밖에 없다. 그러므로 "김명인 시의 화자는 늘 '가고' '떠나고' '흐르고' '지워지는' 길 위에 서 있다."<sup>홍정선</sup> 시인은 살아온 시간들이 곧 길 위의 시간들이었음을 "희미하게 지워진 세로細路 오랫동안 / 길이었을 시간이여"<sup>「연해주 시편 10」</sup>라는 시구로 증언한다. 고향을 떠난 이후의 고달픈 부랑에 대해 시의 화자는 "내 언제나 비틀거렸을 뿐, 쓰러지지 않고 비틀거렸을 뿐"<sup>「후포」</sup>이라고 회고한다.

김명인 시의 원적지原籍地답게 길은 영동, 여수, 군포, 마곡사, 안정

---

121) S. Freud, 「A note upon the "mystic writing-pad"」, New York, 1959(여기서는 다우베 드라이스마, 『기억의 메타포』, 정준형 옮김, 에코리브르, 2006에서 재인용). 『기억의 메타포』는 기억의 연구사에서 기억이 어떤 메타포를 포섭하고 수사적 표현들을 확장했는지를, 아울러 그 메타포들이 각각 제 시대와 문화를 어떻게 반영하는지를 따진다. 기억이란 밀랍판, 코덱스, 글쓰기 판, 수도원, 극장, 숲, 금고, 새장, 창고였다가 사진, 축음기, 영화촬영술의 발달과 더불어 카세트리코더, 비디오, CD, 컴퓨터 메모리, 홀로그램 등과 같은 '인공기억'이 나오면서 더욱 다양한 메타포로 증식한다. 위의 기억에 관한 여러 논의와 인용들은 모두 이 책에서 나온 것들임을 밝혀둔다.

사, 여산, 천로를 거쳐 미 대륙의 유타주로, 그리고 연해주로 뻗어간
다. 그의 시들은 길의 여정 속에서 부풀고 무르익는다. 그의 상상력은
길의 이미지를 불러올 때 가장 환하고 풍요로워진다.

　　길은 길로 이어진다. 필경 길이 이끄는 떠돌이의 삶은 마음의 자
지러짐을 낳는다. 피로, 그것은 항상 제 "존재에 대해 피곤해지는 것"[레
비나스]이다. "떠도는 길이 길로만 분주하듯 / 마음은 늘 숫구치는 바람에
스쳐 자지러져",[물속의 빈집 1] 길이 이끄는 삶에 휘둘릴 때 몸과 마음의 소
진과 맞닥뜨린다. 피로는 근육의 고갈이 아니라 마음의 소진이다. 이
소진과 일모[日暮]의 이미지는 삼투한다. 서로 스미고 섞여 만들어진 이
미지가 불러일으키는 암시는 소진의 풍경화, 혹은 행려의 바닥 없는
수고로움이다. 길은 더 이상 나갈 수 없는 곳에서 어둠으로 제 존재를
지운다. "나귀여, 네게 허락된 이 고단한 행려가 / 잠깐 일모[日暮] 속의
길이더라도 / 물 건너 마을은 이미 산그늘에 묻혀 지워져 있다",[물속의 빈
집 2] 길로 나아감, 혹은 길 위를 떠돎이 피로와 연결되는 것은 그의 시에
서 흔한 일이다. 피로는 불행의 위계에서 가장 낮은 단계의 불행이다.
그것은 육체가 겪어내는 사건이 아니라 "정신적 체감[體感]"[롤랑 바르트]이다.

　　길을 잃는다는 것은 길이 물고 나아가야 할 길을 놓치는 것이다.
사람은 다만 그 길이 놓친 길 위에 있을 뿐이다. "저기 돌산 모퉁이를
돌아 / 길을 잃어본 사람들은 이미 알고 있을 것이다",[여강] 길을 노래하
는 시인의 시구에는 피로가 자욱하다. "가고 싶다는 인간의 열망"[안정사
安靜寺]으로 피로를 느끼는 것은 사람만이 아니다. "아직도 가야 할 남은
길"을 두고 골짜기 어딘가에 머물며 휴식을 취할 때 길도 쉬는 법이다.

우리가 잠들 때 "잠들기 전에는 가야 할 남은 길"「길, 슬픈 빙하氷河」도 잠든다. 휴식은 길 가는 자의 휴식이자 길의 휴식이다. "하지만 우리는 아직도 가야 할 남은 길 있어 / 오늘 밤 이 진흙 골짜기에서도 어딘가에 지척 대면서 / 잠시 쉬어야 한다".「천로天路 가며 1」

꿈이 흔적을 남기겠느냐, 헤매고 다니던
자취가 자국으로 남겠느냐
병이 깊어지고, 약이 몸을 다스리지 못해 풍경을
허전한 책장처럼 넘겨다보는 지금
신열에 들뜬 세월을 끌고 여기까지 달려오는 것은
이 길 어딘가에 있다는 단식원을 찾아서가 아니라
어느 퀭한 생애 속
저렇게 펑 뚫린 유적에 올라
캄캄한 미로를 더듬어 나아가다 나도 어디쯤에서
돌아 나갈 입구를 지워버린 채
목 놓고 싶은 마음, 이렇게 온몸으로 아파오는 탓일까
— 김명인, 「유적에 오르다」 일부

길은 꿈의 흔적이며 탐색과 모험의 자취다. 시의 화자는 그 길 위에서 보낸 "신열에 들뜬 세월"을 아프게 돌이켜본다. 그 길은 "캄캄한 미로"이고, 지도에서도 지워져 있다. "그러므로 모든 아름다운 별들의 길이 지도 위에 / 지워져 있듯 / 우리가 진정 기억하는 것은 어느 지도 위에도 없다".「여강」 그 캄캄한 미로를 더듬어 "여기까지" 달려왔으나 이제 그만 "돌아 나갈 입구를 지워버린 채" 이 퀭한 생애를 접어 자진自盡하고 싶다. 그 고달픔이 얼마나 깊었던지, 그걸 떠올리는 것만으로도 "온 몸(이) 아파" 온다!

아이를 낯선 세상에 버려 헐벗은 아이라는 운명을 덧씌운 이 '아버지'는 누구일까? 아들에게 아버지는 사회적 존재로서의 시원이며, 자기정체성의 기반이다. 아버지는 상징계에서 인격이 아니라 초인격이며, 자아가 아니라 초자다. 아들은 무의식에서 자기를 아버지와 동일시한다. 그런 맥락에서 아들에게 아버지는 '타자화된 나'다. 아들에게 아버지는 자기동일성 안에 함께 거주하는 심리적 동거인이라면, 아버지와 아들이 생물학적으로, 그리고 사회-운명적으로 닮는 것은 당연한 일이다. 공자가 한 "그 아들을 알지 못할 때에는 그 아버지를 보고, 그 사람을 모를 때에는 그 벗을 보며, 그 땅을 모를 때에는 그 초목을 보아야 한다."는 말이나, 관자管子가 "자식을 아는 데 아버지를 따를 사람이 없다."는 말은 타당하다. 모든 '아들-나'는 부성의 잠재성이자 미래의 아버지다. 아버지는 보호와 양육이라는 책임의 범주에서 아들의 시간을 전유한다. 그 전유가 '아들-나'의 인생을 만드는데, '아들-나'의 처지에서는 아버지의 선택과 간섭이 부당하다고 느낄 수밖에 없다.

아버지 빗속으로 가신다, 시간의
굳게 잠긴 빗장을 걸고

빗줄기가 풀어놓은 비 낱의 창 너머 무수히
그어지는 텅 빈 골목길로
아버지 걸어가신다, 얼마만큼 쫓아가다
내 기억의 비 그쳐

다시 꽃밭이었을까요, 아버지
화안한 그 꽃밭 뭉개며 내 마음의 어둔
그림자로 우뚝 서 계시는 아버지
얘야, 식구들 모두 모여 살 수 없단다, 네가
잠시만 떨어져 있어야겠다

담을 것 없어도 주체할 길 없이 쏟아지는 잠과
잠의 깊은 늑골을 비집고
비가 온다, 어느새
한 세상 빗속으로 저무는데
밥과 밤으로 이어지는 중년을 흔들어 깨우며
머리맡에 앉아 계신 아버지, 기다려라
내가 너를 데리러 다시 올 때까지

그러므로 아버지, 제가 여기 있어야 한다면
저는 녹스는 제 몸을 온전히 닦아낼 수 있을까요?
칼날의 시간 작두 위에 세웠던 세월이여

아직도 식지 않는 증오 서리처럼 흐리는 창 너머로

아버지 빗속으로 걸어가신다

— 김명인, 「빗속의 아버지」 일부


고향에서 추방되는 직접적 계기는 아마도 가난이다. 어느 날 아버지는 시의 화자를 "애야, 식구들 모두 모여 살 수 없단다, 네가 / 잠시만 떨어져 있어야겠다"라는 말과 함께 낯선 곳에 떨어뜨려놓는다. 아버지는 "식구들이 모두 모여 살 수 없"기 때문이라고 말하는 것으로 양해를 구하지만, 버림받은 아이는 이미 상처를 받는다. 김명인의 시들에는 얼떨결에 낯선 세상에 내던져진 이 아이―타자의 사무침과 외로움, 겁에 질린 목소리가 깔린다. 이 헐벗은 아이는 김명인 시의 영원한 존재론적인 표상이다. 그 비밀을 「빗속의 아버지」라는 시를 통해 풀 수 있다. 오래된 기억 속에 어린 저를 떨어뜨려놓고 돌아가는 아버지의 인상과 목소리가 새겨져 있다. "기다려라 / 내가 너를 데리러 올 때까지". 거기는 어디였을까? 아마도 고아원이었을 것이다. 그의 시에는 저 오래된 기억의 근저에 심리―사회적인 고아라는 의식이 숨어 있는데, 이 경험이 그 근거일 터다. 심리―사회적인 고아라는 의식은 특히 초기의 「켄터키의 집」 연작이나 「동두천」 연작에 두드러진다. 그 삶은 어땠을까? "칼날의 시간 작두 위에 세웠던 세월"이라는 구절을 보자면 감당하기 힘든 시간이었을 것이다. 중년에 이른 시인의 가슴에는 "아직도 식지 않는 증오"가 남아 있다. 이렇게 김명인 시의 서사가 고향(추방) → 타향(방랑) → 고향(귀환)의 궤적을 그리게 된 계기는 선명하게 드러난다.

「유적을 위하여」라는 작품은 "아버지를 생각하면 지금도 나는 그가 몹시 부담스럽다"는 직접적인 언술로 시작한다. 아버지는 어린 '나'를 낯선 세상에 버려두고 떠난 존재다. 그 불가피성을 감안하다 하더라도 어린 '나'를 버렸다는 사실은 서운함과 분노의 대상이 될 만한 일이다. '나'의 "아버지-과거"는 곧 '나'의 유적이다. 그 유적에는 그늘이 드리워져 있다. "일생을 어머니의 그늘에 묻혀 양지를 / 모르셨던 아버지"다. "평생을 스스로의 유형流刑 가운데 앉아 계셨던" 아버지는 '아들-나'를 세상에 유기함으로써 "유형 가운데" 살게 한다. 시의 화자가 아버지를 부담스러워하는 까닭이 거기에 있다. 시의 화자가 "아버지에게는 일생을 내팽개치게 한 필연의 / 벼랑은 무엇이었을까"를 궁구하는 것은 결국 제 삶이 품은 "벼랑의 필연"을 궁구하는 일이다.

김명인 시의 서사는 아버지→추방→아버지의 경로라는 궤적을 그린다. 아버지의 법과 질서의 세계에서 추방되는 것은 비천한 무리의 삶, 무법한 세계에 내팽개쳐지는 것이고, 인간의 시간에서 가축의 시간으로 추락하는 것이다. 추락은 아이의 내면에 지울 수 없는 트라우마를 남긴다. 아버지는 그 트라우마의 기원이다. 시의 화자가 세상과 화해하기 위해서는 그 아버지에게 왜 그랬느냐고 물어야 하는데, 이제 그 아버지는 없다.

삽을 들어 산오리나무 밑동을 파헤쳤다.

살은 썩어 다시 집이 되는 흙 속에서

아버지, 이제 태어나시는 아버지

산 그림자를 깔고 앉아 눈부신

흰 뼈를 추리면서

재 속에 그 이름을 털어 넣고 일어섰다.

─ 김명인, 「이장移葬」 일부

표상의 층위에서 아버지는 온갖 트라우마의 흔적으로 존재한다. "기댈 곳 없"어졌다는 뜻에서 '나'는 완전한 고아다. 심리─사회적 고아가 아니라 진짜 고아다. 헐벗고 소외된 존재인 고아가 감당해야 하는 것은 "쭈그리며 떠밀린 세월",「후포」 "붉은 수신호의 세월 / 길은 흘러도 캄캄한 모래 속일 뿐",「천축」 "헤쳐가야지 가시를 찔러오는 세상"「다시 영동嶺東에서」이다. 삭막하고 팍팍한 삶이다. 그래서 시인은 타자의 목소리를 빌려 "얼마나 고단하게 인생을 노 저을 것인가"「조이 미용실」라고 탄식한다.

　김명인의 후기 시들에는 '구멍'들, 혹은 알 수 없는 '블랙홀'들이 문득문득 나타난다. 구멍은 결여의 자리다. 그 결여는 보호와 양육의 우산을 펼쳐주는 아버지의 결여다. 상징계의 층위에서 아버지는 아들에게 근본 결여인 동시에 그 결여를 덧씌우고 가리는 그림자다. 그림자로서의 아버지는 '나'의 외부, '나'의 외존이다. 아버지가 없는 구멍은 캄캄한 식도, 맨홀 속, 수십 길 낭떠러지, 블랙홀, 우주의 우물 따위로 모양을 달리하며 변주된다. 구멍의 가늠할 수 없는 바닥은 곧 공포의 깊이다. 그것이 일으키는 무의식의 심상은 추락, 하강, 죽음의 공포다. 산 멸치 떼가 몰려 들어간 "고래 뱃속"은 멸치 떼의 축축한 장지葬地다. 죽음의 자리는 이렇듯 "굴속 같은 캄캄한 식도"다. 식도는 그 본질에서 구멍이다. "고래 뱃속을 묘지로 선택한 멸치가 그러하듯 / 외로운 주검들은 한참 더 꾸불거리면서 / 굴속 같은 캄캄한 식도를 지나가야 / 비로소 빈 몸이 되어 우주 어딘가에 안착할 것이다",「가다랑어」맨홀은 어떤가? 맨홀이야말로 추락의 공포를 숨긴 가장 무서운 구멍의 은유가 아닌가. 구멍은 별을 통째로 삼켜버리는 우주의 블랙홀이다. "거대한 맨홀 속으로 떨어져 내렸다는 생각을 / 끝내 떨치지 못하는 사람".「맨홀」122) "내장 속"은 앞의 식도와 다르지 않다. 구멍의 변주다. "수십 길 낭떠러지의 현기증!"을 감추고 있는 구멍 이미지다. "삭은 내장속을 조심조심 더듬어 올라가다 / 어느 순간 헛디딘 수십 길 낭떠러지의 현기증!",「매몰에 들다」구멍의 공포는 바닥이 없다는 것에서 비롯한다. 바닥이 없기 때문에 추락은 한없이 계속된다. "퍼내도 퍼내어도 / 바닥없는 구멍",「구멍 1」구멍의 은유 중에서 가장 큰 게 "블랙홀"이다. 그블랙홀은 존재를 끌어당기는 인력을 갖고 있다. "블랙홀 저쪽의 캄캄한 어둠이 / 세차게 너를 잡아당긴다".「구멍 2」우물 역시 구멍의 변주지만 이 "우주의 우물"은 유일하게 긍정의 의미를 부여받는다. 이 우물은 목숨을 길어 올리는 신비로운 근원이다. 그래서 죽은 자는 다시 이우물로 되돌아간다. "목숨은 우주의 우물에서 길어올린 / 한 두레박의물".「우물」

122) 김명인 시집,『파문』, 문학과지성사, 2005.

김명인의 시에서 무의식적으로 추락의 공포, 혹은 죽음과 결부되는 모든 구멍은 그것으로 들어가는 문, 혹은 입구를 갖고 있다. 대개의 구멍은 땅의 아래, 하부와 연결되는데, 신화적으로 보자면 죽은 자들의 심연이다. 그것이 현기증과 공포를 불러오는 것도 그 이미지가 추락이나 죽음과 연관되기 때문이다. "사람이 천지 사이에 살아 있는 것은 날랜 백마가 문틈을 지나는 것처럼 홀연히 끝난다. 물이 흘러 갑자기 불어나듯 나타났다가 구름이 흩어지듯 소리 없이 돌아가지 않는 것이 없다. 이러한 변화를 삶이라고도 하고 또는 죽음이라고도 하면서 동물은 이것을 애통해하고 인간은 이것을 슬퍼한다. 하늘의 주머니를 벗어나는 것일 뿐이니 실이 엉키고 풀리듯! 혼백이 가면 몸이 따라가는 것이요, 대자연으로의 귀향인 것이다. 형체 없는 것이 형체를 만들고 그것이 다시 형체 없는 것으로 변하는 것은 사람들이 다 같이 아는 것이다. 이런 논의는 도에 이르려는 자가 힘쓸 일이 아니다."「장자」「지북유」 장자의 말대로 사람은 "날랜 백마가 문틈을 지나가는 것처럼" 빨리 구멍으로 사라진다.

구멍이 하강과 죽음의 이미지라면 땅의 수평면에서 위로 솟구치는 나무, 기둥, 산, 피라미드 등은 상승과 솟구쳐 생동하는 기운의 이미지다. 그러나 「저녁 나무」의 세계 내 존재의 고독을 표상하는 "늙은 나무"는 어둠을 관조하고 밤을 품는다. 밤을 품고 노골적으로 죽음과 연관된다는 점에서 생명수生命樹와는 대척적인 자리에 선다. 시인의 생물학적 나이가 죽음과 상실에 대한 사유를 자연스럽게 끌어오는 것이라고 판단된다.

몸이 안 받아주는 과음 끝에

몇 시간씩 새까맣게 기억을 지워버리고

잊혀진 지번을 몇 번이나 더듬어서야 비로소 깨어나는

날들이 너무 우중충하다.

근래에 더 그랬다. 위험 신호라고

머리맡에 하늘 저울 매달아놓고 지냈는데

그 별자리 용케 기울이거나 쏟아버리지 않고

여기까지 왔다. 오늘은 일요일

다 저녁에 깨어나니 식구들 모두 예배당 가고

텅 빈 공터를 가로질러 이삿짐 차가 떠난다.

뒷자리에 국화 몇 분 처져 앉아

돌아갈 봄 색깔로 부옇게 흔들리는 것은

가는 곳이 조금 더 또렷해지기 때문일까.

궁금해질 때마다

감추어둔 마음의 신발 가끔씩 꺼내본다.

어제는 혀에도 백태가 끼는지,

바닥이 염전처럼 깔깔하게 갈라 터졌다.

짜디짠 소금덩이의 생각들 얼른 뱉어버렸다.

배울 것이 더 있느냐고,

갈잎 든 언덕 위의 나무가 허기진

책장처럼 펄럭거린다.

저 늙은 나무에게도 노을 한 벌 지어 올리려는데

어느새 나무가 밤을 품는다.
가로등 불빛이 여명처럼 가지 사이를 받쳐 들지만
어스름 시간이 그래도 여기서는 벌써 어둡다.
— 김명인, 「저녁 나무」

언덕바지에서 어스름의 시각을 맞은 "늙은 나무"와, 삶을 마감하고 돌아가야 할 곳이 어디인가를 가늠해보는 시의 화자는 한 줄에 서 있는 존재다. 가족은 모두 예배당에 가고 빈집에서 어스름 때가 되어서야 깨어난 화자는 창밖을 우두커니 내다본다. 공터를 가로질러 이삿짐 차가 떠나고, 언덕바지에는 갈잎 든 나무가 한 그루 서 있다. 그 "늙은 나무"는 가족도 없이 덩그러니 집에 외톨이로 남은 화자의 처지를 투사하여 이미지화한 것이다. 늙은 나무 주변으로 어둠이 내린다. 빛이 사라지는 어스름의 시각은 하루의 끝이다. 인생으로 말하자면 죽음을 앞둔 노년기에 해당한다. 과음을 이기지 못하는 몸, 혀에 끼는 백태 등은 명백하게 나타나는 노년과 죽음의 징후들이다. 화자는 그 징후들을 또렷하게 인식한다. 정열은 사라지고 과음으로 소진한 채 늙은 나무가 서 있는 저녁 풍경을 바라보는 화자의 쓸쓸한 마음의 무늬는 불가피하게 드러난다. "가는 곳이 조금 더 또렷해지기 때문일까." 죽음이라는 낯선 타자는 일상세계 속에서 불쑥 끼어들며 저의 존재를 예고한다. 이 어스름 시간에 실존의 감각은 죽음의 예감에 의해 날카롭게 벼려진다. "늙은 나무"가 다가온 밤을 품듯 화자는 죽음을 품는다.

좋은 시인은 제 체험을 개별자의 특수성으로 유폐시키지 않고 종적種的 체험의 보편성 속에서 새롭게 발견한다. 김명인의 『파문』에서는 현존에 대한 투명한 응시와, 나이듦과 죽음에 대한 고찰은 중후한 격조와 의미심장한 깊이를 함께 드러낸다. 그 징후들은 시의 편마다 나타나고, 시인의 노련하고 원숙한 수사들은 돋보인다. 이를테면 "물러서지 않으려고 안간힘 쓰던 / 늦가을의 고집도 / 마침내 스스로를 추수하는가 / 툭, 하고 떨어질 때의 비장悲壯! / 온몸에 서리를 휘감은 모과 한 알 / 땅바닥에 뒹굴고 있다 / 꼭지 빠진 모과는 시절의 경계가 / 저토록 선명하다"「모과」와 같이 범상하게 묘사한, 늦가을 나무에서 떨어지는 과일에서도 죽음의 울림은 예사롭지 않다. "툭, 하고 떨어질 때의 비장!"이라는 구절은 수동성으로만 경험하는 죽음의 면모를 환하게 드러낸다.

죽음의 예감들에 대한 자각, 혹은 인식론적 깨달음은 김명인이 최근에 도달한 시적 인식의 한 첨단이다. "방금 도착하는지 청둥오리 몇 마리 / 철버덩, 저녁의 계곡 저수지에 내려와 앉는다 / 파문이 저쪽 기슭까지 / 고단한 종착을 알리러 갔다 / 내 몸에 번지던 주름도 저런 물살이었을까"「고복저수지」와 같이 저수지의 풍경을 그리는 시에서도 죽음의 기미가 스민다. 청둥오리 몇 마리가 내려앉으며 생긴 파문이 "저쪽 기슭"까지 밀려가는데, 그것은 "고단한 종착"의 신호다. 그 파문은 곧장 "내 몸에 번지던 주름"의 사유로 이어진다. 몸의 깊은 주름들은 노년의 물증이자 선취된 죽음의 신호들이다. "앞서 걸어간 해와 뒤미처 당도하는 달이 / 지척 간에 얼룩 지우는 파문이 가을의 심금임을 / 비로소 깨닫는 일 / 하여 바삐 집으로 돌아가면서도 / 같은 하늘에서 함께 부스럭대는 해와 달을 / 밤과 죽음의 근심 밖으로 잠깐 튕겨두어도 좋겠다".「따뜻한 적막」 지는 해와 뜨는 달이 한 하늘에 있다. 죽는 사람이 있는가 하면 새로 태어나는 아기도 있다. 이 둘은 불이<sup>不二</sup>다. 생명의 유전流轉이라는 고리 안에서 하나다. 둘 사이에는 파문이 있을 뿐이다. 청둥오리가 내려앉으며 생기는 파문과 같이 살아 있는 것들의 활동은 크고 작은 파문을 만든다. 산다는 것은 곧 파문을 짓는 일이다.

"밤과 죽음"은 그 파문들을 지워버린다. "같은 하늘에서 함께 부스럭대는 해와 달"을, 이 "가을의 심금"인 것들을 지우는 "밤과 죽음" 바깥으로 튕겨두고 싶은 것은 그것을 조금 더 오래 보고 싶은 마음에서 일어난다. 그리하여 "눈물 글썽거리더라도 들판 저쪽을 / 캄캄해질 때까지 바라봐야 하지 않겠느냐".「따뜻한 적막」 죽음은 항상 존재의 저쪽이다. 삶과 그 활동들을 아우르는 바깥이다. 시인은 "들판 저쪽"을 "캄캄해질 때까지" 보아야 한다고 말한다. "바닥없는 적요 속으로 피어올랐던 꽃뱀의 시간"「꽃뱀」에 마음을 빼앗기는 걸 보면 시인의 생물학적 나이가 적요와 휴식을 더 찾는 나이가 되었다는 느낌이다. "얼음물고기라고 왜 불의 사리<sup>舍利</sup>가 없겠는가"「얼음물고기」라는 구절도 얼음물고기 속에서 불의 사리를 보아냄으로써 모순 심상의 놀라운 화융을 이끌어내는 시인의 원숙함이 돋보인다.


절벽 위 돌무더기가 만든 작은 틈새
스치듯 꽃뱀 한 마리 지나갔다
현기증 나는 벼랑 등지고 엉거주춤 서서

가파른 몸이 차오르던 통로와 우연히 마주친 것인데

그때 내가 본 것은 화사한 꽃무늬뿐이었을까

바닥없는 적요 속으로 피어올랐던 꽃뱀의 시간이

눈앞에서 순식간에 제 사족을 지워버렸다

아직도 한순간을 지탱하는 잔상이라면

연필 한 자루로 이어놓으려던 파문 빨리 거둬들이자

잘린 무늬들 그 허술한 기억 속에는

아무리 메워도 메워지지 않는

말의 블랙홀이 있다 마주친 순간에는 꽃잎이던

허기진 낙화의 심상이여!

꽃뱀 스쳐간 절벽 위 캄캄한 구멍은

하늘의 별자리처럼 아뜩해서

내려가도 내려가도 바닥에 발이 닿지 않는다

끝내 지워버리지 못하는 두려운 시간만이

허물처럼 뿌옇게 비껴 있다

— 김명인, 「꽃뱀」


『파문』의 들머리에 나오는 시다. 현기증 나는 벼랑, 절벽 위 캄캄한 구멍, 말의 블랙홀, 끝내 지워버리지 못하는 두려운 시간 등은 죽음에 대한 끈질긴 사유의 연속성을 보여준다. "꽃뱀"은 생명됨의 찬란한 슬픔을 구현한다. 이 꽃뱀은 일찍이 서정주가 "을마나 크다란 슬픔으로 태여났기에, 저리도 징그라운 몸둥아리냐"<sup>서정주, 「화사」</sup>고 노래한 바 있는 매혹과 혐오를 동시적으로 자아내는 존재다. 김명인의 시는 무의식의 범주에서 서정주를 변주한다. '나'는 스치듯 지나간 꽃뱀과 우연히 마주친다. 꽃뱀의 잔상과 함께 "바닥없는 적요 속으로 피어올랐던 꽃뱀의 시간"은 잊히지 않는다. '나'는 "꽃뱀 스쳐간 절벽 위 캄캄한 구멍"에서 "하늘의 별자리"를 연상한다. 아울러 그 아득한 높이는 곧 추락의 공포로 이어진다. 이 하강의 상상력이 불러낸 것이 죽음이다. 죽음이란 "내려가도 내려가도 바닥에 발이 닿지 않는" 곳으로 내려가는 것이다. 시인은 꽃뱀에게서 살아 있는 것의 찬란함과 동시에 죽음의 운명이 드리운 두려움을 동시에 읽어낸다.

길 위를 떠돌던 헐벗은 아이는 어느덧 장년기를 거쳐 노년기로 접어든다. '나'를 내쫓은 아버지는 사라졌다. 생명의 안쪽에 있던 트라우마는 희미해지고, 대신에 죽음이 파놓은 저 구멍들이 생생하게 다가온다. 기억을 되짚어가며 나아가는 회귀 여정의 막바지에서 시인의 상상세계는 홀연 깊어지고 그윽해진다. 젊지 않은 화자들은 삶의 이쪽에서 저쪽 기슭을 본다. 삶의 저쪽은 "환한 저녁의 깊숙한 바깥"이다. 그 바깥 테두리 쪽에서 바라보자면 안쪽의 삶은 환하다. "아직은 제 풍경을 거둘 때 아니라는 듯 / 들판에서 산 쪽을 보면 그쪽 기슭이 / 환한 저녁의 깊숙한 바깥이 되어 있다".「따뜻한 적막」 삶의 저쪽에 "환한 저녁의 깊숙한 바깥"을 둘 때 아직은 이쪽 풍경을 거둘 때가 아닌 것이다.

# 차가운 마음으로 살아라

— "인간은 아직 야생종이예요."[123]

## 1. 유승도: 야생의 소리를 듣다

유승도의 『차가운 웃음』<sup>랜덤하우스중앙, 2007</sup>을 읽었다. 유승도의 시에서 우리 시가 잃어버린 '자연'을 찾은 것은 큰 수확이다. 유승도의 시가 포획한 자연은 책상물림들이 관념으로 빚은 자연이 아니라 진짜 '자연'이다. 저 강원도의 원시 자연으로 돌아가 삶을 꾸린다는 유승도의 시에는 삶과 자연에 대한 두렵고 무서운 통찰이 숨어 있다. 먹고살기 위해 개와 돼지를 도살하고 일상으로 야생 짐승을 살육한다. 거기에 어설픈, 다른 생명체를 향한 생태학적 윤리나 노릿한 연민 따위는 틈입할 여지가 없다. "고기를 씹으면 피비린내가 뇌로 퍼진다 내가 내려친 도

---

123) 게리 스나이더, 『야성의 삶』, 이상화 옮김, 동쪽나라, 2000. 게리 스나이더의 시세계는 반문명의 기초 위에 세워진 야성의 노래다. 이 위대한 시인은 이렇게 말한다. "시란 언어를 먹고 언어를 변용하고 언어를 초월하는 절대적인 순간의 정신이라고 말하겠어요. 예술 또는 창조 활동은 때때로 그 순간의 새로움과 유일성으로, 또한 직접적이고 중재되지 않은 경험으로 곧장 다가감으로써 그렇게 하고 있지요."

끼머리에 머리를 맞고 쓰러지는 돼지, 칼로 멱을 찌르니 콸콸 쏟아지는 피, 그 피가 내 머리뼈 밖으로 흘러내린다"「돼지 잡은 날」와 같은 시구는 자연계가 "이빨과 발톱이 피로 붉게 물든 자연"이며, "생명을 가진 것은 필연적으로 다른 생명과 충돌"게리 스나이더하는 현장이라는 사실을 일깨워준다. 「어느 날 아침, 너구리를 잡다」, 「토끼의 뒷다리는 길다」, 「도살장에서」와 같은 시편들은 자연계에서 이루어지는 생명체와 생명체 사이를 잇는 교류의 핵심이 "에너지의 교환"이며, 그것은 "먹이사슬과 먹이그물을 포함"하는 것임을, 더 나아가 "살아 있는 생명체들은 다른 생명체를 먹음으로써 산다."[124]는 것을 일깨워준다. 너구리를 잡는 광경을 묘사한 시구, 즉 "더는 죽기를 기다릴 수 없어 손도끼를 가져와 머리를 내려쳤다 그제야 사지를 뒤틀며 피를 토하며 눈동자가 나를 잡아 돌리며 몸이 빙그르 돌아간다"「어느 날 아침, 너구리를 잡다」라는 시구는 사람이 이 자연계에서 다른 생명체보다 조금 더 우월한 포식자임을 드러낸다. 하지만 포식자인 사람은 죽은 뒤에는 균류에게 먹히는 밥이다. 이렇듯 사람이 뭇 생명들과 더불어 자연계 안에서 에너지의 순환이라는 잔치에 초대된 손님일 따름이라는 자각이 야생 자연에서는 겸허하게 살아야 할 분명한 이유가 된다.


무엇 하러 이 산중에 들어왔느냐
한 발만 헛디더도 생명의 저 끝이 보이는 곳이 이곳인 줄 몰랐더냐


124) 게리 스나이더, 『지구, 우주의 한 마을』, 이상화 옮김, 창비, 2005.

나 또한 이 벼랑을 의지해서 목숨 한 가닥 붙이고 사느니,

흐느끼지 말아라

나를 노려 이 벼랑으로 뛰어오르는 짐승이 있다면

내 두 뿔을 치켜 올리며 그 짐승과 함께 낭떠러지 아래 저 계곡 속으로

곤두박질친다 해도 무릎 꿇지 않으리

목을 물려 끌려가지 않으리


네가 왜 나를 바라보고 섰느냐

얼으려 하지 말고 살아라

차가운 마음으로 살아라

— 유승도, 「절벽에 붙어선 산양을 보았다」


겨울 어느 날 절벽의 중간쯤에 붙어 서 있는 산양山羊을 발견한다. 이 시는 그 '산양'의 "차가운 목소리"를 전달한다. 말할 것도 없이 절벽의 중간에 버티고 서 있는 '산양'은 산속에서 가파른 생존을 영위하는 '나'의 처지를 떠올리게 한다. '산양'은 "얼으려 하지 말고 살아라 / 차가운 마음으로 살아라"고 한다. 절벽을 제 생존의 터전으로 삼은 '산양'이나 문명과 자본의 횡포함에서 도망쳐 "사람의 손길이 미칠 수 없는 땅",「내세상」 그 깊은 산으로 살러 온 '나'의 처지는 다르지 않다. 그러니까 절벽에 버티고 선 '산양'은 산으로 내쫓겨온 '나'의 자아와 겹쳐진다. 산은 감상이나 온정주의가 틈입할 수 없는 냉정한 실존 현장이다. 산에서 살기 위해서는 이 냉정한 실존 현장에 대응하는 "차가운

마음"이 필요하다. 나날의 삶을 위태로운 절벽에 의지해 꾸리는 '산양'은 아마도 "차가운 마음"일 터다.

　문득 무수한 산악인들을 죽음으로 몰아간 세계의 최고봉 낭가파르바트의 등정에 나선 산악인 라인홀트 메스너를 떠올린다. 암벽을 오르던 라인홀트 메스너는 갑작스럽게 이유를 모르는 공포에 사로잡혔다. "내가 오르고 있는 이 암벽은 너무도 거대하여 어디까지 올라왔는지조차 알 수가 없다. 발아래는 끝이 보이지 않는 나락이다. 잠깐 나를 둘러싼 공포는 내 자신을 두려움에 덜덜 떠는 나약한 인간으로 만들어 버렸다. 아래를 보지 않을 수만 있다면 암벽 속에라도 기어들어가 울고 싶다. 주먹을 쥐려 해도 쥐어지지 않고 무릎에도 힘이 빠진다. (중략) 내 자신을 되찾으려는 필사적인 몸부림이 온몸을 휘감는다. 무엇 때문에 이런 공포에 휩싸였는지조차 알지 못한 채 오랜 시간 공포는 사라지지 않는다. 이곳에 있다는 무서움, 앞으로 어떤 행동을 해야만 한다는 두려움, 아니 그보다 내가 인간이라는 사실 그 자체에서 오는 공포가 나를 짓누른다. 내 몸에서 힘을 앗아 간 것은 추락에 대한 공포가 아니다. 그것은 이 고독 속에서 내 자신이 사라져 버리는 것은 아닌가 하는 공포였다."[125] 이 세상의 높다는 산들을 다 올라본 이 노련한 산악인이 두려움으로 온몸이 마비되는 고통을 겪는다. 그의 말대로 그 공포는 "이곳에 있다는 무서움", 그리고 "내가 인간이라는 사실 그 자체에서 오는 공포"다. 그는 바로 그 순간 절대 고독의 순간과 마주쳤던

125) 라인홀트 메스너, 『검은 고독 흰 고독』, 김영도 옮김, 이레, 2007.

것이다. 유승도의 시에 나오는 "차가운 마음"은 그 절대 고독에서 반향된 마음이다. 이 시집은 바로 그 절대 고독에서 반향된, 무위無爲함을 기초적 바탕으로 하는 "차가운 마음"으로 적은 고해성사다.

사람은 이 야생의 자연계에서 도덕적으로 우위의 존재라고 자처하지만, 생명체 사이의 도덕적 서열 따위는 없다. 자연계는 "모든 것을 추동하는 생물적 욕망과 생물적 필요의 영역"이고, "잡아먹는 자와 잡아먹히는 자 사이, 녹색의 일차 생산자인 식물과 분해자로서의 균류菌類나 기생충 사이, 심지어 '생명'과 '죽음' 사이"126)의 도덕적 우열관계는 인간중심적 가치의 척도가 만든 편견에 불과한 것이다. "지금 이곳에 내가 있듯이 그 언제도 그 어느 곳에도 나는 있었습니다 울고 웃고 태어나고 죽으며 나는 지금 여기에 있습니다 / 언제라도 나는 있을 것입니다 어디에도 나는 있을 것입니다"「흐름」라는 시구는 '나'라는 생명 개체는 끝없는 에너지의 교환체계, 그 긴 흐름의 일부로 존재한다는 사실을 적시한다. 자연 전체가 에너지의 순환체계인 것이고, 그 속에서 "울고 웃고 태어나고 죽"는 것은 순환의 한 흐름일 따름이다.


아 삐여 삐요 삐요 삐
한 마리 새의 울음소리에 깨어난 바람이 꿈틀거리자 어둠이 '움찔' 몸을 뒤채니 산등성이 너머의 빛이 불현듯 모습을 드러낸다 서서히 그러나 빠르게 밝아지는 세상으로 가만히 새들의 노래가 퍼져나간다


126) 게리 스나이더, 앞의 책.

쌔쌔쌔쌔

쌔쓰 쌔쓰 쌔쓰 쌔쓰

삐에 삐에 삐에 삐에

삐에 삐에 삐에 삐에

산과 하늘 사이를 소리의 울림으로 '둥둥' 부풀리고 부풀리는 새들

― 유승도, 「일출」


째째 삐어 삐어 삐억

나에게 와주실 수 있으세요

째째 삐어 삐어 삐억

째째 삐어 삐어 삐억

해가 반짝 뜬 날에도

비가 가득한 날에도

아침에도 저녁에도

― 유승도, 「새는 말한다」


『차가운 웃음』은 무수한 조류들이 내는 울음소리로 가득 차 있다. 이 시집은 온갖 조류들의 의성어들을 모아놓은 사전이라고 말할 수 있다. 새들은 아 삐여 삐요 삐요 삐, 혹은 쌔쓰 쌔쓰 쌔쓰 쌔쓰, 혹은 삐에 삐에 삐에 삐에, 혹은 째째 삐어 삐어 삐억, 혹은 까악 까악 까악 까악, 혹은 깨깨깨깨깨 깨깨깨깨깨 깩― 깩―, 찌직찍찌지지지찌직, 어 삐어 또르륵 삐어 또르륵 삐억, 찌― 찌― 찌― 찌―, ㅅㅅㅅㅅㅅㅅㅅㅅㅅㅅㅅ,

아쓰 쯔즈즈즈 아쓰 쯔즈즈즈 아쓰 쯔즈즈즈 아쓰 쯔즈즈즈…… 하고 운다. 온갖 새들이 내는 이 다양한 소리들은 문명과 자본의 힘이 미치지 못하는 대지에서 울려나오는 생명의 방언이며, 소리들로 가득 찬 세계를 향해 제 존재를 알리려고 띄워 보내는 모스부호다. 이 자연 언어들은 자연계 안에 사람 아닌 다른 영혼들도 함께 산다는 신호이자 사람이 잘 모르는 다른 자아들의 현시顯示다.

신기하게도 문명의 사물들과 그 틈에서 울려내는 소리들은 소음들이 되기 일쑤지만 자연의 소리들은 대개는 마음의 고요를 고양시키는 아름다운 선율들이다. 유승도는 왜 그렇게 새들의 소리에 민감하게 반응할까. 문명과 자본의 번잡함에 감싸여 있는 자의 귀에는 새소리 따위가 들리지 않는다. 절대 고독의 경지에 든 자, 그리하여 차가운 마음을 가진 자의 귀에만 새들이 만든 공기 분자의 파동이 자연의 언어로 전달된다. 땅 위의 모든 생명들은 저마다 생긴 형태와 생태에 맞는 소리로 소통을 하고 제 생물학적 욕구를 표현한다. 새소리는 숨은 의도가 없는 행위 그 자체, 그러니까 기의가 없는 기표들의 소통을 보여준다. 한꺼번에 울리는 여러 새들의 소리는 메마른 영혼에 울려 퍼지는 하늘의 제창齊唱이며, 대지가 부르는 그레고리오성가다.


울고 있다
밤을 거쳐 새벽이 오는데도
그침 없이 울고 있다
어둠이 걷히는 들판으로 나서니

겨울의 발톱을 세운 바람이

나와 내 앞의 세상을 덮치며 다가온다

쇄쇄쇄쇄 숲을 흔들어 파도 소리를 일으키기도 하면서


바람 속을 흐르는 피는 차갑다

그만 벗어나고 싶어도, 그럴수록 냉랭한 기운으로 몸을 감싸며 조여
오는

벗어날 수 있는 이 보이지 않는 바람 속에서

고삐에 묶인 검은 염소 한 마리 푸르름도 잃은 들판의 한 켠에서 울고
있다

— 유승도, 「발정」


밤을 거쳐 새벽이 밝아오는데도 들판 한쪽에서 고삐에 묶여 우는 검은
염소의 울음소리는 애절하다. 이 검은 염소는 발정난 상태다. 이 검은
염소의 울음소리는 제 내면의 생리적 상태를, 온갖 생명체들로 이루어
진 이 세계 속으로 띄워 보내는 구슬픈 독창이다. 저 멀리 있는, 알 수
없는 곳에 있는 제 짝을 부르는 이 구애의 소리를 실어 나르는 "바람
속을 흐르는 피는 차갑다".

　『차가운 웃음』은 공중을 떠도는 온갖 음향들을 채집한 상자다. 나
는 이 시집에서 문명의 소음 저 너머의 세계에서 태어나고 죽는 생명
순환의 고리 속에 있는 것들이 내는 소리, 즉 차가운 피를 가진 바람이
실어 나르는 검은 염소의 울음소리, 온갖 새소리, "쇄쇄쇄쇄 / 와와와

와 / ㅅㅅㅅㅅ"「가뭄 끝에 빗소리」 하고 울리는 빗소리, 녹아 흐르는 얼음의 울음소리, 산등성이 생강나무 꽃망울이 터지는 소리, 그리고 제 자아를 야생 짐승의 그것과 마찬가지로 메마른 시선으로 응시하는 고독한 영혼의 차가운 웃음소리를 듣는다.


## 2. 엄재국: 일생을 배밀이하는 내생

근대 이후 한국인들의 삶은 수난과 불행으로 점철되어 있다. 현대 한국 시인들은 개항과 식민지 지배, 전쟁과 분단 상황, 압축된 근대와 군사독재를 낮은 포복으로 거치며 그 방외인의 쓰라린 경험들이 내면에 만든 무늬들을 언어들로 건져 올린다. 우리 시가 이렇듯 시대를 가로질러 건너가는 횡단운동의 시가 된 것은 불가피한 바가 있다. 그들은 상상력의 역동성과 변화를 향한 열망으로 삶과 현실을 직관하며, 시대의 징후적 표상들을 고안하고, 그에 대한 인식의 확장을 이루어내는 것을 시적 목표로 삼았다. 대개 새로운 시적 이미지들은 시대의 징후적 표상들일 때가 많다.

현대 한국 시인들이 보여준 시적 인식과 상상력의 스펙트럼은 매우 넓다. 근대 초기 『폐허』와 『창조』 동인들의 도저한 퇴폐 미학, 김소월과 한용운의 한과 애상이 빚어낸 님의 시편들, 식민지 시대 이상의 첨단 모더니즘과 정신분열증의 과잉, 백석의 웅숭깊은 토속성, 윤동주의 내면적 도덕주의, 정지용의 세련된 수사, 서정주의 악마적 탐미주의, 4·19혁명기에 정점으로 도약한 김수영의 광기를 머금은 속도, 삶의 불확정성과 모호함을 투명한 명료성으로 바꾸는 황동규의 지적 세련성, 넓고 깊은 고은의 민족주의적 감수성, 수난과 불행을 낳는 현실에 응전하는 김지하의 치열성, 농촌이 해체되며 삶의 터전을 잃고 떠도는 평민의 애환에 주목한 신경림의 떠돌이 이미지들은 시대의 중요한 표상적 이미지들로 우리 한국시가 일궈낸 중요한 문학적 생산물들이다.

한국시단의 중추를 이루는 중견시인에서 신진시인들의 상상력은 매우 넓고 다양해서 그것을 단순화할 수 없다. 기쁨과 슬픔, 상처를 표현하는 시인들의 인식과 상상력은 그 깊이와 방법론에서 다채롭다. 굳이 닮은 점을 찾자면 자연의 다양한 변화들에 삶을 겹쳐보고 거기서 오성의 계기를 찾는 시들, 자기갱신의 상상력, 선적禪的 직관, 세련된 수사 등을 들 수 있다. 개인의 자율성과 삶의 가능성들을 고갈시키는 정치 독재의 억압과, 자연 생태계를 파괴하고 황폐화시키는 기술문명의 야만성에 대해 소모적인 허무주의나 냉소주의적 비판으로 나아갈 수도 있었으나, 그들은 그 위험성을 불행한 삶과 의식을 감싸 안는 긍정과 화해의 에너지로 변환하는 데 성공한다. 사실 지식인들의 냉소주의란 "계몽된 허위의식"페터 슬로터다이크에 지나지 않는다. 우리 시인들은 삶과 시대의 보편적 전언을 세련된 감수성의 언어로 조탁하는 데 탁월한 재능을 보인다. 아울러 그들은 지적 세련됨을 삶의 불확정성과 모호함을 비판하는 권력으로 쓰지 않고, 삶을 감싸고 끌어안으며 긍정하는 낭만적 우수와 현실과의 방법적 긴장의 힘으로 바꿔왔다. 그들의 시에 내면화된 드문 따뜻함과 긍정의 힘, 변화를 아우르는 힘은 거기에서 비롯되었을 것이다. 그이들의 시는 현실에 대한 즉물적인 대응이 아니라 사랑에 바탕을 둔 원거리 소통이다.

엄재국의 시편들은 서정시의 계보학에 속해 있다. 그의 시들에는 시의 형식에 대해 고민하는 자의식이 거의 나타나지 않는다. 그 대신에 삶에 대한 비의秘意들이 자연의 다양한 계기들을 통해 그 실체를 드러낸다. 그의 시편들은 삶과 세계에 대한 소박한 세계이해에 바탕을 두고 있지만, "죽은 나무의 살아있는 힘을 지나 / 사과나무 뿌리를 따라 걸어본다", 혹은 "몇 개의 사과는 불꺼진 창문처럼 / 검은 반점들을 껴안고 있다 때로는 상처가 / 생의 한가운데를 들여다 볼 수 있는 눈이었던지"「소읍산책」와 같은 삶에 대한 날카로운 통찰을 보여주기도 한다. 시적 표현에서 난삽함을 멀리하고 투명한 수사법을 선호한다.
　「옆집 허물기」·「소읍산책」·「외딴집 울타리」·「다리미」·「너무 많은 신」·「정비공장 장미꽃」과 같은 시편들은 일상체험을 투명하게 보여준다. 나날의 삶의 자리는 너무 빡빡해서 "더 들어갈 틈이 없"「너무 많은 신」다. 세속의 범부들에게는 먹고사는 것조차 버겁다. 그 버거움은 "닦고 조이고 기름치"는 게 일상화된 정비공장의 노동에 그대로 드러난다. 삶의 하중으로 몸과 마음이 답답하게 "죄고" 있는 듯 느껴지는 것이다. 그 "죄고" 있는 삶의 무게가 무의식에 작용해서 "저녁을 죄고 있는 퇴근 무렵", "휘청거리는 걸음"이라는 표현을 만들었을 것이다. "언제나 한 발자국 비켜서는 생"「정비공장 장미꽃」이 더욱 고단해질 때, 의미를 일구고 보람과 성취감을 느껴야 할 삶은 "달구어진 몸으로 일생을 배밀이하는 내생"「다리미」이라는 빼어난 표현을 얻는다. 이승의 삶은 힘들고 고달프다는 생각이 신성한 새 생명의 잉태조차 "생의 가장 깊은 곳에 침입한 이물질"「마흔 넘어 임신한 여자」이라는 삐딱하게 튀는 생각으로 이어졌을 것이다.

뜻밖에도 죽음을 제재로 다룬 시편들이 많았다. 죽음에 대한 원초적인 체험이 무엇인지는 구체적으로 드러나 있지 않다. 죽음을 제재로 취한 시편들 중에서 가장 뛰어난 것은 「용접」이다. "깊은 밤 상가집 부엌마루 처마끝 / 백열등을 스치는 빗방울이 번쩍인다 / 용접봉의 불똥 같다." 갑자기 친구를 잃었던가. 죽은 친구의 문상을 간다. 때는 비가 내리는 저녁이다. 부엌마루 처마끝에 환한 백열등 불빛을 받은 빗방울들이 번쩍이며 떨어진다. 죽은 친구가 지붕 위에서 용접봉을 들고 "분리된 삶과 죽음"을 붙이고 있다는 상상이 빗방울을 용접봉에서 튀는 불꽃으로 바꿔놓은 것일 텐데, 그 이미지는 강렬하면서도 독창적이다.

엄재국의 가장 좋은 시편들은 자연에서 그 제재를 취할 때다. "찻잔의 받침처럼 감꼭지가 감을 받치고 있습니다 / 무릇 자연은 저렇게 예의 바른 것이어서 / 자신의 전부를 내어 놓는 감나무가 범절을 지키고 있습니다."「대접」에서 보듯, 자연은 그 자체로 완벽한 것이어서 산 자가 마땅히 지키고 따라야 할 계율과 윤리가 체현된 그 무엇이다.

랠프 왈도 에머슨은 "자연은 지적 진리 안에서 오성을 훈련시킨다. 지각 대상과의 접촉은 차이, 유사성, 질서, 존재와 현상, 혁신적 배열, 특수한 것으로부터 일반적인 것으로의 도약, 하나의 목적을 위한 다양한 세력의 결합 등에 관한 필요한 학습의 과정에서 부단한 훈련이 된다."[127]고 말한다. 시인의 혼육魂肉은 자연의 세례를 받은 것이어서 자연을 감각과 의미의 매개물로 저항 없이 받아들인다. 자연은 거대한 생명 공동체고, 또한 몸을 받고 이 세계에서 삶을 영위할 수밖에 없는 인간의 불가결한 물적 기반이다. 사람은 자연을 떠나서는 존재할 수 없는 '자연의 존재'라는 말이다. 하지만 자연을 바라보고 노래하는 관점은 시대에 따라 크게 달라진다. 주체를 감싸고 있는 당대의 관습과 도덕률, 그의 세계관이 투영되기 때문이다. 시 속의 자연은 이미 해석된 자연, 시인의 '지각의 지평선'이 들어가 있는 자연이다. 그토록 오랫동안 시인들이 자연을 노래했음에도 자연이 주는 영감은 고갈되지 않는다. 새로운 시인이 나타날 때마다 자연은 새롭게 태어나는 것이다.

엄재국에게 자연은 대타자의 영역에 있는 무엇이다. 타자란 궁극적으로 나를 바라보는 자다. '나'는 '나'를 바라보는 타자의 시선을 통해 의미화하는 존재다. 시인의 시편들에서 자주 자연이 의인화되어 나타나는 것도 그 때문이다. 이때 자연은 '나'를 객체화할 수 있는 근거가 된다.

나무들이 짐승이 되어가고 있다

127) 랠프 월도 에머슨, 『자연』, 신문수 옮김, 문학과지성사, 1998.

산등성이 폭포를 건너뛰는 맹수들 후두둑 타오르는 불기둥, 그 울음들

제 몸에 화인<sup>火印</sup>을 키워가는 발자국들.

스스로의 화염에 휩싸인 잎들, 푸르름에 심겨진 불꽃의 뿌리들.

마을로 번지는 불길 잡으려 밤 밝히는 사내 하나

밤보다 붉은 눈
— 엄재국, 「가을」


가을의 이미지를 '짐승', '맹수들', '불기둥', '울음들', '화인', '불꽃의 뿌리들'로 형상화하고 있다. 정적인 존재인 나무를 동적인 '짐승'으로 표현해낸 것이 특이하다면 특이하다. 정적인 것에서 동적인 것을 연역해낼 수 있는 근거는 그것이 '나'를 바라보는 '대타자'이기 때문이다. '대타자'는 '나'의-바라보인-존재를 되비쳐낸다. 안과 밖은 상호 조응하는 것이다. 안이 곧 밖이고 밖은 곧 안인 세계다. 온통 단풍이 들어 산 전체가 불타는 듯한 가을산을 휘감고 있는 느닷없는 활기와 정념은 결국 그것을 바라보는 주체의 "붉은 눈"으로 초점화한다. 광대한 것을 작은 것으로 축소시켜 그 전모를 표현한 재치가 돋보인다. 시가 전체적으로 단순하나 아주 투명하다.

절집 처마에 물고기 한 마리 누가 배를 갈라 놨다

토막 치지 않은 걸 보니, 저놈이 대구나 동태라면

고기맛 아는 자가 내장만 꺼내 갔을지 모른다

한정드는 싸늘한 가을, 무 숭숭 썰어넣은 얼큰 시원한 내장탕

부처님 눈길을 비켜선 자리여서 충분히 짐작이 간다

절 아래 내장탕집에서 내장 든든하게 채우고 둘러보는 늦가을 내장산

타오르는 불꽃의 단풍 속에 올려놓은 냄비 같은 내장사

부글 부글, 내장이 끓고 있다.
— 엄재국, 「내장산 단풍」

「내장산 단풍」은 단풍으로 이름난 '내장산' 과 '내장사' 를 하나로 아우르고 불꽃 위에 올려 끓여내는 '내장탕' 냄비의 이미지로 전환해내는 수법이 재미있다. 그 착상은 절집 처마에 매달린 목어에서 시작된다. 목어에는 내장이 없다. 늦가을 내장산에 있는 내장사에서 내장 없는 목어를 보고 내려와 절 아래 내장탕집에서 내장탕 한 그릇으로 내

장을 든든하게 채우고 난 뒤의 느긋함이 동음이의어로 익살을 떨게 하는 것이다. 육식을 금하는 절집에서 "한정드는 싸늘한 가을, 무 숭숭 썰어넣은 얼큰 시원한 내장탕"을 떠올리며 식욕이 동한 게 송구스러웠나 보다. 상상이든 실제든 내장탕으로 내장을 채우는 일의 송구스러움을 "부처님 눈길을 비켜선 자리"로 몰고 나간다. 아마도 건강한 식욕을 채우는 일이니 육식을 계율로 금하신 부처도 눈길을 비켜 용서해 주리라고 눙치는 시인의 태도가 밉지 않다. 말을 부리는 솜씨가 제법 짭짤하다. 장엄한 늦가을 자연 풍경을 여염집 부엌에서 조리해내는 '불'과 '냄비'와 '음식'이라는 이미지로 엮어내는 발상법은 동심에 가까운 천진한 마음에서 비롯되는 것이다.

꽃을 피워 밥을 합니다

아궁이에 불 지피는 할머니

마른 나무에 목단, 작약이 핍니다

부지깽이에 할머니 눈 속에 홍매화 복사꽃 피었다 집니다

어느 마른 몸들이 밀어내는 힘이 저리도 뜨거울까요

만개한 꽃잎에 밥이 끓습니다

밥물이 넘쳐 또 이팝꽃 핍니다

안개꽃 자욱한 세상, 밥이 꽃을 피웁니다
— 엄재국, 「꽃밥」

「꽃밥」은 거꾸로 부엌의 아궁이에서 피어오르는 불꽃을 자연으로 끌고 간다. 아궁이에 지펴진 불에서 "목단, 작약"이 피고, 마른나무에 붙어 일렁이는 불꽃은 "홍매화, 복사꽃"으로 변신한다. 만개한 꽃들에 "밥"이 끓고, 끓어 넘치는 밥물은 다시 "이팝꽃"으로 피어난다. 그것만으로 끝났다면 조금 심심했을 것이다. "어느 마른 몸들이 밀어내는 힘이 저리도 뜨거울까요"라는 구절은 시적 단조로움에 팽팽한 의미의 긴장을 만든다. 아궁이에 불을 지펴 밥을 짓는 범속한 풍경을 꽃밭으로 변용시켜내는 시적 상상은 소중한 것이다.

예로부터 시인들은 자연을 노래해왔다. 얼마나 많은 시인들이 지치지도 않고 강, 달, 바람, 하늘, 땅, 꽃, 나무……들을 노래했는가. 달의 차고 이지러짐, 해의 뜨고 짐, 물의 오고 감, 꽃의 피고 짐……. 자연이 스스로 이루어내는 변화들을 관찰하고 이것들에 삶을 투영시켜 노래하는 것은 우리 시의 아주 오래된 시적 전통이다. 이것은 너무나 당연한 것이다.

그대의 하얀 언덕과 하얀 허벅지
그대의 알몸을 내게 맡길 때 그대는 우주,

나는 우악스런 농부가 되어 그대 속으로 깊이 파 들어가면
땅 한가운데로부터 아기가 솟아나온다.
— 파블로 네루다, 「한 여자의 육체」 일부


네루다의 「한 여자의 육체」는 수태의 능력을 지닌 한 여성의 몸을, 땅의 이미지를 빌려 드러내 보인다. 여자를 모든 생명을 잉태하고 그것을 낳아 기르는 땅으로 상상하는 것은 자연스러운 시적 상상력일 터. 사람은 땅-자연에서 나며 그것에 기대어 평생을 살아가야 하기 때문이다. 물론 이 시가 노래하는 것은 남자와 여자의 성적 교섭, 그리고 생명 탄생의 경이로움이다. 이 시의 이면을 들여다보면 거기에는 사람은 땅-자연과 유기적으로 연결되어 있는 생명의 존재이며, 땅-자연의 일부다. 우리는 땅-자연에게서 생명을 받으며, 죽어서 다시 땅-자연으로 돌아간다는 시인의 통찰이 깃들어 있다.

서정주의 「상리과원」은 땅-자연이 우리의 내면에 일으키는 기쁨과, 그 안에서 이루어지는 생에 대한 찬탄을 담고 있다. 시인은 땅-자연을 단순히 관조하며 그것을 추상으로 환원시키는, 소비 주체가 아니다. 땅-자연은 감각적 체험의 자리이며, 사람 생명을 보듬어 안고 그것을 키우고 부양하는 어머니와 같은 존재다. 왜 대지모신大地母神이란 말도 있지 않은가! 시인은 땅-자연에 적극적으로 뛰어들어 그것이 주는 기쁨과 행복감을 내면화하려는 능동성을 보여준다. "묻혀서 누어 있는 못물과 같이 저 아래 저것들을 비춰고 누어서, 때로 가냘푸게도 떨어져 내리는 저 어린것들의 꽃잎사귀들을 우리 몸 우에 받아라도 볼

359

것인가" 하는 시구에는, 이미 땅-자연 속에 들어가 그것과 혼연일체渾然一體가 된 뒤의 절정의 행복감이 배어 있다. 이 시를 읽으면 우리 몸이 먼저 반응하는데, 다시 말해 자신도 모르게 어떤 기쁨의 경지 속으로 들어가 있는 스스로를 느끼게 되는데, 그것은 우리가 바로 땅-자연과 유기적으로 연결되는 생태적 존재이기 때문이다.

파블로 네루다가 그러하고 미당 서정주가 그러하듯이, 엄재국은 땅-자연을 새롭게 발견하고 그것을 또렷하게 제 언어로 새겨놓는다. 그들은 한결같이 "나무 한 그루가 상처를 입으면 자기 자신의 아픔으로 느끼고 고통을 같이하는 감수성"[김종철, 『시적 인간과 생태적 인간』]을 갖고 있고, 땅-자연으로 나아가는 땅-자연의 아들이다. 땅-자연에 대한 새로운 통찰과 새로운 '지각의 지평선'이 깃든 시를 쓰지 못하는 시인은 위대한 시인이 될 수 없다. 위대한 시인이란 땅-자연을 갱신하는 상상력과 사유 속에서 새롭게 발견하고, 그 발견의 경이를 인류에게 되돌려주어야 하는 소명을 실천하는 이를 가리킨다.


## 3. 김평엽: 푸른 관능의 시

시집의 뒤

삼麻에서 삼베布가 나온다. 마찬가지다. 삶에서 시가 나온다. 거꾸로 시를 보면 그 시를 쓴 사람의 삶이 보인다. 삶과 시는 둘이 아니다. 한 몸이다. 벽을 마주 보고 홀로 오래 생각해보니, "추방되지 않았다면 굴원은 없었을 것이고, 도피하지 않았다면 두보는 없었을 것이며, 궁정과 이별을 고하지 않았다면 이백은 없었을 것이고, 아득히 멀고 구석진 남쪽으로 유배되지 않았다면 이처럼 유머가 풍부한 소동파는 없었을 것이다."<sup>류짜이푸, 『면벽침사록』</sup> 상상은 자기가 살았던 내력의 깊이에서 벗어나지 못한다. 가장 감미로운 시들은 한결같이 제 체험에서 길어낸 것들이다.

　김평엽 시인이 첫 시집을 내겠다고 한다. 그 첫 시집의 첫 독자가 되는 행운을 누렸다. 그와 나는 안성 재래시장 안쪽의 양성집에서 소주를 꽤나 비워낸 친구 사이인데, 거칠고 모지락스런 내가 그를 벗 삼을 수 있었던 것은 늘 푸근하게 감싸는 그의 부드럽고 담백한 인격에 반한 탓이다. 살다 보니, 밤늦은 시각까지 빈 소주병들을 탁자 위에 줄 세우며 보낸 세월의 양양함이 그런 행운과 보람을 안겨준 것이다. 시인은 "희망연립"에 산다. "건축업자 최모가 시멘트 부어 만든 집"이다. 그 희망연립의 아래와 위와 앞에는 전직 교장, 술집 여편네, 여호와의 증인들, 즉 "도무지 연립방정식으론 풀 수 없는 / 사람들이 암초처럼 산다". 삶은 녹록하지가 않다. "방정식은 끝없이 복잡해가고" 때로는 "압류 딱지와 독촉장"이 희망을 압류한다. 시인은 그런 희망연립에서 희망을 꿈꾸며 산다.<sup>「희망연립」</sup> 시인은 가끔씩 보신탕을 먹는다. "사실 시 쓰는 사람들 근성 그거 빼면 뭣이겠는가 / 그러니 사철탕이라도 많이 먹어둬야지 / 양념장 찍어 마늘하고 먹으면 밤새 / 빳빳한 시 댓 편은 쓸 걸세".<sup>「랭보와 보신탕」</sup> 시인의 꿈은 빳빳하게 발기되는 시를 쓰는 것이다.

보신탕으로 허한 몸을 보하고 뼈가 강건해진 뒤 반드시 좋은 시를 쓰고야 말겠다는 이 결심에 공감이 안 가는가? 그렇다면 당신은 시를 가볍게 여기는 사람이다. 옛사람은 시를 쓰는 것이 나라를 경영하는 것과 같은 큰일이라고 생각했다. "문학은 나라를 경영하는 것과 같은 큰일이며 불후의 사업이다." 옛사람에게 좋은 시를 쓰는 일은 생명의 불후를 마침내 이루는 일이다.

시인은 사는 것을 자주 항해라고 착각한다. 사는 것은 두 발로 땅위를 걷는 것인데, 왜 항해라고 착각하는 것일까? 알 수 없다. 시인은 "푸른연립 옥상(에서) 온통 출렁이는 바다"를 본다.「조기 굶는 남자」 시인의 착각을 그대로 받아들이자면 산다는 것은 희망연립을 방주 삼아 항해를 하는 것이다. "아등바등 매달리는 다섯 목숨 허리에 묶고 / 수평선 바라보며 아득한 해협 건너고 있다". 아, 시인의 식구는 다섯이구나. 그러니까 시인은 다섯 식구의 고달픈 가장이다. 시인은 가끔 희망연립 옥상에 올라간다. "한때 희망을 수신하던 안테나는 녹슬어" 있다. 그래도 시인은 삶의 항해를 멈출 수가 없다. "갈릴리 바다"를 거쳐 항구에 "입항"할 때까지 가야 한다. "아찔한 물살들!"이라는 마지막 시구를 보자면 사는 건 두려운 항해다.「옥상 복음」

봄도 되었으니 우리도 남들처럼
도배 좀 하고 삽시다
설거지하다가 뱉어낸 아내의 말이
우수수 꽃잎으로 떨어진다

겨우내 아내 목에 맺혔던 꽃망울이 터졌나
장판 위로 붉은 이파리들 파르르 떤다
언제부터 아내는 그리 많은 꽃눈 숨겨왔을까
울컥 꽃내음, 돌아보니
벽지마다 뭉툭뭉툭 꽃무늬 막 움 트고 있다
커튼에도 천장에도 수많은 꽃, 꽃들
아내 등짝까지 앵초꽃 마구 타오르는데
아내 혼자 어깨 들썩여 그 꽃 다 떨구고 있다
— 김평엽, 「꽃을 뱉는 아내」


"우리도 남들처럼 도배 좀 하고 삽시다"라는 아내의 간청은 멀미에서
비롯된 것이다. 힘겨운 항해의 후유증이다. 지치고 고달픈 탓에 일어
나는 현기증이다. 아내가 멀미를 하며 토해낸 것은 꽃이다. 꽃망울이
다. 아내가 각혈이라도 한 것일까? 꽃같이 어여쁜 아내는 각혈을 해도
제 안에 숨겼던 꽃눈들을 토해낸다. 어찌 어여쁘지 않겠는가! "꽃을
뱉는 아내"는 시인에게는 축복이다. 사방으로 온통 꽃향기가 번진다.
벽에도 꽃들이 마구 움트고, 아내의 등짝에도 앵초꽃이 타오른다. 가
끔 삶은 꽃으로 피어난다. 기적이다. 그런 기적의 순간에는 쓰디쓴 씀
바귀를 씹어도 감미로울 수가 있는 법이다. 그런 기적의 순간들이 없
다면 소금밭처럼 따가운 이승의 길들을 어떻게 견디며 걷겠는가.

　　그래도 못 견딜 때 시인은 가끔씩 "희망장 여인숙"에 가서 잠을
잔다. "가뭇없이 세상은 잠들" 때 여인숙의 객실들은 "쇄빙선처럼 홀

러"간다.「뜨거운LPG」혹은 "호프집 라라"에 들러 맥주를 마신다. 맥주를 마실 때 외로운 여자가 옆자리에 앉아 술을 마신다. "술을 털어 넣는데 술잔 속 여자의 눈썹 / 좀체 삼켜지지 않았다."「호프집 라라」왜 희망연립을 놔두고 여인숙을 찾고 호프집을 찾는 것일까. "오랫동안 방치한 것으로 의심되는 설움이 / 불연소 되어" 있고, "숭숭 뚫린 구멍마다 / 슬픔의 농도 짙게 얼룩져 있"기 때문이다. 불연소된 설움과 푸른 노여움이 이글거리는 가슴을 안고 사는 건 "겨울 감옥"에서 사는 것이다. 시인은 자신을 겨울 감옥의 수형수라고 여기며 산다.「그곳에 새가 살고 있었다」

내 푸른 지느러미는 이미 북해도에서 다 닳았노라

파랗게 빛 뿜던 내 눈의 필라멘트도 꺼지고 말았노라

바다엔 더 이상 내 뼈를 묻을 곳이 없어

너희들의 손에 나를 맡기나니 그리하여

내 오장육부를 너희가 가져가라

너희가 가스렌지에 불 붙이는 동안 내 스스로 할복하여

부질없는 알집과 내장 너희에게 선사하고

피곤한 몸 민물로 침례하여 난 하룻밤을 쉬련다

다음날 너희가 준비한 봉고차에 가벼운 육신 싣고 횡계쯤에 가

대관령 칼바람도 내 스스로 받아들이겠다

너희에겐 목숨이 벗어놓은 허물처럼 보일지라도

나는 생살이 아프다

미리 준비한 덕대에 너희가 나를 매달은 뒤

기름보일러에 밤새 등을 지질 무렵

나는 시베리아의 칼바람으로 내 살을 채우련다

그러기를 꼴 백번, 푸른 하늘 아래 서너 달 속죄하고

4월, 너에 대해 들끓던 하얀 증오마저 툭툭 쳐낸 후

노란 꽃물 올려 황태되려니, 덕장조차 눈부시리라

그게 달 뜬 보름이면 얼마나 좋으랴

너희들이 죄짓는 밤이면 또 얼마나 좋으랴

— 김평엽, 「황태덕장」


하, 절창이다! 옛사람이 이르기를, 시는 반드시 궁한 뒤에 좋아진다고
했다. 궁함이 사무침을 깊게 만드는 까닭이다. 사무침이 깊으면 제 가
난의 내력을 줄줄이 늘어놓고 궁상을 떨지 않는다. 깊은 아픔을 가진
사람은 오히려 말수를 줄이고 침묵을 길게 가져간다. "내 푸른 지느러
미는 이미 북해도에서 다 닳았노라 / 파랗게 빛 뿜던 내 눈의 필라멘트
도 꺼지고 말았노라". 초록이 기진하면 단풍이 든다고 했던가. 세상을
바꾸겠노라는 젊은 날의 대의와 큰 꿈들을 다 잃은 시인은 덕장에서
눈바람을 고스란히 맞으며 시베리아 칼바람으로 제 살을 채우는 황태
에 자아를 투사한다. 푸른 하늘 아래서의 속죄, 들끓던 하얀 증오마저
툭툭 쳐내니, 비로소 황태의 몸통에 "노란 꽃물"이 올라온다. 환골탈
태다. 황태덕장은 환골탈태의 현장이다. 노란 꽃물 올라온 황태들이
피어난 보기 좋은 꽃밭이다. 버리고 비운 뒤 비로소 사람의 인격은 원
만해지는 법이다.

## 시집의 앞

나는 의도적으로 시집을 뒤에서부터 읽었다. 앞에서 읽다가 화들짝 놀라 두근대는 가슴을 진정시킬 필요 때문이었다. 시집을 열면 푸른 관능을 향한, 혹은 푸른 관능들이 질펀하게 펼쳐진다. 가히 관능의 진경이라고 할 만하다. 자, 언어로 그려낸 그 춘화첩<sup>春畵帖</sup>을 열어보자. 김평엽의 상상세계에서는 숲 속의 나무들조차 음경과 클리토리스를 가진 "관능어족<sup>語族</sup>"이다. 놀라워라, 식물들의 성기라니! 숲 속에 들어서면 조팝나무와 작살나무는 "방싯대며 수작"을 하고, "가슴"을 흔들고, "허리와 다리 높이 추켜 / 은밀한 문법"으로 꿈틀댄다. 차라리 "온통 벌거벗은 소녀들"이다. '나'는 어느덧 숲 속을 점령한 관능어족들에 "감전"되고, 그 순간 몸속에 숨어 있던 "푸른 기억들"이 일제히 "발기"한다.「푸른 관능에 대한 기억」

관능은 욕망이 점화하는 불꽃이다. 삶의 에너지다. 이 에너지가 궁극적으로 겨냥하는 것은 양성의 결합이며, 종의 번식이다. 수박은 욕망으로 농익은 그 무엇이다. "누군가의 칼 닿으면 쩍 벌어질 / 몸 사무쳐 / 뻐근한 살에 무수히 푸른 손톱 그었구나". 결국 삶의 무늬는 몸의 사무침, 즉 욕망이 남긴 흔적들이다. "그렇다면 붉어 차마 견딜 수 없는 / 네 몸에 나 들어가 / 숨 막히게 조여오는 슬픔 깨물고 싶다 삼키고 싶다"「수박」 관능 에너지는 서로에 대한 욕망으로 부푼 몸들이 비비고, 쓰다듬고, 서로의 체액을 나누며 서로의 살 속으로 파고들게 하는 힘이다. 입술을 열어 빨고 흡입하며 존재를 섞고 다시 나누는 행위에 빠지게 하는 힘이다. 남자의 입은 하나지만, 여자의 입은 신체의 위와 아래에 하나씩 있다. 그 입이 열리면 굳게 봉인되었던 운명도 열린다.

성의 한쪽밖에 소유할 수 없는 사람에게 관능은 늘 갖지 못한 성에 대한 목마름이며, 결핍이다. 노자는 말한다. "도는 하나를 내고, 하나는 둘을 살리고, 둘은 셋을 기르고, 셋은 만물을 이룬다. 만물은 음을 진 채 양을 품고 있는데, 두 기가 서로 만나 조화를 이룬다."<sup>노자, 『도덕경』 제42장</sup> 도는 짝이 필요 없는 하나다. 절대이기 때문에 하나로 완전하다. 그 하나는 만물을 낸 근원이다. 하나에서 나온 것들은 다 짝을 필요로 한다. 만물은 남과 여, 음과 양, 있음과 없음으로 양분된다. 한 몸에 두 성을 다 갖는 양성구유<sup>兩性具有</sup>는 불가능한 꿈이다. 이 불가능한 꿈은 두 남녀가 관계를 갖게 됨으로써 가능으로 변한다. 양성이 합체가 되면 하나가 생겨난다. 그게 사랑이다. 두 남녀가 각각 떨어져 하나로 돌아가게 되면 추억이라는 화석이 생겨난다. 이 화석은 양성구유의 꿈을 이뤘던 아득한 기억을 환기시킨다. 김평엽의 어법을 빌리자면 "푸른 관능의 기억"을 갖는 것이다. 이렇듯 사람은 음양의 조화를 한 몸에 갖지 못한 채 한쪽 성만을 갖고 태어나는 까닭에 늘 제 안에 결핍된 다른 성을 구한다. 그게 본성이다. 둘이 합쳐 한 몸을 이룰 때 음과 양의 기운이 서로 만나 조화를 이루게 되는 것이다. 갖지 못한 성을 욕망하고 탐닉하는 것은 그 목마름과 결핍에서 빚어진 긴장을 해소하는 일이지만, 그것이 언제나 허락되는 것은 아니다. 관능에의 욕망은 늘 몸을 뻐근하게 하며 그 뻐근함 때문에 종종 절제를 모르는 탐닉에 빠지는 수도 생겨난다.

관능에서 추동된 욕망이 합법과 절제의 경계를 벗어날 때 그것은 "매독처럼 번진 불법의 힘"이다. 온통 단풍 든 나무들로 그득한 입산 통제 구역의 가을산은 각기 다른 성을 가진 관능의 존재들이 서로에게 수작을 걸기에 적당한 "꽃다방"을 차린다. 그 꽃다방에서 애인들은 "합선"된다. 합선된 것들은 타오른다. 타오르니 뜨겁다. "그래 얼마나 좋은가 네 눈길 닿아 / 불꽃으로 터져버린, / 그 상처 이제 새들이 하나 씩 물고 / 반야경 활자 숲으로 용접"한다. 관능의 추동으로 한 몸이 되어버린 것들은 서로의 몸을 떼려야 뗄 수 없게 "용접"하는 것이다. 왜, 우리말에도 상피 붙는다, 라는 표현이 있지 않은가! 가을 붉게 단풍 든 숲 속의 나무들은 서로의 몸을 탐닉하다가 하나로 붙은 것들이다. 남 의 눈길 따위는 무시한 채 대낮에 "아예 속곳(까지) 끄르"는 단풍나무들 은 그래서 "황음무도한 것들"이다.「덕주사 단풍나무」

관능은 죄가 없다. 관능은 인위가 아니라 타고난 자연의 산물이 기 때문이다. 하지만 넘치는 관능은 때로 독이다. "독이 퍼진 내 몸뚱 어리에 마비가 왔다". 관능의 탐닉은 끝이 없다. 그냥 두면 죽음까지 파고든다. "그녀의 손길이 내 몸을 떠날 무렵 / 뱀의 기다란 혀가 명치 까지 출입했다". 관능이 만든 뱀의 혀는 명치, 즉 몸의 가장 깊은 곳까 지 핥고 빨아댄다. 관능은 죽음까지 파고드는 무서운 힘이다. 도무지 절제를 모르는 관능의 탐닉에서 문득 정신을 차리고 보면 밤은 어느새 환한 새벽으로 바뀌어 있다. 그 새벽에 '나'는 "마악 내 입을 빠져나가 는 뱀 한 마리"를 본다. 정신분석학에서 뱀은 남성의 상징이지만, 여기 서는 '나'의 안에 들어와 골수를 다 흡입한 뒤 더는 먹을 게 없으니 빠져나가는 여자다. '나'는 남김없이 수탈당한다. '나'는 껍데기만 남는다. 그리하여 "뱀이 빠져나간 구멍 동그랗게 열려있다."「착한 소주」

관능이 만드는 결핍은 몸 어딘가에 "폐공의 깊이"를 갖고 숨어 있다. 그 폐공이 열릴 때마다 몸은 "화르르 타오르는 불길"에 휩싸인다. 그 불길은 늘 뜨겁게 타오른다. 차가운 사랑이란 없다. 그래서 "네 본색의 기막힌 절정!"이라는 감탄을 자아내게 한다.「깊은 곳에 갇힌 슬픔」 관능의 기억들은 시도 때도 가리지 않는다. 눈 내리는 불국사에 가서도 "화냥기 살풋한, 눈보라 속 / 언뜻 정情든 여인들"이 탑을 열고 나와 "쩡쩡 내 굳은 가슴"을 쪼는 환영에 빠지게 한다. 그 순간 '나'의 몸을 스치는 것은 "불륜 같은 피안, 아득한 쾌감의 모서리"다.「눈 내리는 불국사」 관능은 왜 이토록 끈질긴 것인가. 그것은 "되직한 욕망"이기 때문이다. 그것은 "몸부림"이며, "일렁이는 음란함"이기 때문이다.「개펄, 알몸으로의 그리움」

## 시집을 덮으면서

개들도 환경에 감응하면 제 본성을 잊고 환경에 동화되는 법이다. "보림사에서는 개들도 뻐꾸기처럼 운다".「보림사에서는 개들도 뻐꾸기 소리로 운다」 강퍅하면 어진 사람과 어울리고, 뾰족하면 인격이 원만한 사람을 찾아 사귈 일이다. 그래야 인격이 감화되어 컹컹 짖지 않고 뻐꾹뻐꾹 울 수 있다. 천박과 비속이 따로 있지 않다. 천박에 늘 가까우면 천박이 되고, 비속에 늘 가까우면 비속이 되는 법이다. 생선 싼 종이에서 비린내가 나고, 향 싼 종이에서 향내가 나는 이치와 같다. 김평엽의 시집을 다 읽고 덮

으며 나는 뻐꾹뻐꾹 소리내고 싶어졌다. 눈 감고 시집 안의 한 구절을
떠올려본다. 단 한 구절! 내 머릿속에 떠오른다. "예수의 늑골에서 /
피가 배어나고 있었다". 그 구절의 뜻을 오래 되새기자니, 내 안에서
무엇인가 울컥 목구멍으로 넘어온다. "증오를 뜯어먹던 뱀 한 마리!"「가
을판공」 시인은 증오를 버리라고 명령하는 자가 아니다. 시인은 내 안에
서 나를 뜯어먹고 살던 증오가 스스로 내 안에서 나가도록 만드는 지
혜의 사람이다.


## 4. 이광구: 여기 "똥시인"이 있소!

왜 시를 쓰는가? 서른 해를 넘게 시를 써왔지만 아직까지 이 화두에서
자유로운 적이 없다. 시를 쓰며 정신생활의 불후를 꿈꾸었던가? 그렇
다면 시는 경서經書들이 이룬 진리의 두터움과 그 불후를 따를 수가 없
다. 시를 쓰며 만물의 이치를 구하고 우주의 섭리를 깨달으려고 애썼
던가? 그렇다면 시는 양자물리학이 밝혀낸 양자들과 중성자들의 운동
원리와 물리학적 진실에 훨씬 못 미친다. 시로써 물질생활의 풍요를
일구려고 했을까? 그렇다면 시는 평생 써봐야 소문난 냉면집의 한 달
치 매상에도 못 미치는 보잘것없는 소득만이 쥐어질 뿐이다. 시를 쓴
것은 어리석음 때문이다. 더 영악했더라면 실용적인 것들을 구하는 데
많은 시간을 쓰고, 정신을 집중했을 것이다. 타고나기를 어리석은 자로
태어났으니, 어리석음은 나의 천분天分이다. 어리석은 가운데 진실을 구

하고, 시로써 얻은 통찰과 깨달음으로 삶의 뜻을 바로 세우며, 그보다 먼저 시 쓰기에서 얻는 즐거움을 향유했던 것이다. 나는 내가 누구인지를 알기 위해 시를 썼다. 나의 정체성, 우주의 우연적 사건들, 더 나아가 죽고 사는 것의 뜻, 모든 물음을 시로 녹여냈다. 내 시들은 해답이 아니라 혀끝에 올려진, 모호한 것들을 향한 물음이다.

좋은 시는 무의식을 취한다. 시는 체험이라는 자양분을 빨아들여 꽃을 피우는 무의식이다. 그것은 빵이기도 하다. 먹어도 먹어도 허기가 가시지 않는 꿈의 빵이다. "시는 이 세계를 드러내면서 다른 세계를 창조한다. 시는 선택받은 자들의 빵이자 저주받은 양식이다."옥타비오 파스, 『활과 리라』 그것은 장미꽃이다. "장미는 아무런 이유도 없다. 그것은 꽃이 피기 때문에 꽃을 피우는 것이다."[128] 장미꽃은 오로지 장미꽃일 뿐 무엇으로도 대체되지 않는다. 시는 시다. 다른 무엇으로도 시를 대신할 수는 없다. "내 시는 이렇게 태어났다 — 어려움에서 / 빠져나오자마자, 형벌처럼 / 고독에서 벗어나면서, / 또는 뻔뻔스러운 정원에서 / 그 가장 신비한 꽃을 숨겼다, 마치 그걸 묻듯이."파블로 네루다, 「시인」 시가 태어나는 순간은 오르가슴의 순간이다. 시란 사물과 무無와의 교접에서 일어나는 오르가슴의 순간 포착인 것이다.파스칼 키냐르, 『혀끝에서 맴도는 이름』


하루 이틀 날이 가면서 믿을 것이 없던 아이들은
눈만 뜨면 흙벽돌 쌓아 바른 구멍 뚫린 바람벽 아래


128) 앙겔루스 실레지우스. 여기서는 보르헤스, 『칠일 밤』에서 재인용.

먹을 것이 되지 않아 따갑기만 한 햇살 몸 부비는 양달로 모여
누가 말하지 않아도 서로의 등을 기대고
열매 하나 열리지 않는 꿈도 곧잘 꾸며
손에 잡히지 않는 꿈은
꿈이니까 더욱 좋은 것이려니 했다
— 이광구, 「푸른 숲」 일부


바람벽 아래 양달에 아이들이 옹기종기 모여 있다. 서로의 등을 기대고 추위를 녹이고 있다. 따사롭게 내리쬐는 환한 햇살은 "먹을 것"이 되지 않는다. 이 시구로 미루어 짐작건대 아이들은 굶었거나 충분히 먹지 못한 모양이다. 1960년대 농촌에서 보낸 내 어린 시절이 불현듯 떠오른다. 가난했던 시절 배고픈 아이들의 눈에는 햇살도 먹음직스럽게 보인다. 오히려 햇살을 먹지 못한다는 게 믿기지 않는다. 한 끼나 두 끼니를 건너뛴 아이들이 토담 아래 모여 두 눈을 감고 햇살을 배부르게 먹는 꿈을 꾼다. 그러다 보면 절로 배가 부르곤 했다. 그 만복감에 황홀경의 찰나로 빠져드는데, 실제 음식으로 배를 채웠을 때보다 훨씬 더 감미로운 것이다. 아이들은 햇볕을 쬐며 "열매 하나 열리지 않는 꿈"을 꾼다. 꿈은 꾸기 쉬우나 그 실현은 어렵다. 실현이 어렵기 때문에 더 추구해야 할 좋은 것이다. 시는 선 채로 꾸는 꿈, "열매 하나 열리지 않는 꿈", 순간적인 황홀경에 빠지기가 아닐까?


이광구는 안성 사람이다. 본디 성정이 질박하고 온후한 사람이다. 내

가 안성으로 거처를 옮기며 만난 사람이다. 시인은 각박한 현실을 묵묵히 견디며 제 생업에 열심이고, 검소하게 살림을 꾸리되, 시 쓰는 걸 호들갑스럽게 내세워 나팔을 불어대는 사람이 아니다. 늘 좌중의 앞에 서지 않고 뒷전에 물러앉는 고요한 사람이다. 시를 쓴다고는 했지만, 몇 년 동안의 사귐 속에서도 정작 그의 시를 읽은 적은 없다. 그가 수줍음이 많은 탓이다. 이번에 시집을 낸다고 해서 비로소 그가 그동안 써온 시들을 한데 묶어 읽게 되었다. 예순에 이르러서야 비로소 평생 처음으로 시집을 낸다. 작고 하찮은 것들을 품어 안으며, 가난의 속내와 시골살이의 희로애락, 이웃들과 인연을 엮으며 얻은 곡절과 사연들을 질박한 시구로 써내려간 시인은 딱 자기가 살고 느낀 것만큼만 시에 적는다. 아니, 조금 아쉬움을 느껴질 정도로 모자라게 담는다. 모자람을 부끄러워하지 않으니, 그 모든 생활의 세목을 당당하고 정직하게 드러내 보인다. 시골생활 속에서 얻은 청담淸談과 달관과 지혜가 녹아 있는 시들을 읽으며 잔잔한 파문 같은 감동을 느꼈다. 사람은 자기가 살았던 것만큼 써야 한다. 그게 정직함이다. 그 이상을 쓰는 것은 허풍이요, 과장인데, 그의 자연발생적 서정시에는 그런 것이 없다.

그는 꽁보리죽 같은 시를 쓰는 시인이다. 꽁보리죽은 건강을 위한 별미가 아니다. 그것은 지난 시절 가난의 표상이었다. 꽁보리죽은 근기가 없어 아무리 먹어도 배가 부르지 않다. 헛방귀나 자주 뀐다. 오늘날과 같이 갖가지 음식들이 넘치는 시대에는 아무도 거들떠보지 않는 음식이다. 이광구는 이 천대받는 음식에 자신의 시를 비유했다. 그의 시에는 화려한 수사도, 난해한 구문도 일절 없고, 넓은 견문이나 숭고한 대의명분을 내세우는 법도 없다. 시골에서 살며 겪는 체험들을 소박하고 담담하게 적어나간다.

　어려운 살림을 꾸리면서 시를 쓴다는 것은 쉬운 일이 아니다. 시를 쓴다고 현실의 절박한 사안들이 개선되거나 해결되는 것은 아니기 때문이다. 나는 그가 어떤 삶의 길을 걸어왔는지 세세하게 알지는 못한다. 적게 들은 것과 내 눈으로 직접 본 것을 더해보면 그의 삶이 신산스러웠다는 건 충분히 짐작할 수 있다. "더 나아가려야 나아갈 길도 없고 / 더 물러설 꿈도 없는 빈손"「개똥지빠귀」으로 안성에 내려와 살려고 애를 썼다. "수렁처럼 깊어 헤어나지 못할"「여름은 추적거리며 비를 뿌리고」 고통에서 허우적거리기도 하고, 더러 굶고 더러 굴욕을 당하고, "막장 같은 공장"「소문」의 고된 노동 속에서 단단하게 다져졌다. 시에 내비친 그의 삶은 "가슴 속 징하게 박힌 못들"「잡부」의 삶이다. 박힌 못이라는 말은 울림이 크다. 단단한 물체에 제 온몸을 박고 있는 못과 같이 옴짝달싹할 수 없는 팍팍한 생존의 지경을 떠올리게 한다. 아마도 시인은 그런 팍팍한 생존의 세월을 견뎌온 모양이다. 시는 궁함을 견딘 뒤에야 비로소 깊이를 얻고 감미로워지는 법이다.

　각박한 현실이 강요하는 질곡 속에서 구름 잡는 시 쓰기에 정진하는 일은 쉬운 일이 아니다. 현실과 시 쓰기 사이의 간극은 크다. 그 간극에서 솟구치는 괴로운 자의식이 없을 수 없다. 그는 자칭 "똥시인"이다. "어우렁더우렁 땀이나 흘리면서 / 여우 같고 토끼 같은 식솔이나 잘 거두지 / 허구한 날 똥 같은 생각에 잡혀 / 냄새나 풍기는 내가 / 한마디로 날 샌 내가 / 시는 무슨 놈의 시 // 그런데도 날보고 / 시인

374

이라 부르는 사람 있으니 / 나야말로 진정한 / 이 땅의 / 똥시인 아닌 가?"「공염불」 '똥시인'이라는 표현에서 어려운 현실을 외면한 자신에 대한 자기모독적인 인식이 얼핏 엿보인다. 장삼이사의 인식 속에서 시는 건달이나 한량들의 여가놀음에 지나지 않는다. 어려운 살림을 꾸리며 남몰래 시를 쓰는 그에게 "바쁜 세상에 시는, 부자 한량이나 읊는 거지 / 주제파악하고 일이나 잘해요!"「외출」라고 하는 말이 상처가 되었겠다. 남에게 모진 소리 못 하고, 남의 것을 부당하게 넘보거나 해가 되는 일은 언감생심 꿈도 꾸지 못하는 타고난 선량함 때문에 늘 뒷전으로 밀리고 따돌림 당하는 게 진짜 시인 아닌가! 나는 제 안에 옹이를 몇 개씩 안고 "허구한 날 똥 같은 생각에 잡혀" 시에 매달리는 이 땅의 무수한 "똥시인"들이 좋다. 그런데 이 땅의 많은 "똥시인"들은 어느덧 멸종 위기에 놓인 희귀생물종이 되고 말았다.


풀섶에서의 하루는 눈이 부셨다
바람 부는 사계가 한 곳으로 흐르도록
서로 다른 햇살을 안고 뒹구는 풀들은
조그마한 생각 하나를 꽃피우는 일에도
많은 시간이 필요했다


날마다 거친 바람길을 헤쳐 온
때 묻은 이파리 위에
작은 꿈 하나를 얹어보거나

땀 절은 하루를 세워보지만
큰 꽃이 작은 꽃보다 작지 않은 것처럼
작은 풀이 작은 꽃을 피우는 일도
큰일이라는 것을 알기까지는
더 많은 시간이 필요했다

풀섶에서의 하루는 숨이 가빴지만
웃자라는 꿈으로 무성한 땅
끝에서부터 다시
해는 뜨겁게 타올라야 했다
—— 이광구, 「풀섶에서의 하루」

시인의 소박한 속내가 잘 드러난다. 그는 신기한 표현을 추구하지도
않고, 애써 심오함을 궁구하지도 않는다. 직유와 은유들은 누구나 다
알 만하며, 표현은 질박함에서 벗어나지 않는다. 시의 처음과 끝은 잘
호응하고, 상의 전개는 질서가 있다. 따라서 이해가 순조롭다. 말하자
면 "풀섶에서의 하루"는 시골에 사는 자기 삶을 은근히 빗대고 있다.
꽃을 피우는 작은 풀꽃은 시인 자신을 암시한다. "풀섶에서" 꽃을 피
우는 풀꽃이 감당해야 하는 하루는 숨이 가쁘다. 그 하루는 거친 바람
결과 땀에 절어야 지나가는 나날의 고달픔, 웃자라는 꿈들로 차 있다.
"작은 풀이 작은 꽃을 피우는 일"에도 예사롭지 않은 노고와 많은 시
간이 필요하다. 그것이 우주의 사건이라는 걸 깨닫는 데도 많은 시간

이 필요하다. 그러나 저 혼자 작은 꽃을 피운 풀꽃은 이 눈부신 세계 속에서 균형과 조화를 이룬 삶의 표상으로 매우 의연하다. 시인은 드러내놓고 말하지는 않았지만, 모든 범부의 삶이 그 작은 풀꽃의 생태와 다르지 않다고 말한다. 시인은 이 작은 풀꽃과 자아를 은연중 동일시한다. "웃자라는 꿈으로 무성한 땅"에서 이만큼 삶을 일구며 산 시인의 무의식은 도덕적 자긍심으로 충만해 있다. "해는 뜨겁게 타올라야 했다"는 시의 마지막 구절에 그 점이 또렷하게 드러난다.

그는 땀 절은 하루하루 위에 생계를 세우고 그것에서 제 삶의 뜻을 구한다. 이 시인을 누가 "똥시인"이라고 폄하할 수 있을까. 이광구, 그는 자연에서 삶의 법을 구하고 그 법에 따라 삶을 이끄는 건강한 생태시인이요, 자연과 더불어 선수행을 하며 진여眞如를 구하는 반농반선半農半禪의 수행자다.


## 5. 송하선: 담담함과 허허로움


"나"와 무연한 세계, 즉 주체적 관여가 없는 세계는 아무 뜻도 있을 수 없다. "나"의 삶을 감싸고 있는 세계는 주체의 겪음이란 경험을 통해 인지된다. 겪음의 근본적 연속성 안에서 세계는 "나"의 삶을 가능하게 하고 또한 의미라는 메아리를 만들어준다. 거꾸로 "나"는 세계 속에서 비로소 존재의 의의를 찾을 수 있다. 우리를 이 세상에 살게 하는 것, 그냥 단순히 숨 쉬고 밥 먹고 하는 본능적인 행위의 삶을 넘어서서 뜻을 구하며 고양된 상태의 삶으로 나아가게 하는 것은 그 생명의 중심 원천에서 나오는 의지다. 아마도 뜻있는 삶, 안락하고 행복한 삶을 추구하는 것은 누구나의 일반적인 바람일 것이다. 그렇다 하더라도 누구나 뜻있는 삶, 행복한 삶을 살지는 못한다. 주체의 소망과 의지가 실현되는 물적 토대인 현실이 그것을 받쳐주지 못하기 때문이다. 대학을 나온 젊은이라면 당연히 제 뜻을 펼칠 직장을 구할 것이다. 월급도 많이 주고 보람도 있는 직장이라면 그 젊은이를 행복하게 해주겠지만, 경기침체와 여러 현실적 여건이 그 젊은이를 오랫동안 실업상태에 묶어둘 수도 있다. 그가 불행과 고통 속에서 허덕일 것은 불 보듯 빤한 일이다.

대체로 보통 사람들이 현실에서 구하는 것은 정치적 자유와 정의가 실현된 사회, 더불어 잘 사는 사회와 같은 공의에 합당한 세계보다는, 권력과 돈, 명예와 같이 사람들이 갖는 보통의 욕망과 관련된 것들, 보람 있는 일과 직장, 훌륭한 교육, 주거시설, 생의 반려자, 가족의 안녕, 건강, 인간관계 따위다. 그것들이 얼마나 충족되느냐 하는 데 따라 한 개인의 행복감은 비례한다. 삶이란 "나"를 둘러싸고 벌어지는 사건들의 총체다. 다시 말해 욕망하는 것들을 얻으려는 주체의지의 작용과 현실세계 사이의 교섭에서 일어나는 일체의 것들을 포괄하는 어떤 것이다. 서정시는 자전적 체험과 기억에 바탕을 둔다. 서정시가 탄생하는 자리는 불가피하게 생명을 내고 기른 토착 환경과 "나"의 몸과 의식이 소통하는 시공이다. 사람의 천품이나 길러진 인격은 제각각이겠지만 웅숭깊고 무궁하며 신실한 삶에 대한 선호는 일치할 것이다.

바른 사람이라면 인생에서 그런 삶을 앙망仰望하고 구할 것이다.

　　송하선 시인에게서 확인하는 것은 욕망을 반성하고 억제하는 태도다. 그래서 획득한 것이 삶에 대한 담담함, 허허로움이다. 그것은 분명 경륜의 축적으로 빚은 지혜와 성숙의 산물이다. 시력詩歷 서른 해를 거뜬히 넘는 송하선 시인의 시세계는 소월 김정식에서 미당 서정주를 거쳐 박재삼으로 이어지는 전통 서정시의 계보에 속한다. 그의 시들은 우리 시를 휩쓸고 지나간 민중시도 아니요, 해체시도 아니요, 생태시도 아니다. "나"의 개체적 삶의 경험에서 길어내는 소박하고 조촐한 서정시의 세계다. 개체의 경험 중에서도 장엄한 것보다는 자연이나 가족, 이웃, 나날이 일상과의 교섭에서 이루어지는 하찮고 사적인 경험들이 압도적으로 많이 쓰인다. 우선 그의 시들은 삶으로부터 나오는 정한情恨의 세계를 주로 노래한다.


한 평생
노래만을 부르다가
이 세상을 하직한 그 사람
그 사람의 뒷모습을
너는 보았느냐

그 노래가 허공으로
재가 되어 공염불이 되어
사라지는 줄도 모르고

애간장이 터지게

노래 불렀던

그 사람

온 생애를 신들린 듯

시를 읊조렸던 그 사람


그 사람의 뒷모습을

매미야

너는 보았느냐

— 송하선, 「매미의 울음」


시인으로 한평생을 산 자신의 처지를 "매미"에 빗대어 돌아보는 시다.
어쩌면 시인은 노년기에 접어든 제 인생을 돌아보며 생산과 건설보다
시를 짓고 읊조리며 살아온 삶에 한 점 회한을 갖고 매미 같다고 느꼈
을지도 모른다. 다른 시편들이 그러하듯이 이 시도 특별한 사회적 감
각이나 윤리적 기율보다는 지나버린 생에 대한 관조에서 빚어진 덧없
음을 노래한다. 그 덧없음은 노래들이 허공 속에 재가 되어 사라져버
렸기 때문이 아니라 그게 "사라지는 줄도 모르고 / 애간장이 터지게"
노래를 불러왔다는 사실에서 연유한다. 무지는 어리석음을 낳고 그것
은 마땅히 반성의 까닭이 되는 것이다. 한 여름철 나무에 달라붙어 "애
간장이 터지게" 울어 젖히는 매미를 어리석다고만 할 수 없다. 매미의
울음은 생물적 개체로서 부여받은 신성한 생의 소명이다. 그것은 일에

지친 사람에게 청량한 위로가 되었을 수도 있다.


절대 고독이 무엇인지

그 쓰라린 황야를

걸어본 이는 안다.


채워도 채워도 채울 길 없는

날아도 날아도

안식의 나래 접을 곳 없는

그 허기虛氣 속을

걸어본 이는 안다.


꽃밭을 찾아 나비가 날듯

영원 허공을 떠도는

이 지상의

허기진 존재들은 안다.


그 스스로도

꽃비 내리는 마을을 찾아가는

한 마리의

쓰라린 나비인 것을.

— 송하선, 「나비 2」

「나비 2」와 같은 시는 직설의 어법으로 인생에 대한 감회의 일단을 털어놓는다. 인생의 하중(荷重)에 짓눌린 상태에서 행복을 느끼기란 쉽지 않은 일이다. 그 행복이 "물안개 자욱한 강건너 저 마을 / 아내가 사립에서 기다리고 있다는 것 / 그래도 깃들일 수 있는 둥지와 / 어느 만큼의 양식과 / 낯익은 시집 몇 권 / 그대 곁에 놓여 있다는 것,"「강을 건너는 법」에서 토로하듯이 소박하고 작은 것이라 할지라도 쉬운 일이 아니다. 인생이란 "쓰라린 황야를 걸어가는 것"이다. 수많은 서정시인들은 인생을 빗대 고단한 여행길이라고 말하고 그 객수(客愁)를 노래해왔다. "절대 고독"은 그 객수의 한 일단이다. "채워도 채워도 채울 길 없"고, "날아도 날아도 / 안식의 나래 접을 곳 없는" 인생의 "허기(虛飢)"에서 그 절대 고독은 연유한다. 이 절대 고독에는 인생을 깊이 관조한 자의 마음 바탕에서 나오는 짙은 애수가 서린다. 부득이 구차한 삶을 꾸리지 않았더라도 인간이 "꽃밭을 찾아 나비가 날듯" 불가피하게 "영원 허공을 떠도는" 존재임을 깨닫는 존재라면 누구나 느끼는 그 절대 고독이다. 이것은 송하선 시인의 시세계의 후경(後景)이라고 할 수 있다.


그것은 자연으로 다시 돌려보내는 일이다

아니다 아니다 그것은

수천 마리 독수리의 매서운 입 속으로

보내는 일이다

독수리의 입 속으로 피 속으로 들어가서

더더욱 매서운 독수리로 부활하도록

하는 일이다

그리하여 매서운 독수리로 하여금

죽은 시체들을 또다시 먹게 하는 일이다

왕성하게 먹고 왕성하게 똥을

눕게 하는 일이다

누운 똥은 다시 거름이 되고 그 거름은

다시 새 생명을 탄생하게 하는 일이다

아니다 아니다 그 새 생명을

사람의 입 속으로 다시 보내는 일이다


사람의 입 속으로 피 속으로 들어가

부활한 사람 독수리로 하여금

죽어간 생명들을 시체들을 먹게 하는 일이다

왕성하게 먹고 왕성하게 똥을

눕게 하는 일이다

누운 똥은 다시 거름이 되고 그 거름은

다시 새 생명을 탄생하게 하는 일이다

사람 독수리의

새 생명을 또 다시 탄생하게 하는 일이다

── 송하선, 「풍장」


"티베트의 '풍장' 모습을 보고"라는 부제가 붙은 「풍장」은 나고 죽는 생명의 자연스런 순환의 고리를 말한다. 죽음을 말할 때조차 감정의 낭비를 억제하며 담담한 어조로 노래할 줄 아는 시인이 품격 있는 시인이다. 우리는 살면서 여러 현실적 곤란을 겪는다. 존 쿠퍼 포우어스는 그 곤란들이 "상실, 궁핍, 질병, 신경질적인 흥분, 격정과 질투, 혐오와 악의, 잔혹과 야수적 행위, 무료, 자기 탐구, 야심, 경박, 모든 종류의 감기, 공복, 불결, 피폐, 불면증과 고통에 관계되는 것들"이라고 말한다. 원하건 원치 않건 간에 그런 현실적 곤란이 초래한 궁지에 몰려 허겁지겁 삶의 길을 달려와서 맞닥뜨리는 죽음 앞에서 허무감과 깊은 쓸쓸함을 느끼는 것은 자연스런 일일 터다. 죽음을 다루는 시인의 어조는 의외로 담담하다. 죽음을 마치 무정물처럼 다룬다. 시체를 독수리의 먹잇감으로 방치하는 이국異國의 낯선 장례 풍습이 충격을 줄 수도 있었을 텐데, 시인은 그저 죽음이 "자연으로" 다시 되돌아가는 것이라고 노래한다. 죽음과 삶은 한 몸이다. 순환하는 것이다. 소멸은 소멸로 끝나는 것이 아니고 다시 새 생명을 얻어 돌아온다. 어쨌든 죽음을 뒤집어서 새로 태어날 생명을 그리고 있는 이 시를 물들이고 있는 평화, 혹은 "축복 받은 고요한 정조情調"는 인상 깊은 것이다.


늙은 소 한 마리가 우시장으로 갑니다
제 살점 팔리는 곳을 향해 묵묵히 갑니다
고삐 쥔 주인은 가는 곳을 알 테지만
가는 곳을 모르는 채로 소는 그냥 갑니다

서편 하늘에 물드는 저녁놀이 곱습니다

물 안개가 강물 위에 희부옇게 흔들립니다

성자聖者처럼 묵묵히 늙은 소가 갑니다

저승길 가는 길도 아마 저런 듯 싶습니다

— 송하선, 「늙은 소가 가고 있네」


한 무리의 새떼들이

저녁놀 속으로 날아갑니다

아내와 자식들을 찾아

가물가물 날아가고 있습니다


새떼들이 찾아가는 곳은

숲속의 안식의 집이겠지만

그들은 집이 온전히 남아 있는지

가족들은 무사히 잘 있는지

어떻게 되었는지

모르는 채

가물가물 찾아가고 있습니다


지금 그들이 집에 돌아가면

어쩌면 토악질을 하게 될지도

모릅니다, 오늘 그들이 주워먹은

곡식들 물고기들 때문에
어쩌면 토악질을 하게 될지
남은 생애는 어떻게 될 것인지
모릅니다

한 무리의 새떼들이
저녁놀 속으로 날아갑니다
그들은 집이 온전히 남아 있는지
남은 생애는 어떻게 될 것인지
모르는 채

가물가물 날아가고 있습니다
저녁놀은 무심히
뉘엿뉘엿 저물어가고 있습니다
— 송하선, 「새떼들이 가고 있네」

두 편의 시에서 두드러지는 것은 어디론가 "간다"는 것, 즉 존재의 이
동이 일으키는 정서다. 사람은 모태에서 무덤으로 나아가는 존재다.
앞의 시는 우시장을 향해 묵묵히 나아가는 소를 노래하고, 뒤의 시는
숲 속의 집을 향해 날아가는 새떼를 노래한다. 두 편의 시에 공통적으
로 나타나는, "서편 하늘"이 "저녁놀"에 물든 시간은 말할 것도 없이
인생의 황혼기에 대한 은유다.

시인은 제 살점을 팔러 가는 우시장을 향해 말없이 나아가는 소의 무사무욕無私無慾한 행보에서 "성자"의 모습을 본다. 아마도 시인은 욕망에 휘둘려 허겁지겁하거나 불투명한 미래에 대한 두려움 때문에 갈팡질팡 흐트러지는 발걸음을 경계하며 살아왔는지도 모른다. 저녁놀을 배경으로 묵묵히 걸어가는 소에게서 뜻밖에도 저승길을 향해 나아가는 삶의 태도를 암시받았을 수도 있다.

소야말로 철저하게 자연의 리듬에 순응하는 동물이다. 자연 속에서 모든 생명은 다 저마다의 리듬을 갖고 산다. 식물은 절기에 맞춰 꽃망울을 터뜨리고 열매를 맺는다. 유독 사람만이 고소득과 눈앞의 성과를 위해 과속의 삶을 산다. 속도에 대한 광기 어린 신념은 필경 재난을 부른다. 광우병은 식물성의 식성을 타고난 소에게 고농도의 동물성 사료를 먹인 까닭에 생긴 질병이다. 사람은 지금보다 더 느리게 살 필요가 있다. 「늙은 소가 가고 있네」는 소와 같이 남은 인생의 시간을 살고 싶은 시인의 은근한 내적 소망을 평이한 어조로 피력한다. 느림의 삶이란 "잃어버린 어제의 질서"「금강산 별곡」 안에 고요히 안기는 일이다. 아마도 "직선으로 돌진하지 말고 / 우회하여 가는 것이 바른 길"「분수를 보며」이라는 삶의 지혜를 잠언으로 빚은 시구는 소의 행보에 대한 사유가 맺은 결실일 터다.

인류는 직선적인 진보의 궤도 속으로 들어서며 대량생산과 대량소비로 이어지는 상품소비사회를 새로운 환경으로 받아들이며 많은 것들을 잃어버렸다. 전례가 없는 생산력의 확대로 물질적 부와 잉여의 시간을 누리게 되었지만 자연 생태계의 파괴와 근본적인 마음의 평화

같은 것을 잃어버린 것이다. 새삼스럽게 20세기 후반기에 자연과의 조화를 강조하는 느림의 가치에 대한 재발견이 호응을 얻는 것도 다 그런 맥락 때문이다. 자연과의 조화를 일구는 느리게 사는 삶의 방법과 태도는 처벌의 대상이 아니라 마땅히 기리고 추구해야 "바른 길"이다.

「멍에」에서는 소를 형틀을 짊어진 채 골고다의 언덕을 묵묵히 나아간 예수 그리스도에 비유한다. "그러나 누가 / 햇불같은 눈으로 맥진하는 / 소의 고독을 알 수 있으랴. / 사랑하던 자에게 제 살과 피를 먹이는 / 성자聖者와도 같은 고독을 / 그 누가 알 수 있으랴." 이것은 절대적 희생이고 헌신이다. "다만 멍에를 질 뿐 / 멍에를 지는 이유를 말하지 않는다." "소"가 구현하는 그 희생과 헌신의 삶을 우러르는 시인은 일체의 구차한 것, 변명을 탐탁지 않게 여긴다.

날아가는 새들을 보고 "그들은 집이 온전히 남아 있는지 / 가족들은 무사히 잘 있는지 / 어떻게 되었는지 / 모르는 채 / 가물가물 찾아가고 있습니다"라고 일상 속에 잠재된 불확실성과 위험들에 대한 걱정을 적음으로써 간접적으로 태평스럽지 못한 세월을 건너온 시인의 삶을 엿보게 한다. 하루 일과를 끝내고 안식의 집으로 돌아가는 길에서 아내와 자식들은 다 별일이 없는지, 집은 제대로 무사한지를 걱정하는 것은 기우에 지나지 않은 일인지도 모른다. 시인의 삶을 관통하고 있는 해방과 분단, 전쟁과 혁명, 피의 항쟁과 민주화라는 거친 과정을 이어온 역사가 한 개체의 무의식 속에 새겨놓았을, 가족과 일상의 안위에 대해 무시로 파고드는 걱정들을 떠올린다. 그것은 기우가 아닌 것이다.

겨울 나무들이 모두들 제 홀로 깊게 명상하는 자세를 취하고 있습니다. 마른나무 어깨 위에 까마귀 떼를 앉혀 놓은 걸 보니, 아마 죽음 같은 것에 대하여 명상하는 모양입니다.

겨울 나무들이 모두들 제 홀로 깊게 기도하는 자세를 취하고 있습니다. 검은 구름을 몰고 오는 눈보라가 멎을 기미를 보이지 않고 있으니, 아마 구원의 손길을 달라고 기도하는 모양입니다.

아직도 겨울 나무들이 눈을 부릅뜨고 서 있습니다. 산비탈 저쪽엔 진눈깨비가 아직도 안개처럼 깔리고 있습니다.

겨울 나무들이 모두들 제 홀로 깊게 침잠하는 자세를 취하고 있습니다. 산비탈 내리는 진눈깨비 속엔 아직 산까치들이 날아오고 있으므로, 겨울 나무는 내일을 기다리며 인동의 시간을 침잠하는 자세로 서 있는 모양입니다.
　　　　　　　　　　　　　　　　　　　　— 송하선, 「겨울 나무」

제 마른 어깨 위에 까마귀 떼를 앉혀놓고 "홀로 깊게 기도하는 자세"를 취하고 서 있는 "겨울 나무"는, 시인이 문득 성자를 보았던 "소"와 겹쳐진다. "소"의 식물적 변용이 "겨울 나무"인 것이다. "겨울 나무"는 눈보라가 멎을 기미가 없는 한겨울의 궁지 속에서 현실의 수난을 고스란히 견디며 "인동의 시간"을 살아내는 성자다. 성스러움을 깡그리 탕진한 이 세속의 시대에 "소"나 "겨울 나무"와 같은 미물에서 성자의 삶을 읽어내는 시인의 마음은 편견과 오만에서 저만치 벗어나 있는 드물게 보는 겸허하고 순수한 마음일 터다. 시인은 또 다른 시편 「나목」에서 "모든 욕망을 털어버리고 / 지워버려야 될 것을 모두 지워버리고 / 떠나보내야 할 것을 모두 떠나보내고 / 부질없는 사랑도 부질없는 흔적들도 // 모두 다 털어버려야 된다는 것을 / 바람결에 떠나 보내야 된다는 것을" 가르쳐주는 존재라고 말한다. 시인은 "나목"에서 무소유를 추구하는 탁발승托鉢僧의 모습을 읽어내는 것이다.

이 세상에 태어나는 순간부터
나의 손은 무언가를 붙잡으려고 했네
누군가의 손길이 닿았을 때
처음 움켜잡으려고 했을 때부터
내 손의 이별의 역사는 시작되었네

나의 손이 이별의 역사라는 것을
상실의 역사이며 놓아줌의 역사
버리고 떠남의 역사라는 것을
오늘은 새삼스레 생각하게 되는구나
무엇인가 움켜잡으려고만 했던
그것이 바로 슬픔의 근원이라는 것을

때로는 이 손으로 그리운 이를

붙잡으려 했고 때로는 이 손으로

그리운 이를 놓아주었고

때로는 담담하게 때로는 허허로이

내 손이 확인한 그 많은 이별의 순간들


모처럼 다냥한 겨울 한낮에

마디 굵은 손을 보며 호젓이 앉으니

유리창엔 아른아른 성애가 피고

성애 핀 유리창 밖엔 그 많은 슬픔의

이별의 얼굴들이 보이는구나


어떤 이는 슬픈 눈빛으로

어떤 이는 행복한 얼굴로

어떤 이는 천치 같은 모습으로

아지랑이처럼 아른아른 보이는구나


이별한 사람만 아른아른 보일 뿐

나의 손이 진실로 붙잡은 이는

이 세상엔 아무도 없구나

— 송하선, 「손」

어렵지 않은 구문 속에 인생의 소박한 진실을 담아내려는 노력이 "이 세상에 태어나는 순간부터 / 나의 손은 무언가를 붙잡으려고 했네"와 같은 구절을 빚어냈을 것이다. 대지의 어머니에게서 떨어져 나왔을 때 사람은 살기 위해 손을 뻗어 무언가를 움켜쥔다. 우리는 먹고살기 위해 일해야 한다. 일을 한다는 것은 손을 쓴다는 것이다. 산다는 것은 손을 뻗어 이 세계에서 무엇인가를 쟁취하려는 욕망과 충족의 변증법적인 체계에 지나지 않는다. 그리하여 손이 일궈내는 역사는 "상실의 역사이며 놓아줌의 역사 / 버리고 떠남의 역사"다. 유리창에 성에가 끼고 햇볕이 따뜻한 겨울 한낮에 제 손을 물끄러미 들여다보며 지나온 생을 반추할 때 손은 근원적이고 전체적인 역사를 하나의 근경近景이자 축도縮圖로 보여준다. 그 손이 움켜쥔 구체적이고 개별적인 삶의 뜻을 되새기는 행위는 고즈넉하다. 이것은 자기 안에서 자기를 보는 행위다. 다시 말해 "낯섦/불안, 어두움의 경험을 친숙함/안심/밝음의 경험으로 전환하는 것"129)이다. 시를 쓰는 것도 사람의 경험을 어두운 것에서 밝은 것으로, 낯선 것에서 친숙한 것으로 전환하는, 즉 주체화하는 범주에 드는 일이다. 이것도 살아 있는 동안에나 가능한 일이다. "살아간다는 것은 / 마침내 / 하나의 섬島으로 남는 일",「섬 1」 곧 단독자의 절대 고독 속으로 귀환하는 것이다. 그다음은? 손에 쥐었던 것을 놓아주고 떠나는 것이다. 삶은 그 이상도 아니고 그 이하도 아니다. 시인은 "이렇듯이 흘러가노라면 / 어디쯤의 시공時空에서 / 나는 부재不在

---

129) 이정우, 「나-되기, 남-되기, 우리-되기」, 『주체』, 이정우·조광제 등 공저, 산해, 2001.

일까."「구름」라고 쓴다.

　이 시집에서 시와 인생에 대한 시인의 태도를 가장 잘 축약해 보여주는 시구는 다음 시구일 것이다. "꽃을 바라보듯 / 맑은 마음으로 눈을 모으면 / 노을이 물드는 저 강물도 / 한 송이 눈부신 꽃으로 보인다는 것".「강을 건너는 법」 꽃을 바라보듯 세계를 순정한 마음으로 바라보면 세계는 "눈부신 꽃"으로 다가온다. 세계를 눈부신 꽃으로 받아들이는 마음은 아마도 평심서기平心舒氣를 품고 살아왔을 시인이 마침내 도달한 긍정과 상생의 마음일 터다.

# 그것을 힐끗 보는 순간

눈은 몸의 가장 높은 위치에 있는 이마 바로 아래에 있다. 이마 아래에 눈썹이 있고 바로 그 밑에 두 눈이 있다. 눈이 얼굴의 정면, 그리고 높은 위치에 있는 것은 가까운 것과 멀리 있는 것을 잘 보기 위함이다. 수렵과 채취의 시대에 멀리 있는 열매나 사냥감을 잘 보는 일은 다른 경쟁자들보다 먹이를 더 쉽게 얻을 수 있게 했을 터다. 눈이 배꼽이나 허리 아래에 있지 않은 것은 얼마나 다행한 일인가. 한 쌍의 겹눈으로 측면만을 보고 위쪽은 못 보는 삼엽충보다 인류가 우월한 영장류로 진화하고 문명의 주인이 될 수 있었던 것은 먼 곳과 높은 곳을 두루 볼 수 있도록 높이 달린 눈의 공로가 크다. 5억 년 전에 번성했던 삼엽충은 멀고 높은 것을 두루 잘 볼 수 없었기 때문에 지구에서 사라졌다. 또한 인류보다 훨씬 더 높은 가청역可聽域을 가진 박쥐나 돌고래가 생물의 먹이피라미드에서 인류보다 아래라는 사실은 청각보다 시각이 종의 생존과 진화에 더 중요한 요소라는 것을 암시한다. 본디 포식자의

394

운명을 타고난 사람에게 눈은 생존을 위한 절대 조건이다. 눈은 하늘이 사냥꾼으로 살아야 할 사람에게 준 입체 쌍안경이라는 선물이다.

내려갈 때 보았네
올라갈 때 보지 못한
그 꽃
— 고은, 「순간의 꽃」[130]

본다는 것은 무엇인가. "올라갈 때"와 "내려갈 때"의 사이에 "그 꽃"은 피어 있다. 올라갈 때는 없었는데, 내려올 때 보니 있었다. 그것의 현존은 이미 내가 수없이 겪은 바라봄의 집약을 통해서만 자기를 드러낸다. 과거의 경험들과 현재의 이 놀라운 겹침! 본다는 것은 그런 것이다. 대상이 있기 때문에 바라본 것이 아니라 내가 바라보기 때문에 대상이 있는 것이다. 바라봄, 이 시지각 행위 안에서 "그 꽃"은 보이는 세계의 표상물이요, 하나의 의미다. "그 꽃"은 시인의 시선이 가 닿은 곳에서 피어나는 자다. 모리스 메를로-퐁티는 그것을 "사물에서 눈으로 지나가는 것들"이라고 말한다.

몸의 감각 수용기 70퍼센트가 눈에 집중되어 있다. 눈으로 받아들인 시각정보는 다른 감각기관으로 받아들인 정보를 압도한다. 세계에 대한 지식과 정보의 대부분은 눈을 통해 보고 이해한 것들이다. 그

---

130) 고은 시집, 『순간의 꽃』, 문학동네, 2001.

뿐만 아니라 눈은 사랑의 중매자이기도 하다. 한눈에 반한다, 라는 말도 있지 않은가! 눈은 사랑하는 사람을 보고 찾는 데 없어서는 안 되는 수단이다. 사랑에 빠진 자의 눈은 사랑하는 자의 행적을 따라 움직이는 GPS<sup>자동추적장치</sup>다. 어느 날 갑자기 사랑은 눈으로 들어오고 사랑에 빠진 남자와 여자의 눈은 사랑으로 불탄다. 눈은 사랑이라는 "감정을 건드리는 도화선"이다. 예이츠는 "술은 입술로 마시고 사랑은 눈으로 마신다"고 썼다. 눈은 지식의 통로요, 사랑의 매개다. 눈이 없었다면 오늘의 인류는 이렇듯 번성하지 못했을지도 모른다.

눈을 영혼의 창이라고 할 때 영혼은 저 몸의 안쪽 어딘가에 깊이 숨어 있다. 눈은 그 숨은 영혼을 살짝 드러낸다. 사랑에 빠진 사람들은 무의식적으로 더 가까이에서 서로의 눈을 보려고 한다. 얼굴을 맞댈 듯 아주 가깝게 접근한 거리에서 보려는 것은 눈도 아니요 얼굴도 아니요 바로 상대방의 마음이다. 사랑은 내가 그를 바라본다는 것이며, 아울러 그가 나를 바라보도록 무한정 허락하는 것이다. 바라보면서 용납하고 마음에 각인하는 것이 사랑이다. 사랑하는 사람을 빼놓고는 그렇게 가까이에서 제 눈을 보게 하지 않는 것도 그런 까닭이다. 마음과 영혼은 눈으로는 볼 수 없지만 눈은 볼 수 없는 것까지 보려고 한다. 물론 마음의 욕망이 시킨 짓이다. 눈은 마음이 드나드는 문이다. 눈길을 끄는 대상은 우리 마음의 관심과 주목을 받는 것이다. 더 많은 눈길을 받는 것은 필경 마음이 더 아끼고 사랑하는 것이다. 사랑이 끝나면 눈길은 더 이상 그것으로 향하지 않는다. 싸늘하게 식은 마음이 그 문을 닫기 때문이다.

비둘기는 장엄한 자세로

지금 막 생애 최고의 활강을 마치고 안착한다

이 도시에서 지금 그것을 목격한 자는 나뿐

나는 그 활강의 자세를 정확하게 기억한다

하지만 고요한 비둘기를 향해 아이는

아주 사적인 돌을 던지고

비둘기의 사생활은 가볍게 무너지고

나는 드디어 너를 바라본다

(중략)

그리고 또 장엄한 오후가 오면

추리닝에 쓰레빠를 끌고 당당하게

창림김밥 유리문을 밀고 들어가는 거야

생애 최고의 활강을 위해 다시 이륙하던 비둘기가

김밥집 창밖에서 나를 힐끗

바라보는 순간

— 이장욱, 「사생활」[131] 일부


바라봄이 없다면 삶도 없다. 나는 카페의 통유리창 너머로 풍경을 보고 있다. 그때 비둘기들이 내려앉고, 그 순간 홀로 그 광경을 목격한다. 아이가 내려앉은 비둘기를 향해 돌을 던지고, 비둘기는 다시 날아

131) 이장욱 시집, 『정오의 희망곡』, 문학과지성사, 2006.

오른다. 이 바라봄 속에 현현顯現된 찰나의 삶은 아무 의미도 머금을 수 없는 사사로운 생활의 일부다. 서정적 주체의 눈은 카페 프란츠의 대형 통유리 너머로 공중에서 내려앉는 비둘기들을 보았다. 시의 마지막에는 날아오르는 비둘기가 창림김밥 유리문 안쪽의 '나'를 힐끗 바라본다. "추리닝에 쓰레빠를 끌고 당당하게" 김밥집 유리문을 밀고 들어선 '나'를 바라본 것은 날아오르는 비둘기들이다. 이 바라봄과 바라보임 사이에서 사생활의 역사가 흘러간다. 이 바라봄과 바라보임 사이에 "아이들이 자라는 속도, / 우유가 상해가는 소리"「소읍들」들이 있고, "당신은 사랑을 잃고 / 나는 줄넘기를 했다", 혹은 "나는 사랑을 잃고 / 당신은 줄넘기를"「정오의 희망곡」 한다.

아무 뜻도 가질 수 없는 이 사사로운 생활의 역사는 그것을 바라보는 자가 있었기 때문에 돌연 장엄한 뜻을 머금는다. 바라본다는 것은 그것을 의미화한다는 뜻이다. "길을 걷다가 누군가 부른 듯하여 / 뒤를 돌아보는 시선과 함께, / 그 시선이 가닿은 곳에서 마주친 / 지나가는 사람의 눈빛과 함께, / 그 눈빛의 잊혀짐과 함께"「잠담」 바라보지 않는다면 그 모든 것은 의미화되지 못한 채 뜻 없이 흩어질 것이다. 내가 바라보았기 때문에 너는 거기에 있는 것이고, 의미의 존재로 태어난다. 너를 바라보는 나의 눈길이 너의 세계를 훔치고, 나를 바라보는 너의 눈길이 나에게 타자라는 객체성을 부여한다. 바라보는 나의 눈길이 너를 의미의 존재로 발명한다면 그 역도 반드시 성립한다. 나를 바라보는 너의 눈길이 내게 타자의 존재론적 지위를 부여하는 것이다. 비둘기가 땅으로 내려앉고 그것의 유일한 목격자가 된 서정적 주체는

"드디어 너를 바라본다". 그 눈길은 의미를, 혹은 사랑을 잔뜩 실은 바로 그 눈길이다. 사르트르는 말한다. "무엇이건 나에 관한 진실을 얻으려면 나는 반드시 타자를 거쳐야만 한다. 타자는 나의 존재에 필수불가결하다. 그뿐만이 아니라 내가 나에 대해 가지는 인식에서도 이와 마찬가지다."<sub>사르트르, 『실존주의는 휴머니즘이다』</sub>

이장욱은 "나는 드디어 너를 바라본다"고 썼다. 너를 바라볼 때 나는 너의-바라보인-존재를 본다. 너를 바라봄으로써 나는 너에게 바라보인-바깥을 만들어준다. 내가 너를 사랑하고 있다면 너를 바라보는 나의 동공은 커질 것이다. 사랑에 빠진 자는 사랑하는 대상을 바라볼 때 그 동공이 크게 열린다. 더 자세하게 보려는 몸의 욕망이 동공을 확장시키지만 역설적으로 더 크게 열린 동공에 비치는 대상은 흐릿해진다. 그 결과로 다른 사람들은 빤히 보는 상대의 단점을 보지 못하게 된다. 사랑하는 이의 마맛자국은 예쁜 보조개로 보인다고 하는 옛말도 있지 않은가. 이 황홀한 반전효과는 동공이 열리고 엔도르핀 분비가 활발해지며 나타난 마음의 유도심상 효과일 터다. 몸의 눈을 감는 대신에 마음의 눈이 떠지며 나타나는 이것은 빈말이 아니고 과학으로 입증된 사실이다. 사랑하면 마음의 눈으로 상대를 바라본다. 마음의 눈으로 보는 까닭에 몸의 눈은 불필요해진다. 키스를 할 때 눈을 감는 것도 육안으로 보는 것들이 거추장스럽기 때문이다. 어떤 경우에도 눈은 마음이 보고자 하는 대로만 본다. 그런 맥락에서 눈은 마음의 노예다.

꿈도 아닌 가난한 생의 저 밖을 헤매는

한 그루 겨울나무처럼

나, 여기

살쾡이 같았을 그대의 눈을 이 밤 추억하는 것이다.

— 우대식, 「살쾡이의 눈」[132] 일부


우대식은 "한낱 떠도는 자의 운명"[시인詩人]에서 시인을 찾는다. 운명은 보이는 세계의 것이 아니다. 시각 너머에 있는 세계다. 보이는 것이 근경이라면 운명은 근경이 가린, 그래서 보이지 않는 원경이다. 근경은 그림자로서 원경을 거느리고, 원경은 근경을 앞세우며 함께 있다. 둘은 분리되어 있지 않고 하나의 현존으로 섞여 있다. 있음은 항상 사유를 앞질러간다. 떠돎은 떠돌며 겪고 보는 일이다.

떠도는 자의 행로는 삵과 같은 야생 짐승의 동선을 닮는다. "내 입에는 날이 선 이빨이 가득 고여 / 입을 벌리면 한 마리 삵이 되어 / 눈 내린 험한 산을 떠돈다고 썼다".[삵] 삵-되기는 몸의 교환이 불러오는 현상이 아니라 내 몸이 삵의 내재성에 포획되는 것이다. 시인은 자주 삵이나 살쾡이 같은 동물에게 자아를 투사한다. 그것들은 자아이면서 자아의 안으로 들어올 수 없게 내쳐진 존재, 자아의 먼 변경이다. 이 방외인들은 근경과 원경 사이의 어디쯤에서 서성이고 헤맨다. 시인의 표현을 빌리자면 "꿈도 아닌 가난한 생의 저 밖을 헤매는" 것이다.

132) 우대식 시집, 『단검』, 실천문학사, 2008.

바라보는 눈과 바라보임을 당하는 "살쾡이 같았을 그대의 눈"은 상호 조응한다. 시인은 왜 삵과 살쾡이들을 불러오는가. 근경을 해독하기 위해 근경 저 너머를 불러내는 것이다. 모리스 메를로-퐁티가 말하는 "마음속의 이미지"들이 아닌가. 이것의 시적 효과는 뚜렷하다. "마음속의 이미지는 육체적 지표들에 의존하는 사유다. 마음속의 이미지는 육체적 지표에 의존하는 사유지만, 육체적 지표로 하여금 그것이 가리키는 것보다 많은 말을 하게 한다……."[133]

몸의 눈은 빛에 그 형상을 드러내는 것들만 보지만 마음의 눈은 볼 수 없는 저 너머의 것들을 보게 한다. 눈꺼풀이 덮이며 몸의 눈이 감길 때 마음의 눈은 비로소 열린다. 눈은 언제나 지금 여기의 것만을 보지만 마음의 눈은 시공의 제약을 뛰어넘는다. 마음의 눈은 꿈속에서 본 풍경들, 우주를 채운 정기精氣, 돌아가신 어머니, 헤어진 연인의 얼굴들, 그리고 별과 우주까지 바라본다. 눈의 독창성은 천부의 예술가들에게 공통적으로 나타나는 특성이다. 뛰어난 예술가들은 남들과 다르게 볼 뿐만 아니라 남들이 못 보는 저 너머까지 보는 자들이다. 놀라워라, 진정으로 보는 것은 시각의 범주가 아니다. 보는 것은 눈이 아니라 뇌다. 눈으로 받아들인 시각정보는 뇌의 전두엽으로 보내진다. 이 시각정보는 전두엽에서 걸러지고 60퍼센트만 인지된다. 그게 우리가 보는 것의 실상이다. 어떤 사물들은 눈으로 보지만 뇌에서 인지하지 못하기 때문에 못 본 것과 같다.

---

133) 모리스 메를로-퐁티, 『눈과 마음』, 김정아 옮김, 마음산책, 2008.

오전의 정적과 오후의 바람 사이에 무엇이 있는가.

불가역의 시간.

꽃이 성급히 피고 나무가 느리게 죽어가는 이유.

뭐, 그렇고 그런, 그러나,

일순 장엄해지는

찰나의 무의미.

혹은

무의미의 찰나.

— 심보선, 「먼지 혹은 폐허」[134] 일부

시인은 사물과 존재의 외재성이 "일순 장엄해지는" 찰나를 주목한다. 우리는 "찰나의 무의미" 속에서 발견되는 그 무엇이다. 우리는 찰나를 통해서 드러나는 물리-광학적 진실 이상도 아니요 그 이하도 아니다. 이쪽 "찰나의 무의미"는 저쪽 "무의미의 찰나"와 마주 보고 있다. 찰나들은 세계를 배회하며 도처에서 번쩍이며 그 존재를 드러냈다가 이내 사라진다. 어디에도 깊이는 없다. 있는 것은 찰나의 겹침들뿐이다. 사람들이 흠모하는 깊이라고 하는 미학적 범주는 사실은 아무것도 아닌지도 모른다. "내가 깊이라고 부르는 그것은 내가 제약 없는 모종의 큰 존재에 참여하는 것, 그중에서도, 모든 관점 너머에 있는 공간의 존재에 참여하는 것이다."[135]

134) 심보선 시집, 『슬픔이 없는 십오 초』, 문학과지성사, 2008.
135) 모리스 메를로-퐁티, 앞의 책.

"그대에게서 밤안개의 비린 향이 난다. 그대의 시선이 내 어깨 너머 어둠 속 내륙의 습지를 돌아와 내 눈동자에 이르나 보다. 그대는 말한다. 당신은 첫 페이지부터 파본인 가여운 책 한 권 같군요. 나는 수치심에 젖어 눈을 감는다. (중략) // 눈을 떴을 때 그대는 떠났는가, 떠나고 없는 그대여, 나는 다시 오랜 습관을 반복하듯 그대의 부재로 한층 깊어진 눈앞의 어둠을 응시한다. 순서대로라면, 흐느껴 울 차례이리라". 심보선, 「확률적인, 너무나 확률적인」 너는 나를 바라보는 그 눈길로 나를 훔친다. 네가 훔친 것은 "첫 페이지부터 파본인 가여운 책 한 권"이다. 너는 나를 훔치고 나를 떠난다. 내 앞에 남은 것은 "한층 깊어진 눈앞의 어둠"이다. 어둠은 모든 바라보는 눈길을 무력화시킨다. 어둠 속에서 눈은 보지 못한다. 볼 수 없는 어둠 속에서 눈이 할 수 있는 건 흐느껴 울 일뿐이다.

눈은 대상을 지각하는 감각기관이지만 빛이 없다면 무용지물이다. 보이는 것은 모두 빛 속에 있는 것이고, 보이지 않는 것은 어둠 속에 있는 것이다. 빛은 생명을 발아하게 하지만 어둠은 생명의 불모지대다. 단테가 베아트리체를 본 것도 빛이 있을 때다. 모든 베아트리체는 시선의 산물이다. 보지 않았다면 어떤 베아트리체도 존재할 수 없다. 다시는 너를 보지 않을 거야, 라는 말은 너를 향하는 마음을 끊겠다는 선언이다. 당신을 보지 않는 것과 당신을 향한 마음을 끊는 것은 동의어다. 사랑의 종말 선언이다. 그러므로 처음 본다는 것은 사랑의 시발점이다. 눈으로 그를 받아들이고 긍정하는 것, 그것은 본질에서 자기를 긍정하는 일이다. 대개의 경우 사랑하게 되면 자존감이 보통

이상으로 높아진다. 거꾸로 사랑을 잃은 사람은 자존감도 잃는다. 사랑하는 사람이 제 삶과 존재를 함부로 하는 것, 극단적으로는 저를 살해하는 것도 그런 까닭이다.

나는 바라보는 자지만, 동시에 타자의 눈에 비치는 대상이다. 이렇듯 시선은 상호적이다. 시선의 상호성은 타자의 관계에서 피할 수 없는 불가피한 숙명이다. 내가 당신을 보지 않는다면 당신은 내게 존재하지 않는 것과 마찬가지다. 내가 당신을 바라볼 때 비로소 당신은 존재한다. 내가 당신의 눈과 코와 입술과 이마를 하염없이 바라보는 것은 그것이 사라질까 두렵기 때문이다. 당신을 바라보는 내 눈길이 그토록 간절한 것은 당신이 사라질 것에 대비해서 드는 종신보험이다. 눈길은 사심私心, 관용의 빛, 의사소통의 기초, 사랑의 예광탄이다. 눈길의 마주침은 운명을 창조한다. 내가 당신을 보았기 때문에 비로소 사랑이 싹텄고, 당신이란 존재에게서 나오는 빛과 향기가 너무나 강렬해서 나는 귀먹고 눈이 먼다. "나는 향기로운 님의 말소리에 귀먹고 꽃다운 님의 얼굴에 눈멀었습니다."한용운 사랑의 눈길로 바라보면 누구라도 토파즈처럼 눈부신 빛이 난다.

보는 것은 곧 아는 것이다. 역사를 반추해볼 때 항상 보는 자는 승리자고, 지혜로운 사람이다. 반대로, 보지 못하는 자는 패배자고 어리석은 사람이다. 보지 못하는 자들은 기어코 함정을 피하지 못한다. 예수는 다음과 같이 말한 바 있다. "비유로 말씀하시되 소경이 소경을 인도할 수 있느냐. 둘이 다 구덩이에 빠지지 아니하겠느냐." 근친상간에 이르렀다는 사실을 깨닫고 오이디푸스는 제 눈을 찔러 스스로 장님이 된다. 눈을 찔러 보지 못하는 것은 거세와 같다. 생식능력을 잃는다면 생물 종으로서는 죽는 것과 마찬가지다. 눈을 잃는다는 것은 모든 것을 다 잃는다는 뜻이다.

당신이 무엇을 보았는지를 말해준다면 나는 당신이 어떤 사람인지를 말할 수 있다. 기억은 내가 살아온 삶의 역사고, 미래의 나를 만드는 질료다. 나는 기억이 낳고 기억이 기르는 아들이다. 눈으로 본 것의 전부가 기억의 총량이고, 당신은 그 기억의 총체다. 그러므로 당신은 곧 당신이 본 것들의 총체다. 진짜로 보는 것은 눈이 아니라 뇌고, 더 나아가 마음이라는 사실은 마음의 눈으로 세상을 봐야 할 중요한 이유다. 마음의 눈으로 보면 사막은 황량한 불모의 모래만이 아니라 그 밑 어딘가를 흐르는 푸른 물길도 보여줄 것이다. 마음의 눈으로 보는 자는 쓰레기 더미에서 한 떨기 장미를, 절망에서 한 줄기 희망을, 죽음에서조차 신생의 삶을 본다. 일찍이 한 시인은 전쟁의 포화로 찢겨 폐허가 되어버린 세상에서 이렇게 노래했다. "누이의 어깨 너머 / 누이의 수틀 속 꽃밭을 보듯 / 세상은 보자."<sup>서정주</sup> 시인은 누이의 어깨 너머 세상은 얼마나 아득하고 평화로울까. 누이의 어깨 너머 세상은 비극의 조무래기들이 분탕질하는 곳이 아니라 "수틀 속의 꽃밭"이라고 말한다. 세상을 긍정의 눈으로 보는 것은 이 세상을 더 환하게 만드는 일이다.

# 탈을 쓰고 탈끼리 놀다

## 1. 우리는 진실 안에서만 살 수 있는가?

양치기 소년이 늑대가 온다고 외친다. 늑대는 오지 않았다. 소년의 거 짓말은 그 뒤로 여러 차례 이어진다. 이번에는 진짜 늑대가 나타난다. 소년이 늑대가 온다고 외치지만 사람들은 그 말을 귀담아듣지 않았다. 이 동화는 거짓말이 초래하는 비극에 초점을 맞출 뿐 한 소년이 진실 을 외쳤다는 사실은 빠뜨린다. 우리는 '늑대'가 온다고 외치는 양치기 소년의 세상, 거짓말이 상습화된 세계에서 산다. 지혜로운 사람은 거 짓말 속에 묻힌 진실의 분별력을 잃지 않는다. 양치기 소년이 항상 거 짓말을 하는 것은 아니다.

거짓말이 나쁘다는 것쯤은 누구나 안다. 어려서부터 거짓말은 나 쁜 것이라고 귀에 못이 박이도록 들은 까닭이다. 거짓말은 참이나 사 실이 아닌 것을 참이나 사실이라고 말하는 것이다. 거짓말은 위선, 과장, 가짜, 사기, 협잡, 계략, 표절, 기만, 조작, 허위…… 등으로 세포분열한다. 위조품은 정품의 실체적 내용이 아니라 그 외장을 훔친다. 비슷함으로 위장하는 것이다. 그러므로 "비슷한 것은 가짜다."[정민] 담뱃갑에는 "건강을 위하여 지나친 흡연을 삼갑시다"라고 적혀 있다. 그 문구는 실체적 진실을 가린다는 점에서 거짓말이다. 그 참은 "담배는 건강에 해롭습니다"이다. 담배인삼공사가 담배가 건강에 해롭다는 사실을 모르고 두루뭉술한 말로 얼버무린 것이 아니다. 그렇게 실체적 진실을 가리고 거짓을 통해 얻는 것은 더 많은 경제적 이득이다. 권력과 돈이 있는 곳에서는 거짓말이 기생한다. 정치가들은 언제나 진실을 호도糊塗하고 끊임없이 본질에서 미끄러져 달아난다. 아마도 거짓말이 진실의 탈을 쓰고 큰소리를 치고, 참과 정의를 부르짖는 소리가 가장 시끄러운 데가 정치판일 것이다. 당연하다. 정의가 없는 곳에서 정의를 찾는 부르짖음이 일어나고, 진리가 없는 곳에서 진리에 대한 외침이 커지는 법이다.


탈이로다, 탈이야
구정부터 탈을 쓰고
탈끼리 놀다
오광대 별신굿
큰 집 울 밖에서
정신없이 뛰다
연말에 탈 벗으면

얼굴의 뒤꿈치도 보이지 않아

동네마다 기웃대며

자기 얼굴 찾다가

오기로 탈을 겹으로 쓰고

구설수 낀 주민들을 찾아볼거나

탈 면에 뜬 허한 웃음의 가장자리는

밤술의 공복으로 조심히 닦고.

— 황동규, 「정감록 주제에 의한 다섯 개의 변주 — 탈」

얼굴의 현전이 외시하는 것은 숨은 것의 표지다. 탈은 드러날 수밖에 없는 얼굴을 가린다. 얼굴은 타고난 바 존재의 실상을 가리키는 표지이자 기호다. 탈은 가면, 덧입은 얼굴, 속임수다. 모두들 탈을 쓰고 노는데, 저만 민얼굴로 있다면 민망한 일이다. 거짓의 탈, 거짓 웃음으로 진실을 가리고 살아야 했던 시절이 있었다. 황동규가 서른 해 전쯤에 쓴 이 시의 첫 구절 "탈이로다, 탈이야"는 중의적 울림을 갖는다. '탈'은 뜻이 두 겹인데, 즉 가면으로서의 탈과 '탈 나다' 할 때의 탈이다. 우리는 탈 난 세상을 탈을 쓰고 건너온다.

거짓말은 강고한 정의와, 회의가 없는 도덕에 더부살이를 한다. 거짓말은 실체적 진실과 비슷한 외피를 뒤집어쓰고, 모든 거짓의 존재태를 부정한다. 힘과 위세가 크면 클수록, 그 권위가 당당할수록 그 안에 깃든 거짓말의 위세도 커지는 법이다. 거짓말은 거짓 속에서 더 큰 힘을 얻고 위세는 굳세진다. "권세가의 얼굴, 플래카드, 아이콘, 사진을 통해 나타나는 정치적 권력"<sup>들뢰즈/가타리, 『천 개의 고원』</sup>을 떠올려보라. 거짓의 후광효과는 그런 것들 속에서 부풀고 커진다. 그들은 신문과 텔레비전을 이용하고, 영화와 인터넷과 같은 미디어로 이미지를 조작하고 거짓 이데올로기를 유포한다. 그 거짓 이데올로기는 기득권을 유지하고 강화한다. 반면에 힘없는 사람들의 진실은 너무나 작은 목소리이기 때문에 세상에 널리 알려지지 않는다. 대개의 경우 거짓말은 들뜸과 과장과 수다 속에서 활개를 치고, 진실은 금욕과 절제 속에서 오롯하게 빛을 발한다.

거짓말은 단순한 것을 복잡하게 만들며 참과 거짓, 사실과 사실 아닌 것 사이의 경계를 모호하게 만든다. 사람들은 그 경계 없음 속에서 참의 끈을 놓치고 길을 잃는다. "우리가 이 세상에 존재하는 한, 우리는 늘 어딘가에 있다. 멈춰 있든 달리고 있든, 발은 늘 어딘가에 있다. 마음은, 악명 높게도, 아무 곳에나 있을 수 있다."<sup>수전 손택, 『강조해야 할 것』</sup> 발은 한 곳, 단단한 땅을 딛고 있지만, 마음은 한 곳에 특정하지 못하고 "아무 곳"에나 있을 수 있다. 발이 딛고 있는 땅은 참이지만, 마음이 머무는 "아무 곳"은 참이 부재하는 곳이다. 그 "아무 곳"은 세상의 다른 이름이다. 세상은 거짓말이 편재하는 곳이고, 따라서 우리가 사는 세상은 "거짓의 성채"다. 이 세상에는 온갖 말들이 떠돈다. 진리의 부재를 품고 떠도는 이 말들에 우리는 현존을 걸쳐놓고 산다. 이 거짓의 세상에서 삶은 일그러지고 망가진다. 오직 거짓말의 발화주체만이 세상을 거짓말로 망가뜨리고 저만 망가지지 않는다고 생각한다. 시인은 일갈한다! "다들 망거질 때 망거지지 않는 놈은 망거진 놈뿐야."<sup>황동</sup>
규, 「돌을 주제로 한 다섯 번의 흔들림 ─ 1974년 여름」

## 2. 우리는 거짓말 속에서 조용히 미쳐간다

김수영은 죽은 뒤에 진화를 계속한다. 김수영 시의 유전자가 자기증식을 하는 과정에서 수없이 많은 유전자 변이를 만들어내기 때문이다. 이 유전자를 잇는 수많은 방계 혈통의 시인들이 한국문학을 풍요롭게 했다. 김수영 사후 40년은 그의 시가 사회적 진화를 거듭하는 세월이었다.

김수영은 1968년 6월 15일 밤 11시 10분께 술에 취해 집으로 돌아오다가 마포구 구수동 66번지 앞길에서 좌석버스에 치여 적십자병원으로 옮겼으나 이튿날 아침 8시 50분께 숨을 거두었다. 김수영이 돌연한 죽음을 맞은 것은 나이 47세 때다. 김수영은 "우리 문학 속의 가장 벅찬 젊음"<sup>유종호</sup>으로 남을 수 있었다. 김수영은 한국문학사 안에서 영원히 늙지 않는 47세. 시인이 죽었으니 진화의 바람은 그 자신에게서 비롯되지 않는다. 그의 시는 영원히 멈춰 있기에 진화의 "바람은 딴 데에서 오고" 있는 것이다. "졸열<sup>拙劣</sup>과 수치가 그들 자신을 반성하지 않는 것처럼 / 바람은 딴 데에서 오고 / 구원<sup>救援</sup>은 예기치 않은 순간에 오고 / 절망<sup>絶望</sup>은 끝까지 그 자신을 반성하지 않는다".<sup>절망</sup> 졸열과 수치로 뭉쳐진 생활은 더 이상 시인을 모독할 수가 없었다. 김수영은 죽어서 비로소 졸열과 수치로 얼룩진 소시민의 삶에서 자유롭게 된 사람이다.

1950년 한국전쟁 때 피난지에서 미팔군 수송관의 통역관과 선린상고의 영어교사를 잠깐 하고, 다시 1955년 평화신문 문화부 차장을 6개월 정도 하다가 그만둔 뒤로는 정식으로 직장을 가진 적이 없다. 영문 번역을 하거나 양계 따위를 하면서 생계를 이었다. 살림에 여유가 없었기 때문일까. 돈에 대한 그의 자의식은 유별난 데가 있었다. 돈 없음이 만든 수모들을 견디면서도, 짐짓 돈에 대해 초연한 태도를 보이는 세태가 우스웠다. 김수영은 돈 없음의 수모를 견디며 그 수모의 삶을 시의 재료로 삼는 시인의 삶을 '난센스'라고 재치있게 표현했다.

고리대금을 하는 소설가가 라디오 드라마를 써야 좋으냐는 질문을 한다. 순수한 문학의 길을 지키기 위해서 라디오 드라마를 쓰지 않으려고 고리대금을 하는 소설가가 새삼스럽게 라디오 드라마를 그래도 써야 하느냐는 질문을 한다. 그 질문을 고리대금을 하는 시인에게 한다. 그 질문에 대해서 고리대금을 하는 시인이 대답을 하려고 한다. 이미 대답이 나와 있는 대답을 하려고 한다. 이보다 더 큰 난센스도 드물 거라고 생각되는 이런 난센스를 우리들은 예사로 하고 있다.
— 김수영, 「금성라디오」 일부

생활에서 나오는 절박한 요구를 피할 수 없어 궁여지책으로 고리대금업을 하는 소설가가 "라디오 드라마를 써야 되느냐, 말아야 되느냐"는 고민을 갖고 시인에게 묻는다. 여기서 소설가가 누구고 시인이 누구인지는 중요하지 않다. 이미 소설가도 시인도 "난센스"의 상황 속에 처해 있는 피에로 같은 인물들이다. 김수영의 정직함은 이런 곤경과 수모의 상황들을 피하지 않고 투명하게 바라보려 한다는 점에서 드러난

411

다. 누에가 뽕잎을 갉아먹고 비단 실을 뱉어내듯이 김수영은 곤경과 수모의 생활을 삼키고 설움과 수치의 시들을 내뱉었다.

김수영은 번역 원고를 출판사에 넘긴 뒤에 밀린 번역료를 독촉하 곤 했다. 출판사 관계자는 그런 김수영에게 모욕적인 언사를 던지기도 했다. "당신은 번역 원고를 넘기기 무섭게 번역료 재촉을 해대니 당신 이 원고를 가져오면 우선 겁부터 난다." 번역료 지급을 독촉하는 김수 영을 비웃고 조롱한 이 출판사 관계자의 태도가 뻔뻔스러운 짓이라는 걸 인식하는 사람은 많지 않던 시대다. 몇 번씩이나 찾아가고 재촉해 서야 비로소 번역료를 내주는 출판사의 이런 관행에 타협하지 못한 탓 에 김수영은 치욕과 함께 설움에 잠겨야만 했다. 그는 왜 당당한 노동 의 대가를 요구하는 이런 태도가 비웃음의 대상이 되어야 하는지를 이 해할 수가 없었다. 그리고 번역료나 원고료를 받으면 동료 문인들이나 출판사 관계자들과 어울려 술을 마시는 데 써버리는 관행도 이해할 수 없었다. 김수영은 술값을 잘 내지 않는 사람으로 악명이 높았다. 와이 셔츠 호주머니에 들어 있는 돈이 비쳐 보이는데도 김수영은 시치미를 뗐다. 생활비로 써야 할 돈을 술 마시는 데 써버린다는 사실을 받아들 일 수 없었던 것이다. 돈에 유난히 솔직하고 당당한 태도를 가졌던 김 수영은 돈이 없어 쩔쩔매면서도 돈 얘기하기를 꺼리는 이 시대의 그릇 된 관행과 정직하지 못한 태도 때문에 남의 입에 오르내리고 손가락질 을 받는 현실을 인정할 수가 없었다.

김수영은 그런 현실의 관행들과 늘 불화하는 어린애였다. 그래서 일까, 김수영은 "나에게 방황할 시간을 다오"라고 외쳤다. "어른이 못

되는 나를 탓하는 / 구슬픈 어른들 / 나에게 방황할 시간을 다오".「장시長
詩·2」관습은 베일이고 탈이며, 덧옷이다. 김수영은 장구한 생활 속에서
관행의 이름으로 자행되어온 전근대적인 무례와 독선과 폭력에 맞서
싸우며 크고 작은 수모들을 견뎌야만 했다. 니체는 "모든 재능은 싸우
면서 만개해야 한다."고 했는데, 그 말은 김수영에게 딱 들어맞는 말이
다. 김수영의 싸움은 4·19혁명을 맞아 만개한다. 그의 삶도, 시도, 자
유에 대한 갈망도 꽃처럼 피어났다.

　　생전에 김수영이 낸 시집은 달랑 한 권이다. 1959년에 춘조사春潮
社에서 낸 『달나라의 장난』이 그것이다. 그가 지향한 것은 시적 절정,
그 피안의 삶이다. "아무래도 나는 비켜서 있다 절정絶頂 위에는 서 있
지 / 않고 암만해도 조금쯤 옆으로 비켜서 있다".「어느날 고궁을 나오면서」 그의
생활은 "시와는 반역反逆된 생활"이었다. 남과 마찬가지로 생활을 향락
하며 누리고 살고 싶었음에도, 또 한편으로 "외양만이라도 남과 같이
살아간다는 것"에 쑥스러워한 사람이다. 그는 야경꾼과 신문구독료를
받으러 오는 청년과 뚱뚱한 갈빗집 여주인과 싸운다. 김수영은 제 계
급적 정체성이 소시민이면서도 그 동일성의 범주에 묶이지 못한 자신
을 반성하며 크게 질타하곤 했다. "모래야 나는 얼마큼 적으냐 / 바람
아 먼지야 풀아 나는 얼마큼 적으냐 / 정말 얼마큼 적으냐……".「어느날 고
궁을 나오면서」 이게 바로 그 질타다. 자신을 향해 휘두르는 말의 채찍이다.


만약에 나라는 사람을 유심히 들여다본다고 하자
그러면 나는 내가 시와는 반역反逆된 생활을 하고 있다는 것을 알게 될

것이다.

먼 산정山頂에 서 있는 마음으로
나의 자식과 나의 아내와
그 주위에 놓인 잡스러운 물건들을 본다
(중략)
방 두간과 마루 한간과 말쑥한 부엌과 애처로운 처妻를 거느리고
외양만이라도 남과 같이 살아간다는 것이 이다지도 쑥스러울 수가 있
을까
시를 배반하고 사는 마음이여
자기의 나체裸體를 더듬어보고 살펴볼 수 없는 시인詩人처럼 비참한 사람
이 또 어디 있을까
— 김수영, 「구름의 파수병」 일부


김수영의 시들은 대상들을 현재진행형의 속도로 밀고 나간다. 그 움직
임은 자유의 이행이고, 창조적 충동이며, 딱딱한 관습을 뚫고 나아가
는 혁명의 몸짓이다. 움직임이란 살아 있는 것의 숙명이며, 무릇 살아
있는 것들의 피할 길 없는 본성에서 솟구치는 실존태다. 김수영은 그
실존태에서 약동하는 생명의 아름다움을 보았다.


비가 오고 있다
여보

414

## 움직이는 비애悲哀를 알고 있느냐

— 김수영, 「비」 일부

생전의 김수영을 한 번도 본 적이 없지만 나는 혼자서 그를 흠모하고 사숙私淑을 했다. 그는 너무 일찍 이 세상을 왔다 간 사람이다. 그는 선각이다. 그는 일찍이 시를 아는 것이 우주를 아는 것과 하나라는 사실을 깨달았다. "나는 아직까지도 '시를 안다는 것' 보다도 더 큰 재산을 모르오. 시를 안다는 것은 전부를 아는 것이기 때문이오. 그렇지 않소?"「저 하늘 열릴 때」, 1967

김수영 시집을 처음 읽을 때 「비」의 한 구절이 마음에 화살처럼 꽂혔다. 비와 비애의 음가音價가 겹쳐지는 찰나에 눈이 번쩍 뜨이는 경험을 했는데, 그것을 논리적으로 이해한 것은 한참 뒤다. 시의 화자는 구름에서 생긴 빗방울들이 하늘에서 땅으로 떨어지는 수직 하강의 역학으로 움직이는 비를 바라본다. 반면에 비애는 감정의 한 상태다. 굳이 말하자면 정적靜的인 그 무엇이다. 시인은 제 아내를 부르며 "움직이는 비애를 알고 있느냐"고 묻는다. 멈춘 것, 움직이지 않는 비애에 비의 운동성이 합쳐짐으로써 돌연 비애의 동학動學이 발생한다. 사물의 속성을 한순간에 바꿔버리는 상상력의 연금술이 놀랍다. 김수영은 아무런 운동성을 갖지 않은 정적인 것에 비의 운동성, 비의 속도를 부여한다. "비"라는 사물은 돌연 경계를 넘어 "움직이는 비애"라는 현존을 품는다. "비"가 대상의 세계에서 참된 실재라면 "움직이는 비애" 역시 참된 실재다. 이 시구는 범속한 사물들로 이루어진 대상세계가 참된 실재의 세계로 탈바꿈하는 한순간의 느낌을 적은 것이다. 시인은 음과 양이 하나로 포개지듯 움직이는 것과 움직이지 않는 것이 하나로 되는 찰나를 포착한다. 인식하는 주체와 대상 사이의 거리가 지워질 때 움직이는 "비"는 움직이지 않는 "비애"를 품고 떨어지는 그 무엇으로, "비"라는 보편다수의 존재자에서 "움직이는 비애"라는 일자 ＊, 혹은 초월자로, 그리고 중심은 사물에서 사건으로 옮겨간다.

　　움직이는 것에 유별나게 민감했던 김수영이 이 땅을 떠난 지도 어언 40년이다. 어른이 못 되는, 혹은 어른이 되길 거절한 김수영! 아아, 시대의 숙명을 뚫고 저 현실 너머 초현실의 나라로 가버린 김수영!


사람들은 내 말을 믿지 않는다
시평의 칭찬까지도 시집의 서문을 받은 사람까지도
내가 말한 정치의견을 믿지 않는다


봄은 오고 쥐새끼들이 총알만한 구멍의 조직을 만들고
풀이, 이름도 없는 낯익은 풀들이, 풀새끼들이
허물어진 담밑에서 사과껍질보다도 얇은


시멘트 기죽을 뚫고 일어나면 내 집과
나의 정신이 순간적으로 들렸다 놓인다
요는 정치의견이 맞지 않는 나라에는 못 산다

그러나 쥐구멍을 잠시 거짓말의 구멍이라고

바꾸어 생각해보자 내가 써준 시집의 서문을

믿지 않는 사람의 얼굴의 사마귀나 여드름을 ―


그 사람도 거짓말의 총알의 까맣고 빨간 흔적을 가진 사람이라고 ―

그래서 우리의 혼란을 승화시켜보자

그러나 그러나 그러나


일본말보다도 빨리 영어를 읽을 수 있게 된,

몇차례의 언어의 이민을 한 내가

우리말을 너무 잘해서 곤란하게 된 내가


지금 불란서 소설을 읽으면서 아직도 말하지

못한 한가지 말 ― 정치의견의 우리말이

생각이 안 난다 거짓말 거짓말


거짓말의 부피가 하늘을 덮는다 나는 눈을

가리고 변소에 갔다 온다

사람들은 내 말을 믿지 않고 내가 내 말을 안 믿는다


나는 아무것도 안 속였는데 모든 것을 속였다

이 죄에는 사과의 길이 없다 봄이 오고

쥐가 나돌고 풀이 솟는다 소리없이 소리없이

나는 한가지를 안 속이려고 모든 것을 속였다
이 죄의 여운에는 사과의 길이 없다 불란서에 가더라도
금방 불란서에 가더라도 금방 자유가 온다 해도
— 김수영, 「거짓말의 여운 속에서」

거짓말은 하늘에서 갑자기 떨어지는 게 아니다. 거짓말은 재료가 있어
야 하고, 발화하는 주체가 있어야 한다. 거짓말을 하는 자들은 재료들
을 뒤섞고 그럴 듯한 외장을 입힌다. 그런 다음에 세상에 내놓는다. 매
스미디어들은 그것을 퍼 나르고 증폭시킨다. 거짓말은 순식간에 세상
을 뒤덮는다. 오늘의 문화, 정치, 미디어들은 거짓말로 제 몸피를 키운
다. 김수영은 이미 반세기 전에 그 사실을 꿰뚫어보고 "거짓말의 부피
가 하늘을 덮는다"고 말한다. 시인은 "사람들은 내 말을 믿지 않는다"
고 탄식한다. 시인은 유리창과 같은 존재다. "부끄러움도 모르고 / 밝
은 빛만으로 너는 살아왔고 / 또 너는 살 것인데 / 투명의 대명사 같은
너의 몸을 / 지금 나는 은폐물같이 생각하고 / 기대고 앉아서 / 안도의
탄식을 짓는다 / 유리창이여 / 너는 언제부터 세상과 배를 대고 서기
시작했느냐". 「너는 언제부터 세상과 배를 대고 서기 시작했느냐」 거짓과 남루, 위선과 더러
움으로 얼룩진 세상을 투명하게 비추는 유리창이 뜻밖에도 그 세상과
배를 맞대고 있는 사물이라는 데 생각이 미친다. 한 점 먼지도 없이 깨
끗해서 "투명의 대명사"라는 이름을 얻은 유리창은 거짓과 혼란에 "배

를 대고" 그것에 연루되어 있다. 저를 유리창으로 알고 살아온 시인은 마침내 "나는 아무것도 안 속였는데 모든 것을 속였다"고 고백하기에 이른다. 이 구절은 다음 연에서 "나는 한가지를 안 속이려고 모든 것을 속였다"라고 변주된다. 시인이 끝끝내 안 속인 한 가지는 시고, 속인 모든 것은 생활 그 자체, 삶 그 자체다. 그러므로 생활은 "시와는 반역 反逆된 생활"「구름의 파수병」이다. 시인은 시를 배반하는 생활 속에 있음을 부끄러워하며 슬퍼한다. 한 걸음 더 나아가 거짓과 허위의 생활 속에서 조용히 미쳐간다고 고백한다. "생활은 고절孤絶이며 / 비애이었다 / 그처럼 나는 조용히 미쳐간다 / 조용히 조용히……"「생활」

## 3. 시뮬라크르의 세계 속에서:
### 거짓은 참을 반영하고, 참을 대신한다

우리는 "깨진 거울"의 사회에 산다. 거울이 온전했다면 총체적 진실을 비출 수 있겠지만 깨져버렸기 때문에 파편화된 진실만을 비출 수 있다. 깨진 거울의 세계에서는 거짓말이 기생할 수 있는 여지가 생겨난다. 전체로서의 진리가 사라진 사회에서 그 빈자리를 쪼개진 진실이 차지한다. 파편화된 것들의 사이에서 무수하게 발호하는 거짓말이 그 진실을 압도한다. 신승철의 장편소설 『크레타 사람들은 거짓말을 하지 않는다』책세상, 2002는 그 사실을 하나의 우화로서 보여준다. 이 장편소설은 거짓말의 발생과 유통, 존재방식에 초점을 맞춘다. 이 소설을 읽으며 보드리야르가 말하는 '시뮬라크르'를 떠올리지 않을 수 없다. 첫째, 복제 (거짓)는 실재(참)를 반영한다. 둘째, 복제는 실재의 형질을 바꾼다. 셋째, 복제는 실재의 부재를 감춘다. 넷째, 복제는 실재의 존재를 부정한다. 다섯째, 실재가 부재하는 곳에서 복제는 실재를 대신한다. 이게 바로 '시뮬라크르'다. 포스트모던 사회는 실재보다 더 실재 같은 복제, 진짜 보다 더 진짜 같은 가짜, 즉 시뮬라크르들의 세상이다.

신승철의 소설은 오늘의 현실에서 충분한 개연성을 가진, 사회적 위계에서 힘 있는 자가 힘없는 자의 성을 희롱한 서사를 담는다. 성희 롱의 가해자와 피해자 사이에 벌어지는 말의 공방에서 어느 쪽에서 진실을 담보하고 있느냐, 하는 내용은 평이하다면 평이하다고 할 수 있겠으나 그걸 드러내는 형식은 실험적이다. 기왕의 소설들이 따르는 서사의 문법을 해체하고, 공문서들을 교차 나열하며 이야기를 끌어가는 형식은 낯설다. 교수가 제자를 성희롱하는 사건이 일어난다. 소설은 그 사건을 둘러싸고 여러 입장이 공론화되는 과정을 따라간다. 줄거리도 없고, 줄거리를 이어가는 지문도 나타나지 않는다. 집단이나 개인이 내놓은 탄원서, 해명서, 일기, 면담기록, 보고서, 감정서들이 이어질 뿐이다. 누군가 거짓말을 하고 있는 것은 분명한데, 여러 입장이 서로 뒤얽히면서 거짓과 진실, 가해자와 피해자들 사이의 경계는 모호해진다. 거짓은 교묘하게 분식<sup>粉飾</sup>되고, 진실은 왜곡되면서 서로 상반하는 말들이 제가 진실이라고 우긴다.

작가는 거짓이 어떤 재료들로 만들어지는지를, 그리고 그것이 유포되는 과정에서 거짓의 현실태는 진실로 진화하고 진실의 현실태는 거짓으로 퇴행할 수도 있음을 보여준다. 작가는 서사의 진행에 끼어들지 않고 메마른 공문서들을 있는 그대로 노출하는 형식을 취한다. 그런 낯선 서사양식으로 드러나는 것은, 거짓과 진실의 게임에서 거짓이 언제나 거짓은 아니고 진실이 항상 진실은 아니라는 것, 그 반대로 거짓일수록 진실에 비슷한 외장과 논리를 갖는다는 것, 진실은 스스로 진실됨을 입증해내지 못할 때 거짓보다 더 나쁜 수렁으로 빠질 수 있다는 것, 그런 뒤섞임 속에서 진실이 항상 거짓의 정체를 폭로하고 이기는 것은 아니라는 것, 그리고 사람들의 허위와 기만, 폭력성과 광기다.

미셸 푸코는 『권력과 지식』에서 " '진실'은 담론의 생산·통제·분배·유포·운용을 위한 질서정연한 절차의 세계로 이해되어야 한다. '진실'은 자신을 생산해내고 유지시키는 권력체계와 관계한다."고 말한다. 실체적 '진실'은 있는 그대로의 사실세계에서 나오는 것이 아니라 그것이 있도록 허용한 권력의 담론체계에서 가공된다는 것이다. 거짓말이 상습화된 세계에서는 더 많은 '진실'들은 거짓들에 의해 해석되고 가공된 다음에 일반에게 알려진다. '진실'들이 권력체계의 담론 생산구조 안에서 미세한 조정을 통해 허위로 조작되는 일은 드물지 않다. 한 과학자의 실험조작 사태나 한 대학교수의 학력위조로 불거진 이 사회의 갖가지 해프닝들에서 깨닫는 것은 '진실'에 이르는 길이 아주 험난하다는 점이다.

우리는 거짓 한 점 없이 진실 안에서만 살 수 있는가? 이는 불가능하다. 차라리 우리는 거짓 안에서 살 수 있는가, 라고 물음을 바꾸어야 한다. 우리는 진실만을 숨 쉬고 살 수 없다. 참말과 거짓말은 길항

작용을 하며 그 형질을 뒤섞는다. 우리는 이미 참과 거짓, 실재와 복제가 스미고 섞여 경계가 모호한 채 공존하는 시뮬라크르가 활개를 치는 디지털 세상 속으로 깊이 들어와 있다.

## 4. 진실은 저 너머에 있다!

참이라고 믿고 있는 것은 모두 거짓이라는 충격적인 가설을 영상으로 옮긴 게 영화 〈매트릭스〉1999다. 서양 감독과 배우들, 서양 자본에 의해 만들어진 이 영화는 놀랍게도 불교철학적 사유를 보여준다. 이 영화는 모든 실재는 변하며諸行無常, 자아는 없다諸法無我고 말한다. 참과 거짓의 경계가 사라진 마당에 그걸 따지는 것은 아무 뜻도 없다. 시뮬라크르가 실재를 대신하는 세계에서 참은 실재로, 거짓은 '잉여 이미지'로 대체된다. 꿈의 세계, 가상의 세계에서 실재란 없는 것, 혹은 "두뇌가 해석하는 전자 신호"에 지나지 않는다. 이 전자 인공낙원에서는 실재의 스테이크보다 가상의 스테이크가 훨씬 부드럽고 맛있다. 사람의 경험과 지각은 신경기관이 해석한 자극에 불과하다. 실재는 없거나, 있다 하더라도 아무 뜻도 갖지 못한다. 한마디로 매트릭스는 불교에서 말하는 공空에 가까운 세계다. 실재는 여기에 없다. 따라서 진실은 저 너머에 있다! 여기서 진실을 찾으려고 하지 마라. 문학은 참과 거짓을 분별하지 않는다. 그것을 분별하는 것은 도덕에 기대 살아야 하는 사람들이다. 문학은 그것을 징후로서 드러내 보일 뿐이다.

## 5. 탈현대 문학:

### 보이는 대로 믿지 마라, 보이는 것 너머를 보라!

백남준의 "예술은 고등 사기다!"라는 외침이나, 피카소의 "예술이란 우리에게 진실을 일깨워주는 거짓말"이라는 언급은 한 맥락에서 나온 말이다. 문학은 거짓의 몸을 빌려 참을 수태한다. 세상이 타락했다면 타락을 물리치는 것이 아니라 그 타락의 방식으로 본디의 삶이 나가야 할 전망을 구하는 게 문학이다. 사르트르의 「구토」에서 주인공 로캉탱은 자신을 둘러싼 세계가 갑자기 진실을 드러내 보이자 구역질을 느끼고 분노한다. 로캉탱의 지각知覺은 투명하다. 그 지각의 투명성 속에서 세계를 바라본다. "아무것도 진실로 보이지 않는다. 나는 금방이라도 누가 치워버릴 것 같은 모조지로 만든 무대 배경에 둘러싸여 있는 것처럼 느껴진다." 로캉탱은 저를 둘러싼 표면의 세계가 참이 없는 거짓과 기만의 세계라는 걸 깨닫는다. 그러나 막상 "세계, 벌거벗은 세계가 갑자기 그 자신"을 드러내자 로캉탱은 분노로 숨이 막힌다. "나는 이 저열한 혼란을 증오한다. (존재가) 오르고 올라 하늘처럼 높게 올라간다. 모든 것을 그것의 아교질의 미끄러움으로 가득 채우며…… 나는 이러한 구역질나고 부조리한 존재에 대한 분노로 숨이 막힌다."[136]

근대 문학은 참과 진실을 구하기 위해 거짓말을 차용한다. 놀라지 마라, 근대적 의미의 문학은 그 시원이 지어낸 이야기, 허구, 거짓

---

136) 사르트르, 「구토」. 여기서는 슬라보예 지젝 외, 『매트릭스로 철학하기』(이운경 옮김, 한문화, 2003)에서 재인용.

말이다. 탈현대 문학은 그 지형이 크게 바뀌었다. 이야기에서 현존과 실재의 탐구로, 다시 시뮬라크르로 넘어간다. 탈현대 문학은 실재의 지평이 아니라 시뮬라크르라는 신기루에서 제 근거를 찾는다. 탈현대 문학은 우리에게 명령한다, 보이는 대로 믿지 마라, 보이는 것 너머를 보라! 문학은 실재 속에 없다. 실재의 너머, 그 징후들을 보라!

# 천상병에게 장미꽃을

## 1. "요놈 요놈 요 이쁜 놈!"

천상병[1930-1993]은 1930년 일본 효고의 히메지에서 태어나 살다가 해방을 맞아 고국으로 돌아온다. 마산중학교 3학년에 편입한 그는 매우 조숙한 천재의 면모를 보였는데, 그게 한 교사의 눈에 띄었다. 그 교사가 바로 시인 김춘수다. 아직 스물이 되기 전인 1949년 천상병은 김춘수의 추천으로 시 「강물」 등을 『문예』에 발표한다. 곧 6·25가 터지고 전란 초기에 미군 통역관으로 6개월 동안 근무한 그는 1951년 봄 서울대학교 상과대학에 입학한다. 이 무렵 송영택·김재섭 등과 동인지 『처녀지』를 발간하고, 『문예』에 「나는 거부하고 저항할 것이다」라는 평론을 내놓으며 시작[詩作]과 함께 비평 활동도 겸한다. 천상병은 1952년 『문예』에 시 「갈매기」로 완료 추천을 받으며 정식으로 문단에 나온다. 1954년 그는 서울대학교 상과대학을 그만두고 『현대문학』에 월평을 쓰고 번역에 나서기도 한다. 그러다가 1964년부터 2년 동안 부산 시장의 공보비서로 일하는데, 이것이 처음이자 마지막 직장생활인 셈이다. 1967년에 어이없게도 '동백림 사건'에 연루되어 옥고를 치른 그는 죽을 때까지 다른 직업 없이 오직 시인으로 살아간다.

천상병은 이 세계를 향해 "요놈 요놈 요 이쁜 놈!"이라고 외치며 경탄한 유일한 시인이다. 대상의 세계를 어여삐 여기고 그것을 향해 뻗치는 사랑을 드러낸다. 대상을 작고 어린 것으로 바라본다는 것은 이미 주체를 그 대상에 견주어 훨씬 크고 인지가 넓은 존재로 인식한다는 걸 뜻한다. 대상세계 앞에서 "영 터무니없이 초대인적超大人的"인 존재가 되어버리는 게 바로 시인이 아닐까. "꽃이 하등 이런 꼬락서니로 필 게 뭐람 / 아름답기 짝이 없고 상냥하고 소리 없고 / 영 터무니없이 초대인적이기도 하구나. // 현명한 인간도 웬만큼 해서는 당하지 못하리니⋯⋯ / 어떤 절색황후께서도 되려 부끄러워했을 것이다."「꽃의 위치에 대하여」 천상병은 꽃에서 그 초대인의 존재를 본다. "현명한 인간도 웬만큼 해서는 당하지 못하"는 그 초대인이 "요놈 요놈 요 이쁜 놈!" 한다. 대상은 타자, 세계, 우주고, 그 안은 무수한 생명들로 가득 차 있다. 주체는 바라보는 자라면 대상은 바라보임을 당하는 객체다. "요놈 요놈 요 이쁜 놈!"은 엄마가 제 아기에 대한 치미는 사랑을 주체하지 못해 내뱉는 탄성이다. 아기는 생성하는 생명의 모든 어여쁨을 그대로 타고난 존재다. "요놈 요놈 요 이쁜 놈!"은 그야말로 최고의 어여쁨 그 자체로 현신한 생명을 향한 넘치는 예찬이다. "요놈 요놈 요 이쁜 놈!"은 모든 생명 가진 것, 가엾은 것, 외로운 것, 여린 것을 보듬으며 그것의 생명됨, 가엾음, 외로움, 여림을 아무 조건도 없이 긍정하는 태도다.


## 2. "누가 나에게 집을 사주지 않겠는가?"

천상병은 비운 사람이다. 비움으로 자발적 가난에 들고, 자발적인 것이었기에 가난을 원망하지 않았다. 그렇다면 천상병은 돈에 관심이 없었을까? 두 편의 시를 보겠다. "나도 땅을 가지고 싶다. / 내가 좋아하는 민병하 선생님도 / 수원 근처에 오천 평이나 가졌는데…… // 싼 땅이라도 좋으니 / 한 평이라도 땅을 가지고 싶다. / 땅을 가졌다는 것은 얼마나 좋으랴…… // 땅을 가지고 싶지만, / 돈이 있어야 한다. / 돈을 많이 벌어야겠다. // 땅을 가지고 있으면, / 초목을 가꾸고, / 꽃을 심겠다."「땅」 "누가 나에게 집을 사주지 않겠는가? 하늘을 우러러 목 터지게 외친다. 들려다오 세계가 끝날 때까지…… 나는 결혼식을 몇 주 전에 마쳤으니 어찌 이렇게 부르짖지 못하겠는가? 천상의 하나님은 미소로 들을 게다. 불란서의 아르튀르 랭보 시인은 영국의 런던에서 짤막한 신문광고를 냈다. 누가 나를 남쪽 나라로 데려가지 않겠는가. 어떤 선장이 이것을 보고, 쾌히 상선에 실어 남쪽 나라로 실어주었다. 그러니 거인처럼 부르짖는다. 집은 보물이다. 전세계가 허물어져도 내 집은 남겠다……"「내 집」 아하, 천상병 시인도 땅과 집과 돈을 바랐다. 땅을 바란 것은 그 땅에 초목을 가꾸고 꽃을 심기 위함이었다. 돈을 바란 것은 호의호식하기 위해서가 아니라 바로 그런 땅을 사기 위해서였다. 집을 바란 것은 결혼해서 식구가 생겼기 때문이다. 천상병이 "나도 땅을 가지고 싶다."거나 "누가 나에게 집을 사주지 않겠는가?"라고 외칠 때 역설적으로 그의 무욕함이 숨김없이 드러난다. 욕망의 임계점까지 질주하는 현대인들의 눈에 무욕과 무위자연의 경지에서 노닌 그는 다소 이상하고 신기한 사람이다.

천상병은 방외인이다. 누가 방외로 내친 것이 아니라 그 스스로 방외에 처했다. 그는 무욕했기 때문에 안을 넘보지 않고 바깥세상에서 천하를 주유周遊하며 사는 걸 기쁨과 보람으로 삼은 사람이다. 천상병은 "짚신을 머리에 이고" 걷는 사람,[137) 그 존재 자체가 바깥이었던 사람이다. 안을 넘보지 않고 바깥의 존재됨을 자족하고 살았던 점에서도 천상병은 노자나 장자와 닮은 사람이다. 장자가 지혜롭다는 소문을 듣고 위왕은 그를 재상에 앉히고 싶어했다. 장자는 차라리 진흙 속에 살지언정 나랏일에 매여 속박당하고 싶지 않다고 위왕의 제안을 거절한다. 칠원리漆園吏라는 말단관직에 만족하며 초야에 은둔하여 가난을 낙으로 삼고 살았던 철학자 장자와 마찬가지로 천상병은 재산도 없고 자식도 남기지 않고 간 사람이다. 마치 바람이 왔다 가듯 이 세상에 왔다가 홀연히 사라졌다.

---

137) 선불교의 유명한 일화 중 하나다. 젊은 스님들이 여럿 모여 참선을 하는 중에 어디선가 새끼 고양이가 뛰어나왔다. 스님들이 저마다 제 고양이라고 우기며 시비가 붙었다. 큰스님이 "누구든 내 앞에 도를 내보이면 고양이를 살릴 것이요, 그렇지 못하면 고양이를 베어버릴 것이다." 했다. 아무도 큰스님 앞에 나서서 말하는 자가 없었다. 큰스님은 가차없이 고양이를 베어버렸다. 밖에 나갔다가 돌아온 조주趙州 스님이 큰스님에게 낮에 있었던 이 일에 관해 전해 듣고는 아무 말도 않고 짚신을 머리에 이고 맨발로 걸어 나갔다. 큰스님은 이런 조주 스님을 보고 말했다. "네가 있었더라면 고양이를 죽이지 않아도 되었을 것을."

## 3. "가난은 내 직업"

천상병은 생명, 가난, 무욕함, 비움을 예찬하는데, 이는 노장사상과 일맥상통한다. 천상병은 무엇보다도 가난을 자주 노래한다. 일정한 직업 없이 떠돌던 그에게 가난은 피할 수 없는 것이고, 어쩌면 자연스런 일로 받아들여졌을지 모른다. 오죽하면 "가난은 내 직업"이라고까지 노래했을까. "아버지 어머니는 / 고향 산소에 있고 // 외톨박이 나는 / 서울에 있고 // 형과 누이들은 / 부산에 있는데, // 여비가 없으니 / 가지 못한다. // 저승 가는 데도 / 여비가 든다면 // 나는 영영 / 가지도 못하나? // 생각노니, 아, / 인생은 얼마나 깊은 것인가."「소릉조<sup>小陵調</sup>」 여비가 없어 고향에 영영 가지 못한다고 한다. 이 정도라면 궁핍이 시인의 몸과 마음을 틀림없이 옥죄었으련만 「소릉조」의 어디에도 그 흔적은 나타나지 않는다. 천상병에게 가난은 무기력과 무능력의 결과가 아니라 "의식적으로 성찰된 실천"<sup>미셸 푸코</sup>이다. 대개의 사람들은 가난 앞에서 비굴하거나 전전긍긍하지만, 천상병 시인에게는 어디에도 그런 모습이 없다. 그저 가볍게 "저승 가는 데도 여비가 든다면 나는 영영 가지도 못하나?" 하고 한갓진 걱정을 늘어놓을 뿐이다. 시인은 가난에 불만을 갖거나 원한을 품지 않는다. 오히려 가난이 주는 조촐한 지복을 즐긴다. 그래서 가난의 고통과 힘을 동시에 체득한 시인은 "인생은 얼마나 깊은 것인가." 하고 삶의 신비에 경이감을 나타낸다.

"오늘 아침을 다소 행복하다고 생각는 것은, / 한 잔 커피와 갑 속의 두둑한 담배, / 해장을 하고도 버스값이 남았다는 것. / 오늘 아침을 다소 서럽다고 생각는 것은 / 잔돈 몇 푼에 조금도 부족이 없어도 / 내일 아침 일도 걱정해야 하기 때문이다. / 가난은 내 직업이지만 / 비쳐오는 이 햇빛에 떳떳할 수가 있는 것은 / 이 햇빛에도 예금 통장은 없을 테니까…… / 나의 과거와 미래 / 사랑하는 내 아들딸들아, / 내 무덤가 무성한 풀잎으로 때론 와서 / 괴로왔음 그런 대로 산 인생 여기 잠들다. 라고, / 씽씽 바람 불어라……" 「나의 가난은」 이 무욕함은 도대체 어디에서 오는 것인가? 무욕함은 물질의 얽매임에서 풀려나는 자유를 주고, 있는 것에 자족하는 기쁨을 준다. 이는 욕망의 비움에서 나온다. 가난은 비참이나 불행, 원한이나 분노의 감정이 아니라 오히려 자족하는 마음을 갖게 하고, 조촐한 행복의 조건들을 투명한 눈으로 바라보게 한다. 이런 마음을 지니고 살면, 욕심에 눈이 어두워 작은 것의 귀함과 무상으로 주어지는 행복의 조건들을 놓치는 일은 없을 것이다. 이렇게 가난은 시인의 내면에 "괴로왔음 그런대로 산 인생 여기 잠들다."라고 말할 수 있는 넉넉한 낙관주의를 만들어내는 정신적인 덕성이다.

장자는 '빈 배'라는 우화를 통해 비움의 가치를 말한다. "마침 배로 황허를 건너는데 빈 배가 다가와 내 배를 부딪친다면 아무리 성질이 급한 사람이라도 성내지 않을 것이다. 그러나 배에 한 사람이라도 있었다면 소리치며 밀고 당기고 했을 것이다. 한 번 불러서 듣지 않으면 두 번 부르고, 그래도 듣지 않아 세 번째 부를 때는 반드시 악담이 따를 것이다. 앞서는 노하지 않았는데 지금은 노하는 것은 앞서는 배가 비었고 지금은 배가 찼기 때문이다. 사람이 능히 자기를 비우고 세상에 노닐면 그 누가 그를 해칠 것인가?"『장자』,「산목」 비움은 물결 따라 흔들리며 흘러가는 빈 배와 같이 유유자적하는 것, 자유로움 속에 저를 놔두는 것이다. 뭔가를 억지로 하는 것, 인위적으로 꾸미는 것에서 벗어나 저절로 그러함 속에 저를 맡기는 것이다. 배고플 때 밥 먹고, 쉬고 싶을 때 쉬며, 일하고 싶을 때 일하는 것이다. 천상병은 비움을 통해 그런 유유자적에 이르고 무욕을 희롱하며 산 시인이다. 지혜가 지극한 경지에 이른 사람만이 비로소 비움에 들 수가 있다.

"옛 사람들 중에 지혜가 지극한 경지에 이른 이들이 있었다. 얼마나 깊은 경지에 이르렀을까? 아직 사물이 생겨나기 전의 상태를 아는 사람이 있었다. 이것은 지극하고 완전한 경지로, 더 이상 덧붙일 것이 없다. 그다음은 사물이 생겨나긴 했으나 거기에 아직 경계가 없던 상태를 아는 사람이 없었다. 그다음은 사물에 구별은 있으나 아직 옳고 그름이 없던 상태를 아는 사람이 있었다. 옳고 그름을 따지면 도道가 허물어진다. 도가 허물어지면 욕망이 생겨난다. 그러나 이루고 허물어지는 것이 과연 있는 것일까? 이룸과 허물어짐이라는 것이 따로 없는 것 아닐까?"『장자』,「제물론」 비움은 허심虛心으로 사는 것이며, 무아無我의 경지에서 노니는 것이다. 허심의 가장 높은 단계는 태허太虛다. 태허 속에서는 오로지 하늘이 낸 이理로써 이루어진 것들만 통용된다. 이 경지에서는 모든 소리가 하늘의 화음을 가진 피리소리를 낸다.

## 4. "나는 낮잠자기에 일심 $^{一心}$ 이다."

천상병은 그 어떤 시인보다 노장사상을 체화한 시인이다. 그가 노장사상에 얼마나 깊이 닿았는지는 정확하게 알지 못한다. 다만 그의 독서 범주가 야스퍼스와 헤겔과 같은 서양 철학자들에서 동양의 노장까지 꽤 광범위했을 것으로 추정해볼 따름이다. "노자를 비롯하여 도학자들과 그 제자들은. / 비로소 그 도학자들은 그 술법을 가르쳤는지라. / 중화 $^{中華}$ 의 여러 백성들은 / 일깨우침이 다대 $^{多大}$ 하였는지라. / 평태평 $^{平太平}$ 이 간간이 장구하였노라."「역易」라는 시는 노장을 직접적으로 언급한 시인데, 미루어 짐작하건대 천상병은 노자와 장자 등을 읽었으리라. "나는 낮잠자기에 일심 $^{一心}$ 이다. / 꿈에서 메시지를 번역하고, / 용이 한 마리, 나비가 된다."「수락산 하변」를 보면, 낮잠을 자다가 꾼 꿈에서 나비로 변신한다는 이 구절은 분명 장자의 호접몽을 염두에 두고 쓴 것이 틀림없다. 시인은 꿈에서 용으로, 용에서 다시 나비로 변신을 거듭한다. 시인이 "낮잠자기에 일심"인 까닭은 그 자유자재의 변신이 흥미 있기 때문이다. 장자의 나비-되기는 사람/나비의 경계를 가로질러 경계 없음의 세계에서 무위 $^{無爲}$ 를 희롱하며 사는 지극한 경지를 은유한다. 나비-되기는 꿈이며, 꿈 너머의 삶에 대한 희구를 겹으로 드러낸다. 도의 세계는 만물제동 $^{萬物齊同}$ 의 세계다. 꿈이 현실이요 현실도 꿈이니 둘 사이의 분별과 경계가 없으므로 무릇 대소, 미추, 선악, 시비를 분간하는 일은 아무 의미가 없다. 그렇게 천상병은 「수락산 하변」을 통해 꿈속에서 종의 경계를 넘나들며 자유를 향유하는 기쁨을 노래한다.

## 5. "하늘을 안고 바다를 품고"

"길은 막힌 데가 없구나 / 가로막는 벽도 없고 / 하늘만이 푸르고 벗이고 / 하늘만이 길을 인도한다. / 그러니 / 길은 영원하다."「길」라는 시 역시 막히고 눌린 데 없이 하늘의 뜻에 따라 사는 삶에 대한 예찬이다. 영원한 길이란 무엇이겠는가? 삶과 죽음의 경계에서 벗어남이 아니겠는가. 이것은 노자와 장자가 말하는 도의 항구성, 영원성과 통한다.

"하늘을 안고, / 바다를 품고, / 한 모금 담배를 빤다. // 하늘을 안고, / 바다를 품고, / 한 모금 물을 마신다. // 누군가 앉았다 간 자리 / 우물가, 꽁초 토막……"「크레이지 배가본드」을 보면, 한 모금의 담배를 빨고 한 모금의 물을 마시는 사소한 행위를 하면서도 내면으로는 하늘과 바다와 같이 광대한 것을 안고 품은 큰사람의 면모를 드러낸다. 물론 이것은 삶의 시시함과 하찮음 속에서도 거기에 굴하지 않고 큰 뜻을 품고 사는 이의 고적을 말해준다. 실존을 옥죄는 궁핍한 현실 속에서도 대의를 품은 시인과, 광대한 우주로 붕이라는 상상의 새를 날게 하는 장자는 서로 통한다.

"오늘만의 밤은 없었어도 / 달은 떴고 / 별은 반짝였다. // 괴로움만의 날은 없어도 / 해는 다시 떠오르고 / 아침은 열렸다. // 무심만이 내가 아니라도 / 탁자 위 컵에 꽂힌 / 한 송이 국화꽃으로 / 나는 빛난다!"「국화꽃」'나'에게 "탁자 위 컵에 꽂힌 / 한 송이 국화꽃"의 은유가 씌워지면서 돌연 구체적으로 그 크기와 위치를 드러낸다. 달과 별이 뜨는 우주에 견주어 '나'는 너무나도 작고 작다. 우주 속에서 제 존재의 위치를 정관釘觀하는 시인의 의식은 투명하기 그지없다. 그렇다고 자아의 미소微小함을 감싸고 있는 우주가 위압적인 것은 아니다. 무욕과 해탈에 이르면 크기의 분별은 뜻이 없다. 밤하늘에 뜬 별의 반짝임과, 탁자 위에 놓인 국화꽃의 빛남은 대등하게 서로의 존재를 비추며 조응한다.

큰 것과의 대조 속에서 존재의 작음을 드러내는 수법은 천상병이 자주 구사하던 기교다. '나', 그리고 '나'와 수평에 있는 사물들은 대체로 작다. 반면 하늘과 바다, 너른 들, 우주는 크다. 작은 것들은 큰 것들의 품에 안겨 있을 때 평화롭다. 이게 만물의 조화다. 만물의 조화는 초연한 관조의 시선으로 전체적 조망 속에서 바라볼 때 그 모습을 드러낸다. 다음과 같은 시도 그 좋은 예다. "냇물은 흘러서 바다로 간다. / 바다는 거의 맘먹을 수 없을 만큼 넓고 크다. // 이 큰 바다에는 쉼 없이 플랑크톤이 있고, / 이 플랑크톤을 습격하는 고기들, / 그 고기들이 많은 곳이다. / 내일은 풍어기를 맞는 배의 대군이 / 하릴없이 나다닐 것이다."「바다」 이 시에서도 바다라는 광대무변한 것에 견주어 냇물과 플랑크톤의 작음은 여실하게 드러난다. 제가 처한 현실로 볼 때 분명히 작은 것에 속하지만 천상병의 의식은 그 무엇으로도 제약할 수 없는 큰 것이었다. 대붕과 같이 큰 의식은 거기에 걸맞은 무한자유를 누렸다. 작은 물고기는 작음의 제약으로 변신이 불가능하기 때문에 작은 물고기로 살지만, 큰 물고기는 북명의 곤이 붕으로 변신하듯 자유자재의 삶을 누린다.

노자는 "큰 모양에는 형태가 없다."고 했고, 장자는 "작은 것과 큰 것에는 차이가 있다."고 했다. 노자가 큰 것이 작은 것이고 작은 것이 곧 큰 것이라고 한다면, 장자는 큰 것은 큰 것이고 작은 것은 작은 것이라고 한다. 노자가 큰 것과 작은 것이 본질에서 차이가 없음을 보았다면, 장자는 큰 것과 작은 것에 차이가 있고 그 차이가 각각의 삶을 다르게 제약하며 각각의 삶을 다른 것으로 만든다고 보았다. 큰 것은 작은 것의 구속과 제약을 벗어나 자유를 얻는다. 작은 것은 그 작음의 제약 아래에서 살아갈 수밖에 없다. 그것이 작은 것의 숙명이다. 플랑크톤이나 작은 물고기는 바다에서 저보다 큰 것에 잡아먹힌다. 그러니 작은 것들은 큰 것에 잡아먹힐 수밖에 없는 먹이사슬이라는 엄연한 현실 속에서 제 생명을 보존하고 삶을 이어가기 위해서는 작은 것들에 맞는 현실적인 처세를 따를 수밖에 없다.


## 6. "그렇게 우는 한 마리 새"

"이 새벽에 다람쥐는 왜 일찍 깨어나는가 ─ / 엄마꿈을 꾸다가 불시에 깨어난 게 아닐까? / 계곡 가에 있는 것은 세수생각 때문이 아닐까? // 옆의 아내 말을 따르면, / 다람쥐는 알밤과 도토리를 잘 먹는다는데, / 그건 식량으로서가 아니라 진미로서가 아닐까? // 나뭇가지를 빨리 가는 동태는, / 무구한 작란이요, 순진한 스포츠다."「선경」 아내에게서 다람쥐가 알밤과 도토리를 잘 먹는다는 말을 전해 들은 시인은 "식량으로서가 아니라 진미로서가 아닐까?"라고 의문을 갖는다. 정말 천

435

진난만한 의문이 아닐 수 없다. 이 나뭇가지에서 저 나뭇가지로 재빠르게 몸을 움직이는 다람쥐의 동태에서 "무구한 작란이요, 순진한 스포츠"를 읽어내는 시선은 천진무구함 그 자체다. 가난이나 질병, 때로는 예기치 못한 수난이 있을지언정 삶은 다람쥐의 동태와 같이 "무구한 작란이요, 순진한 스포츠"다. 새벽에 깨어나서 부지런히 움직이는 다람쥐를 바라보는 눈과, 하늘에 유유히 떠가는 구름을 보는 눈은 한 눈이다. 그 눈은 초월적 관조의 눈인데, 천상병은 바로 그런 눈을 가진 시인이다.

"저 삼각형의 조그마한 구름이, / 유유히 하늘을 떠다닌다. / 무슨 볼 일이라도 있을까? / 아주 천천히 흐르는 저것에는, / 스쳐 지나는 바람이 있을 뿐이다. / 그래서 바람이 부는 곳으로, / 구름은 어김없이 간다."「흰 구름」 구름은 하늘 위에서 제약 없이 유유자적 떠다닌다. 구름과 새는 시인이 제 자아를 투사해서 만든 대표 이미지다. "이젠 몇 년이었는가 / 아이론 밑 와이셔츠같이 / 당한 그날은…… // 이젠 몇 년이었는가 / 무서운 집 뒤창가에 여름 곤충 한 마리 / 땀 흘리는 나에게 악수를 청한 그날은…… // 내 살과 뼈는 알고 있다. / 진실과 고통 / 그 어느 쪽이 강자인가를…… // 내 마음 하늘 / 한편 가에서 / 새는 소스라치게 날개 편다."「그날은」

「그날은」이라는 시에 '새'라는 부제가 달려 있다. 이 시는 1967년 7월 14일에 터진 이른바 '동백림을 거점으로 한 북괴대남공작 사건'에 연루되어 당한 시인의 아픈 경험을 통해 얻은 작품이다. 재불 화가 이응로李應魯, 재독 작곡가 윤이상尹伊桑을 비롯한 몇몇 재독 유학생들이 공산주의 권역인 동베를린을 구경하고 돌아온 것을 두고 중앙정보부가 북한의 배후조종에 따른 '간첩단' 사건으로 조작한 것이다. 서울대 상대 동문이자 친구인 강빈구는 천상병에게 독일 유학 중에 동독을 방문했다는 얘기를 자랑스럽게 털어놓았다. 천상병은 강빈구에게 막걸리 값으로 500원씩, 1,000원씩 받아 썼다. 그것이 천상병이 '국사범'으로 조작된 사건의 실체였다. 어쨌든 천상병은 중앙정보부에 끌려가 3개월, 그리고 교도소에서 3개월 동안 갖은 고문과 취조를 받고 난 뒤 선고유예로 풀려났다. 중앙정보부에서 "아이론 밑 와이셔츠같이" 전기고문을 세 차례나 당한 그는 고문 후유증으로 정신병원을 갔다 오고 생식능력도 잃어버렸다. 그는 이 사실을 스무 해나 지난 뒤에 털어놓았다. "고문을 받았지만 진실과 고통은 어느 쪽이 강자인가를 나타내 주었기 때문에 나는 진실 앞에 당당히 설 수 있었던 것이다. 남들은 내가 술로 인해 몸이 망가졌다고 말하지만 잘 모르는 사람들의 추측일 뿐이다." 이 극한의 고통을 거친 뒤에 시인의 마음에서 "새는 소스라치게 날개 편" 것이다.

　　시인은 '새'를 노래한 시 여러 편을 남겼다. 민음사판 시집 『주막에서』[1979]에는 전부 여섯 편의 「새」가 실려 있다. "외롭게 살다 외롭게 죽을 / 내 영혼의 빈 터에 / 새날이 와, 새가 울고 꽃잎 필 때는, / 내가 죽는 날 / 그 다음날. // 산다는 것과 / 아름다운 것과 / 사랑한다는 것과의 노래가 / 한창인 때에 / 나는 도랑과 나뭇가지에 앉은 / 한 마리 새. // 정감에 그득 찬 계절 / 슬픔과 기쁨이 주일, / 알고 모르고 잊고 하는 사이에 / 새여 너는 / 낡은 목청을 뽑아라. // 살아서 / 좋은 일도

있었다고 / 나쁜 일도 있었다고 / 그렇게 우는 한 마리 새."「새」 이때 새
는 시적 자아를 대리하며, 우연성과 무의 공간을 떠도는 그 무엇이다.
새는 삶과 죽음을 함께 아우르며, 천상과 지상의 교차점을 향해 날아
간다. 시인은 죽은 다음 날 새가 되어 돌아와 죽음과도 같은 고통 속에
있는 자신의 현존을 응시한다. 한 마리 새가 되어 다시 삶을 바라보자
그것은 홀연히 찬란한 것으로 비친다. 그렇게 시인은 삶의 절망과 고
통을 한순간에 찬란한 것으로 바꿔놓는다.


## 7. "아름다운 이 세상 소풍 끝내는 날"

고문 후유증과 심한 음주벽, 영양실조로 심신이 황폐해진 천상병은
1971년 어느 날 갑자기 거리에서 쓰러진다. 행려병자로 오인되어 서
울시립 정신병원에 수용되는데, 문우들은 천상병이 어디 가서 죽은 것
으로 생각한 나머지 서로 뜻을 모아 그의 첫 시집이자 '유고시집'인
『새』를 간행한다. 병원에서 요양하며 어느 정도 몸과 마음을 추스른
시인은 1972년에 친구의 손아래 누이인 목순옥 씨와 결혼해 가정을
꾸린다. 1979년 천상병은 첫 시집 『새』에 실린 작품들을 거의 다 옮겨
실은 시집 『주막에서』를 민음사에서 펴내고, 이어 1984년에는 『천상
병은 천상 시인이다』, 1987년에는 『저승 가는 데도 여비가 든다면』을
내놓는다.

　　천상병은 한때 초기의 서정적 스타일에서 벗어나 리얼리즘 시를

내놓기도 한다. 금욕주의적인 초연함과 넉넉한 관용으로 세상을 끌어안던 그는 몇몇 시에서 오랫동안 감춰온 날카로운 현실비판 감각을 드러낸다. "나의 다소 명석한 지성과 깨끗한 영혼이 / 흙 속에 묻혀 살과 같이 / 문드러지고 진물이 나 삭여진다고? // 야스퍼스는 / 과학에게 그 자체의 의미를 물어도 / 절대로 대답하지 못한다고 했는데— // 억지밖에 없는 엽전 세상에서 / 용케도 이때껏 살았나 싶다. / 별다른 불만은 없지만, // 똥걸레 같은 지성은 썩어버려도 / 이런 시를 쓰게 하는 내 영혼은 / 어떻게 좀 안 될지 모르겠다. // 내가 죽은 여러 해 뒤에는 / 꾹 쥔 십 원을 슬쩍 주고는 / 서울길 밤버스를 내 영혼은 타고 있지 않을까?"「한 가지 소원」 그는 밤 버스를 타고 있는 서민으로서 감당해야 하는 현실을 투명하게 응시하는데, 그는 불합리하고 모순투성이인 현실을 "억지밖에 없는 엽전 세상"으로 마음껏 비하하고, 그 속에서 "용케도 이때껏 살았나 싶다."고 삶을 돌아보기도 한다. 이런 것은 앞서 펼쳐 보인 시세계에서는 나타나지 않던 자세다. 무엇 때문인지는 밝혀져 있지 않지만 현실세계에 대한 강한 불만과 대립의식이 사그라지지 않고 거의 날것으로 표출되고 있는 것이다.

그러나 시인의 현실비판 의식은 더 강화되지 않고, 다시 도가적인 자연의 삶, 가난한 일상 속에서 접하는 자연에 관심을 보이며 천진함과 소박성을 추구하는 시세계로 돌아간다. "비非시적인 것과 시적인 것, 일상적 관찰과 철학적 의미, 초연한 관조와 정치적 관심, 소박한 표면과 깊은 내면을 결합하는 독특하고 뛰어난 시"들을 빚어낸 천상병은 후기로 접어들며 이전보다 한결 단순하고 소박하며 고졸한 세계를 보여준다.<sup>김우창,「지상의 척도」,「순수와 참여의 변증법」</sup> 그의 시는 어린아이의 심성을 지향하고, 순진성의 시학을 구현한다. 어린 것, 순진한 것, 약하고 착한 것은 다 동심에 속한다. 동심은 뜻이 아니라 마음의 충동에 따라 움직인다. 어른의 의경意境을 품지 않은 탓에 어떤 시들은 때로 유치찬란해 보이기도 한다. 그 유치찬란함이야말로 천상병이 도달한 그윽한 경지다. 천상병은 오래 궁구하여 일군 뜻의 성숙함이 아니라 사물과 마음이 부딪치는 순간 일어나는 순진무구한 감응感應 그 자체를 시로써 드러내 보인다. 천상병의 시세계에서 동심에 대한 친화력과 근본적 착함-지향은 중요한 부분을 이룬다.

"나 하늘로 돌아가리라. / 새벽빛 와 닿으면 스러지는 / 이슬 더불어 손에 손을 잡고, // 나 하늘로 돌아가리라. / 노을빛 함께 단둘이서 / 기슭에서 놀다가 구름 손짓하면은, // 나 하늘로 돌아가리라. / 아름다운 이 세상 소풍 끝내는 날, / 가서, 아름다웠더라고 말하리라……." 「귀천」「귀천」은 달관과 대긍정의 상상력이 빚은 명음이다. 이 생을 잠시 소풍 왔다가 돌아가는 길이라고 상상하며 삶과 죽음의 경계마저 마침내 지워버린다. 죽음을 소풍 끝내고 집으로 돌아가는 것으로 상상하는 일이 시인에게는 쉽고 자연스러울지도 모르겠지만 보통 사람에겐 경이롭기조차 한 일이다. 누구보다도 비참하고 불행한 삶을 견딘 시인의 관용과 초연함은 놀라운 일이다. 비참과 불행으로 얼룩진 삶은 대긍정 속에서 "아름다운 소풍"이 되어버리는 것이다.

말기에 이르면 천상병은 단순한 어조로 기독교의 하느님을 예찬하는 시를 쓰기도 한다. 하느님은 대우주에 비견되는데, 그는 절대자를 향한 무궁한 외경과 찬양 속에서도 어린아이처럼 "하느님은 어찌 생겼을까?" 하는 순진한 호기심을 드러낸다. "하느님은 어찌 생겼을까? / 대우주의 정기精氣가 모여서 / 되신 분이 아니실까 싶다. // 대우주는 넓다. / 너무나 크다. // 그 큰 우주의 정기가 결합하여 / 우리 하느님이 / 되신 것이 아니옵니까?"「하느님은 어찌 생겼을까?」 어디에도 어른다운 의젓함이 없지만, 말할 수 없는 것을 굳이 말로 표현하는 어린애의 유치함과 순진함이 동시적으로 드러나는 시다. 발화된 것 사이사이에는 말로 다 말해질 수 없음에서 비롯된 여백과 함께 넓고 깊은 침묵들이 들어 있다.

1988년 만성 간경화증으로 춘천의료원에 입원한 시인은 의사에게서 가망이 없다는 진단을 받으나 기적처럼 살아난다. 그는 시집 『요놈 요놈 요 이쁜 놈!』1991, 동화집 『나는 할아버지다 요놈들아』1993를 펴낸다. 1993년 4월 28일, 병든 몸으로 누워 있던 시인은 마침내 숨을 거둔다. 천상병이 고단한 이 세상의 소풍을 끝내고 하늘로 돌아가던 날, 의정부시립병원 영안실 밖에서는 추적추적 봄비가 내린다. 같은 해 유고 시집 『나 하늘로 돌아가네』가 나오고, 1996년에는 『천상병 전집』이 간행된다.

천상병은 도연명陶淵明, 365~427이 지은 「오류선생五柳先生」의 삶을 꿈꾸었는지도 모른다. "선생은 허름한 옷을 입고 굶기를 밥 먹듯 하지만 마음에 두지 않았다. 늘 시와 문장을 지어 홀로 즐기면서 자신의 뜻을 표현했다. 선생은 세상의 이해득실을 모두 잊고 혼자 쓸쓸히 죽어갔다." 천상병은 바로 현대의 '오류선생'이 아닐까? 그는 천진무구함과 무욕으로 생전에 자본주의적 관행과 생리를 향해 무차별적인 테러를 감행한 시인이다. 그는 시 쓰기 외에 다른 일은 하지 않고 놀면서 동료 문인들과 시인 지망생들에게 술값 2,000원을 아무 거리낌 없이 뜯어냈지만 천상병을 미워한 사람은 없으며, 시인 자신도 당당함을 잃지 않는다. 천상병, 그는 세속의 눈으로 보면 기인이요, 투명한 눈으로 보면 땅을 선계仙界로 알고 살았던 도인임에 틀림없다.

# 붉은빛에서 흰빛으로

## 1. 시인은 "자신의 선구자"

시인은 어제의 날들을 이끌고 오늘에 당도하지만, 그 무수한 어제 속에서 내일, 또 내일, 그리고 멀리서 다가오는 먼 미래를 먼저 번개로 알리고 다음에 천둥으로 울리는 자다. 무엇보다 그는 "자신의 선구자"로 우뚝 선다. 자신에게서 나온 계몽의 빛을 민중이 아니라 먼저 자신에게 비추는 사람인 것이다. 니체는 말한다. "이들 민중 속에서 나는 나 자신의 선구자요, 어두운 골목길을 울리는 내 속에 있는 닭의 울음소리다."니체, 『차라투스트라는 이렇게 말했다』 이 "자신의 선구자"는 먼저 자기 자신의 윤리가 부패하지 않도록 막는 소금이며, 자기 자신의 가망 없는 꿈들에 희망을 불어넣는 풀무질 그 자체다.

뜬세상의 부박함에 휩쓸리지 않고 시의 위의威儀를 높이고 자기 세계를 일구는 시인들이 있다. 좋은 시인들은 시가 세월을 견디는 힘과 위안을 주고, 세계에 덧씌워진 허위를 찢고 갱신하는 눈부신 도약과 변환의 동력임을 증명해 보인다. 이미 첫 시집에서 문체의 고전적 아취, 고원高原에 도달하기 위한 자아와 현실의 투쟁, 몰락과 상승의 드라마, 일상의 범속한 서사를 장엄한 신화의 서사로 변용하는 특출한 상상력을 보여준 김영래의 두 번째 시집 『두 별 사이에서 노래함』을 읽는 일은 위안과 뜻을 동시에 구하는 일이다.


## 2. "고산 준봉의 협로"를 거쳐서

김영래의 시는 일상 저 너머를 아우른다. 항상 비속한 삶의 자리를 버리고 어디론가 떠난다는 것은 독일 교양소설들이 즐겨 취하던 플롯이기도 하다. 이 시집을 한 드라마라고 읽을 때 그 시적 화자에게 잘 어울리는 이미지는 "탁발승"이다. 탁발승은 어느 한 곳에 머무는 것을 거부하고 길 위에서 삶과 진리를 구한다. "무용한 욕망에 때가 절은 행낭을 버리고" 어느 한 곳에 멈출 때 그의 삶과 의식은 "마비"될 것이다. 바람과 같이 떠도는 것, 가없는 방랑과 편력만이 그 마비에서 벗어나는 길이다. 그리하여 "편도만이 가능한 생의 마지막 티켓을"「사라지지 않는 것들에 붙이는 이름」 갖고 떠도는 모든 삶은 고달프다.

　　떠나는 자들은 "더 많이 껴안을수록 더 많은 상처"가 된다는 사실을 안다. 그렇기 때문에 안주가 아니라 떠돎의 쓰라림, 즉 "눈보라, 떠다니는 땅, 유형의 날들"에 제 생을 의탁한다. 아울러 그것은 "쓰고 매

444

운 편식으로 온몸을 독한 향기로 절여 운명의 부리에 저항「버려진 노래」하는 것이다. 떠돎의 고달픔이 깊을 때 "채는 발부리마다 젊은 꿈을 하혈하며 / 나는 왜 빈혈의 얼굴로 되돌아와야 했던가"「안개 속의 풍경」 "물먹은 풀들은 제풀에 쓰러져 눕고 / 나도 이즈음에서 저 꺼칠한 갈색 피로로 몸져눕고 싶었노라고"「겨울비······ 굴산사지」와 같은 탄식이 내면에서 솟아난다. 삶의 자리에 안주하지 못하고 행려에 나서는 것은 저의 영혼들이 "저 낙백한 들의 넋 그림자들"「옆」이기 때문이다. 행려에 나서 "빙월氷月이 살을 에는 동토"「툰드라의 여우」를 헤매는 나그네 됨의 고단함을 기꺼움으로 감당하는 까닭은 그것이 득음으로 통하는 길이며, 우화羽化를 구하는 길인 탓이다.

집을 버리고 찾는 곳은 하늘,「큰개자리 여인숙」 매천사,「매천사」 변산,「변산」 조령,「조령, 그 고갯길에서의 하루」 지마왕릉,「옆」 명옥헌,「명옥헌」 부석산방,「부석산방기浮石山房記」 은산銀山,「그믐 계곡」 붉은사슴의 땅,「붉은사슴의 땅」 툰드라지대,「툰드라의 여우」 튀빙엔,「구름의 정거장」 토리노,「토리노에서의 죽음」 굴산사지,「겨울비······ 굴산사지」 청평사 영지影池,「내 그림자 안의 연못」 청련지,「청련지」 도리사,「겨울 도리사」 나한정,「나한정」 내린천,「내린천에서」 프랑크푸르트,「마이스터 구」 통도사,「객진」 월정사·상원사,「점심 공양」 산벚나무 골짜기,「산벚나무 골짜기에서」 꺼얼무·라싸·시닝「얼음 편지 5」들이다. 시적 화자들이 마음을 비끄러매는 곳은 꼿꼿한 조선 선비의 사당이거나, 선승이 수행하던 절, 혹은 횔덜린이나 파베세, 이백과 같이 빼어난 시인들과 관련된 장소다. 그곳들은 높은 곳, 먼 곳, 추운 곳인데, 한결같이 정화淨化와 수행修行과 고양高揚과 휴식의 장소들이다. 시인의 표현을 빌려오자면, "욕망을 놓아버린 채 욕망을 새김질하고 절망한 채로 절망을 관음觀音

하는 곳"「구름의 정거장」이다. 그곳은 "은을 녹이는 일천 도의 불, 순금을 제련하는 천백 도의 불, 무쇠를 벼리는 바로 그 불"「그믐 계곡」의 시간을 통과하고, 또는 "고산 준봉의 협로"「조령, 그 고갯길에서의 하루」를 거쳐서만 갈 수 있는 극락정토이며, 몽유도원이고, 천궁이다.

김영래의 시집에는 해의 붉은빛과 흰빛들이 소용돌이친다. 붉은빛에서 흰빛으로 이행하는 길은 시인의 정신적 성숙의 길과 겹쳐진다. 붉은빛이 욕망과 욕망이 분출하는 삶의 빛이라면, 흰빛은 하늘의 빛이다. 이 흰빛은 정화, 혹은 승화와 관련이 된다. 흰빛은 현실을 초극해야만 도달하는 극락정토, 몽유도원, 천궁을 물들이고 있는 빛이다. "계관鷄冠의 피…… 계관의 피……",「설련」 "무주공산 한밤중에 놓인 생간生肝 한 덩이",「번제燔祭」 "아문 내 상처에서 선혈이 솟는다"「새벽」 등과 같이 나타나는 시인의 붉은빛들은 일출과 관련이 있다. 일출은 하루의 시작이고, 인류학에서 보자면 입사의식入社儀式의 시간이다. 붉은빛이 피와 같다는 점에서 탄생, 혹은 생명과 투쟁의 드라마를 예고한다. 피의 붉음이 잦아들면 흰빛이 출현하는데, 이는 '피'가 맑고 깨끗해져 '별'이 되는 도정을 드러낸다. 붉은빛에서 흰빛으로 가는 도정에는 자기희생과 정화의 고통과 시련을 피할 길이 없다.

김영래의 흰빛은 미당 서정주가 '피'를 증류시킨 뒤에 찾아낸 '옥빛玉'과 유사하다. "이미 모든 땅우의 더러운 싸움의 찌꺽이들을 맑힐 대로 맑히여 날라 올라서, 인제는 오직 한빛 옥색玉色의 터전을 영원히 흐를뿐인─저 한정없는 그리움의 몸짓과같은것들은, 저 산山이 젊었을 때부터도 한결같이 저렇게만 어루만지고 있었으리라는 것이다."서정

446

주, 「산하일지山下日誌抄」이 "맑힐대로 맑히여" 얻은 하늘의 옥빛은 첫 시집 『화사집』의 그 압도적인 붉은빛들, 즉 "크레오파투라의 피먹은양 붉게 타오르는 고혼 입설",「화사」 "강강强한 향기로 흐르는 코피",「대낮」 "붉은옷 닙은 문둥이가 우러",「맥하麥夏」 "다붙은 내입설의 피묻은 입마춤",「정오正午의언덕에서」 "꽃처럼 붉은 우름을 밤새 우렀다",「문둥이」 "다만 붉고 붉은 눈물이 / 보래 피빛 속으로 젖어",「서름의 강물」 "카인의 쌔빤안 수의囚衣를 입고"「웅계雄鷄·하下」 등과 얼마나 대조적인가! 서정주의 붉은빛은 어두운 운명으로 몰아가는 죄와 불순한 성적 욕망의 표상이다.

서정주의 상상세계가 지상적·육체적인 것에서 초월성·영원성의 하늘로 이행하며 붉은빛(『화사집』의 세계)에서 푸른빛(『귀촉도』의 세계)으로 옮겨가듯이, 김영래의 상상세계에서도 붉은빛은 차츰 흰빛으로 옮겨간다. 그것은 "채는 발부리마다 젊은 꿈을 하혈하며 / 나는 왜 빈혈의 얼굴로 되돌아와야 했던가."「안개 속의 풍경」에서 볼 수 있듯 젊음의 미성숙에서 성숙으로 가는 도상에서 흰빛이 나타난다. '별의 성역으로 가는 길이은 싸라기를 뿌려놓은 듯하네",「큰개자리 여인숙」 "빙혼氷魂과 설산의 흰빛이 봄 꿈에 어우러진다"「매천사」 "은빛 조화弔花 터지는 하늘 길로 걸음을 재촉케 한다",「조령, 그 고갯길에서의 하루」 "우화羽化의 배내짓조차 하지 않는 / 하얀 고치방 하나",「명옥헌」 "능선의 나무들, 별의 지문이 새겨진 손으로 짚어 상고대로 깨운 뒤 동트기도 전에 은산銀山의 환호로 부수뜨려 놓는 너의 근성",「그믐 계곡」 "밤이 오자 눈은 백색百色의 정수로 응결되어 빛을 뿜었다"「붉은사슴의 땅」 "토끼야, 은빛 토끼야",「툰드라의 여우」 "흰 구름 뒤엔 흰 구름. 흰 구름 뒤엔 또 흰 구름",「구름의 정거장」 "몹시 흰 나무 한 그루가 은빛을 발하는 곳",「안개 속

<sup>의 풍경</sup> "목화송이에서 길쌈해 온 / 하얀 깃털 하나",<sup>「동지」</sup> "국화 꽃대 아랜 / 하얗게 벗어놓은 우의<sup>羽衣</sup> 한 벌."<sup>「겨울 도라지」</sup> 이 흰빛들은 다 무어란 말인가? 색채 심리학에 기댄다면 흰빛은 순결과 환희, 신성함의 징표다. 흰빛의 심리학은 깊고 오랜 밤·어둠 속에서 태동한다. 피의 불투명성을 뚫고 오는 이 흰빛은 밤·어둠의 억압에서 벗어나는 몸부림의 전조<sup>前兆</sup>를 보여준다. 흰빛은 피와 어둠 속에 숨어 있던 빛의 깃에서 뻗쳐 나온다.

## 3. "고귀한 야만인"의 고고한 영혼

천문지리에 대한 지식은 기상학, 천문학, 점성술뿐만 아니라 농경 의식과 항해에서도 중요하다. 사람들은 아주 오래전부터 천체와 천문 현상들을 관찰하고 탐문한 기록들을 남겼다. 사람들은 별자리에 신이나 영웅, 신화 속에 나오는 동물들의 이름을 붙였다. 이를테면 사자, 뱀, 전갈, 까마귀, 이리, 고니, 도마뱀, 큰개, 외뿔소, 살쾡이, 큰곰, 작은곰, 용, 작은개, 바다뱀, 물고기, 기린, 공작, 고래, 게, 봉황, 비둘기, 양, 작은사자, 작은여우, 토끼, 황소, 황새치, 극락조와 같은 동물이나 페르세우스, 안드로메다, 오리온, 케페우스, 헤르쿨레스와 같이 신화에 등장하는 이름들, 반인반마<sup>半人半馬</sup>인 켄타우로스, 그리고 땅꾼, 양치기, 인디언, 활잡이, 화가, 조각가, 처녀 등과 같이 사람과 관련이 있거나 거문고, 방패, 시계, 현미경, 천칭, 조각칼, 나침반, 테이블과 같은 악기나 도구 등의 이름을 따서 붙였다. 인류는 하늘과 별들에 매혹당하고, 그

걸로 신화를 지어내고 시가詩歌를 만들었다. 위대한 시인들이 하늘과
별에서 시적 영감과 계시를 구한 것은 자연스러운 일이다.


소나무 사이로 별의 동녘이 움트는
큰개자리 여인숙,
오늘 하루 나 거기서 묵었다 가려 하네.
거인 사냥꾼 오리온은
왼쪽 옆구리에 끼기 좋은 하프 모양으로 누웠고
얼음 붙는 쩡쩡한 소리로
태백성이 호수를 타종하는 곳.
그믐이라 눈 덮인 숲길은 더욱 빛나
별의 성역으로 가는 길이 은 싸라기 뿌려놓은 듯하네.
발 아래 밟히는 이깔나무의 열매,
당의정 같은 산토끼들의 똥.
섬뜩하게 살별이 긋고 지나간 하늘엔 서기가 감돌고
별빛으로 헹궈낸 머릿속은 맑은 고량주 빛깔로 찰랑이네.
그곳, 밤이 나의 성좌임을
칠흑 어둠의 의지로 발화케 하는 곳에
도수 높은 내 명정酩酊의 간이 숙소가 있네.
순도 높은 휴식, 밤의 호의가 있네.
씨곡 알알이 겨를 벗듯 발아하는 별들.
어금니를 꽉 깨물고 있지만 근육이 미소짓는 힘.

그러한 힘으로 길은 골짜기를 걸터듬어 산정으로 오르고

샘의 향기를 맡은 별들이 숲정이로 내려앉네.

밤의 처마 네 귀퉁이에 열린 별의 풍경이

내 입김에 눈꽃처럼 녹아내릴 즈음,

내 아득한 꿈으로 애벌 씻은 하늘엔 운빈雲鬢 걷히고

그렁그렁한 슬픔도 넘칠 듯 눌어

호박琥珀의 아주 오래된 온기를 지니네.

그 따뜻함, 훗훗함은

우주의 늘봄으로 지하 광석들을 꿈틀거리게 하네.

밤의 저 절대적인 싹들, 항성의 나무들.

성도 한 가운데 깊숙이 멧부리 들고 솟은 나의 노래는

별보다 반음 낮고 얼음보다 반음 높은 음조로

수목 한계선 너머 은허문자의 영토를

밤새워 은유하다 가리.

큰개자리 여인숙, 그 객사의 하룻밤.

— 김영래, 「큰개자리 여인숙」


김영래의 상상세계에는 자주 하늘, 별과 성좌가 반짝인다. 낭만적 화자는 그것들을 머리에 이고 밤과 얼음의 시간을 통과한다. "생쥐"는 내면에 선과 악, 빛과 어둠, 의식과 무의식을 혼용한 채 가장 낮은 곳을 떠도는 자의 상징이다. 그 "생쥐"가 날개를 달고 하늘로 날아오르면 "독수리"가 되고, "고니"가 된다. 그리고 날개를 구하는 동안은 언제 "혼자였네. 나는 맹인처럼 걸었네."「햇불」라는 시구에 따르면 맹인처럼 헤매인다. 「큰개자리 여인숙」은 짙은 낭만적인 정조로 물들어 있다. 낭만주의는 자유와 의지에 대한 찬양이며, 아울러 나와 다른 타자에 대한 이해와 관용성의 품을 넓혀놓는다. 낭만주의는 "현실과 환영을 뒤섞고, 환상과 실재, 꿈과 깨어남, 밤과 낮, 의식과 무의식의 경계를 허물어, 활짝 열린 세계, 장벽 없는 세계, 무궁히 변화하며 변형되고, 비록 일시적이라 해도 누군가 강력한 의지를 가진 인간이 자기 마음대로 빚을 수 있는 세계를 구현하는 것"[138]이다. 낭만주의의 실천자들은 "고귀한 야만인"들이다. 객사에서의 하룻밤 유숙은 땅에서의 범속한 일상사에 지나지 않는다. 그것을 하늘의 일로 옮겨놓으니, 예사롭지가 않다. "큰개자리 여인숙"은 서기로 가득 찬 하늘에 있는데, "도수 높은 내 명정의 간이 숙소"이며, "순도 높은 휴식"이 이루어지는 곳이다.

하늘은 가장 드높은 생의 등고선보다 더 높은 곳에 있고, 별들이 발아하는 그곳은 아무나 쉽게 범접할 수 없는 성역이다. "내 등정의 표고 위에서 독수리처럼 선회하고 있었다"「조령, 그 고갯길에서의 하루」라는 시구를 보면 고고한 영혼만이 접근할 수 있다. 불행과 재난의 발화점인 땅과, 성화된 하늘은 서로를 비추는 계시적 관계다. "밤의 저 절대적인 싹들, 항성의 나무들" 사이에서 시적 화자의 노래가 흘러나온다. 이렇듯 땅에서 이루어지는 일상범백사日常凡百事를 천문지리의 공간으로 옮겨놓음으로써 속되고 비천한 것들 스스로 신성神聖과 숭고함으로 빛난다.

---

138) 이사야 벌린, 『낭만주의의 뿌리』, 강유원·나현영 옮김, 이제이북스, 2005.

## 4. 자신의 별을 찾아가는 도정

누가 이 밤을 뚫고 행군할 것인가?

(중략)

삶의 유충 속에 누가 먼저 알을 슬고 부화를 기다리는가?

(중략)

어떤 말들이 별의 노래를 땅으로 향하게 할 것인가?

— 김영래, 「버려진 노래」 일부


김영래의 시는 세속의 부패와 더러움에서 촉발된 위생학을 보여준다. 이 위생학에서 현실은 "오류와 위증의 세균 배양실"「혼자 넘어가 본 산 저편」에 지나지 않는다. 여기서 살아남아 "푸른 발아의 시간"을 보려는 자들은 저마다 위생학을 익히지 않으면 안 된다. 시인이 쓰려는 "불의 시"는 그 위생학의 한 교본이다. 시인이 고해苦海인 이 현실에서 구하는 것은 깨달음과 자유다. 니체식으로 표현하자면 "인간이라는 먹구름을 뚫고 내리치는 번갯불"이다. 번갯불에 살아남은 자만이 춤추는 자, 어린아이, 깨달은 자가 될 수 있다. 진리는 "바람 안의 고요, 얼음 속의 불"「버려진 노래」과 같은 모순형용의 상태다. 거기로 가는 길은 "액정液晶으로 남은 피, 열사의 태양으로 보름 낮을 말린 / 포도, 쓴 밤들의 담석, 신열. / 열 손으로 떠받든 하나의 심장, 백 인의 심장으로 받쳐 올린 횃불을 들고" 나가는 "행군"이며, 삶의 유충에서 "부화"해야만 비로소 가능한 길이다.

이 땅에서 산다는 것은 하늘(이데아)의 그림자놀이다. 사람은 누구나 현재적 삶의 맥박 위에 저마다 하늘의 심연을 감추고 있다. 산다는 것은 그 하늘의 심연 속에 박혀 있는 자신의 별을 찾아가는 도정이다. 별을 찾은 자만이 "별의 노래"를 부른다. 별의 노래를 부르기 위해 스스로 별을 향해 쏘아 올린 화살촉이 되는 자들! "자주 빗나간 적 있는 화살이어야 한다. / 빗나간 먼 숲에서 / 바위틈을 뒤져 찾아온 / 화살촉이어야 한다. 그것은 / 도약 직전의 / 표범의 요추에서 뜯어낸 / 뼈 화살촉이어야 한다."「화두」 시인은 묻는다. 당신은 자주 빗나간 적이 있는 화살인가? 당신은 표범의 요추에서 뜯어낸 뼈 화살촉인가?

# 여성과 시

## 1. 박주하: 저토록 쓸쓸한 곡조[139]

박주하의 시에는 상심한 마음의 안쪽에서 발굴해낸 무늬들이 있다. 그의 시들은 무늬의 심층심리학에서 태어난다. 뭐라고 딱히 의미를 규정하기가 어려운 무늬들. 무늬들은 삶의 순수한 원천에서 반향되어 나오는데, 그 의미는 모호하다. 한 철학자가 "세상의 무정형적 혼돈 속에 있던 것들이 내 언어를 통해서 이 빛 속으로 드러난다."[하이데거]고 했을 때, 무늬들은 세계의 관조에서 드러난 사유의 흔적들, 심미적 현재, 구체적 경험을 지우며 언어로만 드러나는 그 무엇이다. 상심한 마음의 안쪽에 무늬를 새기는 것은 "머리 둘 곳을 찾는 순연한 발소리", "아, 누수된 모래탑 속으로 / 한없이 걸어가는 여린 짐승의 저 뒷모습들",[후

---

139) 박주하의 시, 「여자가 앓고 있다」의 한 구절("어느 집 음률이 저토록 쓸쓸한 곡조를 지녔던 걸까")에서 따왔다.

<sup>안후안雁</sup> "영혼이 물어뜯긴 흔적", <sup>낮달</sup> "춘몽春夢의 돋을새김", <sup>환절기에 고삐를 다시 매</sup>
<sup>어보다</sup> "가지마다 붉은 참회를 품은 시간들", <sup>거꾸로 매달린 사람</sup> 혹은 "문상을
마치고 돌아오는 길 / 산수유 열매에게 바친 / 경이로운 저녁이 / 비가
되어 따라왔다 / (중략) / 죽음은 아침과 저녁 사이 / 밤과 낮 사이에서 /
불길하고 아슬아슬한 타전을 해온다" <sup>빈두Bindu, 귀로</sup>라고 할 때의 그 경이
로운 저녁들과 허공에서 타전하는 죽음들 따위다. 이 무늬들은 소리와
리듬들, 사랑의 흩어진 그림자와 순환들로 이루어진다. 사랑의 심연을
건너온 넋의 안쪽에 인고의 고요함이 찍은 무늬들, 내향적이고 모호한
피의 기질을 드러내는 무늬들, 고독의 자서전을 쓰는 시인이 품은 내
면 삶의 역사가 만든 무늬들!

당신은 누구의 아픔으로부터 태어났습니까. 세상에 나와 보니 빗방울
이 듣고 있었고 나는 마악 어떤 꽃을 향해 돌진하고 있는 중인데요. 혹
시 나를 돌아보았던가요. 막장을 거두는 새벽의 무늬가 아른아른 당신
을 따라갔던가요. 간밤의 독주가 바늘을 끊어 마신 흔적처럼 목을 죄
는데 막상 나는 꽃의 문을 열 수가 없군요. 꽃의 입구가 심장의 절정보
다 뜨겁단 걸 정말 몰랐습니다. 내가 빠져나온 문은 보이지 않고 어디
로 가야 할지도 까맣게 잊었는데 여명이여, 낙하하는 울음이여. 어디
선가 떠도는 햇빛 한 줄기로 내 동공을 파낼 테니 그 자리에 목련 한
그루를 심어 주시렵니까. 이 검은 연못의 상처를 발목 삼아 당신의 희
고 화사한 생을 담는 물관이 되어드리지요.
― 박주하, 「나무에서 연잎 떨어지다」

가령, 「나무에서 연잎 떨어지다」를 보면, 섬세한 어조 속에 드러나는 그 무늬는 여러 겹으로 합쳐지며 내향적 기질을 보여준다. 이 무늬의 세계 안에는 꽃과 나무가 있는데, 꽃과 나무는 생태적 사실에 기대지 않고 모호한 몽상에 몸을 담고 있는 까닭에 그 형상의 구체성이 잘 드러나지는 않는다. 여명 속에서 피어나는 꽃과 물 위에서 파동치는 빛의 율동은 무수한 마음의 무늬를 만든다. 현상의 사실과 몽상의 모호함이 뒤섞이며 형상은 아직 형상 이전에 있고, 그 혼돈 위로 어떤 어조만 흘러간다.

"당신은 누구의 아픔으로부터 태어났습니까. 세상에 나와 보니 빗방울이 듣고 있었고 나는 마악 어떤 꽃을 향해 돌진하고 있는 중인데요. 혹시 나를 돌아보았던가요. 막장을 거두는 새벽의 무늬가 아른 아른 당신을 따라갔던가요." 시의 화자는 막 피어나는 꽃 앞에서 누군가의 아픔에서 태어나는 참된 아름다움 그 자체인 당신의 현신現身을 생생하게 느낀다. 당신을 향한 사랑 때문일까. '나'는 "마악 어떤 꽃을 향해 돌진하고 있는 중"이다. 사랑은 강렬하고 돌이킬 수 없지만 "혹시 나를 돌아보았던가요."라는 물음은 그 사랑 앞에서의 '나'를 봐주기를 바라는 열망을 슬쩍 드러냄으로써 아직 확신 없음, 망설임과 초조를 엿보게 한다. 마음의 나아갈 바 없음, 혹은 길 없음 앞에서 초조해하는 모습은 다음 구절에서 변주된다. "내가 빠져나온 문은 보이지 않고 어디로 가야 할지도 까맣게 잊었"다고 말한다. 그러나 당신에게 빼앗긴 '나'의 마음을 회수하기란 이미 불가능하다.

세상에 여명의 빛이 터지고, 꽃은 피어난다. 당신은 새벽의 여명

속에서 피어나는 꽃이다. 수련일까? 바슐라르가 "그토록 많이 되찾아진 젊음, 낮과 밤의 리듬에 대한 그토록 충실한 복종, 새벽의 순간을 알리는 그 정확성, 이것이야말로 수련으로 하여금 바로 인상주의의 꽃이 되도록 한 이유인 것이다. 수련은 세계의 한순간이다. 그것은 두 눈을 지닌 아침이다. 그것은 또한 여름 새벽의 놀라운 꽃이다."「꿈꿀 권리」라고 예찬한 그 꽃! 물과 여명의 태양이 혼례를 이뤄 빚어낸 순결한 요정!

　"어디선가 떠도는 햇빛 한 줄기로 내 동공을 파낼 테니 그 자리에 목련 한 그루를 심어 주시렵니까. 이 검은 연못의 상처를 발목 삼아 당신의 희고 화사한 생을 담는 물관이 되어드리지요." '나'의 동공에서 목련 한 그루를 보고 싶다면 동공을 파내는 자해도 마다하지 않겠다 한다. 그만큼 '나'의 사랑은 무목적이고 간절하다. '나'의 조건 없는 뛰어듦은 늘 그러했고 또한 그러할 뿐인 삶을 단 하나의 삶으로 끌어간다. 이 뛰어듦이 맹목적인 것은 이것이 충족과 결핍 사이에 놓인, 그 무엇으로도 메울 수 없는 균열에 지나지 않기 때문이다. 메울 수 없는 이 균열을, 이 심연을 어떻게 감당할 수 있으랴!

　'나'는 검은 연못―왜 검은 연못일까? 연꽃들은 대개는 진흙에 뿌리를 박고 꽃을 피운다. 연꽃은 검은 연못에서 피어나기 때문에 더욱 희고 화사한 존재가 되는 것은 아닐까?―의 상처를 발목 삼아 "당신의 희고 화사한 생을 담는 물관"이 되겠다고 약속한다. 화사한 생을 가진 것은 물론 당신-꽃이다. '나'는 그 꽃의 물관, 즉 내속[內屬]이며, 그 꽃을 물들이는 빛, 즉 외접[外接]이다. 빛은 세계를 드러낸다. 빛의 명석함은 어둠의 존재를 의미화한다. 시의 화자는 수련의 발견자이며, 동시

457

에 수련의 몸속으로 들어가 물관이 되려는 자로서 그 메울 수 없는 균열을 건너려고 한다.

「나무에서 연잎 떨어지다」는 이 세계가 끌어당김과 끌림으로 생기는 무늬의 자리, 사랑의 현전으로 출렁이는 공간, 기氣와 힘이 맞부딪치며 일으키는 파동의 각축장이라는 사실을 포착한다. 파동은 물 아래 심연의 지옥에 뿌리를 박은 연꽃을 천국의 빛 속으로 밀어올리고, 천국의 빛을 꽃의 입구와 중심으로 끌어당긴다. 시인의 다른 시의 시구를 빌려 말하자면, 이 세계는 길흉화복吉凶禍福이 소용돌이치는 장소일 뿐만 아니라 당신과 내가 "서로의 풍경을 앙물고 숨 쉬는"借景차경 장소임을 증언한다.

영원히 서로에게 당도할 수 없을
한 몸에서 겉도는 두 개의 표정

누가 서로의 변주를 탁본하고 있는 걸까
침묵은 한 번 더 그의 이면을 생각하고 있다
— 박주하, 「나뭇잎 탁본」 일부

비관주의자에게 사랑은 "영원히 서로에게 당도할 수 없을 / 한 몸에서 겉도는 두 개의 표정"이다. 한 몸에서 겉도는 두 개의 자아는 서로에게가 닿을 수 없다. 존재 저편을 끌어당겨 합일을 갈구하나 그것이 불가능한 것은 사랑이 한 몸 안에서 겉도는 두 마음이 빚는 사건이기 때문이다. 사랑이란 "서로의 (마음의) 변주를 탁본"하는 것인데, 그럴 때 우리는 알 수 없는, 혹은 변하기 쉬운 "그의 이면"을 더듬는다. 정면을 보면서 동시에 이면을 더듬는 사랑이라니! 사랑은 관용이 아니라 관용의 포식이며, 개체와 개체의 합일이 아니라 균열이고 분리다.

「미늘」에서 사랑의 생태학은 파열하듯 드러난다. '당신의 명치끝에 방이 하나 있습니다 / 정작 당신은 그 방으로 오는 길을 모르고 / 슬픔을 세놓으려 한 적 없지만 / 나는 이미 오래전부터 그 방에 들어가 / 평화롭게 저물곤 했습니다 / 당신의 숨소리가 흰 띠를 타고 내려와 / 벽을 더듬거릴 때면 / 행여 내가 당신 몸속에서 / 너무 오래 살고 있진 않나 / 와락 눈물이 날 때도 있었습니다 / 하지만 이미 출구를 봉한 내게 / 근심이 머무는 시간은 그리 길지 않았습니다". 두 마음의 겹돎에서, 욕망의 충족에서가 아니라 욕망의 달아남에서, 욕망함이 목적으로 하는 대상의 부재에서 사랑은 그 존재감을 드러낸다. 밤이 부재의 형식으로 낮을 잉태하듯 당신의 부재를 잉태함에서 사랑이 시작된다.

'나'는 이미 오래전부터 당신의 명치끝 방에 들어와 살지만 정작 당신은 그 방으로 오는 길을 모른다. '나'는 이미 그 몸속 방의 출구를 봉해버렸기 때문에 밖으로 나갈 수도 없다. 그 방 안에서 "당신의 울음소리"를 들으며 "온몸으로 번진 자줏빛 멍을 핥"는다. '나'는 당신의 몸속에 들어와 있으나 두 마음은 엇갈린다. 시의 화자가 들어와 있는 당신 몸의 안쪽에 정작 당신은 없다. 그러니까 자줏빛 멍은 그 엇갈린 두 마음 때문에 생긴다. 출구가 막힌 그 명치끝 방에 들어앉은 자가 그 방을 벗어나는 방법은 그 명치끝을 도려내는 것이다.

너무 멀리 왔다고 말하진 않겠다

두고 온 집을 기억하는 것이

언제나 더 끔찍했으므로

총알처럼 날아다녔던 것이다

목적 없는 탄알처럼

길을 헤매었던 것이다

공중에 몇 채의 집을 날려 보냈으나

생의 곳곳에는 눈물도 더러 있었기에

나는 온전히 숨을 쉴 수가 있었다

달 속에 파도가 있었다

넘실대는 물결은 비밀처럼 달콤했으며

잦은 배고픔도 나의 소관은 아니었다

지상은 눈시린 정면이었으나

그 파도 속엔 망각을 위한 망각이 반듯했다

긴 어둠속으로 점점 얇아지는 나의 집이

아침마다 태어나는 나를 다시 불러들이진 못했다

죽어도 죽지 않는 불길함처럼

집이 있던 자리가 계속되어도

이미 마음이 버린 집을

깊이 살았다고는 더더욱 말하지 않겠다

— 박주하, 「집 잃은 달팽이」

사랑은 대상을 향한 마음의 하염없는 지향이다. 그 하염없음은 대개는 맹목이다. 대상이 의미가 있기 때문에 이끌린 것이 아니라 내 마음이 이끌렸기 때문에 대상이 의미화되는 것이다. 사랑한 것은 당신이 내 운명이기 때문이 아니고, 먼저 사랑했기 때문에 당신은 내 운명이 되는 것이다. 사랑을 잃은 마음은 "집 잃은 달팽이"다. "마음이 버린 집" 때문에 달팽이는 "목적 없는 탄알처럼 / 길을 헤매었던 것이다". 시의 화자는 여러 번 사랑을 잃고 벌거벗은 마음으로 헤매다녔다. 수고와 피로는 벌거벗은 마음에 주어진 부정적인 보상이다. 양자는 갈림길을 보고 울었다.[140] 시의 화자는 "생의 곳곳에는 눈물도 더러 있었기에 / 나는 온전히 숨을 쉴 수가 있었다"고 고백한다. 시간은 눈물과 "망각을 위한 망각"을 위해 꼭 필요하다. 시간은 사랑을 잃어버린 순간들에 대한 보상으로 주어진 것이다. "이미 마음이 버린 집을 / 깊이 살았다고는 더더욱 말하지 않겠다"라고 말하는 것이 사랑의 윤리학이다.

「나팔꽃」에서도 사랑의 대상은 부재한다. 그 부재 속에서 "나는 점점 다리가 길어졌고 // 수없이 많은 손가락이 생겨났다 // 내 몸의 곳곳에서 움트는 // 초록빛 죽음들"을 본다. 부재가 키우는 것은, 역설적으로 사랑이다. 당신의 부재를 묵묵히 견뎌내는 '나'의 몸에서 초록빛 죽음들이 움튼다. 당신의 목소리가 날아와 "머리와 어깨와 다리에", 마음의 주검인 "생살을 찢으며 박힌다". 그래도 "나는 자란다, 무장무장 자란다". 자라는 것은 보람의 근거일 텐데, 여기서는 보람을 무

---

140) 「회남자」에 나오는 구절이다. 그 원문은 다음과 같다. "양자는 갈림길을 보고 울었다. 남쪽으로 갈 수도 있고, 북쪽으로 갈 수도 있었기 때문이다."

화시키는 마음의 주검이다. 이 자라나는 마음의 주검은 사랑의 슬픔을 아이러니로서 드러낸다. "나팔꽃"은 사랑의 부재로 자기동일성으로 회귀하지 못하고 "더욱 붉어진다". 이것은 꽃의 피어남을 뜻하겠지만, 아울러 자기동일성으로 회귀하지 못한 마음의 내적 자명성을 드러낸다.

길고 오래된 호흡 한 줄기가 너를 길들였던 게 분명해, 수중에서 잠이 든 붕어는 돌멩이가 날아와도 꿈을 버릴 마음이 없어, 떨어지는 돌멩이를 유연하게 휘어주는 물의 마음을 믿기 때문이지, 당연히 그 연못을 만날 수 있어, 환상을 버리지 못한 노란 은행잎들이 후드득, 몸을 던져도 졸음에 겨운 붕어는 좀체 눈을 뜨지 않아, 은행잎들의 좌절을 부드럽게 돌려보내는 물의 사랑, 용서의 힘을 믿기 때문이지, 울지 말고 다시 연못의 맑은 얼굴을 들여다 봐, 아무에게나 쉽게 문을 열어주진 않지만 언제나 투명하게 네 무늬를 비춰주고 있지 않니, 네가 바로 그 연못이야
— 박주하, 「숨은 연못」

연못은 빛의 만화경 속에서 눈을 뜨고, 물속에는 붕어가 잠들어 있다. 돌멩이가 떨어져도 물은 유연하게 그것을 받아내고, "수중에서 잠이 든 붕어"는 노란 은행잎들이 후드득, 몸을 던져도 잠을 깨지 않는다. "물의 사랑, 용서의 힘을 믿기" 때문이다. 잠이 든 붕어를 품은 "숨은 연못"은 무엇일까. 연못이 마음의 가능태라면, 그 안에 잠든 붕어는 상심한 마음의 표상물이다. 마음 안에 움직이지 않으면서 움직이는 그

462

무엇이 있다. 그것을 붕어라고 하자. 꿈을 꾸는 붕어는 다름 아닌 사랑을 잃고 다시 사랑을 꿈꾸는 마음 안의 또 다른 마음이다. "숨은 연못"은 잠자는 물의 몽상을 안고 스스로 깊어진다. 이 잠자는 물에서 세계는 휴식한다. 차라리 휴식은 깊이의 존재태다. 그렇다면 "숨은 연못"은 휴식-마음의 현전이다. 그 안에서 잠든 붕어는 언젠가는 깊이를 거슬러 표면으로 솟구쳐오를 내적인 변화의 가능태다.

울고 있는 그 누군가에게 "울지 말고 다시 연못의 맑은 얼굴을 들여다 봐"라고 부드럽게 청유하는 이 목소리는 누구의 것인가. 그 목소리는 다른 누구도 아닌 시인 자신에게 건네는 전언을 실어 나른다. 시의 화자는 지금 독백을 하고 있다. "숨은 연못"과 그 맑은 표면 위에 제얼굴을 비춰보는 '너'는 하나다. 물과 그 물 위에 비추인 무늬, 마음과 그 마음이 만든 무늬는 하나다. 그래야만 "아무에게나 쉽게 문을 열어주진 않지만 언제나 투명하게 네 무늬를 비춰주고 있지 않니, 네가 바로 그 연못이야"라는 시구가 이해될 수 있다.

마음의 생태학이 만든 무늬들. 그러니까 이 시집을 무늬들의 자서전이라고 할 수 있겠다. 자서전: 기억의 무늬들로 채워진 작은 책. 그 무늬들은 모호하고 슬프다. 그 모호함은 말할 수 없는 것을 말하려고 할 때 불가피하게 생긴다. "언제나 내가 먼저 떠나왔으니 / 그대의 명부를 껴안고 / 칠십의 일생을 그대의 문밖에서 살겠습니다"「왜행성 134340에 부쳐」 혹은 "나는 결코 그대의 맹독성이 아니랍니다 / 오늘은 누구의 사소함도 아니고 싶습니다"「가을밤」 혹은 "사리돈을 먹고 책을 읽는다 / 연일 고요한 날들이다 / 약병을 들고 있는 약사여래 탱화를 그려본다"「백야행」라는 시구에서 볼 수 있듯이 사실 세계에서 비켜선 추상성이 아니라 마음의 복합성을 드러내려는 노력에서 분비된 모호함이다.

　　나는 옛날의 폐원廢園과 많은 부재의 징후들, 오래 묵은 시간들을 물들이는 견고한 적요, 그 적요 위에 찍힌 제 발자국을 바라보며 사라지는 누군가의 그림자, 그리고 "그대를 가만히 생각할 적에 맺히던 / 둥근 슬픔의 옥빛 무늬를"「왜행성 134340에 부쳐」 떠올린다. 사랑을 잃은 적이 있는 사람에게 큰 위로가 될 것이 분명한 「거꾸로 매달린 사람」에서 "붉은 하늘로 걸어 나가 / 삶과 죽음의 혼례를 마치고 / 나는 한 그루 나무로 남으려 하는가 / 그 나무에 거꾸로 매달린 채 / 깊고 푸른 물길에 귀 기울이려 하는가"라고 할 때 마음의 안쪽에서 돌연 깊고 푸른 물길이 내는 소리가 들린다. 그 소리를 따라가면 당신의 부재가 만든 진경이 있다. 박주하의 시편들에서 내 마음의 금琴이 고요히 떨렸음을 고백하자. 시인의 시구를 빌려, 당신의 귓가에 속삭이고 싶다. 한때 나의 숨결이고, 나의 시선이었던 당신에게. "차가워진 저녁의 몸으로는 / 차마 그대를 안을 수 없"「차경」으니, "한껏 울어라 / 처형받는 세상의 사랑들아"「거꾸로 매달린 사람」.

## 2. 유영금: 찔린 그녀는,

유영금의 시집은 고압高壓의 언어들로 꽉 차 있다. 그 언어들은 임계점에 닿아 폭발하기 직전이다. 그의 언어들은, 치욕의 시대를 맨몸으로 건너오며 최승자가 진절머리 치며 내뱉던 자학의 언어들보다 전압이 높고, 시의 문맥들을 물들이는 도저한 자기부정은 김혜순의 그것보다 더 파괴적이며 강렬하다. 그 피투성이 언어들은 삶에 능욕당한 자의 저주며 분풀이다. 원한과 저주의 언어들은 부수고 찢고 깨고 뭉개다가 나중에는 저 스스로의 고압을 견디지 못해 파열한다. 끔찍한 삶을 견뎌내기 위해 그 언어들은 더 뾰족해지고 강해졌을 것이다. 그것은 차라리 피울음이다. 치욕에 맞서 분노하는 언어, 파멸하는 언어. 무심코 이 시집을 펴든 독자들은 어맛, 뜨거라, 하며 그 고압의 언어에 손을 데거나 베일 것이다. 얼마나 삶이 고통스러워야 삶을 "전신화상"「증발」이라고 말할 수 있는 것일까. 고통과 불행에 바쳐진 이 표현의 수위는 한국시에서는 그 유례를 찾아보기 힘들 정도로 높다.

유영금의 상상세계에서 세상은 썩은 사랑이 지천으로 피는 "미친 봄"이며, 죽음은 도처에서 "축지법으로 / 징그럽게 달려"「수취인 불명」온다. 결혼은 "파뿌리로 늙자던 궁색한 거짓말"과 개소리, 농담으로 얼룩진 "악취의 절정"이며, "제 발로 들어선 감옥"「결혼, 똥맛이더라」에 지나지 않는다. 사람다움의 존엄이 짓밟히는 이런 세상에서는 누구나 "똥이 된 밥, / 피가 된 술,"「증발」을 먹고 마신다. 이 불행, 이 절망, 이 고통에 비명을 지르는 유영금의 시를 읽는 게 너무 힘들고 어려웠다. 아울러 이 불행, 이 절망, 이 고통이 만든 바이러스에 감염될까 무섭다.


나는 바이러스다 독특한 가속이 너의 전신으로 빠르게 증식한다 너는 서둘러 위독해지고 너는 너의 혈관에 파혈제를 주사한다 이상한 일이

465

다 주사할수록 너의 혈관은 속발성 불행으로 터져 나간다 너는 종양 같은 악성 불행이 지루하다 나는 나를 소각해서 너를 물고기처럼 놓아주고 싶다 소각은 너를 견디는 만큼 아름다울 것이다 오래 숨겨 온 주머니 속 성냥개비는 시간 끄는 나를 너보다 지루해한다 너와 성냥개비 사이를 지리멸렬 오가며 나는 농익어 가는 소각을 늦추고 있다 늦추지만 너는 이미 포르말린이다

— 유영금, 「중환자실」

「중환자실」은 '나'와 '너'의 자리를 바꾼다. 피해자인 '나'를 가해자로 둔갑시키고, 언제나 가해자인 '너'를 피해자의 자리에 앉힌다. 불행은 역류逆流한다. 이 역류로 "서둘러 위독해지"는 것은 '너'다. '나'는 더 이상 불행하지 않다. 오히려 '나'는 '너'에게 불행을 감염시키는 바이러스다. 그래서 '나'의 앞에 있는 '너'는 잠재적 감염군感染群이다. "속발성 불행"으로 혈관이 터져 나가는 것은 내가 아닌 '너'다. '나'는 감염된 '너'를 소각시키려는 시도를 한없이 늦추면서 유예한다. 왜? '너'의 불행과 절망을 즐기기 위함이다. 이렇듯 '나'는 가학적이 됨으로써 불행에서 벗어나는 것인데, 실은 '나'와 '너'는 하나다.

　밖에서 오는 치욕과 절망은 신체의 표면에 그대로 각인된다. 유영금의 자기파괴적·자기해체적인 언어들은 신체에 달라붙어 증식한다. 신체는 나와 타자가 만나는 경계점이며, 세상과 타자에게서 오는 고통을 느끼는 통점이다. 신체의 안과 밖에서 짓누르는 수압水壓을 견디며 그 낱낱을 임상 기록한 것이 바로 이 시집이다. 늑골, 살갗, 심장,

목덜미, 뱃가죽, 창자, 연골, 두개골, 허파와 같은 신체의 여러 부위에 동시다발적으로 오는 통증의 예후에 대한 그 임상기록의 세목들은 다음과 같다.

"늑골의 뜨락에서 상여 소리 들려"「회복약국에 내리는 눈」오고, "빗줄기는 살갗에 시를 새겨 넣"으며, "수상한 심장 바닥에선 푸드득 꽃잎 사이로 콩새가 날고"「서산」 있다. 덫은 "새벽에 느닷없이 기습해 / 목덜미를 냅뒤 비튼다".「덫」 "부러진 외더듬이는 꿈틀꿈틀 치욕을 핥"고, 끔찍해라, 내장은 "찢어진 뱃가죽을 열고 흘러내린"「송장벌레」다. 통증은 온몸으로 퍼져 나간다. "연골 틈에 낀 통증의 찌꺼기"라는 표현을 보라. 이어지는 "압력솥에 가지런히 넣어 푹 끓인다 / 부글부글 뭉그러지며 익는 통증"「안락사 2」이라는 표현을 보면, 시적 자아는 끓고 익어 뭉그러지는 통증을 묵묵히 견뎌낸다. 그 가학을 견뎌냄으로써 가해자에게 복수한다. "첫놈은 두개골 구석에 처박혀 비위 맞추기 급급해",「천적들」 누이는 "도려낸 허파를 / 새벽하늘에 걸어 놓고 / 새를 꿈"「퇴거」꾼다.

유영금의 시집은 펼친 면과 접힌 면이 함께한다. 신체를 끊고 부수고 비틀고 끓이는 이 고통의 단면이 현재적 삶을 보여주는 펼친 면이라면, 그 아래에 숨어 있는 접힌 면에는 「어머니 뜰」·「우물집 딸」·「고쟁이 술」·「계집아이」·「속달」·「풍문」·「영수 오빠」와 같은 시들이 있다. 접힌 면에서 시적 자아는 "방텃골 외진 산길의 벙어리 검은 술새"「인음증(飮症)의 눈부심」다. 이 "검은 술새"는 고향을 떠나 여기저기를 떠돌다가 도시 빈민으로 편입한다. 펼친 면들(현재)에 비해 접힌 면들(과거)은 역시 가난과 불행, 기다림과 그리움으로 얼룩져 있지만, 시간의 희석작용 탓일까, 덜 과격하고 덜 살벌하다. 슬픔은 애틋하고 통증은 아련하다. 펼친 면에서 시적 자아는 "찔린 그녀"다. 그녀는 제 환부를 손가락을 후벼 파며 그 통증과 환멸을 차라리 즐긴다. 그녀는 고통에 투항하여 "환부의 쾌감에 (사로잡혀) 포로"가 된 자다. 이 쾌감은 '나'의 찔린 상처에서 오는 것이므로 피학의 쾌감이다.

인생에게 복부가 찔린 그녀는,

찔린 순간 내일이 사라질 거라 예감했던 그녀는,

제 손가락으로 환부를 후벼파던 그녀는,

환부 깊이 독가시처럼 돋아나는 환멸을 즐긴 그녀는,

혹거머리같이 달라붙는 그것에게 그녀는,

진통제라며 술을 먹이는 그녀는,

과복용할 경우 즉사할 수 있다며 히죽거리는 그녀는,

벼락을 꿈꾸며 폭우 속 비칠비칠 춤추는 그녀는,

내생에도 다시 한 번 찔려

환부의 쾌감에 포로이고 싶다는 그녀는,


방텃골 외진 산길의 벙어리 검은 술새 그녀는,

― 유영금, 「인음증引飮症의 눈부심」


불행의 칼날에 "찔린 그녀"는 그것이 자기훼손인 줄도 모른 채(혹은 뻔히 알면서도) 자기 상처를 "후벼" 판다. "짐승 같은 통증"「처방전」에 따르면 통증은 짐승같이 무자비하다. 시도 때도 없이 무자비한 이 짐승에게서 벗어나는 길은 아편 한 대 피우거나 독주에 취해 의식을 마비시켜야 한다. 시인이 선택한 길은 아편도 독주도 아닌 "토악질 나는 시"「처방전」를 쓰는 것이다. 폭력에 오래 노출된 시적 자아는 통증이 나를 놓아주지 않는지, 혹은 내가 그 통증을 놓아주지 않는지 사실 관계가 모호해지며 착종상태에 이른다. "야비한 통증이, 나를 놓아주지 않는다 놓지 못하는 건 나다 끝까지 물고 늘어지는 개새끼와 청산하자"「위중」. 어쨌든 내게 빌붙어 기생하려는 "개새끼"와는 관계를 청산하는 게 여러모로 좋다. 시인은 그 과거와 작별을 준비한다. 작별의 말은 이것이다. "빌어먹을 사랑아, 염병처럼 떠나가라"「악연」, 혹은 "잘 가라 개새끼야"「안락사2」.


머리칼에

신나를 바르고

성냥을 그어댄다

지글지글 타는 두개골

냄새의 찌꺼기가

봄날을 쾅 닫는다


누가

나를 맛있게 먹어다오

— 유영금, 「봄날 불 지르다」

일찍이 김수영은 "아픈 몸이 / 아프지 않을 때까지 가자"「아픈 몸이」고 했다. 유영금은 이 삶이 불행의 주둥이 속으로 사라질 때까지 가보자, 고한다. 표현이 거칠고 직설적이어서 심미 감각은 우아하지 않지만 그진정성은 폐부를 찌른다. 「봄날 불 지르다」에서 피학의 상상력이 끝간 데에 "나를 맛있게 먹어다오"라고 말하는, 제 신체를 식육의 제의에 바치는 행위가 있다. "지글지글 타는 두개골"은 두 의미의 층위를아우른다. 타는 듯한 고통이란 뜻과 불에 "지글지글" 굽는다는 뜻이겹쳐진다. 이 구절은 또 다른 시의 "장작불 위 / 지글거리는 마지막 발가락, 즐겁다"「다비」에 이어진다. '나'는 불에 익힌 몸을 바친다. 치욕뿐인 삶에게, 끈덕지게 달라붙는 불행에게, 배반하고 떠난 그에게. 다비다. 이 다비에는 어떤 애도도 없다. 그 다비는 "즐겁다". 물론 이것은식인관습과는 아무 상관이 없다. 이 구절은 살아 있음이 죽음보다 못하다는 뜻을 머금고 있다. 어떻게 이런 끔찍한 표현이 가능할까? 시인의 무의식에 고통받는 인간은 짐승이다(혹은 고통받는 짐승은 인간이다. 오. 레비나스!), 라는 생각이 녹아 있다. 봄날이 화창할수록 '나'의 암울함은더 깊어진다. '나'는 "타는" 고통의 중심에 있는 까닭이다. 봄날은 천지만물이 소생하는 계절이지만 이 시에서는 '나'를 익혀 불행의 주둥이 속에 밀어 넣는 자기소멸의 계절이다. 다비가 끝은 아니다.

나는 나를 만나러 가오
불행의 어미 시로부터 달아나오

미안하지만 시계소리 잠깐만 꺼주오

시간의 틈을 빠지는 사이 안구를 꺼내

세상이 그리워 눈뜨지 못하는 이에게 옮겨주오

가능한 다른 장기도 꺼내 사용하시오

시신기증 번호는 699라오


구경하지 않아도 좋았을 곳,

갯벌 해조울음이 나를 깨워도 오지 않겠소

— 유영금, 「유서」


불행을 피해 "시"로 도망가지만 "시"는 "불행의 어미"다. 또다시 그 불행의 어미로부터 도망을 꿈꾼다. 신체훼손의 상상력은 사후 시신기증에까지 이른다. 안구나 다른 장기를 타인에게 공여하는 것은 물론 이타적 사랑의 표현이지만 여기서는 극단적인 자기부정의 상징이다.


솔직히 말할게

더 이상 목구멍으로 삼킬 수가 없어

네게서 똥내가 풍긴 지 오래야

손가락으로 집기만 해도 토악질이 나

코를 자르고 싶어 눈알이 뒤집혀

먹어도 산더미처럼 쌓이는 널

어디다 처박고

471

쥐새끼같이 입 씻을까

다 먹은 척 돌아앉을까

묻어버리든 팔아버리든 상관 마


더 솔직히 말할까, 암매장할래 너를

— 유영금, 「삶에게」


이 고해성사는 아프다. 삶에서는 "똥내"가 난다. 삶-신체는 하나다.
삶의 환멸이 신체훼손의 욕망을 낳는다. "코를 자르고 싶어 눈알이 뒤
집혀 / 먹어도 산더미처럼 쌓이는 널 / 어디다 처박고 / 쥐새끼같이 입
씻을까". 시의 화자는 아예 이것을 다 먹어치우고 "쥐새끼같이" 입을
씻고 싶다고 말한다. "쥐새끼같이"는 자기비하다. 자기비하는 자기부
정의 또 다른 양태다.

　　유영금의 시를 읽는 건 쉬운 일이 아니다. 시를 쓰게 한 것은 "똥
구멍의 굴욕"이거나 "착시상태의 발광"「대비」이었을 것이다. 시인은 저
를 치욕에 빠뜨린 불행과 절망에서 시의 동력을 수혈해왔다. 그것들은
과거다. 아니 과거이기를 바란다. 시인은 과거의 잔존물을 갖고 논다.
그 과거는 "불행한 개인사"라는 말로 다 표현할 수 없다. 그보다 훨씬
더 어둡고 끔찍하다. 시인은 그 끔찍한 것을 불쑥 내민다. 제가 받은
치욕과 고통으로 독자를 초대하는 것이다. 결코 받고 싶지 않은 초대
다. 똥이었던, 그래서 밥까지 똥으로 만들었던 그 과거는 아직 여기저
기에 흔적으로 남아 있을 것이다. 기억 속에. 무엇보다도 아문 상처 속

에. 나는 시인이 기억과 상처에서 과거를 추방했기를 바란다. 그래서 자유롭기를 바란다. 그 과거를 장례(다비) 지냄으로써 새 삶을 얻기를 바란다.


## 3. 노명순: "검은 암컷"의 시

솟아 있는 봉우리들이 수컷이라면 골짜기는 암컷이다. 곡신은 여성 음부의 상징이다. 곡은 골짜기다. 골짜기는 가운데가 텅 비어 사물을 담을 수 있는 그릇의 형태를 취한다. 그것은 비어 있으므로 가득 찰 수 있다. 곡신은 골짜기의 가운데 뚫린 구멍이다. 예로부터 구멍은 여근女根이다. 여근은 생명의 문이다. 곡신은 암컷이며 만물을 낳는 어미다. "곡신은 죽지 않으니 이것을 검은 암컷이라고 한다. 검은 암컷의 문을 하늘과 땅의 뿌리라고 한다. 이어지고 이어져 영원히 존재하니 아무리 써도 마르지 않는다."노자, 『도덕경』제6장 노자는 이것을 "검은 암컷"이라고 했다. 검은 암컷은 이어지고 이어져 영원한 존재니, 죽지 않는다. 곡신은 죽지 않으니 영원불변한 도道라고 말할 수 있다. 검은 암컷이 만물을 낳으니 검은 암컷의 문은 하늘과 땅의 뿌리가 되는 것이다.

　　남성은 양이고, 여성은 음이다. 차가움, 구름, 비, 여성, 겨울, 골짜기, 구멍들은 다 음의 계열에 속한다. 반면에 태양, 햇빛, 열, 봄과 여름, 구릉과 봉우리는 양의 계열에 속한다. 남성이 하늘이라면 여성은 땅이다. 음과 양은 기氣고, 기는 흘러가는 것이다. 그것은 본디 둘이 아니다. 태극과 같이 한 몸이다. 그래서 주자는 양이 물러가면 음이 생기는 것이라고 말한다. "음양은 혼연일체한 하나의 기에서 멈추니 운동은 곧 양이고 정지는 곧 음이며 혼연일체는 곧 태극"임계운, 『주역세심周易洗心』이다. 이 둘은 하나가 됨으로써 음양이 화합하여 열매를 맺고 세상을 생육하고 번성하는 자리로 만든다. 남녀는 양과 음을 대표하는 성이다. 남녀 양성이 음양의 교감을 이루어야만 자식을 낳고, 생장과 번식의 현상을 잇는 것이다. 그것으로 만물의 기강을 이루고, 온갖 우주의 변화를 아우르는 큰-어머니가 되는 것이다.


하늘이, 숲이, 마을이,
새떼들의 울음소리로 그득하다
광능내 수목원 봉선사 절간 앞 연못에서였다
연못 속에는 개구리들의 알뭉치가 둥둥 떠 있고
암수가 서로 쫓고 쫓기는 애타는 구애의 소리
암놈 등때기에 수놈이 타 올라 새소리를 내고


삼월이면
백련꽃이 지고
연잎사귀 썩은 연못에서
이렇게 개구리가 맑은 새소리를 낼 수 있는 것인지


여름이면

검은 흙탕물에서

연못 가득

흰 연꽃 눈부시게 피워낼 수 있는 것인지


가을이면

천년을 간다는

연 씨앗 탄탄히 맺어

연밥 품에 꼭꼭 심는 것이, 참말인지

— 노명순, 「진흙탕 연못 속에 하느님이」


놀라워라, 시인은 진흙탕 연못 속에서 이루어지는 신의 섭리를 응시한
다. 연 잎사귀 썩은 저 연못 속에서 무슨 일이 벌어지고 있는가. 진흙
탕 연못은 "암수가 서로 쫓고 쫓기는 애타는 구애의 소리"로 가득 차
있다. 수백 마리의 암수 개구리 떼가 한데 엉겨 교미를 한다. 방중양생
房中養生은 동물에게만 해당하는 것이 아니다. 식물도 암수가 교합하여 꽃
을 피우고 열매를 맺어 씨앗을 남긴다. 여름이면 이 진흙탕 연못은 가
득 흰 연꽃을 피워낸다. 가을이면 천년을 간다는 씨앗을 맺어 연밥 품
마다 꼭꼭 심어놓는다. 물이 가득 찬 연못은 상징학에서 생명을 품고
기르는 여성의 자궁이다. 노자의 말을 빌리자면, 곡신, 즉 검은 암컷이
다. 그야말로 음양의 생명들이 엉겨 이루는 장엄승경莊嚴勝景이 아닌가!

　노명순의 시는 몸의 시다. 몸속에 끓는 용암의 시다. "몸 속에서
끓던 용암"「단풍, 단풍」은 존재의 잉여 현상이다. 그것 없이도 우리는 살 수

있지만, 몸이 용암의 실존 속에 있을 때는 그것 없이는 살 수 없을 것만 같은 느낌에 빠진다. 그것은 실존을 보게 하지만 본질은 항상 실존의 표면 아래로 숨는다. 사랑에 빠진 자들은 사랑에 눈먼다. 그 용암을 끓게 하는 것은 사랑의 에너지다. 사랑은 나의 부재를 타인의 현존으로 채우려는 존재의 기도다. 사랑을 키우는 것은 부재에 대한 예민함이다. 사랑은 나에게 부재하는 것, 즉 타자의 현전現前을 빌려 나의 열정을 이루는 것이다. "그 시절 펄떡거리며 튀어 오르는 놈들을 잡아 / 안아보기도 하고, 입을 맞추기도 하며, / 안고 뒹굴기도 했지 / 사실 난 그놈들 없이는 살맛이 없었거든 / 그 무서운 삶의 권태로움까지 견뎌낼 수 있었어 / 아름다운 놈이든 / 처절하게 몸부림치는 놈이든 / 삶의 바늘을 삼킨 것들은 모두 내 것이었어".「나는 뷰시꾼이었다」열정은 사랑에 빠진 사람의 숨길 수 없는 특징이다. 수줍은 사람이라 하더라도 사랑에 빠지면 그 열정으로 용감해진다.


등 푸른 생선 한 마리를 통째로 구웠다.


냄비에 기름을 자박이 붓고
노릇노릇 뒷몸이 익어갈 때
몸을 굴려 앞몸으로 뒤집을 때
기름이 튀며 불이 확 붙어 버린다
불꽃의 춤으로
그릇의 형체도 생선의 형체도 분간할 수 없다.

그는

늘

그런 식의 사랑을 했다.

— 노명순, 「사랑, 그 생선 굽기」

사랑은 "불꽃의 춤"이다. 생선 한 마리를 통째로 구울 때 기름을 뒤집어쓴 생선은 불꽃에 휩싸여 노릇노릇 익어간다. 이렇듯 사랑은 제 몸을 태우는 열정이다. 왜 제 몸을 익히는가? 상대방에게 온몸, 혹은 온마음을 주기 위해서다. 익는다는 표현에 주목하자면, 사랑은 먹고 먹힘이다. 사랑은 타자를 잘 먹음이다. 그에게 다가가는 것은 기꺼이 그에게 먹히기 위해서다. 나를 먹지 않는다면 그는 나를 사랑하는 것이 아니다. 연인관계에서 너와 나의 몸은 서로 잘 먹히기 위해 잘 익혀야 한다. 사랑에 빠지면, 사람은 누구나 기꺼이, 자발적으로, 노릇노릇 잘 익힌 몸을 먹거나 먹힘을 당한다. "그는 흰 접시 위에서 / 벗은 알몸의 사과 향기 내뿜는 그녀의 / 속살을 / 포크로 게걸스럽게 먹어 치운다". 「정물화 속의 기억」 사랑은 그 대상을 먹지 못해, 혹은 그 대상에게 먹히지 못해 안달하고 안타까워하는 것이다.

　　"너를 잡으려다 매번 내가 잡히고야 마는 / 그러나 나는 솔직히 말해 / 마냥 흘러가는 것만 같은 너를 / 너를 내 혀 속에 몰아 놓는 // "순간" // 알사탕 빨아먹듯 천천히 오랫동안 맛보고 싶다." 「꿈, 감나무 속에 있니?」 사랑에 빠지면, 나는 너를, 혹은 너는 나를 천천히 오랫동안 "빨아먹"는다. 사회생물학적으로 그것은 수동성으로의 초대, 타자를 무력

화시켜 나의 소유 아래에 두려는 전략이다. 사랑의 포로가 된 사람은
자유와 능동성을 포기하고 기꺼이 노예되기를 자청한다.

사랑의 본질을 윤리적으로 설명하기는 불가능하다. 사랑에 대한
온갖 낭만적 언설이 본질을 가린다. 아울러 열정의 과도함이 "그릇의
형체도 생선의 형체도 분간할 수 없"게 만든다. 사랑은 항상 그렇다.
열정의 과잉이 먼저 앞질러 간다. 이 과속이 일으키는 멀미 때문에 우
리는 이성으로 보아야 할 많은 부분을 놓친다!


물살과 한 몸 되어 사그라지는 물길을 연다
애써서 열면 닫히고 닫히면 열려 버리는
강물의 깊이와 흐름을
가늠할 수가 없다


물이 나를 품을 때는 따뜻하고 넓어서
서로 서로 영원히 섞이는 듯 하다가는
팔 풀고 제 길을 갈 때면
물보라만 남는다


어딘가로 흐르며 멀어지며 흔드는 손
달려가 잡고 싶은 손 물보라 속 무지개에 취해
내 몸의 세포를 열며
그를 향해 질주한다.

사랑에 대한 현상학적 탐구다. '나'와 '너'가 한 몸이 되었을 때 이질
감과 그 이질감이 일으키는 불만은 용납되고 서로의 관계 속에서 녹아
버린다. 사랑은 "애써서 열면 닫히고 닫히면 열려 버리는" 사소한 어
긋남 속에 있다. 이를테면 상대방이 마음을 주면 몸을 달라고 보챈다.
상대방이 몸을 주면 마음을 다 주지 않는다고 투정을 부린다. 이런 사
소한 다툼과 화해의 반복 속에서 사랑은 농익어간다. 농익어가는 시기
는 구애의 시기다. 이 구애의 시기 다음은 필경 권태와 물림의 시간이
닥친다. 이게 사랑의 위기다. 대개는 이 고비에서 연인들은 헤어진다.
"물이 나를 품을 때" 두 이질적 존재가 한 영혼이 된 듯한 느낌에 빠진
다. "서로 서로 영원히 섞이는 듯"하지만 "팔 풀고 제 길을 갈 때" 두
사람은 상대에게 맡겨두었던 제 존재를 되찾는다. 사랑은 무사무욕이
아니다. 사랑이야말로 지독한 탐욕이다. "무지개에 취해", 즉 사랑의
달콤함에 빠져 '내 몸의 세포를 열며 / 그를 향해 질주'하는 것은 숭고
한 사랑이 아니다. 먹히고 싶고, 혹은 그를 먹고 싶은 내 안의 욕망이
그를 향해 달려가게 하는 것이다.

봄부터 빛 쪽으로 몸을 틀며 열매 맺으려는
너의 푸르디 푸른 성을
어찌할 수가 없다
찌를 듯 거침없이 뻗쳐오는 가지

진동하는 향기, 반짝이는 잎새,

창가에 분홍 꽃이 눈이 시리게 피더니

꽂진 자리에 맺힌 콩알만한 푸른 핵

성큼

햇살의 창안으로 들어와 커지며 영근다

하루에도 몇 번씩 투명한 치마를 풀석대며

햇살과 몸을 섞어 노릿노릿 익어 간다

스치는 빗방울 하나에도 자지러지게

농익어 떨어질 맛,


유월의 살구 맛이 터져 속씨앗이 보인다 보여

— 노명순, 「푸른 핵」


사랑이란 "푸르디 푸른 성"의 희극이다. 사랑에 빠진 자는 대상을 제멋대로 이상화하는 버릇에 빠진다. 그래서 사랑에 빠지면 눈에 콩깍지가 끼었다고 말한다. 보라, 대상을 이상화하는 시선을 받아먹고 상대는 빛이 난다. 상대방이 멋져서 빛이 나는 것이 아니라 상대방을 멋지게 바라보기 때문에 빛이 나는 것이다. "찌를 듯 거침없이 뻗쳐오는 가지 / 진동하는 향기, 반짝이는 잎새"라는 구절은 사랑에 빠진 나의 시선 속에서 빛나는 대상으로 변환하는 언표적 표상을 보여준다.

다시 한번 "노릿노릿 익어 간다"는 표현이 나온다. 모든 몸된 것들을 익어가게 하는 것은 "푸른 핵"이다. 생명의 본질이다. 그것 때문에 꽃이 피고 꽃이 진 자리에 열매가 맺힌다. "하루에도 몇 번씩 투명한 치마를 풀석대며"라는 구절은 에로틱한 연상을 불러일으킨다. 풀석대는 치마 아래 익어가는 몸을 너에게 주고 싶다는 욕망이 숨어 있다. 내 몸은 "햇살과 몸을 섞"으며 "노릿노릿 익어"가니, 너는 빨리 내게로 와서 이것을 취하라. 내 몸은 "스치는 빗방울 하나에도 자지러지"며 농익어 간다. 유월의 달콤한 살구 향은 잘 익은 몸에서 뿜어 나오는 사랑의 향이다.

마당의 후박나무 속살 움트는 가지에
새들이 암컷 수컷 색깔대로 섞어 앉아
부리를 마주쳐 가며
푸릇푸릇 입맞춤 한다

후박나무 옆구리 옆 허리 굽은 늙은 앵두나무
큰 후박나무 그늘에 가지 끝 말라 비틀대며
새들의 입맞춤 한 컷,
또 한 컷, 가슴 속에 인화해 두는
발에 힘을 불끈 주었다
— 노명순, 「사랑을 인화한다」

세상은 암컷과 수컷들이 나누는 사랑으로 가득 차 있다. 마당의 후박나무 가지에 새의 암컷과 수컷이 날아와 부리를 마주쳐가며 사랑놀음에 빠져 있다. 음양의 교합이 있어야만 종의 번식이 이루어진다. 새들이 교미를 하고 알을 낳고, 나뭇가지들은 움을 틔우고 꽃눈을 내고 벌과 나비들을 불러들여 수정을 한다. 천지만물의 음과 양은 이렇듯 한 몸이 되어 꽃을 피우고 알을 낳는다. 낡은 집조차 생명을 잉태하여 만삭의 몸이다. "텃밭의 배추는 포기져 불러오는 배를 감싸 안고 / 처마 밑 / 알을 밴 거미들은 먹이와 마른 잎들을 모으며 / 여기저기 비단실집을 짜고 / 감나무 대추나무 등 내집에 살고 있는 모든 것들은 / 산기가 돌아 뜨거운 숨을 가쁘게 몰아쉬는 / 만삭의 몸이다."「만삭의 몸」 텃밭배추는 배가 불러오고, 거미들은 알을 밴다. 집과 더불어 있는 모든 것들이 "산기産期"를 맞아 만삭이다. 만삭은 암컷과 수컷이 짝짓기를 한결과다. 저 마당에 서 있는 배나무는 어떤가? 늙은 배나무도 봄 햇살속에서 "가쁜 심호흡"을 하고 있다. "배에 힘이 주어지고 통증이 오고" 있으니 배나무도 곧 무언가를 낳겠다. "담장에 늙은 배나무 한그루 / 겨우내 쇠잔한 몸으로 아기를 배고 있었구나."「늙은 배나무의 명상」 우리가 모르는 새에 신성하고 장엄한 교접이 있었던 것이다.


웅크린 나의 집은 잡초로 우거져 있다

나는 한 포기 풀도 뽑아내지 않는다

빛 줄기, 물방울 하나

차지하려고 버둥거리는

잡초와 더불어서 늙은 집을 지키다가

잎새 죄 떨어트린 후 온몸을 바람에 맡기며

모래알, 자갈밭 헤쳐

잡초의 뿌리가 가는 길

통로와 출입구 많은 넓은 땅 속의 세계로

더듬이를 세우며 개미집에 닿아보고 싶다

수십개 알들을 낳는

어머니를 만나고 싶다.

— 노명순, 「뿌리가 가는 길」


오래되어서 낡은 집은 잡초가 우거져 있다. 낡은 집은 오래된 몸이다. 집-몸은 "통로와 출입구 많은 넓은 땅 속의 세계"와 잇대어 있다. 시인은 "더듬이를 세우며 개미집에 닿아보고" 싶어하는데, 거기 어머니가 있기 때문이다. 그 어머니는 실제 어머니이기도 하고, 대지모신大地母神을 가리키는 것이기도 하다. "수십개 알들을 낳는 / 어머니를 만나고 싶다." 알들을 낳는 어머니는 천하만물을 낳은 위대한 어머니다. 노자가 말하는 곡신, 즉 검은 암컷이다. 만물은 거기에서 나와 거기로 돌아간다. 검은 암컷은 아무리 써도 마르지 않고, 아무리 채워도 채워지지 않는다. 그것은 생명의 고리로 이어지고 이어지니 영원하다. 노명순의 시가 도달한 자리는 음양의 세계를 하나로 아우르는 태극의 존재, 대지모신의 세계다. 시인은 그 영원한 세계와 잇대어 있는 제 존재감을 새긴다. 노명순의 시에서 검은 암컷과의 감응과 조화를 발견하는 것은 이상한 일이 아니다. 그의 시는 검은 암컷을 위한 검은 암컷의 노래이기 때문이다.

## 4. 최급녀: 물드무·배꼽·바코드·갑골문자

시의 기쁨은 미학적 경험과 관련된 것이다. 좋은 시는 우리가 경험하지 않은 것이 아니라 경험했으나 희미해진 것, 아예 잊은 것을 새롭게 일깨우고 쇄신의 느낌을 갖게 한다. 우리 안에 있는 것을 쇄신해서 다시 생생한 육체적 감각의 일부로 되돌려주고 퇴색한 정신의 윤기를 빛나게 만든다. 시에서 은유는 이미 있는 것에 덧씌워진 상투적 관념을 깨고 낯선 인지의 대상으로 만드는 방법이다. 보르헤스도 이와 비슷한 견해를 피력한 적이 있다.

브래들리Bradley는 시의 효과 중의 하나가 새로운 것을 발견하는 것이 아니라 잊혀진 것을 기억하는 인상을 주는 것이라고 말했습니다. 우리는 훌륭한 시를 읽을 때면, 우리도 그것을 쓸 수 있었을지도 모른다는 생각을 합니다. 즉 그 시는 이미 우리 안에 존재하고 있었다고 생각합니다. 이런 생각은 시에 대한 플라톤의 정의, 즉 "가볍고 날개 달렸으며 성스러운 그것"을 생각하게 합니다. 그래서 "가볍고 날개 달렸으며 성스러운 그것"은 음악이 될 수도 있습니다(물론 시도 음악의 한 형태이긴 하지만 말입니다). 플라톤은 시를 정의하면서 아주 훌륭한 시의 예를 보여줍니다. 그것은 우리에게 시란 미학적 경험이라는 생각을 하게 만들어주는데, 이런 생각은 시를 가르치는 데 혁명과 같은 것입니다.[141]

141) 호르헤 루이스 보르헤스, 『칠일 밤』, 송병선 옮김, 현대문학, 2004.

무엇보다도 시는 이성의 기획이 아니라 감각 경험의 매개를 통해 이루어지는 정서의 기획이다. 시는 안에서부터 밖으로, 혹은 밖에서부터 안으로 밀려드는 경험들이 상호 충돌하고 삼투하면서 빚어지는 이미지들을 붙잡아낸다. 시는 이미지에서 시작해서 이미지로 끝나는 예술이다. 그 이미지들은 부분과 전체의 유기적 관련 속에서 세계를 이미지로서 드러내 보인다. 좋은 시들은 실존의 질적인 전환의 계기들을 만든다.

최금녀의 상상세계는 가련한 것들을 향한 측은지심으로 물들어 있다. 사람은 물론이거니와 천지자연과 동식물은 '기'를 갖고 있다. 이 기는 사람과 사람 사이뿐만 아니라 천지자연과 동식물과도 상호 조응하여 감응의 빛과 무늬를 남기는 것이다. 이것을 생명됨으로 포용하는 것이 측은지심의 바탕이다. 측은지심으로 우주를 바라보면 "나뭇잎 하나에도 생각이 일어나고 벌레소리에도 마음이 이끌"린다. 생명 가진 것들이 처한 형편을 살피고 이에 대해 반응하는 것은 따뜻한 마음과 지혜를 가진 사람에게는 지극히 자연스러운 일이다.

산비둘기 울음 한 대목이
칼빛처럼 스쳐 지나간다

뼛속 깊은 곳을 에돌아
한 박자 쉬며 넘기는 소리의 휘어짐이

명창의 쉰 듯한 음색으로
가슴 속 허공을 가른다

명치가 끊어지는 듯한
한 박자의 쉬임은 슬픔을 터뜨리며
저승과 이승을 이어내고
그 여름
수심을 장대로 휘저어 보던
어미의 피울음 속으로 건너간다

사람의 세상에는
한 박자 쉬어서도 넘길 수 없는 슬픔이
번갯불처럼 명치에 꽂히지만
날짐승, 저 죄값 없는 세상에도
저승과 이승은 한 박자로 이어지며
가슴에 구멍을 내는 것일까.
— 최금녀, 「산비둘기 한 박자 쉬며 운다」

"산비둘기 울음"에서 "명치가 끊어지는 듯한" 고통을 읽어내는 시인의
마음은 만물을 모성으로 끌어안는 자의 마음과 하나다. 미물의 울음에
서 명치가 끊어지는 고통을 떠올린 것은, "그 여름 / 수심을 장대로 휘
저어 보던 / 어미의 피울음 속으로 건너간다"라는 구절에 의하자면 익

사 사고로 아이를 잃은 어미의 고통과 겹쳐지기 때문이다. 생명 가진 것들이 제 속의 슬픔을 소리로 풀어내는 울음은 산 자만의 특권이다. 그렇다고 누구나, 이 세상에 가득 차 있는 생명 가진 것들이 내는 생명의 소리들을 측은지심으로 받아들이지는 않는다. 타성의 완고함에 빠진 사람은 흔히 들을 수 있는 산비둘기 울음 따위를 이렇듯 아프게 받아들이지는 않았을 것이다.

1) 분홍빛 손가락이
   통유리벽을 기어 오르느라
   손끝이 붉다
   ― 최금녀, 「저 분홍빛 손들」 일부

2) 비탈진 쪽으로 뿌리 버팅겨 섰던
   뿌리의 등허리, 흙 밖으로 불거졌던
   등 시린 나무
   이 추위 어떻게 지내는지,
   중심은 아직도 탄탄한지

   작년 봄, 옆구리 여기저기에
   링거 줄 매달고 중환자였던 고로쇠나무,
   입춘을 가까워오는데 또 어쩐다?

오늘 눈이나 마음 푸근하게 쏟아져

여린 싹들도 눈이불 다 덮어주고

관자놀이에 심줄 돋은 뿌리와

못자국이 험한 고로쇠도

푹 덮어주었으면 좋겠다

— 최금녀, 「한겨울 나무마을에 간다」 일부


1)의 시는 담쟁이넝쿨이 유리벽을 타고 오르는 것에서 시상을 취한다. 산다는 것은 크고 작은 장벽을 넘어서 가는 고달픈 길이다. 시인은 담쟁이넝쿨에서 그 사실을 콕 집어낸다. 2)에서도 비탈진 땅에 "흙 밖으로 불거"진 뿌리로 땅에 버티고 서 있는 나무의 힘겨움을 말할 때 그것은 사는 것의 고단함에 대한 은유로 읽힌다. 사람과 자연은 서로를 향해 열려 있고, 그 열려 있음으로 인과적인 관계는 아니지만 서로를 조건 짓는 관계로 묶인다. 2)에서 시인은 "링거 줄 매달고 중환자였던 고로쇠나무"의 안부를 근심한다. 고로쇠 수액을 채취하기 위해 달아놓은 장치에서 시인은 링거 줄 매단 중환자를 연상한다. 1)의 담쟁이넝쿨의 중간뿌리를 "분홍빛 손가락"으로, 2)에서 고로쇠나무를 "링거 줄 매달고 (있는) 중환자"로 연상하는 것은 자연을 의인화하는 수법이다. 그 무정물의 안부를 근심하고 염려하는 태도는 드넓은 생명세계 일체를 측은지심으로 끌어안는 모성적 상상력에서 나오는 것이다.


물드무엔 늘 물이 가득했다

자식들이 오면 물이 모자라지 않게
옹배기로 길어다 부우시던
어머니,

한 생애, 가없는 수평선만 넘실거렸을
수심 깊은 물살을 들여다본 적이 없었다
볼 겨를이 없었다

몇십 년만에 무위도를 찾아간다
수평선 가득 물을 품어 안고
한평생 외로이 떠 있는
물 항아리 같은 섬,

물길을 열어 놓고 기다리며
내가 놓친 수평선까지
물을 재우고 있는
섬,
어머니를 향해 떠난다.
— 최금녀, 「물드무」

모성적 상상력은 「물드무」에서 그 절정에 닿는다. "물드무"는 물이 귀
한 섬에서 물을 저장하는 용기다. 어머니는 "자식들이 오면 물이 모자

라지 않게 / 옹배기로 길어다 부우"신다. 물은 원형상징학에 따르면 생명의 표상이다. 물드무는 물을 담는 풍요의 항아리로서 "성배"의 변주이며, 어머니의 은유다. 모든 생명된 것은 생명을 영위하는 데 필연적으로 물을 필요로 한다. 물드무에 물을 가득 채우는 어머니는 생명 가진 것들을 낳을 뿐만 아니라 몸 안의 젖으로 만물을 양육한다. 물드무가 물로써 생명의 순환을 이어주는 항아리라면 어머니 역시 생명을 낳고 기르는 숭고한 항아리다. 물드무가 제 안에 있는 것들을 퍼주며 생명 을 기르고 섬기듯이 어머니 역시 제 것을 다 자식들에게 내어줌으로써 생명들을 기르고 섬긴다. 물드무/어머니는 이타적 희생의 상징이라는 뜻에서 하나다. 4연과 5연에 가면 물드무/어머니는 "섬"의 이미지로 변주된다. 어머니는 섬과 같이 "물길을 열어놓고 기다리며", "물을 재우고 있"다. 마지막 연에서 시인은 그 어머니를 찾아 떠난다.

『저 분홍빛 손들』은 두 개의 축을 갖고 있다. 하나는 모성 지향의 상상력, 다른 하나는 첨단문명이 만든 인공적인 세계에 반응하는 상상력이다. 수많은 새것들, 이전에는 없었던 것들이 우리 삶의 안쪽으로 진입해서 우리 삶을 규정하고 만들어간다. 『저 분홍빛 손들』에서 볼 수 있는 바코드, 인터넷 강의, 폴더, 컴퓨터, 마우스, 클릭, 유전자 그래프, 프로젝트, 줄기세포, 상상 복제, 러닝머신…… 따위의 어휘들은 어느덧 우리 삶을 포위한 첨단문명에 대한 암시를 담고 있다. 이것들은 불길하다. 「내 몸에도 바코드가 있다」·「상상 복제」·「맛보기 강의」·「컴퓨터 비문」·「사이버 속의 그를 만나러 간다」·「유전자 그래프」·

「감쪽지에 마우스를 대고」와 같은 시편들은 기계문명에 갇힌 불길한 영혼의 현전을 보여준다.

내게도 내 값을 정하는 바코드가 있다
— 최금녀, 「내 몸에도 바코드가 있다」 일부

시인은 "내 몸에도 바코드가 있다"고 선언한다. 바코드란 상품 위에 덧씌워진, 그것의 기원과 분류를 압축하는 기호다. 기호화된 바코드는 사물의 실재성, 최초로 탄생한 자리, 노동자와 생산물의 관계, 사물이 발생하는 데 기여한 인간적 개입에 관한 내역을 이면으로 감춰버린다. 시장경제 자본주의의 정치학에서는 모든 사물은 팔 수 있는 상품이다. 아울러 상품을 사고 쓰려는 욕망을 제2의 본성으로 만든다는 것이 마르쿠제의 주장이다. 밖에서 주어진 욕구, 즉 자발적으로 일어난 욕구가 아니라 타자에 의해서 강제된 욕구를 생물학적인 욕구로 바꿔놓는다는 것이다. 이런 세계에서는 사람마저도 상품 형식에 구속시키며, 사람(노동력)도 사고파는 대상이 된다.

핀셋의 끝이 가슴 깊이 싸매 둔
금단을 콕 콕 건드릴 때마다
출생의 뿌리와 운명적 별자리의 명운과
드러내고 싶지 않은 오류의 자국들이
내 몸과 마음을 묶는다

491

— 최금녀, 「내 몸에도 바코드가 있다」 일부

첨단문명이 몸에 새겨준 "바코드"에는 "출생의 뿌리, 운명적 별자리의 명운, 드러내고 싶지 않은 오류"들이 기호화되어 숨어 있다. 그것들은 내가 어디에 있든지 간에 나를 규정하는 정보로 따라다닌다. 바코드를 인식하는 기계들은 그것들을 읽어내고 우리의 욕망과 의식을 분류하고, 규정하고, 조정한다. 그런 뜻에서 우리의 "몸과 마음"은 그것 속에 묶여 있다.

내 몸에는 어머니의 뱃속에서
나를 따내온 흔적이 감꼭지처럼 붙어 있다
내 출생의 비밀이 저장된 아이디다

몸 중심부에 고정되어
어머니의 양수 속을 떠나온 후에는
한번도 클릭해 본 적이 없는 사이트다

사물과 나의 관계가 기우뚱거릴 때
감꼭지를 닮은 그곳에 마우스를 대고
클릭, 더블클릭을 해보고 싶다

감꼭지와 연결된 신의 영역에서

까만 눈을 반짝일 감의 씨앗들을 떠올리며

오늘도 나는 배꼽을 들여다본다


열어볼 수 없는 아이디 하나

몸에 간직하고 이 세상에 나온 나.

— 최금녀, 「감꼭지에 마우스를 대고」


배꼽을 제 존재의 근원과 연결된 사이트로 유추해내는 상상력이 기발
하다. 디지털 요소와 우리 몸에 출생의 징표로서 남은 유서 깊은 것을
겹쳐서 오늘의 언어로 연역해내는 시인의 상상력은 날렵하다. 배꼽은
"몸 중심부에 고정되어 / 어머니의 양수 속을 떠나온 후에는 / 한번도
클릭해 본 적이 없는 사이트다". 그 사이트에 접속하고 싶을 때는 "사
물과 나의 관계가 기우뚱거릴 때"라고 말한다. 이 기우뚱거림은 나와
세계 사이의 조화와 균형이 깨질 때다. 배꼽을 들여다보는 행위는 그
조화와 균형을 희구하는 까닭이다. 배꼽은 존재의 집인 몸의 중심점이
며 그 집으로 통하는 문이기도 하다. 우리는 그 배꼽을 통해 어머니와
연결되고, 마침내 그 연결·접속은 "신의 영역"에 가 닿는다. 가상현실
의 세계에서는 우리의 정체성은 물론이거니와 그 기원과 실재조차 의
심받는다. 「감꼭지에 마우스를 대고」는 배꼽을 들여다보며 제 존재의
근원을 응시하는 시인의 의식이 가상현실의 혼란 속에서도 중심을 잃
지 않으려는 단단한 의지를 보여준다.

사람들은 누구나 해독할 수 없는 문자

몇 점씩 지니고 산다

늑골 아래쯤 몸 속 깊숙하게

뿌리내린 내 갑골은

기억도 까마득한 옛날, 은허殷墟에서

물 좋은 아시아 동쪽을 찾아

내 몸에 들어와

왕조의 음험한 비밀들을

해독하지 못할 문자로 새기고 있다


몸과 마음이 궂을 때마다 문자의

아픈 점괘들이 머릿속에서 들끓는다

횟수가 늘어나고 내 길흉들도 더 깊어지면

나를 잃어버릴 수도 있는 병이 들고

허해진 내 몸을 한 자 한 자 접수해

몸 전체가 갑골문자로 되덮이는 꿈에 시달린다


어두웠던 일, 지우고 싶었던 일을 지니고 살 듯

해독되지 않는 갑골문자 몇 점 지니고 산다.

— 최금녀, 「갑골문자」


누구나 제 존재 속에 "해독되지 않는 갑골문자 몇 점씩 지니고 산다."

는 게 이 시의 내밀한 전언이다. 해독되지 않는 이 갑골문자는 정신생리학의 맥락에서 말하자면 계통발생의 기억과 상관되는 그 무엇이다.

몸과 마음이 궂을 때마다 문자의
아픈 점괘들이 머릿속에서 들끓는다

외면은 내면을 반영한다. 얼굴의 생김새나 손금으로 운명을 읽고, 체형을 통해 체질을 파악하는 것도 외면이 내면의 반영이라는 믿음에 바탕을 둔 것이다. 얼굴은 숨어 있는 마음의 표정을 드러낸다. 몸이 아픈 것은 곧 마음이 아프기 때문이다. 시인은 "몸과 마음이 궂을 때" 그 궂음은 밀랍에 찍은 도장과 같이 "아픈 점괘"를 찍는다. 그것은 어떤 심상일 수도 있고, 예감일 수도 있다. 몸과 마음의 평형을 잃을 때 우리 영혼의 현전은 병에 침윤되는 것이다. 놀라워라, 시인은 그때 볼 수 없는 것을 보려 한다. 밖으로 드러나 있는 외면을 통하여 저 내면세계에서 우리 삶을 조정하는 무의식의 문자들을 읽어내려고 한다. 「갑골문자」는, 시의 문면 아래에, 외면과 내면을 하나로 꿰뚫어보고 통하려는, 그리하여 내 몸에 오는 길흉을 읽어내려는 욕망을 감춘다. 계통발생의 기억이 그 지평 속에 숨긴 메타포들을 읽어내려는 노력이다. 그 오랜 인류의 꿈을 이룬 게 무당들이다. 시인은 진짜 무당이 되려고 하는 것일까?

시집 말미에 실린 「밤비에 마음 젖는다」·「시간의 허리에 앉아」·「햇빛도 한쪽으로만 기운다」 등을 보면 뒤척이다, 두리번거리다, 흔들리다와 같은 동사들이 잇달아 나온다. 이런 동사들은 시인이 어떤 변화의 계기를 맞고 있다는 심증을 품게 만든다. 나는 시인에 대해 아는 바가 거의 없으므로 시인이 어떤 변환의 계기에 처해 있는지를 알지 못한다. 다만 누구나 한 생에는 여러 겹의 삶이 들어 있다는 것을 말할 수 있을 뿐이다. 그 변화와 전환의 계기들이 최금녀 시인의 시적 도정道程에 시세계를 활짝 꽃피울 수 있는 풍요로운 재료가 되길 빈다.

# 모든 병든 개와 모든 풋내기가 그러하듯

'일자관<sup>一字關</sup>' 대화법으로 선가에서 명성을 얻은 운문<sup>雲門</sup>은 임제<sup>臨濟</sup>와 더불어 성질이 급하고 입이 험악한 선사로 알려져 있다. "과격한 우상 파괴자"라고 할 수 있는 운문의 성정을 잘 보여주는 일화가 있다. 부처가 태어나자마자 한 손은 하늘을 가리키고 남은 한 손은 땅을 가리키며 일곱 걸음을 떼고 난 뒤 "하늘과 땅 사이에서 나만이 홀로 존귀하다!"고 외쳤다. 대중에게 그 일화를 소개한 뒤 운문은 일갈한다. "내가 그 자리에 있었다면 그 녀석을 한 방에 때려죽인 뒤에 시체를 개에게 주었을 것이다. 그랬더라면 이 세상이 참 평화롭고 좋은 곳이 되었을 것이다." 하늘과 땅 사이에 저 혼자 존귀하다고 외친 부처는 살아남아 대중에게 설법을 펼쳤다. 그 설법에도 불구하고 이 세상은 아수라<sup>阿修羅</sup>가 되고, 무간지옥<sup>無間地獄</sup>이 되었다.

"옮기는 발길마다 독사<sup>毒蛇</sup>의 눈깔이 별처럼 총총히 묻혀 있다는 모래언덕"<sup>서정주, 「역려逆旅」</sup> 위에서 나는 길을 찾고자 그 많은 시를 읽고 책의 숲을 헤맨다. 끝내 쓰이지 않은 것들은 쓰인 것들에게 제 몸을 내어주고, 저는 부동의 침묵으로 웅크린다. 쓰이지 않은 것들의 몸-내줌이 없었다면 한 줄의 글도 쓰이지 않을 것이다. 그러므로 쓰인 것들은 저 부동의 침묵이 물리는 젖을 먹고 자란다. 쓰이지 않은 것들은 모든 쓰인 것들의 어머니다. 나의 '있음'은 쓰인 것들과 쓰인 것들 사이를 진자운동한다. 나의 살아 있음은 노동과 수고의 연루됨 속에서 반짝이는 그 무엇이다. 시와 책들은 실은 수고의 연속으로 이루어지고 세계의 무뚝뚝함 속에 내던져진 이 '있음'을 '잘-있음'으로 바꾸려는 기획이다. 그 길은 멀고 험하다. 김소월은 "물로 사흘 배 사흘 / 먼 삼천 리 / 더더구나 걸어 넘는 먼 삼천 리 / 삭주구성朔州龜城은 산을 넘은 육천 리요 // 물 맞아 함빡이 젖은 제비도 / 가다가 비에 걸려 오노랍니다 / 저녁에는 높은 산 / 밤에 높은 산"「삭주구성」이라고 썼는데, 이 길은 그 삭주구성보다 더 멀고 아득하다. 하늘은 나를 낳고 땅은 나를 길렀지만 '잘-있음'의 길은 나 스스로 찾아야만 한다. 나는 꿈속에서 운문에게 몽둥이로 얻어맞는다. "말해봐, 말해봐!"라며 운문은 몽둥이를 휘두른다. 말할 수 없는 것을 말하라니 그저 맞는 수밖에 없다.

어느 중이 운문에게 물었다.
"누가 나입니까?"
운문이 대답했다.
"산 속을 자유롭게 돌아다니고 물속에서 즐거움을 얻는 자다."[142]

환희로 넘치는 저 찬연한 빛의 세상, 그 '자유'와 '즐거움'을 나는 얻었는가? 그걸 얻었다면 시와 책은 다 태워 없애버려도 좋을 터지만 그날은 아득하다. 내 가슴에 시름과 분노도 다 말라버렸다. 공자에게 원저작권이 있고 운문이 태연자약하게 제 말처럼 써먹은 "아침에 도를 들은 사람은 저녁에 죽어도 좋다."고 한 바로 그날이 아니겠는가!

「노자시화」는 달마다 나오는 시 전문지 『현대시학』 2007년 1월호에 시작해서 2008년 6월호에 연재를 마친 글이다. 연재를 마친 뒤에 거친 문장을 다듬고, 넘치는 것은 빼고 모자란 부분은 더 채워 넣었다. 그래도 흡족하지 않지만 2년여 동안 품에 안고 있던 원고를 이제 떠나보낸다. 평론가의 길에서 헤맨 지난 30년을 자축하며 『상처 입은 용들의 노래—노자시화』를 묶는다. 첫 비평문을 쓸 때 내 나이는 스물셋이었다. 그때 나는 등 푸른 고등어처럼 생기발랄함으로 넘쳤다, 고 쓰고 싶지만 그건 새빨간 거짓말이다. 진실은 핏기 없는 창백한 얼굴로 시립도서관 참고열람실에서 책이나 파던 아주 한심한 영혼이었다! 그랬으니 비평문 따위를 쓸 맹랑한 야심을 품었겠지. 만약 내 자식이 그걸 하겠다면 손모가지를 부러뜨려서라도 말리겠다(너무 과격한가?). 그 한심한 일을 서른 해도 넘게 해왔다는 사실이 놀랍다. 책으로 묶어주신 뿌리와이파리에 따뜻한 감사의 말을 드린다. 따로 책을 묶는 감회를 술회하는 대신에 「노자시화」를 시작할 때 썼던 글과 마친 뒤에 작별인사 삼아 쓴 글을 여기에 싣는다.

---

142) 존 C. H. 우, 『선의 황금시대』, 김연수 옮김, 한문화, 2006.

# 1. 「노자시화」에 부쳐

우리는 모든 것을 이성으로 해명할 수 있는 합리성의 세계가 아니라 실은 불명확하며 불가해한 원자들이 운동하는 세계 속에 산다. 원자들을 지배하는 것은 우연과 우발성이며, 우주 안의 실재들은 그 영원한 법칙 안에 있다. 일자에서 나와 탯줄을 끊은 우주는 빅뱅과 초팽창 운동을 하며, 양자역학의 진공으로 넓어지며, 검은 물질의 겹으로 분화한다. 지금 이 순간도 태양은 빛나고 우주는 팽창한다. 우주는 일자<sup>者</sup>에서 다자<sup>多者</sup>로 분화하며 나이를 먹고 늙은 뒤에 다시 무<sup>無</sup>의 진공으로 돌아갈 것이다. 우리는 일자에서 다자로 분화하는, 저 가뭇없는 우주를 여행하는 질<sup>質</sup>들이며 형태들이다. 우리는 순간마다 태어나는 대타자들이며 대타자들의 욕망이며, 이 욕망은 곧 욕망에 대한 욕망이기도 하다. 존재의 욕망이란 이 가뭇없는 우주의 주름이며 습곡들이다. 그러나 우주조차도 존재의 바깥은 아니다. 들뢰즈에 따르자면, 무한 연쇄로 깊고 넓어지는 검은 심연인 이 바깥은 안과 함께 움직이는, 즉 안을 구성하는 주름과 습곡의 운동으로 움직이는 연장된 내면이다.

우리는 이해된 것보다 이해되지 않은 것, 해명된 것보다 해명되지 않은 것들에 더 많이 둘러싸여 있다. 기원전 6세기의 현자는 "도가 도 비상도"라고 말한 바 있다. 그 전문은 다음과 같다. "말로써 말할 수 있는 도는 영원한 도가 아니며, 이름으로 부를 수 있는 이름은 영원한 이름이 아니다. 무명은 하늘과 땅의 시작이요, 유명은 만물을 기르는 단순한 양육자일 뿐이다."<sup>노자, 『도덕경』 제1장</sup> 무명은 도, 즉 분명히 있으나 개념화할 수 없는 어떤 것을 가리키고, 유명은 개념화할 수 있는 사물이나 현상을 말한다. 이렇듯 참된 도는 고정되거나 불변의 형체를 지닌 것이 아니기 때문에 그것을 무엇이다, 라고 개념화할 수 없다. 그래서 장자는 움직이며 만물에 작용하는 도를 일러 "전할 수 있지만 받을 수 없고, 체득할 수 있지만 볼 수는 없다."라고 한 것이다.

　시인들의 좌표는 천문학자와 점성술사 사이의 어딘가에 있을 것이다. 언표할 수 없는 것을 말하려는 자들! 나는 이름 부를 수 없는 것들의 이름을 부르기 위해 이들을 호명한다. 「노자시화」에서 노자는 동양의 오래된 철학들을 아우르는 표상이다. 나는 노자와 장자를 불러낼 것이다. 거기에 공자, 마쓰오 바쇼, 두보, 도연명, 굴원, 사마천을 호명하고, 니체, 사르트르, 푸코, 들뢰즈, 롤랑 바르트, 라캉, 레비나스, 지젝을 불러낼 것이다. 내가 읽은 선각들과 두루 접속하며 마음에 새긴 것은 "천 개의 곡조를 다룬 후에야 음악을 알게 되고 천 개의 칼을 본 후에야 명검을 알게 된다."유협, 「문심조룡」, 「지음」는 것뿐이다.

　"물 위를 날아가는 돌팔매질― / 아슬아슬하게 / 세상에 배를 대고 날아가는 정신精神이여".김수영, 「바뀌어진 지평선」 시는 세상에 배를 대고 저공비행을 하지만 그 배가 땅에 닿아서는 안 된다. 생활의 수모와 치욕 속으로 침몰한 정신은 너무 무거워서 날지 못한다. 비어서 가벼운 정신만이 자기부상열차와 같이 땅 위에 아슬아슬하게 떠서 날아간다. 시의 추동력은 땅 위에 가볍게 떠 있는 이 정신에서 나온다. "날아간 제비와 같이 자죽도 꿈도 없이 / 어디로인지 알 수 없으나 / 어디로이든 가야 할 반역反逆의 정신".김수영, 「구름의 파수병」 어디로인지 알 수 없으나

501

어디로든 가야 할 정신의 궤적을 보여주는 시들! 땅 위에 배를 대고 저공비행하는 정신이 만든 흔적과 파동들은 그 자취가 묘연하다. 다만 그 없는 자국과 꿈들이 말의 꽃밭을 이루었구나! 근래에 젊은 시인들의 시집을 집중해서 읽었다. 그들이 주유周遊하는 꽃밭에서 나도 함께 노닐 것이다.

## 2. 「노자시화」를 끝내면서

책상 위에 시집들이 끝없이 쌓인다. 바람이 실어와 만드는 모래둔덕처럼 시집들은 쌓여서 책상 위에 무덤을 만든다. 읽지 않는다면 아무 뜻도 가질 수 없는 시집들. 절로 한숨과 탄식이 나온다. 이런 사태가 벌어진 것은 무엇보다도 내가 이런저런 일로 분주해져서 마음이 고요하지 못한 탓이다. 노자 선생도 말하지 않았던가! "발꿈치를 들고 선 사람은 제대로 서지 못하고, 보폭을 크게 내딛는 사람은 제대로 가지 못한다."『도덕경』제24장 읽지 않고는 쓸 수 없다. 널리 찾아 읽고, 오래 읽어 뜻을 깊이 새기고 숙성시킨 뒤 써야 마땅하다. 이를테면 "모든 병든 개와 모든 풋내기가 그러하듯 나는 운명 앞에서 어색하기 그지없다"심보선, 「확률적인, 너무나 확률적인」거나, "우리는 마침내 서로 다른 황혼이 되어 / 서로 다른 계절에 돌아왔다"이장욱, 「우리는 여러 세계에서」라는 시구 앞에서, 그 시구들이 스스로 몸을 열어 제 비밀을 토해낼 때까지 망설이고 서성이며 그 뜻을 오래 더듬어야 한다. 그래야만 널리 소통하고 두루 사통팔달할 수가 있다. 쫓기며 쓰는 일은 수고는 줄어들지 않는 대신에 보람은 적다. 시인들에게도 예의가 아니다. 내 마음은 슬펐다. 이게 「노자시화」를 서둘러 닫는 이유의 전부다. 움츠린 뒤에 비로소 멀리 뛸 수 있다는 말로 위안을 삼는다. 『주역』은 이렇게 말한다. "맑은 우물물인데 사람들이 먹지 않으니 내 마음이 슬프다." 뒤로 물러앉아 그 맑고 다디단 우물물을 천천히 음미하며 마셔보기로 했다. 그 우물들이 마르고 모래로 뒤덮이기 전에. 다시 돌아올 수 있다면 좋겠다. 2년여 동안 「노자시화」를 위해 지면을 내준 현대시학사에 깊이 감사드린다. 그동안 「노자시화」를 읽고 격려와 질책을 보내주신 분들께도 고개 숙여 인사드린다.

2009년 이른 봄,

서울 마포의 서향재西向齋에서

504

512